CUENTOS COMPLETOS

VOCES / LITERATURA

COLECCIÓN VOCES / LITERATURA 313

Nuestro fondo editorial en www.paginasdeespuma.com

Armonía Somers, *Cuentos completos*
Primera edición: junio de 2021

ISBN: 978-84-8393-305-3
Depósito legal: M-14488-2021
IBIC: FYB

Editorial Páginas de Espuma
Madera 3, 1.º izquierda
28004 Madrid

Teléfono: 91 522 72 51
Correo electrónico: info@paginasdeespuma.com

Impresión: Cofás

Impreso en España - Printed in Spain

ARMONÍA SOMERS

CUENTOS COMPLETOS

PRÓLOGO DE MARÍA CRISTINA DALMAGRO

PÁGINAS DE ESPUMA

ÍNDICE

Todos los cuentos. Tomo II
(1967)

Muerte por alacrán
(1978)

Tríptico darwiniano
(1982)

La rebelión de la flor
(1988)

EL HACEDOR DE GIRASOLES
(1994)

APÉNDICES

PRÓLOGO

María Cristina Dalmagro

Y entonces sucedió que…

En algún momento el acto de epifanía iba a suceder… en algún lugar del mundo se iba a tomar en cuenta una narrativa inquietante, desconcertante, ambigua, a la cual he dedicado muchos años de mi tarea investigativa.

Y entonces sucedió que, en España, de la mano de la editorial Páginas de Espuma, y a partir de la publicación de los cuentos completos de Armonía Somers, se pone de nuevo en el candelero la obra de una escritora uruguaya cuya trayectoria ha tenido derroteros difíciles de describir y, por momentos, de comprender.

Dejo de lado las discusiones y opiniones diversas vertidas desde el inicio de sus publicaciones porque son materia común de varios artículos ya conocidos. Lo mismo sucede con la biografía de Armonía Liropeya Etchepare, nacida en los albores del siglo XX y fallecida en el año 1994, en Montevideo, un país pequeño del Cono Sur. Solo destaco algunas cuestiones de su biografía que, a mi juicio, tuvieron impacto en su narrativa.

En primer término, la tensión profunda entre sus dos vertientes genealógicas, vigentes y presentes a través de líneas de sentido que atraviesan la totalidad de su narrativa: el anarquismo paterno y la religiosidad católica de su madre. En donde esta tensión se manifiesta con mayor fuerza es en su novela suma *Solo los elefantes encuentran mandrágora* (1986), pero es una latencia permanente en toda su obra, sobre todo por el lugar crítico, desafiante y tenso que ocupa la religión en su narrativa, a través de una mirada deconstructiva, desmitificante.

Otro aspecto muy importante, y al cual la crítica no ha dedicado la importancia suficiente, es la impronta de su «otra» actividad: la magisterial. Armonía Somers fue maestra durante muchos años de su vida, actividad que fue más allá de su tarea como docente en el aula pues trabajó y llegó a dirigir la Biblioteca y Museo Pedagógico de Uruguay, a realizar investigaciones y publicaciones varias, tanto pedagógicas cuanto de documentación bibliográfica.

La tensión entre su ser docente y su ser escritora la llevó a elegir un seudónimo para su actividad literaria, el cual comenzó a usar en 1950, fecha en que publicó su primera novela *La mujer desnuda*, que tanto impacto produjo en el Montevideo cultural de la época y de la cual se ha ocupado mayoritariamente la crítica. Es más, en la actualidad, más de setenta años después, esta novela corta continúa desvelando a los estudiosos y continúa motivando trabajos de investigación académicos en diversas universidades del mundo.

Es interesante plantear, en relación con la crítica que, en general, endilgaba la falta de transparencia o su rareza, la dificultad para comprender el mensaje de sus textos o sus rupturas desconcertantes. Debo decir que la autora siempre que tuvo ocasión dejó en claro su convicción de que nunca un texto literario debía o podía ser explicado sin perder su capacidad simbólica. Armonía Somers siempre confió en su lector, y eligió, a consciencia, un lector particular. En cada ocasión en la que le fuera solicitada una explicación, sus respuestas se orientaban en este sentido: «Leed y os responderé. Pero nunca al tanteo, sino, si podéis, tirando al fondo...» (*Revista Iberoamericana*, 1992); lo mismo sostiene hasta su última publicación, la «autoentrevista» publicada en su libro póstumo *El hacedor de girasoles* (1994). Ante la pregunta: ¿Explicaría uno por uno sus tres cuentos?, la respuesta es contundente: «¡Jamás! El cuento, y también la novela deben llegar vírgenes al lector. A quien no capte hay que dejarlo en su penumbra mental. Yo tengo muchos de esos con la candileja a media luz». (p. 468).

Mantuvo esta convicción a lo largo de toda su trayectoria, en cada oportunidad que la incitaban a realizar una autorreflexión sobre su peculiar narrativa. Me interesa rescatar en este prólogo un texto especial, publicado en la *Revista Marcha*[1] con el título de «En la morgue con mis personajes», escrito a solicitud de Ángel Rama y tras la publicación de *La mujer desnuda*, y los cuentos de *El derrumbamiento* y *La calle del viento norte*. Corría el año 1964 y la narrativa de Armonía Somers emergía en el escenario literario uruguayo como una piedra lanzada a contramano de la corriente dominante en el momento.

Ángel Rama realizó entrevistas a distintos escritores a partir de una misma pregunta: – ¿De dónde los sacó?, con el fin de inquirir sobre la gestación de los personajes y publicar las respuestas en la revista cuya sección cultural dirigía. En el Fondo Armonía Somers[2] se conservan cinco borradores (algunos incompletos) de este artículo, lo que evidencia la dificultad de nuestra autora por vol-

---

1. Somers, Armonía. «En la morgue con mis personajes». *Marcha*. Montevideo, julio 17 de 1964. Año XXVI, N.º 1214 (se puede consultar en internet).

2. CRLA-Archivos. Universidad de Poitiers, Francia (Archivos virtuales: AVLA).

verse sobre sus pasos y repensar su acto creativo, sino que también proporcionan algunas claves iluminadoras de la matriz creadora, además de proveer líneas semánticas que persistirán más allá de esos diez cuentos analizados (a los que se suma *La mujer desnuda*). La cantidad, calidad y características de las intervenciones de la escritora en los borradores manuscritos dan cuenta de las múltiples tensiones en la formulación definitiva de la respuesta a la pregunta formulada por Rama, lo que no se puede leer en la versión definitiva publicada del texto. Solo esbozaré algunas líneas, a modo de ejemplo, que permitan visualizar este arduo proceso de escritura y reescritura, siempre tendente a reducir, simplificar, adecuar el texto a una publicación no literaria. De allí la innumerable cantidad de tachados, sustitución de palabras, eliminación de párrafos, unión de otros, agregados, que generan la necesidad de reescribir una y otra vez dicho texto hasta lograr la versión final. Los manuscritos permiten adentrarnos en procesos insospechados por el lector que solo tiene frente a sus ojos las versiones editadas de los textos.

Es por ello también que se decidió que en esta edición de los cuentos completos de la autora se reproduzcan algunas páginas manuscritas de los cuentos, extraídas también de los archivos del Fondo Armonía Somers, y que evidencian el arduo trabajo de autocorrección, de pulido, de perfeccionamiento de cada texto.

Volviendo al artículo en cuestión, llama la atención que el primer borrador se inicia sin título y con una carta: «Carta a los amigos...» y, debajo, «Mis queridos amigos Ida Vitale y Ángel Rama», ambos encabezamientos tachados. El comienzo dice lo siguiente: «A raíz de los cuentos del viento norte, ustedes me preguntaron algo que parecía traerlos preocupados: mis puntos de partida en la narrativa, es decir, de qué cantera privada en la que cada uno debe ir en busca de la cosa concreta que será siempre el material de la narrativa, aun de la imaginaria. Bueno: por si me muero –literaria o físicamente, o de las dos muertes juntas– les voy a contar primero algo que sucedió en la esquina cósmica de la vida… el requerimiento de ustedes me resultó tan lleno de gracia y de candor como la de cierto chico que un día vino a preguntarme cómo se hacían las nueces. Resultado: que por un tiempo no pude comerlas sino como las veía Baudelaire (creo que era él) con forma de cerebro y encima, una insidiosa mirada infantil burlándose de mi ignorancia y mi nervosismo. Pero luego pensé: cuidado con estos que se hacen los tontos… Son creadores maduros, saben lo que se puede investigar y lo que no, lo que semeja, como el misterio de la metáfora, por ejemplo, al estertor en que parimos para quedarnos luego tan en ayunas sobre su origen que solo podríamos atestiguar con un "padre desconocido" la pregunta inocente del juez. Entonces me he sentado a reconstruir la manufactura de las nueces, pero en el único aspecto lícito, el de las génesis de mis más o menos verosímil de los sujetos que se mueven cuando…».

Y continúa hablando acerca de la dificultad de escribir sobre las génesis de los relatos, de la imposibilidad de descifrar misterios.

Estos párrafos desaparecen a partir del segundo borrador (razón por la cual he citado *in extenso*) donde se da prevalencia al sentido del título, «algo sombrío», que atribuye a que, cuando pensó en sus personajes, los supo muertos. Y les da cita entonces en ese lugar en donde están: la morgue. Metáfora de gran potencia, pues allí se suele producir el acto de autopsia que la autora asimila a su autorreflexión:

«Fue ese balance en cierto modo macabro, pero que coincide con los caracteres más específicos de la vivencia (sus verdaderos saltos ecuestres a través del tiempo), lo que me obligó a citarlos en un lugar afín en su actual estado. Algo tan funcional y tan decente como para poder trabajar en el clima perenne de imputridez y mansedumbre que se han ganado».

Las primeras versiones son más extensas y permiten a la autora explayarse mejor sobre las características de sus personajes, pero los límites de este prólogo impiden que nos detengamos en estos detalles. Elijo citar algunas de sus palabras, que permiten trazar una línea de coherencia entre estas sus primeras reflexiones sobre su obra y las que citamos *ut supra*. Escribe Armonía Somers: «Reafirmo mi voluntad antiinterpretativa en este ensayo».

Pese a ello, proporciona algunas claves de lectura, condensadas también en los títulos de cada apartado, que fue precisando con metáforas acertadas a través de las distintas versiones. En la primera versión solo utiliza los títulos de los cuentos y, a partir de la segunda, ensaya diferentes títulos, que dan algunas pistas de lectura. Por ejemplo, «Los peripatéticos puros: los de "Saliva del paraíso"»; o bien «Los ángeles tienen plumas: ¿Por qué También "El ángel planeador"?». Y así sucesivamente hasta llegar a la versión final en la cual privilegia detalles significativos para el cuento. Me referiré, en forma breve, y a modo de ejemplo, al apartado dedicado a «Muerte por alacrán» dada la importancia que este cuento cobra en la presente publicación, en la cual se incorpora también el borrador del ejercicio inédito de su transformación en guion cinematográfico, apoyado en una reflexión teórica sobre el traspaso de un texto literario a su posibilidad de visualización, documentos que también fue posible incorporar gracias a su conservación en el Fondo A.S.

En la versión publicada del artículo, titula el apartado: «Los de *Muerte por alacrán:* una flora de balneario». En un momento esboza una afirmación que tiene que ver con la imposibilidad del narrador de controlar todas las variables. Afirma: «… A veces sucede… que el personaje ~~mande~~ decida, que el autor ya no pueda mover los hilos» (primer borrador). Sin embargo, en los sucesivos borradores se enfoca en el perfil de la figura del mayordomo como una de las más importantes del cuento: «~~Repito~~ Insisto, pues, en que fue el mucamo el gran creador de las tres piezas de alta sociedad que figuran en *Muerte por alacrán*. Las verdaderas víctimas propiciadoras, la picadura fatal, los camioneros, o sea, en una palabra, mis pobres gentes, se hallarán a la mano de cualquiera que intente procesar a la justicia en un mucamo que la ha extraviado, también en forma difusa, entre la inmensidad de la leña».

En el apartado introductorio del breve ensayo está la clave, que hemos relevado como una constante de su modo de concebir la narrativa: «Imposible pues, la reseña lineal, limpia y fácil de cada uno, aun con el modelo inspirador a la vista. Es que, (…) el *homo fictus* se elabora, vale decir, surge a la superficie tal un producto de increíbles combinaciones, tanto de la verdad como de sus opuestos, que se desafían por implantar la mejor calidad del componente. Aunque solo el volcán que se ha provocado conciencia adentro del escritor sea lo que produzca la síntesis. Y esa síntesis solo tenga buen mercado cuando, por paradoja, acuse el rostro de la vida».

Y, cierra la presentación con la especie de «autodefensa» que, nota tras nota, entrevista tras entrevista, le permite plantarse frente a las distintas acusaciones de sus críticos: «Nos deshilacha como la carne que se da a los niños pequeños, dijo hablando de mi impiedad una anciana lectora, que, por vivir muchas millas del área de los críticos, y a causa de esa misma incontaminación en el oficio, ha tenido la virtud de caerme en gracia. Mi querida señora: es el mundo donde el escritor ocupa el puesto de primer testigo el que hace las menudas hilachas. Hilachas de soledad, de angustia, de amores y alegrías estrechamente vigilados por una especie de genio del despeñadero, tan parecido a un inocente lago azul que el hombre se sigue arriesgando a reproducirse en su orilla, con la dulce indolencia de una antigua familia de sapos» (*Marcha*, p. 29).

Son, justamente, estas «… hilachas de soledad, de angustia, de amores…» que conforman el mundo narrativo concebido por la escritora, las que se «dicen» a partir de un modo particular y complejo de narrar, del cual procuraré esbozar algunas pinceladas.

Frank Kermode en *El sentido del final*[3] denomina «peripateia» a un tipo de relato donde la originalidad consiste en que el texto traza sus propios diseños inesperados; hay desviación en el paradigma básico de comienzo/medio/fin y esto supone un desafío para el lector. El final, al cual se dirigen todos los relatos, resulta inesperado porque falsea nuestras expectativas como lectores.

En las narraciones somersianas el viraje de sentido, el traspaso de los umbrales, el quiebre sintáctico y semántico; la sorpresa, la incertidumbre, lo insólito, la reflexión, el absurdo… suceden, por lo general, a partir de un «momento epifánico» que otorga el carácter de peripateia a la narra-

---

3. Kermode, F. (1983). *El sentido del final. Estudios sobre la teoría de la ficción.* Bacelona, Gedisa, pp. 72-78.

ción. En todos los cuentos, desde «*El derrumbamiento*» hasta «*El hacedor de girasoles*», este momento epifánico otorga una particularidad a la poética somersiana y permite trazar una hilación que instala a este rasgo peculiar como uno de los más destacados y persistentes en su trayectoria narrativa. También está presente en sus novelas, aunque no me refiera a ellas en esta instancia.

Nuria Girona Fibla (2019)[4] se refiere a «alertas» frecuentes en los relatos. Dice: «El hecho insólito advierte de la apertura textual a una dimensión extraña en la que la repetición de un acontecimiento excepcional impone un orden desconocido». Y, continúa: «Los avisos funcionan como indicios para una revelación de la voz narrativa (a la vez que actúa como corte del relato) pero no nos prepara para el contragolpe de sentido que enuncia».

Estos momentos epifánicos, estas alertas, son zonas liminares que permiten el traspaso de fronteras, el quiebre del relato, la inmersión en la incertidumbre, la reflexión punzante y profunda o la caída en el vacío o el absurdo. Así, en «El derrumbamiento», leemos: «Fue entonces cuando sucedió aquello, lo que él jamás hubiera creído que podría ocurrirle…»; o en «Réquiem por Goyo Ribera»: «… fue precisamente entonces cuando el del coche empezó a ver claro». En «La calle del viento norte» se anuncia la caída con la expresión epifánica: «Hasta que sucedió lo que no se piensa casi nunca. Que ese algo que configura el armazón de la fe, la parte material del mito se derrumbe de golpe».

A veces lo que se anuncia es a un Dios que actúa en la vida de los hombres, pero sin la misión o la función que

---

4. Girona Fibla, N. (2019). «Armonía Somers: cuentos de amor, de locura y de muerte». En M. C. Dalmagro (coord.). *La escritura de Armonía Somers. Pulsión y riesgo*. Sevilla, Edit. Universidad de Sevilla, 95–111.

habitualmente le atribuye la religión católica (y aquí la interferencia del anarquismo paterno, siempre subyacente). Es «el de arriba» de «El ángel planeador», que, de pronto y sin aviso previo, «decidió hacer retemblar de nuevo con un trueno brutal el armazón de la casa, la mesa servida y hasta su propia efigie de la repisa...», o bien es el instante de lucidez que permite entender un mensaje o vislumbrar un peligro latente, como en «Muerte por alacrán»: «Fue cuando el camión terminó de circunvalar la finca, que el hombre que había quedado en la tierra pudo captar el contenido del mensaje. Aquello, que desde que se pronuncia el nombre es un conjunto de pinzas, patas, cola, estilete ponzoñoso...».

En otra ocasión deja trasuntar el momento en el cual el personaje adquiere el saber sobre una situación que no puede dominar: «Fue entonces cuando comprendí que jamás, en adelante, debería comunicar a nadie mi mensaje». («El hombre del túnel»).

Es el inicio de lo insólito en «Salomón»: «Y fue precisamente desde allí, su primera incursión a pie descalzo en una zona jalonada con hitos de su propia vida, donde comenzó a suceder, a producirse en serie el hecho insólito...»; «el principio del desastre» en «El entierro», el comienzo de lo inexplicable o cuando se decide «dar a luz la mentira» en «El memorialista».

El «momento epifánico» atraviesa en forma transversal toda la narrativa de Armonía Somers como una estrategia que le otorga su peculiaridad. Sucede, de repente sucede que se sabe, que se conoce, que se vivencia, que se capta la verdadera esencia humana, que se profana, que se cae en el vacío o en la soledad más absoluta, que es la soledad sin Dios.

Hay un texto breve de Somers que también contribuye a delinear su poética. Se trata del «Posfacio» de la antología *Diez relatos y un epílogo* (1979)[5], en el cual la escritora analiza cada uno de los cuentos de distintos autores allí recopilados. De este texto me interesa rescatar la importancia que Somers otorga a la noción de «vivencia» –tomada de Dilthey y Ortega y Gasset– como elemento detonante de los relatos. A veces surgen, dice, como un pasado reactivado; otras, como reelaboración de experiencias o reflejos, pero siempre juegan un rol muy importante en el proceso creador. Considera valiosa, en la narración, «la vivencia desencadenante» (analizada en cada uno de los cuentos). Se apoya también en Freud cuando sostiene que: «... las vivencias se dan... pura y exclusivamente en el yo individual: son su patrimonio privado (...). De ahí, al fin, su poder inmanente cuando entran en contacto con la atmósfera creativa» (p. 520).

Por eso hace hincapié en la transformación estética de las vivencias personales, al punto de que un artista puede, una vez integradas a la trama y urdimbre del yo íntimo, hacerlas explotar armónicamente estructuradas (arquitectura del relato): «... fundamentalmente, ha jugado su rol la vivencia de unos pocos: tantos mirarían la estrella de la Osa y solo Leopardi iba a transformarla en *Le Ricordanze*...» (p. 523).

Y es aquí, justamente, en donde reside la originalidad y la transgresión. Traigo a colación fragmentos de una conferencia de Armonía Somers en Punta del Este (*Brecha*, 1990) cuyo título ya anticipa la idea central sostenida: «La

---

5. Véase en esta edición la página 515 y siguientes.

realidad de lo imaginario» y que resulta clave para comprender la óptica desde la cual concibe su literatura:

> Pero ocurre que junto o por debajo de ese mundo tan claro de lo real (el naturalismo lo rodeó de espejos durante siglos) existe la realidad de lo imaginario, la única y verdadera según la mente creadora, y de la cual la objetivación masiva solo será su sombra.

Hay varias notas importantes en esta cita en relación estrecha con los efectos de extrañamiento o de sorpresa que genera su lectura. Es la escritora quien tiene el don de transitar por el mundo aparente y por el ampliado de la imaginación; no inventa nada nuevo, sino que puede leer en las profundidades o expandir los horizontes de un lector ingenuo. Pero, además, puede también crear, transfigurar lo que percibe, lo que vivencia e interpreta. Y para ello se vale de diversas estrategias narrativas.

Así, por ejemplo, en una carta inédita enviada a Arturo Carril el 9 de junio de 1981, Somers hace una referencia a su predilección por los epílogos. Dice: «... que por algo me gustan tanto cuando los escribo. En realidad, el epílogo es la mejor flor que la planta nos ofrece cuando se va la estación...». Esta predilección evidencia otra de las modulaciones de su narrativa sostenida a través de toda su trayectoria literaria. Varios de sus cuentos y *nouvelles* tienen epílogo, y, en general, sirven para subvertir los posibles significados alcanzados por el lector hacia los finales, para crear incertidumbre, para desmontar la armadura coherente, para modificar versiones, entre otras posibilidades. Ofician también la función de «peripateia». En algunos relatos no se coloca la palabra «epílogo», pero hay un texto breve, separado por blanco tipográfico del resto de la narración; a veces es un título diferente, otras un documento, una carta o algún papel escrito el que subvierte o completa el desenlace de la historia, o bien se permite una reflexión que generaliza la situación planteada en el relato.

Así, en el cuento «Jezabel», incorporado en la antología *La rebelión de la flor* (1988), se presenta una plegaria del protagonista, en un breve apartado, separado del cuerpo del relato, con tipografía y marginado diferente y con su comienzo en latín. Aquí se condensa el significado del relato. El cuento «El memorialista» plantea una situación retórica similar. Finaliza con un apartado titulado «Quod prodes?», especie de monólogo del protagonista que apela a un «otro»: «–miren, miren… huelan, huelan–…» para compartir su reflexión sobre el alma humana.

Lo mismo sucede en el cuento «La inmigrante». Se cierra con el fragmento «Ensayo de experiencia telepsíquica» firmado por una figura similar a la de Victoria von Scherrer de *Solo los elefantes encuentran mandrágora*, «Juan Abel Grim, Conservador y anotador de las cartas». En él, mediante una acumulación de vocablos inconexos, se concentra la desesperación del protagonista por resolver su situación afectiva desarrollada a lo largo de la narración. De igual manera, los tres relatos de *Tríptico Darwiniano* presentan finales con características similares. «Mi hombre peludo» se cierra con una nota al director del diario donde trabaja la protagonista desde el lugar donde permanece secuestrada por un mono; un párrafo representado con marginado menor en el «El eslabón perdido» da cuenta del final de la historia, cargado de reflexiones antropológicas. «El pensador de Rodin» culmina de manera semejante, con un monólogo del protagonista en el que hace un recuento y cierre de la historia, aunque, como en los casos anteriores, deja al lector con la incertidumbre de una reflexión acerca de la vacuidad y el misterio del mundo.

De modo más particular aún se presentan los epílogos en dos de los cuentos de *El hacedor de girasoles* (1994). En «Un cuadro para El Bosco» es también una oración dirigida hacia «El Dios» donde el protagonista pide perdón por la historia profana relatada. Culmina con una referencia histórica con fechas y nombres. El efecto de verosimilitud logrado con estos datos contrasta con la ficcionalización de los hechos narrados. En «El hacedor de girasoles» una carta dirigida a Vincent [Van Gogh] y la cita de una definición del diccionario (de la palabra girasol) cierran el cuento, no así el sentido, que permanece inasible.

También la muerte y sus rituales, en muchos casos desacralizados, es otra constante de la narrativa somersiana, presente en varios de sus cuentos y expresada a través de múltiples recursos. Los enterradores toman su trabajo como una tarea rutinaria, ordinaria, sin respeto ni afecto; el acto de enterrar se homologa con el de tirar «cosas» a la tierra; los restos son cosificados también, como son desacralizadas todas las instancias funerarias. «Réquiem por Goyo» es un claro ejemplo de este procedimiento y lo es también el velatorio del padre de la niña en *Un retrato para Dickens*. Otros cuentos como «El entierro», «La subasta» y «El ojo del Ciprés» también dan cuenta de esta desacralización de la muerte.

En varios relatos de Somers se reitera una situación análoga, la de la muerte de un personaje en un accidente callejero. Citemos como ejemplo al motociclista de «Las mulas», estrellado contra un camión cuando una maniobra imprudente del protagonista para acceder a una farmacia le hizo hacer un movimiento que le costó la vida. En «El ojo del Ciprés» una «anciana perteneciente por su posición social al territorio capitalista del Sombra fuese arrollada en la calle por un autobús... trasladada al hospital más próximo, campo de maniobras del Ciprés...»; en «El hombre del túnel» es la protagonista la que cruza la calle en una alocada carrera y termina bajo las ruedas de un vehículo.

Hay en estas escenas una idea del absurdo que convoca al existencialismo –sobre todo el sartreano–, dominante, por otra parte, en el contexto de la época. Las reflexiones en torno al absurdo, la soledad existencial, el vacío y la nada remiten a *El ser y la nada* de Sartre, de mayor presencia en la *nouvelle* de Somers *De miedo en miedo* (1965) y en algunos de sus cuentos publicados durante la década del sesenta, en especial los de «Mis hombres flacos», entre ellos «Las mulas», «La subasta» o «El hombre del túnel», en donde la protagonista afirma: «Entré así otra vez en el túnel. Un agujero negro bárbaramente excavado en la roca infinita. Y a sus innumerables salidas, siempre una piedra puesta de través cerca de la boca. Pero ya sin el hombre. O la consagración del absoluto y desesperado vacío».

«Saliva del paraíso» forma parte también de esta misma constelación. El vacío y la soledad es lo que identifica al hombre: «Estábamos todos solos, vivir era ser una muchedumbre en unidades, era cobijarse bajo un árbol de esperanza con una fruta podrida para cada uno, podrida de tanto esperar que los otros la comprendieran como símbolo...». Es un hombre sin Dios o bien con un Dios que no se ocupa de él, lo abandona, permite el dolor, el hambre, la soledad, la injusticia.

Esta forma de pensar la presencia o ausencia de Dios en el mundo, evidente en varias narraciones de Somers, remite también a algunos principios gnósticos que confluyen, entremezclados, con los anarquistas y los católicos, en una tensión permanente, sobre todo cuando se trata reflexionar acera de la presencia del mal en el mundo y del destino final del hombre[6].

En otros cuentos se reitera esta misma imagen. En «Muerte por alacrán», Dios es el «hacedor de alacranes» a la vez que tiene una mirada privilegiada (omnisciencia) sobre todo; en «La puerta violentada» se afirma que «Dios no existe, puesto que no sirve para los que quedan solos...»; en «El entierro» se expresa: «Porque Dios es así, no manda la lluvia cuando hay sequía, pero la tira a baldes si uno va con un finado a cuestas, no le saca el ojo al que le ha caído la mala suerte, lo seguiría mirando con uno solo si se quedara tuerto...». Esta imagen agudiza la crítica a los principios de la religión católica, siempre presente en las obras de Somers, dejando al descubierto una contradicción que, según se infiere, tiene más relación con la voluntad que con los poderes sobrenaturales de Dios. Puede ver todo –tiene un ojo polifacético para hacerlo–, pero es ciego y sordo ante la presencia del mal en el mundo (y en esto de acuerdo con el gnosticismo, tal como ya se ha consignado).

Estas tensiones forman el sustrato de su narrativa, están en su genética y la constituyen. En Somers la posibilidad de representar lo real es una preocupación, pero el modo de hacerlo es diferente al de la narrativa que predominó durante mucho tiempo en la literatura uruguaya.

---

6. Esta problemática la ha desarrollado con mayor profundidad en el Capítulo VI del libro *Desde los umbrales de la memoria. Ficción autobiográfica en Armonía Somers*, publicado por la Biblioteca Nacional del Uruguay en 2009.

Estos rasgos señalados una y otra vez permiten vislumbrar algunas claves en su escritura: una manera de ampliar la mirada, un modo de denuncia y, a la vez, de expandir significados, por momentos liberación de ataduras; vivir entre dos mundos, recorrer tradiciones, retomarlas y subvertirlas, descorrer velos y desmoronar mitos; una exploración en los recursos expresivos que la imaginación ofrece para trascender lo apariencial y producir fracturas en los estereotipos, un humor que a veces roza con lo grotesco y otras con lo macabro, lecturas múltiples que se condensan y a la vez se expanden infinitamente; ironía, parodia, iconoclasia, miradas al sesgo sobre realidades latentes que se vislumbran pero no se comunican abiertamente y que en su narrativa afloran con visos de desparpajo y coraje: la homosexualidad masculina y femenina, la violación, el aborto, la posición de la mujer en la pareja, el rechazo a la maternidad, el insulto a Dios unido a un llamado desesperado para que baje a ayudar al ser humano a paliar su soledad y sus problemas.

La escritura es, para Somers, un modo de encontrar sentido, un modo de conocer y un modo de ser. Es, inclusive, un modo de trascender, porque en casi todos sus textos está presente la noción de la escritura como documento, como testamento y como legado (idea que tiene su centro tanto en *Viaje al corazón del día* cuanto en *Solo los elefantes…*).

Damos por descontado que quienes lean los cuentos que se publican en el presente volumen no saldrán de su lectura igual que como entraron: los cuentos de Somers preocupan, hieren, transforman, se disfrutan y se padecen en igual medida. Se leen tirando de la cuerda hacia el fondo y allí estará la respuesta, aunque esta nos deje sumidos en la ambigüedad y la incertidumbre.

CRITERIOS DE EDICIÓN

La presente edición reúne todos los cuentos de Armonía Somers (1914-1994). Desde su primera obra publicada en 1953, *El derrumbamiento*, a su libro póstumo, *El hacedor de girasoles. Tríptico en amarillo para un hombre ciego* (1994), del que su editor Álvaro J. Risso explicó en nota preliminar:

> El orden de los textos también me fue entregado, quedando solo algunos detalles para decidir en otra oportunidad. Quince días después Armonía murió, y la gran pena por la amiga que se fue, se agravó con la idea de que ya no vería su tríptico, al menos de la manera que nosotros llamamos habitualmente ver. Y este libro pasó a ser póstumo[1].

Entre 1953 y 1994, Armonía Somers publicó cinco libros de cuentos más: *La calle del viento norte y otros cuentos* (1963), *Todos los cuentos* (1967, dos volúmenes), *Muerte*

---

1. *El hacedor de girasoles. Tríptico en amarillo para un hombre ciego*, Montevideo, Linardi y Risso, 1995, p. 7.

por alacrán (1978), *Tríptico darwiniano* (1982) y *La rebelión de la flor* (1988).

En la mayoría de los títulos que componen su obra cuentística, la escritora uruguaya combinaba cuentos inéditos con otros publicados en libros previos. Para esta edición se ha establecido un orden cronológico, situando cada cuento en el volumen que lo incluyó por primera vez, pero para fijar el texto definitivo se ha acudido siempre a la última versión de cada uno de los cuentos vista por la autora. Tras la portadilla de las ocho secciones, que se corresponden con esos volúmenes publicados, el lector podrá, además, consultar en nota qué cuentos constituían el libro.

El apéndice está compuesto por el cuento «Réquiem por una azucena», incluido en la antología *Cuentos para ajustar cuentas* (Montevideo, Trilce, 1990), que Armonía Somers pudo supervisar, y por distintos textos que enriquecen la visión sobre su escritura y su lectura del género del cuento. «Trece preguntas a Armonía Somers» incluido como posfacio en *Tríptico darwiniano;* «Anthos y Legein (donde la autora nos muestra la otra cara de las historias)», su prólogo que abre la antología *La rebelión de la flor* y «Diez relatos a la luz de sus probables vivenciales. Posfacio», incluido en *Diez relatos y un epílogo* (1978), donde profundiza en textos de los escritores de Miguel Ángel Campodónico, Guillermo Pellegrino, Enrique Estrázulas, Milton Fornaro, Rubén Loza Aguerrebere, Teresa Porzecanski, Tarik Carson, Tomás de Mattos y Mario Levrero. Cierra el guion cinematográfico inédito a partir del cuento «Muerte por alacrán», del que reproducimos ocho páginas manuscritas, y un texto que alumbra al anterior,

«Reflexiones al margen de un intento de escenificación»[2]. Ambas aportaciones, así como las páginas manuscritas reproducidas en esta edición, proceden de los archivos del Fondo Armonía Somers alojados en el CRLA-Archivos de la Universidad de Poitiers (Francia). La selección de dichas páginas fue realizada por María Cristina Dalmagro, Responsable científica del Fondo Armonía Somers, que autorizó su publicación. Sin sus aportes y su generosidad, esta edición no hubiera sido posible.

---

2. Sobre ambos textos, véase María Cristina Dalmagro [coord.], *Armonía Somers La escritura de Armonía Somers. Pulsión y riesgo,* Sevilla, Universidad de Sevilla. Colección Escritores del Cono Sur, 2091, p. 183 y ss.

Bibliografía

En esta bibliografía primaria de Armonía Somers se han incluido exclusivamente los libros completos de la autora. Esta bibliografía es deudora del exhaustivo trabajo de María Cristina Dalmagro[1]. El orden establecido es cronológico.

1950 *La mujer desnuda. Cuma.* Cuadernos de arte, Montevideo, Año 1, n.º 2-3, octubre-diciembre.

1951 *La mujer desnuda.* Montevideo, Separata revista *Clima.*

1953 *El derrumbamiento.* Montevideo, Ediciones Salamanca.

1963 *La calle del viento norte y otros cuentos.* Montevideo, Arca.

1965 *De miedo en miedo (los manuscritos del río).* Montevideo, Arca.

1967 *Todos los cuentos.* 1953-1967. Vols. 1 y 2. Montevideo, Arca.

1967 *La mujer desnuda*, Montevideo, Tauro.

1969 *Un retrato para Dickens.* Montevideo, Arca; 2.ª ed. 1990, Barcelona, Península.

---

1. Dalmagro, María Cristina, «Armonía Somers: Bibliografía», en *Orbis Tertius,* 2002, 8 (9), pp. 177-186. Disponible en:
http://www.memoria.fahce.unlp.edu.ar/art_revistas/pr.3058/pr.3058.pdf

1978 *Muerte por alacrán*. Buenos Aries, Calicanto Editorial.

1978 «Diez relatos a la luz de sus probables vivenciales. Posfacio», en *Diez relatos y un epílogo. Montevideo,* Fundación de Cultura Universitaria. Compilación de cuentos a cargo de A. Somers).

1982 *Tríptico darwiniano*. Montevideo, Ed. de la Torre.

1986 *Viaje al corazón del día*. Montevideo, Arca.

1986 *Solo los elefantes encuentran mandrágora*. Buenos Aires, Legasa.

1988 *Solo los elefantes encuentran mandrágora*. Barcelona, Península.

1988 *La rebelión de la flor. Antología personal*. Montevideo, Linardi y Risso.

1994 *La rebelión de la flor. Antología personal*. Montevideo, Editorial Relieve.

1994 *El hacedor de girasoles*. Montevideo, Linardi y Risso.

1995 *Tríptico darwiniano*. Montevideo, Arca.

2009 *La mujer desnuda*. Buenos Aires, El Cuenco de Plata.

2009 *La rebelión de la flor*. Buenos Aires, El Cuenco de Plata.

2010 *Solo los elefantes encuentran mandrágora*. Buenos Aires, El Cuenco de Plata.

2011 *Viaje al corazón del día*. Buenos Aires, El Cuenco de Plata.

2012 *Un retrato para Dickens*. Buenos Aires, El Cuenco de Plata.

2016 *Tríptico darwiniano*. Buenos Aires, El Cuenco de Plata.

2020 *La mujer desnuda*. Barcelona, Trampa ediciones.

2021 *El derrumbamiento*. Valencia, Ediciones Contrabando.

ARMONÍA SOMERS

CUENTOS COMPLETOS

EL DERRUMBAMIENTO
(1953)

[*El derrumbamiento* (Montevideo, Ediciones Salamanca, 1953) incluye los cuentos «El derrumbamiento», «Réquiem por Goyo Ribera»,
«El despojo», «La puerta violentada» y «Saliva del paraíso»].

El derrumbamiento

«SIGUE LLOVIENDO. Maldita virgen, maldita sea. ¿Por qué sigue lloviendo?». Pensamiento demasiado oscuro para su dulce voz de negro, para su saliva tierna con sabor a palabras humildes de negro. Por eso es que él lo piensa solamente. No podría jamás soltarlo al aire. Aunque como pensamiento es cosa mala, cosa fea para su conciencia blanca de negro. Él habla y piensa siempre de otro modo, como un enamorado:

«Ayudamé, virgencita, rosa blanca del cerco. Ayúdalo al pobre negro que mató a ese bruto blanco, que hizo esa nadita hoy. Mi rosa sola, ayúdalo, mi corazón de almendra dulce, dale suerte al negrito, rosa clara del huerto».

Pero esa noche no. Está lloviendo con frío. Tiene los huesos calados hasta donde duele el frío en el hueso. Perdió una de sus alpargatas caminando en el fango, y por la que le ha quedado se le salen los dedos. Cada vez que una piedra es puntiaguda, los dedos aquellos tienen que ir a dar allí con fuerza, en esa piedra y no en otra que sea redonda. Y no es nada el golpe en el dedo. Lo peor es el latigazo bárbaro de ese dolor cuando va subiendo por la ramazón del cuerpo, y después baja otra vez hasta el dedo para quedarse allí, endurecido, hecho piedra doliendo. Entonces el negro ya no comprende a la rosita blanca. ¿Cómo ella puede hacerle eso? Porque la dulce prenda debió avisarle que estaba allí el guijarro. También debió impedir que esa noche lloviera tanto y que hiciera tanto frío.

El negro lleva las manos en los bolsillos, el sombrero hundido hasta los hombros, el viejo traje abrochado hasta donde le han permitido los escasos botones. Aquello, realmente, ya no es un traje, sino un pingajo calado, brillante, resbaladizo como baba. El cuerpo todo se ha modelado bajo la tela y acusa líneas armónicas y perfectas de negro. Al llegar a la espalda, agobiada por el peso del agua, la escultura termina definiendo su estilo sin el cual, a simple color solamente, no podría nunca haber existido.

Y, además, sigue pensando, ella debió apresurar la noche. Tanto como la necesitó él todo el día. Ya no había agujero donde esconderse el miedo de un negro. Y recién ahora le ha enviado la rosita blanca.

El paso del negro es lento, persistente. Es como la lluvia, ni se apresura ni afloja. Por momentos, parece que se conocen demasiado para contradecirse. Están luchando el uno con la otra, pero no se hacen violencia. Además, ella es el fondo musical para la fatalidad andante de un negro.

Llegó, al fin. Tenía por aquel lugar todo el ardor de la última esperanza. A cincuenta metros del paraíso no hubiera encendido con tanto brillo las linternas potentes de sus grandes ojos. Sí. La casa a medio caer estaba allí en la noche. Nunca había entrado en ella. La conocía solo por referencias. Le habían hablado de aquel refugio más de una vez, pero solo eso.

—¡Virgen blanca!

Esta vez la invocó con su voz plena a la rosita. Un relámpago enorme lo había descubierto cuán huesudo y largo era, y cuán negro, aun en medio de la negra noche. Luego sucedió lo del estampido del cielo, un doloroso golpe rudo y seco como un nuevo choque en el dedo. Se palpó los muslos por el forro agujereado de los bolsillos. No, no había desaparecido de la tierra. Sintió una alegría de negro, humilde y tierna, por seguir viviendo. Y, además, aquello le había servido para ver bien claro la casa. Hubiera jurado haberla visto moverse de cuajo al producirse el estruendo.

Pero la casucha había vuelto a ponerse de pie como una mujer con mareo que se sobrepone. Todo a su alrededor era ruina. Habían barrido con aquellos antros de la calle, junto al río. De la prostitución que allí anidara en un tiempo, no quedaban más que escombros. Y aquel trozo mantenido en pie por capricho inexplicable. Ya lo ve, ya lo valora en toda su hermosísima ruina, en toda su perdida soledad, en todo su misterioso silencio cerrado por dentro. Y ahora no solo que ya lo ve. Puede tocarlo si quiere. Entonces le sucede lo que a todos cuando les es posible estar en lo que han deseado: no se atreve. Ha caminado y ha sufrido tanto por lograrla, que así como la ve existir le parece cosa irreal, o que no puede ser violada. Es un resto de casa solamente. A ambos costados hay pedazos de muros, montones de desolación, basura, lodo. Con cada relámpago, la casucha se hace presente. Tiene grietas verticales por donde se la mire, una puerta baja, una ventana al frente y otra al costado.

El negro, casi con terror sacrílego, ha golpeado ya la puerta. Le duelen los dedos, duros, mineralizados por el frío. Sigue lloviendo. Golpea por segunda vez y no abren. Quisiera guarecerse, pero la casa no tiene alero, absolutamente nada cordial hacia afuera. Era muy diferente caminar bajo el agua. Parecía distinto desafiar los torrentes del cielo desplazándose. La verdadera lluvia no es esa. Es la que soportan los árboles, las piedras, todas las cosas ancladas. Es entonces cuando puede decirse que llueve hacia dentro del ser, que el mundo ácueo pesa, destroza, disuelve la existencia. Tercera vez golpeando con dedos fríos, minerales, dedos de ónix del negro, con aquellas tiernas rosas amarillas en las yemas. La cuarta, ya es el puño furioso el que arremete. Aquí el negro se equivoca. Cree que vienen a abrirle porque ha dado más fuerte.

La cuarta, el número establecido en el código de la casa, apareció el hombre con una lampareja ahumada en la mano.

—Patrón, patroncito, deje entrar al pobre negro.

—¡Adentro, vamos, adentro, carajo!

Cerró tras de sí la puerta, levantó todo lo que pudo la lámpara de tubo sucio de hollín. El negro era alto como si anduviera en zancos. Y él, maldita suerte, de los mínimos.

El negro pudo verle la cara. Tenía un rostro blanco, arrugado verticalmente como un yeso rayado con la uña. De la comisura de los labios hasta la punta de la ceja izquierda, le iba una cicatriz bestial de inconfundible origen. La cicatriz seguía la curvatura de la boca, de finísimo labio, y, a causa de eso, aquello parecía en su conjunto una boca enorme puesta de través hasta la ceja. Unos ojillos penetrantes, sin pestañas, una nariz roma. El recién llegado salió de la contemplación y dijo con su voz de miel quemada:

—¿Cuánto?, patroncito.

—Dos precios, a elegir. Vamos, rápido, negro pelmazo. Son diez por el catre y dos por el suelo —contestó el hombre con aspereza, guareciendo su lámpara con la mano.

Era el precio. Diez centavos lo uno y dos lo otro. El lecho de lujo, el catre solitario, estaba casi siempre sin huéspedes.

El negro miró el suelo. Completo. De aquel conjunto bárbaro subía un ronquido colectivo, variado y único al tiempo como la música de un pantano en la noche.

—Elijo el de dos, patroncito —dijo con humildad, doblándose.

Entonces el hombre de la cicatriz volvió a enarbolar su lámpara y empezó a hacer camino, viboreando entre los cuerpos. El negro lo seguía dando las mismas vueltas como un perro. Por el momento, no le interesaba al otro si el recién llegado tendría o no dinero. Ya lo sabría después que lo viese dormido, aunque casi siempre era inútil la tal rebusca. Solo engañado podía caer alguno con blanca. Aquella casa era la institución del vagabundo, el último asilo en la noche sin puerta. Apenas si recordaba haber tenido que alquilar su catre alguna vez a causa del precio. El famoso lecho se había convertido en sitio reservado para el dueño.

—Aquí tenés, echate —dijo al fin deteniéndose, con una voz aguda y fría como el tajo de la cara—. Desnudo o como te aguante el cuerpo. Suerte, te ha tocado entre las dos montañas. Pero si viene otro esta noche, habrá que darle lugar al lado tuyo. Esta zanja es cama para dos, o tres, o veinte.

El negro miró hacia abajo desde su metro noventa de altura. En el piso de escombros había quedado aquello, nadie sabría por qué, una especie de valle, tierno y cálido como la separación entre dos cuerpos tendidos.

Ya iba a desnudarse. Ya iba a ser uno más en aquel conjunto ondulante de espaldas, de vientres, de ronquidos, de olores, de ensueños brutales, de silbidos, de quejas. Fue en ese momento, y cuando el patrón apagaba la luz de un soplido junto al catre, que pudo descubrir la imagen misma de la rosa blanca, con su llamita de aceite encendida en la repisa del muro que él debería mirar de frente.

—¡Patrón, patroncito!

—¿Acabarás de una vez?

—Digameló —preguntó el otro sin inmutarse por la orden— ¿cree usté en la niña blanca?

La risa fría del hombre de la cicatriz salió cortando el aire desde el catre.

—¡Qué voy a creer, negro ignorante! La tengo por si cuela, por si ella manda, nomás. Y en ese caso me cuida de que no caiga el establecimiento.

Quiso volver a reír con su risa que era como su cicatriz, como su cara. Pero no pudo terminar de hacerlo. Un trueno que parecía salido de abajo de la tierra conmovió la casa. ¡Qué trueno! Era distinto sentir eso desde allí, pensó el negro. Le había retumbado adentro del estómago, adentro de la vida. Luego redoblaron la lluvia, el viento. La ventana lateral era la más furiosamente castigada, la recorría una especie de epilepsia ingobernable.

Por encima de los ruidos comenzó a dominar, sin embargo, el fuerte olor del negro. Pareció engullirse todos los demás rumores, todos los demás olores, como si hubiera peleado a pleno diente de raza con ellos.

Dormir. ¿Pero cómo? Si se dejaba la ropa, era agua. Si se la quitaba, era piel sobre el hueso, también llena de agua helada. Optó por la piel, que parecía calentar un poco el agua. Y se largó al valle, al fin, desnudo como había nacido. La claridad de la lamparita de la virgen empezó a hacerse entonces más tierna, más eficaz, como si se hubiera alimentado en el aceite de la sombra consubstanciado con la piel del negro. De la pared de la niña hasta la otra pared, marcando el ángulo, había tendida una especie de gasa sucia, movediza, obsesionante, que se hamacaba con el viento colado. Era una muestra de tejeduría antigua que había crecido en la casa. Cada vez que el viento redoblaba afuera, la danza del trapo aquel se hacía vertiginosa, llegaba hasta la locura de la danza. El negro se tapó los oídos y pensó: si yo fuera sordo no podría librarme del viento, lo vería, madrecita santa, en la telaraña esa, lo vería lo mismo, me moriría viéndolo.

Comenzó a tiritar. Se tocó la frente: la tenía como fuego. Todo su cuerpo ardía por momentos. Luego se le caía en un estado de frigidez, de temblor, de sudores. Quiso arrebujarse en algo, ¿pero en qué? No había remedio. Tendría que soportar aquello completamente desnudo, indefenso, tendido en el valle. ¿Cuánto debería resistir ese estado terrible de temblor, de sudores, de desamparo, de frío? Eso no podía saberlo él. Y menos, agregándole aquel dolor a la espalda que lo estaba apuñalando. Trató de cerrar los ojos, de dormir. Quizá lograra olvidarse de todo durmiendo. Tenía mucho que olvidar, además de su pobre cuerpo. Principalmente algo que había hecho en ese mismo día con sus manos, aquellas manos que eran también un dolor de su cuerpo.

Probó antes mirar hacia la niña. Allí permanecía ella, tierna, suave, blanca, velando a los dormidos. El negro tuvo un pensamiento negro. ¿Como podía ser que ella estuviese entre tanto ser perdido, entre esa masa sucia de hombre, de la que se levantaba un vaho fuerte, una hediondez de cuerpo y harapo, de aliento impuro, de crímenes, de vicios y de malos sueños? Miró con terror aquella mezcla fuerte de humanidad, piojo y pecado, tendida allí en el suelo roncando, mientras ella alumbraba suavemente.

¿Pero y él? Comenzó a pensarse a sí mismo, vio que estaba desnudo. Era, pues, el peor de los hombres. Los otros, al menos, no le mostraban a la virgencita lo que él, toda su carne, toda su descubierta vergüenza. Debería tapar aquello, pues, para no ofender los ojos de la inmaculada, cubrirse de algún modo. Quiso hacerlo. Pero le sucedió que no pudo lograr el acto. Frío, calor, temblor, dolor de espalda, voluntad muerta, sueño. No pudo, ya no podría, quizás, hacerlo nunca. Ya quedaría para siempre en ese valle, sin poder gritar que se moría, sin poder, siquiera, rezarle a la buena niña, pedirle perdón por su azabache desnudo, por sus huesos a flor de piel, por su olor invencible, y, lo peor, por lo que habían hecho sus manos.

Fue entonces cuando sucedió aquello, lo que él jamás hubiera creído que podría ocurrirle. La rosa blanca comenzaba a bajar de su plinto, lentamente. Allí arriba, él la había visto pequeña como una muñeca; pequeña, dura y sin relieve. Pero a medida que descendía iba cobrando tamaño, plasticidad carnal, dulzura viva. El negro hubiera muerto. El miedo y el asombro eran más grandes que él, lo trascendían. Probó tocarse, cerciorarse de su realidad para creer en algo. Pero tampoco pudo lograrlo. Fuera del dolor y del temblor, no tenía más verdad de sí mismo. Todo le era imposible, lejano, como un mundo suyo en otro tiempo y que se le hubiera perdido. Menos lo otro, la mujer bajando.

La rosa blanca no se detenía. Había en su andar en el aire una decisión fatal de agua que corre, de luz llegando a las cosas. Pero lo más terrible era la dirección de su desplazamiento. ¿Podía dudarse de que viniera hacia él, justamente hacia él, el más desnudo y sucio de los hombres? Y no solo se venía, estaba ya casi al lado suyo. Eran de verse sus pequeños zapatos de loza dorada, el borde de su manto celeste.

El negro quiso incorporarse. Tampoco. Su terror, su temblor, su vergüenza, lo habían clavado de espaldas en el suelo. Entonces fue cuando oyó la voz, la miel más dulce para gustar en esta vida:

—Tristán...

Sí, él recordó llamarse así en un lejano tiempo que había quedado tras la puerta. Era, pues, cierto que la niña había bajado, era real su pie de loza, era verdad la orla de su manto. Tendría él que responder o morirse. Tendría que hablar, que darse por enterado de aquella flor llegando. Intentó tragar saliva. Una saliva, espesa, amarga, insuficiente. Pero que le sirvió para algo.

—Usté, rosita blanca del cerco...

—Sí, Tristán. ¿Es que no puedes moverte?

—No, niña, yo no sé lo que me pasa. Todo se me queda arriba, en el pensar las cosas, y no se baja hasta el hacerlo. Pero yo no puedo creer que sea usté, perla clara, yo no puedo creerlo.

—Y sin embargo es cierto, Tristán, soy yo, no lo dudes.

Fue entonces cuando sucedió lo increíble, que la virgen misma se arrodillara al lado del hombre. Siempre había ocurrido lo contrario. Esta vez la virgen se le humillaba al negro.

—¡Santa madre de Dios, no haga eso! ¡No, rosita sola asomada al cerco, no lo haga!

—Sí, Tristán, y no solo esto de doblarme, que me duele mucho físicamente. Voy a hacer otras cosas esta noche, cosas que nunca me he animado a realizar. Y tú tendrás que ayudarme.

—¿Ayudarla yo a usté?, lirito de agua. ¿Con estas manos que no quieren hacer nada, pero que hoy han hecho…? ¡Oh, no puedo decírselo, mi niña, lo que han hecho! Lirito de ámbar, perdoneló al negro bueno que se ha hecho negro malo en un día negro…

—Dame esa mano con que lo mataste, Tristán.

—¿Y cómo sabe usté que lo ha matado un negro?

—No seas hereje, Tristán, dame la mano.

—Es que no puedo levantarla.

—Entonces yo iré hacia la mano —dijo ella con una voz que estaba haciéndose cada vez menos neutra, más viva.

Y sucedió la nueva enormidad de aquel descenso. La virgen apoyó sus labios de cera en la mano dura y huesuda del negro, y la besó como ninguna mujer se la había jamás besado.

—¡Santa madre de Dios, yo no resisto eso!

—Sí, Tristán, te he besado la mano con que lo mataste. Y ahora voy a explicarte por qué. Fui yo quien te dijo aquello que tú oías dentro tuyo: «No aflojes, aprieta, termina ahora, no desmayes».

—¡Usté, madrecita del niño tierno!

—Sí, Tristán, y has dicho la palabra. Ellos me mataron al hijo. Me lo matarían de nuevo si él volviera. Y yo no aguanto más esa farsa. Ya no quiero más perlas, más rezos, más lloros, más perfumes, más cantos. Uno tenía que ser el que pagase primero, y tú me ayudaste. He esperado dulcemente y he comprendido que debo empezar. Mi niño, mi pobre y dulce niño sacrificado en vano. ¡Cómo lo lloré, cómo le empapé con mis lágrimas el cuerpo lacerado! Tristán, tú no sabes lo más trágico.

–¿Qué, madrecita?

–Que luego no pude llorar jamás por haberlo perdido. Desde que me hicieron de mármol, de cera, de madera tallada, de oro, de marfil, de mentira, ya no tengo aquel llanto. Lloran ellos, sí, o simulan hacerlo, por temor a asumir un mundo sin él.

–¿Y usté por qué no?

–Lo que ya no se puede no se puede. Y debo vivir así, mintiendo con esta sonrisa estúpida que me han puesto en la cara. Tristán, yo no era lo que ellos han pintado. Yo era distinta, y ciertamente menos hermosa. Y es por lo que voy a decirte que he bajado.

–Digaló, niña, digaseló todo al negro.

–Tristán, tú vas a asustarte por lo que pienso hacer.

–Ya me muero de susto, lirito claro, y sin embargo no soy negro muerto, porque estoy vivo.

–Pues bien, Tristán –continuó la virgen con aquella voz cada vez más segura de sí, como si se estuviera ya humanizando– voy a acostarme al lado tuyo. ¿No dijo el patrón que había sitio para dos en el valle?

–¡No, no, madrecita, que se me muere la lengua y no puedo seguir pidiéndole que no lo haga!

–Tristán, ¿sabes lo que haces? Estás rezando desde que nos vimos. Nadie me había rezado este poema…

–¡Yo le inventaré un son mucho más dulce, yo le robaré a las cañas que cantan todo lo que ellas dicen y lloran, pero no se acueste al lado del negro malo, no se acueste!

–Sí, Tristán, y ya lo hago. Mírame cómo lo hago.

Entonces el negro vio cómo la muñeca aquella se le tendía, con todo su ruido de sedas y collares, con su olor a tiempo y a virginidad mezclado en los cabellos.

—Y ahora viene lo más importante, Tristán. Tienes que quitarme esta ropa. Mira, empieza por los zapatos. Son los moldes de la tortura. Me los hacen de materiales rígidos, me asesinan los pies. Y no piensan que estoy parada tantos siglos. Tristán, quítamelos, por favor, que ya no los soporto.

—Sí, yo le libero los pies doloridos con estas manos pecadoras. Eso sí me complace, niña clara.

—¡Oh, Tristán, qué alivio! Pero aún no lo has hecho todo. ¿Ves qué pies tan ridículos tengo? Son de cera, tócalos, son de cera.

—Sí, niña de los pies de cera, son de cera.

—Pero ahora vas a saber algo muy importante, Tristán. Por dentro de los pies de cera yo tengo pies de carne.

—¡Ay, madre santa, me muero!

—Sí, y toda yo soy de carne debajo de la cera.

—¡No, no, madrecita! Vuélvase al plinto. Este negro no quiere que la santa madre de carne esté acostada con él en el valle. ¡Vuélvase, rosa dulce, vuélvase al sitio de la rosa clara!

—No, Tristán, ya no me vuelvo. Cuando una virgen bajó del pedestal ya no se vuelve. Quiero que me derritas la cera. Yo no puedo ser más la virgen, sino la verdadera madre del niño que mataron. Y entonces necesito poder andar, odiar, llorar sobre la tierra. Y para eso es preciso que sea de carne, no de cera muerta y fría.

—¿Y cómo he de hacer yo, lirito dulce, para fundir la cera?

—Tócame, Tristán, acaríciame. Hace un momento tus manos no te respondían. Desde que las besé, estás actuando con ellas. Ya comprendes lo que vale la caricia. Empieza ya. Tócame los pies de cera y verás cómo se les funde el molde.

–Sí, mi dulce perla sola, eso sí, los pies deben ser libres. El negro sabe que los pies deben ser libres y de carne de verdá, aunque duelan las piedras. Y ya los acaricio, no más. Y ya siento que sucede eso, virgen santa, ya siento eso... Mire, madrecita, mire cómo se me queda la cera en los dedos...

–Y ahora tócame los pies de verdad, Tristán.

–Y eran dos gardenias vivas, eran pies de gardenia.

–Pero eso no basta. Sigue, libérame las piernas.

–¿Las piernas de la niña rosa? Ay, ya no puedo más, ya no puedo seguir fundiendo. Esto me da miedo, esto le da mucho miedo al negro.

–Sigue, Tristán, sigue.

–Ya toco la rodilla, niña presa. Y no más. Aquí termina este crimen salvaje del negro. Juro que aquí termina. Córteme las manos, madre del niño rubio, córtemelas. Y haga que el negro no recuerde nunca que las tuvo esas manos, que se olvide que tocó la vara de la santa flor, córtemelas con cuchillo afilado en sangre.

Un trueno brutal conmueve la noche. Las ventanas siguen golpeando, debatiéndose. Por momentos vuelve la casa a tambalear como un barco.

–¿Has oído, estás viendo cómo son las cosas esta noche? Si no continúas fundiendo, todo se acabará hoy para mí. Sigue, apura, termina con el muslo también. Necesito toda la pierna.

–Sí, muslos suaves del terror del negro perdido, aquí están ya, tibios y blandos como lagartos bajo un sol de invierno. Pero ya no más, virgencita. Miremé cómo me lloro. Estas lágrimas son la sangre doliéndole al negro.

—¿Has oído, Tristán, y has visto? La casa tambalea de nuevo. Déjate de miedo por un muslo. Sigue, sigue fundiendo.

—Pero es que estamos ya cerquita del narciso de oro, niña. Es el huerto cerrado. Yo no quiero, no puedo...

—Tócalo, Tristán, toca también eso, principalmente eso. Cuando se funda la cera de ahí, ya no necesitarás seguir. Sola se me fundirá la de los pechos, la de la espalda, la del vientre. Hazlo, Tristán, yo necesito también eso.

—No, niña, es el narciso de oro. Yo no puedo.

—Igual lo seguirá siendo. ¿O crees que puede dejar de ser porque lo toques?

—Pero no es por tocarlo solamente. Es que puede uno quererlo con la sangre, con la sangre loca del negro. Tenga lástima, niña. El negro no quiere perderse y se lo pide llorando que lo deje.

—Hazlo. Mírame los ojos y hazlo.

Fue entonces cuando el negro levantó sus ojos a la altura de los de la virgen, y se encontró allí con aquellas dos miosotis vivas que echaban chispas de fuego celeste como incendios de la quimera. Y ya no pudo dejar de obedecer. Ella lo hubiera abrasado en sus hogueras de voluntad y de tormenta.

—¡Ay, ya lo sabía! ¿Por qué lo he hecho? ¿Por qué he tocado eso? Ahora yo quiero entrar, ahora yo necesito hundirme en la humedá del huerto. Y ahora ya no aguantará más el pobre negro. Mire, niña cerrada, cómo le tiembla la vida al negro, y cómo crece la sangre loca para ahogar al negro.

Yo sabía que no debía tocar, pues. Déjeme entrar en el anillo estrecho, niña presa, y después mátelo sobre su misma desgracia al negro.

–Tristán, no lo harás, no lo harías. Ya has hecho algo más grande. ¿Sabes lo que has hecho?

–Sí, palma dulce para el sueño del negro. Sí que lo sé la barbaridá que he hecho.

–No, tú no lo sabes completamente. Has derretido a una virgen. Lo que quieres ahora no tiene importancia. Alcanza con que el hombre sepa derretir a una virgen. Es la verdadera gloria de un hombre. Despúes, la penetre o no, ya no importa.

–Ay, demasiado difícil para la pobre frente del negro. Solo para la frente clara de alguien que bajó del cielo.

–Además, Tristán, otra cosa que no sabes: tú te estás muriendo.

–¿Muriendo? ¿Y eso qué quiere decir?

–¡Oh, Tristán! ¿Entonces te has olvidado de la muerte? Por eso yo te lo daría ahora mismo el narciso que deseas. Solo cuando un hombre se olvida al lado de una mujer de que existe la muerte, es que merece entrar en el huerto. Pero no, no te lo daré. Olvídate.

–Digamé, lunita casta del cielo, ¿y usté se lo dará a otro cuando ande por el mundo con los pies de carne bajo las varas de jacinto tierno?

–¿Qué dices, te has vuelto loco? ¿Crees que la madre del que asesinaron iría a regalarlos por añadidura? No, es la única realidad que tengo. Me han quitado el hijo. Pero yo estoy entera. A mí no me despojarán. Ya sabrán lo que es sufrir ese deseo. Dime, Tristán, ¿tú sufres más por ser negro o por ser hombre?

–Ay, estrellita en la isla, dejemé pensarlo con la frente oscura del negro.

El hombre hundió la cabeza en los pechos ya carnales de la mujer para aclarar su pensamiento. Aspiró el aroma de flor en celo que allí había, revolvió la maternidad del sitio blando.

—¡Oh, se me había olvidado, madre! —gritó de pronto como enloquecido—. Ya lo pensé en su leche sin niño. ¡Me van a linchar! He tocado a la criatura de ellos. ¡Dejemé, mujercita dulce, dejemé que me vaya! No, no es por ser hombre que yo sufro. Dejemé que me escurra. ¡Suelte, madre, suelte!

—No grites así, Tristán, que van a despertar los del suelo —dijo la mujer con una suavidad mecida, como de cuna— tranquilízate. Ya no podrá sucederte nada. ¿Oyes? Sigue el viento. La casa no se ha caído porque yo estaba. Pero podría suceder algo peor, aunque estando yo, no lo dudes.

—¿Y qué sería eso?

—Te lo diré. Han buscado todo el día. Les queda solo este lugar, lo dejaron para el final, como siempre. Y vendrán dentro de unos segundos, vendrán porque tú mataste a aquel bruto. Y no les importará que estés agonizando desnudo en esta charca. Pisotearán a los otros, se te echarán encima. Te arrastrarán de una pierna o de un brazo hacia afuera.

—¡Ay, madre, no los deje!

—No, no los dejaré. ¿Cómo habría de permitirlo? Tú eres el hombre que me ayudó a salir de la cera. A ese hombre no se le olvida.

—¿Y cómo hará para impedir que me agarren?

—Mira, yo no necesito nada más que salir por esa ventana. Ahora tengo pies que andan, tú me los has dado —dijo ella secretamente.

—Entonces golpearán. Tú sabes cuántas veces se golpea aquí. A la cuarta se levanta el hombre del catre ¿no es cierto? Ellos entran por ti. Yo no estoy ya. Si tú no estuvieras moribundo yo te llevaría ahora conmigo, saltaríamos juntos la ventana. Pero en eso el Padre puede más que yo. Tú no te salvas de tu muerte. Lo único que puedo hacer por ti es que no te cojan vivo.

—¿Y entonces?, madre —dijo el negro arrodillándose a pesar de su debilitamiento.

—Tú sabes, Tristán, lo que sucederá sin mí en esta casa.

—Sshh… oiga. Ya golpean. Es la primera vez…

—Tristán, a la segunda vez nos abrazamos —murmuró la mujer cayendo también de rodillas.

El hombre del catre se ha puesto en pie al oír los golpes. Enciende la lámpara.

—Ya, Tristán.

El negro abraza a la virgen. Le aspira los cabellos de verdad, con olor a mujer, le aprieta con su cara la mejilla humanizada.

El tercer golpe en la puerta. El dueño de la cicatriz ya anda caminando entre los dormidos del suelo. Aquellos golpes no son los de siempre. Él ya conoce eso. Son golpes con el estómago lleno, con el revólver en la mano.

En ese momento la mujer entreabre la ventana lateral de la casa. Ella es fina y clara como la media luna, apenas si necesita una pequeña abertura para su fuga. Un viento triste y lacio se la lleva en la noche.

—¡Madre, madre, no me dejes! Ha sido el cuarto golpe. ¡Y ahora me acuerdo de lo que es la muerte! ¡Cualquier muerte, madre, menos la de ellos!

—Cállate, negro bruto —dijo sordamente el otro—. Apostaría a que es por vos que vienen. Hijo de perra, ya me parecía que no traías cosa buena contigo.

Entonces fue cuando sucedió. Entraron como piedras con ojos. Iban derecho al negro con las linternas, pisando, pateando a los demás como si fueran fruta podrida. Un viento infernal se coló también con ellos. La casucha empezó a tambalear como lo había hecho muchas veces aquella noche. Pero ya no estaba la virgen en casa. Un ruido de esqueleto que se desarma. Luego, de un mundo que se desintegra. Ese ruido previo de los derrumbes.

Y ocurrió, de pronto, encima de todos, de los que estaban casi muertos y de los que venían a sacarlos fuera.

Es claro que había cesado la lluvia. El viento era entonces más libre, más áspero y desnudo lamiendo el polvo con su lengua, el polvo del aniquilamiento.

EL DERRUMBAMIENTO

" Sigue lloviendo. Maldita sea, maldita virgen. ¿Por qué sigue lloviendo?". Este pensamiento es demasiado oscuro para su dulce voz de negro,
para su lengua blanda de negro, para su saliva tierna con sabor a palabras humildes de negro. Por eso es que él lo piensa, solamente. No podría
jamás soltarlo al aire. Aunque aún como pensamiento es cosa mala, cosa
mala para su conciencia blanca de negro. El habla y piensa siempre de
otro modo, como un enamorado.

"¡Ayudamé, virgencita, rosa blanca del cerco. Ayudaló al pobre negro,
que mató a ese bruto blanco, que hizo esa nadita hoy. Mi rosa sola, ayudaló, mi corazón de almendra dulce, dale suerte al negrito, rosa clara
del huerto!"

Pero hoy no. Está lloviendo con frío. Tiene los huesos calados hasta
donde duele el frío en el hueso. Perdió una de sus alpargatas caminando
por el fango, y por la que le ha quedado se le salen los dedos. Cada --
vez que una piedra es puntiaguda, los dedos aquellos tienen que ir a --
dar allí, con fuerza, en esa piedra, y no en otra que sea redonda. No
es nada el golpe en el dedo. Lo peor es el telegrama bárbaro de ese dolor, cuando va subiendo por la ramazón del cuerpo, y después baja otra
vez hasta el dedo, para quedarse allí, endurecido, hecho piedra doliendo. Entonces el negro ya no comprende a la rosita blanca.¿Cómo puede ella
hacerle eso? Porque la dulce prenda debió avisarle que estaba allí el
guijarro. También debió impedir que esa noche lloviera tanto, y que hiciera tanto frío. El negro lleva las manos en los bolsillos, el sombrero hundido hasta los hombros, el viejo traje abrochado hasta donde le
han permitido los escasos botones. Aquello, realmente, ya no es un traje, sino un pingajo calado, brillante,resbaladizo como baba. El cuerpo
todo se ha modelado bajo la tela, y acusa líneas poderosas, líneas
armónicas y perfectas de negro. Al llegar a la espalda, agobiada por
el peso del agua, la escultura termina, definiendo su estilo, sin el
cual, a simple color solamente, no podría haber existido nunca el negro como negro.
Y, además, sigue pensando, ella debió apresurar más la no-
che. Tanto como la necesitó él todo el día. Ya no había más agujero --
donde esconderse el miedo de un negro. Y recién ahora la ha enviado la
rosita blanca.

El paso del negro es lento, persistente. Es como la lluvia, ni se a-
para ni afloja. Por momentos, parece que se conocen demasiado para --

queña abertura para su fuga. Un viento triste y loco se la lleva en la
noche.

- Madre, madre, no me dejes! Ha sido el cuarto golpe,madre mía. Y
ahora me acuerdo de lo que es la muerte! Cualquier muerte, madre, menos la
de ellos!

- Cállate, negro bruto! -dice el hombre de la cicatriz- Apostaría
a que es por vos que vienen. Hijo de perra, ya me parecía que no traías
cosa buena contigo.

Entonces fué cuando sucedió. Entraron como piedras con ojos. Iban
derecho al negro con las linternas, pisando, pateando a los otros, como
si fueran fruta podrida. Un viento infernal entró también con ellos. z
La casucha empezó a tambalear, como ya lo había hecho muchas veces durante
aquella noche. Pero ya no estaba la virgen en la casa. Un ruido de esquele
to que se desarma. Luego, de un mundo que se desintegra. Ese ruido previo
de los derrumbes.

Y sucedió la cosa, de pronto, encima de todos, de los que estaban
casi muertos y de los que venían a sacarlos afuera.

Es claro que había cesado la lluvia. El viento era entonces más li
bre, más áspero y desnudo, lamiendo el polvo con su lengua, el polvo del
aniquilamiento.

            FIN

                        Andrés Somers.

EL DERRUMBAMIENTO

"Sigue lloviendo. Maldita sea, maldita virgen. ¿Por qué sigue lloviendo? Este pensamiento es demasiado oscuro para su dulce voz de negro,
para su lengua blanda de negro, para su saliva tierna con sabor a palabras humildes de negro. Por eso es que él lo piensa, solamente. No podrá
jamás soltarlo al aire. Aunque aún como pensamiento es cosa mala, cosa
mala para su conciencia blanca de negro. Él habla y piensa siempre de
otro modo, como un enamorado.

"Ayudamé, virgencita, rosa blanca del cerco. Ayudalo al pobre negro,
que mató a ese bruto blanco, que hizo esa nadita hoy. Mi rosa sola, ayudalo, mi corazón de almendra dulce, dale suerte al negrito, rosa clara
del negro huerto."

Pero hoy no. Está lloviendo con frío. Tiene los huesos calados hasta
donde duele el frío en el hueso. Perdió una de sus alpargatas caminando
en el fango, y por la que le ha quedado se le salen los dedos. Cada --
vez que una piedra es puntiaguda, los dedos aquellos tienen que ir a --
dar allí, con fuerza, en esa piedra, y no en otra que sea redonda. Y no
es nada el golpe en el dedo. Lo peor es el latigazo bárbaro de ese dolor, cuando va subiendo por la ramazón del cuerpo, y después baja otra
vez hasta el dedo, para quedarse allí, endurecido, hecho piedra doliendo. Entonces el negro ya no comprende a la rosita blanca. ¿Cómo ella puede
hacerle eso? Porque la dulce prenda debió avisarle que estaba allí el
guijarro. También debió impedir que esa noche lloviera tanto, y que hiciera tanto frío. El negro lleva las manos en los bolsillos, el sombrero hundido hasta los hombros, el viejo traje abrochado hasta donde le
han permitido los escasos botones. Aquello, realmente, ya no es un traje, sino un pingajo calado, brillante, resbaladizo como baba. El cuerpo
todo se le ve dibujado bajo la tela, y acusa líneas armónicas y perfectas de
negro. Al llegar a la espalda, agobiada por el peso del agua, la escultura
termina de definir su estilo, sin el cual, a simple color solamente, no podría
nunca haber existido.

Y, además, sigue pensando el negro, ella debió apresurar más la noche. Tanto como la necesitó él todo el día. Ya no había más agujero --
donde esconderse el miedo de un negro. Y recién ahora la ha enviado la
rosita blanca.

El paso del negro es lento, persistente. Es como la lluvia, ni se apresura
ni afloja. Por momentos, parece que se conocen demasiado para --

11

queña abertura para su fuga. Un viento triste y ~~loco~~ *lacio* se la lleva en la
noche.

- Madre, madre, no me dejes! Ha sido el cuarto golpe, madre mía. Y
ahora me acuerdo de lo que es la muerte! Cualquier muerte, madre, menos la
de ellos!

- Cállate, negro bruto! ~~-dice el hombre de la cicatriz-~~ *dijo sordamente el otro* — Apostarí-
a a que es por vos que vienen. Hijo de perra, ya me parecía que no traías
cosa buena contigo.

Entonces fué cuando sucedió. Entraron como piedras con ojos. Iban
derecho al negro con las linternas, pisando, pateando a los ~~otros~~ *demás*, como
si fueran fruta podrida. Un viento infernal ~~entró~~ *se coló* también con ellos. ~~E~~
La casucha empezó a tambalear, como ~~ya~~ lo había hecho muchas veces durante
aquella noche. Pero ya no estaba la virgen en ~~##~~ casa. Un ruido de esqueleto que se desarma. Luego, de un mundo que se desintegra. Ese ruido previo
de los derrumbes.

Y sucedió la cosa, de pronto, encima de todos, de los que estaban
casi muertos y de los que venían a sacarlos ~~a~~ fuera.

Es claro que había cesado la lluvia. El viento era entonces más libre, más áspero y desnudo, lamiendo el polvo con su lengua, el polvo del
aniquilamiento.

FIN

Armonía Somers.

RÉQUIEM POR GOYO RIBERA

EL MÉDICO OLIÓ LA MUERTE infecciosa del individuo y ordenó que no hubiera velatorio. Cuando llegó Martín Bogard, llamado por un cable no sabía de quién, se dio de bruces contra aquello. Dos hombres de la asistencia pública, vestidos de blanco, protegidos con tapabocas de lienzo y guantes de goma, estaban manejando el cuerpo consumido de Goyo Ribera. Sí, porque aunque no pudiera creerse, aquella pequeña cosa sin importancia era Goyo Ribera, al parecer en el último estadio de una metamorfosis regresiva.

Lo metieron rápidamente en un cajón ordinario, con manijas de hojalata. La operación fue en sí tan sencilla como si se pinchara un insecto en el fondo de una cajita de museo. Luego, y siempre con el mismo ritmo vertiginoso, uno de los hombres se quitó el guante de goma, tomó una estilográfica del bolsillo superior, llenó un formulario de una libreta que le tendía el otro individuo, indicó al recién llegado un renglón inferior y le pasó pluma. Martín firmó no sabía qué cosa, como testigo ocasional del hecho. Por costumbre, y por estar idiotizado con todo aquello, agregó bajo su firma de presidente del Tribunal el distintivo de oficio, aunque no viniera al caso. Y asunto concluido con el muerto. Afuera, ya estaba esperando el furgón, también de la misma calidad de la caja, color beneficencia, y de acuerdo al estilo total de la habitación indescriptible donde estaban embalando a un hombre, no se sabía para qué suerte de viaje expreso.

Todo era irreal, nebuloso, inasible. Se respiraba allí dentro la muerte de Goyo Ribera, cierto. Había sido él portador de algo tan formidable, que ese mismo algo inconcreto podía hacer vivir todas las cosas por simple contacto. Su espíritu flotante ya no estaba allí, como si hubiera deshabitado el cuerpo, como si hubiera emigrado sin decir adónde. Pero, aun así, aun viéndose que Goyo debería estar muerto, pues solo en esa forma podía estar muerta su atmósfera, la cosa no alcanzaba para decir o aceptar que estuvieran ocurriendo hechos comunes.

Se veía en un rincón un lecho desordenado, dos sillas, un reloj colgado en el muro. Un reloj. Martín se precipitó en la esfera, desesperadamente, buscando allí algo donde asirse de la muerte de Goyo. Pero el reloj estaba detenido. Las tres. Un día, el último de sus fuerzas, el hombre aquel había dado impulso al mecanismo con sus manos, sus manos en las que quizás ya no restaría sino eso que querían aprisionar, el fantasma huidizo del tiempo. Pero ya ni tanto, ni la proyección de esa voluntad todavía viva para tender el puente.

Los enmascarados, previa orden al hombre que estaba afuera, parecieron entregar el nuevo y siempre vertiginoso derecho de propiedad sobre el muerto. Uno de los individuos, el que había alcanzado el formulario, abrió una valijita misteriosa que tenía en la mano, sacó de allí un frasco rotulado y lo estrelló con fuerza contra la pared del fondo, como cuando se bautiza con *champagne* un barco. El olor fenicado se adueñó de la pieza donde había cesado la atmósfera de Goyo. Bien podría ser ese olor brutal, pensó Martín, el que lo ayudara a creer en algo, en alguna de esas cosas simples y definitivas que configuran la vigilia corriente. Ya iba a hinchar los pulmones, ya iba a metérselo en el cuerpo, cuando vio que uno de los hombres cerraba la valijita, el otro guardaba la estilográfica, y ambos abandonaban el aire sucio del cuarto.

No, ya no necesita respirar nada. Lo dejan solo, y eso basta. El muerto mismo tendrá que decirle la palabra, aclarar que todo ese proceso se está desenvolviendo alrededor de algo que es su muerte. Y Martín sabe, además, que él también necesita transmitir algo a Goyo, algo de sí, por lo que el otro comprenda que él debe sufrir y no puede, porque todo va demasiado de prisa, y porque él nunca había dado en pensarlo, nunca había educado sus entrañas para que un día pudieran anunciarle esa cosa inaudita: Goyo ha muerto.

Fue precisamente al ir a arrodillarse en el suelo junto a la caja, para explorar aquel silencio, cuando dio en aparecer el tercer enmascarado, el hombre del furgón, que había permanecido en la puerta. Tenía colgada en el rostro esa inconfundible palidez que da el oficio. Y todo él era su rostro. Martín, que aún dudaba de los sucesos de Goyo, hubiera podido certificar que el hombre aquel estaba muerto.

—Vamos —dijo lacónicamente, echando una mirada sobre el único deudo— es la hora.

Agarró de junto a la pared una tapa de madera parecida a una caja de corbatas vista con aumento, y, sin decir palabra, se la echó encima al cadáver. Martín sintió cómo la nariz de Goyo había sido aplastada. Quizás no habría alcanzado a suceder la cosa, pensó para quitarse el temblor de encima. Pero siguió sintiendo con todo su cuerpo cómo la amada nariz, no la de entonces, sino la de antes, de aletas vibrátiles como la de ciertos animales de montaña, había sido aplastada con la tapa. Consumado el hecho, el individuo le señaló una de las manijas, mientras él se prendía de la otra. Entonces Martín decidió ponerse en juego todo entero. Se desabrochó el abrigo, se aflojó los gemelos. Por fin iba a ocurrir la cosa. Ya podría tener a Goyo, algo de él, su peso, que le permitiera creer, sentirlo muerto. Fue a levantar aquello con todo su amor, con toda su vida. Nuevamente frustrado. La caja, con tara y contenido, pesaba tanto como el aire. El justo esfuerzo del otro individuo lo dejó avergonzado, ridículo, más perdido y absurdo que nunca. Así, pues, con esa sensación inacabable de despojo, fue cómo salió el hombre vivo del aire irrespirable de la pieza, y cómo ayudó a colocar el cajón dentro del carro. ¿Qué era todo aquello? ¿A quién le estaban dando el pasaporte negro? Miró el reloj.

Las diez. Era una mañana de niebla. Pero apenas si tuvo el tiempo exacto para saber a qué horas había dudado de los hechos, y con qué telón de fondo. El otro ya estaba en el asiento.

Desde ese instante comenzó el verdadero ritual del caso. Cierto que no había nada que respetar, ni dinero, ni adioses, ni ofrendas, ni fama. Sin embargo, el cochero partió por costumbre a marcha mesurada, como lo hiciera siempre. También iba a paso lento el hombre que había decidido acompañar al muerto. Llevaba los brazos cruzados en la espalda, sosteniendo el sombrero. Ya, ya –pensó–. Ahora, como minutos antes había logrado recordar la nariz, podría evocar, quizás, los ojos. Aquellos ojos maravillosos a los que se acababa siempre entregándolo todo, razón y sinrazón, puesto que eran los ojos incomparables de Goyo. Suerte de suerte, finalmente, que no iba un alma en el cortejo. Eso no era normal, sin duda, pero suerte de anormalidad, se dice uno a veces. ¿Qué importaba que el mundo hubiera sido lo suficientemente estúpido como para no reivindicar en propiedad colectiva esa última presencia terrestre de Goyo Ribera?

Mas fue cuando Martín había decidido tal cosa, ser el hombre contra la corriente, no mirar sino hacia atrás, hacia el revés del tiempo, aquel tiempo de milagro donde aún existía el amor, fue precisamente entonces cuando el del coche empezó a ver claro. Entierro sin séquito, muerto infeccioso, cero de lágrimas, mugre, ácido fénico. Y comenzó una alocada carrera hacia el cementerio, de golpe, como si el diablo le hubiera mojado la nuca con la punta de la lengua. El hombre vivo que iba detrás del muerto —Martín se había olvidado ya hasta de eso, su propio nombre— tuvo un momento de estupor por lo que acababa de ocurrir delante suyo. Se reacciona más fácilmente cuando lo empujan a uno que cuando le sacan de adelante lo que se va siguiendo. Pero lo cierto era que él también había decidido algo, acompañar, precisamente, al muerto, y entonces echó a correr por aquella calleja, de la que jamás hubiera preguntado el destino, y detrás del hombre en cuya nada no había podido asirse todavía. «Goyo, Goyo», quiso gritar por agarrarse de algo, aun del nombre sin cuerpo. Pero estaba visto: todo era como en las pesadillas. No le salió de la garganta nada que se pareciera a nada. Y lo peor era que había quedado en los ojos del muchacho, el de hacía veinticinco años, y que le acababan de robar también la nariz hacía un momento. Fue en ese punto, y por defender la posibilidad de restaurar alguna cosa –ya no le importaría cuál– que Martín Bogard decidió suspender lo que iba haciendo. Tomó resignadamente la acera, donde una mujer y tres chiquillos sucios se le quedaron mirando con la boca abierta, y empezó a hacer a paso normal el camino al cementerio.

La carrera lo había dejado sin aliento y sudando. Sacó el pañuelo para enjugarse. «Debo pensar en otra cosa, se aconsejó, debo pensar en algo que no sea esta muerte. No la entiendo, no me la han dejado vivir todavía. ¿Para qué voy a meditarla, sino para adelantar la que me espera?». Metió la mano en un bolsillo interior. «Siempre se encuentra algo ahí ¿no?» –comenzó por decirle al cobarde que introducía aquella mano–. «Una válvula de escape, ¿cierto?» –agregó cada vez con más ironía hacia sí mismo–. Encontró una guía turística a los Países Bajos. Tenía una cubierta de color azul vivo, en la que se leía algo en caracteres blancos. Ya iba resultando la cosa. Por lo menos él sabía eso ya, dos colores aislados y desentendidos de Goyo, que desapareció de pronto en un recodo y se dejó engullir por la niebla. Intentaba sumergirse en las letras blancas, cuando le saltó a los ojos la ilustración de fondo de la cubierta: una torre con un reloj. Se le echó encima a la esfera, y tuvo que pararse un segundo para meditar en su desgracia. El reloj estaba detenido en las tres, justamente. Goyo, pero no el desconocido que acababa de doblar la calleja, sino el de hacía veinticinco años, cuando estudiaba el Código y componía relojes al mismo tiempo, sacó su frente por detrás de la torre. A Martín se le aflojaron los brazos, los dedos. La guía azul dio una pequeña voltereta y se alejó reptando.

–No, no, esto no es para mí, Martín –dijo mirando la gastada cubierta del libro–. Yo no puedo, no debo. El mundo está falseado con todo esto ¿sabes? Es el invento matando al inventor. Las leyes solo actúan en un sector limitado, no tienen nada que ver con el problema del hombre.

–¿Entonces? –preguntó el otro desoladamente.

–No te digo que no –añadió Goyo, por ternura, con su voz dulce, con su cara delgada y de piel cetrina, con todo eso, tan suyo, transigiendo al mismo tiempo– pero no quiero que sea ahora esto de estudiar derechos que luego se conculcan por nada.

–¿Y más o menos para cuándo?

–Próximamente, Martín, próximamente.

Goyo sacó del bolsillo un misterioso envoltorio en un pañuelo, lo desató como si allí estuviera contenida la semilla del mundo. Pero lo que dio a luz fue solamente un reloj desarmado, una lente y una pinza. Luego lo extendió todo sobre la mesa de la buhardilla, se acomodó en el taburete, se caló el cristal y comenzó a recorrer con un solo ojo las fornituras.

–Y a veces pienso qué ocurriría si se murieran todos los relojeros –dijo de pronto.

Martín agarró en el aire las intenciones. Le conocía esa costumbre de escabullirse para evitar el diálogo molesto, que veía venírsele encima. A veces pasaba horas tonteando, haciendo relatos sin importancia y gastando brocha en el decorado. Luego, en los últimos cinco minutos disponibles, dejaba aparecer el tema central, del que se había estado tironeando en vano.

–Déjate de bromas, Goyo, también podrían morirse todos los sastres –dijo Martín abriendo el Código por la marca– ¿y qué? Claro que no sería lo mismo andar desnudos que vivir sin tiempo.

–¿Vamos a hablar de eso –añadió Goyo con entusiasmo infantil, como si vislumbrara el más prometedor de los temas– vamos a meditarlo?

Pero Martín, por toda respuesta, comenzó a leer, con la voz monocorde de un abejorro, el número del capítulo abierto en la marca, el título, los subtemas.

–No, no –imploró Goyo– ahora no, no estoy en eso. Tú no sabes. Pero mira, te lo diré, la chica ha perdido mucho conmigo, y eso me trae loco.

–Siempre la chica –subrayó Martín con tono irónico–. Lo que la chica se resta, lo que la chica ha perdido. Ya me tienes cansado. No, cansado no –agregó como si estuviera doblando bajo algo– me tienes a punto de reventar con eso. Vamos a ver: ¿qué ha perdido la chica que a ti no se te haya ido también con ella?

Goyo no contestó. Parecía haberse dejado tragar por aquellos diminutos engranajes del tiempo.

–Vamos, dilo –gritó Martín– dilo antes de que muera, antes de que me suceda eso que te anuncié, estallar como un odre repleto.

–Tres años –dijo Goyo pescando un pelito de cuerda con la pinza– eso en primer término.

–También tuyo: –agregó Martín en busca de guerra–. ¿O es que se detuvieron los relojes para tus tres años? Dime, relojero de ocasión, ¿marchaban solo sus relojes de números verdes, de ojos verdes, digo, fríos y verdes?

–No es lo mismo –contestó el muchacho como sumergiéndose en su conciencia–. A ella se le fue algo más que el tiempo. A la mujer se le van siempre otros algos.

–¿La quieres? –preguntó Martín en un corte brusco del tema.

–Yo quiero a todo el mundo. Yo estoy involucrado en toda existencia, eso ya lo sabes –le replicó dulcemente.

Martín dio un golpe brutal sobre la mesa. No, no podría olvidar, ni con otros veinticinco años por medio, la fuerza de aquel golpe y la cara de terror del amigo cuando su arsenal de pequeñeces se extendió como batido por un temblor de tierra.

–Perdóname, Goyo –dijo por fin humildemente, bajando el tono–. No era mi intención consumar tal estrago.

Quiso reunirlo todo como quien junta migas dispersas. Pero Goyo se lo impidió con un ademán delicado. Fue paseando su ojo con lente sobre la diminuta diáspora, y, de a poco, recuperó con la pinza todas las piezas. Tenía un trato especial para el pelito espiralado. Invirtió un vaso y lo colocó debajo cuidadosamente.

–Dime, Goyo, ¿y tu virginidad? –dijo de pronto Martín como saliendo de un agujero.

–¿Qué virginidad? –preguntó a su vez el muchacho arrancándose el cristal y mirando como si aquella pregunta llevara la locura encima.

–La que tú también perdiste al complicarte con ella, al complicar en esa forma tu propio destino.

–¿Pero de qué virginidad estás hablando, Martín, de qué especie de virginidad?, por favor, aclárate.

–¿Y todavía lo preguntas? De la tuya, sí, demonios, de la tuya, de la mía –dijo el otro levantándose con furia– de la que perdemos todos los hombres en cualquier momento, cuando ponemos algo más que el sexo en esa porquería. Ellas la pierden una sola vez, y viven lamentando eso, echándonos en cara hasta la muerte esa inmundicia, que si volvieran a tener ya no sabrían qué hacer con ella. Pero nosotros la perdemos miles de veces, desgracia, miles de veces. Sí, no pretendas discutirlo, porque tú lo sabes más que yo, sabes lo que es volver a la superficie sin una justificación para el espíritu, para la sangre, para todo lo que has puesto en revolución vanamente con eso.

Otro golpe, otra mirada tierna de Goyo para evitar el trabajo de reunir los tornillos, y se hubiera arreglado o aplazado el escándalo. Goyo podía conseguirlo todo con sus ojos, y hasta con su nariz, tan humana, que iban a quebrarle un día cuando lo momificaran en una caja de corbatas. Pero estaba visto: las cosas habían llegado al límite. Ni golpes, ni lectura de código, ni nada. Solo aquella pequeña dogaresa reinando en una conciencia atribulada. Aquella fría, diminuta y perversa criatura, aquella insomne polimorfa, capaz de planificar en una sola noche la arquitectura de un nuevo infierno.

—Sus idas y venidas —masculló Martín— sus evasiones, sus retornos, sus pedazos de cartas, siempre en yo, siempre en ego, quebrándole el cerebro a un pobre hombre, inventándole cada día una tortura nueva.

—Hay algo, Martín —dijo Goyo finalmente con voz calma, como alentado por la caída de tono del diálogo— algo muy interesante que ella me ha propuesto.

—¿Qué cosa, Goyo? Defínete de una vez, lárgalo pronto.

—No, ahora no, no puedo. Quizás dentro de tres días te lo diga.

—¿Y por qué esperar tres días?

—Porque entonces podría ser espontáneo mi deseo de confiarlo y no ahora. Lo cierto es que tú me ahogas, me cierras los caminos. Yo no puedo, Martín, conversar de estas cosas contigo. Un problema de conciencia no es un cuestionario. Yo no sé exactamente lo que es, en cuanto a la forma. Pero no puede de ningún modo consistir en eso tan terrible que tú haces, lo de acorralar a un individuo con la lógica, haciéndole encontrar todos los agujeros tapados con lo mismo, la lógica. Preguntas, más preguntas, y en cada humilde respuesta mía, tu aguijón, tu púa sangrando. No, es terrible, y yo no puedo soportarlo.

A Martín se le ablandaron por un segundo sus arrestos. Pero no quiso dejarse batir tan pronto en retirada.

–¿Y sabes por qué ocurre todo, Goyo? Por tu conciencia, por tu maldita conciencia. Es ella la que me torna brutal contigo, la que me solivianta. Pero voy a decírtelo de una vez por todas, voy a aclararte lo que pienso de tu conciencia. Es el órgano adventicio de tu cobardía. Sí, eso, ni más ni menos. No tienes valor para vivir en pugna con ella. No quieres guerra por dentro, no quieres perros que te despedacen, y eso es todo. Tú, lo que eres tú, Goyo. Me arrancaría los cabellos de un solo tirón, y no me convencería de lo que estoy viendo. Estás completamente determinado, completamente perdido. Y por nada, lo que se dice por nada.

–Siempre la lógica, Martín, tu lógica. Pero la vida es diferente.

–Dime, Goyo, una última cosa –añadió el otro, como claudicando–. Una pregunta, es claro, una maldita pregunta de esas –agregó aún más humildemente, no se sabía si por estar, a su vez, acorralado, o por no perder el último juego–: ¿ha vuelto la chica?

–Sí.

–¿Y dónde está? ¿Nuevamente contigo?

–No pienso responderte, y no hablemos más del caso. Tú y yo no hemos nacido para eso, somos dos planteamientos en colisión para el problema.

—Y bien —gritó Martín, no pudiendo ya atajarse la sangre del rostro— entonces ya está todo dicho, todo aclarado. Y ya no hay más Código a la fuerza, ni más amistad, ni más tú y yo, tampoco. Nada que no sea el esplendor de tu propia runa, de tu derrumbe lento. Pero ni más relojes con las tripas afuera, ¿oyes? ¡Basta ya de relojes!

Recordó nítidamente la última dispersión de las pequeñas piezas. Esa vez había arrojado al suelo el redil, lo había pisoteado brutalmente.

—Martín…

—¡No, ni siquiera en tu boca, ni mi nombre en tu aire! ¡Una sola cosa, esa inmundicia, esa maldita perra fría, acusando, negando, envileciendo!

—Martín —volvió a implorar el otro sin aliento.

—Sí, y principalmente lo último, bien que lo sabes. Tus hijos a medio plasmar tirados al caño de la m… cada tres meses, o cada tres días si pudiera hacerlo. ¿O crees que no sé a dónde va a parar periódicamente tu reloj de oro para pagar esa traición inaudita con tu sangre? Sí, tu formidable sangre, más formidable que todo tú, menospreciada por esa matriz sin vibraciones, por esa alma sin sexo, por esa infrahumana cosa que ya nació perdida. Nunca la vi llorar como una mujer por lo que hacía con lo que no era de ella, que nunca es de ellas completamente. Ya ves que la saliva no me alcanza —agregó en el paroxismo de la ira— y gracias, porque todavía se me quedan otras cosas, las que tú no sabes, las que duermen en su fondo, que yo tampoco sé y que ni ella sospecha de sí misma.

Martín tomó con ambas manos el Código, lo cerró violentamente y salió de la pieza como un enajenado que se acabara de gastar su capital de gritos. Por un segundo dio en pensar ilusoriamente tras la puerta que había cerrado con estrépito: «Viene, abre e intenta decirme que no me sacrifica por tan poca cosa. Me lo dice con los ojos, o con las aletas de la nariz, que han asimilado su lenguaje». Pero Goyo no apareció. Él lo imaginó tirado al suelo recogiendo las piezas miserables, si era posible hasta con la lengua, con el aliento. Tenía que ganar algún dinero, claro estaba. ¿Qué podría importarle el inacabable Código? El Código era un esfuerzo con rendimiento a plazo largo, y él necesitaba comprar leche, pan, horquillas, medias finas. No le importará su propia vida, pensó Martín escaleras abajo (la escalera del infierno ha de ser como esta, con su lamento de hierro frío, y mi destino infernal, vivir sin Goyo Ribera). Pero el mundo se detiene si una criatura igual a tantas no desarrolla su personalidad («crecimiento de personalidad», estaba asimilando el léxico).

Llegó, finalmente, calado de niebla, y sin la guía azul en la mano. Le pareció que el ruido de cierta escalera lo iba envolviendo como una serpiente. Sí, él había vestido ese traje alucinado durante veinticinco años. Un traje de serpientes sonoras. Pero los relojes de Goyo marchaban siempre más rápido. Cuando entró al cementerio, el otro ya se había enterrado a sí mismo. Volvían los hombres de la fajina negra, con las palas al hombro, chanceando a cuenta del muerto.

–¿Le habrá quedado pulpa para los gusanos?

–Nada, creo. Con tabla y todo no pesaba ni para el primer día.

Martín se quedó paralizado, mirándolos.

–¿Se le ofrece? –preguntó uno de ellos de mal talante.

–¿Tiene fuego? –dijo él a su vez, por hablar algo, sacando cigarrillos.

Eso, precisamente, pensó odiándose a sí mismo, pedirles fuego, darles de fumar a los que venían de rematar a Goyo, a los que se le habían adelantado también en ese trance, a los que le acababan de robar la última posibilidad terrestre del muerto. Martín hizo un pequeño rodeo en la neblina. Luego, a puro olfato, enderezó hacia el hoyo recién movido. 3846. Adulto. Los otros vieron cómo el individuo del cigarro se arrodilló en la tumba, tomó de aquella tierra pegajosa entre las manos y empezó a apretarla nerviosamente, como si la estuviera inquiriendo.

—Chiflado —dijo uno— ya me lo parecía.

—No, no te parecía, te parece ahora —agregó el segundo hombre alegremente, lanzando una bocanada de humo y un sinfín de aire de las tripas.

Habían inventado esa forma de despistar el miedo. Reírse y desahogarse de cualquier modo entre las tumbas, como si orillaran canteros de pactas podridas.

Martín, de espaldas, y aunque a cierta distancia, lo recibió todo en la nuca, su sano juicio puesto en duda, la brutal incontinencia del individuo. ¿Pero qué podía importarle ya nada? Había allí una sola cosa cierta, la nueva estafa a su ternura, a su necesidad de Goyo Ribera. Todo aquel fardo de tierra encima, toda aquella opaca y muda costra. Volvió a tomar otro puñado. Una lombriz repleta se le quedó en descubierto. El torcimiento vivo del animal le distrajo un minuto de sus obsesiones. Pero volvió por ellas, no podría ya dejarlas. Si las lágrimas fuesen algo que se oliera de un frasco, pensó, como se huelen las sales, eso que tenía allí dentro terminaría ablandando, disolviendo. El dolor auténtico vendría después, por añadidura, a liquidar el resto. Pero ya no podía ser, ya no había esperanza. Desde una eternidad le estaban robando a Goyo. Minúsculos seres sin importancia atravesados en el camino como arvejas en un tamiz, acontecimientos banales que la historia tendría vergüenza de tomar en cuenta. Durante mucho tiempo él esperó. Goyo no apareció jamás a verle. Tampoco se supo nada de aquella personalidad femenina con derecho al crecimiento, y que, al parecer no había logrado, en veinticinco años transcurridos, justificar su propiedad del mundo. Una segunda lombriz, más plástica que la otra, como una mujer sin piernas y sin brazos desperezándose, volvió a distraerlo. Esa le trajo de nuevo a la superficie aquellos líos periódicos de la mujerzuela. ¿Qué habría seguido enajenando ella para cubrir el gasto? Claro estaba, sin embargo –echó a cuenta del retomado monólogo– que él tampoco había dispuesto en adelante de mucho tiempo. De pronto, y como esos autores que con su primera novela se les obliga a cargar el peso de la fama, él se vio convertido en algo serio, algo que no se detuvo hasta la presidencia de los tribunales. Pero, aun sin tiempo expreso para Goyo, él sabía que el tiempo vital del hombre amado seguía insistiendo, latiendo. En un lugar del mundo Goyo Ribera daba cuerda a un reloj de cualquier marca o estilo. En otro lugar él hacía lo propio con el suyo. Y entonces, por el nexo de aquellos dos sutiles mecanismos en marcha, él se sentía viviendo para el otro ser, iban ambos involucrados en el mismo plan del tiempo, sin reconocerse, como enmascarados.

Tierra de cementerio, lombrices gordas. Martín vio cómo sus uñas se le habían llenado de inmundicia, y, por una fracción de segundo, se avergonzó de su estado.

–No, Goyo, no, yo no tengo asco –dijo de pronto–. Es tu tierra, tu tierra –logró añadir con la lengua aún trabada.

Al fin. Eran las primeras palabras articuladas que lograba ofrendarle al muerto.

–Es tu tierra, tu tierra –continuó aferrándose a la consistencia de la imagen–. Pronto comenzará a hinchar la madera, a desarticularla. Unos cuantos meses de lluvia y la pudre toda, te la quita de encima, se la absorbe. Y entonces puede ya tenerte ahí debajo, en esa intimidad oscura y descompuesta, pero completamente sola sobre tus despojos. Tú, como yo cuando era niño, estarás creyendo ahora que tus huesos van a quedarse blancos, como los de los animales que se han muerto y descarnado en el campo. Pero no, Goyo, tus huesos van a ser una cosa ultrajada de tierra, una pequeña cosa gris, como tu vida, como tu historia, la historia que yo quise salvar y no pude. Pero ella, la tierra, te seguirá teniendo, cada vez con más hambre, cada vez con más fuerza, Goyo, ella te seguirá apretando oscuramente.

Ya, ya. La onda poderosa le estaba subiendo, creciendo. Martín sintió perfectamente dentro de sí cómo aquello le había golpeado el pecho y cómo se aprestaba a inundarle, a tirarle de bruces al suelo, a hacerle vomitar la angustia de tantos años, rematada a última hora por esa cita sin presencia.

Fue en aquel momento metafísico, al borde mismo del réquiem, cuando se oyó el silbido de los hombres. Se habían recostado a un árbol y estaban saboreando, tal un nuevo cigarro, la inusitada escena. Martín se incorporó como con un muelle.

–Perdona, Goyo, estaba visto –musitó desde arriba humildemente. (La tumba le pareció más pequeña, más sin importancia, un simple cantero de huerta). –No me dejan, nunca me dejaron, jamás me permitirán tenerte, Goyo Ribera.

* * *

–Sí, señor, faltan solo nueve minutos. Y son exactamente cuatro horas de viaje.

El seco individuo con olor a itinerarios miró tras la ventanilla, como queriendo, a su vez, él que siempre debía quedarse, preguntar algo. Pero la cara del hombre del billete no daba para más. Era un tipo distinguido, aunque parecía regresar de algún encuentro subterráneo donde hubieran estado succionándole vida. Se cerró tras su misterio y se alejó como había llegado.

«Veo esta sucia estación de ferrocarril, indudablemente. ¿Pero quién podría negarme que está suspendida en una atmósfera sin tiempo, y que este olor especial, estos ruidos de zorras, estos silbidos de los changadores no me están ocurriendo en otra existencia?». Se sentó a esperar aquellos minutos en un banco grasiento. Frente a él había una puertecita con un letrero archileído: Hombres. Al costado de la puerta, otro banco. Una mujer joven y rolliza con un canasto en la falda, y un hombrecito gastado, con su valija inconfundible entre las piernas. La campesina y el viajante, dijo Martín para sí, como quien lee un título ingenuo en el lomo de un libro. Pero él estaba colgado en la atmósfera, él no podía evadirse. La campesina y el viajante, volvió a repetir sin poder deshacerse del estúpido tema. Y de pronto, como una garduña agarrada en el cepo, se encontró con que las cinco palabras lo estaban triturando, que no podría jamás librarse de ellas, que eran el suplicio de última hora, confabulado con el olor de la estación, con el ruido. Sintió toda esa angustia, pero dentro del estómago. Sí, aquel estómago no era, nunca había sido capaz de tanto.

Llegó al lugar del pequeño letrero con el tiempo justo. «Qué desgraciado se siente uno en esto, qué infantil y desgraciado. Yo, un hombre espiritual, que debía estar llorando la muerte de alguien». Pero cuando salió otra vez bajo el letrero, con los ojos fuera de las órbitas y la garganta estrujada por los sucesos, ya no le importaron más el olor, los silbos, la mujer, el viajante. Se sumó al movimiento general, se precipitó en el andén, se puso a contemplar las vías. «Evocan el ruido triste de las escaleras de hierro, con la diferencia de que este lleva a infiernos a ras del suelo». Y pensar que todo podía ser tan fácil dentro de un instante. Pero él ya no tenía esperanza dentro, ya no era un hombre capaz de nada grande, y el tren pudo resoplarle en la cara como a cualquier palurdo que se lo dejase hacer, sencillamente. Lo pescó al vuelo. Vio cómo la mujer del canasto era engullida por un compartimiento de segunda clase y se dejó agarrar a su vez por el suyo, con otro olor, de primera.

«Ha sido mucho esperar, Goyo, ¿no es cierto? Tú lo has visto, no se puede. Pero ya ha llegado la oportunidad definitiva, puesto que todo llega». Hundió su peso total en el pullman, se apretó con fuerza en los costados del asiento. «Toma, si todavía tengo tierra en las uñas. Esto es lo único que he podido arañar de tu muerte, Goyo, pero nadie podría desmentir esta tierra sin negarme a mí mismo. Y sin negarme a mí mismo, nadie podría negarte, Goyo Ribera». El tren comenzó a batir de nuevo como una coctelera llena de historias personales, y arrancó de pronto de un tirón fugando con la mezcla. «Sí, Goyo, tu tierra. Casi pude llorarte allí. Te me robaron, ya lo viste. Pero ahora ya no habrá nadie entre tú y yo, nadie, nadie».

Martín Bogard miró a su alrededor con aire de gran propietario, pero lo que vio en el pequeño departamento le dejó petrificado. «No, Dios mío, el viajante no, líbreme Dios del viajante, de su anecdotario y de sus muestras. Dios me ahorre al viajante». Cerró los ojos como para darle más fuerza mental a la cosa. Fue en aquel sencillo recurso, tan universal, donde encontró el remedio. Se colocó el ticket en el bolsillo superior, con la mitad visible a fin de que nadie osara molestarlo por tales menudencias, y simuló precipitarse en un sueño cerrado, con el mentón en el pecho. Extraño: se le apareció al instante la imagen de María. Hacía demasiado tiempo que dormía al lado de su mujer, y quizás era por eso que había terminado asociándola inconscientemente al acto de cerrar los ojos.

—María, me caso contigo.

—¿Pero cómo, Martín, y tu carrera?

—María, me caso contigo —repitió él automáticamente—. ¿Qué incompatibilidad puede existir entre tú y este exhaustivo Código? Espera, pues, déjame ver primero de qué color tienes los ojos.

Ella se le quedó mirando tontamente. Y como estaba junto a la ventana, eso le favoreció a él su examen cromático.

—Y bien, no son verdes, y basta —dijo.

La mujer se fue a embalar sus pequeñas cosas, y él compró unos cuantos calzoncillos y unos pares de medias. Ella tuvo luego que guisar y ocuparse menudamente de aquellas prendas del muchacho. Pero Martín salió a flote. Aun sin cambiarse nunca de traje pudo lograrlo. Ella siempre le había tenido un poco de miedo. Optó por el silencio y la sonrisa permanente, y resultó bien la cosa. Después él fue escalando algo, algo que no calculaban con exactitud los dos en qué terminaría. Finalmente se desembocó en la fama, y ella tuvo visón y otras zarandajas. Cierto que hoy su pelo rubio ya no tenía los reflejos metálicos de cuando el examen de ojos en la ventana, y que la graciosa curva de la espalda comenzaba a degenerar en giba. Pero era la señora del doctor Martín Bogard, y en eso radicaba lo importante. Además, alguien le había dicho hacía poco que iba a tener una madurez exquisita. Ella estaba agarrada al tiempo de ese verbo para saborear el cumplido.

La señora Bogard tenía unos ademanes lentos, que parecían ser o pretendían ser los de una reina. Cuando había invitados en casa, sus dedos eran distintos a todos los dedos, a los que derramaban pocillos de café o dejaban caer los cubiertos. Claro que si había un niño en la mesa y quedaba una sola confitura en la bandeja, los dedos maravillosos tomaban aquella última posibilidad y se la llevaban a la pequeña boca de la señora Bogard, delicadamente. También esa peculiaridad: no había tenido chicos. Él no sabía por qué. Ese era el único punto negro de su vida.

Martín era de sueño rápido. No nacido, como los desvelados, para reestructurar infiernos. Apenas si se quedaba siempre en el anteproyecto. Dejó, de pronto, abandonados a todos, pero de verdad: a su mujer, al viajante, a su necesidad de despistar al viajante para vivir la muerte de alguien. Y se durmió asexuadamente junto a los dedos de María, que habían borrado del aire la cara del mundo.

* * *

La señora Bogard ordenó que las flores que excedían al salón fueran colocadas a ambos lados de la escalera de entrada, y que se encendiera a toda luz la lámpara del centro. No había podido darse ese lujo en su pobre casamiento, cuando Martín llegó en aquella lejanísima tarde con la cara descompuesta por algo que quizás acabaría de ocurrirle, y le dijo sin lugar a discusiones: María, es necesario que nos casemos. Hacía de eso veinticinco años.

Justamente en tal día histórico, su hombre recibe un telegrama misterioso, piensa la señora Bogard haciendo bajar otro cesto de flores, un telegrama que no le muestra a ella, como siempre, consulta la guía de ferrocarriles, sale sin despedirse de nadie, y fingiendo no recordar qué fecha extraordinaria tiene encima. (–Señora, ¿bajo también estas orquídeas? –No, no, las orquídeas son para la mesilla dorada. «Va a tener una madurez exquisita». La voz de quien le envió aquellas flores para sus bodas de plata le besa los oídos). Es claro que, a pesar del misterioso telegrama y del aparente olvido de la fecha, Martín no puede fallarle, no le ha fallado nunca. Entre Martín y ella ha quedado una vieja promesa, ciertos pendientes que han elegido ambos para ese día. Y los pendientes ya no son simples cosas de las que puede prescindirse. Encienden el deseo de la mujer como dos estrellas que se le vinieran por un hilo.

La señora Bogard acomodó las orquídeas en el jarrón de bohemia. Luego, moviéndose como una reina de aquel mundo de flores que se le había venido encima –ya empezaban a llegar las gentes– se dio a componer la novela del telegrama y del improvisado viaje del marido. («Pendientes señor Bogard vendidos equivocación. Venga rápido atestiguar prioridad cliente»). Martín jamás había perdido un pleito. ¿Iba a ocurrirle justamente eso en aquel día?

* * *

–¿Su equipaje?, doctor.

No había puesto aún el pie en el suelo, no lo había arrojado aún la coctelera totalmente, cuando ya estaban ocupándose de su persona.

—No, no tengo equipaje —dijo Martín con ira—. Rayos, ¿es que siempre habrá que bajar en las estaciones con valijas?

El mozo de cordel se le quedó mirando con la boca abierta.

—Perdóname, Goyo, me he dormido en el ferrocarril —continuó a renglón seguido del incidente hablando solo, abriéndose a codazos el camino— y cuando he arrojado no tengo sueños. Ni siquiera eso, Goyo. Hubiera podido soñar, al menos, continuar con aquello en que quedé cuando empezaste a huir en la calleja con neblina. Me habían quitado tu nariz con la tapa, pero ya estaban logrados tus ojos. Pronto hubiera llegado la frente, y desde allí todo se aclararía. Todo tú eras la frente. Qué frente impresionante. Ya, ya, lo había olvidado. Yo anotaba lo que salía de allí, lo anotaba en un cuaderno de cubiertas negras. ¿Cómo pude haberlo olvidado? Sí, Goyo, ahora te salvas, nos salvamos. Llego a mi bendita casa, donde lo tengo todo bien dispuesto para que nadie se meta en mi vida, y no ceso de revolver hasta que lo encuentre. La sonrisa de bazar de María me abrirá paso, pero sin seguirme. Llorar, que yo pueda llorar, eso sí que no lo creo. Me han estafado el llanto. Pero pasaré las horas sin respirar leyendo lo que fue tuyo, tu poderoso pensamiento, tu locura lúcida, aquellas revisiones y aquellas soluciones para el gran problema del hombre que llenaban tu vida. Hasta que te la robaron. Te la robó la estupidez, una estupidez parecida a la de esos desgraciados que tosen en los teatros, justo en lo más formidable o delicado del diálogo, y cuando uno no puede matarlos, y ellos no saben lo que han hecho.

—Buenas noches, doctor.

–En fin, a mí no me han dado nada, tampoco –contestó Martín al hombre del saludo, otro que se quedó con la boca abierta.

Un automóvil estuvo a punto de atropellarlo en la calle. El individuo del volante se deshizo en improperios. Pero él le sacó el sombrero tiernamente por lo que casi había hecho.

Claro que el episodio del coche acabó por despabilarlo. Dejó de hablar, se puso a rumiar hacia adentro. «Cuando una hembra no le da nada a uno, continuó para sí, también es como si se lo quitara todo. Pero, por lo menos, ella había tenido siempre ese miedo, esa sonrisa. Y, además, ¿qué se pierde en el mundo con la anulación de un hombre cualquiera?».

El doctor Martín Bogard dio en mirarse, en palparse, en someterse a juicio. Pero fue entonces cuando cayó en la visión cabal de su estado. Tenía adherida en las rodilleras del pantalón la pastosa tierra del cementerio. La misma de las uñas, las manos, los zapatos. Tierra de Goyo, pero tierra. Sintió que un mechón de pelo ingobernable le venía cayendo en la frente. Y, además, su rostro. Sin mirarlo, el hombre sabe cómo está su rostro.

–Pero diablos, ¿quién ha muerto en la casa?

Toparse con aquella escalinata iluminada y llena de flores era algo que no entraba en sus cálculos. Empezó a subir desvaídamente, como un espantajo que retornara de un año de intemperie. ¿Quién podía haber muerto allí, justamente cuando él ya no tenía lágrimas? Fue entonces, no bien había dejado atrás la escalera con flores, no bien se había enfrentado a los ojos de asombro de aquella grey de salón, clavados todos en sus rodillas, en su mechón de la frente, en su sombrero estrujado entre las manos sucias, en su cara color tierra, cuando Martín Bogard cayó en la cuenta de ciertos veinticinco años conyugales, de ciertos pendientes olvidados.

No, el techo estaba firme. ¿Por qué habría de caérsele encima? Pero él comenzó a mirarlo codiciosamente, como un enamorado. Luego ni lo quiso. En realidad, él, Martín Bogard, ya estaba muerto. Él era el definitivo muerto sobre el que se pudrirían todas aquellas flores.

último

~~Borrador~~

El despojo

gi -

amefi en el expuecun,
dos veces (real)

EL DESPOJO

I
LA ARAÑA

Huyó de la granja al amanecer, no bien se había empezado a oír la tos estentórea del amo. Más que el ciclo rojizo,
subido de tono por los mugidos, los cloqueos y los ladridos
de abajo, había sido aquella tos violenta y aclimatada su
verdadero signo propicio.

Se palpó angustiosamente. Por fortuna, llevaba el in-
sustituible caramillo. Era decir, escapaba de la granja tal
como había llegado, completamente dueño de su alma y
de su cuerpo, apenas si con algunas callosidades de más
en las manos, a causa de la maldita leña y la maldita agua
y el mil veces maldito hombre que tosía al amanecer, sin
estar enfermo, por pura brutalidad de sus entrañas.

Reptó un largo trecho entre las mieses, besó a todos los
perros que se habían metido también allí, como ayudán-

dolo a rastrear algo: Luego lanzó un pedrusco hacia atrás para quitárselos de encima, y, finalmente, comenzó a nadar solo en la marea cortante de las espigas. Eso lo había oído decir alguna vez, pero lo que se dice es siempre poca cosa. Parecía que era necesario rasgarse, meterse aquella experiencia en la carne para saberlo, con el agravante de las pobres patas adventicias que había tenido que brotar de los hombros y que también estaban recibiendo lo suyo.

Cuando volvió a ponerse en dos pies, la tos del amo había muerto para siempre, y toda su granja le pesaba encima. Lo principal: estar completamente seguro del suceso. A fuerza de maldecir a un hombre en la extensión del trigo afilado, se concluye siempre imaginándolo así, tendido boca arriba, con las piernas y los brazos abiertos. Como debe soportar la granja sobre el pecho y el vientre, sus botas llenas de estiércol no tienen ya nada más que hacer con el trasero de nadie. Los ojos, eso sí, aún siguen manteniendo su vieja relación, lo miran con la misma fuerza. Por cada vez que lo habían rozado en la granja, él debió sentirse como agarrado por la pasión silenciosa de algo que iba a suceder irremediablemente. Ahora ya se reveló, y por eso es distinto volver a mirarse. Todos los que han visto a un hombre aplastado en tal forma, por un techo o una locomotora, o lo que sea, saben muy bien lo que dicen esos ojos. Los ojos salen cada vez más de la órbita («quítamelo, quítamelo»), luego transforman la súplica en eso que ya no puede traducirse, que solamente lo entenderían otros en el mismo trance. Alguien está pariendo en seco sus ojos, y los demás ignoran lo que es, no acertarán hasta que no les ocurra. Y él, desgracia, sabe que los otros no saben, pero tampoco puede gritárselo, porque se ha vomitado la lengua por añadidura. De pronto, y como impulsados desde dentro por todas las vísceras cambiadas de lugar, los pobres bolos sanguinosos acaban saltando de cuajo, sorpresivamente. Para entonces, ya se quedan clavados lejos, ya no exigen más nada.

Pero hay una incógnita terrible en todo aquello, pese a la felicidad del desenlace. ¿Habrían coincidido los tiempos? Porque lo cierto es que a veces a un desgraciado le caen las maldiciones muchos años después, cuando ya no nos vende ni un mísero potaje. Él no puede dudar de que el otro estará bajo la granja. Ese ensueño violento le es más necesario que su propio aire. Pero desearía que los ojos se estuvieran proyectando hacia afuera en el segundo en que él se succiona las palmas de las manos llenas de sangre con tierra, y cuando ha perdido la noción de su tiempo en el trigo.

De pronto, los riñones le dieron un salto inconfundible, como el de una rótula bajo el martillo. Sí, tenía que haber ocurrido el suceso allá lejos.

Volvió a hurgar con zozobra. Estaba, gracias al cielo, siempre estaba, aunque se largase a nado con las ropas encima. Y, sin embargo, no podía liberarse nunca del terror de haberlo perdido. Lo sacó, lo miró, le dio brillo contra el saco y se lo puso en los labios, sin suspender la marcha a campo traviesa. Él no sabía nunca lo que iría a salir de ese cuerpo taladrado. Jamás había dicho: voy a conseguir esto o aquello. No tenía más que dejar hacer, y la música ocurría de por sí, exenta, libre, como el placer de orinar en el campo. Pero fue entonces cuando le vino a suceder lo que él iba eludiendo, precisamente. La granja había quedado allende el trigo, cierto, y allí, sepulta, ardiente y clara, él creía haber dejado también a la mujer del hombre, a la que había amado subrepticiamente durante cuatro lunaciones exactas. Pero estaba visto, no se debía ni siquiera pensar en la perfección de las cosas. La mujer se le había venido, detrás o dentro, no sabía él en qué forma. Salió inesperadamente de la música, miró el aire con pavor, como si lo tuviera que respirar por primera vez, y luego se volvió a entrar en la casa agujereada del instrumento con la rapidez de una viborilla blanca. Entonces él no pudo emitir ya una sola nota que no estuviera hecha de aquella carne. Sopló al principio con fuerza, después con brutalidad, como solo un hombre puede ser capaz de quitarse el amor de encima. Hasta que ella debió salir, violentando los orificios, para volver hacia atrás, a sacarle al marido la granja de arriba, a meterle los ojos dentro de las cuencas, a escuchar de nuevo su tos matinal y a quedar, finalmente, tendida en el mismo lecho de su verdugo, de espaldas, y amando al otro sin mover un músculo, como si estuviera muerta.

Porque así había sido, aunque nadie lo creyera, aunque él no tuviera tampoco necesidad de relatarlo para obtener de la credulidad ajena algo más convincente y fuerte que su propia experiencia.

Y lo vuelve a ver sin la granja sobre el vientre, pero ya no le importa. Va a traicionarlo en seguida, no bien cierre la puerta y guarde la enorme llave bajo la almohada, justo donde irá a apoyar la cabeza toda la noche. Ahora se sienta en el borde de la cama, se quita las botas y las arroja lejos, como toda su ropa que es tirada sin orden por los aires. Luego, inevitablemente, se tocará los inmundos dedos de los pies, flexionándolos uno a uno, soplará después la luz, se precipitará en el lecho, venciéndolo casi como si fuera siempre a romperlo. Y ya no más hombre vivo, sino un promisorio gorgoteo, que irá tomando cuerpo con las horas.

Es claro que los tiempos son distintos, y que era más largo y angustioso esperar que recordarlo. Él necesitaría volver a estar en el segundo de terror para poder transmitirse de nuevo el erizamiento de toda su piel, la respiración contenida apenas, la desgraciada sangre empuñando martillos que él creía sordos, y hasta los intestinos miserables, inventando coros de ángeles bajo las bóvedas. Cierta noche, el otro volvió a encender la luz, tomó una hucha y se puso a contar dinero. Él lo vio lleno de brazos, como un pulpo. Las piezas se habían agrandado en la sombra de la pared, y las manos tenían que crecer desmesuradamente para mantener el tamaño relativo. Pero el hombre es un bruto fatigado, vuelve a caer y se duerme hecho un leño.

Es entonces cuando él sale de atrás del arcón, como una polilla. El mueble tiene la longitud de su cuerpo, y ella le ha puesto cosas encima para disimular el escondite. Él resurge de allí semiahogado, con las articulaciones chirriantes y el estómago en la boca. Se arrastra anhelosamente, se clava siempre alguna astilla del piso, pero toca por fin la mano que ella le tiende en la sombra. Con la misma fuerza con que lo rechazan de día los ojos del hombre, y luego las burbujas de sus ronquidos, la propia mujer tironea hacia arriba para que él suba al lecho como una pluma, y para que la ame en la misma forma –él no puede explicárselo ahora– en una especie de evaporación de los cuerpos. Ella tenía un modo insólito de dormírsele luego sobre el pecho, con el pelo apelmazado de la sal que no había podido eliminar ni por los suspiros. Entonces él había aprendido también a quitarse aquella cabeza y colocarla sobre la almohada. Es claro que debía bajar enseguida a echarse tras el arcón y a esperar, con los sentidos bien abiertos, la tos del amanecer, las botas, la llave en la cerradura. Cuando salía pisándole las huellas al otro, un sueño loco lo tumbaba casi. Pero tenía que arrastrarlo hasta la siesta, su gran siesta de holgazán, de la que despertó muchas veces en las puntas de las botas del amo…

El hombre cambió su tema melódico con un soplido violento. ¿Qué importaban los sueños malogrados del galpón si él había poseído las noches enteras? Por solo haberlo recordado iba sintiendo una humedad dulce y blanda en el sexo, lo único que mantenía el olor y el sudor de la granja. Pero esa parte de la granja está adherida a su cuerpo, que camina hacia adelante, y lo que marcha en ese sentido no apesta como los que se quedaron en el pasado, piensa, sintiendo el viento en el pelo: «Púdrete, púdrete ahora que yo camino».

… Hasta cierta terrible noche, la última, hacía apenas unas horas. Ella había sido poseída por su hombre una sola vez en todo aquel tiempo, y él, puramente él, había sido el culpable, al revolverse con torpeza tras el arca y desprender un madero. El bruto encendió la luz, escuchó un segundo. Ya iría a levantarse, ya iría a aplastar la sucia rata que se había movido en el mueble. La sombra de su cráneo incorporado llenó de golpe la habitación, empezó a moverse en el techo y a recorrer las paredes, como una araña sin medida. También eso: un hombre no conoce aún su pequeñez hasta no estar oculto en un agujero miserable y ver la sombra de su enemigo trepándose en los muros.

De pronto, los pelos del techo tuvieron un descenso brusco, y se empezó a proyectar hacia arriba una poderosa nuca rítmica. La araña había descendido sobre la mujer y se la estaba devorando, sexo a sexo.

No, nunca más, pensó en el primer nudo del piso que se le incrustó salvajemente en la rodilla. Él debería abandonar todo eso al otro día. Iba a decírselo en seguida, a ponérselo en la oreja llena de sal que ella le daba. Pero cuando llegó hasta allí comprendió por qué se hacen ciertas cosas sin adelantar explicaciones. La mujer se había licuado totalmente. Era una mezcla viscosa, salobre y tibia de lágrimas, moco, angustia, semen. Y así, toda disuelta, se le metió a él en la sangre como un virus por el resto de aquella especie de naufragio sin señales en que los dos se sabían perdidos de antemano. Cuando él intentó desasirse, ella lo apretó como nunca, casi hasta la asfixia. Tuvo que forcejear como un demente para volver al arca. Llegó allí temblando, casi al filo del descerrajamiento bronquial del marido.

Sí, dejaría la granja, la sepultaría en el pasado para siempre. Nadie sabría cómo hallarlo. ¿Quién era él para ellos si ni siquiera había dado el verdadero nombre? Soy el amor –dijo envanecidamente–. Tuvo un poco de vergüenza al escucharse. Se sabía vulgar y torpe, apenas si con unos ojos negros, que ella le había dicho eran hermosos, y con un rizo oscuro cayéndole en la frente. ¿Pero y si fuera el amor, a pesar de todo?

El amor... Y la había dejado sola en la granja, una granja que quizás no se habría derrumbado sobre el hombre. La visión de la araña nocturna está por quitarle la idea de seguir adelante. Pero, de pronto, cae en la cuenta de lo ridículo de sus cavilaciones. ¿Qué es una mujer, una sola mujer que va a morir de ser mujer, si todas las demás morirán de lo mismo? Noche a noche son devoradas en silencio, a grandes saltos, como ella. Lo que ocurre mundo afuera es que nadie lo sabe, nadie está escondido tras un arca para mirar, aumentado en la imagen chinesca de la pared, lo que es eso, para lo que se prometió tanta ventura. ¿Qué había hecho él también, sino aprovechar del festín gratuito?

Y, de golpe, con la fuerza de un definitivo alumbramiento, comenzó a sentir que él y la araña habían sido los verdaderos en amarse en la sombra, formando una apretada unidad en torno a la víctima. Cada uno para despojarla a su manera, eso era todo. Y ella, la infeliz, optando por el mayor engaño, el más dulce.

Fue precisamente eso, el saber que amaba al hombre, el confesarse que el hombre solo se ama a sí mismo y en los otros hombres, lo que le hizo descubrir algo nuevo en su música, una especie de nota fuerte y primitiva, sin blanduras de mujer, que comenzó a endurecerle los huesos agazapados en la carne. Tanto como lo necesitaría para siete horas de marcha por lo menos.

II
LA VIOLACIÓN

Avanzó con dificultad a causa del desorden de los panes, que parecían estar brotando del aire. Una muchachuela pelirroja y un gato también color corteza, agarrados por el mismo estilo de modorra, estaban durmiendo sobre una pila de sacos vacíos.

«Dieciséis años», masculló el hombre, excluyendo al gato, pero sin dejar de mirarlo en el conjunto. Les salían de las pequeñas bocas entreabiertas los abejorros de un ronquidillo superficial, que se trenzaban con las moscas del aire. «Pero yo vengo por el pan, y es mucho mejor hacerlas de ladrón de panes que de asesino...». Estaba vestida de un color anónimo, muy parecido a tierra. «Sí, que es mucho mejor, uno lo sabe, siempre lo sabe...». Al llegar a la cintura, el vestido sin color se había ajustado tanto que parecía quebrar el cuerpo.

Es precisamente en ese punto cuando los panes que uno podría robar empiezan a ofrecerse, pero ocurre que abundan demasiado para saber cuál es el que conviene, el que no está deformado o no se pasó de horno o no tiene un trozo de carbón metido en la carne. Si por lo menos él pudiera beber antes de decidirse. Aunque quizás no sea eso tampoco lo que necesita. Es más bien como si se doliera de algo, pero de algo que no está en su propio cuerpo, sino en la cintura de la muchacha, un dolor que ella le está arrojando sin mover un músculo. Primeramente lo sintió en el forro de la chaqueta. Dos o tres agujeros de la envejecida tela, por donde se salían ciertos muñones de estopa, se le empezaron a clavar salvajemente en el cuerpo, el mismo cuerpo que él había olvidado encima suyo. Era decir que tenía un cuerpo que podía sentirse castigado por los irremediables agujeros. («Pero yo venía por el pan, insisto en que tenía que comer o caerme»). Ahora es el revés de la piel lo que se subleva. Desde los tobillos hasta la nuca, los runruneos de la muchacha y el gato le están caldeando por dentro, en una especie de monstruoso sinapismo que se le extiende y aprieta hasta desollarle vivo. Y ya no más batalla. Él resiste hasta ahí, él sabe que ya no podrá evadirse. Cuando respira en profundidad las primeras veces y se lleva el desnivel de su sangre hasta los sesos, todavía le es posible algún pensamiento. Pero ya agotó también ese recurso. Su última inspiración se le ha quedado agarrada como un sol en los riñones.

La salivilla de la muchacha se le había condensado en las comisuras. La despegó como si fuera miel de higo, y, a fuerza de monosílabos y toda la variedad de los gestos, acabó liberando como un hipo transparente su especie de angustia acorralada, que no alcanzó siquiera para despertar al gato. Siempre sería mejor así, aunque quizás debería gritar como todas, para que él la cambiara por un pan y saliera sin vivir aquella historia. «Pero que no grite, Dios mío, que no grite. Quítamelo, quítamelo». El hombre con la granja encima, tenía que volver a recordarlo... Ella no tuvo tiempo de incorporarse, le ofreció medio camino hecho, y él nunca ha sentido un deseo tan feroz de aniquilar a alguien y una incapacidad tan total de defenderse de sí mismo. Es claro que lo peor radica en la desgraciada circunstancia, en el tener que ser tan rápido, en no poder confiar en la impunidad de los sucesos. «Y en que yo venía por el pan, sábelo, pequeña perra, en que yo venía...». Le oye un acuoso gorgoteo en todas las vísceras que le está apretando, y esa respuesta sumergida se trae mucha más fuerza que las pobres palabras con que él pretende justificarse. Son los intestinos de ella los que fabrican burbujas que revientan bajo su presión, es también el pan que ella ha comido en la mañana y que él aplasta con su derrumbe. Mas en los ojos a punto de saltar se revuelca una imploración que no es la de todos. Ha querido eso alguna vez, y no quiere, y volvería a quererlo en cuanto él se le quitara en su peso y su violencia.

Era todo distinto con ella, desde la mezcla absurda de aquellos olores a pan y a gato hasta su resistencia carne adentro. Por un segundo de asco se le ha venido al remolino que sopla bajo su nariz el olor de todas las mujeres holladas que conoció en su vida, como si lo empujaran a asfixiarse en un desván de ropa sucia. Luego, al forcejear y no obtener reacción en la chiquilla, quisiera de nuevo encenagarse, chapalear en las otras. Pero ya no hay tiempo ni para añorar el deslizamiento fácil en la mujer casada, de cuyo lecho salía, además, el olor a confianza del marido. Es necesario ese furor, aun a trueque de olvidarse de muchas cosas. La está odiando mientras la despoja, la odia cada vez más adentro, va a atravesarle las vértebras y a dejarla clavada con su sexo sobre los sacos.

Mas, ¿qué le ha hecho ella? Fue al cabo de esa pregunta cuando dio en mirarle el rostro. Se le habían evaporado las pequeñas flores del principio y no le quedaba flotando sino un tenue manto de pecas, que parecían haber bajado de la rebelión del pelo, como pequeños piojos de su mismo color herrumbre. «Desgracia –masculló en sus últimos y ya debilitados estremecimientos– tenía que suceder esta desgracia». Pretendió reanimarla con los recursos vulgares, pero no pudo conseguirlo. Entonces, también rápidamente, como debía ocurrir todo aquello, se deslizó con su boca y comenzó a besarla sobre la rosa violentada, con todo el ardor que pudo sacar penosamente dc su cansancio. Hasta que ella comenzó a perturbarse. Solo en ese instante vendría a conocer algo de su parte. Lo otro, lo terrible del desgarramiento, le mantenía aún las uñas clavadas en los sacos. No había tenido sino jirones de sí misma. Pero su amor, su imagen del amor con cabellos color miel y ojos azules, la estaba restañando. Ahora ya lo sabe todo, y, además, está mirando el techo tanto más alto de lo que ella creía que estaba. Son muchas cosas juntas para conocer en tan breve tiempo, cosas que ella quisiera decirle sin que él suspendiera el desagravio.

En ese momento se oyó el pesado zueco de alguien arrastrándose en las losas del fondo. El hombre se incorporó como con un muelle. «Ahora es cuando ellas gritan, cuando se acuerdan de hacerlo». El peligro había pasado. Casi pudo ver si través de los muros el talón de los gruesos zapatos cambiar de rumbo… «Y entonces no hay más remedio que estrangularlas». Un ruido de puerta de horno trajo un aliento de pan. «Pero esta es distinta, es de raza caliente, de las que morirían sin escándalo. Si una pequeña hembra así se pudiera llevar oculta entre las piernas, si no quisiera después colgársenos y engordar a nuestro crédito…». Le miró aún la cintura inverosímil, los brazos infantiles que acababan de caerle sin fuerza a ambos lados. Por un segundo de estupidez, ella esperó que él se sentara en el borde de los sacos, que no se pusiera aquel pan bajo el brazo y saliera como un sucio mendigo, abrochándose el pantalón con la mano libre. El hombre sintió todo eso en su espalda, como si ella le hubiera arrojado esquirlas desesperadas por cada pensamiento. Era inocente como la harina –pensó–. Pero se veía a lo lejos un camino de huesos, y ya no más historias. Necesitaba volver a tener los huesos duros, para alcanzar cuanto antes la sombra.

Iba sintiendo un gusto metálico bajo la lengua y cierta humedad espesa en los labios. Se pasó el dorso de la mano y vio la sangre que le habían ofrendado. «¿Qué sienten ellas cuando dan eso, qué pensarán después de haberlo perdido?». Recién entonces pudo cobrar conciencia de los hechos. Ella había quedado con todos los panes encima. Pero esa vez los ojos finales no estaban saltados y rotos, parecían violetas húmedas. Y, además, alguien le había dejado una cintura entre los dedos. Aquella sensación como la de llevar una flor por el tallo empezó a perseguirlo, a adelantársele, como los círculos insistentes de un abejorro, caminando él y la cintura en pequeños anillos delante, interferida por los aros de la luz que bajaban de los árboles. Pero no más que eso. No iría a enjuiciarse por una virgen más o menos, si al cabo del mismo día toda la humanidad estaría tendiendo a esa experiencia. Al contrario, es el hombre quien cargará siempre con la molestia, él, por ejemplo, y la maldita cintura que se le ha venido. «No están conformes si no nos arrojan algo, sea lo que sea» –dijo sordamente–. Ya se había sorbido toda la sangre de la muchacha y empezaba a sentir necesidad de escupir su propia saliva, verla fuera de él hecha una bolita en el suelo.

Un cielo azul, levemente algodonado, se tendía sobre los álamos. Sin dejar de mirarlo, solo por el ruido de sus pasos, supo que iba sobre un puentecillo y bajó a beber hasta no desear una gota. Pero el cuerpo se le resistió a despegarse de la tierra. Mirando las piedras del fondo, vitalmente adheridas como costras, pudo conocer al fin su propio cansancio. Sacó el pan del bolsillo y lo empezó a roer lentamente, hasta sentirlo dulce en la boca, como los muslos de la panaderita violentada.

Los colores del trigo, del pan, del gato, del pelo, todos la misma cosa terrible. Ese color se le incrustaría siempre en los huesos, en la fatalidad de los huesos que habitaban su carne. Había amado cierta vez a una mujer de ojos amarillos. Tenía con ella una especie de obsesión sumergida, no poderle permitir que los cerrara. Lo invadía el terror de que ella poblara su minuto con otra imagen que no fuera la suya, y la obligaba a vibrar con la mirada duramente abierta, en una dilatación sin tregua. Cierta noche de amor, después de haberla poseído en esa forma bajo una luz intensa, había terminado pidiéndole que dejara de mirarlo. Ella no pudo. Él tuvo que bajarle los párpados con los dedos y sujetar sus mandíbulas con un pañuelo. Le quedaron tres pestañas en las yemas. La mujer se le había escapado no sabía él por qué misteriosa puerta. ¿Qué hacer con tres pestañas doradas, restituirlas, arrojarlas al fuego? Hasta cuando se van en esa forma insisten en dejar algo, piensa.

Pero ese, por lo menos, es un bendito recuerdo. Siempre se le aparece en el momento en que irá a dormirse (la cintura de la hija del panadero), entreverado con las últimas cosas de la vigilia (la cintura se ensancha, desaparece), que es la mejor forma de evocar aquellas terroríficas pestañas. (La muelen a golpes y ella no responde. Luego se le hinchan los pechos, se vuelve enigmática, enorme y dolorosa como la luna llena. Quizá sea demasiado estrecha de huesos, y se les quede también a ellos entre los dedos, con los ojos endurecidos y sin pedirles nada. ¿Pero qué culpa puede caberle a él en todo eso, tan lejano, que ocurrirá después de tanto tiempo?). Y ahora se dormirá comiendo pan, se alejará masticando hasta el fin de la conciencia.

III
EL ENJUICIADO

–Eh, tú, chiquillo, ¿querrías subir al heno?

El hombre despertó con otro color de cielo encima. Visto desde tan bajo le pareció más alto y más redondo, la verdadera altura y redondez del cielo. ¿Y si él hubiera sido aplastado por ese cielo? No quiso seguir pensándolo, siempre sería una victoria no haber muerto.

Por el camino de álamos, siguiendo la pendiente que él tendría que hacer, iba una campesina empujando una carretilla. Al mismo tiempo, con esa necesidad que tienen ellas de aprovechar su exuberancia, llevaba atado a la cintura el cabo de una cuerda en cuyo extremo posterior iba amarrada una vaca. La pacífica aparición no dejó de resultarle confortante. El camino tenía un aire triste y deshabitado, como si desembocara donde se va sin pies sobre la hierba. «Pero ella no está muerta –dijo, liberando de hormigas el resto del pan y guardándoselo en el bolsillo– ella es lo más real que podría ocurrirme». Estiró las piernas, se incorporó totalmente y subió al sendero. Cuando volvió a ponerse junto a los árboles y midió su estatura real, el absurdo de la proposición lo movió a risa. Pero dio en mirar de nuevo a la campesina. Ella se mantenía en su actitud de ofrecimiento, esperándolo. Era una mujer de edad indefinida, como el campo. La juventud le trascendía más de su riqueza vital que de ningún atributo externo. Emanaba rusticidad y fuerza, desde la piel hasta la ropa y el pelo.

El hombre intentó varias veces sonreírle, pero aquello no marchaba. Tuvo, finalmente, que trepar en la carretilla. Se colocó boca arriba, encogió las piernas cuanto pudo y dobló sus brazos bajo la nuca. Cuando vio que el cielo y los árboles empezaban a correr hacia atrás, se decidió por aceptar las cosas tal como estaban ocurriendo. En realidad, no se podía ambicionar nada mejor que todo aquello, ir deslizándose sin saber adónde, con un chirrido de polea seca en el estómago y encogido como un alambre. Cerró los ojos y se dejó invadir por el nuevo entorpecimiento.

Hasta que la carretilla volvió a detenerse. Habían llegado hasta un bosque compacto que impedía seguir avanzando. A la izquierda de esa senda cortada por los árboles oscuros, se abría otra, quizá la que conducía a la casa de la mujer, pues se observaba a lo lejos un desperezamiento de humo sobre un techo.

Y ahora él no quisiera transferir su nuevo estado. Le parece que podría permanecer agazapado como un saltamontes en el color del heno, que ella tendría que irse con su vaca en dirección al humo. Él miraría con un solo ojo hasta que la forma humana y la animal se evaporaran en el cielo, sería capaz de concederles esa gracia. Pero le debió ocurrir lo contrario, como siempre. No solo no se iba, le estaba llorando sobre la cabeza. La mujer se había arrodillado por detrás, entre uno y otro brazo de la carretilla, y mientras él ensoñaba su abandono ella le continuaba estrechando el cerco con sus lágrimas, más reales en significación que su propio cuerpo. ¿Qué era lo que sentían al hacerlo en esa forma? Su larga experiencia no le había alcanzado nunca para tanto, llegar al fondo de ese estado líquido y escondido de las que lloran en silencio. Mas, de asombro en asombro, vio cómo la mujer, que se había incorporado al mismo tiempo, llevaba la vaca al borde del camino y cómo el animal se echaba en la hierba tal si se lo ordenaran. Le quedaba aún algo más para dejarlo perplejo. La extraña criatura se fue últimamente hasta la carretilla, tomó una brazada de heno, la depositó sobre la hierba de la vera y preparó allí dos almohadas.

Todos sus movimientos habían sido misteriosos, llenos de filosofía y de destino, como desplazándose en una atmósfera ritual que la seguía en un halo alrededor del cuerpo. ¿Pero qué pretendía, adónde iba con todo aquello? Ni pensar que pudiera querer amor, al menos el de las formas comunes. Había tal infinita tristeza en todo lo suyo que él, siendo quien era, llegó a sentir la profanación que en ese instante podría representar el deseo. Finalmente, tomándolo y manejándolo como un niño –él volvió a recibir sus lágrimas– lo acostó con precaución en el suelo. Luego se le tendió a su derecha, sin más preámbulo que su llanto, que parecía dispensarla del equívoco.

El hombre pudo ver ya sin distancia todo el rostro. Tenía los ojos azules y el cabello pajoso, reseco, de vivir en los campos. Pero cuando debía escudriñarla en más detalles se quedó, de pronto, como hechizado. La mujer iba a abrir su bata, indudablemente. Hay cosas que se hacen de un solo modo, que no pueden ocurrir sino en su forma más simple.

Empezó por uno de los botoncillos intermedios, que se le quedó entre los dedos, mostrando al aire un colgajo de hilo. Lo arrojó a un costado, desprendió bruscamente los demás y acabó sacando todo el seno. Era un seno increíble, demasiado blanco para el resto de la piel, al menos la curtida piel del rostro, el cuello y los brazos, y que no parecía pertenecerle al cuerpo. No bien escapado del corpiño, su pezón, excitado por alguna secreta onda sumergida —era un pezón de mujer rubia, levemente agrietado, y con una aureola casta y tersa— empezó a crecer, a endurecerse. Tampoco podía caber ninguna duda para el hombre en aquel pequeño suceso. Pero él había caído en una especie de negación de sus actos habituales, como si la voluntad se le hubiera disuelto en la de la mujer, y en la espera de lo que iba a darle. Antes, ella le pasó el brazo bajo la nuca, le hizo girar hasta tenerle de flanco y le aproximó su fuente a la boca. Ya no había nada más que hacer, pues, sino lo hecho desde siempre, o como necesidad o como costumbre. Un río dulce y blando empezó a entrarle en el cuerpo.

El hombre se prometió no tragar aquello. Luego, sin otra alternativa, pensó en el rechazo. Pero con la leche entibiándole la garganta, comprendió que todo era imposible. ¿Cómo negarse a algo que le estaban dando en forma tan distinta a la común y sin que hubiera mediado siquiera el ofrecimiento? Además, ella sostenía el pecho con la mano, apretando en cada succión, como si quisiera agotarlo. Si él había optado por beber, tendría que hacerlo en igual ritmo. Y, entonces, ya no más resistencia, sino el larguísimo olvido, esa forma de olvido tan desigual para cada uno de los dos y que jamás podrían transferirse.

Solo a media jornada, cuando ella le cambió suavemente de pecho, pudo comenzar a dar fe de sí mismo. Un hombre es arrancado de su sueño en un puente, el sueño más pegado a la tierra que puede dormirse. De allí, sin tiempo ni para restregarse con la luz, le dicen que es un chiquillo, lo obligan a encogerse sobre un haz de heno, lo vuelven a adormecer, lo impulsan no sabe adónde, lo invaden, lo penetran… Pero lo cierto es que la hierba está demasiado blanda para dolerse. Y, además, él había olvidado el chasquido dulce de sorber de verdad, con un exceso líquido, en las comisuras y el afán acompasado de hundir la boca, la nariz y la mano en esa masa sin hueso que parece un enorme molusco varado. ¿Pero y ella, en qué estará, tan quieta, tan ciega? No le importa mayormente. Si tuviera los ojos color limón, él no podría permitírselo. Sin embargo, no le angustia que una mujer de mirada azul esté perdida. Además, él piensa que es el único dueño de ese momento, y el único también que puede haberla escanciado en tal forma, hasta dejarla sin una gota que ofrecer a nadie.

En medio de aquella posesión fabulosa, advirtió que había colocado su pierna sobre la cálida pierna de la desconocida, y que ambas transpiraban a través de las ropas intercambiándose mensajes del cuerpo. Pero allí la dejó. No había peligro. Ninguno de los dos vibraba cintura abajo. Cosa extraña: parecían haber muerto en los vientres, sus vidas existían y latían hacia arriba, anastomosadas por la leche y el llanto. Qué misterioso y dulce todo aquello. Un seno que no se ha perseguido, que se entrega solo. ¿Pero quién podía haberlo adivinado antes para henchirlo en tal forma? Cierto que ellas, todas ellas, tenían eso bajo la blusa, pensó. Cuando se las roza por encima del vestido se percibe su redondez inconfundible como la de las manzanas en un bolso. Claro que los frutos de ellas son distintos a las manzanas, tienen su calor vital, y ese calor quema la tela, se adhiere a los dedos y entra sin remedio en la fatalidad hundida del hombre. ¿Pero quién habría podido adivinar ese pecho, precisamente, tan desigual al resto visible del cuerpo? Tenía las finas venas al trasluz, como árboles de la quimera bajo la nieve, y él las seguía con los dedos. Era decir, pues, que ella, rústica, sufriente y sin rostro de amor, alimentaba también árboles azules, y que esos árboles habían sido adivinados por alguien más penetrante que él, que la hubiera dejado pasar mil veces sin desearla. Tuvo un acceso de violencia contra sí mismo y mordió el pezón sorpresivamente. Todo el cuerpo de ella se estremeció entonces desde las raíces, comunicándole el choque. Pero él no deseó que volviera a ocurrirles. No quería vibrar con esa mujer que lo había regado con su leche y sus lágrimas.

Ella pareció recobrar su propia paz en el atemperamiento del hombre. Estaba también entrando en una especie de coagulación del sollozo. Él había ido recogiendo sobre su pecho las distancias cada vez mayores que se tendían entre uno y otro suspiro.

Y bien: cuando la sienta completamente aliviada preguntará, ese deseo sí que no puede eludirlo. Y no por saber cosas que hasta cierto punto no le atañen. Es que en esa leche tiene que haber algo más que un niño que se ha muerto. ¿Por qué no se la quita en otra forma? ¿Por qué llora y no reincide?

Empezó por olvidar la boca sobre el pezón, como si se hubiera dormido. En realidad, todo aquello era dormir cierta especie de sueño, era como retornar a la penumbra intrauterina, a un escondido chapaleo del que trascendían todos los olores y todas las blanduras de aquel olvidado apareamiento. ¿Pero cómo se lo preguntaría? Lo difícil no estaba en las palabras, sino en la voz que necesitan. Tenía miedo de oírse, de romper el aire que se había acostado sobre ellos.

Y, de pronto, se encuentra diciendo lo que no quiere, lo que no puede.

La mujer se sobresaltó. A ella también le habría sonado torpe ese retorno a la voz humana. Desde entonces, pareció darse a recorrer una inmensidad de respuestas, aunque la pregunta no podía tener sino una, y bien simple, como la forma de empezar a abrirse la bata no hubiera admitido nada más que el amamantamiento. Pero era todo tan pausado en ella, y tan cerrado hacia adentro, que él hubiera desistido de espolearla.

—¿El niño, has preguntado? —dijo la mujer al cabo de aquel silencio, con un timbre neutro.

—Sí —asintió él secretamente, sin dejar de acariciar el seno.

—Pues si quieres saberlo —continuó ella en el mismo tono— no lo tengo nunca lo tuve, ni siquiera lo sentí un solo día en el vientre…

El hombre recogió en todos sus poros lo que ella acababa de decirle. Su revelación había sido del mismo estilo de su abundancia secreta, única en sí misma, diferente al resto del cuerpo.

—¿Y esto? —preguntó él con asombro, sacándole un poco de leche y extendiéndola entre los dedos.

—Ocurrió de tanto desearlo —respondió la mujer, hundida cada vez más en sí misma. Una noche sentí que me dolían, que comenzaban a manarme…

Él irguió rápidamente media espalda, apoyándose en un codo. Con la otra mano apretaba aún el seno, como si fuera a deshacerlo. Una especie de triunfo perverso le había calentado el aliento, que se le desparramó sobre la cara de la campesina cuando fue a mirarla en los ojos.

–¿Es decir, pues, que no te adivinaron ellos tampoco, que no te amaron nunca? –dijo, amontonando las palabras.

Pero no hubo tiempo en el aire para recuperar el rostro de antes. Como si recién hubiera cobrado conciencia de que acababa de amamantar a un hombre, ella lo miró desde un odio violento.

–No saben, no pueden –contestó con dureza, quitándole el pecho y escondiéndolo.

Entonces él sintió que su corazón iría a achicársele, a endurecérsele, como una nuez perdiendo la pulpa. Y que no podría detener él ese proceso, la sensación, por lo menos, de ese proceso, ni volviendo a repetir la delicada faena de sorberla, ni aun siquiera forzando su deseo con ella. Había esa sola cosa cierta: una ubre solitaria llenándose a sí misma en humilde mansedumbre secreta, y él, el acusado, el reo de aquella inaudita causa perdida, acabando de recibir la mejor parte.

La mujer se incorporó, al fin, lo ayudó a levantarse y, entretanto, recogió el botón perdido en la hierba. Cosa terminada, pensó él. Cumplido su oscuro rito, se marcharía. Con el seno escondido ya no era la misma, por otra parte. Y, además, se iba. Eso también entraba en el orden de las cosas que no pueden hacerse sino de un solo modo, irse, cargando una pequeña giba de encono y de tristeza. Las mujeres se iban siempre de la misma manera, observó, les cerraran una puerta en la espalda o las dejaran partir en un campo.

El hombre la miró alejarse en el anochecer, solitaria, con su carretilla delante, su vaca detrás, como la había conocido.

Tuvo un poco de irremediable asco por lo que acababa de hacerle. En fin, se había ido sin exigirle más nada. Una noche se ahogaría en su propio río blanco –casi la vio aplastada por su pecho– y sin el cobarde «quítamelo» de los otros, estaba seguro. ¿Pero, y a él, qué podría importarle su muerte? Además, era demasiado nebuloso todo aquello, como si no le hubiera sucedido nunca. Estaba tan aclimatado en los hechos vulgares, que toda su vida había acabado acusando de ensueño ridículo a la maravilla.

Volvió a palparse con terror. No, no se le había quedado en el puente ni el heno. Aquel caramillo le era fiel como su sexo. Le arrancó una melodía vulgar para recuperar los tonos, y empezó a calcular el tiempo que supondría el maldito cementerio.

–Nunca se pasa por ahí completamente tranquilo –murmuró ya con la noche encima y los pies algo duros.

Todo él se sintió caminando rígidamente, como un árbol desenterrado. Hubiera deseado asegurarse antes de su salvoconducto. Aquellas míseras mujeres lo habían transmigrado a tantas formas. Aquellas mujeres. . . Quiso volver a pensarlas a todas, desde el primer deseo de la vida. Pero en ese instante su caramillo le resbaló a lo largo del muslo y cayó sordamente en la hierba.

–Extraño: no quiero, no puedo levantarlo. Y, sin embargo, con o sin él, es necesario salvar el obstáculo… «Soledad, pequeña hija mía, ¿vamos entrando?» –dijo, diente contra diente.

Era, en realidad, un huésped vulgar para la muerte. Tenía aún en las uñas la tierra y el estiércol de la granja.

La puerta violentada

El hombre interrumpió la cena y sacó algo de su bolsillo más secreto. Un pequeño billete doblado en cuartos. Lo desdobló, lo aplanó sobre el mantel, le quitó unas infames pelusas, lo miró (ese billete era un borrador de fórmulas) y hasta pareció descubrir en él cierta asimetría clave del cálculo de posibilidades.

Como un instinto, como una costumbre orgánica, el hombre debía saber que ese momento de la cena no podía ser otro sino el suyo, su propiedad en el tiempo. Fué precisamente al finalizar las formalidades previas, cuando el reloj de pared soltó de golpe su pájaro enjaulado.

El dueño del billete abrió entonces su diario de última hora junto al plato, respiró el olor a tinta, buscó cierta página y las apretadas números pequeños que la llenan, acercó el billete a cierta columna, como si no tuviera memoria, como si necesitara de ese escalón del proceso para entonces, y ocurrió otra cosa en el orden del mundo, también matemáticamente dada en el tiempo: las tres mujeres del lado opuesto de la mesa. Ellas, a su vez, debían poseer su segundo propio. Su tiempo de angustia, sin duda, tieso en el aire como sus antiguos vestidos, pero del que no osarían desprenderse.

El hombre interrumpió la cena y sacó algo de su bolsillo más secreto. "¿Lo ves? Es un pequeño billete
doblado en cuartos" parecen decir el índice y el pulgar,
sosteniendo en el aire la especie de mariposa previa, con las
alas plegadas. Luego lo desdobla, lo aplana tiernamente sobre el mantel, lo inquiere. Sabe de sobra
él que no necesitaría planchar, mirar en esa forma.
Pero ¿de qué otro modo se cumpliría la vieja formali-
dad de siempre? Como toda manía inveterada,
se basa en un e inalterable código. Es una
pasión que se rige por la forma. Reclama, además,
su minuto propio. Eso ya no es preciso calcu-
larlo. Como un instinto, como una costumbre
orgánica, el hombre sabe que aquel momento
de la cena no puede ser otro sino el suyo, su
propiedad en el tiempo. Precisamente cuando el reloj de pared comienza a soltar su
aviso enjaulado. El hombre del billete abre entonces su diario junto al plato, consulta cierta
cuenta columna, confronta sobre el billete, como si no
tuviera memoria, como si necesitara hacerlo.
Para entonces será ya otra cosa, también matemáticamente dada: las tres mujeres del lado opuesto
de la mesa. Ellas, a su vez, poseen su segundo,

El hombre interrumpió la cena y extrajo algo de su bolsillo más secreto.Un pequeño billete plegado
en cua~rtos.Lo desdobló,lo aplanó sobre el mantel,le quitó unas inicuas pelusas,de las que parecía
tener un criadero oculto.Luego lo miró-esto iba más que de sobra-y hasta pareció descubrir en él
cierta asombrosa clave del cálculo de posibilidades.

Como un instinto,como una costumbre fisiológica,el individuo estaba sabiendo que ese momento de la
cena no podía ser otro que el suyo,su propiedad en el tiempo.Fué precisamente al finalizar todas
las formalidades previas,cuando el reloj de pared soltó de golpe su pájaro enjaulado.Abrió él enton
ces junto al plato su diario de última hora,le respiró el olor a tinta fresca,buscó cierta página y
los apretados números pequeños que la llenan.Finalmente,acercó el borde del billete a una columna,
como si no tuviera memoria,como si necesitara en realidad de confrontaciones.

Para entonces,había ocurrido ya otra cosa en el orden del mundo:las tres mujeres del lado opues
de la mesa.Ellas,a su vez,debían poseer también su matemática del tiempo.Tiempo de angustia,sin du
da,tieso en el aire como sus antiguos vestidos,pero del que no ~~querían tampoco~~ ^{hubieran osado} desprenderse.
En el instante crítico,de ~~la confrontación~~,clavaron sus ojos en el hombre.Pero no con una mirada sim
ple,sino con ~~una de esas~~ ^{las} que calan más allá del cuerpo,donde cada uno mantiene oculta su razón de
e~xistencia.El les había permitido siempre eso,mirarlo ~~como~~ al trasluz,en cualquier parte que estuvi
ra,aún en la cama o en el baño.Al fin,ellas tenían para algo sus cincuenta y siete,sus cincuenta y c
tro y sus cuarenta y cinco años,duros y altos como una muralla ante sus indefensos treinta.El había
apreciado siempre aquellas edades en conjunto.De los cuarenta y dos años moderados del último prome
dio,salía una mujer capaz de desnudarlo,de conocer hasta la mayor miseria de su pobre alma y de su
pobre cuerpo.

Las tres hermanas de Juan comprendieron de inmediato lo ocurrido.Hacía demasiado tiempo que se repetí
e l mismo proceso .Cuando no en las decenas,debía ser en las flacas unidades,el más mísero de los v
lores que campean en el número.Pero siempre la terrible burla de la suerte,la ironía sangrienta d
maldita cifra derrumbándolo todo.

También conocen ellas el dolor que arranca de cada nuevo fracaso.Le saben el segundo de plasmación,au
que no aflore,y le siguen el rastro.A través del muro ciego de Juan contemplan la sucesión de sus i
genes desesperadas.Seguir con la peluquería-el niño ha heredado el oficio del padre-siempre tras
sillón humillante,siempre rasurando cuellos abotagados,siempre palpando la calavera bajo la piel de
otros,que es como palparse la propia muerte todos los días.A veces él hace esfuerzos locos por li
berarse de ese maldito palpo de los huesos.Pero no bien aplica los polvos sedantes,se le aparece e
hombre muerto por debajo del vivo.El quisiera prevenirle algo importante a aquel desgraciado que se
tá allí,quieto,cerrando sensualmente los ojos,mientras él le pasa las manos por la cara,tironeand
hacia atrás,y le deja los huesos a flote,con esa expresión de mascarón de proa que cobra entonces el
rostro.Quisiera avisarle que no se deje atrapar por lo de adentro,que eche a correr sin pagarle,
gane tiempo al hueso.Pero pronto el otro abre los ojos,se mira estúpidamente en el espejo,comienza a
rebuscar monedas en el bolsillo...
Su número no quiso,una vez más, liberarlo de la pesadilla.Se le había rezagado en cuatro ~~unidades~~ ^{millares}.
¿Pero por qué,por qué no podría ocurrir lo ~~inverso~~ ^{inverso},rebelarse él contra esa esperanza,contra esa
estupidez a plazo ilimitado que se le muere cada (vez) en la mesa luego de parir su desgracia sobre
casto mantel de las hermanas? Y bien,que suceda,pero de una (vez) por todas.quizás en eso radique su
fuerza de hombre,en quitarse de encima tal vergonzosa gravidez de hada semana,de cada año,de cada
miserable vida que él vaya reencarnando.Si no fuera por no sobresaltar a las mujeres,él lo declarar
desde entonces a gritos,acompañándose de alguna blasfemia para sentirse más duro,más definitivo.Nunc
ha blasfemado,precisamente,en esa casa no se acostumbra.Pero él sabe,él lo ha oído tras el sillón de
los muertos con barba y podría hacerlo quizás mejor que ellos.No piensa cómo quedaría la cosa en su
voz aflautada,demasiado fina para su corpulencia,como un brote anémico en un tronco grueso.Está por
demás ocupado en lamer la palabra en sí,con gula,y no le interesan sino los sabores.Pero,mezcla

La puerta violentada

EL HOMBRE INTERRUMPIÓ la cena y extrajo algo de su bolsillo más secreto. Un pequeño billete plegado en cuartos. Lo desdobló, lo aplanó sobre el mantel, le quitó unas inicuas pelusas, de las que parecía tener un criadero oculto. Luego lo miró –esto iba más que de sobra– y hasta pareció descubrir en él cierta asombrosa clave del cálculo de posibilidades.

Como un instinto, como una costumbre fisiológica, el individuo estaba sabiendo que ese momento de la cena no podía ser otro que el suyo, su propiedad en el tiempo. Fue precisamente al finalizar todas las formalidades previas, cuando el reloj de pared soltó de golpe su pájaro enjaulado. Abrió él entonces junto al plato su diario de última hora, le respiró el olor a tinta fresca, buscó cierta página y los apretados números pequeños que la llenan. Finalmente, acercó el borde del billete a una columna como si no tuviera memoria, como si necesitara en realidad de confrontaciones.

Para entonces, había ocurrido ya otra cosa en el orden del mundo: las tres mujeres del lado opuesto de la mesa. Ellas, a su vez, debían poseer también su matemática del tiempo. Tiempo de angustia, sin duda, tieso en el aire como sus antiguos vestidos, pero del que no hubieran osado desprenderse.

En el instante crítico, clavaron sus ojos en el hombre. Pero no con una mirada simple, sino con las que calan más allá del cuerpo, donde cada uno mantiene oculta su razón de existencia. Él les había permitido siempre eso, mirarlo al trasluz en cualquier parte que estuviera, así fuera en la cama o en el baño. Al fin, ellas tenían para algo sus cincuenta y siete, sus cincuenta y cuatro y sus cuarenta y cinco años, duros y altos como una muralla ante sus indefensos treinta. Él había apreciado siempre aquellas sus edades en conjunto. De los cuarenta y dos años moderados del último promedio, salía una mujer capaz de desnudarlo, de conocer hasta la mayor miseria de su pobre alma y de su pobre cuerpo.

Las tres hermanas de Juan comprendieron de inmediato lo ocurrido. Hacía demasiado tiempo que se repetía el mismo proceso. Cuando no en las decenas, debía ser en las flacas unidades, el más mísero de los valores que campean en el número. Pero siempre la terrible burla de la suerte, la ironía sangrienta de la maldita cifra derrumbándolo todo.

También conocen ellas el dolor que arranca de cada nuevo fracaso. Le saben el segundo de plasmación, aunque no aflore, y le siguen el rastro. A través del muro ciego de Juan contemplan la sucesión de sus imágenes desesperadas. Seguir con la peluquería —el niño ha heredado el oficio del padre— siempre tras el sillón humillante, siempre rasurando cuellos abotagados, siempre palpando la calavera bajo la piel de otros, que es como palparse; la propia muerte todos los días. A veces él hace esfuerzos locos por liberarse de ese maldito palpo de los huesos. Pero no bien aplica los polvos sedantes, se le aparece el hombre muerto por debajo del vivo. Él quisiera prevenirle algo importante a aquel desgraciado que se está allí, quieto, cerrando sensualmente los ojos, mientras le pasa las manos por la cara, tironeando hacia atrás, y le deja los huesos a flote, con esa expresión de mascarón de proa que cobra entonces el rostro. Quisiera avisarle que no se deje atrapar por lo de adentro, que eche a correr sin pagarle, que gane tiempo al hueso. Pero pronto el otro abre los ojos, se mira estúpidamente en el espejo, comienza a rebuscar monedas en el bolsillo…

Su número no quiso, una vez más, liberarlo. Se le había rezagado en cuatro millares. ¿Pero por qué, por qué no podía ocurrir lo inverso, rebelarse él contra esa esperanza, contra esa estupidez a plazo ilimitado que se le muere cada vez en la mesa, luego de parir su desgracia sobre el casto mantel de las hermanas? Y bien, que suceda, pero una vez por todas. Quizás en eso radique su fuerza de hombre, en quitarse de encima tal vergonzosa gravidez de cada semana, de cada año, de cada miserable vida que él vaya reencarnando. Si no fuera por no sobresaltar a las mujeres, él lo declararía desde entonces a gritos, acompañándose de alguna blasfemia para sentirse más duro, más definitivo. Nunca ha blasfemado, precisamente en esa casa no se acostumbra. Pero él sabe, él lo ha oído tras el sillón de los muertos con barba y podría hacerlo quizás mejor que ellos. No piensa cómo quedaría la cosa en su voz aflautada, demasiado fina para su corpulencia, como un brote anémico en un tronco grueso. Está por demás ocupado en lamer la palabra en sí, con gula, y no le interesan sino los sabores.

Pero, mezcladas a su saliva, se le degluten las lágrimas de sus tres madres, arrancadas por la plegaria conjunta: «Que sea la próxima vez la suerte del pequeño, que sea, Dios grande».

Juan empezó a plegar de nuevo en cuartos el billete. Sin levantar la vista de su inútil operación, dio en colorear mentalmente los ojos que lo estarían mirando. Vio, en primer plano, los de Virginia, la más vieja –alta, fina, como los atributos que se le escapaban del nombre– y pensó: sin duda continúan siendo azules, dulces y llenos de agua presa, como tazones de fuente, con ciertas ramitas quebradas en el fondo. Vio después los de la segunda hermana, Violeta. Tenía también el nombre exacto en los ojos, descubrió con asombro. A causa de la palabra frustrada, se le había subido una ola imaginativa. Hay seres, comenzó a discurrir pasando la uña por los dobleces del billete, que llevan su nombre en algún lugar del rostro, y otros que lo niegan. Trataría de comprobarlo al día siguiente, rasurando. Así podría defenderse de aquellos cadáveres sentados en actitud de ofrecer las barbas. Y luego los ojos de la menor, Clara. Ella desmiente, siempre tiene que negarlo todo. La miró de golpe. Sus ojos estaban como invadidos de un infierno negro, toda ella era como fuego envasado, pensó, sangre quemándose. Siempre les había guardado él cierto miedo a aquellos ojos. Parecían los de un ladrón, pero de un ladrón que no se decidiera a dar el golpe.

No se animó, aunque lo amaba –masculló el hombre haciendo añicos el billete y arrojándolo bajo la mesa.

–Ya se animará, querido –dijo Clara equivocando el rumbo–, no lo rompas con ese odio, que puede traerte desgracia.

Y se levantó a llenar el plato del hermano. Juan valoró más que nunca la impenetrabilidad del pensamiento. Él era entonces un niño, evocó trinchado la presa y sacando con repugnancia un ajo, pero bien que había podido sorprender el beso de esa lejana noche junto a las violetas del patio. Y verla desmayada casi en los brazos de aquel bello demonio que se llamaba –extraño, podía aún oír su voz– Pedro Cosme. Pero cómo lo había rechazado ella para siempre. Casi logró liberarse del juramento junto con la caza del recuerdo. Mas tampoco alcanzó a suceder esa vez. Hubiera sido tan terrible como eructar delante de tres mujeres a las que nunca había podido sorprender en ninguna de sus funciones elementales.

Y bien; a causa de los tres temperamentos de ojos, él no se lamentaría más en su vida. Y en cuanto al maldito número, aquel billete fatalizado, aquella parturienta redimuerta, que consumara su último fenecer, que no osara jamás ultrajar la mesa, que nadie le vendiera o le regalara esa ilusión estúpida, que no se la mencionasen, siquiera. Se lo arrancaría de su deseo como una espina, tironeando brutalmente (Virginia le empezó a mondar una fruta, mientras Violeta le removía los restos del último plato) y asunto concluido. Saboreó en riguroso orden de placer esas tres palabras tan cargadas de futuro y de hombría. Trató de imaginarlas caminando en zancos sobre el mantel. Luego, hubiera jurado que las veía andar sobre cuchillos. Cerró los ojos. Sintió cómo los cuchillos parados salían al patio gravemente. Patio viejo rodeado de puertas, evocó para no perderse en los sucesos, y cuchillos. Un arriate de violetas sombrías en el centro –más cuchillos– helechos en las paredes, un pájaro vivo que suelta, de pronto, cierto canto de dos notas, una aguda y otra grave, parecido al del que está preso en el reloj –cuchillos, cuchillos–. Las hermanas quitan el mantel, envolviendo las migajas. Un billete arrugado bajo la mesa. El billete, los cuchillos, el demoniaco y lejano Pedro Cosme, todo mezclado en el bazar del sueño digestivo.

Hay comienzos humildes, demasiado humildes para las grandes cosas. Así fue cómo un hombre, sin palparse los huesos de su cara, sin tironear demasiado su piel hacia atrás al afeitarse, sin caracterizar de mascarón de proa, se introdujo en el cuerpo lo que quería prevenirle a los otros, el principio disolvente de su propia muerte.

La semana próxima, en el día señalado por la costumbre y marcado con el sobresalto del reloj, ocurrió lo de siempre. El diario que se abre junto al plato –no así el billete doblado en cuartos, que esa vez no fue adquirido– y las tres mujeres, ignorantes del crimen, vertidas rezo adentro. Pasó, finalmente, el lapso convencional. ¿No se debía mirar ya hacia Juan para conocer las nuevas? Lo hicieron matemáticamente, como obedeciendo a un muelle oculto. Pero lo que encontraron allí no tenía paralelo. No fue sino el molde roto, la catástrofe, algo que acaecía en una forma nueva, imprevisible. No hallar a Juan, sencillamente.

Era otro rostro el que emergía de la mesa, apoplético, desencadenado, segregando humores extraños, asaeteado por gestos malignos.

Lo socorrieron distribuyéndose las tareas, sin preguntarse cuáles. Virginia, que había quedado en el comedor para sostener la cabeza convulsa, miró instintivamente hacia la columna de números del diario. Tuvo que empinar toda su sangre para sobreponerse. Grande, vestido de negro, sobresaliendo de la multitud sin importancia, como un señor de gran vientre y flor en la solapa, se humilla el aire grave del número de Juan, indefectiblemente caído en el cepo. Era decir, las cuatro cifras perversas apresadas al fin en su conjunto, sin mordedura en ningún sitio del cuerpo, el valor íntegro y puro como una piedra de primer agua.

Estaba la mujer en la tarea de imprimirle un nuevo rumbo a su plegaria —«sálvalo, sálvalo en su día de buena suerte»— cuando las otras dos acudían ya con las toallas húmedas, las sales, el sinfín del salvamento. Forcejearon, pelearon con el desorden de aquella vida como nunca hubieran creído que sabrían hacerlo. Hasta que cierto color humano volvió a poblar el rostro. Pero hubo lo que no quiso retornarse, los ojos. Habían quedado extraviados del viejo estilo. Miraban distinto, con una pupila enorme, ensimismada, quizás dichosa en sus nuevos paisajes, pero no la de siempre. ¿No era que por allí estaban penetrando los billetes del gran premio, extendidos sobre el mantel como el deshojamiento de un otoño inacabable? Que no se hubiera adquirido el número, eso no tenía por qué contar en los nuevos cuadros. El hombre ve los billetes sobre la mesa. La paz sobre cuchillos se ha ido por alguna puerta. Allí crecen entonces tabacales de anchas hojas, que él consume en cigarros macizos. Capricho de gran rico, sin duda, fumarse unos cuantos billetes, los pies sobre la mesa, plácidamente. Nunca se había atrevido a hacer dos cosas terribles, por respeto a las mujeres, blasfemar y colocar los pies en esa forma. Pero qué aventura extraordinaria la de vivir un minuto sin freno.

Lo llevaron al lecho como a un niño. Él balbuceaba con la lengua seca, amarga y difícil, en su plástica perdida:

—Creía no haberlo comprado, es decir, había jurado no comprarlo nunca. Pero mírenlo, mírenlo, aquí está el hijo de p... (Se animó, por fin, a soltar la aherrojada palabra,

levantando en alto el cuerpo sin sustancia del sueño y de-
jándose manejar por las mujeres). Sí –parloteó aún desde
la almohada–, mañana se abrirá la barbería, pero por sport,
por capricho de rico. Afeitaré con la navaja vieja a los que
aborrezco. No se atreverán a protestar, cómo van a animar-
se a hacerlo. Atisbaré con placer su dolor en el espejo, veré
su rabia contenida. Luego, a último momento, cuando les
aplique los polvos, les hablaré brutalmente de lo que tienen
bajo el cuero –ji, ji, ji– y los largaré a la calle sabiéndose
con eso dentro.

«Con eso dentro, con eso dentro, con eso dentro».

Lo repitió aún cien veces. Un sudor copioso empezó a
manarle de aquel afán descontrolado de palabras en serie.

–Calla, amor mío, descansa ya –dijo una de las mujeres,
sentándose en el borde del lecho y cubriendo con su cuerpo
a las otras dos en la tarea angustiosa de revisar los bolsillos
del hombre para convencerse del desastre.

La suavidad de la mano que le habían colocado en la
frente lo precipitó, de pronto, en un sueño que lo agarró de
los pies, tironeándolo hacia un abismo. Su violenta caída
desembocó en un vertiginoso remolino. Volvió a la superficie con un pequeño grito afeminado, de cierto agudo
placer que jamás había compartido. Todo posible, pues,
en esa noche esplendorosa y mágica, hasta sentir aquello,
precisamente aquello, delante de las puras hermanas. Vio
por un fugitivo segundo sus tres rostros blancos velando
en la oscuridad como flores despiertas. Pero no alcanzó el
breve tiempo del dulce cansancio que le sobrevino para
sentir vergüenza. Apenas si logró enjugar en la almohada
el colgajo de baba que el fuerte placer le había dejado en
las comisuras, y volvió a sumergirse. Lo de entonces fue
distinto, un plazo infinitamente largo para todo.

La más vieja de las mujeres consumó esa noche la gran audacia, írsele a Dios a las barbas, pero no pidiendo clemencia, sino exigiendo más locura: «Haz que yo llegue a creer de tal modo que logre confundirlo con mi postiza quimera. No le permitas mirar el engaño a mi través, haz que yo pueda simular sin artificio su convencimiento».

Amaneció. Todos los que han tenido que esperar alguna vez saben lo que demora eso, que de pronto empieza a ocurrir de por sí, sin que nadie haya podido abrir el cielo con los dedos.

Días después hubo que rehabilitar la peluquería. Pero no pudo ser lo mismo de siempre. El mundo había dilatado las narices, había olfateado el caso. Y la locura de Juan acabó entrando en todos los pulmones con la primera bocanada de aire. El individuo que adquirió el billete abandonado no quiso verse directamente con el dinero, lo invirtió en seguida en una finca. Luego, según su plan, vendió la propiedad. De ese modo se creó la ilusión de manejar otro dinero, no el precio de una cordura, sino el producto de un negocio cualquiera. Pero en cuanto a rasurarse en aquella barbería, eso ya nunca. Ni él ni nadie. Una navaja en las manos de un tipo con tales pupilas, con tal temblor, con tal alegría de última hora no era cosa de ser desafiada por simple deporte. Estaba, además, aquella muestra de hojalata suspendida en un hierro transversal sobre la puerta, como un péndulo. Nadie había escuchando jamás su ruido al ser golpeada por el viento. Para entonces, era todo distinto. Juan había creado una especie de nueva sensibilidad en su atmósfera, y ni el más simple accidente podía estar libre de interpretaciones. Por excepción, el hombre en sí no alcanzó a entrar en la mudanza. Continuó afilando la navaja para la afeitada en el aire. Solo que notando que le sobraba tiempo, se volvió a las novelas. Sobre Dulcinea seguiría pesando el agravio, aquel maldito olor a ajos, la obsesión de su vida –Laura y Beatriz eran cosa distinta– pero, con ajos o sin ellos, Juan se ventiló así el olor a tafetán viejo de las hermanas, dejó su infancia inocente, aún con sabor a leche, y comenzó a instaurarse por dentro. Un flojo tejido adiposo se adueñó de la parte de afuera.

El dinero es la única realidad que no puede ser sobornada por el ensueño. El hombre agarró, de pronto, entre novela y novela, una fiebre delirante: las listas de utilaje. En él todas las imágenes se daban en rigurosa repetición: utilaje, dinero, más dinero, más utilaje. En el borde del diario y de los libros, en las paredes de la peluquería, en los vidrios enjabonados, en la puerta del cuarto de baño. Un día descubrió que la palma de la mano era el sitio más íntimo y seguro para las anotaciones personales. Si uno ha escrito algo ahí, no tiene más que apretar el puño y toda la sangre se llena de ese deseo, sin que nadie pueda saber con qué se está alimentando el fuego.

Fue Virginia quien decidió la arriesgada operación que acabara con las listas. La primera vez que mordió con pavor en los dineros hereditarios, le pareció que el empleado del Banco la había mirado por encima de sus gruesos cristales de miope de un modo diferente a cuando iba a recoger su pequeña cuota trimestral de intereses. La segunda y la tercera vez, el hombrecillo color dinero demostró estar ya confabulado. Ella había adquirido una naturalidad encantadora para despojarse. Parecía esas mujeres que se van acostumbrando a visitar al amante en una casa que tiene portero. Llave por medio, cobran un tipo nuevo de soltura, hasta que se transforman en deliciosas heroínas del miedo, y pueden decir luego desde el ascensor algo que el otro interpreta como corresponde: Y bien, ¿a usted qué le importa?

Virginia desafió cierta vez al empleado con los ojos más desnudos que nunca. Iba por sus últimas reservas. Quedaba completamente libre de bienes terrenales.

Llegó ese día de sus fabulosas compras, ataviada con un sombrerillo negro sostenido bajo el mentón con una cinta liliácea. Por uno de los viejos guantes, caídos a un negro verdoso, se le había escapado la punta de un dedo. Clara y Violeta estaban en el patio ayudándose a regar los canteros.

–Y bien –dijo la hermana mayor enjugándose el rostro, donde los polvos de arroz se habían apelmazado en varios puntos todo hecho–. El dinero de la suerte del niño ha rendido en abundancia…

No lo hubiera dicho. Las dos mujeres, amparándose cada una en la cordura sobreviviente de la otra, se abalanzaron de golpe en la dicha paradisíaca de la anciana, tratando de abrirle las puertas, de ventilarle su atmósfera de ensueño prohibido. No, no, el dinero hereditario del niño no podía ser tocado, pues acababa de ser declarado incapaz su acreedor. ¿Y quién estaba osando hablar del otro, del ilusorio, cuya inexistencia era el novelón de chimenea de todo el mundo?

–Virginia, por Dios –dijo Clara finalmente, enjuiciando aquella nueva locura con sus ojos calientes ¿es verdad que no sabes lo que has hecho, lo que no pudimos creer hasta verlo?

Rostro que ya no les pertenecía, boca que hablaba otro idioma. Había comido el fruto al revés de la leyenda. Mordiéndolo era como se entraba al paraíso.

Obligaron a la hermana mayor a quedarse entre los muros. Ella adoptó, desde entonces, el vestido blanco, largo, y el pelo suelto, antisocial, cayéndole en la espalda.

Fue en coincidencia con el secuestro que apareció cierto cartel, manuscrito, simple y trágico, adherido en la puerta de la calle: VIOLETAS. Las venderían, no había otro remedio, venderían el alma de la casa, ya que el letrero de hojalata, a pesar de su batido, no lograba atraer a nadie.

Es claro que allí hubiera debido detenerse el tiempo, como en las estampas. Una criatura rubia, de unos siete años, vestida a todo color, fue el único ser humano que osó golpear en aquella puerta. La niña recibe las flores de manos de una de las mujeres, mientras la otra recoge del suelo algunas violetas caídas. Mil años después, alguien contempla la estampa y dice: el tiempo no existe, es una ficción, una transcurrencia inventada. La niña y las dos mujeres lo retuvieron para siempre. Pero es lógico pensar que no hubo tal cosa. Una de ellas terminó de entregar las flores, y la otra, la que estaba acuclillada, se levantó y recibió unas monedas, las mismas con las que tendrá que salir más tarde a mercar algo. Así se dio lugar al tiempo para que se metiera en la estampa. Y, además, ocurrió lo de siempre, que uno decida preguntar a un niño cómo se llama. Los niños tienen cantidades de cosas para indagar. En cambio, en el mundo adulto, hay pocas para ellos y siempre una, la menos original, y que no falla. Desde ese momento, debió comenzar la locura de Clara.

El nombre cayó como una piedra en el patio. En un principio la mujer quedó completamente rígida, como una hermosa muñeca vieja, de esas que no se han vendido y permanecen verticales en sus cajas, cosidas al fondo con hilo elástico. Luego, también con tonos de bazar, comenzaron a revivirle los esmaltes desvaídos y le volvió el fuego negro de los ojos.

—La hija de Pedro Cosme, válgame el cielo —dijo con el aliento sofocado. (Parecía haber hablado desde algún tiempo muerto, con una voz insepulta que tenía temor de escucharse a sí misma). ¿Cómo iba a ser de Dios tu nombre?, pobrecilla mía —agregó como un eco.

La niña había abierto desmesuradamente la boca, los ojos, los mismos ojos, la misma boca de cierto hombre prohibido. De pronto, ya con su propia voz y un rostro recuperado, Clara gritó en el patio:

—Virginia, ven a ver lo que ha ocurrido. Es la hija de Pedro, su deliciosa niña, ven a verla.

La chiquilla se decidió, al fin, a intervenir en la escena. Tragó toda la saliva que se le había formado en aquel proceso sin deglución de su boca abierta, como para decir algo. Pero no logró sino empezar a fabricar otra nueva.

En ese instante, por una de las puertas laterales, apareció una figura indescriptible, delgada, lánguida, con un vestido blanco tocando el suelo, y con el reseco pelo gris cayéndole en la espalda. La afantasmada criatura miró a la niña desde su sitio. Luego, levantando una mano de largo hueso y piel amarillo-azulada, empezó a signarse lenta y repetidas veces.

—¿Es eso la locura —se decidió a preguntar la muchachuela, apretándose al cuerpo de una de las hermanas—, eso que se está haciendo en el rostro?

Para entonces, la sugestiva aparición, como una mariposa vieja y sin polvillo en las alas, comenzó a girar sobre su alto y fino cuerpo, volvió a signarse ante la puerta y desapareció por allí con el mismo misterio con que había salido. Esa ausencia desencadenó el frenesí de las otras.

Liberadas de la hermana, se abalanzaron como perros sobre la tierna pieza viva, la llenaron de impetuosas caricias, en una especie de hambre de amor que habían estado cultivando sin saberlo.

* * *

«Sálvamelo, devuélvemelo, devuélvemelo, sálvamelo». La gastada plegaria por Juan refloreció en los labios de la hermana intermedia, atontada sobre el montón de plumas viejas que había sido el pájaro del patio. El dios de la locura o de lo que fuere parecía tener la virtud de restaurarlo todo, y la sufriente mujer lo invocaba mirando hacia arriba, con la ardiente convicción del sitio fijo. Pero la garganta de dos notas estaba más que perdida. El blando cuello del ave, alargado y solitario, colgaba fláccidamente. Su plumaje pardusco y vulgar parecía desmentir la armonía brillante de su estirada vida. «Sálvamelo, devuélvemelo». El tercer día, el animal se estaba descomponiendo. La hermana menor, en un descuido de la otra, cavó un hoyo, entre las violetas y lo enterró. No hubo tiempo para darse cuenta de lo que podía significar todo aquel rito. Solo cuando debió arrollar el cuello para que no quedara el pico afuera, tuvo un sacudimiento en las entrañas. Tierra sobre la música, pensó, eso era lo que hacía. Vendrían luego los gusanos, lo hincharían, le darían movimiento como si estuviera vivo… Clara sintió, de pronto, que tenía toda su sangre en el rostro y que le zumbaban los oídos como si fuera en un tren demasiado rápido. Cubrió malamente el despojo y se incorporó, agarrándose de las plantas. Violeta, rígida como una momia en pie, venía hacia la jaula abierta.

Nuevo secuestro. Pelo suelto y vestido blanco para otra mujer de la casa. Con la anemia cerebral que la agarró tras los primeros meses de inapetencia y desgano, el pájaro ya no estaba muerto. Se había fugado, sencillamente. Quedó desde entonces Clara para salir al mundo, para comprar con fino y desesperado tacto, para inquietar aún el aire cataléptico de la casa. Y para besar en la hija de cierto Pedro Cosme la lorma de su locura sumergida.

Otro tipo de estampa: el niño colaborando según su propia modalidad en el nuevo orden de cosas. Desde entonces, había empezado a salir todas las tardes en busca del ave perdida. Llevaba un jaulón viejo y un quitasol de seda verdosa con un volado antiguo en el borde. La engaño —decía a las gentes, mostrando su equipo de caza y guiñando sus ojos dulces de Fígaro lector—. La pobrecilla está loca, cree que se ha fugado el amor hacia el bosque.

Pero aunque el animal no había muerto para Violeta, debió ser ella quien desertase. La anemia de la mujer fue la única forma de pudrir al ave en la tierra. El día que salió de la casa con los pequeños pies en la proa, rígidos y levemente verdosos, hubiera podido comenzar la nada del otro. Pero Juan no abandonó la jaula. Era un traspaso de fe, una especie de religión sedimentando por transferencia. Y, como tal, no podría eludir la continuación del sacrificio.

Empezó cierto verano a crecer el calor desmedidamente. No se oía sino las noticias de lo que estaba ocurriendo. Es claro que no entre las violetas. Que las personas murieran insoladas en las calles, que el agua se agostara bajo el puente, que los animales cayeran de golpe como fulminados, fue algo que el clima sombrío del patio pudo detener desde la puerta, un nuevo fraude por el cual la dicha habría de salvarse siempre en la casa. Fue también en uno de esos días brutales que Juan decidió mantenerse más que firme en su costumbre, ir por el ave. Aprovechaba siempre la hora aplastante que sigue al mediodía, por no interferir con la de su invisible clientela.

Clara, lúcida ella sola entre los dos sobrevivientes, trató de impedir esa vez la salida.

–Deja eso por hoy, Juan, puede dañarte –le dijo con dureza. La pobre hermana –agregó suspirando– creía que el pájaro no había muerto, y bien estaba engañarla entonces.

–Dios la tenga en su gloria –interrumpió el hombre, con una pizca de religiosidad ofendida.

–Si, Juan, Dios la guarde en su abierto seno –agregó la mujer– pero tú sabes tanto como yo trató luego de aclarar con decidido énfasis que el pájaro estaba tan muerto en su frágil materia como ella. ¿No es cierto, acaso? ¿No recuerdas cuando decidimos juntos engañarla? Dime que no lo has olvidado, Juan, dime que lo tienes todo presente –imploró entrándose en aquellos ojos dilatados que le estaban mirando sin mover las pestañas.

–¡Clara!

Tras la exclamación de sorpresa, el rostro del hombre cobró de pronto un delicado gesto de protección y de ternura. ¿Era que había enloquecido su pobre hermana menor? ¿Cómo podría decirle eso a él, que un día antes había logrado casi echarle mano al ave?

–¿En qué piensas, pequeño?, habla –rogó aún ella.

Juan retuvo por algunos minutos su piadoso silencio. No se atrevía a cometer tal sacrilegio, evidenciarle a Clara su locura.

–No, madrecita –dijo al fin delicadamente– es tu memoria lo que falla. Óyeme, yo no había querido decírtelo.

Estaba ayer bajo el puente, preparando la jaula para internarme en el bosque…

—No, Juan, tú no haces eso —lo interrumpió la mujer con angustia.

—Sí, Clara, tomo siempre ese punto para iniciar la búsqueda. (Se quedó unos minutos como flotando en los sueños evadidos). El puente —dijo al fin—. Tú no imaginas lo que sucede allí abajo. Uno habla y la voz no se sabe de quién repite lo mismo, como si se burlara. En un principio yo intenté desenmascarar al hombre, pero no pude. Luego, aun sin encontrarnos, nos hicimos amigos. Le gusta repetir lo que yo hablo, pero tiene una voz más dulce que la mía, y más lejana. Cuando yo recito aquello que dice Dante en el final del canto treinta y tres del Paraíso, él se lo recoge de un tirón y lo suelta en seguida como un alegre demonio. Clara, perdóname —agregó volviendo a sus temores de hacía un momento— he demorado mucho en contártelo. Yo no quería que nadie supiera que tenía ese amigo…

La mujer se le quedó mirando aterrada.

—Juan, te lo suplico, no vayas hoy por él, es un calor irresistible el de afuera —dijo, sintiendo aún en su piel el cosquilleo del erizamiento.

—No, Clara, no puedo dejar a mi hombre un solo día —porfió en argumentar el otro—. Nunca tuve ninguno, tú lo sabes. ¿Y voy a abandonarlo ahora, por una causa tan mezquina? Yo no podría siquiera tragar mi saliva sabiendo que él tiene sed y se ha deglutido toda la suya. No corre ni una gota de agua bajo el puente ¿comprendes? Se ha secado ya la última humedad que estaba guardada entre las piedras del lecho. Es necesario, pues, que yo vaya a hablar allí, sudando y con la garganta seca, para que él comprenda que su amigo también tiene sed, que a ambos los está matando el mismo verano. Tú no sabes, mujercita, lo que es para dos seres que se aman morir bajo el mismo fuego, tú eres inocente y no lo sabes.

–No, Juan, no continúes hablando así –rogó Clara cubriéndose los oídos.

–Y además, querida –prosiguió el otro como quien trata de convencer a un niño–, está lo del pájaro. Escucha, voy a contártelo, hoy tengo necesidad de que lo sepas todo –dijo quitando a la mujer las manos de los oídos y besándole sus palmas–. Hay un árbol junto a la boca del bajo puente. Una de sus ramas atraviesa el círculo, justo en el centro, como si fuera un diámetro. Miro siempre ese retoño y digo: todavía me gustan los árboles. ¿Comprendes lo que significa? Es algo difícil de explicarte. Yo pienso que mientras me gusten los árboles estaré vivo, que la muerte ha de ser que no haya más árboles para nosotros. Imagínate la muerte de nuestra hermana: un estado de vida sin ellos, algo por lo que no podrá verlos con sus ojos de antes.

–Juan –dijo la mujer ya sin fuerzas, sentándose en el suelo– no es de Dios ese pensamiento.

–Tienes razón –agregó el hombre acuclillándose a su lado y bajando la voz hasta la confidencia– pero escúchame. Fue en esa rama de que te hablaba donde él, nuestro prófugo, posó ayer, Clara. No puedo describírtelo. Me miró, quiso venir hacia mí como antes. Te aseguro, querida mía, tenía la misma forma de mirar color violeta de nuestra pobre hermana. Pero me vio, desgracia, me vio abrir la maldita jaula. Entonces, antes de volarse hacia el bosque como una flecha, volvió a cantar aquello que él sabía, tú lo recuerdas (Juan remedó al ave en su concierto de dos notas), y yo ya no podría vivir sin oírlo de nuevo. Es algo que también sabe repetir mi amigo del puente, aun muriéndose de sed con este horrible verano.

–No, Juan, no continúes –imploró Clara– y deja por esta vez todo eso, yo te lo pido en nombre de la que amamos tanto.

Pero él se incorporó, tomó la jaula, el quitasol de seda verde.

Lo trajeron a media tarde, con la muerte encima pesándole como de piedra, esa muerte fulminante de la insolación y el derrame cerebral combinados.

Clara, ella sola para ver la realidad, cayó sin sentido sobre el cuerpo del hombre, de aquel hijo que le había nacido de su virginidad, de su cuerpo y de su alma sin experiencias fundamentales. Pero volvió luego a la superficie con toda su entereza de siempre. Eso no tenía nada de extraño en ella, saludable hasta para comprender la muerte y justificarla. Lo inverosímil fue el caso de Virginia. Ayudó por el resto del día a vencer el «desmayo» del hermano según su rápido dictamen. Habían venido dos monjas a secundarla. Eran unas mujercitas sin edad, que parecían pisar en el aire, con grandes tocas y unas tijeras colgadas en la cintura. El rostro de una de ellas tenía algo de esos camafeos italianos que se valoran por la pequeñez de los rasgos, y Virginia se prometió donar para su orden el que conservaba de la madre.

Ciertamente la rebelaron algo los cirios que habían traído. ¿Pretendían con eso que el niño estuviera muerto en su cama? Pero comenzó luego el arrullo del rezo. La mujer volvió entonces en sí, calma y dulce, a pedir salvación para el pequeño, la salvación que ella esperaba en la tierra, mientras Juan dormía plácidamente.

Al caer el sol, las religiosas se marcharon. Nadie intentó hacer luz en la casa.

«¡El niño, mi niño, el hijo mío que no tuve!». Los gritos enajenados de la mujer detuvieron a los hombres que llegaron por el cadáver a la mañana siguiente. Había ella comprendido al fin que todos estaban confabulados en la estúpida idea de la muerte, y que no solo creían, sino que pretendían hacerla entrar también en eso a última hora, quitarle el derecho a su convicción, a su fe irrebatible.

—Quieren que esté muerto, ya hace horas que lo veo. ¿Pretenden, pues, que esté muerta yo? —gritó con toda su pasión liberada—. Si él es mi entraña y no está vivo ¿es que yo tengo la muerte dentro y no la siento? Toquen mi corazón, aquí, toquen esto —gritó adelantándose y abriendo la ajustada blusa con sus larguísimos dedos—. (Pretenden sujetarla, amordazarla). No, no lo intentarán siquiera —exclamó adelantando aún más el pecho, mostrando por primera vez en su vida el virginal nacimiento de sus senos—. Lo sospechaba, no duden, por esos cirios que han ardido toda la noche sobre su inocente cabeza, esa cabeza dormida y completamente mía en su sueño.

Se dirigió hacia el muerto en un gesto de infinita certidumbre. Juan no parecía dispuesto a ayudarla. Sus ojos, vueltos a otras imágenes, sus mejillas amoratadas y sorbidas de golpe, su boca con otra curva, una especie de mueca cínica, le negaron toda esperanza de asentimiento. La mujer chocó hasta el dolor contra aquella voluntad de hermetismo. Pero pudo reponerse a fuerza de convicción obstinada.

—No, no me lo quitarán —volvió a gritarles— ni amenazándome ustedes con esas tijeras —dijo sobre el rostro de esmalte de la pequeña monja–. ¡Nadie, ni la muerte misma podría ya luchar conmigo!

Parecía morder el aire, para demostrar su propia existencia con los dientes. Puesto que dudaban de que ella viviera, llegaría a morder si era preciso, sería capaz de hacer eso que los muertos no pueden. Sus serenos ojos azules ya no lo eran. Se rompían como cielos de vidrio caliente, enrojecían en las ramillas quebradas que Juan había poematizado cierta noche.

En un momento en que pareció ceder la crisis, intentaron reducirla. Su pelo largo y reseco cobró entonces una especie de halo electrizante. De las manos huesosas se escapaba una amenaza de estrangulamiento.

Juan, callando, parecía haberse reservado su opinión, como si fuera un crítico obstinado, puesto más allá del drama, en un asiento solitario reservado al silencio.

Hubo, al fin, que someter a Virginia a la camisa de fuerza. Solo así pudo sacarse el cadáver de la casa. Pero también tuvieron que arrojar después a su abogada en aquel humillante vestido al revés que le habían ajustado al cuerpo. Se juzgó su locura peligrosa.

No hay nada más obsesionante para el hombre que eso que ha convenido en llamar el paraíso. No tanto porque lo imagine hermoso e interminable. Aunque se persista en decir lo contrario, nadie piensa que pueda existir algo que supere a la tierra, hasta en la precariedad del tránsito. La naturaleza inquietante del paraíso se origina en lo que posee de inconmovible su secreto. Con el de la mujer solitaria, comenzó a ocurrir el mismo fenómeno, la locura de los cuerdos por descubrir lo que nadie ha visto. Había que violar a cualquier precio. Desde que se cerró por dentro aquella puerta, desde que Clara comenzó a alimentarse sin salir al aire, como los roedores, de los que nunca se sabe cómo encuentran vitualla, el mundo no pudo tener ya otro pensamiento. Era una especie de fiebre colectiva, una peste contagiosa, lo de querer robarle su misterio a la mujer, aunque más no fuera que para poner ruido en el silencio. Además, ella era virgen, esa otra soledad incomprensible e incomparable. «Huelan, decía uno, sale tufillo a cadáver. Ha de hacer meses que ha muerto».

Era virgen y estaba muerta. No se sabía bien de qué boca habían salido las palabras. Pero viendo a los demás arrojarse al suelo para aspirar aquel gélido olor que manaba en fino chorro por las rendijas de la puerta, se descubría la cosa. Y hubo que violentar, en nombre de la ley, se comprende.

El ruido de las primeras pisadas losa adentro tuvo la virtud de mantener a raya al conjunto. Pero no bien aquel ruido fue tragado por el patio, el mundo contenido de afuera no pudo aguantar más en su sitio. Se abalanzó con hambre y rabia, con delicia de profanación tenida a freno.

Por un momento, el primero del brutal despojo, pareció que la casa estaba realmente deshabitada. Las famosas violetas habían crecido hasta la lujuria, y miraban las cosas con pavor, viviendo solo en sus ojos, como centinelas con los pies enterrados. Pero de pronto, por una de las puertas laterales del patio, apareció una figura de mujer, mortalmente blanca desde el traje hasta el rostro, y se quedó parada allí mirando la invasión, huidiza y al mismo tiempo quieta, como un pobre pájaro cercado que sabe lo inútil que ha de serle el vuelo. Consumida su exuberancia vital, no era más de lo que podía verse junto a la puerta, un fantasma acorralado por el tiempo. Había podido, no obstante, conservar el fuego antiguo de los ojos y se armó de él para desafiar a la turba del patio, dominándola en un minucioso reconocimiento.

De pronto, y como deslizándose, la mujer se adelantó hacia la masa. Había descubierto a la muchachuela, desfigurada en una adolescencia torpe y granujienta, de la que brotaba una penosa confusión de chica y de mancebo. Todas las cabezas, con un ruido de goznes secos, giraron hacia el sitio del suceso.

–¿Lo sabes, Pedro mío, lo sabes? –dijo al fin acariciando a la chica en la barbilla.

La invasión se sintió excluida de la pregunta. ¿Qué sexos y que años cambiados andaban en el aire? Alguien intentó alejar a la adolescente, tomándola de un brazo. Pero la mirada de la mujer le impidió consumar el rescate. Además, por si aún lo ignoraban, la voz de la locura era el metal de metales que había quedado resonando en el patio, como un concierto de campanas bajo el agua.

–¿Lo sabías, Pedro, lo sabías? –volvió a repetir la amortajadora–. Pedro –continuó dulce y lentamente– tú tenías razón. El día en que el niño murió y en que se apoderaron de Virginia, vinieron a rezar unas monjas, esas que llevan sus tijeras colgadas. Pedro, ese día lo supe todo. Dios no existe, puesto que no sirve para los que se quedan solos.

Los cuellos volvieron a rechinar en conjunto, como si se abrieran y cerraran en abanico. La loca se les estaba excediendo. No sabían ya qué hacer con ella, si meterle un pañuelo entre los dientes o dejarla seguir diciendo aquellas cosas terribles. Terribles, pero que los eximían de entablar su propio juicio al cielo.

–… No sirve, Pedro, o por lo menos no alcanza, y si es así se implora en vano, como tú decías –continuó, dejando perder sus dedos muertos entre los cabellos vivos de la muchacha.

—Clara —logró articular la atribulada criatura, con voz de timbres dudosos.

—Sí, amado, repítelo, vuelve a nombrarme muchas veres. Exactamente así, diciendo solo mi nombre, lo pedías, pedías algo que no pude darte entonces. Bésame, bésame como aquella noche en que te rechacé por Él junto a las violetas… No, espera —rogó uniendo el acto al deseo— deja que sea yo quien tenga tu boca, tu hermosa y dulce boca blasfema, Pedro Cosme.

Un rumor de protesta y amenaza empezó a cundir en el patio. Pero estaban también los que no podían moverse ni articular palabra, y esos contenían tácitamente a los otros.

—… Hazlo tú ahora, como anoche, como siempre —continuó la mujer, tragándose en su quemada salivilla antigua lo que los demás se estaban perdiendo estúpidamente, la maravillosa corporeidad de la locura, su sabor insuperable.

SALIVA DEL PARAÍSO

SE HABÍA ROTO EL GLOBO ESMERILADO. Quedaba solo la lamparilla en la punta de la columna de cemento, y era ese pequeño foco el que proyectaba debajo un círculo de sombra: en el limbo del parque, intencionalmente salpicado de luces, solo aquella mancha oscura donde parecía arremolinarse la llovizna.

El hombre y la mujer andaban extraviados, indefensos y con la ropa húmeda. Allí cerca, el edificio del Hotel completamente iluminado, las residencias, también a toda luz, los ojos de los enamorados peripatéticos, los faros de los coches en las avenidas circulares. Lo único inviolado por la luz eran las cuevas de un obraje próximo. Aptas para todo, pero demasiado negras. Están como habitadas por el misterio, las recorre un permanente crujido. A causa de eso fue que debieron decidirse por el círculo rodeado de luz, la única sombra del parque. Quedaron en su justo centro, contra la vertical de la columna. Era una especie de paraguas invertido abierto en el suelo y completamente rodeado de la luminosidad de arriba. Pero la llovizna y la luz estaban acaeciendo en un orden de cosas completamente fuera de ellos, que existían en su problema como la última pareja que quedara en el mundo y debiera cargarlo por todos. Ignoran, además, que son más visibles que el mismo parque, que no hay blanco más seguro que lo negro en ciertos casos.

—Déjame mirarte por fin —dijo ávidamente ella con una voz que le quemaba la garganta—. ¿Vas a decirlo ahora, no es cierto?

Él la tomó de la barbilla, con cierta lástima protectora, y le acercó la cara.

—Tienes el rostro cada vez más vivo, no sé lo que te ocurre cada día —le murmuró al oído.

Las palabras resuenan ahí de un modo extraño, como si rebulleran en vapor caliente. Pero si se les quitase la temperatura ocasional serían siempre las mismas cosas. Él siente que la muchacha huele a neblina mezclada con un vaho de juventud que emana de su piel por cada poro. Pero no podría decir que eso es suficiente para resarcirlo. Quisiera mejor no haberla conocido nunca. Es una clase de dolor que pudo haberse ahorrado.

Un hombre tosió en la cueva cercana del obraje. Apenas lo oyeron. Pero el pobre diablo sí que se escuchó claramente, retumbando en sí mismo como si estuviera vacío. «Maldita tos —dijo apenas reconquistando su aire—. Me duele la vida cada vez que ocurre. Aguanto lo que puedo, pero al fin no hay más remedio que liberar al demonio. ¿Cómo hubiera podido imaginar que acabaría mi historia durmiendo y desgarrándome en esta forma? Maldita suerte, maldita y perra suerte... Esos dos se han abrazado. Están ocultándose algo, por lo que se vislumbra, y quieren simular el juego tomándose sus cuerpos como escudos. Maldita tos… se ocultan mientras se abrazan… son como esta bruja perversa que me agarró por dentro, que se goza destrozándome. Y tengo que soportarle sus espasmos sucios».

–¿Qué miras hacia allá? –dijo de pronto el hombre del farol buscando un objetivo.

–El Hotel –contestó ella–. Observa, están encendidas las luces de todos los pisos, qué hermoso.

–Y en cada luz una historia puerca –agregó él tratando de quitarle brillo al espectáculo.

Ella se le pegó bruscamente al pecho, manchándole la camisa con un innecesario color prestado. Él la quitó de allí, la miró sin decirle nada, y luego volvió a abrazarla, mesándole hacia atrás los cabellos.

Fue en ese preciso instante cuando dio en pasar el automóvil. Un chofer lo encuentra todo siempre, con esa propensión invencible a buscar rastros perdidos. Vio a los de la columna, aminoró la marcha. Dentro del coche iba el anciano con sus nietos de nueve años, las rubias cabezas sirviendo de antenas, los ojos como linternas sordas. Descubrieron en el aire cómo el chofer, sin perder su estilo ni su gorra, giraba el cuello hacia cierto punto luminoso, y abarcaron simultáneamente el cuadro. Delante del abuelo ellos se comunicaban de un modo muy particular sus experiencias. Sin palabras, sin gestos mayormente visibles, se dieron a paladear en éxtasis la escena. Hasta que el viejo logró violarles el secreto. Él poseía también su sistema propio, les había observado una vibración particular de las apantalladas orejas en el momento de transmitirse los mensajes, y miró discretamente en la misma dirección. Era decir que en un breve minuto todos sabían que ellos dos estaban allí, debajo del ilusorio paraguas de sombras y en la temperatura del abrazo.

El automóvil dio un pequeño envión y rechinó suavemente. Tres cabezas se proyectaron de golpe, como en una embestida taurina. Solo al viejo podía habérsele ocurrido echarse a andar hacia atrás, en el revés del tiempo que los otros estaban tratando de apresar por delante. Sí, él recuerda que cierta lejana vez había abrazado también a alguien, alguien que estaba junto a un árbol o a un muro. ¿Pero quién era en aquel entonces él mismo? No podría decir era yo, precisamente, ni tampoco asegurar que fuese otro hombre. Mas lo cierto estaba en que debía ser algo muy distinto a lo de ahora, otro ser metido en otra ropa, en otra piel diferente.

—Dímelo ya —exigió la mujer, con cierto imperio mezclado a su perfume de neblina.

El coche andaba perdido entre los círculos. ¿Quién era, pues, el que entonces no era? Ocurre eso al reencontrar agendas viejas, tanto nombre en vano que no produce la menor resonancia en la memoria. Pero lo grave está en que él ha vuelto a hallarse en aquel nombre, que continúa firmando con sus mismas letras, recordándose. Fue entonces cuando, por la fuerza de la desesperación, dio en el antiguo recurso, introducir la mano en el bolsillo, buscarse. Y encontró, pero precisamente lo que nunca debía haber hallado. Tenía reloj de oro, diamante de primer agua, acciones prósperas en la Bolsa, nietos con grandes y lustrosas orejas que sabían transmitirse mensajes por encima suyo. Imaginó a los otros dos todavía allí, junto a la columna, sorbiéndose de través los humores del hueso. Él ya no. La plenitud conjugable de cierto verbo se le había secado, aun sin caérsele del cuerpo, como a una vid con los racimos en pretérito indefinido.

–Aprieto las mandíbulas, te hago doler la raíz de los cabellos, y eso tendría que valer más para ti que mis palabras –dijo el hombre–. Tus cabellos cortos –agregó con voz sorda– los recuerdo siempre en la penumbra, cortos y fuertes como los de un muchacho.

–Pero no son lo que yo quiero saber –insistió ella.

–Sí –dijo él sonriendo–; cuando yo era niño me entretenía en desesperar a los grandes con ese juego, la respuesta en completo desacuerdo.

–Y yo miraba entonces una revista ilustrada a todo color –añadió ella con rapidez, para ponerse a tono con la incongruencia–. En un lugar del mundo había una atracción universal, cierta hendidura de la tierra por donde se veía vapor de agua en ebullición permanente. Era terrible, era el vértigo asegurado mirar hacia adentro.

El hombre del obraje tosió de nuevo. «Esta tos, esta inmunda bruja perversa. Ellos me habrán oído y dirán: no estamos solos, detrás de esa tos hay un hombre. ¿Y detrás del hombre, digo yo, qué hay detrás del hombre?». Se rio maliciosamente con su boca olvidada del sabor del pan, y en la que la lengua parecía haber cambiado de forma. Fue al cabo de esa risa cuando vino a ocurrirle algo que jamás hubiera creído: recordar, con treinta años por medio, un episodio de la infancia. En aquel tiempo sin derecho al homicidio lo habían obligado a estudiar en un librejo aborrecible, tanto como su pretensión de enciclopédico, y del que jamás lograra memorizar cuatro líneas. Pues ahora, y encuéntrese quien le explique por qué, acaba de salirle íntegro el asunto como si vomitara una larga cinta métrica. Mas lo peor es que en el extremo final de esa cinta, desconocida y al mismo tiempo hija de él como una tenia recién eliminada, está lo que no se decía en el librejo, su destino, del que nadie había podido hablarle claro en aquel tiempo. «Ellos dirán –volvió a murmurar agarrándose el pecho–, detrás de esa tos hay un hombre. ¿Pero y detrás del hombre? No pensarán lo que yo de los filósofos, lo que cargan detrás, como todos nosotros, y adonde tendríamos que ir a dar con sus sistemas después de ver que no sirvieron para nada. Qué irían a hacerlo. Están ellos también en otro juego, un miserable juego de palabras».

–Y pensar que ya nunca se volverá a repetir este momento –dijo ella aún como hundiéndose en sí misma.

Él volvió a mirarla con igual incapacidad de consuelo. Por los resquicios de su mudez, ella tornó a evocar la lámina, el viajero que debía atarse previamente la cintura con una cuerda, el guía que tiraba hacia atrás mientras el otro atisbaba el horror de allá abajo.

–Dime –preguntó de pronto como en una especie de arranque insano– tú no soltarías la cuerda ¿verdad? Yo miraría hacia adentro de ti pero aferrada.

–Aclárate, insaciable encuestadora, ¿de qué cuerda estás hablando? –dijo el de la cueva, con más fuerza de la que estaba permitida a un testigo invisible.

–Oh, si aflojaras, tampoco eso importaría –prosiguió la voz femenina como saltando por encima de su hombre, y respondiendo a la lejana con que parecía haberle hablado él últimamente–. Quizás no pudiera, pero querría. Tú no sabes lo que podría querer, ni yo tampoco puedo saberlo. Nadie –continuó con oscuridad creciente– nadie lo sabe del todo sin desamarrar primero el cabo.

Antes que él pudiera dominar su vehemencia, introdujo ella rápidamente la mano en el bolsillo del hombre y le dio vuelta el forro. Cayó al suelo el sinfín de las cosas menudas: fósforos, cigarrillos, una carta para avión, cierta foto pequeña, un copo de pelusas grisáceas.

–¿Te da vergüenza todo eso?

–No –contestó él rápidamente.

–¿Y en la calle, en el ómnibus, te hubiera avergonzado?

–Quizá –respondió con cierto malhumor a causa de la escena–. Y si he de decir lo que andas buscando con el ensayo, sería debido a las inicuas borras, yo no creía tenerlas.

–Ahora no las tienes, ya ves. Recoge, si quieres, se está mojando todo por mi culpa.

Volvieron al abrazo, mientras él colocaba su pie sobre las cosas que amenazaban volarse. El de la cueva advirtió con lástima el juego del suelo. ¿Por qué eran todos así, tan pequeños? Hasta en el momento de ser amados pensaban con terror en lo que podrían perder eventualmente. Se sienten creadores de cualquier basura que posean, lo sacrifican todo por no destruir lo que pretenden haber creado mientras ellos se aniquilan. «Para este instante, piensa el anciano banquero, ya se recorren todo el cuerpo. Están ardiendo cerca de los árboles, son un peligro para el bosque». Luego el otro miró sus pequeñeces dispersas, vaciló brevemente y terminó recogiendo todo.

–Yo sé –continuó ella con tristeza–, lo nuestro es un adiós, siempre fue como un adiós en un cruce de trenes. Y voy a hacerlo para que lo veas. Me quito del cuello este pañuelo rojo, lo extiendo en el aire mojado, camino y lo mueve el viento. ¿Comprendes lo que significa? Luego, siempre –continuó enjugándose el rostro con el pañuelo y arrebujándose después– yo vigilo la hora y pienso: el mundo que él habita está por entrar en el sueño. Entonces veo cómo apagas la luz, cómo doblas el brazo, cómo deseas lo que deseas con alguien que no soy yo.

—Siempre serás lo último que piense —dijo el hombre, convencido más de la frase redonda que de su verdad de futuro.

La asió del brazo desnudo, resbaladizo, frío. Se quitó rápidamente el abrigo, se lo echó a ella por la espalda y la tomó de los hombros para alejarla de aquel lugar del que estaba apreciando las desventajas. «Era como una flor, tu flor de abismo —dijo el de las cuevas— y la enterraste viva, pedazo de bruto. Y entretanto yo aquí, sin haber podido asistir a la escena del pañuelo. Debería parecer una llama en la neblina. Pero nunca sabrá la mujer lo sola que se estuvo con su símbolo. Todos los que manejan esas cosas, qué solos. Estábamos todos solos, vivir era ser una muchedumbre en unidades, era cobijarse bajo un árbol de esperanza con una fruta podrida para cada uno, podrida de tanto esperar que los otros la comprendieran como símbolo. Y el libro que no leí tenía las cubiertas amarillas siempre me parecía un ilusorio pastel de hojaldre. Justamente en esta hora lo devuelven, hijos de perra, cuando ya no tengo dientes. ¿Pero por qué no lo dijiste, tonta bestia, eso que quería saber la mujercita, eso por lo que no podrías?». Para la nueva convulsión ocurrió lo que venía atajando con la mano, su sangre, la hombruna embestida final de la bruja.

El anciano banquero llegó a su casa, es decir, lo arriman muellemente, lo desembalan con cuidado. Pero hay formas muy distintas en las cosas de siempre. Hacía setenta años que estaba arribando, desde sus primeros paseos por ese mismo parque en un ridículo cochecillo. Podría recordar aún cierta cofia con encajes, cierto uniforme negro empujando hacia adelante. Nada faltaría para evocar el día mismo de su nacimiento. Todo menos lo recién descubierto, lo de su máxima pérdida. Eso habría ido ocurriendo de a poco, quizás, como un hábil desfalco en sus caudales. ¿Pero cómo no haberse dado cuenta, cómo haberse dejado arrebatar lo más pegado a sí mismo? ¿Y quién lo tiene para que él deba no tenerlo? Ya va a rebelarse, ya va a mover todo el sistema de su timbre de auxilio para averiguarlo. Él ayudará también a registrar, hasta debajo de la piel de sus nietos, si ahí está pronto a estallar lo que se le ha perdido. Por primera vez en todos esos años muertos siente que ha vuelto a crecer, que puede ser capaz, por lo menos, de buscarse a sí mismo. ¿Pero que es, al fin, lo que anda rastreando, lo que debe decir concretamente? Preguntarán, de eso no le cabe duda, y él no podrá esconder su desierto tras las palabras.

Hay cosas que no caben en el decir, y no por lo que expresan, sino por la soledad que encierran. Un naranjal saqueado puede hablar, un hombre que perdió los hígados, una medalla sin el viejo relieve. Pero habrá en el aire un alarido solitario para ninguna oreja, un alarido de árbol sin naranjas, de hombre sin hígados, de medalla gastada.

Se sentó como un mendigo en el último tramo de la escalera y esperó a que alguien abriera con cualquier motivo la puerta.

—«Y me han quitado el pastel que estaba soñando. ¡No, no —gritó el hombre tendido en el obraje agarrándose de las piedras del suelo— que me lo den todo de nuevo, que me dejen donde estoy, salgan, fuera!».

Cesó de vociferar por no poder seguir haciéndolo, manoteó en el aire sin hallar nada. Sin embargo, él había sentido clavársele una garra en el pecho y paralizársele el nacimiento de la lengua. Supo también que sus piernas, aunque las necesitara para incorporarse y explorar la cueva, ya no le responderían. Se le habían transformado en balas de algodón, eran como los miembros baldados de un espantajo. Sentía correr agua con sal por la cara. «Extraño –logró decir con la lengua dura– veo mi vida a través de estos humores, a través de esta podrida sangre que estoy manando. Mi vida (escupe y le cae sobre el mentón y el pecho), una ciudad cuyas casas no se levantaron nunca. Pero qué andamiajes, qué columnas, qué audacia. Las planchadas triunfantes de los últimos pisos, la tarta del banquete final, no se vieron. Pero yo viví colgado en esas escalas del gran sueño, yo sudé aconfitando ese pastel del reajuste de cuentas. Yo, todos los que estábamos allí... (quiso reír, pero le salió en cambio una sucia gárgara) deberíamos parecer ahorcados desde lejos. Ahorcados de la gran chifladura, del gran sueño de los hombres... Yo lo había heredado, alguien va a recibirlo ahora (volvió a reír en la misma forma grotesca). Pero al menos porfié en alguna cosa, cada cual debe porfiar en algo, aunque más no sea que como esa desgraciada en la glorificación de la porquería que él no quiso confiar, y que no alcancé a saber lo que era...». (Se fatiga, un ronquido silbante se le ha metido en el pecho). «Ella me hubiera venido bien para las hiladas de mis ladrillos. Pero no, qué iba a ocurrir, tenía que caerle en suerte a una bestia ciega. Todo... queda inconcluso aquí abajo... lo mío... lo de ellos Y, sin embargo, viva lo mío, viva lo que quiso ser algo ¡No, no, déjenme aquí, suelten, suelten, dejen!». Comenzó a eructar su último hálito en una especie de claudicación por la fuerza, esa fuerza brutal de estar muriendo completamente solo.

Al pasar frente al Hotel vieron descender tres personas, –dos mujeres y un hombre, que se irisaron como diamantes bajo la luz del hall iluminado. La mujer del parque se oprimió su ancho abrigo masculino. Aun sin ser vista, le pareció ofensivo para la dulce fragilidad de aquellas dos criaturas. «Siempre será mi angustia esa belleza», dijo, sintiéndose recorrer por el calor del grotesco saco, y se perdieron en la noche.

Alguien proyecta su sangre en esa misma noche. No tiene importancia. En el momento del suceso perdido, el lacayo del Hotel abrió ceremoniosamente la última puerta. Ellos pidieron las llaves, con una inconfundible sonrisa de alta clase. La frágil y dorada mujer soltera tomó la suya con cierto aire de ausencia. El joven matrimonio pareció atársela al cuello.

El sinfín de los pisos. Luego el ascensor se detiene y los arroja. Al llegar frente a la habitación número once, las dos mujeres se dan un beso. El hombre dice distraídamente «hasta mañana, Helena», mientras abre la boca de sueño. Después la miran deslizarse sobre la alfombra roja hasta el otro extremo del pasillo donde ella tiene su pieza. Siempre esperan que la chica abra la puerta. A ambos les parecería mezquino abandonarla antes de que hiciera eso.

El anciano volvió a intentar la búsqueda en el baño. Todo estaba vacío y quieto allí mismo donde él antes tuviese alfileres, lagartijas, hormigas, tenacillas al rojo. ¿Por qué no haberse muerto un momento antes, por lo menos? Hubiera debido reventar en la puerta, írseles al suelo de cuajo a los nietos, verles vibrar por última vez las orejas telepáticas a causa del suceso. Pero no, tampoco podría ser así su muerte. Esa muerte, según lo que acababa de saber, debería ser un tenderse a no vivir, sencillamente. «Ahora empiezo a morírmeles, a orinármeles encima, para que aguanten ellos también mi desgracia». Hasta ese día ha vivido con dignidad por ignorarlo, por no saber la terrible noticia recién descubierta, lo de estar como un fósforo mojado, él que había sido capaz de abrasar el mundo en una noche. Tomó el reloj de oro y lo arrojó por la ventana. Luego, el diamante. Lo imaginó describiendo una parábola de luces, pero ya no podría interesarle nada de lo que estuviera vivo, ni siquiera eso, un diamante en la noche.

… Y la voz del marido de la amiga empezó a crecer en el aire de su pieza del hotel, aun con la puerta cerrada por dos vueltas de llave. Se quitó sin luz las ropas, para que la voz no le mirara el cuerpo. Se deslizó dentro de su camisa de noche, abrió a tientas las sábanas. Pero no pudo matar el color de las palabras. Cada vez las ve de un tono más ambarado, como si se lavaran en champaña. Y es entonces cuando comienza a encontrarlo a él detrás de las palabras. Pero no solo. Ella sabe que él no está solo en la pieza once. Y puesto que ella sí está sola en el aire negro, los otros dos se le aparecen como mármoles en la sombra, desnudos, prietos, monstruosamente dobles. Se han ayudado a desvestirse, han jugado en el agua jabonosa, tienen olor a heno en todos sus repliegues, se lo roban después en el lecho. Al secarse y calentarse la piel, el mismo perfume se torna distinto en cada cuerpo. Han descubierto eso, quizás, eso que ella, solo por imaginar, no resiste, pero no se abaten, ya habrán aprendido también a hacerse fuertes. Él le muerde los cabellos negros, los aspira, le pregunta si ha cambiado de aceite. Entonces ella extiende sobre la almohada el pelo con olor a abanico de palma y se queda inmóvil, esperando.

En ese momento sonó el teléfono. Nunca se le hubiera ocurrido pensar que de su mesa de noche podría saltar aquel ruido de cristalería, justamente mientras los otros navegaban en la playa de las palmeras.

El viejo hizo luz desde el lecho. Todo en perfecto orden: los dientes anclados en el agua del vaso, el brillante, al que había obligado tantos años a chapalear también allí dentro para despistarlo, excarcelado. Lo imagina limpiándose en la noche, quitándose al aire la viscosidad del paladar postizo, como una mujer desamarrada de un viejo amante. Luego toma de la mesilla un retrato pequeño, de una borrosa belleza antigua, y se lo pega en las narices.

–Perdóname, querida, perdóname por lo que hago –dice con su lengua blanda, liberada del freno de los dientes– me he tendido a morir porque ya no puedo jugar con aquel verbo ¿recuerdas?, aquel verbo temido. Yo coqueteaba con él lo mismo, a pesar de tu delicada resistencia. Pero no te avergüences ahora, apenas si recuerdo lo que venía después de la palabra. Lo importante para ti, lo que necesito hacerte saber, es que podríamos estar ya en paz, en una paz definitiva. Pero, justamente, es cuando yo no quiero, no puedo continuar viviendo.

Ella le contestó lo de siempre, nada, aquel nada irrevocable que había adoptado tras el muro. Él ya no se impresiona con eso, puesto que ahora sí lo sabe que pronto irá a sentarse también en su mismo cantero de bulbos podridos.

… La muchacha golpeó suavemente. La puerta se abrió como por sí misma y dejó escapar esa bocanada de intimidad que es una alcoba con dos cuerpos. Pero no tuvo tiempo de gustarla. Allí estaba su pobre amiga, congestionada por el llanto y disminuida por la cama grande. Colgaba del borde un pie desnudo, aún con las marcas de la correa de su sandalia. Y se cometió el nuevo pecado después del de la voz, el hombre entero. Tenía su negro cabello en desorden y por la abertura de la salida de baño escapaba el pelo del pecho, enmarañado como todo él, desde las cejas hasta las palabras.

—Discúlpame, Helena —la sorprendió con una voz desconocida— pero ahora vas a saber por qué te he llamado. Y no vayas a creer que ha reventado hoy nuestra desgracia. Esto es mi siempre —agregó, apretándose una muñeca frente al espejo y mirando desde allí a la joven—. Y yo tengo ya los nervios quebrados, secos e inservibles como la última paja del granero.

Parecía decidido a seguir hablando en forma indirecta, haciendo rebotar su desesperación en el vidrio tal si le fuera necesario sentirla en su mismo rostro después de habérsela quitado de adentro.

—Esa neurastenia innominada, ese complejo moderno, esa hermosa flor inútil —continuó, apretándose las sienes como si todos los huesos de su cuerpo estuvieran necesitando reajuste— esa es mi vida diaria.

La muchacha se sentó en el borde de la cama, más por debilidad propia que por pretender asistir a nadie en la suya. Aquello le había dado como un martillazo en las piernas, era demasiado brusco para intentar soportarlo en equilibrio. Allí estaba la otra débil mujer, cierto. La vio como a una pobre cosa, una porcelana que se ha quebrado, y sobre cuyos pedazos seguimos proyectándonos con el cuidado de antes. Pero es más bien su propia ilusión lo que acaba de secarse, el jugo de la felicidad posible que ella había segregado de sí misma para atribuirlo a los dos cuerpos que estaban ahora allí, forcejeando en el desencuentro. Era decir, pues, que aquel hombre, sin dejar de ser el mismo, había despoblado su imagen íntima, y que ella tendría que defender al otro de ese desconocido, o amar simplemente al nuevo tal cual era, en su desorden, en su humillado remate.

—Él dejó, por fin, de presionarse histéricamente, se aproximó a una de las ventanas, descorrió el visillo, limpió el vidrio húmedo, pegó su nariz en el cristal como un niño solitario. Solo entonces puede decir ella que lo tiene de nuevo. Sabe que él está recogiendo las luces del parque, allá abajo, entre los árboles y se siente arrebatada por esa dulce complicidad de las imágenes, igual que si estuvieran bebiendo la locura en el mismo vaso. Pero la nuca del hombre ha sido demasiado sensible o el pensamiento de la mujer demasiado fuerte.

—No, Helena, no te forjes ilusiones, no se puede tampoco enloquecer en el vidrio como una mosca miserable, ni siquiera eso, estallar de repente. Es necesario usar el juicio en mil detalles previos, pegarle antes, si es posible, a esta mujer, hacer mañana las valijas para marcharse, regalarle monedas al muchacho del ascensor, sonrisas al gerente. Pedirte a ti por el resto de la noche tu cama prestada.

Se encaminó como un ciego hacia el lavamanos, mojó una toalla, se la pasó por la frente y el pecho, y salió de la habitación sin esperar respuesta.

Ella nunca había hecho eso, precisamente, acostarse al lado de nadie. Era demasiado importante el poseer un rostro tan de cerca y estarle respirando las delicadas columnas de aire de la nariz, por donde salen soplos con temperatura privada. Esperó, pues, a que la mujer se durmiera, vencida por la mezcla anestésica de sus mucosidades y sus lágrimas, y se lanzó a oscuras hacia el sofá adosado a una de las ventanas.

… Junto con el despojo del pastel, el hombre de allá abajo fue trasladado por la hemoptisis violenta a una región desconocida. Era un sitio topográficamente suave, sin montañas y con las estrellas a mano, como vistas detrás de unas pequeñas ventanas de cinco picos. El lugar abarcaba un área poco extensa. Dos o tres brutos mansos pastaban una hierba interminable. A él le habían arrebatado antes el pastel, pero no las ganas de hincarle aún el recuerdo de sus dientes. A cambio de lo que nunca había podido saborear en la tierra, y le acababan de decir que precisamente por esa virtud, lo habían llevado a aquel sitio muy poco parecido a un parque de atracciones que tenían el buen humor de acordarle sin rescisión de contrato. Lo soltaron allí, débil como estaba, y lo dejaron que se las entendiera solo.

Lo primero que supo fue la cuestión de las estrellas. Las tan mentadas estrellas de los poetas seguían estando lejos. No habría alma capaz de llegar de un solo envión al verdadero cielo de las estrellas. Apenas si las tales ventanucas de cinco brazos con que habían decorado el nuevo escenario podrían llamarse agujeros. ¿Y su luz? El hombre despojado empezó a estudiar el sistema. Dio, al fin, con el secreto. ¡La luz no estaba allí, la luz venía de otro lado, no sabía aún de dónde, si de Dios o de las siempre inconquistables estrellas lejanas! ¿Mentira eso también, mentira arriba? Lo único real, pues, eran aquellos brutos lentos que continuaban pastando. Su felicidad parecía consistir en que ya no tenían problemas. «Válgame el cielo, parecen hombres como yo y están pastando...». Entonces, por imitación y necesidad, se puso también él en cuatro patas y comenzó a hacer lo que los otros, comer de aquel pasto dulce y desagradable, tonto como un caramelo de azúcar cande. Esa hierba le hizo recordar la voz y la piel de algunas mujeres, cierta voz demasiado femenina y cierto color de piel demasiado blanco por los que siempre había sufrido dolor de vientre. Pero comió, ¿qué otro remedio podía quedarle?

… El sueño de un hotel es mentira, pensó el marido solitario, a pesar de la alfombra muelle y los camareros con pies de seda. Hay un tipo universal de mentira que podría llamarse mentira de hotel, y en la que iría involucrada la totalidad de sus contenidos, desde lo que se come allí hasta lo que se piensa. Le había parecido algo muy normal, por ejemplo, meterse en aquel lecho. Estaba aún caliente, traspasado de las radiaciones vitales de la muchacha. Al hundir la cabeza en la almohada, sintió adherírsele al cráneo el pelo rubio, lacio y corto que ella peinaba hacia los costados como un plumaje. Más capítulos del engaño. En aquella habitación, íntima y vacía como una valva abandonada por la almeja, él está más solo que nunca: a pesar de todas las apariencias, él ocupa el centro de ese hueco que alguien ha dejado en el aire con su propia forma, pero de donde ha escapado toda consolación humana.

En una silla baja había quedado cierta prenda pequeña, la última cáscara de la cebolla de donde acababa de emerger la chica completamente. Tenía una moñita de terciopelo negro en su reborde, como una provocativa mosca con las alas paradas. «La cazo, pensó, lanzándose del lecho y cayendo sobre la moña como un chiquillo. Es decir, habló acostándose de nuevo, que ella también lo usa, como todas…». Él sabe que ahí va un nuevo pensamiento errado, que cazar moscas y pensar como un idiota son otras tantas mentiras de hotel que va amontonando sobre su cabeza. Él solo, con todo ese cargamento, va a acabar llegando hasta el último piso, lo va a sobrepasar como una torre, claro que también una torre falsa que engañará a los enamorados del parque.

¡Pero no, eso no, él tiene que escupir a tiempo la moña (dos mujeres fundidas), él tiene que pensarlo (lo que quiere decir una tersa unidad de mujer tras la puerta), él tiene que dejar que esa burbuja crezca y le estalle como un torpedo (pero con dos temperaturas, con dos sabores de piel, con dos voces diferentes, con dos almas y dos cuerpos trenzados como raíces), de todos modos, siempre se quedará corto el hombre en lo que imagine! Saltó del lecho, se calzó las pantuflas, se volvió a meter en la salida de baño. El espejo lateral le devolvió una cara descompuesta, parecida a la de cierto tipo hermoso y deportivo que había levantado en los aires a su madre. Pero, al fin, un individuo puede encontrar algo cierto entre tantas mentiras de hotel, ese rostro no del todo desconocido. «¿Cuál de las dos? Dime, animal, cuál de las dos, o te destrozo la cara». El otro es cauto, y como la pregunta está inconclusa abre la boca en la misma forma, cual si él, a su vez, quisiera saberlo. Ya va a descargar su puño sobre el vidrio, ya va a hacer eso también que él creyó siempre cosa de locos, pero no se decide a perder tiempo con un idiota, un pobre idiota varado en seco al que habla por primera vez en su vida.

Necesita gritar, eso sí, pero no allí dentro, y se arroja hacia la puerta. «No, Helena, deja eso, déjalo. Te quedarás como yo cuando lo hago y ella se olvida de su maldito arte de fingirme, como una nave al pairo. ¡Helena, Helena!». Sintió terror de escucharse a sí mismo. Una especie de primitivo instinto de árbol le agarró al tocar la puerta. No estaba frente a un madero sin sangre. Quietos árboles, mansos, despojados árboles lo miran. Los de allá abajo, los del parque, están quizás soliviantando a los de la puerta. Y todos contra él, como una procesión desarraigada, conducidos por su mujer de ojos verdes de árbol, esos ojos que siempre le han parecido lámparas entre las copas, todos confabulados para deshacerlo.

Abrió, salió al corredor solitario con algún indicio de madrugada y cepillos de dientes tras los muros de las habitaciones, se deslizó como un ladrón por la alfombra roja y pegó su oído en la cerradura de la pieza once, de donde salía un fino chorro de silencio inapresable.

… El otro sintió cómo el pasto del cielo iba cayendo en su estómago vacío, retumbándole cada vez, cual en un sótano. ¿Y para eso había sido todo? No quiso, por entonces, analizar la última palabra. En la vida el casi todo había sido errado, torpe, ciego. Pero, por lo menos, algo rudo, violento, con olores, sabores, peleas. El nuevo inquilino metafísico tuvo, de pronto, un sobresalto. Las ventanas estaban empalideciendo como si fueran a apagarse. Luego de blanquear, ya no las vería, ya no acertaría a saber dónde estaban. «Aquellos dos, quiso decir, en su pequeña sombra para dos. Y todo el parque, el mundo denso que cabía en su área…». Pero no le salió sino pensamiento. Le habían robado también eso, la palabra articulada. ¡Buenos ladrones de caminos allá arriba!

… ¿Era decir, pues, que había llegado tarde? El barco agarrado en la calma oceánica, la muchachuela presa en la bodega. Pero no, quizás haya podido navegar, piensa mientras se le enfría el cuerpo, quizás esté aún deslizándose. Ella sabrá, ella habrá inventado otras formas de aparejar el navío. Sintió que estaba ya menos loco o, por lo menos, más familiarizado. Fue en ese momento cuando sucedió la desgracia: un camarero de seda. Tienen pies de seda como los esclavos de los sultanes, voz de seda para decir sí señor a cualquier cosa. Le habían pedido toallas de una de las habitaciones (se vengaba de esos requerimientos de madrugada disimulando alfileres en los flecos) y vio allí al hombre joven con el oído pegado en la puerta de su mujer, la puerta de la pieza once. Ya iba a envidiarle la suerte, ya iba a imaginar que había pasado la noche en la habitación de la soltera, cuando, al enfrentarla, descubre el interior vacío. Dos mujeres en la pieza once, pues, y el marido en el ojo de la cerradura. Diablos, él se siente a salvo con haber nacido de seda, completamente de seda.

... Como pudo, volvió a ponerse en dos patas y se acercó a una de las ventanas de forma estelar, por la que no pasaba su cabeza, demasiado terrenal todavía. Forcejeó hasta el dolor, pero pronto comprendió por qué eran tan estrechas. No se veía nada hacia la sima, ni siquiera eso en aquel mísero cielo. Era posible que siguiera planeando sobre el parque, como también podían haber cambiado las cosas. ¿Por qué continuaban insistiendo allá en que el cielo estaba arriba, si sabían que también había cielo por debajo de la tierra, y que la tierra misma estaba en el cielo? Solitaria, dulce e incomprendida. La imaginó deshabitada por él, que la había amado tanto. Pero, por lo menos, podría aún recordarla. Estaría escrito, quizás, que él tuviera que evocar eternamente su última visión en una noche de neblina... Cierto: tampoco llovería más en su pobre cabeza, las nubes andarían por lo bajo, si él realmente estaba encima. Nunca más lloverá, nunca más lloverá sobre mi pelo. Era necesario llegar a esa conclusión para conocer la magnitud de su desgracia. Entonces, ya no habría árboles, tampoco. ¿En qué campo de concentración había caído? Prisioneros del paraíso, ni más ni menos. Si empezaba a moverse demasiado, la ventana podría decapitarlo. Y él hubiera querido volver a estar en ciertos lugares donde se lavaban mal los vasos, beber sin asco en el pocillo de su antecesor en una mesa. Aquella saliva humana, tan fuerte, tan cargada de sales, tan variadamente personal en cada boca. La boca de los que tenían todavía el reino.

Hay un momento de máxima desgracia en el hombre y es cuando pierde fuerzas hasta para rebelarse. Después de haber gastado estúpidamente su caudal, el cuerpo se le queda reventado, hueco, inútil. Ah, pero él no se dejará agarrar de cualquier modo después de lo que le han hecho. Así, con la cabeza fuera de la estrella, le estaba permitido gritar, volver a ser humano. No podría avisar nada, puesto que aún le era todo desconocido, pero logró arrojarles con su voz de antes:

–¡Eh, vosotros, los del parque!

Ninguna resonancia. Otra equivocación terrena. Cuando creaban música de cielo lo hacían imitando el sonido del agua, como el que produce una gota percutiendo en un lago. Para eso lo mejor era el arpa, o también los narcisos, aquellas flores que parecían violines de agua dorada, y por las que se querría siempre volverse a la injusticia de la tierra. Mentira con la música sacra. Un silencio monstruoso había endurecido el espacio. Quizás el cielo fuera de granito, siempre había tenido él esa sospecha, un cielo duro, tan íntegro que no se rompía en pedazos sobre el dolor de los hombres.

Pronto se cerraría también la estrella para siempre. Fue quizás por eso que le dieron tiempo para gritar de nuevo:

–¡Y todos los demás, aplazados, engañados, perdidos!

Recordó cierta arenga en una esquina de la existencia, parado sobre una barrica. Alguien le estaba tirando del pantalón (baja, baja, que están cerca), pero él había esperado hasta el último momento, hasta el instante mismo en que lo sujetaron del brazo para llevárselo.

Entonces, antes de que lo agarraran definitivamente —sentía que le andaban ya por los pies— se dio el auténtico placer infinito de escupir hacia abajo su primera saliva de paraíso, una saliva dulce que no servía para nada.

LA CALLE DEL VIENTO NORTE Y OTROS CUENTOS
(1963)

[*La calle del viento norte y otros cuentos* (Montevideo, Arca, 1963) incluye los cuentos «La calle del viento norte», «El ángel planeador», «Muerte por alacrán», «La subasta» y «El hombre del túnel»].

LA CALLE DEL VIENTO NORTE

EL RELOJ DEL CAMPANARIO terminó de arrojar a los aires algo que ya no parecía incumbirle, con el cansancio de un maestro de escuela que dicta su lección entre bostezos. La hora crepuscular, vaga y desterrada del tiempo, se quedó viboreando en la atmósfera sucia del pasaje.

Era una pequeña calle con vida autónoma, de esas a las que solo les faltó darle forma escrita al régimen privado para que ni el mismo gobierno comunal pueda escarbar en sus asuntos. Es claro que perteneciendo topográficamente a un sistema de paralelas, pero a lo ínsula, con perros, niños y demás especies aparte, mezclando sus efluvios buenos y malos, los ojos delatores de las cabezas rodantes de pescado, las latas vacías en su segundo destino del pataleo. Quedaba al margen el capítulo del reloj, dada su implantación geográfica en el otro lado. Pero habían decidido aprovecharse de lo que se puede robar por el aire. Y tratándose de algo hecho por ellos, considerarlo lícito.

Así fue que lo escucharon un atardecer más como a cosa propia. Luego los pies del loco pasan detrás de la última vibración, arrastrando las suelas a medio desclavar sobre el empedrado. Minutos después, la puerta de hierro que se hallaba desde siempre al final de las dos hileras de casas con buhardilla, cruje en lo que dura el giro como un esqueleto al que nadie se le arrima por precaución, ni siquiera para aceitarle los goznes. Entonces, y aunque todo el mundo se sienta involucrado en la misma idiotez, pretender que un portal por entre cuyos hierros se cuelan los animales y los chicos pueda detener el viento, lo cierto es también que la calle va a dormir tranquila.

El hombre los tenía agarrados en el convencimiento, a pesar de que nadie lo confesara. Como ocurrirá siempre que una locura se tome su tiempo para transmitir el mensaje. Pacíficamente, sin acentos proféticos, y ni pensar que con amenazas ultraterrenas. Aquello pertenece al aquí y al ahora del que pisa el suelo común, haciendo rodar las mismas latas y las mismas cabezas truncadas. Además, ni se cobra por estar en la cofradía ni se excomulga a los de proceso lento, o a los demasiado nuevos. Aunque con los últimos hubiera que gastar un poco de persuasión debidamente administrada. El maníaco del viento, también él sin proponérselo, y a causa del yaqué en jirones que había adoptado junto con alguna edad de su piel, era el símbolo viviente de una pedagogía callejera. «Si se cierra el portal no pasará. Cierto que se mete por entre los barrotes y chilla como un condenado. Pero eso apenas es su aliento. El verdadero cuerpo, el que tumba carretas, arranca árboles y vuela techos, es el que se queda forcejeando atrás y de ahí no pasa…». Omitía lo que le era personal, a causa de haber perdido el recuerdo de todo en el accidente de cincuenta años antes. Pero eso contaba en los anales del pasaje y era bastante.

Hasta que sucedió lo que no se piensa casi nunca. Que ese algo que configura el armazón de la fe, la parte material del mito, se derrumbe de golpe. Y que todo lo que había en derredor deba acomodarse a lo que queda, a la nada. Una mañana el loco no dejó la covacha para ir por la puerta, la que abría o no según su instinto meteorológico y sin que nadie le pagara los servicios. La opresión colectiva por todo lo que aquello semejaba a un péndulo que deja de moverse regularmente, hizo que alguien se decidiera a empujar la entrada del sótano que daba al nivel de la calle. Y no más conjeturas. Allí lo encontraron boca arriba sobre un camastro del mismo color del yaqué, todo el hombre convertido en un guiñapo gris y desinflado de golpe como un paracaídas que se enredó en las breñas.

Frente a la gravedad del suceso, por local que fuera en su significación, no hubo más remedio que acudir a los del otro lado del pasaje. Vino el cura de la capilla, ignorante de la expropiación de sus bienes por el aire, y echó algo que parecía ser una bendición *post mortem*. Acto seguido, y tapándose las narices con el pañuelo, entró el médico y certificó rápidamente: «Síncope cardíaco senil ocurrido en la medianoche». Todo aquello, desarrollado con ritmo cinematográfico, sucedió a la carrera, en plazos acelerados que contradecían la lentitud y la paciencia con que el hombre oficiara durante tantos años algo de tal importancia como vivir para morirse. Pero fue a partir desde entonces que comenzó la verdadera historia del pasaje del viento norte. O mejor la historia de un día de sus gentes contra el viento mismo que empezará a acecharlos, puesto que nadie va a agarrar así como así empleo gratuito y menos si el antecesor era un demente. Es decir que, luego de cincuenta años de blindaje imaginario, habría que dormir una primera noche al descubierto, cuando quien merodea es nada menos que aquella fuerza sin control que tuviera a Alejo Lebretón, el chico de dieciocho años que iba silbando por el camino a través de los campos, agarrado el día entero por su carromato dado vuelta, con un hierro apretándole la cabeza.

Pues bien; ese al que el viento había deshecho para siempre dejándole como único vestigio de sí la manía de cerrarle la puerta al anochecer, era el hombre que yacía en el centro de su miseria y por el cual, como parte integrante del pasaje, se acababan de cumplir las formalidades. Desde luego que solo las que la pequeña comunidad no hubiera eludido nunca a causa de su acuerdo de mantenerse hasta cierto punto dentro de la ley, a bien de no exasperar a los del otro bando. Pero dicho ajuste elemental a las convenciones no alcanzó para neutralizar en ciertos olfatos algo más importante que todo aquello, el rastro sutil dejado en medio del olor nauseabundo del sótano por las manos del crimen. Porque la verdad era que, aun muerto de lo que se alcanzaba a colegir en el dictamen médico, el viejo había sido asesinado. Fue esa certidumbre lo que empezó a constituir la nueva cifra secreta de la calle contra la estúpida conformidad de los del otro barrio, que se dispersaron al mismo paso de carga con que terminaban de prestar las ayudas, dejando de nuevo las cosas en su sitio.

El hombre a quien habían denunciado bajo cuerda los indicios, la cerradura saltada y la mueca de terror en la cara del viejo al ser sorprendido en la cama por los golpes, todo lo que habría sido la causa de su síncope, era un tipo de los nuevos, precisamente. La calle les llamaba así durante un tiempo en espera de la asimilación, que en ciertos casos no lograba producirse. El extraño, asediado entonces por una guerra fría capaz de asumir las formas más variadas, o se iba de aquel infierno (mudanza al amanecer), o un día despertaba con una cara especial, la cara gris y sucia del pasaje. Desde ese momento hasta los perros bautizaban su puerta con la ofrenda máxima. El hilo de agua de la confraternidad atravesaba la acera.

El nuevo ante quien se reveló el descubrimiento, y ello a causa de que la calle le hubiese conferido en pocos meses un voto de confianza por dos o tres demostraciones de liderato, era un tipo de complexión maciza, no joven, pero dueño de un vigor y una experiencia fuera de lo común en toda clase de problemas. Gastaba invariablemente unas camisas de cuadros, casi siempre con predominio del amarillo, al punto de que la aparición de ese color en las situaciones conflictuales o desesperadas provocara una especie de sensación de símbolo. El bigote blanco, también amarillento por saturación nicotínica, integraba el estilo. Así, y solo por ser él quien a la vista del asunto dirigiera la maniobra de despejar el campo, se comprendió la actitud sumisa de la mayoría cuando fue enviada a paseo. Y lo mismo en cuanto a los seis o siete demorados que el hombre decidió de por sí retener a dedo a causa de su carácter sospechoso, el común desarraigo en el pasaje.

—Si es así —se atrevió a alegar uno del grupo con olor y cara de boticario, rompiendo el fuego— mejor sería denunciar. Un crimen es un crimen. Y yo, con cuatro meses en este basural, no tengo por qué echarme encima el delito de encubrimiento. Aunque no por eso creo que se deba dejar un cadáver de tal modo, en ese abandono de perro...

Iba a hacer algo en lo que nadie había pensado, bajar los párpados del muerto, cuando el hombre del bigote amarillo lo atajó apretándole el brazo flaco a punto de quebrarle el hueso.

—¡No, los dos no! —gritó autoritariamente—. Que uno de los ojos quede abierto. Si en nuestra condición dudosa ante quienes lo dejaran vivir en paz en esta calle cincuenta años tendremos que aclarar el asunto en privado, él será nuestro juez, quién más a propósito. Por lo tanto, que atienda con un ojo sus cosas del otro mundo y vigile con el abierto lo que le queda de este. Aquí no pudo haber más testigos que él y la montaña de trastos viejos acumulados durante una vida. Entonces, y ya que estas porquerías no servirán de nada, por lo menos que el ojo abierto nos vigile.

Un silencio lleno de aprensiones siguió a la operación del ojo testigo de cargo, que el hombre realizó con la misma eficacia de todo lo que le había valido la confianza del pasaje. Con el índice en el mentón del occiso y maniobrando con el párpado en base al pulgar, venció en forma técnicamente perfecta la resistencia de varias horas de rigidez cadavérica, pero en un solo lado, saliéndose así con la suya.

—Y en cuanto a la boca —dijo al fin— mejor dejarla como está, con la mueca del grito desarticulándole las mandíbulas. Por lo menos para uno de nosotros, el que se la provocó a sabiendas de que no había lucha en el jergón, tendrá un sentido de dedicatoria.

Así fue cómo el misántropo siguió tal cual en la nave quieta del camastro, vestido de yaqué, con las botas a medio desclavar en la proa. Y aquel ojo vítreo agrandado por el estupor de lo que le iban a hacer registrar todavía cielo abajo. Era, en realidad, algo extraordinario el destino de quien estaba allí prolongando el doble efecto de la mirada y el grito. De muchacho alegre y silbador al que el viento pone el carro de sombrero dejándole en una pérdida de todas sus molestias, aun la de ese dolor de clavo hundido de la parentela, a guardián de una calle sin nombre, y luego a víctima de un crimen misterioso sin móvil a la vista, pero capaz de provocar ese agujero en la nada que el pensamiento de los otros aprovecha para precipitarse.

El hombre del bigote amarillo calculó el término del revolcón metafísico y empezó a encaminar el interrogatorio desde los propios arranques deductivos. ¿Eran de buen estómago los sospechados, no? Puesto que entrar no más a la pieza del loco y no salir a echar el vómito en el umbral deberá ser el primer elemento que los está condenando a todos en masa, y desde el cual se irá a partir en una largada simultánea.

—Entonces —prosiguió— y si se tiene en cuenta que no habrá entre tan pocos algún marica (todos se palparon y sometieron a revisión histórica con sobresalto), incapaz de romper una puerta con el hombro o a patadas, el asesino se encuentra aquí por un segundo descarte.

—¡Podrían darse esas dos circunstancias entre alguno de las demás calles, qué diablos! —se aventuró a discutir el de olor a pastillas de goma— esto no es un huerto cerrado, sino un pasaje vulnerable por varios puntos.

Los otros respiraron. Había surgido sin buscarlo el defensor de oficio. El hombre del bigote quemado miró hacia el ojo abierto del cadáver, como esos detectives famosos que son capaces hasta de oler a la víctima para arrancarle datos. Y con tal fuerza que el resto pareció esperar por unos segundos que se produjera algo revelador en el pequeño globo detenido en su órbita.

—Sí —dijo al fin como echando imparcialidad por cada poro— podría estar el asesino en la otra calle. Pero hay algo tan importante en materia de coartada como débil en posibilidades: cierta legendaria ofensiva de piedras con que dicen que el pasaje vengó una vez el envenenamiento de un perro. El recuerdo del episodio, que parece que hasta la misma policía suele usar como amenaza para que no se reabra ningún capítulo nuevo, elimina también al bárbaro que se animara a volver a probar suerte con el pasaje. O mejor empezaríamos por admitirlo y buscarlo, pero después de haber probado nuestra inocencia completa. ¿Dónde estuvimos los siete nuevos a medianoche y haciendo qué cosa? Eso es lo que hay que demostrar —gritó en forma imprevista, pateando un tiesto vacío que rodó del montón— antes de desparramar por ahí lo de la puerta forzada. Pero aquí, sin irse a preparar mentiras a la casa ni hacer correr la bola hacia la justicia, por añadidura.

Fue mediante ese sistema de fuerza que comenzó cada tipo a deponer bajo juramento. El número uno, cierto fabricante de valijas de cartón llegado a la calle pocos días antes, empezó por olvidarse no solo de lo que había cenado, sino de cosas tan adheridas a su intimidad como el nombre de la mujer, la hora en que se acuestan los chicos, la procedencia de la materia prima de su industria.

—Y el cuero no recuerdo tampoco dónde lo compro.

—¿Pero no estábamos en que eran de cartón forradas con papel?

—Sí… Pero el cuero del papel del cartón… ¡No lo sé, qué diantre!

Aquellos traspiés fueron aprovechados por los otros para repasar mentalmente sus cuadros personales, de modo que ni Dios metido a fiscal, como dijo uno, podría hacer pisar en falso a quien no ha mentido desde que salió del colegio.

También bajo promesa de no andar haciendo bandera con su inocencia, se permitió a los eliminados volver a la casa, sin reclamo de ninguna especie por el lucro cesante de sus valijas, sus perchas, sus agujas de primus, sus pescados. Entretanto, a causa del día tormentoso, los olores del cuarto habían decidido individualizarse, descolgándose como murciélagos en la confusión del aire anegado de humo de tabaco. Ya a media tarde, y en tanto que la culpa se va condensando sobre unas pocas cabezas, tres, contado el hombre que ha conducido el interrogatorio, no todo parecía marchar como se debe atmosféricamente. Pasaban de cuando en cuando unas nubes heterogéneas de pequeños bichos alados, al tiempo que un airecillo de ese tipo del qué me importa, pero que se las trae, los empujaba puerta adentro. También de tanto en tanto se oían a gran altura unas bandadas de pájaros chillones, al parecer resueltos a prevenirse de algo.

—Y bien, ahora sí que sobrarían los dedos de la mano para contarnos —dijo con fatiga el hombre del bigote volviendo a arrojar la tercera o cuarta cajilla estrujada y explorar de paso los sucesos de arriba.

Enderezó de golpe hacia el boticario, que iba poniéndose cada vez más pálido y recorrido por pequeños estremecimientos, como si un taladro lo carcomiera desde adentro.

—Es extraño —comentó sádicamente, rabiando al constatar que no le quedaba ni un cigarro— ver cómo esa gente que vive comprando obleas de cualquier cosa, agua de la virgen y cáscara de granada, haya podido pasarse un día entero sin hacer uso de la botica. Señal de que si no hubiesen boticarios se acabarían los eczemas y las diarreas.

En el momento en que, bromas aparte, se veía venir la pregunta clave, el enjuiciado salió de apuro a la calle agarrándose el estómago, derecho hacia el pie de un árbol.

—¡Haberlo dicho antes —gritó desde el interior el otro— un vomitador común ya hubiera sido eliminado desde el principio! ¡Aquí ni meterse un pisaverde!

Fue al cabo del importante descarte que se oyó pasar el nuevo amasijo de pájaros histéricos, siempre en el mismo sentido que los anteriores. Aquello iba creando ya un cierto régimen de cosa que se extraña si no sucede. Pero que hacía encogerse las vísceras cada vez, como cuando pasa un entierro. Por último, al enfilar el interrogatorio hacia un tipo sin luz ni sombra, parecido a una moneda con el relieve gastado, que se había puesto tras un montón de ropa vieja, los dos hombres restantes lo encontraron sollozando con la cara entre las manos. Antes de que se le obligase a explicar su actitud, el individuo empezó a moquear mirando por entre los dedos.

—No, a mí no —dijo—. Yo soy el único que no podría demostrarles nada en mi favor… Pero tampoco porque haya algo en mi contra, lo juro por mis hijos…

Aquellas paladas de tierra humilde puestas sobre su posible delito tuvieron la virtud de hacer perder los estribos al hombre que se había teñido los bigotes fumando, para quedarse sin cigarros en el peor de los momentos. Ya se acercaba a hacerle largar la confesión como la bilis al boticario, cuando el de las manos en la cara, cuyo medio de vida en base a cierto carrito pintado de verde y tirado por un caballo flaco había sido siempre el misterio del pasaje, empezó a desnudar su vida íntima con la ingenuidad de esas novelas zonzas que uno empieza a leer entre bostezos, para terminar acercándose con ternura la última página a la mejilla. Sí; a los diez días de haber llegado a la calle con la historia de un desalojo encima, él había uncido el caballo flaco al carrito verde y comenzado el negocio. Es claro que yéndose lejos, y por una de esas inspiraciones venidas nunca se sabrá de dónde, como si alguien nos arrojara para salvarnos la cuerda que muchos interpretan mal y la usan colgándose del tirante…

Sí; también se llamaba de verdad con aquel nombre que había pintado en el carro, Juan de Dios Clavel, un nombre por el que se afrontan las risas del pasaje, pero que atraerá las moscas para lo otro, como un remedio que se vende por la etiqueta. Muchos creyeron entonces que se trataba de transportes. Pero él no tenía tiempo para disimular y nunca quiso acarrearles nada. Mas a juzgar por el dinero chico y en cantidad que la mujer y los niños llevaban luego a los comercios del pasaje parecía más bien, según se lo dijeron a ella misma en la propia cara, algo que se gana en la puerta de la iglesia doblándose una pierna por dentro de los pantalones. Qué importaba. Una pequeña moneda que empezó a crecer, a abultarse. Hasta que hacía ya cierto tiempo la prosperidad se instaló en la casa.

–¿Y entonces?

–Entonces empecé a sentir vergüenza por el carrito con el que había vuelto a veces tan lleno de barro que el caballo, las ruedas y yo parecíamos formar una sola pieza. Lo dejé al fin en una herrería de las afueras, donde también me cambio de ropa. Y luego dije en el pasaje que lo había vendido…

–¿Y el negocio acabó?

–No, por Dios, eso sigue. Y siempre con el mismo resultado –contestó iluminándose– un resultado que solo exige cambiar de pueblo, es claro. Pero hay tantos y tantos pueblos en un mundo hinchado de gente como este. Donde menos se piensa surge alguno, a veces escondido tras un grupo de árboles, como si estuviera desnudo y sintiera vergüenza de andar así por el paraíso…

—¡Basta —gritó de pronto el del bigote agarrando al pequeño farsante por la solapa— basta ya de fantasías!

Ahora vas a largar qué hiciste a medianoche, dónde estabas, como tuvieron que aclararlo todos. Menos ese aún —añadió señalando al último que silbaba suavemente como una víbora entre los trastos.

—Es que no puedo —gimió el tipo volviendo a sus sollozos del principio—. El secreto, si así se puede llamar, está encerrado bajo llave en mi casa, y solamente yendo yo mismo a buscarlo sería posible…

—¡No, a enredar a tu mujer y a tus hijos no! ¡Aquí mismo o al diablo con tus mentiras de a un centavo, ladrón de pueblos chicos!

—Pero es que mi mujer y mis hijos tampoco lo saben. Nunca les dije nada. Me perderían el respeto para siempre.

El hombre miró de pronto al muerto como si le pidiese ayuda, no se sabía si en cuanto al ojo omnipresente o al olor propio, que estaba ya trenzándose con la mezcla de los anteriores. Una nueva ráfaga había hecho penetrar en ese momento otra nube de bichos con alas, cruzados racialmente por emergencia. Los que no cayeron fulminados por el humo empezaron a oler al cadáver del camastro, a metérsele en la boca y el ojo abierto.

—Bueno —dijo de súbito— yo fui el culpable del patatús de este viejo mugriento. Si es necesario que otro que no sea yo traiga las pruebas, prefiero haberlo matado del susto que le di al derribar esa puerta podrida. Es que desde el primer momento de mudarme al pasaje, pobre como una rata, el viejo me había intrigado. Estos mendigos sucios, pensé, tienen tanta plata como pulgas. Y por otra parte, siempre será uno importante si se descubre la cosa, mucho más que el hombre del carrito verde y las monedas más chicas de la emisión agujereándole los bolsillos... Y si quieren saberlo, sucedió de este modo, Dios me perdone...

Fue en el instante en que se iba a iniciar la reconstrucción, cuando llegó corriendo un muchacho del color del pasaje, con un pequeño envoltorio bajo el brazo.

–Disculpe –gritó desde la puerta–, la señora de ese hombre que está en el velorio de don Alejo manda esto. Me pidió que se lo diera a su marido y le dijera... Bueno, no entendí muy bien porque ella estaba llorando. Pero creo que era algo así: que el negocio de ponerse esta careta doble que se ríe por delante y llora para atrás y hace largar monedas a las gentes en las ferias, ella siempre lo había sabido. Que no le importaba entregar después plata chica en el almacén o en la panadería, que era peor morirse de hambre como antes. Y que él llegó anoche temprano, escondió la careta bajo llave, cenó y se metió en la cama.

Acompañando a la nueva bandada de paso, y al reo que salió disparado como una flecha, con su careta bajo un brazo y la absolución en el otro, los árboles de mayor altura de la calle tuvieron un estremecimiento más largo que los anteriores por encima de las copas. El mismo escalofrío pareció recorrer el espinazo de los dos últimos hombres que restaban en la covacha, uno de los cuales, el que se había adueñado desde el principio de la situación, volvió a mirar por la puerta.

–Hijo de puta –habló como para sí mismo, luego de sobrecogerse ante un cielo verdinoso– pero no el que se nos viene, sino alguien que está acá adentro, el que todavía no habló porque su lengua de dos puntas no le sirve nada más que para ese silbidito venenoso. O yo, que no tengo por qué decir lo que hice anoche, ni eso le importa a nadie. Uno de los dos, buen hijo de perra.

—¿Quién? —gritó el otro dejando de silbar como si le hubiesen cortado el hálito.

—El que mató a Alejo Lebretón, eso es lo que he dicho. Pero aclarando que la palabra puta es poca cosa. Porque las hay muy decentes. Las hay que no se animarían nunca ni a parecerse a la que habrá sido aquella que nos parió a uno de los dos, la última inmundicia que hay en el fondo de este lío.

Había agarrado temerariamente al otro por los hombros y lo estaba sacudiendo al ritmo de sus palabras. Cualquier traspié en las rajaduras del piso y caerían trenzados como moscas sobre el cadáver lleno ya de las de oficio, además de aquella flora semoviente equivocada de destino que le estaba rindiendo el homenaje. Una terrible lividez había cubierto el rostro del individuo zarandeado mientras se desprendía bruscamente. Con los puños hechos dos piedras y cobrando la poca distancia permitida por el cubil, iba ya a abalanzarse al adversario, cuando un directo al corazón lo dejó sin aliento. Aflojó para respirar. Entonces, una derecha en cruz sobre la mandíbula le hizo caer sobre el montón de latas vacías, botellas, zapatos sin pareja acumulados a su espalda. Claro que todo aquello formaba un colchón demasiado huidizo y retumbante para mantener la poca dignidad de un venido al suelo. Pero ante la indiferencia del ojo abierto del juez, y mientras el atardecer premonitorio se adueñaba de las cosas, el tipo derribado, apoyándose mal que mal en un codo, empezó a decir sordamente:

—Hijo de una de esas ¿verdad? ¿De modo que mi madre era una zorra cualquiera, no? Nunca se hubiera atrevido alguien a decirlo en mis narices, a menos que buscara una forma segura de no repetir el cuento. Pero ese que se decidió a hacerlo hoy va a ser mi segundo asunto en esta cueva apestosa —agregó incorporándose como pudo, y en una calma ficticia parecida a la que de tanto en tanto daba en cuajar afuera.

—¿Con que tu segundo asunto, no?

—Sí, mi segundo asunto, porque si querías saberlo, viejo ladino, y te valiste del anzuelo del insulto para hacerme morder, dejándome adrede al final de la cola, yo lo asalté a medianoche, y reventó del susto como tantas veces él habría hecho explotar de sangre sus propias chinches, que salían con el tiempo malo por debajo de la puerta, cruzaban la calle y se me metían en la cama, puesto que vivo ahí nomás, frente por frente.

Respiró a lo hondo, volviendo luego a la superficie con un aire de desafío. El otro aprovechó el resuello para atacar según su sistema, desechando de primera el argumento del que mata por miedo a las chinches, cuando sería menos complicado matar a las causantes.

—Y lo hiciste —agregó el del bigote amarillo imitando el tono monocorde del último sospechado— porque te tenía a medio rechiflar con su viento norte ¿no es así?

—Sí, así podría haber sido...

—Y porque cada vez que lo oías sobre esa calle arrastrando los botines desclavados para cerrar la maldita puerta, pensabas: los ha vuelto locos a todos durante cuarenta o cincuenta años y sin muchas explicaciones contigo.

—Sí o no. Soy nuevo, no sé qué les habrá metido él en la cabeza para que crean en esa forma.

—Como un cura de aldea que les habla a sus fieles de un más allá, pero del que solo puede mostrarles el granizo que se viene de punta o las estaciones equivocadas.

—Así sería la cosa si un mono sabio lo dice.

—Y ahora, bien a tiempo aún, pensaste: un día cualquiera va a hacérmelo tragar a mí que todavía no lo he creído por ser recién llegado. Pero lo peor será que para ese momento ya no me alcance a dar cuenta de mi idiotez como les ha sucedido a los demás, y me largue a creer en el famoso viento que le aflojó los tornillos a este topo cuando solo tendría unos pocos años.

—Todo tal cual, amigo, como visto a través de una de esas bolas de vidrio. Únicamente faltan el gato negro y los menjunjes infernales humeando en el brasero…

—Entonces, y tenía que ser a medianoche, empujaste la puerta con el hombro forzando así la cerradura que iba a delatarte, puesto que ningún síncope natural las hace saltar. La vela que se consumía encendida estaba sobre ese mismo cajón donde quedaron los restos del sebo. Porque él te vio no queriendo creerlo, maldito, y de eso murió, de terror, y no porque alcanzaras a hacerlo como te habías propuesto.

—Pero yo no lo habré tocado, ahí está el detalle. Y nadie va a imputarme un crimen por una simple visita nocturna. Esos asuntos me los conozco bien, he salido de cosas peores —dijo el tipo entrecerrando los ojos como para apresar recuerdos, y volvió a su silbo modulado y cínico del principio.

Pero empezó desde ese instante a acercarse al otro como un tigre que calcula la mejor distancia para estirar la zarpa, a medida que una oscuridad de precipicio iba ahuecando el ambiente. Llevaba una navaja sevillana abierta en la mano. De pronto, un aullido feroz superior a todos los anteriores pasó sobre las copas de los árboles: al igual que si en vez de querer despeinarlas a lo viento común, este hubiera decidido cortar las cabezas verdes. El hombre del bigote amarillo se agachó para otear de nuevo aquel clima de próximo mundo abajo que había invadido la tierra. El de la navaja, impresionado por el mismo ruido, desvió la marcha que llevaba en dirección al enemigo para mirar hacia afuera.

—De modo que tu última víctima, y por las causas que te he ayudado a confesar —aprovechó para decir el del bigote, que no las tenía todas consigo.

—Sí, podría ser la última, aunque eso nunca se sabe, ni cuando se mata, ni cuando se toman copas, ni cuando se trata de mujeres.

—Está bien. Pero antes de que te linchen ahí voy a enseñarte algo que a mí mismo, a mi edad, me está pareciendo mentira. Porque la vida es así, un misterio que nunca se podrá aclarar por más que uno revuelva en su cochino pozo negro. ¿Oíste el nuevo alarido, sí? Bueno, eso es el famoso viento norte del viejo, el mismo al que él pretendía cerrarle la puerta todas las noches durante los largos años de su vida en esta calle, y que no se sabe por qué jamás volvió a tumbarlo.

—Siempre ha soplado viento, así lo creo.

—Siempre ha soplado viento desde tal punto, no pienses que estoy haciéndome el despistado. Pero no todas las veces fue y será el mismo de hoy. Solo cuando viene con esos anuncios es que la cosa cambia. Si se deberá o no a la derrota final del viejo yo no lo sé. Pero lo cierto es que dentro de unos minutos pasará por acá algo como para que Dios, o quien sea, nos sujete a la tierra con todas sus estacas. Y luego el que pueda salga a ver lo que ha quedado en pie, si se anima a hacerlo.

—Puede desviar. El viento es como esta navaja, o ataca en el punto justo o se desvía.

—Es también posible eso, que pase de largo, o que si tenemos suerte dure poco. Pero la gente de años que lo conoce estará en ese momento encerrada. Esperando. Vida o muerte. Y quién sabe si algunos, los que creían ciegamente en las fantasías de este loco, aquello de que era el aliento y no el cuerpo lo que iba a pasar por entre los barrotes, se mueran en este minuto de puro miedo.

—No todos van a estirar la pata por un miedo más o menos.

—No. Pero después estarán los que sobrevivan. Y entonces te habrá de tocar el turno, pedazo de criminal, cuando levanten el hacha contra el asesino de su guardián imaginario. Eso mientras las mujeres y los niños recojan sus techos y sus ventanas desparramados por la calle.

Un nuevo aullido, con ciertos agregados sinfónicos de tambores sordos, empezó a planear cada vez más a ras del suelo. Para ese tiempo los dos hombres se ayudaban a cerrar la puerta de la covacha tratando de usar un viejo pasador que no corría a causa de la herrumbre. Hasta que el viento les arrebató de las manos la hoja a medio desgonzar y empezó a retorcerse puerta adentro, como si lo que a él le ocurría no tuviese nada que ver con los entredichos de aquellos pigmeos sostenidos por milagro en sus dos patas. Él era parte de algo demasiado enorme que se había gestado mundo arriba, una preñez de cielo grande desvinculada por completo de los vientres mortales apenas receptivos de su inmundo lastre.

—Está hecho, pues —gritó de pronto entre uno y otro bramido el confeso, con una opresión de bestia acorralada— me entregaré por la muerte accidental del viejo Lebretón diciendo que lo odiaba por sus chinches o por cualquier otra cosa, y se acabó la historia. Pueden llevarme o también dejar que me presente solo, no iría a escapar de lo que se nos viene encima. ¡No iría a escapar de ningún modo, carajo! —vociferó agarrándose como un náufrago al resto de la puerta.

—¿Qué has dicho? —preguntó el otro tratando de dominar los mismos maderos—, ¿entregarte así como así después de todo?

Fue en ese instante que, a la sinfonía bárbara de lo alto, agrandada por el torcimiento de los papeles y el ruido de las latas rodantes de abajo, comenzó a agregarse el sonido difuso del reloj del campanario de la otra calle, la hora ritual del viejo en su misión gratuita de la puerta. Precisamente en esa especie de lampo entre la terrenidad y el infinito, se alcanzaron a vislumbrar en las sombras sus botas de suela rasposa sobresaliendo del camastro como los topes de la vida. El hombre que había dirigido el proceso, cediendo al fin en la brega con la puerta, se abalanzó hacia aquellos pies varados definitivamente y en cuyo ángulo se expresaba el verdadero sitio de la muerte.

—Ya sé —exclamó como el demonio de las decisiones finales— ya sé lo que hay que hacer, y no el gesto barato de entregarse a la policía para escapar a la pedrea de la calle. Era el ruido de esas suelas sobre las losas lo que ellos necesitaban para seguir viviendo en paz. Y para no morir de terror por lo que les está ocurriendo ahora y todo lo que podrá venir mientras duren. ¡Vamos, pronto, a calzar las botas de una vez! ¡No pasaban nunca más de unos minutos sobre las campanadas finales para que él saliera a cerrar la maldita puerta!

—¿Pero yo transformado en él? —preguntó el individuo mientras la fuerza mental del contrincante lo quería obligar a transferir el calzado.

—¡Sí, tú mismo, alguien habrá de hacerlo antes de que sea demasiado tarde!

Entonces fue cuando el tipo de la navaja que aún no la había cerrado, se decidió a matar bajo la luz verdosa con que sus ojos iluminaron la cueva. Y también a hablar, lo que en aquellos segundos desesperadamente tensos era otra forma con que se podía ataviar la muerte.

—No —dijo con un soplo caliente sobre la oreja del hombre del bigote amarillo— yo calzar esas botas nunca. Y te lo estoy diciendo con este filo así, en la arteria que te salta en el cogote, gusano del estiércol, y a punto de que caiga sobre el suelo el charco de lo que corre adentro tuyo, todo menos sangre limpia. Porque yo, vas a saberlo de una vez, venía de desflorar a una muchacha de quince años de la otra gente a la hora en que derribaron la puerta del viejo. Y eso que inventé silbando mientras duraba el interrogatorio de los demás, mi complicación en esta muerte a causa de las chinches que cruzaban la calle y no me dejaban dormir, era la mejor coartada si la chica contaba la cosa, yendo así a parar cómodamente a la sombra por un homicidio accidental antes de que los del otro lado se enterasen y devolviesen la famosa pedrea. Pero eso de calzarme las mugrientas botas para siempre ya no. De modo que largaré a los de la policía la verdad, sí, pero la verdad entera.

—¿Qué verdad si vas a omitir la violación? —preguntó el hombre del bigote volviendo a sentir el acero en el pescuezo.

–Que anoche, en el momento de meterme en mi cama ahí enfrente después de la aventura con la chica, las caderas rotas y el corazón aún en la mano, yo oí los golpes en la puerta de este sótano y te vi entrar a la luz del farol, viejo salvaje, y también salir después de lo que habías hecho.

–¿Y por qué razones? –intentó argumentar el otro casi ya sin hálito–. Todo delito debe tener un móvil, pero que a ellos pueda entrarles en la sesera.

–El mismo que me querías endilgar hace un momento, y les entre o no les entre: el miedo a convertirse tú también, a creer en lo de los otros para siempre. Y ahora te quedan solo dos muertes a elegir, o este filo o esas botas que andabas por calzarme. ¡Vamos, una de las dos muertes, y pronto!

El disloque del viento norte había llenado el mundo tras las últimas vibraciones del reloj en el campanario. Segundos después, y agarrándose de los árboles a punto de descuajarse, de las paredes, de cualquier cosa con base o con raíz, el hombre del bigote quemado iba dejando oír el ruido de las suelas a medio desclavar de Alejo Lebretón, en derechura hacia la puerta del final del pasaje, y a cambio de su crimen ultraintencional contra el propio destino.

EL ÁNGEL PLANEADOR

ODIABAN A AQUEL HERMANO desconocido con toda la pasión que puede alimentar este doble juego de circunstancias: ser niños, sentirse postergados. Y postergados a causa de alguien a quien ni siquiera se ha visto nunca, y con el que no pueden medirse diente con diente, pelo a pelo o uña a uña sobre esta tierra igualitaria, dígase lo que se diga, frente al estado de clases que se plantea con el cielo.

El chico que había muerto se reducía, en verdad, a un manso retrato colocado en una repisa del comedor, y teniendo a cada lado una vela encendida y un ramillete de flores. Pero estaba el asunto de la adoración familiar. Era, pues, un ser todopoderoso. Y el de la corporeidad relativa. Entonces, y para equilibrar la cosa, podía sacársele la lengua, hacerle señas obscenas al pasar sin que al fantasma que vivía como una arañita de cuadro detrás de su sonrisa le hicieran mella los insultos. Luego, la oración nocturna llevada a categoría institucional por la madre y a suplicio para los chicos: «Y ahora, Señor, los gemelos Sandro y Nino os ruegan por el ángel, la dulce criatura que voló a vuestro reino hace hoy tantos años y meses y días (aquí era cuestión de ir agregando cruces o rayas en una pared poco visible), para que sus dos grandes alas sigan abiertas sobre la casa por los siglos de los siglos, amén».

Aquella renovada invocación, al parecer inofensiva agua del tiempo, era capaz de contener elementos de tal morbilidad como para producir su buena serie de resultados catastróficos. Llevar la cuenta del día que se adiciona, principalmente cuando este se transforma en un nuevo mes, en un nuevo año, lo que conduce a tener que aprenderse los secretos de la suma y otras malas historias de números que por menos se llamarían complejos. Pero algo peor. No es ese un día que viene porque sí, por el solo gusto de aumentar la cuenta. Salta de víctima en víctima, inoculando a cada cual un virus distinto, el color de hoja seca que invade la piel de la madre, la soga del aburrimiento en el cuello del padre, por más padre del ángel que sea. Él se la quita, cierto, almorzando fuera de la casa y volviendo después de medianoche. Pero queda el capítulo de los amigos que han hecho el vacío. Inflan los pulmones cuanto pueden un trecho antes y luego pasan sin respirar por la puerta cerrada, no sea que salga por las rendijas ese día que todos saben que la mujer va agregando, y ellos deban tragarse la mala peste de medir el tiempo en la misma forma obsesiva.

La casa, por otra parte, parecía haberse adaptado a la historia. A no ser por las narices de dos niños iguales pegadas a los vidrios de las ventanas altas alguna vez que pasara un piquete de caballería o desfilara el circo, un aire deshabitado la tenía como colgando de la nada, aun sabiéndosela con seres dentro, al igual que lo que ocurre con los cementerios, que parecen más vacíos cuanto más ahítos. Los gemelos habían recibido de todo eso una cuota particular, el miedo para ellos solos. Y el misterio de ese miedo. ¿Dónde estaba el hermano, después de todo? ¿En la iglesia, a la que iban periódicamente, en la repisa del comedor, en el cuarto de vestir donde habían quedado sus ropas, o en la tumbita con flores de los domingos? Uno de los dos, el que siempre resulta más despierto del par, logró explicárselo cierta vez al hermano después de muchas cavilaciones:

—Creo que en todas partes, y es por eso que me muero de rabia –dijo dibujando la raya del día en la pared, mientras el otro disfrutaba de su turno libre.

—No entiendo. ¿Cómo se puede estar en muchos lados al mismo tiempo?

El teórico pareció encerrarse en un mar de conjeturas, no en cuanto a la creencia en sí, de la cual no abrigaba la menor duda, sino con respecto a la fórmula objetiva que toda idea tiene que cobrar a causa de tanto palurdo que puebla la tierra. Se encaminaban en ese momento hacia el jardín lateral de la casa en busca de un maldito loro que se había perdido hacía unas semanas, y al que imaginaban burlándose de ellos entre los matorrales. De pronto, como tocado por el rayo intuitivo, el creador de la tesis de ubicuidad se paró en seco, atento solo a su descubrimiento.

—Ya lo sé, en todos lados. Es como cuando se quiere matar una mosca que anda volando. Uno va a dar el pantallazo y zas, ya el bicho está en otro sitio. Y así siempre andará aquí y allá y en ninguna parte, como nuestro hermano. ¿Qué te parece? Solo que en lugar de mosca es un ángel, o una mosca mil veces más grande…

El otro chico se lo quedó mirando embobadamente. Qué genio inigualable. Él no posee herramientas como para machacar en ese clavo de oro con algún hallazgo propio, siquiera en materia de preguntas adicionales. Pero sabe que los dos se hallan unidos por algo que los acollara en forma definitiva, el terror común de que el angelote diera un día en caer como un avión suicida sobre la casa, hundiendo el techo, el piso, con su fuerza del otro mundo, para salirse luego él a la superficie, milagrosamente a salvo, a ocupar de nuevo la repisa del comedor junto a la ventana que mira a los árboles.

Aquella puja con el adversario disparando desde el infinito tenía, pues, un punto siempre favorable a ellos, el haber venido en par, con esa prodigiosa simpatía de los seres dobles hasta para combatir la mala suerte. Con cada angina, con cada granazón que los lanzara como a dos náufragos contra los acantilados de la misma fiebre, parecían haber fortificado su organización de dos frentes ante la soledad del otro, vulnerando algunas veces la alianza maternal en ciertas pequeñas brechas. Así, al cumplir los cinco años, y luego de descubrirse ante un espejo sus secretas diferencias, cierta terminación en punta de las orejas de uno y la caída a hocico de perro en la nariz de su doble, lograron una primera fiesta de cumpleaños bastante triste, pero con lo cual el muertecito habría descendido algún palmo del plinto. A los seis, y mediante el sistema de la huelga de hambre: derecho a bajar al misterioso subsuelo de la casa, donde con prohibición de tocar los juguetes del ángel se les entregó zona franca para los suyos.

Fue precisamente en aquel clima subterráneo, y encarándose con un enorme caballo de madera que parecía presidir el feudo contrario, donde se produjo la ruptura formal de hostilidades mediante una nueva versión de la plegaria que recitaron mirando hacia todos los rincones, dado el carácter difuso del destinatario: «Y ahora, Señor, nosotros, los gemelos Orejas de Burro y Hocico de Perro os rogamos por el ángel, el cara de infeliz del retrato, que voló a vuestro reino hace hoy no sabemos cuánto tiempo, porque nos olvidamos de hacer la raya en la pared, y para que cualquier día de estos se caiga de tu cielo y se rompa las alas, amén».

Del mismo modo sacrílego empezó a plasmar allí cierta idea, todavía rudimentaria en cuanto a los medios, relacionada con la construcción de una jaula para cazar al ángel, en base a un arsenal de alambres, resortes, clavos, palillos, que irían acumulando como ladrones de chatarra en las propias narices del caballo. Y cierto sistema de lenguaje mudo, cada vez más necesario a los planes secretos. Al principio, aquello se redujo a señales primitivas, en base a la estructura más simple: el tú y el yo, el arriba y el abajo, las cosas elementales, el hacerlas y su contrario. Luego, a medida que se domina el esquema, el árbol del complejo entendimiento brotando cuanta pequeña rama puede contener un significado, que a veces debe necesitar de otro para sutilizar sus extremos.

Fue en la noche de los siete años, y mientras la madre los engalanaba en el cuarto de vestir, aquel lugar terrorífico lleno de las ropas que habían perdido el cuerpo del ángel, cuando decidieron llevar al límite de la audacia sus recursos mímicos, ultrajar al otro en cierta forma húmeda, dejarlo hecho una lástima de pies a cabeza. Detrás de la ventana que daba al jardín lateral, un cielo negro y restallante de relámpagos parecía haber hecho causa común con el lóbrego cumpleaños, en tanto que la madre, en una actividad inusitada con relación a aquellos hijos que nunca había logrado amar, abría y cerraba muebles, combinaba colores, revivía los tiempos del chico muerto en cada detalle de sus ropas.

—Imposible, Hocico, no va a salir, esto resulta nada más que cuando es de verdad –logró expresar uno de los mellizos en su jerga de señales.

El árbol cónico que casi pegaba sus ramas a la ventana, apareciendo y desapareciendo en cada latigazo del cielo, dio de pronto su espectáculo entero tras el vidrio como una advertencia del bando contrario.

—Si, que lo hago, y ya mismo –insistió en fanfarronear el del hocico puntiagudo mediante un gesto de burla hacia el pino–. Y para la próxima luz, que debe ser una señal del miedo que nos manda de arriba.

—Ha empezado a llover, maldita sea, se nos adelantó mostrando que tiene más agua que nosotros –agregó el de las orejas, casi llamando la atención de la madre que había alcanzado a completar dos conjuntos iguales.

—Entonces a la carga, lo baño yo también.

Pero no hubo tiempo de saber si se podía o no consumar el gesto. El enemigo metafísico iba a poner en acción todas sus baterías. Un trueno largo como el mugido del minotauro hizo vibrar los vidrios, los muebles, el piso de la casa. La mujer, entregada a la reparación de unas pequeñeces, parecía hallarse escindida del clima de la confabulación, como si la inocencia la hubiera ungido por desquite ante el desprecio de sus vasallos naturales.

—Que venga, pues, si quiere pelea limpia –dijo el orinador– pero acá abajo y no desde allí, como un cobarde.

—¿Estás loco? ¿Y el olor a pájaro mojado y los piojillos que tendrá bajo las alas?

—¿Cómo? No entiendo ese picor en los sobacos. Pero cuidado, ella miró varias veces.

Se les había ido la mano. Además, el entusiasmo de la improvisación no entraba en el sistema. Este era algo que debía marchar con elementos conocidos, experimentados antes en el subsuelo como una droga en los conejos.

–Y basta ya de tonterías –dijo de pronto la madre incorporándose y adjudicando un traje de cada uno–. A los niños que se pasan el tiempo ensayando esos gestos se les deforma la cara, cuando no terminan con tics nerviosos en todo el cuerpo. Por otra parte, ya lo saben, al hermanito le disgustan tales cosas, son una falta de respeto a su estado de gracia.

Aquello, que en otro momento hubiera sido una orden inobjetable, tuvo esta vez un efecto contrario, como si al hablar de los peligros que acechaban a los hijos vivos en el recodo de las muecas, la mujer hubiese descendido un poco de madre del ángel a protectora de los niños de carne y hueso. Además, para apoyar la insurrección, se había instalado allí el espíritu eléctrico de la tormenta, especie de madrinazgo del que pueden prenderse en caso de peligro, aunque para dejar el pellejo en su contacto. Fue así como de pronto, y en plena violación de las reglas de guerra fría, el más temerario de los chicos se cuadró frente a la mujer para espetarle la pregunta maléfica:

–Mamá ¿y cuando él tenga cincuenta, cien años, también va a ser el hermanito?

Un minuto de vacilación o de muerte íntima ante lo inefable. Ahora llueve decididamente, es una pesada descarga lo que estalla tras los vidrios. El árbol la recibe como una camisa que se coloca desde arriba y va haciendo bajar hasta sus pies, para ponerse luego otra, pero tan rápidamente que no dé tiempo al desnudo. Quizás la respuesta no llegue a concretarse nunca. Mas de improviso, y como saliendo del túnel al que la han llevado aquellas infernales criaturas, la mujer habló dirigiéndose a las gavetas, a las puertas abiertas de los roperos:

—Los ángeles no tienen edad, son siempre niños... ¡Pero basta ya, he dicho que basta —gritó volviéndose— o termino por zurrarlos y se clausura la fiesta de la noche y todas las fiestas de esta casa!

Los mellizos se quedaron mirándola serenamente, como si acabaran de recuperarla. Les era más familiar así, aliada fiel del otro, que continuaba con sus fogonazos de inteligencia tras la ventana.

—Entonces, punto en boca. Pero si viene por la torta de frutillas, lo convenido: nada.

—Bravo, Hocico, señal perfecta. Que se vaya a su cielo a comer pasto dulce.

—¿Y las migas del piso?

—Tampoco. Juntarlas al final una a una y echarlas al bolsillo.

—Oye, un nuevo trueno, es él. Alerta, orden de batalla al entrar en el comedor. Listos...

El padre, ajeno siempre a todas las luchas intestinas, se hallaba en lo alto de una escalera terminando de colgar unas guirnaldas. Al ver llegar a los homenajeados bajó enjugándose la frente.

—¡Arre!, viejo, al menos tú jugabas con nosotros a los vaqueros —dijo a su modo Sandro.

—¡Arre! —agregó el hombre interpretando las señales. La cosa iba tomando cierto cariz de verdadera fiesta. El padre se estaba ya acomodando el pantalón a la altura de las rodillas a bien de tirarse al suelo para que los hijos cabalgasen, cuando un gesto de la mujer lo llamó a sosiego, no precisamente como un reproche, sino más bien en la desconexión con toda alegría, capaz de neutralizar cualquier resurgimiento. Luego, y en forma ya controlada, el beso, el tironcito de orejas, las cajas de los regalos. Esto último no necesitaría comunicaciones, bastaba con la mirada que asegura el pacto secreto. Fuera lo que fuera, habría que cuidar en primer término el hilo de los paquetes, desatando sin anudar ni romper, de suerte de poderlos añadir a la pelota del mismo material colgada de los tirantes del techo en medio del sótano. Tras no darle al hermano ni el papel encremado por la torta, tendría que sufrir el agrandamiento de la bola de hilos, dorados los de la última capa por tratarse de un obsequio. El juego consistiría después en lo de siempre, pasársela uno al otro sin descanso, de manera que el ángel permaneciera contemplando la cosa sin recibir ninguna. Es claro que más tarde, quedando la pelota colgada del hilo, podría usarla cuanto quisiera. Pero aburrido y solo como un perro. El pensamiento común de la pelota suspendida llenó el par de minutos en que los grandes se ayudaban a repasar los pocillos con una servilleta antes de servir el chocolate. Aprovechando el lapso, uno de los niños hizo sonar al oído su caja.

—Parecería un juguete mecánico, de los que tienen buenos resortes. El techo de la trampa concluido mañana.

Fue en el momento de comenzar a abrir los envoltorios, cuando el de arriba decidió hacer retemblar de nuevo con un trueno brutal el armazón de la casa, la mesa servida y hasta su propia efigie de la repisa. Ya no podrían caber dudas, pues, andaba haciéndose presente, quizás por la repartija de los regalos. Pero que sufriera también esa vez, le dieron a entender, allí tenía el ventanal con el otro pino. Que mirase desde afuera como un mendigo el cumpleaños. A causa de aquella nueva convención y abrazándose a las cajas por cada acometida celestial del hermano, decidieron abrirlas al retirarse al dormitorio, si era necesario bajo la mantas.

—Y ahora —dijo por fin el padre con la voz del que ha perdido el hábito de hablar en familia con las palabras comunes– antes de brindar por estos felices siete años dobles, a apagar las lámparas, a encender las catorce velitas de la torta, a juntar los dos soplidos.

Un no rotundo, indeclinable. Cada uno de los niños sabía que aquello iba a significar una condena en tres etapas: encender las velas de la torta, apagar después las luces de la habitación, soplar por último las llamitas insignificantes. Y eso cuando lo que venía después era nada menos que quedarse a solas con el cirio de la repisa, es decir, con la cara iluminada del otro que había empezado a mirarlos más fijamente que nunca.

—¿Y…? —dijo el padre apagando la luz central luego de encender las velas–, ¿se sopla o no se sopla?

—Tú, por favor, Hocico, yo no puedo.

—No, Orejita, yo tampoco.

Fue lo único que lograron transmitirse con las palabras de verdad, antes de caer los dos a plomo sobre la alfombra. Los llevaron a la cama como dos pobres peleles, colgándoles las fláccidas extremidades, una de las cuales perdió un zapato por la escalera.

Poco antes de medianoche, y luego de unas aspiraciones amoniacales, había terminado todo, el mito de la fiesta, los ruidos de la casa, el desmayo.

—Sandro, ¿estás despierto?

—Chis, cuidado, todavía pueden venir, vale más esperar un poco.

–No, ya se saludaron hace un buen rato, están cada uno en su pieza.

–¿Y, lo notaste?

–¿Qué cosa?

–¿Qué cosa iba a ser? El hermanito. Cuando nos trajeron a la cama y nos pusieron aquel frasco con olor a pichí en las narices, me desperté en seguida y paré la oreja, por si acaso. Era capaz de abalanzarse sobre el pastel y no dejar ni pizca. Pero se asustó de nuestra muerte y por eso no vino. Seguramente pensó: Ahora vamos a ser tres en el cielo, mucha gente para repartir el cariño de la madre. Y decidió robarnos la señal de punto en boca. Escucha, se le acabaron los truenos…

Casi se podía oír el silencio abriendo como una flor mojada tras la ventana. Tanto para festejar aquel enmudecimiento de las baterías contrarias como para mantener a raya el miedo, uno de los gemelos emitió entonces con su boca un ruido grosero capaz de deshacer cualquier hechizo.

–Cuidado, pedazo de bruto, que puede volver a la carga. Mejor será desenvolver las cajas y tantear de qué se trata.

Tras la dificultad de llegar a conclusiones fundamentales a causa del flaco diccionario de la edad, consiguieron, después de apreciar los juguetes como material de primera para el destripamiento, poner en limpio el plan definitivo.

–Bueno, estábamos en que creyó en nuestra muerte y se fue.

–Entonces no hay nada que hacerle, es idiota.

–Sí, pero de todos modos se merece la jaula, no sea que se avive.

–¿Y el ruido que haremos al poner el clavo en la chimenea?

—Vamos, Orejas, no seas infeliz. Subimos al techo de día, cuando un golpe cualquiera no llama la atención. Y lo otro de noche, una noche clara.

—¿Y nosotros?

—Nosotros detrás del tanque del agua, cerca del agujero tragaluz, pero con mucho cuidado…

Así quedó planteada la cacería nocturna, con palabras que hubieran debido ser como operación jaula, día equis, hora cero. Pero que sin las pretensiones del lenguaje clave empezó a desarrollarse armoniosamente, como el fluir de un razonamiento matemático hacia su instancia definitiva, la primera noche de luna.

La máquina de cazar ángeles, con su techo trampa resuelto gracias a los resortes quitados al último regalo del cumpleaños, los esperaba en el subsuelo. Quedaba aún si liquidar el asunto del caballo y sus malditos ojos de vidrio negro. Le taparon la cabeza con una manta para evitar el espionaje. Luego; en ropas de dormir por cualquier retroceso forzoso, se encaminaron a emplazar el aparato en el clavo de la chimenea.

Un clima gélido y mortal parecía tener instalado allá arriba su ley de mundo aparte, agigantando cualquier pequeñez que roza el silencio, desfigurando las siluetas normales. No bien cubiertos tras el parapeto del depósito, la semejanza de la chimenea con un hombre sin brazos y una jaula en la cintura los dejó paralizados. Era como estar a solas con un muerto de pie, cuya única muestra vital se había concentrado en la veleta del gorro. Pero aunque el tipo solitario fuera cosa bastante tétrica de por sí para aguantarla sin experiencias anteriores, eso no significaba nada frente a lo otro, el cielo, aquella especie de fortaleza invulnerable de donde habrá de descender el hermanito emplumado, tal como debe hacerlo todas las noches según la letra de la plegaria. Y entonces, frente a la absoluta certidumbre, ya no se tiene tanto valor como durante el proceso maduratorio. Casi sería preferible volverse, meter la cabeza bajo las cobijas, olvidar al maldito ángel y su horrible planeamiento nocturno. Es claro que todo marcharía mejor siendo esa comba menos grande. La sorpresa de un cielo tan inmenso por encima de todo lo demás, y sin palabras para expresar la sensación de aplastadura que produce, los tuvo en un principio suspendidos del aire, como ahorcados de las estrellas, temblando de un frío metafísico que tantos hombres no resistieron.

—Debimos traer abrigo, Sandro, sopla un viento que hace doler el cuerpo —dijo de pronto uno de los cazadores furtivos dando diente contra diente.

El otro lo tomó por el hombro, volviendo de lo de arriba como si cayese en picada. Tenía razón el hermano, pensó, hay cosas que desbordan los proyectos, que no se calculan lo suficiente. ¿Pero y la trampa, y todo lo que su fabricación había significado? ¿Y la tristeza de los cumpleaños sin amigos, y la guerra a muerte del retrato? No necesitarían trasmitirse aquellas preguntas, o las razones comunes de su aventura. Los dos se sabían tan en lo mismo, así respecto al aire helado que los cala y a las tentaciones de echarlo todo a rodar, como a la imposibilidad de cualquier actitud negativista, que el arrepentimiento era una decisión sin sentido, un lujo demasiado caro para ambicionar a última hora. Sin embargo, se puede percibir que hay algo que no funciona, y de naturaleza más sutil que la historia del frío y las mantas olvidadas.

—Sandro, tengo que preguntarte una cosa, pero no me animo —volvió a mascullar el mismo chico, apretujándose al otro en busca de refuerzo.

Se oyó primeramente un castañeteo de dientes. Después, como si el que habla lo hiciera con el filo de una sierra:

—No sé nada, nada de lo que vas a preguntarme. Siento tanto frío como tú, me está empezando a doler la espalda y todo eso no me importa. Vinimos a cazar el ángel ¿no?, y aquí nos quedamos. Además, esa luna de porra que es la que tiene la culpa de todo se podría remontar como una corneta, para pasar el tiempo. Y ya lo hago, por suerte traje la bola de hilos.

—Sandro, por favor, me muero si no te lo digo, me caigo aquí duro de miedo y te dejo solo...

—Y no conviene hablar mucho, tampoco —dijo el otro eludiendo siempre lo que se veía venir, acortando y alargando el hilo inventado—. Estos mugrientos ángeles están llenos de oídos y de ojos en todas las plumas, ya sabemos lo que dice siempre mamá, que él oye esto, que él ve aquello. Así que chitón, no seas majadero.

Y le hizo la señal de sus clásicas llamadas a silencio en el sistema, dándole un codazo que quería ser desaprensivo.

—Pero es que no puedo más. Tengo vergüenza de que me veas llorando como una nena, pero es algo espantoso para aguantarlo.

—Más bajo, ya sabemos que está ahí cerca el tragaluz del baño y que mamá tiene también muchos oídos.

El mismo temblor de mandíbulas que el hermano, idéntico aflautamiento de voz previo al sollozo. Eso significaba que también iban mal las cosas por su lado, lo que equivalía a decir que el viejo ensamble de nacimiento no estaba perdido. Fue al borde de la tierna constatación recíproca que, olvidándose hasta del medio tono exigido por las circunstancias, la doble angustia contenida hizo crisis. Arrancando de las manos del de la cometa su bendito hilo invisible, pateando la pared del depósito del agua, el más incontrolado de la pareja gritó a través de una mezcla viscosa de moco y lágrimas:

—Sandro, es que aquella noche del cumpleaños, cuando tú le hiciste una pregunta a mamá mientras nos vestía y por la que amenazó con zurrarnos, yo empecé a imaginar al ángel en otra forma distinta que hasta ese momento, como a un bicho que crece igual que todos los demás, y come, y hace caca, y se defiende con el pico si lo insultan. ¿Te das cuenta, no lo pensaste nunca?

La sólida andanada de la realidad había sido brutal, inclemente. Pero no exhaustiva. El instinto de la otra criatura pudo desde entonces captar, más por la frecuencia de la trasmisión emocional que por la madurez interior, que aquello respondía a algo concreto, una especie de vaho de caldero que no sale porque sí, sino a causa de lo que está bullendo, y que habrá que averiguar sin acercarse mucho al borde.

—¿Y eso, Orejita, qué nos importa? —preguntó cazurramente, echando de paso una mirada hacia el hombre de la jaula, con su plumita enloquecida en el sombrero—. ¿Qué tiene que ver con nosotros, después de todo?

El tacto sutil de aquella indiferencia logró alcanzar la zona vulnerable, provocando la reacción inmediata.

—Pero es que de un momento al otro pone la pata en el techo de la trampa, hace funcionar el resorte… Y después… después que él esté adentro ¿qué hacemos, Sandro, qué hacemos con el ángel?

En ese preciso instante debió ocurrir lo que el más evolucionado de los gemelos había previsto. Las voces llegan por el tubo hasta el cuarto de baño y de ahí al sueño liviano de la madre, si es que alguna vez había vuelto a dormir completamente. Y la mujer echó pie al suelo tal acababan de sorprenderla, no se sabría si como ella misma o como algo desprendido de su doble, reseco y a punto de quebrarse al chocar con las cosas. No estaban los niños en el dormitorio. Descendió a la planta principal, comprobando, al paso por el comedor, que la lámpara de la repisa tenía aún buen aceite. Luego, la escalera hacia el sótano, donde ha quedado luz encendida. Ya en aquel lugar, al que poco solía bajar en los últimos años, miró curiosamente en círculo, redescubriendo el mundo perdido. Las cosas del hijo evaporado estaban aún allí, a la mano y espectralmente distantes, con sus mitades sumergidas en el tiempo.

—El jaco de mi niño —murmuró quitando la misteriosa manta de la cabeza del animal—. Dios mío, los siglos que llevo sin lustrar sus arreos…

Puso la mano en un estribo. Vio corporizarse casi el pie que había sostenido diez años antes. Pero… ¿y los zapatos de aquellos pies? Forcejea por traerlos a la superficie y no lo consigue. Es que tres años después venían los gemelos y con ellos sus zapatos, siete años de zapatos dobles que se descargan en aluvión sobre los del niño desaparecido, forman una montaña, los aplastan definitivamente. Por defenderse de aquella sensación de pérdida irremediable, miró hacia la escalera que llevaba a lo alto.

—Y ahora esto tan empinado para mi corazón —dijo—, un corazón que primeramente se parte, después envejece, pero resiste estúpidamente…

Luego empezó a subir con cierto recelo. ¿Qué podrían estar haciendo arriba a medianoche? Por si acaso hubiera que sorprenderlos en algo, trató de andar con tiento hasta alcanzar la pequeña puerta de hierro que había quedado entreabierta. Se encontraban efectivamente allí, de espaldas, en prendas de dormir. El viento de las alturas los inflaba como a ropas colgadas.

–Cielos, qué independencia –susurró–; él no se hubiera atrevido jamás ni a encender la luz de la cabecera sin llamarme.

Dio en escuchar con cierta dificultad lo que hablaban, hasta oír, como un mensaje enviado en un cuchillo, directamente a las entrañas:

–¿Que qué hacemos con el ángel, decías? Bueno, ya está. Me llevó bastante tiempo, pero acabo de pensarlo. Lo dejamos ahí, y que se muera, eso es, que se muera.

–¿Que se muera en la jaula?

–Sí, eso mismo, que se muera en la jaula que le hemos hecho con tanto trabajo durante semanas y semanas. Igualmente seguiremos rezando por él, no tendríamos por qué dejar de hacerlo. Vamos, hermanito, los dos juntos, como si nada hubiera pasado, de rodillas al pie de la cama: «Y ahora, Señor…». ¿Te das cuenta? ¿Sale o no sale?

–Pero Sandro, hay una cosa, y es que yo creo que los ángeles no se mueren.

–No, porque nadie los cazó. ¡Pero este se muere –gritó el otro pateando el depósito–, se muere de hambre, de frío, de miedo, de todas las muertes juntas! Lo vendremos a ver después, cuando esté lleno de gusanos. Eso es, moviéndose por los gusanos como… nuestro loro… cuando al fin lo encontramos…

—Hocico, por favor, yo no hubiera querido acordarme nunca más del loro. Lo toqué porque al verlo retorcerse entre las matas creí que estaba vivo.

—Bueno, basta ya con el loro —ordenó el del hocico—, lo principal en este momento es no sacar el ojo de la jaula, Orejitas. Debe estar al caer. Si hasta me pareció ver cruzarse en el suelo una sombra extraña, oír un suspiro.

La percibieron a sus espaldas, por pura fuerza de presencia, antes de volverse para verla de cuerpo entero. Agigantada por la planicie de los techos, la mujer dio primeramente unos pasos hacia los niños, siempre como el extraño irreal que ellos conocían, pero agregando datos nuevos: su blancura desparramada por la luna, el pelo suelto y la voz inédita, como de otra mamá distinta que hubiese vivido por dentro de la suya, y con la que abrió la marcha amenazadora.

—Monstruos, monstruos, ¿dónde está esa cosa infernal de que hablabais, dónde, dónde?

Ellos empezaron a retroceder, tomados de la mano, seguidos siempre por la madre del ángel y su pregunta (dónde, monstruos), calculando mentalmente los pasos que los separaban del tragaluz (dónde, dónde se halla esa cosa diabólica que fabricaron, dónde, criminales, dónde). El agujero debía estar ya demasiado cerca para dar un paso más pero imposible desviar el camino. Intuían que ella no los empujaba a conciencia hacia el pozo del aire, aunque tampoco podrían salvarse de él arrojándose como niños comunes hacia su madre (dónde, malditos engendros, dónde), puesto que ella no tenía ni pecho ni una gota de sangre que no fuera de su ángel. Entonces, ya con el talón en el borde, se soltaron las manos, largándose a derecha e izquierda del agujero y cayendo sentados a salvo en el suelo. Ella no lo vio. Había extendido los brazos hacia adelante como una sonámbula. El último dónde, estrangulado salvajemente en el vacío, salió del pozo como una espiral y reptó varias veces en el aire aplanado del techo. El hombre sin brazos de la chimenea seguía impávido con la jaula en el cinturón, mientras le giraba sin cesar la pluma del sombrero.

La puerte del alacrán
Muerte por alacrán

La vieron — divisaron. Tan pronto como apareció, el techos de
pizarra, dispuesto que planicie de distinta altura, de la extensión
de Alpes, el camionero y su acompañante comprendieron le
acabom de explicarse lo que se Esteban preguntando desde el minuto de
cargar la leña para la manera de veranear. ¿Qué importante embarcarse
en plena estación, y bajo aquel sol
que ablandaba el alquitrán de la carretera caliente por tan poco, que ya alcanzaba en los 49 del termómetro — dijo el más
inquisitivo? La profusión de chimeneas que erguían
como tiestos soledad de sierra en las alturas de un fuerte,

la explicación del caso Acopio por anticipado
— lo venia así, ya te decía, repetí muchas veces — dijo el simbólico
acostumbrados a utilizar la residencia también en
el invierno, y se preveían a lecho provisiones y
providencias. Las provisiones de leña seca, en una casa demasiado
por la sed para dudar sintiendo la escasa saliva
más bien, era cuestión de reponer a los
— No ha dejado de ponerse la escuela en
en patentes el descubrimiento. El que manejaba puso el
vehículo en A, y sin más, empezó a subir el camino
de acceso, metiéndose con una oruga entre dos extensiones de
césped, tan cuidado, tan rápido, tan pulcro, que ya no
hubiera querido confesar su orígen de haberla alguien
preguntado que ya no le hubiera salido más que cosa común de aparece
en alfombra, y lo uno que se le ocurre

Muerte por alacrán

suspenso ~~Nada~~ y la leña

Tan pronto como ~~aparecieron~~ los techos de pizarra de
la mansión de veraneo,
dispuestos en distintos planos inclinados, el camionero y
su acompañante ~~acabaron de explicarse~~ lograron comprender lo que se
estaban
~~estaban~~ preguntando desde el minuto de empezar
la carga de la leña. ¿A qué va/ys tanto combustible
bajo aquel sol que ablanda los sesos? "Los ricos son
así, no te calientes por tan poco, que ya hay de sobra
con los 49° del termómetro", dijo el más normal y
receptivo al ~~calor~~ verano de los dos individuos, mirando
de reojo el cuello color uva del otro ~~otro~~ hipertenso. Hasta
que las ~~~~ chimeneas, q'emergían como tiesos
soldados de guardia en las alturas de un frente, les
vinieron a dar las explicaciones del caso. "Ya te lo decía,
~~Don~~ rico, ~~~~ no se les escapa nada. Vendrán tam
bién en el invierno, y desde ya - se están atiborrando de
leña seca para las estufas, no sea cosa de dejarse
~~madrugar~~ ~~ganar~~ por nadie, ni si quiera por las primeras nieves"

3ª / ~~Diablo~~ ~~Muerte~~ por alacrán

Muerte

tan pronto como surgieron a lo lejos los techos de pizarra

de la mansión de veraneo, dispuestos en distintos planos inclinados,

~~de~~ los camioneros lograron comprender lo que ?estaban preguntando

desde el ~~momento~~ *nunmento* de ~~emprender~~ la carga de la leña. ¿A qué

tanto combustible bajo ~~este~~ sol que ablanda los sesos?

—No

vives ansí, no te calientes por tan poco, que ya tenemos

de sobra con los cuata y nueve del termómetro — dijo el más

receptivo al verano de los dos individuos, mirando de reojo el

cuello coloreado del otro, ~~contortamente~~ *peligrosamente* hipertenso.

Y ya no hablaron más, al menos utilizando el lenguaje ~~significado de~~

Tanto viaje compartido había acabado

por quitarles el tema, aunque no las sensaciones comunes, que

los harían de ~~tanto en tanto~~ cuando en cuando vomitar ~~la~~

alguna palabrota en código de ~~~~ al volante, y recibir

la que venía de la otra dirección como un lenguaje de banderas.

Cuidarse ~~a~~ mutuamente ~~a fin de~~ con respecto al ~~~~

sueño que producía la raya del camino ~~entre los ojos~~, sacar

por turno la botella ~~~~ sin importárseles nada la cortina

de vidrio ~~~~ que se hendía contra el sol, para meterse

Muerte por alacrán

Tan pronto como surgieron a lo lejos los techos de pizarra de la mansión de veraneo, dispuestos en distintos planos inclinados, los camioneros lograron comprender lo que se estaban preguntando desde el momento de iniciar la carga de la leña. ¿A qué tanto combustible bajo un sol que ablanda los sesos?

—Los ricos son así, no te calientes por tan poco, que ya tenemos de sobra con los cuarenta y nueve del termómetro —dijo el más receptivo al verano de los dos individuos, mirando de reojo el cuello color uva del otro, peligrosamente hipertenso.

Y ya no hablaron más, al menos utilizando el lenguaje organizado de las circunstancias normales. Tanto viaje compartido había acabado por quitarles el tema, aunque no las sensaciones comunes que los hacían de cuando en cuando vomitar alguna palabrota en código de tipo al volante, y recibir la que se venían de la otra dirección como un lenguaje de banderas. Y cuidarse mutuamente con respecto al sueño que produce entre los ojos la raya blanca. Y sacar por turno la botella, mirando sin importársele nada la cortina de vidrio movedizo que se va hendiendo contra el sol para meterse en otra nueva. Y desviar un poco las ruedas hasta aplastar la víbora atravesada en el camino, alegrándose luego de ese mismo modo con cualquier contravención a los ingenuos carteles rateros, como si hubiese que dictar al revés todas aquellas advertencias a fin de que, por el placer de contradecirlas, ellos se condujeran alguna vez rectamente. Hasta que las chimeneas que emergían como tiesos soldados de guardia en las alturas de un fuerte, les vinieron a dar las explicaciones del caso.

—Ya te lo decía, son ricos, no se les escapa nada. Vendrán también en el invierno, y desde ya se están atiborrando de leña seca para las estufas, no sea cosa de dejarse adelantar por nadie, ni siquiera por las primeras lluvias.

Pero tenían la boca demasiado pastosa a causa de la sed para andar malgastando la escasa saliva que les quedaba en patentar el descubrimiento. Más bien sería cuestión de hacer alguna referencia a lo otro que venía a sus espaldas, algo de la dimensión de un dedo pulgar, pero tan poderoso como una carga de dinamita o la bomba atómica.

—No ha dejado de punzarme el hijo de perra durante todo el viaje. Con cada sacudida en los malditos baches, me ha dado la mala espina de que el alacrán me elegía como candidato —dijo el apoplético no pudiendo aguantar más su angustia contenida, y arrojando por sustitución el sudor del cuello que se sacaba entre los dedos.

—¿Acabarás con el asunto? —gritó el que iba en el volante. Para tanto como eso hubiera sido mejor renunciar al viaje cuando lo vimos esconderse entre la leña... Como un trencito de juguete –agregó con sadismo señalando en el aire la marcha sinuosa de un convoy– y capaz de meterse en el túnel del espinazo. (El otro se restregó con terror contra el respaldo). Pero agarramos el trabajo ¿no es cierto? Entonces, con alacrán y todo, tendremos que descargar. Y si el bicho nos encaja su podrido veneno, paciencia. Se revienta de eso y no de otra peste cualquiera. Costumbre zonza la de andar eligiendo la forma de estirar la pata.

Aminoró la marcha al llegar al cartel indicador: Villa Therese Bastardilla. Entrada. Puso el motor en segunda y empezó a subir la rampa de acceso al chalet, metiéndose como una oruga entre dos extensiones de césped tan rapado, tan sin sexo que parecía más bien el fondo de un afiche de turismo. Dos enormes perros daneses que salieron rompiendo el aire les adelantaron a ladridos la nueva flecha indicadora: Servicio. Más césped sofisticado de tapicería, más ladridos. Hasta que surgió el sirviente, seco, elegante y duro, con expresión hermética de candado, pero de los hechos a cincel para un arcón de estilo.

–Por aquí –dijo señalando como lo haría un director de orquesta hacia los violines.

Los camioneros se miraron con toda la inteligencia de sus kilómetros de vida. Uno de los daneses descubrió la rueda trasera del camión recién estacionado, la olió minuciosamente, orinó como correspondía. Justo cuando el segundo perro dejaba también su pequeño arroyo paralelo, que el sol y la tierra se disputaron como estados limítrofes, los hombres saltaron cada cual por su puerta, encaminándose a la parte posterior del vehículo. Volvieron a entenderse con una nueva mirada. Aquello podía ser también una despedida de tipo emocional por lo que pudiera ocurrirles separadamente, al igual que dos soldados con misión peligrosa. Pero esos derroches de ternura humana duran poco, por suerte. Cuando volvió el mucamo con dos grandes cestos, los hombres que se habían llorado el uno al otro ya no estaban a la vista. El par de camioneros vulgares le arrebató los canastos de las manos, siempre mandándole aquellas miradas irónicas que iban desde sus zapatos lustrados a su pechera blanca. Luego uno de ellos maniobró con la volcadora y el río de troncos empezó a deslizarse. Fue el comienzo de la descarga del terror. Del clima solar del jardín al ambiente de cofre de ébano de adentro y viceversa. Y siempre con el posible alacrán en las espaldas. Varias idas y venidas a la leñera de la cocina, donde una mujer gorda y mansa como una vaca les dio a beber agua helada con limón y les permitió lavarse la cara. Luego, a cada uno de los depósitos pertenecientes a los hogares de las habitaciones. No había nadie a la vista. (Nunca parece haber nadie en estas mansiones ¿te has dado cuenta?). Hasta que después de alojar la última astilla, salieron definitivamente de aquel palacio de las mil y una noches sin haberlo gozado como era debido, pero festejando algo más grande, una especie de resurrección que siempre provocará ese nuevo, insensato amor a la vida.

—Era linda, a pesar de todo. Qué muebles bárbaros, qué alfombras. Si hasta me parecía estar soñando entre todo aquello. Cómo viven estos, cómo se lo disfrutan todo a puerta cerrada los hijos de puta.

El mucamo volvió sin los canastos, pero con una billetera en la mano. Le manotearon el dinero que les alargaba y treparon como delincuentes a la cabina. Ya se alejaban maniobrando a todo ruido, siempre asaltados por los perros en pleito por sus meaderos, cuando uno de los tipos, envanecido por la victoria íntima que solo su compañero hubiera podido compartir, empezó a hacer sonar la bocina al tiempo que gritaba:

–¡Eh, don, convendría decirle a los señores cuando vuelvan que pongan con cuidado el traste en los sillones! Hay algo de contrabando en la casa, un alacrán así de grande que se vino entre las astillas.

–Eso es un cocodrilo, viejo –agregó el del volante largándose a reír y echando mano a la botella.

Fue cuando el camión terminó de circunvalar la finca, que el hombre que había quedado en tierra pudo captar el contenido del mensaje. Aquello, que desde que se pronuncia el nombre es un conjunto de pinzas, patas, cola, estilete ponzoñoso, era lo que le habían arrojado cobardemente las malas bestias como el vaticinio distraído de una bruja, sin contar con los temblores del pobre diablo que lo está recibiendo en pleno estómago. Entró a la mansión por la misma puerta posterior que había franqueado para la descarga, miró en redondo. Siempre aquel interior había sido para él la jungla de los objetos, un mundo completamente estático pero que, aun sin moverse, está de continuo exigiendo, devorándose al que no lo asiste. Es un monstruo lleno de bocas, erizado de patas, hinchado de aserrín y crines, con esqueleto elástico y ondulado por gibas de molduras. Así, ni más ni menos, lo vio el mismo día del nacimiento de la pequeña Therese, también el de su llegada a la casa y su toma de posesión con un poco de asco a causa de ciertos insoportables berridos. De pronto, y luego de catorce años de relativa confianza entre él y las cosas, viene a agregarse una pequeña unidad, mucho más reducida en tamaño que las miniaturas que se guardan en la vitrina de marfiles, pero con movimiento propio, con designios tan elementales como maléficos. Y ahí, sin saber él expresarlo, y como quien come la fruta existencial y mete diente al hueso, toda una filosofía, peor cuando no se la puede digerir ni expulsar por más que se forcejee. El alacrán que habían traído con los leños estaba allí de visita, en una palabra. Un embajador de alta potencia sin haber presentado sus credenciales. Solo el nombre y la hora. Y el desafío de todos lados, y de ninguno.

El hombre corrió primeramente hacia el subsuelo en uno de cuyos extremos estaba ubicada la leñera recién embutida. La mujer subterránea, a pesar de constituir el único elemento humano de aquella soledad, tenía una cara apacible, tan sin alcance comunicativo, que con solo mirársela bastaba para renunciar a pedirle auxilio por nada.

–¿Qué ha ocurrido, Felipe, por qué baja a esta hora? ¿Los señores ya de vuelta? –dijo con un acento provinciano refregándose en el delantal las manos enharinadas.

–No, Marta, regresarán a las cinco, para el té. Solo quería un poco de jugo de frutas –contestó él desvaídamente, echando una mirada al suelo donde habían quedado desparramadas algunas cortezas.

La mujer de la cara vacuna, que interpretó el gesto como una inspección ocular, fue en busca de una escoba, amontonó los restos con humildad de inferior jerárquico. Mientras se agachaba para recogerlos, él la miró a través del líquido del vaso. Buena, pensó, parecida a ese tipo de pan caliente con que uno quisiera mejorar la dieta en el invierno. Aunque le falte un poco de sal y al que lo hizo se le haya ido la mano en la levadura… Ya iba a imaginar todo lo demás, algo que vislumbrado a través de un vaso de jugo de frutas toma una coloración especial, cuando el pensamiento que lo había arrojado escaleras abajo empezó a pincharle todo el cuerpo, igual que si pelo a pelo se le transformase en alfileres. Largó de pronto el vaso, tomó una zarpa de rastrear el jardín que había colgada junto a la puerta de la leñera y empezó a sacar las astillas hacia el centro de la cocina como un perro que hace un pozo en busca del hueso enterrado. A cada montón que se le venía de golpe, evidentemente mal estibado por la impaciencia de los camioneros, daba un salto hacia atrás separando las piernas, escrudiñaba el suelo. Así fue cómo empezó a perder su dignidad de tipo vestido de negro. El polvo de la madera mezclado con el sudor que iba ensuciando el pañuelo, lo transformaron de pronto en algo sin importancia, un maniquí de esos que se olvidaron de subastar en la tienda venida a menos. Pero qué otro remedio, debía llegar hasta el fin. Pasó por último la zarpa en el piso del depósito. Luego miró la cara de asombro de la cocinera. A través del aire lleno de partículas, ya no era la misma que en la transparencia del jugo de frutas. Pero eso, la suciedad de la propia visión, es algo con lo que nunca se cuenta, pensó, en el momento en que las cosas dejan de gustarnos. Escupió con asco a causa de todo y de nada. Se sacudió con las manos el polvo del traje y empezó a ascender la escalera de caracol que iba al hall de distribución de la planta principal. Volvió a mirar con desesperanza el mundo de los objetos. Desde los zócalos de madera a las vigas del techo, casualmente lustradas color alacrán, desde las molduras de los cofres a las bandejas entreabiertas de algunos muebles, el campo de maniobras de un huésped como aquel era inmenso. Quedaba aún la posibilidad de mimetismo en los dibujos de los tapices, en los flecos de las cortinas, en los relieves de las lámparas. Cierto que podía dilatarse la búsqueda hasta el regreso de la gente. ¿Pero a título de qué? Si ha estallado una epidemia no se espera al Ministro de Salud que anda de viaje para pelear contra el virus, aunque sea a garrotazos, y sin que se sepa dónde está escondida la famosa hucha pública. Así, pues, para no morir con tal lentitud, decidió empezar a poner del revés toda la casa. Había oído decir que el veneno del escorpión, con efectos parecidos al del curare, actuaba con mayor eficacia según el menor volumen de la víctima. Animales inferiores, niños, adultos débiles. Vio mentalmente a la joven Therese debatiéndose en la noche luego de la punzada en el tobillo, en el hombro. Primeramente, al igual que bajo el veneno indígena, una breve excitación, un delirio semejante al que producen las bebidas fermentadas. Luego la postración, acto seguido la parálisis. Fue precisamente la imagen de aquel contraste brutal, la exasperante movilidad de la criatura en su espantosa sumisión a la etapa final del veneno, lo que rompió sus últimas reservas lanzándolo escaleras arriba hacia el pasillo en que se alineaban las puertas abiertas de los dormitorios.

Aun sabiéndolo vacío, entró en el de la niña con timidez. Siempre había pisado allí con cierto estado de desasosiego, primeramente a causa de que las pequeñas recién nacidas suelen estar muchas veces desnudas. Después, a medida que las pantorrillas de la rubia criatura fuesen cambiando de piel, de calibre, de temperamento, en razón de que no estuviera ya tan a menudo desvestida. Así, mientras se trazaba y ejecutaba el plan de la búsqueda (en primer término alfombra vuelta y revisada prolijamente), empezó a recrear la misteriosa línea de aquel cambio. Desde muy tierna edad acostumbraba ella a echársele al cuello con cada comienzo de la temporada (luego cortinas vistas del revés, por si acaso), pero alterándose cada año desde el color y la consistencia del pelo (colcha vuelta, almohadas), a la chifladura de los peinados. Finalmente, este último verano y apenas unos días antes, había percibido junto con el frenético abrazo de siempre al mucamo soltero las redondas perillas de unos senos de pequeña hembra sobre su pechera almidonada. Desde luego, pues, que le estaría ya permitido a él estremecerse secretamente (sábanas arrancadas de dos tirones violentos). Aquella oportunidad de conmoverse sin que nadie lo supiera era una licencia que la misma naturaleza le había estado reservando por pura vocación de alcahueta centenaria que prepara chiquillas inocentes y nos las arroja en los brazos. Bueno, tampoco en la cama revisada hasta debajo del colchón que ha volado por los aires, ni entre los resortes del elástico. De pronto, desde la gaveta entreabierta de la cómoda, una prenda rosada más parecida a una nube que a lo que sugiere su uso. Era la punta del hilo de su nuevo campo. Y fue allí, debajo de otras nubes, de otras medusas, de otras tantas especies infernales de lo femenino, que el color infamante del animal se le apareció concretamente. Con el asco que produce la profanación, se abalanzó sobre el intruso. Pero la cosa no era del estilo vital de un alacrán que mueve la cola, sino el ángulo de una pequeña agenda de tapas de cuero de cocodrilo, que ostentaba el sello dorado de la casa del progenitor (Günter, Negocios Bursátiles), de las que se obsequian cortésmente a fin de año. Retuvo un momento con emoción aquella especie de amuleto infantil, al igual que si hubiera encontrado allí una pata de conejo, cualquier cosa de esas que se guardan en la edad de los fetiches. Tonterías de chiquilla, una agenda entre las trusas y los pequeños sostenes. De pronto, los efluvios de tanta prenda que va pegada al cuerpo, un cuerpo que ya tiene tetillas que le perforan a uno sus pecheras, lo inducen a entreabrir en cualquier página, justamente donde había algo mal garrapateado a lápiz y con la fecha del día de llegada.

«Hoy, maldito sea, de nuevo en la finca, qué aburrimiento. Dejar a los muchachos, interrumpir las sesiones de baile, el copetín de los nueve ingredientes inventado por "Los 9". Pero no niegues, Therese, que te anduvo una cosa brutal por todo el cuerpo al abrazar este año a Felipe. Y pensar que durante tanto tiempo lo apretaste como a una tabla. Recordar el asunto esta noche en la cama. En todo caso, las píldoras sedantes recetadas por el Doctor. O mejor no tomarlas y ver hasta dónde crece la marea. Y no olvidarse de poner el disco mientras dure…».

Un concierto de varios relojes empezó a hacer sonar las cuatro de la tarde. El hombre dejó caer la pequeña agenda color alacrán sobre el suelo. Justamente volvió a quedar abierta en la página de la letra menuda. La miró desde arriba como a un sexo, con esa perspectiva, pensó, con que habrían de tenerlos ante sí los médicos tocólogos, tan distinta a la de los demás mortales. No había astillas en la habitación. La niña, que odiaba las estufas de leña porque eran cosas de viejos, según sus expresiones, guardaba un pequeño radiador eléctrico en el ropero. Cuando, rígido y desprendido de las cosas como un sonámbulo, llegó al sitio del pasillo donde el señor Günter tenía ubicado su dormitorio, aún seguían las vibraciones de las horas en el aire. Se apoyó contra el marco de la puerta antes de entrar de lleno a la nueva atmósfera. ¿Cómo sería, cómo será en una niña? –masculló sordamente–. Agendas abiertas, una marea de pelo rubio sobre la almohada, el disco insoportable que había oído sonar a medianoche en la habitación cerrada. Empezó, por fin, a repetir el proceso de la búsqueda. Un millar de escorpiones con formas de diarios íntimos iban saltando de cada leño de la chimenea, esta sí repleta, como con miedo de un frío mortal de huesos precarios. Hasta tener la sensación de que alguno le ha punzado realmente, no sabría decir ni dónde ni en qué momento, pero con una efectividad de aguja maligna. Deshizo rabiosamente la cama, levantó las alfombras, arrojó lejos el frasco de píldoras somníferas que había sobre la mesa de noche, cuando el cofre secreto embutido tras un cuadro y cuya combinación le había sido enseñada por el amo en un gesto de alta confianza, le sugirió desviar la búsqueda. Nunca hasta entonces los atados de papeles alineados allí dentro le hubieran producido ningún efecto. Pero ya no era el mismo hombre de siempre, sino un moribundo arrojado a aquel delirio infernal por dos tipos huyendo en un camión después de echarle la mala peste. Quitó el cuadro, puso en funcionamiento la puerta de la caja de seguridad, introdujo la mano hasta alcanzar los documentos cuidadosamente etiquetados. Quizás, masculló, si es que el maldito aiacrán me ha elegido ya para inocularme su porquería, encuentre aquí el contraveneno de un legado a plazo fijo, no sea cosa de largarse antes sin saberlo.

Y del agujero de la pared comenzó a fluir la historia negra de los millones de Günter Negocios de Bolsa, novelescamente ordenada por capítulos. El capítulo del robo disfrazado de valores ficticios, la mentira de los pizarrones hinchados de posibilidades, el globo que estalla por la inflación provocada artificiosamente, los balances apócrifos, la ocultación de bienes, la utilización en beneficio propio de fondos que le fueran confiados con determinado destino, los supuestos gastos o pérdidas en perjuicio de sus clientes, las maniobras dolosas para crear subas o bajas en los valores, el agio en sus más canallescas formas. Y todo ello reconocido y aceptado cínicamente en acotaciones al margen, como si el verdadero placer final fuera el delito, una especie de apuesta sucia jugada ante sí mismo.

El hombre leyó nítidamente en uno de los últimos rótulos: «Proceso, bancarrota y suicidio de M. H.». Antes de internarse en la revelación, rememoró al personaje escondido tras las iniciales. Fue en el momento en que le veía durante una de las famosas cenas de la finca tratando de pinchar la cebollita que escapara por varias veces a su tenedor, lo que todo el mundo festejó con explosiones de risa, cuando la historia del desgraciado M. H. contada por Günter Negocios empezó a surgir de aquellos pagarés, de aquellos vales renovados, de aquellos conformes vencidos, de aquellas cartas pidiendo clemencia, hasta llegar al vértice de la usura, para terminar en la ejecución sin lástima. Luego, modelo de contabilidad, el anfitrión de Villa Therese registrando el valor de las flores finales, esas que un hombre muerto ya no mira ni huele. Pero quedaría siempre sin relatar lo de la cebollita en vinagre, pensó como un testigo que ha vivido una historia que otro cuenta de oído. Entonces se evocó a sí mismo dejando la botella añeja que traía envuelta en una servilleta y, como buen conservador de alfombras, agachándose a buscar bajo la mesa lo que había caído. Allí, entre una maraña de bajos de pantalones, pies de todos los tipos, encontró la pierna de la esplendente señora de Günter Negocios enlazada con la del amigo M. H., o mejor la pierna del hombre entre las de ella, que se movía en una frotación lenta y persistente como de rodillos pulidores. Cuando él volvió a la superficie con la inocua esferita embebida en ácido, le pareció ver salir del cráneo pelado del señor de las grandes operaciones bursátiles algo parecido al adorno de un tapiz de la sala, el de la cacería de los ciervos. Aunque ahora, atando todos los cabos sueltos, el hombre de la cabeza con pelo negro ya insinuándose al gris que gusta a las mujeres, estuviera también en aquellos bosques de la ruina perseguido por los perros. Günter, arrinconado, con su propia pistola apuntándose a las bellas sienes encanecidas. Formas de muerte, dijo, mientras seguía buscando el alacrán entre los historiales y sintiendo multiplicar sus agujas por todo el cuerpo. Dejó ya con cierta dificultad la habitación alfombrada de papeles. La cosa, si es que lo era verdaderamente, parecía andarle por las extremidades inferiores, pues cada paso era como poner el pie en un cepo que se reproduce. Pero con la ventaja de estar libre aún de la mitad del cuerpo hacia arriba, contando con los brazos para manejarse y el cerebro para dirigirlos.

Finalmente, el cuarto de la mujer, la gran Teresa, como él la había llamado mentalmente para diferenciarla de la otra. Al penetrar en su ambiente enrarecido de sensualidad, se le dibujó tal cual era, pelirroja, exuberante y con aquel despliegue de perfumes infernales que le salían del escote, de los pañuelos perdidos. Casi sin más fuerzas que para sostenerse en pie, empezó a cumplir su exploración, para la que había adquirido ya cierto ejercicio. En realidad, eso de deshacer y no volver nada a su antiguo orden era mantener las cosas en su verdadero estado, murmuró olfateando como un perro de caza el dulce ambiente de cama revuelta que había siempre diluido en aquella habitación, aunque todo estuviera en su sitio. La mujer lo llevaba encima, era una portadora de alcoba deshecha como otros son de la tifoidea. Pero había que intervenir también allí, a pesar de todo. Con sus últimas reservas de voluntad, abrió cajón por cajón, maleta por maleta, y especialmente un bolso dejado sobre la silla. La agenda de cocodrilo de Günter Negocios, pero sin nada especial, a no ser ciertas fechas en un anotador, calendario erótico con el que alguien más entendido que él trazaría una gráfica del celo femenino. Luego, otro capítulo, pero simplemente de horas. Nada para el remate final de M. H. Aquellas horas habrían sido detenidas por la barrera negra. Después, a pesar de utilizarse los mismos símbolos, tomarían estos otra dirección, como aves migratorias hacia un nuevo verano. Y paz sobre el destino de los seres mortales. Apeló nuevamente a sus restos de energía para volver con el historial del hombre de la cebollita, desparramar los documentos sobre la cama de la mujer como un puñado de alfileres o la carga microbiana de un estornudo. Y todo listo, al menos antes de su inminente muerte propia.

No estaba en realidad seguro de nada. Si picadura de alacrán, si las uñas de la pequeña Therese en sus escalas solitarias, si apéndices córneos del gran burgués que repartía agendas finas a su clientela, o si sencillamente el efluvio de almizcle de la dama deseada. Fuera lo que fuere, decidió como último extremo reptar hasta el subsuelo donde vivía la mujer vacuna, el único baluarte de humanidad que quedaba en la casa. No, no es imposible, debe llegar de pie. Un inmundo alacrán, o todos los alacranes de la mansión señorial, constituyen algo demasiado ínfimo en su materialidad para voltear a un hombre como él, que ha domado las fieras de los objetos de la sala, o que ha descubierto el universo autónomo y al revés de las piernas bajo las mesas con la misma veracidad de un espejo en el suelo. Justamente cuando empezó a desnudarse en medio de la cocina para que ella lo revisase desde el pelo a las uñas de los pies (Marta, han traído un alacrán entre la leña, no me preguntes nada más), fue que ocurrió en el mundo la serie de cosas matemáticas, esta vez con cargo al espejo del cielo, el único que podría inventariarlas en forma simultánea, dada su postura estratégica. Uno: el ladrido doble de los daneses anunciando la llegada del coche. Dos: las cinco de la tarde en todos los relojes. Tres: el chófer uniformado, gorra en mano, que abrió la portezuela para que ellos bajasen. En esa misma instancia se oían los gritos de la niña Therese anulando los ladridos, trenzándose con la vibración que las horas habían dejado por el aire tenso: «Felipe, amor mío, aquí estamos de nuevo. ¿Qué hiciste preparar para el té? Traigo un hambre atroz de la playa». Cuatro: Él entrevió unos senos en forma de perilla girando en los remolinos de la próxima marea, entre la epilepsia musical del disco a prueba de gritito de derrumbes íntimos, y cayó desvanecido de terror en los brazos de la fogonera. En ese preciso minuto, formando parte de la próxima imagen número cinco, la que el propio hacedor de los alacranes se había reservado allá arriba para el goce personal, un bicho de cola puntiaguda iba trepando lentamente por el respaldo del asiento de un camión fletero, a varios kilómetros de Villa Therese y sus habitantes. Cierto que el viaje de ida y vuelta por el interior del vehículo había sido bastante incómodo. Luego, al llegar al tapiz de cuero, la misma historia. Dos o tres tajos bien ubicados lo habían tenido a salvo entre los resortes. Pero después estaba lo otro, su último designio alucinante. Quizás a causa del maldito hilo como de marioneta que lo maneja no sabe desde dónde, empezara a titubear a la vista de los dos cuellos de distinto temperamento que emergían por encima del respaldo.

Nunca se sabe qué puede pensar un pequeño monstruo de esos antes de virar en redondo y poner en función su batería de popa. Seis: Sin duda fue en lo que duró esta fatídica opción, que la voz de dos hombres resonó en el aire quieto y abrasado de la tarde:

—Lo largamos en escombros al tipo de la pechera almidonada, ¿qué te parece, compañero?

—Puercos, la casa que se tenían para de vez en cuando. Merecen que un alacrán les meta la púa, que revienten de una buena vez, hijos de perra...

La subasta

A LA HORA EN PUNTO, pese a los inconvenientes de la llovizna, comenzó la lectura del edicto.

El absurdo lugar elegido era un hall de poca capacidad, entre la puerta de entrada y los ascensores de cierto edificio destinado a oficinas.

A fin de dar paso a la siempre renovada columna humana que parecía engullir sin saciedad la planta alta, el público se había dividido en dos filas apretadas junto a ambas paredes laterales. Pero, aunque malamente, se logró colegir en qué condiciones estaba el inmueble: «… y habiendo, pues, un cien por ciento de posibilidades de que el sepulcro número ochenta y tres quede completamente vacío, ya que se ha ido desalojando en forma activa a los efectos de la ejecución de la propiedad (queda un solo féretro en litigio, cuyo plazo vence al terminar este acto público), va a darse comienzo a la recepción de las ofertas…».

No se veían las caras. El rematador debió arrojar sus últimas palabras perforando la cortina viviente del pasaje, y representándose a los suyos como si cada rostro se hubiese solidificado –junto, por encima o debajo del tangente– hasta formar un mosaico de narices y bocas, al que los ojos dieran aquella movilidad de bolillas de mercurio.

–Seis mil…

La tímida voz del primero, ese que nunca se sabrá si lo que en realidad anda buscando es vencer un complejo, saltó sobre una mujer que corría con su niño en brazos para atrapar el ascensor. Ella lo ignoraba todo, menos el hecho simple de que el ascensor pudiera dejarla, y parecía precipitarse como un pájaro ciego hacia cualquier destino, incluso el mismo pozo de aire que se ha llevado a tantos sin darles tiempo siquiera para saber qué es lo que han hecho. Pero poner la primera cifra para el remate de un panteón era un acto más que deliberado en cuanto a fines, nadie hubiera podido dudar en qué desembocaba eso.

–Seis mil, seis mil, señores. Y partiendo de esa base ridícula, comenzamos nuestra puja –gritó el rematador desaprensivamente, sin sospechar que cierto médico psiquiatra le hubiese abrazado por devolverle a la clínica su lucrativo caso.

El del complejo de inferioridad, que habría creído apabullar al mundo con su arrojo, desapareció desde entonces de la oferta como embebido por el aire.

–Seis mil, seis mil, seis mil pesos…

–Seis mil quinientos –propuso al fin uno cualquiera.

–Seis mil quinientos veinte –envió como una limosna al plato cierto rival anónimo.

–¡Nueve mil!

Aquello resonó a larga distancia. Como cada vez que las cifras abultasen por millares, el nuevo postor era un individuo rechoncho, casi sin cuello y con respiración de tiro corto, en tren de sonreír irónicamente a las pequeñas cantidades arrimadas a su número.

–Nueve mil cien...

–Nueve mil trescientos...

–¡Once mil!

–Once mil –repercutió en la garganta del rematador, como en los ecos de un túnel–. ¿Alguien da más? ¡Once... once... once!

Pero la oferta, sin ninguna razón visible, pareció congelarse. Y es ahí donde las cosas comienzan a ser inexplicables. Un hombre que sabe que puede ofrecer diecisiete mil, por ejemplo, está ahora jugando con su silencio, quiere hacerles tragar a los competidores que el campo minado de su posibilidad es una apacible pradera de tulipanes silvestres por donde se deslizan los que van a los trabajos de allá arriba. («¿Qué es lo que subastan aquí?» «Oh, quizás la puntualidad con que has llegado para quitarme tu sucio apellido, pero también la de mi odio, no lo dudes»). El hombre del martillo podía atrapar menudos trozos de diálogo como ese, sobrevolando con su oído como un avión de caza encima de las pequeñeces de la aldea, pero sin desatender los verdaderos objetivos.

–Once... once... once... –repitió esforzadamente, por mantener despierto el aire.

Y sin duda que era todo un arte ese pequeño trabajo –pensaba siempre–, poder ingeniarse para que la misma cosa pareciese siempre distinta, hacer irisar aquellos abalorios a fuerza de una trabajosa luminotecnia.

–Once mil y uno...

La pequeña cantidad adicional entró desde la acera como para resguardarse del mal tiempo. Era de un tipo seco, que había crecido a lo árbol. Su voz fuera de lo común produjo un movimiento de rotación en todas las cabezas.

Al rematador pareció no volverle la sangre al cuerpo. Si las cosas seguían así iba a tener que largar pronto al asalariado oculto, aun contrariando sus normas de estirar al máximo las ofertas reales. Quizás, pensó mientras repetía sin entusiasmo la cifra del último individuo, todo se debiese a la índole del asunto. Es muy distinto vender una casa, uno se detiene cuanto quiere en los detalles, vuelve hasta a reedificarla con toda clase de mejoras verbales. Un panteón, en cambio, obliga a cambiar el estilo; ya no es posible ponerse a hablar de ambientes, de ventanas al mar, de todas esas cosas que hacen de la vida un juego olvidado de la muerte.

La bella anciana que salía del ascensor le recordó una figura de cine, difícil de ubicar en qué película, se ven tantas iguales... Pero fue precisamente entonces, cuando ella estaría creyendo que se remataba un alegre refugio de campo, que debió sonar la cifra heroica de cierto hombre cualquiera, a quien le habían pagado antes el café para que pudiese gritar con fuerza:

–¡Diecisiete mil!

Es la guerra. Sí, gracias al cielo, se ve bien la inquietud del blanco acusando el impacto. Nadie le roba un sepulcro a quien ha salido de la casa con las verdaderas intenciones de enterrarse a todo costo. Un rematador y un fabricante de armamentos se comprenderían como enamorados al encontrarse en el infierno.

–¡Veinte mil!

–¡Veinticinco mil!

—¡Treinta!

—¡Treinta y cinco mil ochocientos!

—¡Cuarenta y cinco mil!

Había empezado el furor por desalojar al habitante caído de espaldas, iba a correr el oro, se llegaría hasta el crimen, si era preciso, por penetrar al hoyo sin salida.

El de las grandes cifras redondas, el mismo de los once primeros miles, que comenzó de pronto a abrirse camino, pudo llegar al fin al espacio del centro donde quedaban algunos palmos libres. Iba desabrochándose el cuello de la camisa y maniobrando con el nudo de la corbata. Imposible ignorarse ya que se estaba frente al postor de más envergadura. Pero no se había cerrado aún la brecha, cuando penetró en una especie de persecución el de los once mil y uno gritados también al principio desde afuera. Se trataba de un individuo extraño, alto y delgado, evidentemente fuera de época, como esos ejemplares que se exhiben solo el día dos de noviembre, con un apretado ramillete de siemprevivas en la mano. Vestía uno de aquellos trajes de principios de siglo, confeccionado en franela amarillenta con finas rayas oscuras, y se apoyaba en un paraguas con mango de marfil. A través de los pantalones se adivinaba unas piernas rígidas, de largo e implacable hueso. El hombre y su atuendo eran un todo.

El del cuello precario, que había terminado con el problema de la corbata a causa del primer plano al que acababa de ascender el moño de raso negro del otro, fue a plantarse frente al competidor, que permaneció un instante boquiabierto como un niño indiscreto. El sanguíneo enrojeció aún más ante el examen. Sabía que una de sus mejillas abultaba en relación a la contraria, dándole un aire de bebé mofletudo. Pero no le era dado ignorar tampoco que en su perfil normal estaban los caracteres respetables del tendero enriquecido.

–Cincuenta y cinco mil –ofertó mirando a su vez al flaco como quien observa una pieza de museo de cera.

–Cincuenta y cinco mil uno –dijo con irónica cortesía el del traje rayado.

–Cincuenta y cinco mil y uno…, cincuenta y cinco y uno… –empezó a jadear a su turno el rematador, entrando ya en sospechas, y sin saber en verdad por cuál de los dos tipos decidirse *in mente*.

Ese capítulo, el del hombre que va a ganar la apuesta, lo conocía con solo mirar de soslayo a los contendores. ¿Por qué debería hallarse entonces inhabilitado?, empezó a inquirir a sus poderes ocultos, mientras pregonaba con toda clase de modulaciones el último número.

–¡Cien mil! –se oyó gritar de pronto, tal si se quisiera aplastar todas las futuras ofertas.

Un suspiro caliente salió del pulmón colectivo como de la boca de un horno. El apoplético había dado, al parecer, su golpe de gracia. Fue en ese preciso momento que las oficinas de arriba decidieron evacuar la carga. Ya sobre la hora del cierre, el pasaje empezó a flecharse hacia la salida con el mismo impulso de antes. Pero muy pocos parecían ahora seguros de su ruta normal hacia la calle. Algo estaba ocurriendo en la planta baja, allí mismo donde siempre se hubiese querido hallar una novedad, aunque fuera para alimentar en casa la avidez narrativa de los chicos. El público, según se apreciaba congregado por un remate, y envuelto en la luz amarillenta de un crepúsculo con arcoíris que se colaba a duras penas, se había apretujado junto a ambas paredes y en la puerta, dejando en el medio del ruedo a los finalistas transformados en gallos de riña.

—¡Cien mil…, cien señores —gritó desesperadamente el vendedor, no bien los de la avalancha habían cobrado sitio como si acabaran de tomarse por asalto las localidades sin numerar del espectáculo—, cien, cien, cien! ¿Alguien ofrece más? ¡Cien mil pesos!

Claro que seguir esperando es peligroso, puede reventar como un globo, piensa. El recuerdo de todas las cosas que viese estallar, desde las inofensivas pompas de jabón en adelante, le mantendrá esta vez repitiendo con distintos matices del temor la hermosa cifra. Y suerte de pensamiento sumergido, porque cierta vez un pato de su corral había empezado a engordar sin límites…

—Cien, señores; ustedes deben comprender que no se paga aún ni un ladrillo de ese sitio donde las tumbas son ya historia, donde cada familia de linaje tiene allí su novela.

… Pero si ellos supieran: el pato ya no cabía en el corral, asustaba a los otros. Además, aquella obesidad lo había puesto irremediablemente triste. Y cuánto se parece un animal triste a un hombre. Es como si hubiese emparentado de golpe con él, divorciando de su especie por un descabellado contrato.

—Sí, señores —continuó suspendiendo su visión íntima—, un verdadero monumento, por cuya piedra fundamental se ofrecerían sumas fabulosas.

… Entonces él decidió matarlo, calculando de antemano la grasa que le rendiría. Esa grasa se guarda, sigue por un tiempo repitiendo el pato. Sin contar que cuando uno mata un bicho triste es como si matara también su propia angustia humana.

—Cien, cien, señores —siguió vociferando ya con un poco de aprensión—. ¿Los que ofrecieron la suma próxima anterior están conformes con haber cedido tan pronto? Unos minutos más para que lo mediten, es la oportunidad única que puede escaparse.

… Pero al fin resultó que el pato no era un pato, sino un globo emplumado. No bien le metió el cuchillo –lo recordaría siempre– el animal comenzó a desinflarse con cierto silbido de neumático. Y se comprobó en la autopsia que tenía un clavo atravesado en la pared del estómago.

–Y bien, señores –resolló al cabo de su mal recuerdo–, ustedes lo han querido así. ¡Cien mil pesos y… bajo el martillo!

–Nadie baja nada –dijo entonces con voz caída a plomo el hombre flaco, dejándole con la herramienta a medio camino como si lo hubiese hipnotizado–, porque yo ofrezco ahora con todo mi derecho, y cuando el martillo no ha tocado aún la mesa, los cien mil uno.

Fue en ese punto que el de los cachetes asimétricos decidió olvidar su inhibición, armarse de confianza en sí mismo, cualquiera que fuese el lado que estuviera mostrando. Se plantó en jarras frente al adversario, medio metro más alto que él, y le espetó una de esas amenazas vulgares que la gente acostumbra a escupir hacia arriba porque el cielo está un poco sordo:

–¡Nunca! ¡Pasarán sobre mi cadáver, pero el sepulcro es mío! ¿Oye usted? Ese sepulcro es mío.

Un silbido semejante más bien a los ahogos del asma que a la risa, empezó a salir del pecho del otro. Aquello amenazaba con no acabarse, iba desarrollándose progresivamente, ni más ni menos que como si alguien hubiese reencontrado la facultad de reír e hiciera ensayos con el diapasón para traerla a tono. Todas las conciencias del hall tienen miedo. Pero por suerte cada uno encuentra el codo del vecino para darse ánimo. Y hay hasta quien por primera vez ha caído en la cuenta de lo que quería decir la palabra humanidad, ese poder estar con alguien, quizás tan lleno de temor como él, pero completamente vivo.

La risa, al fin, pareció hallar los viejos metales. Su dueño se arregló la corbata de moño, renqueó unos pasos apoyado en el paraguas y dijo flemáticamente:

–Su cadáver, puf, su cadáver... No tendría yo nada más que tomarle del brazo y usted se daría ese placer de mal gusto.

–¡Atrévase, pues! –gritó el del aliento corto, ahogado por la ira.

Entonces el del traje antiguo se atrevió, sencillamente. El martillero, al que nadie recordaba manteniendo su actitud, arrojó por cansancio el adminículo. En ese mismo segundo, y como si se acabara de subastar su misma terrenidad, el hombre obeso cayó al suelo, con todos los caracteres de la embolia. Quedó tendido en exposición innoble, el redondo vientre hacia arriba. En medio del silencio se oía persistir el grueso reloj de oro que llevaba en la muñeca.

Nadie protesta por el crimen extraño, ni los que han echado a la suerte algunos miles de pesos ni los que entraron sin arriesgar nada, como con tarifa de periodista. El responsable de los acontecimientos debía existir en un orden de cosas distinto al que los envuelve a todos en masa. Están frente a él, cierto, pero no tratando de acusarlo, sino más bien en espera de su autodefensa en base a los testimonios. Pero él no necesitó apelar ante ninguno. Con la misma naturalidad con que parecía sobrevivir al traje, tocó con su zapato inverosímil el costado de la víctima y le soltó a modo de reproche póstumo:

–He aquí al hombre que quería expatriarme... Su cadáver... Y bien; ahí lo tienen, eso era lo que nos ofrecía.

Nunca hubiese comprado él una orquídea, porque es una flor que hace pagar su belleza como una mujer de lujo. Pero no había dado en pensar que podía írsele a la corriente su misteriosa flor de cincuenta veranos, y era capaz hasta de ofrecerla en prenda, amenazarnos a todos con su legado bárbaro.

Lo miraba intensamente, tal si esperase algún pequeño eco interior viboreando en su piel, especie de lealtad recién advenida entre ambos. Pero aquello no parecía traducirse en nada visible. Entonces él comprendió. Morir, desentenderse al fin de todo, y no solo de la preocupación por unas cifras más o menos, sino también de la oratoria. *Post mortem nihil est*, qué magnífico invento para hacerse los sordos y los ciegos ante tanta mentira, ante tan abultado fraude de palabras y lágrimas. Lo que él iba a intentar era distinto, ya se lo veía en su actitud, apoyarse en el paraguas con una mano y tomar su barbilla con la contraria. Eso quiere decir casi siempre estar pensando, pero no en el otro, sino en uno mismo con respecto a él, único homenaje que un pobre muerto puede soportar en su estado. ¿Sabían acaso aquellos ignaros lo que es sentir llover sobre sí el peso bruto de las virtudes, sin un pequeño vicio, sin la más mínima transgresión oscilando en el fiel de la balanza? Y, para mayor desgracia, tener que estarse con la boca cerrada a clavo, ni siquiera en libertad de sacar la lengua como los niños cuando se burlan, al menos para que alguien interprete que uno también, a pesar de toda esa biografía de agua y azúcar, fue un hombrecito deliciosamente sucio en algunas cosas. No había llegado él allí por eso, desde luego, sino a causa del negocio. Pero también era verdad que dos veces no se sale de un mundo como el suyo, que es necesario aprovechar el viaje, a modo de esos provincianos alimentados por decenios de su visita única a la ciudad mayor, y con qué fuerza de poseídos.

Aquella poderosa inmersión pareció agotar sus reservas. Respiró con deleite el aire en que los demás no habían puesto nunca el placer olfativo, y volvió a retomar el hilo:

–Una sola cosa fue, sin embargo, extraordinaria, la primera visita que pudo hacerme mi alma. Ustedes aquí afuera piensan siempre en el cuerpo que ha perdido su hálito. Pero jamás darían en imaginar el alma viuda de su cuerpo, arrancada de sí por un vendaval nocturno, completamente ciega y solitaria en su receso. La mía debió arañar los muros para hallarme. Y yo, entretanto, metido en ese inmundo sitio por el que se libraba la batalla esta tarde, luchando a fin de estirar la pobre pierna y empujar unos milímetros la puerta de mármol. Hasta que un día, a riesgo de mi hueso, logré la cosa. Y ella entra, desde entonces, siempre.

Interrumpió de pronto su estado de gracia, mirando al público con cierta reserva como si se justificara de un amancebamiento. Caso extraño: cada uno, viviendo con su alma dentro, no había pensado jamás en ese connubio perenne, tan agarrado a lo hondo, en una posesión a lo criptógama y con un plazo tan precario. Necios –pensó él cazando al vuelo la sorpresa común–, tenían una hembra fiel y no se daban cuenta. Pero al menos a través del muro podían perdonárseles esas cosas. Había imaginado desde allí unos cuellos largos, unos ojos de agua reflejando los colores del mundo. A fuerza de recordar los árboles y la lluvia, otra de las causas por las que se deseaba a menudo rescindir el último contrato, hasta los rumores innobles de su exhumación habían sido capaces de cobrar relieves promisorios. Porque con qué suerte de buena voluntad se acababa borrando a los hombres en sí, desde sus mezquinos intereses a sus ridículas figuras de cacharros. Cierta vez, por haber visto en vida a alguien que colgara su bastón en la rama de un cedro, y el bastón quedase luego columpiándose como una trapecista núbil, la pesantez de la materia había desaparecido para él de los atributos terrenos.

–Y a nuestros ojos olvidados –continuó sin pensar que había viajado completamente solo en sus últimas imágenes–, ustedes, los de aquí, evocaban después largos cuellos de ánades, y todo a causa del cayado que seguirá o no balanceándose en el cedro...

Los miró con severidad, como instándolos a alargar lo más posible el reino.

–Porque cuando yo estaba aquí –continuó aún– decía: Y bien, doy un salto y caigo del lado de la muerte. Pongo un pie en el borde del último brocal, ella tira de mi talón y yo empiezo a bucear en las aguas espesas. Pero ocurrió la cosa, y ya no es igual que pensarla. Nos arrojan hacia nosotros mismos, allí, y no más líos de amor con la esperanza.

Se dirigió a uno que estaba con la boca abierta tal si le escuchase con las amígdalas:

–Y lo peor es que atisbamos hacia acá, sin embargo –dijo aproximándole al hombro el regatón del paraguas, pero con cuidado de no tocarlo– la vida donde quedaste tú estúpidamente, como un sol en el centro del sistema y sin saberlo. Yo soplo desde el páramo y tú no te apagas, porque tú sí podrás regular la mecha. El aire entra a tus pulmones y sale tuyo. Cortas pedazos de la noche con las tijeras de sastre de tus piernas y es tuya la huella de tus pies en el parque. Pisaste una hoja, la hoja crujió. Y tú ignorando eso tan inmenso, lo que vale el oír el ruido de algo bajo tus zapatos. Pero al fin uno ya era el muerto –afirmó volviéndose a apoyar en el paraguas–, y desde luego siempre se tendrá con eso alguna ventaja, al menos frente a las menudas desgracias de estar vivo. Hasta que, véanlo ahí –agregó con visible cambio de humor–, ese pequeño burgués de mejillas desparejas queriendo desalojarme. Me mandarían al osario común, es claro, y ella iba alguna vez a encontrar el rastro. Mas ¿y la primera noche? ¿Piensa alguien lo que sería eso, mi alma tímida y dulce viéndose en la oscuridad con la desintegración catastrófica de ese cuerpo?

Un hilo frío les enhebró las vértebras. ¿Cómo era posible que pudieran decirse aquellas cosas en una oreja descubierta y que el hombre que aún las llevaba pegadas al cuerpo lograse estarse quieto? Una mujer dio un grito dentro del pañuelo y cayó desmayada. El pequeño y molesto suceso de siempre, pensó él, en lo mejor del drama si se está en el teatro, en lo más perfecto del corte si se trabajaba en la sala de disecciones. La sacaron con prisa a la calle, como quien arroja un hueso a los perros. Que se entendiesen otros allí afuera, parecían decir los desnaturalizados hijos de Henri Dunant abandonando la posta, ellos debían volver por su asunto.

Se escuchaba desde adentro, como si fuesen los ecos de otro planeta, un croar de bocinas, un vocerío anónimo que la bandera roja de la puerta limitaba simulando una señal de frontera.

–Y ahora, señor rematador –dijo al fin de la rara pieza oratoria, luego de carraspear y cambiar de tono–, a nuestras finanzas. ¿En cuánto íbamos, pues, cien mil uno si mal no recuerdo?

El encargado de la venta estaba aún exánime. El pato, maldito monstruo inflado, tendría la culpa. Esas cosas no suceden a todos, un uno por millón recibe tales avisos negros. Pero no bien oyó las palabras clave de su diccionario, se restauró como por milagro.

—Sí, señor, cien mil uno —contestó—, lo que representa mil pesos por concepto de comisión y diez mil de seña a consignar en el acto.

Empezó a revolver en el portafolios, más por darle tiempo al promitente comprador que en busca de algo. El otro, apoyándose siempre en el paraguas, iba entretanto hurgando en sus bolsillos externos con la mano libre. Nada. Ahora la rebusca es en los interiores, donde parece que el resultado va a ser el mismo. Ya casi por descoserse los remaches, apareció de pronto una moneda. El hombre la sacó entre sus flacos dedos, la miró por ambos lados, cayó en una especie de inefable evocación y la colocó luego ruidosamente sobre la mesa. La mesa se llenó de ojos, como si un chico hubiese vaciado su bolso de bolitas. Pero hasta las bolitas cascadas de los miopes debieron apreciar que aquello no era sino una moneda de un centavo, y de emisión antigua, por añadidura.

El postor volvió a ubicarse en su risa, esta vez más formal, como reencontrada.

—Un momento —expresó con voz de presidente de tribunales, subiendo a la tarima—, veamos cómo se formaliza esto. Cuentas claras a la sucesión de los Robledal ¿no es cierto?

El rematador se había tragado la lengua, la estaba sintiendo en el estómago igual que un trapo. Pero los hechos no eran tan simples como ese mero contratiempo. El dueño de la situación se hallaba defendido por una calma total, insobornable. Su serenidad, para ser más importante situada en el desnivel de la tarima, configuraba una especie de isla rodeada de medusas. Además —y esto lo sabía él solo– estaba la cuestión del tiempo. Podría permanecer allí indefinidamente, sin preocuparse siquiera de los cambios en el corte del traje o los modelos de los automóviles, en completa prescindencia de los demás ojos, que iban a caer de la órbita como semillas secas, mientras los suyos seguirían siendo ya los mismos hasta el sinfín de los plazos. Tomó, de pronto, el martillo y comenzó a mirarlo como en éxtasis.

–Un chisme de estos –dijo con cierta ternura pasada de moda–, tanto como dcseé tener uno en mi infancia. Me regalaban el triciclo, el pony, y yo quería tener un simple martillito de madera para subastar mis cosas en el colegio. Es terrible –agregó después de una pausa llena de objetos y lugares retornados– que se deba morir para obtener una tan pequeña y anhelada dicha. Morir, morirse uno, que no es lo mismo, todo aquello que he contado hace un momento y lo que no se quiere, lo que no puede relatarse…

Empezó a acariciar el mango del martillo con una sola mano, aporreó luego la mesa con insistencia de criatura mal educada. Los golpes resonaban en cada uno con tenor personal, según el órgano que se tiene más hueco. El individuo, como un desenfrenado director de orquesta, parecía querer hacerles entrar un baile macabro en los esqueletos, los estaba dominando sin forzarlos, con la sola posesión de su entusiasmo.

–Ah, ya sé lo que hay que hacer –dijo de súbito enarbolando el trofeo–, siéntese, escriba.

El rematador se dispuso a obedecer como una máquina.

«Leoncio del Robledal –ponga entre paréntesis: Leo, para sus queridos sobrinos– comprador del inmueble. Pagó en efectivo la suma de un centavo –paréntesis– moneda con la que podían adquirirse en su tiempo grandes cosas.

Precio, según él, excesivo para un triste lugar en la muerte, razón por la cual, amén de tantas molestias, el citado volvió a su casa de mármol –subraye su casa, si quiere– llevándose como recuerdo el martillo».

EL HOMBRE DEL TÚNEL
CUENTO PARA CONFESAR Y MORIR

IBA SALIENDO de aquel maldito caño –un tubo de cemento de no más de cincuenta centímetros de diámetro en el que había tenido el coraje de meterme para atravesar la carretera– cuando lo conocí. Contaba entonces siete años. Eso explicará por qué, si es que se puede cruzar normalmente una senda, alguien pensara en la angosta alcantarilla como vía. Y que todo el sacrificio de aquel pasaje inaudito, agravado por la curva de la bóveda, fuese para nada, absolutamente para y por nada.

Reptando a duras penas, oliendo con todos los poros el vaho pútrido de la resaca adherida a la superficie, logré alcanzar la mitad del tubo. Fue en ese preciso punto de caramelo de la idiotez cuando sucedieron varias cosas, una de ellas completamente subjetiva: el pensar que pudiera aparecerse de golpe algo terrorífico, desde víbora a araña, siendo imposible el giro completo del cuerpo, y debiéndose imaginar la marcha atrás como una persecución frontal por el monstruo. Entonces, y ya instaurada para siempre la desgracia de la claustrofobia, se advirtieron estos dos leves indicios compensatorios: ver aproximarse cada vez más la boca del caño a la punta de mi lengua y vislumbrar los pies de un hombre, al parecer sentado sobre la hierba, según la posición de sus zapatos.

Es claro que ni por un momento caí en pensar que era yo quien había estado buceando hacia todo, sino que las cosas se vendrían de por sí a fuerza de tanto desearlas. (Dios, yo nunca te tuve, al menos bajo esa forma de cómoda argolla de donde prenderse en casos extremos, ni siquiera como la cancelación provisoria del miedo). Así, solamente asistida por una imagen circular y dos pies desconocidos, fue como llegué a la boca de la alcantarilla, hecha una rana bogando en seco, y exploré la cosa.

El hombre de las suelas, gruesas y claveteadas en forma burda, estaba sentado, efectivamente. Pero no sobre la hierba, sino en una piedra. Vestía de oscuro, llevaba un bigote caído de retrato antiguo y tenía una ramita verde en la mano.

Mi salida del agujero no pareció sorprenderlo. Aun sin sacar todo el cuerpo, respirando fatigosamente y tatuada por la mugre del caño, debí parecerle un gusano del estiércol que va a tentar suerte al aire de los otros bichos. Pero él no hizo preguntas, no molestó con los famosos cómo te llamas ni cuántos años con que a uno lo rematan cuando es chico, y que tantas veces no habrá más remedio que contestar mostrando la retaguardia en un gesto típico. Si acaso intentó algo fue sonreír. Pero con una sonrisa de miel que se desborda. Y elaborada al mismo tiempo con los desechos de su propia soledad, quizás de su propio túnel, como siempre que la ternura se quede virgen en esta extraña tierra del desencuentro.

Entonces yo emergí del todo. Es decir, me incorporé enfrentándolo. De nuevo volvió él a echarme por encima aquel baño total de asentimiento, una especie de connivencia en la locura que me caló hasta los tiernos huesos.

Nadie en la vida había sido capaz de sonreírme en tal forma, debí pensar, no solo completamente para mí tal una golosina barata cualquiera, sino como si se desplegase un arcoíris privado en un mundo vacío. Y casi alcancé a retribuírselo. Pero de pronto ocurre que uno es el hijo de la gran precaución. Hombre raro. Policía arrestando vagos. Nunca. Cuidado. Eran unas lacónicas expresiones de diccionario básico, pero que se las traían, como pequeños clavos con la punta hundida en la masa cerebral y las cabezas afuera haciendo de antenas en todas las direcciones del riesgo. Malbaraté, pues, el homenaje en cierne y salí a todo correr cuanto me permitió el tembleque o de piernas.

El relato, balbuceado en medio de la fiebre en que caí estúpidamente, se repitió con demasía. Y así, sin que nadie se diera cuenta de lo que se estaba haciendo, me enseñaron que había en este mundo una cosa llamada violación. Algo terrorífico, según se lograba colegir viendo el asco pegado a las caras como las moscas en la basura. Pero que si, de acuerdo con mi propia versión del suceso, podría provenir de aquel hombre distinto que había sonreído para mí desde la piedra, debía ser otra historia. Violación, hombre dulce. Algo muy sucio de lo que ellos estarían de vuelta. Pero sin que nada tuviese que ver con mi asunto, divisible solamente por la unidad o sí mismo, como esos números anárquicos de la matemática elemental que no se dejan intervenir por otros. Tanto que supuse que violar a una niña sería como llevársela sobre un colchón de nubes, por encima de la tierra suspicaz, a un enorme granero celeste sin techo ni paredes. Y a estarse luego a lo que sucediera.

Así fue cómo la imagen inédita de mi hombre permaneció inconexa, tierna y desentendida de todo el enredo humano que había provocado. Detuvieron a unos cuantos vagabundos, y nada. Mi descripción no coincidía nunca con harapos, piojos, pelo largo, dientes amarillos. Hasta que un día decidí no hablar más. Me di cuenta de que eran unos idiotas crónicos, pobres palurdos sin aventura, incapaces de merecer la gracia de un ángel que nos asiste al salir del caño. Y todo quedó tranquilo. Pero eso no fue sino el prólogo. Él reapareció muchas veces, se diría que siete, las suficientes para una completa terrenidad. Y aquí comienza la verdadera historia. El hombre de la acera de enfrente. El único que asistió a mi muerte. La revelación final del vacío.

Yo vivía entonces en una buhardilla. La había elegido por no tener nada encima ni a los costados, una especie de liberación inconsciente del túnel, por si esto fuera saber psicoanalizarse. Una vez, luego de cierta enfermedad bastante larga, abrí la ventana para regar unas macetas y lo vi. Sí, lo vi, y era el mismo. Con tantos años más encima, y no había cambiado ni de edad, ni de traje, ni siquiera de estilo en el bigote. Se hallaba parado junto a una columna y, aunque nadie pudiese creerlo, tenía la misma ramita verde de diez o doce años atrás en la mano. Entonces yo pensé: esta vez será mío. Solo que su imagen no tendrá profanadores, no irá a caer en los sucios anales del delito común, al menos siendo yo quien lo entregue… En ese preciso golpe mental de mi pensamiento, él levantó la cabeza, desde luego que reconociéndome, y volvió a sonreírme como en la boca del túnel. (Dios mío, haz que no se pierda de nuevo –dije agarrándome de la famosa argolla del ruego–. Otros tantos años después del después no serían lo mismo. Solo tiempo de bajar a decirle que yo no lo acusé. Y no únicamente eso, sino todo lo demás, las historias que su presunta violación había sido capaz de provocar más tarde, en toda soledad que Tú desparramases bajo el cielo, cuando las horas eran propicias y las uvas maduraban en sus auténticos veranos…).

Tomé el teléfono y marqué el número del negocio vecino al lugar donde él había reaparecido.

–Perdone –dije contrariando mi repugnancia a este tipo de humillaciones– habla la estudiante que vive en el último piso de enfrente…

–Sí… ¿Y?

–Bueno, usted no lo podría comprender. Quiero, simplemente, que salga y diga a ese hombre vestido de oscuro y con una ramita en la mano que está junto a la columna, que la muchacha que regaba las macetas es aquella misma chiquilla del túnel. Y que ya baja a encontrarlo, que no vaya a perderse de nuevo a causa de los cinco pisos que deberá hacer para reunírsele. ¡Corra, se lo suplico!

–Nada más, ¿eh? –se atrevió a preguntar él con sorna.

–Vaya de una vez –le ordené con una voz que no parecía salir de mis registros– lo espero sin cortar. ¡Es que ya no podrían pasar de nuevo los mismos años, nunca es el mismo tiempo el que pasa!

Mis incoherencias, la locura con que le estaría machacando el oído, lo hicieron salir a la calle. Le observé mirar hacia el punto preciso que yo había indicado, mover la cabeza negando, y aumentar después el área de reconocimiento. Al cabo de unos segundos, y mientras yo veía aún al forastero en la misma actitud, volvió con esta estúpida rendición de noticias:

—Oiga, ¿por qué no se guarda las bromas para otro? Junto a la columna no hay ningún tipo ni nada que se le parezca. Esto no es un episodio del hombre invisible, qué diablos.

—¡Bromas las que quiere hacer usted, no yo –le grité histéricamente– está aún ahí, lo sigo viendo!

—Eso si no agarró las de Villadiego al ver que yo o usted lo habíamos pescado a punto de robarse mi bicicleta, ¿no?

—¡Cállese, pedazo de bruto!

—O las de cruzar la calle, no más –agregó tomándose confianza– para trepar de cuatro en cuatro a su altillito. Porque yo siempre pienso que usted duerme ahí demasiado sola y que cualquiera sería capaz de ir a acompañarla con gusto…

Le corté el chorro sinfín de la estupidez con que amenazaba inundar el mundo. Y hasta descubrir quién sabría qué conexiones secretas con los demás, los de aquel tiempo que se me había ido perdiendo entre uno y otro año nuevo, llevándose sus caras. Por breves minutos retrospectivos volví a sentir mi aire abanicado por sus alientos, algunos como el del parto de las flores, pero otros tan iguales al de esas mismas flores cuando se pudren, que casi hubiera sobornado a la muerte para que se los arrastrara de nuevo.

Fue entonces cuando comprendí que jamás, en adelante, debería comunicar a nadie mi mensaje. Todo era capaz de quedar injuriado en el trayecto por el puente que ellos me tendían. Y en forma vaga llegué a intuir que ni yo misma estaría libre de caer en sus fabulaciones, que era necesario liberar también al hombre de mi propio favor simbólico, tan basto como el de cualquiera.

Cerrado, pues, el trato definitivo, y mientras él seguía en la misma actitud de contemplación, sin enterarse siquiera de que el dueño de la bicicleta la sacaba del apoyo de la columna llevándosela al interior de la tienda, yo salí como una sonámbula hacia la escalera.

Iría, quizás, hablando sola, o contraviniendo la velocidad normal, o en ambas cosas a la vez, cuando la mujer de color indefinido que subía resoplando con un bolso lleno de provisiones en la mano se interpuso en mi camino. Ya antes de pretender su prioridad, se me había hecho presente en un olor como de escoba mojada con que traía inundado el pasillo. La estaba imaginando en una pata, yéndose a la oscuridad de la rinconera a colgarse sola por una manilla de hilo sucio que ella misma se habría atado en la ranura del cuello, cuando persistió en tomarse toda la anchura del pasaje. Luchábamos por el espacio vital, sin palabras, a puro instinto de conservar lo más caro, ella su vocación de estropajo, yo la boca del túnel donde iba a hallar de nuevo algo que me pertenecía, cuando no tuve más remedio que empujar. Sí, empujar, qué otra cosa. Dos veces no va uno a dejarse interferir por nadie, mientras hace equilibrios en la cuerda tirante del destino sobre las pequeñas cabezas de los que miran de abajo. Y llegó ella primero que yo, es claro. Cuando la volví a ver en el último descanso, mirándome fijamente con dos ojos de vidrio entre el desparramo de sus hortalizas, ya era tarde. El hombre había desaparecido. No diré que para siempre. Mas su periodicidad, contándose desde mi violación a mi primer crimen, luego a las otras menudencias de las que él fue también principal testigo, y en las que siempre los demás actuaban de desencadenantes, se me llevó pedazos de la pobre vida que nos han dado. Es que uno merodea por años alrededor de ese algo que nos van a quitar, y luego hasta tiene valor para esperar a que el vino se ponga viejo. Así, cuando mucho tiempo después cambié las escaleras por ascensor automático, y nadie supo en el piso de dónde venía la mudanza, casi llegué a saludar a una mujer parecida a mí que se echaba hacia atrás los cabellos en un espejo del pasillo. Dios mío, iba a decir ya como alguna otra vez en las apuradas. Pero recordé de pronto el peor y el mejor de mis trabajos, aquel de quitarle limpiamente su hombre a una prójima desconocida. Y decidí que mi pelo ya desvitalizado era una cosa de poca monta para andar a los golpes con la última puerta en busca de lástima.

Hasta que cierto atardecer lluvioso, no podría decir cuánto tiempo después, el hombre del túnel volvió a aparecer en esa y no otra acera de enfrente, con el olfato de un perro maníaco que anduviera de por vida tras la pieza. Entonces yo decidí que nada en este mundo podría impedirme ya que me precipitase a su encuentro definitivo. Estaba así, sin intermediarios de ninguna especie, apretando el botón de la jaula, cuando vi recostada a la pared la escalera de emergencia.

–Eso es, lo de siempre –farfullé– la atracción invencible del caño, aunque la senda normal sea ahora esta que va y viene verticalmente con su incuestionable eficacia propia.

De pronto, y mientras la puerta del ascensor se abría de por sí como un sexo acostumbrado, el pasamanos grasiento de la escalera se me volvió a insinuar con la sugestión de un fauno tras los árboles. El minuto justo para cerrarse la puerta de nuevo. Y yo hacia atrás de la memoria, cabalgando en los pasamanos tal como alguien debió inventarlos para los incipientes orgasmos, que después se apoderan de las entrañas en sazón, hasta terminar achicándose en los climaterios como trapo quemado.

—¡Sí¡ —grité de golpe, completamente libre ya de toda carga, incluso la de los otros, que también soportan lo suyo encima.

Aquel sí colgado del vacío, sin más significación que la de su arrasamiento, se quedó unos instantes girando en el aire de la caja de la escalera con otros síes más pequeños que le habían salido de todo el cuerpo y me acompañaron hasta la puerta. Crucé luego la calle con el mismo vértigo que cabalgado el madero, ajena la intención de las ruedas que se me venían como si el mundo entero hubiese enfilado sus carros en busca de mis vísceras. Yo estaba sorda y ciega a todo lo que no fuera mi objetivo, el abrazo consustancial del hombre de la ramita verde que seguía parado allí, sin edad, omiso ante la obligación de correr como un loco detrás del tiempo. Fue entonces cuando pude ver fugazmente cómo el violador de criaturas, el ladrón, el asesino, el que codicia lo que no le fue dado, y el todo lo demás que puede ser quien ha nacido, abría los brazos hacia mí. Pero en una protección que no se alcanza si las ruedas de un vehículo llegaron primero. Lo vi tanto y tan poco que no puedo describirlo. Era como un paisaje tras los vidrios del tren expreso con detalles que nunca se conocerán, pero que igualmente aterciopelan la piel o la erizan de punta a punta.

—Gracias por la invención de las siete caídas —alcancé a decirle viendo rodar mi lengua como una flor monopétala sobre el pavimento.

Entré así otra vez en el túnel. Un agujero negro bárbaramente excavado en la roca infinita. Y a sus innumerables salidas, siempre una piedra puesta de través cerca de la boca. Pero ya sin el hombre. O la consagración del absoluto y desesperado vacío.

TODOS LOS CUENTOS
TOMO I
(1967)

[La edición de *Todos los cuentos. 1953-1967* (Montevideo, Arca, 1967) incluye en su primer tomo una primera sección que agrupa los cuentos de libro *El derrumbamiento* y una segunda los cuentos «Salomón» y «La inmigrante»].

SALOMÓN

AL CHOCAR CON LA BRISA NOCTURNA que se revolcaba afuera, el pequeño bulto semoviente se impacientó bajo el rebozo que lo cubría. La mujer respiró una bocanada de emanaciones inconfundibles. El perfume francés que le habían bajado del último barco y el olor de la calle de puerto se juntaron por un breve segundo bajo su nariz para pelear contra el nuevo. Aunque tan lejos este como Roger & Gallet de París y los mariscos de Montevideo de la revuelta social provocada por el predominio de la mezcla: leche ácida y orines viejos. Ese vaho le era a ella tan extraño como si, de golpe, alguien viniera a llamarla con el nombre genérico de una monja. Había querido simplemente hacerle el favor a la otra, la negra vendedora de flores, pero cuya verdadera especialidad, cigarrillos con marihuana, se hallaba entre piel y corpiño. Porque de acuerdo a algo que se acostumbra a llamar y respetar como ley, le estaba vedado entrar con el chico que había parido de cualquier modo al café de camareras. Pero no le era imposible hacerlo con otro tipo de contrabando.

Un negrito prestado por algunos instantes, qué más remedio, pues, que aceptar el encargo. La prostituta empezó entonces a recorrer la acera en pequeños trechos de ida y vuelta tal un soldado de guardia, balanceo que la criatura interpretó como una invitación al eructo libre y al sueño. Y ella, en el temperamento de sus movidas de oficio, como una oportunidad gratuita de gastar los tacones.

Cierto taximetrista del ambiente que acertó a pasar en marcha moderada sacó el cuello, la interrogó en el mejor léxico común a ambos, recibió lo que correspondía. Y todo completo ya en materia de explicaciones al mundo. Miró hacia el interior brumoso del café. La negra se hallaba sentada en una mesa del fondo con varios tipos de su misma y otra pigmentación, y desde allí, como una bruja exorcizando los demonios mediante el humo, le hizo una seña de inteligencia. La mujer «barman» la caló, a su vez, desde las vaseras como con un poderoso catalejo. Colocar mercadería, parecían haberle dicho las dos, ya fuera el propio cuerpo u otro renglón regido por las mismas leyes de la oferta y la demanda, sería siempre algo delicado. Y decidió entonces llenar su capítulo en blanco caminando hacia los muelles.

La boca llena de coágulos lácteos de la criatura le estaba marcando una medalla viscosa entre el surco de los senos. También una sensación sin precedentes como la del olor. La saliva de los tipos que solían dormírsele allí era distinta, una especie de leche de higos, urticante y reacia al agua.

Iba a pasar ya junto a la vidriera del antro siguiente. Levantó al chico y se escudó tras él. Nadie pareció conmoverse. Era como si hubiese sido indultada o pisado tierra extranjera defendida por el pasaporte.

Cortó la calle y tomó el empedrado desparejo que conducía a los amarraderos. Sus zapatos empezaron a acusar la sobrecarga del cuerpo. Se los quitó y los arrojó en un sitio que recordaría a la vuelta. Y fue precisamente desde allí, su primera incursión a pie descalzo en una zona jalonada con hitos de su propia vida, donde comenzó a suceder, a producirse en serie el hecho insólito. Un sujeto de gorra marinera que no se le abalanza adelantándole el precio. Un policía olvidado de pedir papeles. Un aire puro y casto robándole el aliento. Y ya no más. Eso, que la noche y sus monstruos la exonerasen del pago de tributos, y todo por un crío maloliente que había despersonalizado su estampa, no eran cosas capaces de entrar así como así en un cerebro acostumbrado. A menos que, de seguir aceptando el salvoconducto falso del negrito, llegara al colmo de la autotraición, el envilecimiento consciente.

Decidió entonces atreverse a continuar siendo ella misma, a promocionarse meneando sus atributos más acentuados. Un gasto inútil de energías. Como en el caso del hombre montado en un camello, nadie parecía ver cada una de las piezas sino el conjunto. Hombre-camello, mujer-niño de pecho, dos siluetas tan viejas como el mundo.

«Malditos, malditos perros sarnosos», masculló sordamente. El insulto, de tan impersonal, tocaba a todos y a ninguno, no servía sino para montar su rabia cada vez más alto, quizás hasta el mismo Dios tragado en la infancia tal un caramelo que se fuese entero al estómago. Hasta que, de pronto, su meollo incipiente comenzó a recibir auxilio no hubiera sabido decir de dónde, pero eficaz y rápido como ninguno de los conocidos, ni siquiera el de la asistencia pública que la había recogido más de una vez exánime en la calle.

«¿De modo, continuó rumiando, señoras a todo costo, que se debía a esto, que la patente para el juego libre se pagaba con esto?».

Sintió de golpe la urgencia de tener a alguna de ellas cerca, desde la que grita para el hombre que está afuera esperando lo que salga, a las que alumbran en silencio mordiendo el polvo de su desgracia.

Fue en tal instancia reveladora cuando decidió que lo mejor sería cortar por lo más fino, robarles el pasaporte, arrojárselo al agua. La locura infanticida se le prendió como un perro en los tobillos, la impulsó a todo correr hacia los atracaderos. Cierto, iba pensando entre uno y otro relámpago de lucidez, que la negra no era de las que especulaban. Quizás su excepción radicase en que el chico no fuera de nadie, a causa de ser tantos los sospechados, pero ella necesitaba experimentar antes con el primer elemento vivo ¿no era así? Y de ahí en adelante todos los sitios a propósito amanecerían llenos de homenajes a la divinidad de su furia, el mundo de las otras iba a entrar en crisis, su moneda no tendría valor en cuanto empezase a gorgotear en las bocas de tormenta braceando hacia el río.

Los aldabonazos del corazón envuelto en trapos la llevaban sin hálito. Se oía el mugido bronco y sin consuelo de la bocina de un barco, algún mensaje en clave para ella que había acabado de descifrar el más profundo. Aunque fuese necesario andarse con cautela para ejecutar el mandato, a causa de la negra, el chofer del taxi, la copera del bar y hasta los anónimos pisanoches que pudieran reconocerla en un careo. Pues por líos menores en que la metieran sus clientes era capaz de saber lo que significaba el peligro de un traspié en las respuestas. Aquellos degenerados de la policía, que al fin de cuentas terminaban desvencijando su cama como los otros, parecían haber inventado el asunto, olfatear a distancia cualquier rastro y sacar la confesión entera. Tendría finalmente que arrojarse también ella al agua entre los viscosos lamparones de fueloil, caer sobre todo lo que duerme allí abajo, aletas de peces, ojos redondos, el cuerpo mismo del negrito abriéndose camino entre los laberintos de un barco hundido...

Se detuvo bajo el último farol para juntar aliento. Un haz de luz cayó de pleno sobre el rostro del niño llenándoselo de pequeñas varillas movedizas. Era un mulatito de cabello motoso con tono de tabaco rubio. Ante la súbita claridad, abrió los ojos de golpe: verdes. Más y más tintas extravagantes de película filmada a todo color en una isla paradisíaca. Y cierto fenómeno llamado asombro cuajado expresamente para ella, que nunca tuviera nada de primera mano en la vida.

Un choque íntimo en pleno vientre la obligó a sostenerse en la columna de cemento, desde donde persistían en bajar los reflejos hasta el cromo del niño. Partiendo del ombligo, comenzó luego a estirársele una especie de boa dormida desde siempre. Era necesario entonces apretar antes al muchachito contra aquello, rasgarse el vientre con él hasta encontrar lo que allí comenzaba a derretirse con la fatalidad de los deshielos. Poseer. Nunca lo había experimentado más allá de sus horquillas o sus ligas. Por un breve segundo de claudicación, le pareció que iría a justificar a las otras, las que acababa de pescar en su mentira. Pero no supo qué hacer luego con ellas, dejándolas abandonadas en la planicie solitaria de la conciencia donde se murieran de cualquier muerte.

Volvió en dirección al punto de partida desplazándose lentamente. No recordaba ya el lugar de los zapatos. Descalza y con la criatura recién parida en su confusa remoción de entrañas, llegó por fin al bar, localizó en su interior a la negra. No hubiera podido precisar cuánto tiempo le había tomado aquella incursión a la muerte. Pero desde luego que el suficiente para que la vendedora de cigarrillos estuviese ya borracha y con la blusa rasgada por los que se le abalanzaban con todas sus uñas al estanco permanente.

—¿Ya aquí de nuevo? —le gritó con una voz quebrada de marinero viejo—. Y empezó a encaminarse hacia la puerta con desgano, dejando colgar un pecho flácido y lleno de bultos como un saco de nueces.

—… Si no fuera por este hijo de perra, qué negocio redondo —logró balbucear aún—. Tenía que haberme dejado el premio de la noche alguno de aquellos puercos blancos —agregó perdiendo el equilibrio y arrojándose sobre la portadora del mulatito dormido.

Esta ni pestañeó, como si hasta con la inmovilidad de los párpados contribuyese a la defensa del embozado. Tenía las mandíbulas rígidas, el corazón al pairo. La negra, ancha de caderas tal si llevase dos canastos, forcejeó durante los minutos que se podía permitir, próxima a caer en cada embestida, en cada tirón de pelos que la prostituta aguantaba sin doblarse.

Un silencio expectante había paralizado a los de adentro. Aquella gresca en el marco de la puerta, con un llanto de niño aderezándola, era de tipo original allí, acababa de inaugurar un conflicto ajeno al clima respirable por sus narices. ¿Cómo iría a terminar la cosa? Ese era el problema. Poco demorará en oírse pisar fuerte sobre la acera, entrar a paso de carga, llevarse todo lo que quede a mano, incluso la felicidad de los cigarros.

Un personaje borroso de una de las mesas, se levantó de pronto de un tincazo el ala del sombrero y miró con un solo ojo hacia el lugar donde la «barman» iba a abandonar su puente de mando para algo. Quizás fue en ese mismo instante que la negra cayó en el dominio cabal de la situación: si la dueña entraba a tallar en su contra todo estaría perdido, tendría que recurrir a la defensa en masa. Y empezó entonces a gritar con los últimos jirones de su garganta:

–¡Miren, esta yegua machorra quiere robarme el hijo!

¡Hagan algo, pedazos de cornudos, despeguen esos trastes de las sillas!

Los fumadores, las botellas, los muebles y hasta las moscas sonámbulas del bar habían entrado en una catalepsia compartida. Solo la mujer seguía en dirección al objetivo como si en su carta de derrota no existiera otro rumbo mejor tomado. «No, no se es dueña de un negocio así, no se tienen bigotes de varón ni un marido sin sexo roncando desde temprano en el cubil de arriba; no se conserva al ex amante siempre cerca (cualquier cosa menos olvidarse de lo que fue) para dejar que el escándalo sea disuelto por la policía, con todo un capital hecho añicos, por añadidura». El pensamiento del hombre del sombrero iba de la mujer a su propia vida encadenada a ella, de ella a sus actuales e indescifrables decisiones. Había entre el punto de arranque y la puerta donde las otras se estaban por aniquilar unos pocos metros. Pero la mujer parecía alargar la distancia no solo por la lentitud del desplazamiento, sino con la fuerza prometedora de su misterio. «Ahora echa los tres al diablo y que se arreglen solos –piensa él esperando el fallo– como cuando a la majestad de la justicia se le ha enloquecido el fiel de la balanza y termina haciendo cualquier cosa». La mujer seguía avanzando. «O, mejor, quita el fardo a la caminadora y se lo devuelve a la negra, como cuando las agujas del reloj están superpuestas, y nunca se deja de pensar si se habrá caído la que quedó abajo...».

Sin distender un músculo del cuello, a pura revolución ocular, el tipo del sombrero iba siguiendo la marcha de su antigua divinidad, al igual que un pueblo que cambió la suya, aunque para seguirla temiendo y adorando como si nada. «Ella va a hacer lo que se debe, sea lo que sea. Hasta mugre que hizo de mí era lo que mejor cuadraba. Llevo una eternidad sabiendo lo que supe: todo debe pasar antes por ella, y luego quedarse esperando lo que también ella decida. Hasta el marica que tiene a rienda corta en el altillo, no sé para qué, tal vez para que una hembra así pueda sentirse más hombre...».

La mujer, sola y ajena al pensamiento de los otros, enfrentó al fin a las rivales que se habían separado con terror a su llegada. Fue primeramente por la negra, cuya teta llena de bultos seguía pendiendo, tomó aquello con su mano sopesadora. Luego, tras escupirla con asco, se la volvió a meter de un golpe seco en la blusa rasgada. La otra seguía en su postura de reo ante la inminencia del veredicto. Con un temblor ya olvidado para su moneda corriente se vio llegar el turno. Su propio seno era sacado del corpiño, estaba ya reluciendo a la luz de las lámparas sucias bajo la codicia del negrito, completamente transformado en ojos. La «barman» quedó de pronto sumida en una contemplación sin límites. Aquello podía continuar indefinidamente así, al menos si el mundo conviniese en detenerse para cada cual en su éxtasis propio. Pero la justicia apuraba el juego, la había individualizado y no le sacaba sus ojos feroces de encima. Entonces, y como si el viejo Salomón entre las madres litigantes hubiera sido un pobre diablo condenado a fracasar en este caso, volvió delicadamente a su mar la perla codiciada. Luego, como quien cumple con Dios, esté donde esté su seco dedo perenne, levantó en vilo a la negra, la metió en algo rotulado allí con el mayor desparpajo de una palabra: Damas. Empujó después a la otra mujer abrazada al niño hacia la calle. Y bajó con fuerza viril, de un solo tirón, la cortina metálica del café nocturno.

Juan Abel
Y las cartas de la inmigrante.—

He recopilado estas cartas en la completa
seguridad de su pureza. Aunque, frente
al escándalo que provocarían si se
publicasen, tuviera que salir a defender
el cadáver de mi madre, al que ya imagino exhumado y expuesto a la humillación de la horca póstuma.

Juan Abel Ilustrinni.—

Y las cartas de la inmigrante

1

¡Cristóbal!

Las ~~primeras~~ cartas de esta serie aparecían si
encabezamiento ni firma. Estaban escritas
y sin fуerte ninguna
forma
en ~~un~~ papel arrancado ~~por un~~ ~~través~~ violeta de unas libretas ~~que~~ talonarias,
en cuanto tomaba el lápiz, ~~comenzaba~~ a
a la auto definición de ~~su~~ bohemia, pese a que, ~~cuando la~~ mujer, pudiera luego representar la imagen
casi sofisticada de la pulcritud y la be-
~~Ella~~ R Ella entреvió esto ~~que~~ , y ~~por~~
le hago llegar este recado con el muchacho del ascensor, la única
persona en quien podrá confiar usted en adelante, al menos si
a resultar apta para su trabajo. Llevo veinte años aquí, y el hecho de
ser jefe de esta que llaman Sección, me ha permitido catalogar las criaturas
que pululan en la tienda como si fueran mercadería. Aunque esto, de ser usted
susceptible, deba tomarlo como un simple juego de las pala-
motivo principal de ~~esta carta~~ no es, sin embargo, ad-
nada sobre cosas que usted irá captando por sí misma, sino
hablarle ~~de~~ de obras que ~~la~~ conciernen, y más delicada-
y que, en cuanto a mí, constituyen una especie de compromiso
con las personas que la ha recomendado. Observo en usted una
mezcla de grandes aptitudes a ~~la~~ en ciertas fallas

Hubo, necesariamente, que ir a cenar. ~~xxxxxxxxxxxxxxxx~~
tiempo sería lo mejor de las burlas, volver a plantarse hipócrita-
mente en la ~~xxxx~~ ^aire^ ~~xxxxx~~ de todos, sacar ~~la~~ la servilleta del
plato, extenderla sobre las rodillas que tiemblan, y hasta saludar
al ^vecino^ más próximo, por las ondas. Este era doble, y los dos, marido
y mujer, tomaban en ese ~~momento~~ ^instante^ unas píldoras. Sentimos caerles
el agua en los estómagos. Luego, ~~por una especie de simpatía~~ y casi
sin diferencia de tiempo, bostezaron con toda la boca.

— Deben ser las píldoras del aburrimiento

La inmigrante

Las cartas que forman la primera parte de esta serie, y a cuya posterior integración con otras titulé «La inmigrante», aparecían, en su mayor número, sin encabezar y en la totalidad sin firma.

El apresuramiento y la carencia de estilo del comienzo se explican por el lugar donde fueran escritas, la tienda que regenteó por tantos años mi madre.

Ella protagonizó lo que sigue. Eso, según ciertas teorías de un hombre muy parecido a mí físicamente cuyo retrato está mezclado al caso, debió haberme obligado a destruir los documentos… Ya lo sé, mi extraño sosias, no es la moral de una isla, sino la moral conviviente la que manda. Pero es también verdad que siempre ha llovido como aquella noche sobre las flores desnudas de este mundo, y debe ser por ello que nos reste un poco de coraje para seguir viviendo, al ver cómo la gracia no se ha cubierto aún de polvo viejo en una tierra tan usada como esta.

Juan Abel Grim
por la recopilación entera

I

Le hago llegar este recado con el muchacho del ascensor, la única persona a quien podrá confiarse en ciertas pequeñeces, al menos si usted alcanza a resultarnos apta para nuestro trabajo. Llevo veinte años aquí, y el hecho de ser la jefa general me ha permitido catalogar las criaturas que forman la tienda como si fueran mercaderías. (A usted también, y no se ofenda). Pero mi motivo no es hablarle de cosas que se deben ir descubriendo de por sí, sino de otras que me crean cierto compromiso con la persona que la ha recomendado. Y como le deseo que no falle en esta prueba a que se la somete bajo mi control, le ruego indicar al ascensorista dónde puedo encontrarla al finalizar el horario. Y que mi sinceridad para con sus defectos llegue a servirle tanto como he prometido a su fianza que le valdría de apoyo.

En adelante, y ya diferenciadas por temperamentos, se fueron alternando estas extrañas misivas, siempre rápidas. Todas, al parecer, robadas a aquel infierno que era la tienda, dentro de la cual mi madre debió representar durante años un papel preponderante. La recuerdo con el asombro provocado por un mito. Era temida y casi cruel con sus pobres hormigas amaestradas. Pero del fondo de aquella esclavitud subía un vaho de admiración que la sustentaba en vilo sobre las mezquindades de mundo abajo. Tanto que sin ella todo se desmoronó después. O aquello vino a convertirse en lo que es hoy, un lugar del que se puede decir: Yo no sé si fue aquí o al lado que compré esto...

II

Perdóneme, pero voy a usar su sistema para confiarle que, luego de las observaciones de ayer, traté de buscar en todos los espejos de la tienda la imagen de una persona que llevaba encima mi nombre, mi rostro, mis demás pertenencias. Y con qué resultado. Porque lo cierto fue que cada una de las torpes actitudes que me fueron mostradas por usted en la mesa de aquel bar, la forma de asaltar a las compradoras con la intención de venderles a la fuerza, mi rabia incontenible cuando se retiraban sin entrar en mi juego, y después la tendencia a buscar los ventanales para mirar la libertad de afuera como si la hubiese perdido en un mal cambio, todo eso me parecía irse desprendiendo de mí como las capas de una cebolla.

Luego de la primera operación, empecé ya a seguirla con facilidad. Esto sí, aquello no, cuidado… Y lo mejor de todo: que nadie sepa que estoy creando mi propio modelo, que los demás se hallen ajenos al proceso. Dígamelo aunque sea con una mirada: ¿voy bien así, le respondo?

Entonces la jefa se expidió en otro aspecto del problema. Era, sin duda, la mujer orgullosa que yo conocía, con aquel cuello levantado que luego fue mi explicación de muchas cosas.

III

No, querida, tampoco es necesario exagerar como lo has hecho hace un momento. Mejor dejar a las señoras de ese tipo especial que se vayan por donde entraron, con sus alhajas rutilantes, su chofer en la puerta, sus cuatro apellidos. No podría esperar ni siquiera hasta luego para decirte que, a pesar de todo, nuestra dignidad debe seguir funcionando. Conservar la medida del orgullo, ese es el secreto. Un derecho mínimo que yo me concedí desde el principio. Además, siempre será tu cintura joven la que triunfe sobre sus rollos abdominales, que parecen haberse vengado de la sobrecarga de oro. Son las señoras de algunos ministros de turno, de ciertos industriales y ciertos banqueros que empezaron desde el subsuelo con la escoba en la mano. No humillárseles demasiado ¿eh?, así sea prosiguiendo lo que has llamado tu proceso.

IV

Y sin embargo tengo que decirle hoy que he fracasado. Me siento mala y creo que no sirvo para esto. Cierto que usted, lo que es usted como persona, podría justificar que yo pisara en mal hora este sitio. Pero, aun con usted aquí, pienso que debo irme. Sí, irme con todas las letras mayúsculas. Imagine que aquella que llegó preguntando dulcemente por el piso de niños, y a la que atendí poniendo en acción toda mi fantasía, casi llegando a ver el cuarto celeste, los osos de felpa en las repisas, aprovechó la demora del ascensor para mostrarme la foto. Abrió el bolso, revolvió en un montón de cosas de las que desprendía cierto olor extraño, y ante mi boca abierta sacó el retrato de un perro vestido con ropas infantiles. Luego empezó a ser la verdadera madre del hijo, y hasta pareció olfatearme de costado. Fui al lavabo y vomité. Y después quedé inservible para todo.

Ese perfume que usted usa, que quizás me consiga algún día para recordarla, fue lo único que pudo recomponerme.

Pasé a su lado, la aspiré y seguí viviendo. Es seguro que usted irá a salir del frasco en cuanto levante la tapa del que me compré. ¿Cómo se llama? No puedo más, nuevamente no puedo...

V

Mi chiquilla[1], no me perturbes hoy con tus perfumes, te lo suplico. Tenemos una reunión de directorio a causa de ciertas compras que han de hacerse en Europa para la próxima temporada. Según mi experiencia sobre este tipo de concilios, lo importante es aparecer ante ellos completamente neutra, como quien dijera Tienda-Mujer, sin nada extraño que se separe del mecanismo. Desde luego que yo trato de recordarme de tanto en tanto apelando a un recurso muy particular que vengo aplicando y que trataré de comunicarte antes de que se oiga el timbre para el encuentro con esos señores. Algo que está relacionado también con un espejo que hay en la sala de sesiones, frente a sus propias narices. Pero qué fastidio, está sonando ya. Y por ahí se acerca, además, cierto lindo chico en tu dirección. Ese debe trascender a nafta o a chaqueta de cuero. Ya ves que no todo será aliento de perro en este mundo. Ah... y en el minuto que el joven saque su billetera para pagar, trata de mirar con más discreción las fotos que luzcan bajo el plástico.

Qué distintas las letras. Cuando hice la división de las cartas para intercalarlas en su verdadera correspondencia, aquello comenzó a parecerme un mismo mosaico a dos tipos de artesanía.

---

1. «De mi puño y letra: "La jefa iba cediendo"». J. A. G.

VI

Usted jugó conmigo antes de la reunión, ¿no es así? Claro que yo miré la foto de su billetera el primer día.

Pero eso es natural, creo. Muchas veces pienso que, además de su buen ánimo mantenido tan oculto, debe haber otras cosas así de secretas en su vida. ¿Y quién era, finalmente, su muchacho de la fotografía? ¿El mismo que viene alguna vez, le da un beso que las deja a todas con agua en la boca y se va como vino, sin comprar nada?

Piense que yo me considerara al principio la perla de este lugar por haber llegado aquí con unos exámenes de cualquier cosa, un carné de cine club, ciertas menudencias más que me hicieran creer de otro linaje. Y que luego encontrarse algo que deslumbra (usted), pero que no alcanzara a iluminar lo que yo quiero (también usted), su mundo propio, no el de esa Mujer-Tienda de la que habla, sino el otro donde ella tendrá un sillón para olvidarse de todo esto, un cuarto de baño con sus pequeños frascos, una cortina que le obedece cuando la luz la está molestando. Aquí nadie parece saber mucho. La respetan, la odian, le envidian hasta el largo de las pestañas y la calidad de las manos. Pero de ahí no pasan. ¿Tendría yo más derechos? ¿Y por qué habría de tenerlos, al fin de cuentas?

VII

Muy bien, así se hace. Te observé dejando perder esa oportunidad para que el cliente no advirtiese el asalto de la otra chica. Los compradores deben ignorar en absoluto las guerras intestinas por la elevación del porcentaje. Pero existen también sistemas para evitar que nos ganen siempre por una cabeza.

VIII

Solo que yo quisiera hoy dominar únicamente un sistema, el de las preguntas y sus respuestas[2].

IX

Ingobernable y deliciosa criatura: Es claro que siempre será más importante eso que lo otro. Y he venido a mi escritorio solo por complacerte. Pues bien: parecería que no ya en dirigente de una gran casa de modas, sino en la mujer que se inspecciona de vez en cuando en el espejo de la sala de sesiones y ve que anda bastante bien aún, he sido siempre vulnerable a todo, por más fama temible que nos caiga en suerte. Una sola realidad aparte, mi hijo, ese joven que viene a darme un beso y parece activar a tus compañeras cuando les anda cerca.

Tengo cuarenta años y él veinte. De la simple comparación de esas edades podrás sacar en limpio que no debe ser él considerado totalmente hijo mío, sino de algún momento fabuloso en la vida de una mujer de tus propios años, y con el tiempo lo único que empieza a quedar cuando se retiran los fantasmas. Vivo con él, que estudia, fuma, ensucia el departamento con pisadas de barro y recibe distintas voces femeninas al teléfono. Y que además, de regalarme cigarreras

---

2. «Desafiar a mamá, qué arrojo…». J. A. G.

de plata con el mismo dinero que le he obsequiado en los aniversarios, sabe reírse como ya quedan pocos que lo hagan.

Entré aquí después de la gran calamidad que suele estarnos reservada, la tuya creo que de origen económico, la mía de otro orden.

Pero luego todo empezó a engranar de nuevo. El niño sonrió con su boca desdentada, el cielo me pareció entonces descolorido y chico, la tienda pagó siempre regularmente, los panaderos saben cómo se hace lo que tienen entre manos y los naranjos lo suyo. Si la vida funciona como el cordón de la cortina de que has hablado, no hará falta sino un simple contrato, tirar suavemente a fin de que no se rompa. ¿Enterada y conforme? Ah, te envío el perfume para que no gastes de tu sueldo en pequeños caprichos. Mira cómo se llama: Violeta de Parma. Podríamos llevar nombres así, electivos. Este te queda bien, sería entonces el tuyo.

Quizás en el momento de entregarla, la jefa tachó algunas palabras finales de esta carta. Me hubiera sido posible volver a la superficie lo testado mediante procedimientos conocidos. Pero preferí no hacerlo. Siempre había existido entre aquella mujer y yo un tácito respeto por las cosas en su estado de propia decisión, fueran las que fueren. Luego creí que correspondía colocar en este décimo orden una pequeña etiqueta de mercadería, en cuyo dorso podía leerse:

X

Señora:

Quisiera verla una vez más. Pero fuera de la ciudad, lejos de aquí, en un *week-end* del otro mundo. ¿Dónde, dónde?

En adelante, mi madre comenzará a escribir solo para mí. Paz sobre sus despojos delicados. Quien quiera que haya guerra la tendrá conmigo.

XI

… Entonces, querido mío, que al sorprender cierto beso de despedida entraste en una confusión que no supe arreglar sino aumentándola con mi silencio, lograrás, si acaso, juntando estos datos como puedas, reconstruir el todo.

La chica que me abrazaba cuando llegaste a nuestra casa vino a devolverme esas esquelas arrugadas que tienes ante los ojos, pidiéndome que yo las guardase o las destruyese. Se acababa de casar con cierto joven propietario de unas hilanderías alejadas de la ciudad y decidió deshacerse de ellas. Espero, sin embargo, que vuelvas a repetirme el «quiero conocerlo todo» un poco melodramático de ese día. Me inquieta, además de ese tono del que tanto nos hemos reído cuando se trataba de los otros, la especie de fiebre extraña que te ha lanzado a través de tu discreto deslinde con mis cosas. Siempre pensé que eso podría deberse a que, entre tales cosas, la que yo más defendiera de la curiosidad ajena fueses tú, y tal sensación te envalentonara al punto de desinteresarte de las mías. Tú eras mi hijo ¿no?, y eso, según creímos siempre, algo un poco distinto al resto de la familia humana. Sin embargo, un tanto asociada en el negocio de mentiras de los demás, vuelvo a preguntarte si aún se mantiene tu necesidad de abrir la puerta, esa puerta que gira solo para cada uno, y que a veces ni siquiera uno mismo puede hacerlo.

XII

Mamá: Luego de este episodio desconcertante, me ocurre imaginar de pronto que nunca ha sucedido nada, que las cosas de nuestro mundo volvieron a reacomodarse naturalmente fuera de todo arte de unir pedazos sin que se note el estrago.

Pero escarbando más adentro, siento también que no lo deseo. El tipo de vendaval que ha entrado a deshacernos no se arregla con vidrios nuevos, parando muebles caídos o cambiando simplemente de casa.

Recuerdo que cierta vez, siendo niño, te pedí que me regalaras nada menos que una playa. Tú reíste durante mucho tiempo de mis fantasías, y yo, en la impotencia expresiva de la edad, me juré que alguna vez tendría lengua como para explicarte mis razones. Y lo cierto es que parece haber llegado el momento. Es verdad que lo extraño será siempre la circunstancia desconocida que nos aguarda. Un niño desesperado por su falta de medios para comunicarse. Luego un hombre que ya los tiene. ¿Y cuándo lo descubre? Un día cualquiera en que su madre aparece abrazada por una joven que la besa en plena boca y luego se aleja llorando por los pasillos del edificio.

Tú estabas aquel verano tendida en la arena (pienso ahora en lo esplendente que has sido en toda edad), cuando se me ocurrió la idea de dibujar a tu alrededor una gran área circular que te tuviera como centro. En esos días acababa de estrenar mi verdadera cama de chico que ya va a la escuela, y estaba conociendo lo que era aumentar el predio destinado al verdadero cuerpo, el que ya no debe encogerse en las pequeñas camas en serie enrejilladas como jaulas.

Esa especie de devolución que yo te hacía, acostarte en una gran extensión de arena, se ahondaba, sin embargo, en otros abismos más oscuros. Y eso era que nadie tuviera derecho a dejar dibujadas en nuestra latitud aquellas figuras plantares tan grotescas, parecidas a las pisadas de los osos en la nieve según mi imaginación y tus cuentos. Te había levantado fronteras, en una palabra, y estaba tan seguro de su importancia como todos los que las inventaran antes. Pero me ocurrió lo mismo que a ellos. En una de mis idas y venidas de la costa, encontré de pronto que la zona había sido profanada por las huellas, y que nadie, ni tú misma, lo sabía. Me eché a llorar sin ton ni son. Los propios osos corrieron a consolarme. Finalmente, no sé qué cosa ajena a las causas llevó las culpas. Como siempre, el verdadero enemigo quedaba fuera de la historia.

(Todo lo que me escribas se puede dejar en la gaveta de mis pañuelos).

XIII

Entonces ya no habrá otra alternativa ¿no es cierto?, y tendré necesariamente que decirte que en la fecha fijada luego de aquel «dónde» tan especial, salimos de la ciudad un fin de semana. Estudiabas con los amigos, y casi pude sorprender que se alegraban todos de mi partida. Dejé la nevera repleta de alimentos como para una expedición, y tú, viendo mis preocupaciones, te sentaste a reír en el banquito cojo de la cocina, columpiándote. Tengo que recordar de paso que tu risa había llegado en ese momento al justo diapasón de otra. La heredabas sin más. Oírla era como toparse con un eco retrasado por tantos años, y desde los timbales de la muerte, por añadidura… Pero no puedo continuar. Estoy mirando que mis uñas necesitan un poco de lima y esmalte, nunca se podrá decir que lucen perfectas…

XIV

Mamá: La verdad es que yo tampoco hubiera podido seguir hoy el relato de tu salida desde que has mencionado algo, uñas y otros pretextos afuera. Es imprescindible que me digas, antes que todo lo demás, tantas cosas sobre las que te he visto muchas veces detenida como un reloj que de pronto quisiera empezar a marcar hacia atrás el tiempo. Porque aquello que no se haya aclarado es también una especie de mentira. Y yo estoy harto de ese silencio que no da para más, que empieza a parecerme sucio.

Hasta los cuatro años viví agarrado, clavado en la idea de tu paternidad como el muñeco de madera del viejo de Collodi. A los catorce, a los quince, uno prefiere cierto encono mezclado de amor que parece un día reventar en la raíz de los primeros pelos diferentes al resto que le brotan del cuerpo, en la punta supurada del acné, en los grititos de placer ahogados bajo la sábana. Pero llegan los veinte, y ya no se podrá hacer más milagros. Un día la sombra que se echó entre nosotros como un perro, y se levanta, quiere registrar la casa. Esta es la oportunidad de abrir los placares cerrados a clavo, aunque todas las llaves hayan estado siempre a la vista. Ahora o nunca, pues. Y, además, o todo o nada.

XV

Y bien: largo y difícil otra vez, al menos así me pedías los relatos en el tiempo de tu playa privada, cuando el sol del verano fue quien se llevó las culpas. (Ya ves que yo también tengo recuerdos frescos).

En la bandeja inferior de mi cómoda hay unas fotos y varios recortes de prensa. Allí deberás encontrar rostros y nombres que puedan servirte de reflejo. No me inquieta el latido un poco artificial que eso llegue a provocarte. Tu cadena se rompió cuando quedaste adentro mío. Pero soy yo quien no ha podido revolver ahí sin andar con las entrañas en la mano. Eso, lo que fue eso de lo que algún día debiéramos hablar, está ahí como siempre, completamente alerta. A veces lo imagino como un monstruo escondido que respirara y se alimentara con el aire secreto de las cajas donde se guarda. Pasivamente, es claro, pero hasta que cada primavera lo quite con cuidado de allí, me lo coloque bajo la piel, y yo deba explicarlo no sé cómo, con razones que la gente se traga en la misma inocencia con que tú devorabas aquellas inocuas pildoritas que nunca sirvieron para evitar tu mal de amígdalas.

Mi vida: lo cierto es que jamás podré olvidar a aquel hombre. Nos quisimos con tal esplendidez que muchas veces he dado en pensar si no habrá estado en eso la causa del fracaso, con tantos seres sin importancia como se ven apoltronados en las mejores butacas del destino amoroso. Cierta noche, en el claro de un pinar (tu origen revelado), nos asaltó la sensación de proyectarnos fuera de la tierra. Pero no sé cuántos planetas desconocidos habríamos explorado ya, pues nuestro caso fue una continua renovación de situaciones, y jamás nos dimos un beso que no nos colgara de un cielo diferente. Sin embargo, y tan grande como esa pasión debió ser el desastre. Existe en el fondo de mi alma un recuerdo infantil que voy a intercambiarte por el de la playa, y que es posible lo explique todo. Una pequeña amiga de mi edad llamada creo que Georgina, hija de una pobre mujer, se había prendado de mis sandalias. Un día, no pudiendo resistir más sus miradas de codicia, me las quité y se las ofrecí. Ya iba ella a tomarlas cuando, como tocada por un alacrán que debería serle familiar, dijo que iba antes a consultarlo con su madre y desapareció. Nunca más la vi. La mujer, humillada o incrédula, optó por apartarme de la hija, y yo tuve que quedar con las sandalias y todo lo que no había podido entregar a través de ellas.

Sin duda que ahora comprenderás el resto de lo otro. Georgina puede ser un símbolo. Georgina puede representar muy bien la sangre con que uno habrá de aprenderlo, que la buena gente se asuste de todo lo que es demasiado grande. (Cuál será, tesoro mío, tu propio destino de amor, qué bien estábamos aquel día lejano dentro de tus fronteras de la playa...).

Pasé varios días sin escribir. El rostro aprisionado en las fotos de mi padre que encontré en aquel sitio, un rostro del cual el mío había sido calcado malamente, me largaba desde todos los espejos de la casa una sonrisa irónica. Empecé a comprender a los maníacos. Mi asunto reventaba en aquellos espejos de los que, por mi propia piel, salía reflejado el rival desconocido. Por momentos, y en especial mientras me afeitaba, sufría un deseo loco de tratarlo de igual a igual, de ofrecerle un cigarrillo, de conversar de mi madre como dos amantes que se reencuentran cuando la mujer ya no existe. Pero mamá estaba viva y era hermosa. Y, por otra parte, yo jamás lo había conocido a él antes. Fue entonces cuando recordé lo anterior. Violeta, la Violeta de Pluma. Mi madre iba a contarme lo del famoso *week-end* con toda la salud de su literatura directa, capaz de escribir una carta con calor y sonido de palabras dichas de labio a labio.

XVI

¿Y qué de nuestra Violeta, luego de todo esto? Por dos o tres días más no hubo respuesta en la caja de mis pañuelos. Hasta que, abriéndola cierta mañana con el cuidado del que anda con la jaula de un pájaro, encontré lo que buscaba.

XVII

Ah, es cierto, si habíamos empezado por eso… Y no está mal el nombre. Violeta me esperó el día convenido en una estación de autobuses para darse el gran festín, su primera aventura de adolescente.

Sin el uniforme de la tienda, y libre de todos los artificios que yo misma le había trasmitido, pude reconocerle una personalidad resuelta, quizás el producto de ciertas vicisitudes que me habían sido confiadas por terceros, y capaces de dar cuerda a su temeridad tal el pasto verde a una yegua joven. Como una diminuta pionera, pues, había ya elegido hotel e impuesto condiciones. Desde luego que, sin mediar experiencia alguna, la guiaba un instinto natural para subordinar, para crear ese compromiso de obediencia de las criaturas avasallantes, así tengan el tamaño de una arveja. Aunque tal osadía no le alcanzara por completo para evitar un temblequeo de manos que ella creyó muchas veces disimular con frecuentes rebuscas en el bolso de viaje.

Y así fue que me dejé arrollar, despistándola con un falso matiz de sometimiento. Porque todo lo que en ella cobrara un rumbo ciego, aun determinado por los deseos más íntimos y precisos, tenía para mí un nombre, solo era capaz de una desembocadura. Pero aquí se me viene encima otro alud, el tuyo. ¿Qué resultados podría tener en esta larga franja que nos queda aún por liquidar antes de tu salto a la vida, una historia de tal naturaleza, si tú mismo le arrancaras de encima el pelo de Godiva con que anda oculta por el mundo?

XVIII

Madre: en unos recuerdos anotados con tu extraña letra, y que también encontré en el sitio indicado, habías escrito que aquel hombre, mi padre (pensar que está adentro mío como un inquilino que se apropió de la casa), decía que la moral es un invento más que dudoso, pues, ciertos hechos que nos conmueven por estar codo a codo en la vida social no nos afectarían en una isla desierta.

Bien: o en la famosa isla desierta, o gritada por encima de un mitin popular, estoy seguro de que tu poesía intuitiva será siempre un perdonavidas formidable. ¿O creerás que antes de conocer las miserias de la tienda había tenido yo una idea realista de esa cueva iluminada? No; tú nunca has sido mamá de carne y hueso dirigiendo a la chusma que se mata allí por la comisión menuda, sino una especie de ala tendida sobre un mar movedizo que yo he visto azularse a tu sombra y volver al negro en tu ausencia. Me has alimentado de algo raro con tu leche, creo. Y como tal vez haya heredado de aquel individuo mi gusto por la mezcla, te obligaré a que hables sin miedo en la isla. A esta altura tú y yo estamos sabiendo que hemos alargado el prólogo más de la cuenta.

XIX

… Y con qué pena para la bandeja de los pañuelos ¿no?, que no querría soltar el hilo…

La verdad es que llegamos por fin a un lugar que decidí llamar de primera «el no sé dónde». Hacía un frío de muerte, y nos adjudicaron una habitación que parecía haberlo concentrado por encargo. Aunque con una ventaja, su aislamiento junto con otras pequeñas piezas del ala principal del edificio.

Formando parte del cuerpo antiguo del hotel, la habitación se abría a un viejo patio descubierto con plantas colgadas de los aleros y un molino de viento en medio. Todo esto te parecerá cursi, lo sé, porque a mí también me da esa mala espina mientras lo escribo. Pero ocurre que cuando ciertas cosas ambientan algo en lo que dejamos el hálito no habrá más remedio que cargar con la postal iluminada toda la vida. Pues nuestra bendita buena memoria se adhiere como la piel del cuerpo a estos paisajes en azul y verde que se van poniendo ridículos, y quitarlos así como así viene a doler cual un despellejamiento.

El lugar: boscoso. Esto es también un detalle sin importancia, pero que de pronto, y mientras lo revivo, llego a saber que lo comandaba todo. Porque el viento que se propusieron largarnos dichos árboles[3] empezó a azotar las ventanas que daban al norte. Y luego todo aquel apronte de baterías se resolvió desatándose la lluvia con intenciones de aplastar el caserón desvencijado.

Había dos camas en el cuarto. Pero alguien a quien se le ha dado el pintoresco nombre de demonio, quizás para evitar que uno deba nombrarse a sí mismo en el juicio, empezó a decir sordamente: «Juntas, juntas, que Dios ha echado calor en tu carne y no tiene ya curiosidad para venir a espiar en casas viejas como esta».

Ella, entretanto, al margen del asunto y en pleno estado de lo que yo había presentido, su temor de última hora, me miraba hacer la unificación de los camastros, sentada en el suelo y como prisionera entre la tempestad que daba golpes por un lado y el misterio por otro.

Yo, helada hasta los huesos, y quitándome solo los zapatos y el abrigo, me puse al fin bajo las mantas. Tenían olor a ropero antiguo, a cosa prestada. Pero ni eso había logrado robarles las excelencias del oficio, nada menos que su vieja ternura prostituida con tanto encuentro humano.

Íbamos a cenar. Desde mi cuarto se escuchaba a mamá tintineando en la cocina. Por un momento me pareció que la mujer que se había acostado allá y la que se movía entre las cosas domesticadas no era la misma. Hubiera necesitado que mi padre entrase a ocupar el sitio vacante, a instalarse con toda su presencia corporal en el aire ambiguo de la casa.

---

3. «¡Al fin lo encontraría dicho por alguien más, que el viento viene de los árboles! Mamá y el niño Chesterton, únicamente». J. A. G.

… De pronto —continué leyendo—, y más a causa de mis suspiros de placer por el envolvimiento de las cobijas que por otra cosa, ella empezó a quitarse sus ropas con decisión, arrojándolas hacia los cuatros vientos, y saltó a meterse a mi lado. Se despojó finalmente de lo único que parecía haberse dejado para proteger su vida, un sostén tan diminuto que movía a risa, y apareció la visión completa. Aquello era como encontrar dos huevos de pájaro, de esos punteados de pecas de los que nunca se conoce la especie. Así se lo dije, y eso la llevó a iniciar una búsqueda en mi cuerpo que estaba aún cubierto. Hurgó, creo que rompió algo, y de pronto se la oyó decir atragantándose con las palabras:

—Cielos, pero si se dirían magnolias. Esto debía ser lo que perfumaba la tienda, no el de Violeta de Parma.

Su propia voz la sacó del éxtasis, volviéndola a una realidad que parecía haberla abandonado en forma provisoria. Empezó desde ese instante a acometerla una especie de terror campesino, como si hubiese sido descubierta por todas las mujeres simples que la habían antecedido. Aquello no era posible, dijo de pronto con la misma vehemencia anterior, era necesario morir, o mejor haber muerto antes de nacer, morir, no haber nacido. Un ímpetu de destrucción se le había metido en el cuerpo y hasta la arrojó fuera de la cama con miras de largarla al patio inundado. Logré alcanzarla junto a la puerta como a una gata en trance de furor, con el pelo y los ojos electrizados.

—Vamos —le dije por tentar suerte con cualquier banalidad—, no será cosa de que se nos dicte sentencia en la cocina del hotel, sin defensor ni siquiera de oficio, y que tengamos que arrojarnos bajo la lluvia por pecados que no se han cometido.

Ella se dejó manejar volviendo a meterse bajo las mantas. Luego me miró desde una luz aterciopelada que se guardaba tras los párpados para ciertos momentos, y haciéndose visera con las manos me rogó que velara la lámpara. Cubrí malamente el adefesio con una revista de modas, y todo pareció entrar en una normalidad un tanto sospechosa.

–Perdón –dijo al fin con voz grave–, estaba concediéndole mucha importancia a las cosas puestas por asuntos como los libros en las bibliotecas públicas. Yo vine aquí porque deseaba que alguien como tú me acariciase por completo la primera vez de mi vida. Si hubieras sido un hombre estaría igualmente contigo. Pero los hombres que conocí hasta el momento, incluso uno, no me han provocado nada, ni siquiera risa. Un día que alguno pueda por lo menos eso, hacer que yo me ría completamente, que me estire y me retuerza por algo que él diga o haga por mí, entonces vendré con él hasta este mismo sitio y le daré lo que tú me hayas dejado…

Yo había asistido perpleja a aquel cambio de posición, y por un momento me pareció que se vive cuerdamente tantos años para que la locura de otro nos reviente en la cara, como una piedra que salta del camino al vidrio del coche y lo hace añicos.

Ella aprovechó entonces la ventaja de mi estupor y saltó nuevamente de la cama, parándose frente a mí en el marco de la puerta del baño. Tenía un cuerpo grácil y nervioso de potranca, pero ni aun en la marea que todo aquello provocó, comparable a las formas vulgares. Veníamos desde un mundo viejo y achatado por añadidura. En cambio de esa sordidez, a ella le hubiera sido solo preciso un pequeño cesto en la cadera para que aquel cuartucho miserable floreciese como un campo sembrado de tulipanes.

–¿Y –preguntó de repente tal si se burlara y abandonando el hueco de la puerta–, vamos o no hacia el tribunal con olor a guisos de la cocina?

La alfombra desgastada como la misma tierra que nos mecía la fue trayendo lentamente. Yo miraba sus pies de hueso largo, esos que parecen ir buscando el suelo como si danzaran a cada paso. Pero aquellos pies eran el tallo que sostenía la flor entera. Y ella irradiaba desde allí, concentrado en su pequeño campo triangular, un calor más memorable que el de la famosa guerra de los mundos.

Hubo, necesariamente, que ir a cenar a cierta hora anunciada por una campana. Volvimos a separar las camas gemelas, admirando la gran precaución, y salimos hacia el comedor bajo un mismo impermeable.

Todos los detalles de la entrada al salón y del acomodamiento en la mesa de dos parecían irse registrando en los ojos de la muchacha como en una película virgen. La vi sacar la servilleta del plato, extenderla sobre las rodillas, espantar la infaltable mosca nocturna con la misma importancia de inauguración con que saludaba a los primeros que lo hicieron al pasar, una pareja madura que se sentó en la mesa vecina. Luego, con idéntica prolijidad a la de un libro inventario, interesarse en unos comprimidos que estos se tomaron del mismo frasco, dejando oír la caída del agua en los estómagos.

–Deben ser las píldoras del aburrimiento ¿no ves los efectos? –dije simulando leer la lista de platos que estaba sobre la mesa.

Ella, cauta y silenciosa hasta ese momento, lanzó una carcajada que hizo volver todos los rostros.

—Genial –agregó con voz oscura– pero hay por allá dos caras de luna de miel. ¿Podría ocurrirles algún día que tomasen las píldoras?

—Las píldoras –dije distraídamente a la camarera que venía a servirnos.

—¿Qué píldoras?, señora.

—Oh –contesté disimulando mal que mal el descuido– siempre cree uno estar en casa.

La mujer me miró con una especie de secreta complicidad en el olvido y comenzó a llenar los platos.

Continuaba lloviendo a gran volumen. Yo pensaba en lo que sería ese golpeteo en la ventana de cierta habitación número...

—¿Qué número –pregunté a la chica–, lo recordarías al menos para volver al cuarto?

Ella tampoco lo había tenido en cuenta... En ese momento el joven de la luna de miel arrojó con mal humor el diario sobre la mesa, a causa de la poca luz de la sala y tal si solo eso le interesara en aquel momento. Todo había entrado de lleno en la operación niveladora de los estómagos. Violeta dejaba de tanto en tanto sus cubiertos al borde del plato para escuchar aquel concierto de lozas y metales que llenaba el aire.

—No te preocupes ya por el número –le dije–, verás cómo nuestra puerta fosforesce tras la cortina de agua.

Cuando regresamos a la habitación estaban nuevamente arregladas sus camas y alguien parecía haber pulverizado más frío en el ambiente.

De pronto, y mientras volvíamos a juntarlas, se oyó chirriar la cerradura del cuarto contiguo.

—Chist –dije–, es el accidente que no figura en los planes de nadie, vamos ahora a convivir con ellos.

–Como no sean los de las píldoras –agregó la muchacha metiéndose esta vez sin problemas bajo las mantas.

Los caminadores iban y venían cual si estuvieran hundiendo el piso de tablas carcomidas. Luego uno que deja de oírse, el otro, la mujer, que se desploma en la cama venciéndola como si recibiese a un elefante.

–Eh, haragán inmundo –se la oyó gritar de repente–, ¿aquí también tendrás que olvidarte de hacer correr el agua?

–Siempre tu sano espíritu de derroche –replicó el enjuiciado desde lejos.

–¿Derroche, con lo que se paga? Como si no cobraran a precio de oro hasta el aire que se respira en esta pocilga helada.

Se oyó correr el agua. El agua esclavizada a aquel destino sucio y el agua libre de afuera nos habían estrechado en círculo. Imposible, pues, salir de la una, caer en la otra.

–Nunca, nunca –oía decir entretanto junto a mí con tensión, de un cordaje que va a romperse.

–¿Qué es ese nunca, qué significa?

–Que nunca se podrá llegar a nada en esto, nunca nunca…

Hubo entonces que empezar a ayudar con palabras, como las madres apelando al grifo cuando el niño demora en otra cosa. Alguna vez, quién sabe si hoy no la última, me ha ocurrido que evoque aquel despliegue de sugestiones: tú irás subiendo sola por una montaña a la que no se le ve la cima, inventando el dolor del escalamiento, y cuanto más te desgarres más desesperación por alcanzarla. Pero un escalamiento que debería a la vez tener su objetivo: puede ser que por causa de un diamante negro que está allí sepultado, y los demás grita que grita desde el suelo para que te desanimes y se lo dejes a ellos solos, pero tú sorda y sin comprender su idioma de energúmenos, y todo porque al fin, cuando ya llegues hasta el borde, comprendas que no es tal cosa, sino más bien una engañifa para que nunca olvides que la tierra, la verdadera tierra, está en el cielo…

Allá por el filo de la media noche ella halló su diamante. Yo iba a anotar la hora exacta. Saqué la revista que cubría la luz, miré el reloj de pulsera.

—Maldición —susurré—, se me ha salido el vidrio y las agujas dispararon quién sabrá adónde.

—¿Y ahora —preguntó sin aliento—, qué pasa en una tienda regimentada?

Una risita llena de íes había interferido nuestras ondas. Era casi un mensaje sustitutivo de nariz y de ojo en las cerraduras.

—Esto sí que ha sido bueno, dos mujeres —se oyó decir de repente al hombrecito ahorrativo de agua que parecía estar pegado a nuestras orejas—; si uno pudiera hacer algo así todavía, probar al menos a hacerlo, si tú quisieras dejarme que lo intentara solamente…

—Puf —gruñó la mujer elefante—, qué asco. Faltaba esto para estar completos. Dame las de dormir, son las del frasco grande.

Una especie de sol anfibio empezó finalmente a colarse por las rendijas. Sin duda había cesado de llover, pero yo oía caer agua, siempre más agua. Entreabrí apenas la puerta que daba al exterior y la vi. Se desplomaba del molino desbordado en una forma de cabellera líquida. Violeta, del color de su nombre, dormía boca arriba entre la realidad de cuarto adentro y mis ojos sonámbulos que la levantaban hasta el molino.

Me envolví en el abrigo y salí a explorar el parque. Debí demorar una eternidad en el paseo bajo los árboles, hundiéndome en la hojarasca llena de lodo. Por momentos, los pinos siniestros querían clavarme sus agujas en el corazón amortajado, volverme al minuto de que te hablé al principio, siempre aquellos malditos árboles en mi vida, con sus casamatas verdes en las líneas de fuego.

Cuando regresé, ella estaba ya vestida, sentada sobre una maleta y llorando en silencio. Se oía afuera el alboroto de algunos pasajeros por engancharse en el próximo viaje de regreso. Ella continuaba en lo suyo, sin ostentación, pero con el peso de soledad de las ruinas.

Y fue en ese momento cuando se me ocurrió verla como lo sigo haciendo ahora, bajo la forma de una pequeña, sucia y fea inmigrante que ha llegado de lejos y todavía no sabe si continúan allá pensando que está acá o lo está realmente. Sentada sobre la maleta ordinaria, quizá por saberla llena de su antigua tierra pobre, o a causa de la riqueza de la nueva, demasiado llamativa para ser verdadera, la inmigrante me miró de pronto por entre las lágrimas, y mientras continuaba oyéndose el pataleo de afuera me dijo:

—Y ahora quiero un diamante otra vez, pero sin alcanzar, para que me dure la vida entera. Voy a casarme y tengo miedo.

—¿Vas a hacer qué, y miedo a qué cosa? —le pregunté atropelladamente, sintiendo que todo aquello era demasiado oscuro para un último acto.

—A la pobreza de un hombre rico, a hablar en un idioma que él no traduzca. A llegar a la cumbre de la montaña y quedar sola cuando aparezca el diamante negro… y haya que destrozarlo para que cada cual lo tenga suyo de un modo diferente…

Ensayo de experiencia telepsíquica
Violeta o La Inmigrante. – Molinos con cabellera de
agua. – Mamá. – Arena. – Viento y lluvia. – Diamante ne-

gro. – Todo o nada. – Georgina o la idiotez. – El monstruo con mi cara alimentado en una caja.

Estas palabras inconexas aparecían al final escritas con mi letra, aquella letra tan sin marcas de sangre, tan sin foguear de entonces.

Enfilo el experimento de repetirlas hoy una y otra vez a la posible sobreviviente llamada Georgina, que debe andar aún descalza. Y al alma errante de mi padre desconocido, husmeando sin descanso en los bosques de pinos el rastro evaporado del amor…

Juan Abel Grim
Conservador y anotador de las cartas.

TODOS LOS CUENTOS
TOMO II
(1967)

[La edición de *Todos los cuentos. 1953-1967* (Montevideo, Arca, 1967) incluye en su segundo tomo una primera sección titulada «Mis hombres flacos» que reúne los cuentos «Las mulas», «El memorialista», «El entierro», «Historia en cinco tiempos», «La subasta» y «Rabia (II)» y una segunda, titulada, «La calle del viento norte», con los cuentos «La calle del viento norte», « El ángel planeador», «Muerte por alacrán», «El desvío» y «El hombre del túnel». Es interesante observar el cambio de orden en esta sección, que aúna los cuentos del libro *La calle del viento norte y otros cuentos* (1963), sustituyendo «La subasta» –que reordena en la primera sección– por «El desvío».

Mis hombres flacos

Cuento del El demente.

y

Los mulos

Las Murallas

Exactamente a los tres días de haber cenado aquello lo vomitó junto a un árbol de la calle, en la misma forma como lo había comido. Ya no era la primera vez que le ocurría lo mismo, en eso radicaba la gravedad del caso. Y, sin embargo, el hombre mantuvo el optimismo suficiente como para seguir creyendo que aún estaba vivo. Había perdido treinta y siete kilos en cinco semanas. Pero conseguía atribuirle importancia a los de pellejo y hueso que le restaban para una estatura superior a la normal como era la suya.

Cambió de árbol, para despistar el suceso, agarrándole el estómago con cierto disimulo. *¡Qué mierda! él se había dejado amar cierta vez junto a los árboles* Luego encendió un cigarrillo como cualquier hombre vivo podría hacerlo. Un tipo vestido de claro, con cuarenta años encima — uno de los tantos que vistes así al primer anuncio de Coca Cola helada y se recuestan a fumar sin pedir fuego nadie. Tampoco nadie lo había visto en el trance. Pero, aún en caso contrario, ¿quién podría adivinar lo de los tres días de "paro" digestivo? El conservaba

LAS MULAS

EXACTAMENTE A LOS TRES DÍAS de haber cenado aquello, lo vomitó junto a un árbol de la calle, en la misma forma como lo había comido. Ya no era la primera vez que le ocurría lo mismo, en eso radicaba la gravedad del caso. Y, sin embargo, el hombre mantuvo el optimismo suficiente como para seguir creyendo que aún estaba vivo. Había perdido treinta y siete kilos en cinco semanas. Pero conseguía atribuirle importancia a los de pellejo y hueso que le restaban para una estatura superior a la normal como era la suya.

Cambió de árbol para despistar el suceso, agarrándose el estómago con cierto disimulo. ¡Qué miseria! Él se había dejado amar cierta vez junto a los árboles. Luego encendió un cigarrillo como cualquier hombre vivo podría hacerlo. Un tipo vestido de claro, con cuarenta años encima, uno de los tantos que visten así al primer anuncio de Coca-Cola helada, y se recuestan a fumar sin pedir fuego a nadie.

Tampoco nadie lo había visto en el trance. Pero aun en caso contrario, ¿quién podría adivinar lo de los tres días de «paro» digestivo? Él conservaba aún dos piernas, dos huesos largos, mejor, bajo el pantalón, y cierto invencible orgullo en algo que le marchaba bien junto a la solapa izquierda o debajo del sombrero. Podía pasar, sin duda, por un vulgar individuo flaco, fumándose su aburrimiento bajo el sombrero de paja.

Liberado el estómago, se sintió, verdad, algo más parecido a los otros, a los que andaban pululando olvidados de sus órganos. Tenían ellos dentro, sin importárseles de su riqueza, aquellas norias perfectas, con sus mulas obedeciendo en silencio como los esclavos subterráneos que gobernaban la puerta de la cueva al sésamo ábrete de los ladrones. Él ya no. Cada tres días las mulas reventadas, y qué consecuencias. Luego la cabeza se pone a girar, los ojos se endurecen. No hay más remedio que volver a probar lo de siempre. Y, nuevamente a los tres días, se arroja el último intento.

Las piernas, sin embargo, no dejaron de responderle y lo llevaron de memoria a una cafetería. Él entró resueltamente, como cualquier sujeto en su pleno derecho, y se sentó sin quitarse el sombrero en una mesa ocupada por una mujer. Consultó el reloj: las once y media de la mañana. Luego tuvo aún el humor suficiente como para pensar por qué lo había hecho. A causa del atavío de la mujer, se explicó a sí mismo con cierta complacencia. Exhibía en la media mañana lo que habría encontrado en la silla al levantarse, su barato y provocativo lujo de la noche y la madrugada. Tenía una boina con pluma verde, curvada hacia adelante, que parecía querer beber en la taza, y el rostro revocado con un polvillo color tomate. La mujer sostenía su cigarrillo en una mano y con la otra estaba levantando el pocillo del café, para llevárselo a la boca. De pronto, viendo que alguien le compartía su mesa, dio en mirar el rostro que tenía enfrente. Dedo que se afloja, platillo quebrado con la taza, mesa manchada, cabezas que se vuelven. Pero no gritó. No era del oficio hacer escándalo, por tan poco. Cuando volvió a mirarlo, él le sonrió con sus dientes ya de lo que eran, y siguió manteniendo buen humor como para quedarse allí, haciéndolas de convidado de piedra.

Acudió el mozo —por lo menos uno sin ojos para nadie— y limpió la mesa. Luego la mujer de la pluma oyó que pedían algo abundante para resarcirla del estrago. Pero, por primera vez en su biografía, se abstuvo de las guiñadas, del encuentro de piernas bajo la mesa, de todo el minucioso código que era su gracia. En pocos minutos vino la bandeja. A ella le relumbró la cara maquillada, y la pluma curva casi chilló como el pájaro de origen. La mujer hubiera querido decir algo. Pero se encontró nuevamente con la sonrisa que el otro tenía en la cara y empezó a beber y a comer con toda su boca, hasta dar fin a todo. Apenas si quedó una aceituna prófuga sobre la mesa. Ella estaba pensando el mejor modo de apoderársela, cuando el hombre introdujo sus dedos sin savia en un bolsillo y sacó una formidable billetera. Tenía iniciales de oro: D. S. La mujer se puso a pensar nombre tras nombre. Había llegado precisamente a Dionisio, cuando advirtió que la billetera significaba algo mucho más considerable que sus letras. Se le había despertado su sano estómago con lo que había comido. Estaba casi oyendo cierta lista, toda en francés, cuya música monótona la colocaba siempre al borde de la locura (*consommé, soufflé*). Los dedos que estaban eligiendo el billete por sus bordes ya no eran dedos (chuletas a la *soubise*, a la *papillot*). Sería terrible verlos manejar el tenedor (pollo a la *bourgeoise*). Serían la muerte con un cuchillo de mesa, la muerte devorando un ave.

Pero él sacó uno de los de mil y lo dejó un momento en exposición, como en una especie de desafío.

Ella piensa, entonces, que no tendrá otro remedio que morir de esa muerte. Lo ve quitándose la ropa y aproximándosele, con la última prenda en la mano. Ella retrocede ante la muda sonrisa, pero él ha cobrado el poderío de sus derechos. Sus huesos rompen el aire, principalmente los de los hombros y los de las caderas. Ella vio cierta vez un tipo mestizo de quien no podría olvidarse nunca. Pero aquel tenía por lo menos el rostro vivo (es distinta la calavera de los que mueren de hambre), hablaba, reía, le decía que escondiera los brazos porque estaban en peligro, regustaba las cosas que comería así lograra apropiarse de cualquier dinero. Cuando se metió de nuevo en los pingajos, su esqueleto cobró tal delicada insinuación de juventud intrépida que ella no tuvo más remedio que besarlo por encima de la tela.

Su caso actual es distinto. El billete no admite vacilaciones, cierto. ¡Pero no, no! No podrán arrastrarla a la fuerza. Cualquier barco puede estar parado sin dejar de serlo. Sí, ella es un barco desentendido, como esos que ve todos los días en sus rondas por el puerto acunándose en la amarra, un barco cansado.

Su pensamiento le había clavado de testuz en un plato. Huesos de aceitunas. Claro, todo tenía que ser huesoso en torno suyo. Pero se le ocurrió, de pronto, que estaba haciendo comedia. Ella, lo que era ella, con los ojos bajos. Y lanzó una carcajada cínica que removió hasta el último carocillo del plato. Fue entonces cuando decidió inquirir a su hombre, aunque más no fuera que al precio del billete, para acabar de una vez por todas con el negocio. Lo miró descaradamente. Él permanecía siempre allí, con su sonrisa ósea adherida. Pero por encima de esa dulzura macabra, y como si buscara contradecirla, estaban los ojos. Los ojos no sonreían, precisamente. Brillaban cargados de orgullo como los de cualquier hombre vivo, y no solo de orgullo, sino de desprecio. Él no había nacido para revolcarse con putas de última clase, de ordinaria pluma verde y anillos dudosos. Él pretendía solo pagar el gasto, y no iba a ensuciarse las manos ni con el sobrante del billete. Lo dejó sobre la mesa, pues, sin volverlo a mirar siquiera, y se levantó con cierto ruido de goznes secos en las rodillas, sin haber hablado, sin haberse quitado una sola vez el sombrero de paja.

Respiró con placer el aire de la calle. Sus piernas lo llevaron a un museo público.

—Mamá, ¿por qué no tiene carne ese señor?

De pronto, la mujer recuerda que su pequeña ve por primera vez la armazón ósea —el esqueleto está colgado del cráneo con un garfio— y se dirige a disimular su risa en una vitrina de fósiles. En realidad es difícil, piensa, dar a un niño su primera noción del descarnamiento. Esa noción y muchas parecidas.

En ese instante entró el hombre en la sala. La niña estaba chupando algo dulce adherido en la punta de un palillo. Dejó de succionar y miró al visitante. Luego, como tocada por la punta de un alfiler, dio un pequeño respingo y se volvió hacia el esqueleto suspendido. Aquello se transformó, de pronto, en el movimiento giratorio de una maquinita de moler grano. Visitante, esqueleto, visitante, esqueleto. Las dos calaveras dan vueltas en su aire. Ella y el chupetín giran en el centro del remolino fantástico.

—¡Mamá, mamá!

La señora está absorbida por su vitrina de fósiles. No siempre se dispone de tiempo para visitar un museo.

—¡Mamá, mamá, mamá!

La falda de la señora estaba próxima a ser rasgada por los tirones violentos de la niña. Entonces él no quiso prestarse para los estudios preliminares de osteología de ninguna puerca criatura. Y la categórica decisión lo hizo sentir como si hubiera acabado de descubrir los sucios yacimientos del psicoanálisis. Cuando se volvió a purificar en el anonimato de la calle, deseó, claro que por un breve segundo, no haber nacido. Fracaso de evolución humana, que aún no había logrado saltar por encima de ese período vergonzante llamado infancia. La infancia, qué estado larval, qué etapa miserable en la historia del hombre. Rememoró la suya con terror, y hasta la ultrapasó, encenagándose en el recuerdo intrauterino. Pero había que vivir, había que vivir a pesar de la humillante historia de todos. Quizás se restaurasen pronto las mulas, y volviera a funcionar la noria, y se tornara a ser como todos los demás, aquellos insaciables, aquellos voraces gusanos del queso.

Pasó junto a la gran vidriera de una rotisería y se detuvo a mirar a sus ex congéneres, comiendo, siempre comiendo. Una engolosinada pareja de estudiantes estaba devorándose, de pie, unos emparedados. Ella era pelirroja, y él de cualquier color de pelo. De tanto en tanto, entre mordisco y mordisco, con los labios brillantes de manteca y algún pedacito de lechuga adherido, se daban un asqueroso beso que le haría a él de tenazas en las tripas. Hubiera querido dejar de observarlos. Pero se les había ocurrido colocarse allí, precisamente, junto a ese cristal que le estaba sirviendo de lente para sus documentales. «Gusanos, gusanos», los apostrofó mentalmente con invencible angustia. Así los venía clasificando desde sus últimas cinco semanas. Así los veía en los mercados, yendo y viniendo: pescado maloliente, hortalizas, frutas, carne, porquería envasada. Así los vería también Dios desde arriba, enfrascados en su pretensión de larvas eternas.

Ya iba a golpear el ventanal con sus puños, ya iba a gritarles su repugnancia (no, su envidia, no, su repugnancia pura), cuando la pelirroja aflojó de pronto su emparedado, su beso con manteca y lechuga, los libros sucios que tenía bajo el brazo, y cayó de cuajo, con los ojos abiertos de terror por algo que acababa de ver pegado al vidrio. Nadie sino ella lo supo. No hubo tiempo. Los gusanos habían abandonado el queso y corrían solidariamente a levantarla. Él tomó su sonrisa permanente y siguió andando.

La muchedumbre lo empujó a una gran tienda vidriera. Miró los trajes detenidamente, en la nueva especie de dandismo con que había acabado sustituyendo las tripas muertas. Luego vio adherido al cristal un hombre con un traje como el suyo, un sombrero y un pañuelo como los suyos. El individuo, con la cara chupada bajo los pómulos, como si su paisaje facial estuviera cortado por un barranco, lo miró también con sus mismos ojos, movió la nuez de Adán en el instante que él había tragado saliva. ¡Pero no, no! Las mulas no podían estar completamente muertas… Se arregló las puntas del pañuelo (al hacerlo quedó rígido, como el del museo, envuelto en ropa), y siguió andando. Venía en sentido contrario un robusto anciano de bastón y grandes cejas blancas, unas cejas salientes como cornisas, devorándose la calle con sus arrestos marciales. Se miraron sorpresivamente, cada uno como queriendo decirle algo al otro (el de cuarenta años tuvo lástima del de setenta), pero decidieron no trasmitirse sus opiniones. Siempre es mejor seguir el rumbo que se lleva.

Setenta años, cuarenta y uno. Dentro de once meses, los cuarenta y dos. ¿Podrían revivir las mulas, podrían levantarse de nuevo? El médico había mirado al trasluz las placas. Después lo había observado a él, luego otra vez las placas. Finalmente, cuando se cansó de aquel juego, le dijo que se podía probar a hacerle un tajito (de exploración, ¿me entiende?). Ya desde ese momento, él decidió volver a ensayar por otros tres días. Y así, de tres en tres, había ido eludiendo a los exploradores. Pero debió caer en eso otro: el remolino de los cuellos. Lo miran y lo sitúan desde ya en el centro de una rosa de los vientos. El médico, la prostituta, la niña del museo, la pelirroja de los besos grasientos, el anciano. ¿Por qué tanto recelo con su caso, sin embargo? ¿No tenían algunos el cerebro, el corazón o el sexo muertos y seguían vivos?

Fue como para evadirse de esa estúpida mirada circular, que lo acogotó, sin más, la necesidad de trepar a un ómnibus repleto. ¿Y qué? Un hombre flaco agarra al vuelo un vehículo, y no hay quien no se comprima para hacerle un poco de sitio. Lo que no saben es que él les tiene repulsión, a pesar de esa bondad colectiva, y que no se siente, de ningún modo, uno de ellos. La primera mujer que encontró llevaba el brazo levantado para cogerse de un hierro y, a causa de eso, se le estaba escapando un poderoso efluvio de su sobaco rapado a medias. Ella era toda fuerza en aquel brazo lleno de surcos venosos. Bien se veía que eran brazos de fábrica, eslabones para la cadena. Pero él no olía a nada ya, y la empujó brutalmente para eludirla. Maldita moda, gruñó pensamiento adentro, maldita axila al aire. Y maldita todas ellas, además. Si no huelen a algo parece que no pueden ser hembras.

Pero no bien escapó de la mujer, se fue contra un hombre, sudoroso, rechoncho, que tenía un tonel por estómago, y por cara cierto rostro de un afiche de la cerveza que lo traía loco desde un calendario de pared. Entonces fue ya imposible resistir más todo aquello, tanta insolencia pública, tanto insulto desnudo a su duelo, a sus mulas caídas en el barro. Él no había hablado con nadie, había eludido toda convivencia, y en vano. Descargó, de pronto, su odio en aquella barriga, con sus puños secos y duros, en los que la venganza se estaba concentrando desde que había mirado por primera vez el afiche del calendario. Hubo un revuelo de cabezas, una concisión de protestas, de chillidos histéricos. Pero él podía aventajar a cualquiera en rapidez. Se les escurrió como un pez vivo y escapó por la puerta de descenso.

Empezó a correr –eso sí que podía hacerlo, había logrado ventajas en su nuevo estado– y desembocó en menos de tres minutos en la tercera calle paralela a la del incidente, donde lo detuvo el apretado tránsito. Uno más en el mundo anónimo, lo único a lo que podía aspirar sin riesgos. Fue en ese preciso instante cuando debió saber, más solitario que nunca, y habiendo abominado para siempre de todos los bienes compartidos, la terrible noticia íntima. Las mulas reventadas de su estómago habían decidido algo más finamente cruel que no molerle el grano: dolerse ellas mismas, como si estuvieran vivas, revoleárseles dentro, cocearlo, deshacerlo, salírseles a pedazos por la boca si pretendía hacer fuerza.

El hombre se agarró con ambas manos eso que los otros llamaban estómago, se curvó angustiosamente. No, nunca sabrían los gusanos vivos que andaban por allí lo que él estaba sintiendo. Él, un supermuerto rodeado de infravivos, él, sufriendo en esa forma. Mientras una de las mulas pareció echarse al suelo y aflojar las patadas, volvió a tener un pensamiento optimista. (Esta carrera, esta alocada carrera me ha descompuesto. Ya pasará, ya pasará, sin duda). Pero de pronto, la mula echada se levantó de nuevo y volvió a agarrarle sin piedad las entrañas.

En ese mismo instante, por encima del movimiento de la calle, el hombre vio un letrero promisorio: Farmacia. Sí, farmacia, farmacia. Ya no hay en el mundo otra palabra. Es imposible cruzar, a menos de que se salte por encima de las repletas gusaneras. Saltar no puede. Pero cruzará de cualquier modo. La rebelión de sus mulas llena el mundo.

Venía entre la corriente espesa de aquel río un motociclista joven, con su maravillosa cara sudando alegría de vértigo. Los odiaba él en los últimos tiempos. Eran de los que se iban con los ojos abiertos, al abismo, o vivían toda la vida, sin más razones, como si tuvieran un instinto en la punta de la nariz que los librara del riesgo. Lo desafió en el cruce. El otro, un hombre completamente vivo, desde el estómago a las uñas, hizo un viraje desesperado y fue a dar en las fauces mismas de un gigantesco camión que venía en sentido contrario. El monstruo se le plantó encima con todas sus patas.

Quedó una mano saliendo por debajo de los hierros, las bocinas, el amontonamiento. Podría ser, quizás, una mano grande, fuerte. Allí, sobre la larga ameba de sangre que se formó en el suelo, era solo una tierna y dulce mano aún viva saliendo de un cuerpo hecho papilla.

Una mano aún viva, toda la ternura y todo el poder ser negándosele. Pero el hombre de las mulas muertas entró, pudo entrar en la farmacia.

El memorialista

Día en que acabo de medir la estupidez de estas anotaciones diarias…

El memorialista fechó la parte superior de la primera página, llevado más por la costumbre que por
el destino final que había decidido dar a su cuaderno,
y continuó escribiendo:

Hoy abandoné el lecho a las diez de la mañana. Me vestí
sin darme cuenta de mis actos, tragué leche quemada sin
saberlo. Siempre se me accidenta la leche, y de ese per-
cance inevitable solo suelo tener plena conciencia la vez
que no sucede. O cuando, como hoy, el pequeño depósito
carbonizado en una caries se hace presente. Luego tomé un
autobús al azar y, así como así, empezó mi vida…

Era un hombre de mediana edad y poca carne encima. Tenía un físico vulgar, de esos que no alcanzan a
producir nada, ni siquiera sospechas, como no fuera a
excepción de cierto halo de dulzura que parecía flotar

en su aire, al extremo de complicarlo en la categoría desgraciada de los tipos buenos.

Sí –continuó– aclaro esto de que así como así empezó mi vida, porque muchos creen que esa vida se inaugura con el nacimiento. Qué error. La vida (también la muerte íntima) está marcada en el minuto x del día x de cada uno. Lo que ocurre para explicar el equívoco habitual es que la mayor parte de la humanidad, o se muere físicamente antes de despejar su incógnita o, por levantar una mísera moneda metida de perfil entre las losas de la acera, deja pasar el instante supremo que le salta por encima del espinazo como en cierto juego de niños. Son los responsables de la idea falsa. Y es debido a ellos que aparece luego en las biografías la fórmula petrificada: Fulano, año mil y tantos † año mil y tantos más. Nadie sino él podrá saber jamás, sin embargo, qué día de los contantes entre las fechas nacería o moriría el hombre. Pero se han atrevido a encerrarlo entre números convencionales como a un camino señalado por mojones. Yo no. Yo no nací en día, mes y año sabido de nadie, ni siquiera por medio de estas memorias, pues pienso destruirlas…

La estilográfica no dio para más. Siempre le ocurrirán al hombre las mismas desgracias, pensó en un rapto de solidaridad alimentando el depósito, que se le acaben la tinta, el amor o la vida en el momento en que más se encuentra atado a sus benditas fuentes…

Y bien –prosiguió– solo me será dado a mí recordarlo: haber visto en tal día lo menos extraordinario del mundo, un afiche de cierto producto vitaminado, especial para niños débiles. Pienso, no puedo dejar de hacerlo, en la infinidad de seres que habrán pasado frente al anuncio, en el inmenso mundo de la reacción individual, desde la indiferencia de la mayoría, a alguna asociación de ideas de los menos, desde la náusea de algún hipersensible a su rápido olvido al llegar a la esquina.

Yo, por mi parte, fui el que debió meditar, no hubiera podido escaparle a mi vicio crónico. La verdad es que durante generaciones y más generaciones del pasado se había vencido por el terror a las criaturas raquíticas mediante la estampa de un hombre cargando un enorme pescado a la espalda. Esa imagen no desaparecerá nunca de la tierra, es tan inmortal como los fiordos escandinavos. Pero los tiempos le fueron evolucionando en las narices, de eso nadie se libra. Entonces, una niña luminosa mirando con deleite el contenido de una cuchara donde desborda la misma cosa, vencerá sin levantar un dedo al pescador forzudo. De tal modo habría aclarado yo con una leyenda la aparición del nuevo afiche, razón por la cual ya estaría expulsado de la oficina de propaganda, y solo a causa de la verdad, como siempre. Porque el asunto, bien mirado, era un engaño. Yo nunca dudaré de que si se traspasasen atávicamente los terrores, mis probables hijos llorarían a la simple vista de un pescado. Tal cosa no tendría por qué ocurrir si me les acercase con una niña rubia en la etiqueta de un frasco. ¿Pero no odiarían después a las niñas rubias toda su vida? Fue, pues, al cabo de esta última reflexión que, por puro celo progenitor, bajé del autobús y retrocedí a sentarme en una plaza a mirar, calle por medio, el anuncio de la vidriera.

Creo haber expresado ya en alguna parte de este diario que siempre que veo una plaza, de cualquier categoría que sea, me siento en ella un par de horas. Y pienso durante todo el tiempo en una isla. Matemáticamente sucede eso. Si me regalaran una isla, llego hasta a decir al que se halla sentado junto a mí, o a la sombra, simplemente, de todos los que estuvieron antes. Si me regalaran una isla, voy repitiendo cada vez con más fuerza mental, como para hacer caer la realidad en mi trampa. Pero una isla que no resultara después vendiéndose en fracciones, una isla como esta rodeada de agua. Y siempre así, con la esperanza de que antes de morir, y a fuerza de tanto desearlo, quizás me caiga alguna. Porque hay tantas por esos mundos ¿no? ¿Y quién no ha esperado algo de una herencia estrafalaria, de un cataclismo que nos cambie de sitio?

Un día el que estaba al lado me preguntó levantando el cigarro consumido que yo había aplastado con el pie: «Diga, ¿y cómo se llamaría su isla, por si acaso?». Le miré con terror y cambié de banco. Una isla sin nombre y sin lugar, y que yo pisaría antes que nadie hubiese inventado en ella la primera mentira, fui mascullando hasta el nuevo sitio, mientras el otro se deleitaba con mi saliva en la colilla húmeda…

* * *

Y bien: estaba en lo de insistir con el pensamiento de la isla, cuando de pronto, y así, de golpe, se me ocurrió la idea de ir a decirle a la niña rubia que el contenido de la cuchara no era dulce ni sabrocito, que a ella se le iban a poner las mejillas como las rosas si lograba tomarlo, pero que tendría que ser valiente y tragar sin miedo.

Crucé y le hablé. La niña seguía mirándome y sonriendo. Entonces yo pensé: es este vidrio maldito lo que nos separa. Una criatura normal no puede ser tan cándida. Además, lo principal era el hecho de que le llegase a la oreja lo que yo decía, eso será siempre lo importante en todos los casos, se nos dé o no la guerra que buscamos. Tomé, pues, una distancia conveniente, me agarré de cierta argolla providencial que había a un costado, recordé lo que dice en los aviones respecto a romper el vidrio a puntapiés en casos de emergencia, y pude ya hablarle a la dulce chiquilla sin nada por medio. Luego no sé muy bien lo que ocurrió. Acudieron muchos al ruido y se me quedaron mirando con un gancho de interrogación cayendo de cada ojo. Yo volví a cruzar sin conceder explicaciones y me senté de nuevo en el banco.

Fue entonces cuando la plaza empezó a girar como un tiovivo. No recordaba haber deseado andar con tanta gente en el remolino. Y, sin embargo, era yo su presa, acababa de caer torpemente en sus redes. Piernas y brazos, faldas y pantalones, ruedas de coches y canteros con flores. No había reparado en una fuente central hasta que no la vi también danzar alrededor mío. Luego ocurrió lo del hombre lleno de botones de metal. Ese no giraba. Se plantó paralelamente a mi eje, me tomó de un brazo y dijo tener la obligación de llevarme a declarar algo.

Yo soy un tipo tierno, ¿sabían ustedes? Y basta que alguien me toque, simplemente, para que toda mi humanidad tienda a compartirse. Con la mano libre me palpé los bolsillos. Desgracia: no llevaba encima cigarros, goma de mascar, es decir, no podía ofrecerle nada más que mi amor, lo único que corre el riesgo de ser rechazado si uno no se anda con tino y espera que se lo mendiguen.

Comencé, pues, preguntándole por su vida. Él me respondió como mis bolsillos, con la nada. Y ahí empieza a darse lo inexplicable. Porque un hombre puede tener los bolsillos vacíos, pero no logrará jamás ser un individuo sin problemas, sin hijos a quienes extirpar las amígdalas, sin mujer con várices, sin grifos del agua corriente que arreglar con urgencia, o libre de algún negocio que dependa de valores fluctuantes o de la rapacidad de una compañía financiadora.

En último caso, aun teniendo todo eso en buen orden, un tipo común puede estar deseando que alguna mujer le acaricie sin pedirle nada, hasta hacerlo entrar en una especie de sueño hipnótico escindido de todas las desgracias en acecha. Pero esa mujer no existe, es claro. Y si llegara a aparecer, la confundiríamos con un sueño y no cesaríamos de sacudir las orejas hasta espantarla como a una mosca importuna.

A cada una de mis preguntas, el individuo tenía un respingo de nervio tocado a punta de aguja. Pero era su única forma, aunque demasiado pobre, de responder a mis impactos, y yo no podía traducir nada a letra de mensaje. Finalmente –no quiero escribir lo que le pregunté– me soltó el brazo de golpe, se tapó los oídos con ambas manos:

–¡Basta, basta! –gritó con desesperación–. ¿O quiere que reviente aquí mismo por su culpa?

–Perdóneme –le supliqué yo a mi vez, aunque en el más delicado tono confidencial–, ¿empezó a tener como un tiovivo en la cabeza, verdad, lo cercaron mis malditas palabras?

El del uniforme se descubrió los oídos. Entonces fue cuando sentí la necesidad de tomarlo a él del brazo. Era un ser humano como yo, a pesar de no saber expresarse. Quizás, y también pese a tener el doble de mis botones en la chaqueta, ocultaría un brazo flaco y desamparado bajo la tela como cualquiera. Y una gota de agua cayendo del lavabo podría traerlo loco desde meses. Nunca hay tiempo de adquirir un centenar de esos famosos anillitos de cuero, qué diablos.

En tal punto de mis meditaciones fue donde empezó la curiosidad pública. Un habitante anónimo llevando del brazo a la justicia impuesta ¿no era así? Por aquel simple cambio en el orden establecido pareció que anduvieran paseando al elefante blanco por las calles y eso no sucede a cada rato. Mi preso, al fin, dio en caer también en la cuenta del equívoco, justamente al llegar a la puerta del local –la reconocí por el olor a calabozo y tinta con que bostezaba– y se me desasió con violencia. Luego me miró como a un criminal nato, volvió a atenazarme y me empujó hacia adentro como a un bulto inanimado.

En este punto ya no quisiera continuar escribiendo. Pero lo hago por ser la última vez. Juro que será mi última crónica. Solo así me siento justificado.

* * *

Y bien: tuve la sensación de que a los que me recibieron allí (eran tres hombres sentados tras una mesa en la que no se sabía dónde acababan los vasos, los restos de cigarros, la máquina de escribir para que empezaran los rostros), los desconcertó sobremanera el hecho de que yo dijera, la verdad. Tenían un deseo loco de oírme mentir, me daban todas las oportunidades para hacerlo.

–Vamos a ver –dijo uno sin dejar de ser los tres y las cosas de la mesa– estaba parado junto a la vidriera y alguien, que se dio luego a la fuga, te empujó sin lástima...

–No, señor.

–¿Y por qué no, pedazo de bruto?

Siempre me había sucedido lo mismo desde mis primeras palabras articuladas, pensé. En cuanto yo falseara la realidad, todos serían halagos para mí, como un premio para la mejor mentira. Un día, recordé dándoles tiempo para que murmurasen, siendo entonces muy niño y habiéndoseme quebrado una frutera se me ocurrió la idea de llevar los despojos al ruedo de la familia y relatar el hecho. Me miraron primero con asombro. A continuación me zurraron, quitándome las ganas de vivir por un tiempo muy largo.

–¿Y entonces qué? –preguntó el siguiente–. ¿O de verdad creerías que la niña del afiche estaba viva?

–¿Y usted piensa que el retrato de Mona Lisa viene oyendo todos los poemas buenos o malos que le recitan?

–¿Mona qué…?

–Cómo… ¿No sabe quién es Mona Lisa y tiene el derecho de interrogarme? –le repliqué audazmente, ya dispuesto a todo.

Uno de los tipos se acercó entonces al inmediato, el que tomaba nota de todo en la máquina, y le dijo al oído algo que pude captar de punta a punta:

–Debe ser epiléptico. En la crisis, rompió el vidrio. Después, por vergüenza, inventa la patraña de la chica y ahora sale con que no era una niña, sino una mona…

Fue entonces cuando decidí nacer, y nacer lo más dolorosamente posible, que es la única forma lícita. Nacer después de haber vivido es algo que no tiene descripción, una especie de torrente nuevo que se viene desde lejos con todo lo cruel, todo lo turbio de la anterior existencia. Yo estaba, por otra parte, en un momento propicio para aquella metamorfosis. Las preguntas y las respuestas, a fuerza de desarmónicas, habían terminado debilitando mi ser, haciéndolo maleable para cualquier cosa.

–¿Puedo sentarme? –pregunté de pronto con un tono de voz que no me pertenecía, como el de un infeliz al que le rondan la miseria que venía tapiando desde años.

Me tiré desvaídamente en una silla, agarré mi cabeza con ambas manos y así los tuve unos minutos esperando mi parto.

Una transpiración copiosa me había invadido el cuello, el rostro ¿Pero qué podían saber ellos de la raíz de dónde brotaba? Nadie, nadie será capaz de comprenderme en este instante, pensé. Lo que yo alumbro ahora es lo que ellos vienen queriendo que saque de adentro mío, cierto: fruteras pegadas con saliva o con la culpa del gato, vitrinas con anuncios milagrosos mientras los niños siguen muriendo de la misma y otras muertes, nombres nuevos para las eternas y voraces polillas de siempre.

Levanté los ojos para investigar el mundo antiguo. Justamente de la espalda de un armario lleno de legajos (para qué guardarlos si nadie hilvanaría la gran novela) salió una mariposa gris hinchada de relatos inéditos.

Uno ve esas pequeñeces con mayor relieve cuando está en agonía, subrayé aún a boca cerrada. Pero dejen que termine de nacer, dejen que acabe limpiamente este fenómeno. Y prometeré ser para siempre lo que ellos quieren, nunca más volveré a decir ni a sentir aquellas cosas de maravilla. Dios mío, me quedo sin mí en tus propias barbas, comencé a orar vida adentro con una religiosidad inusitada, y cómo será vivirlo para siempre. Ah, ya lo sé, le respondí a mi propio misterio. Me acostaré para dormir, sencillamente, o para olvidar las cosas terroríficas de este mundo que nos decapita con sus hachas ciegas. Pero nunca jamás para esperar la isla, ni a mi madre joven y sus ojos azules sin el último miedo…

Todo cumplido ya, pues. Me levanté rígidamente y empecé a llorar la antigua piel que yacía, desinflada de mí, sobre el suelo. Luego también eso acabó. Me puse de pie y los miré con entereza cara a cara.

Ellos vieron complacidamente que había pasado el trance y volvieron a la carga:

—Una declaración sin compromiso, la firma habitual, y ahí está la puerta abierta...

Yo miré aquella puerta con algo de mi antigua desesperación. Cuando se entra de un modo y se sale de otro, recordé haber escrito no sabía cuándo, las puertas son cosas que cobran distintos significados. Uno puede llevar una puerta invisible incrustada en la espalda si alguien se la cerró cierta vez brutalmente. Ellos me daban paso franco. Y, sin embargo, también cargaría yo una puerta trágica en mi historia.

—Perdón —musité entonces con humildad—, yo padezco efectivamente de ese mal hereditario que ustedes sospechaban. Sé que cuando siento el mareo previo debo alejarme de las vitrinas. Pero hoy no tuve tiempo. La cosa frente a la farmacia fue tipo proyectil. Por las consecuencias, se deduce que me arrojó como una descarga eléctrica.

El que escribía a máquina con dos dedos sacaba chispas de las teclas. Luego me hicieron traer un vaso de leche caliente. Por primera vez sentí que la leche no quemada sabía a vaca y a mujer encinta... En medio de todo aquel amor, oí decir que un simple certificado médico me libraría del pago de daños si la vidriera no estuviese asegurada. Todo quedaba, pues, resuelto a mi favor, y no solo entonces sino, según lo intuí, en adelante.

QUID PRODEST?

… Miren, miren cómo arde el montón salido por los años de mí y tantas veces de a pedazos. Y ahora huelan, huelan… El alma que perdimos solo deja en el aire esa estela ordinaria de papel quemado…

El entierro

1º

La rata muerta

"Su cadáver estaba lleno del
mundo."

Vivir, ~~como todos~~ de aquel que los demás mortales, en concordato con sus vísceras. Y eso hubiera sido lo suficiente para estar, también como todos ello, prevenido — Pero Oribaldo Piedra era un hombre tan capaz de tomar las cosas como vienen, recibiéndolas con una sonrisa tan dulce — no irónica ni estúpida, sino dulce — que el estrago pareció tornarse mayor contra él que contra los otros.

~~Había~~ Había, sin embargo, en el hombre, y frente a aquel injusto reparto de la desgracia, un elemento capaz de contrarrestar ~~las~~ las desproporciones: su vena humorística.

A causa de la dulzura y la bondad naturales, pues, podría la vida llamarse a engaño en el individuo. Mas quedaba aún ~~invulnerable~~ ~~en el destino~~ aquel humor ~~~~~~ ~~~~~~ capaz de ganar ~~~~~~ de mano hasta a la misma fatalidad consumada, como diciendo: ¿ Y? ¿ Valió, acaso, la pena, tanto ensañamiento?

~~Sin embargo~~ Mas, para comprender en forma total esa ingrediente de personalidad, para poder formarse una idea concreta de dicho atributo, materializarlo,

El entierro

Luego de asombrarse en lo íntimo por la forma tan poco seria de recibir el hombre la noticia del alta, el enfermero lo ayudó a vestirse y a juntar sus escasas pertenencias de bolsillo, reparando de paso en su estado físico lamentable, tan en contraste con aquel ánimo festivo que no había variado jamás, ni a través de las cosas dichas bajo los efectos de la anestesia en el lapso post operatorio. Al fin, y logrando atajarse a duras penas la curiosidad, le alcanzó el frasco conteniendo «aquello», algo que, hasta el momento mismo de hacerse calzar los zapatos, el paciente no dejara de recomendarle.

Desde los primeros días de su ingreso a la clínica había llamado la atención el individuo, los amigos de todo pelo interesados en su suerte, las naranjas y los cigarrillos dejados a su nombre. Cierta vez llegó a la mesa de entrada una especie de antología del chiste formada por las tiras cómicas de todos los diarios de la semana, y con una dedicatoria muy particular: «Al finado de la Sala 2, Honoribaldo Selva, para que resucite leyendo esto: Sus siete amigos de LA BOTELLITA». De modo que el asunto de egresar del hospital llevándose la víscera eliminada, especie de compensación exigida por el enfermo al aceptar ser intervenido, no resultaría sino una peculiaridad más del tipo, cuya simpatía fuera capaz de permitirle hasta eso, conseguir de los cirujanos aquel trofeo macabro, reivindicando su incuestionable derecho posesorio. Al envolverlo, mantuvo aún la dosis de buen humor para elegir la página del periódico que, de acuerdo con su natural repugnancia a ciertas falsedades humanas, según explicó al enfermero señalándole un titular, se prestaría mejor para guardar una carnaza putrefacta. Y desde luego que en compañía de los amigos más fieles que estaban esperándole en la calle, salió esa mañana con su lío bajo el brazo, como un buen señor, dijo, que se trajese algo del mercado.

Uno de los hombres, ante lo anunciado días atrás por Selva –su primera salida en común sería al cementerio– lanzó la idea de alquilar un coche, principalmente para cubrir cierto trecho que alejaba en forma prudencial a los muertos de los vivos. «No faltaría más, comentó con una contagiosa carcajada el esquelético convaleciente, se logra sobrevivir bajo tres médicos armados de cuchillos, y hasta con los rostros cubiertos como bandidos del cine mudo, y ustedes creen ahora que uno va a morir a causa de tres mansos kilómetros acostados bajo los árboles. Hay cosas, en materia de riesgos, que no se comparan con nada, y es de ver cómo nos largamos hacia ellas, aun permitiendo que nos idioticen antes con narcóticos. Y luego vienen a cuidarnos de un inocente paseo entre campo y cielo…».

Sin más discusión, pues, se optó por hacer a pie aquel largo camino en el que irían quedando pedazos menudos del ingenio del hombre como un gran pan de hilaridad reducido a migajas. En un punto intermedio, y por la depresión debida a cierto vado, Honoribaldo tuvo que retardar la marcha, tomando una rama para apoyarse y lanzar un guijarro al hilo de agua del flanco. Pero ni ese primer tramo ni el siguiente lograron voltearlo de espíritu, pese a su visible sacrificio para cumplir aquella absurda travesía.

Llegaron, por fin, al cementerio, atravesaron el tablero de ajedrez de las tumbas y, exactamente junto al muro del fondo, el hombre se decidió a cumplir sus propósitos. Empezó con grandes dificultades a practicar un agujero en el suelo, valiéndose de la rama que le había servido de sostén. No bien quedó terminado, se retiró unos pasos del lugar, apuntó hacia el hueco con su envoltorio y lo arrojó secamente al centro. Luego volvió al sitio ostentando la misma tranquilidad, arrastró con el pie la tierra movida y fue cubriendo la cosa. Carraspeó, se arregló el nudo de la corbata, esperó alguna pulla que no alcanzó a cuajar pues, qué diablos, cada uno tendría alguien por allí cerca con la boca llena de raíces, tosió, desplegó luego una característica sonrisa de través que le dibujaba un hoyuelo en la flaca mejilla, y largó al fin este misterioso discurso:

—El anticipo, mis futuros comensales. Además, ahí les dejo el diario para la sobremesa, y en la página de la política internacional, siempre sonriente y siempre pudriéndose, más podrida cuanto más sonriente, por decir la verdad entera. Buen provecho, y hasta mejor vernos, como se acostumbra a saludarse acá arriba, con la promesa del banquete completo.

Volvió a toser secamente, se apretó con ambas manos la boca del estómago, y, sin más ceremonias, se reintegró a la comitiva, apoyándose no ya en la rama verde, que quedó poetizando el hoyo, sino en uno de los hombres.

A esta altura de los hechos, el ánimo bullanguero del grupo había cambiado considerablemente, y no solo a causa del cariz de la broma, sino también por el aspecto calamitoso del amigo. Pero sacando cada uno a luz las fuerzas de reserva, se decidió de común acuerdo rematar la jornada en cierto bar de última clase llamado «La Botellita», única forma de recuperarse según sus viejos antecedentes. Con Honoribaldo en andas, entraron entonces a media tarde a aquel lugar que tenía para ellos un significado de día de asueto en cualquier altura de la semana, y ocuparon la mesa de siempre. Y fue desde ese momento que las cosas dieron en adquirir contornos frenéticos. Había que festejar el regreso del personaje central de la rueda, verdad, pero lo más inconfesable y urgente era tomar providencias contra cierto frío ubicado en el espinazo, para el que solo existían remedios seguros en las botellas. Tanto que hasta el dueño de las mismas, plegándose él también al juego, decidió medicamentarse gratuitamente. Ese fue, en realidad, el principio del desastre, marcado en un punto crítico: cuando alguien sugirió al hombre que no perdiera más tiempo en cerrar las vitrinas por cada vez que sacara del lugar las nuevas unidades. Qué necesidad de gastar aquellas hermosas manijas de bronce antiguo. Desde ahí, y por implantación del autoservicio, el contenido empezó a correr sin las miserables limitaciones del continente, como dijo uno arrojando por encima del hombro un envase.

Un final de tarde y una noche entera terminaban ya con todas las existencias, cuando la misma botella simbólica del día de la fundación, envuelta en unos andrajos de telarañas, apareció sobre la mesa. Aquello, por lo insólito, provocó una especie de pánico colectivo. Era la botellita epónima, y asistida de una virtud de supervivencia tan misteriosa que ni las grescas más inolvidables registradas en los anales del bar habían logrado arrancarla del plinto. Pero luego, y como en todos los casos en que entra a tallar lo vedado, una especie de angustia de posesión rompió los escrúpulos del principio. ¿Cómo y en nombre de qué ley no escrita iba a escaparse la sugestiva miniatura? La mesa estaba ya erizada de brazos, tal si los hombres a que pertenecían hubiesen trasmigrado a una especie de símbolo brahamánico, cuando luego de un golpe de puño que hizo temblar todas las tablas cercanas, se oyó la voz de Honoribaldo Selva tratando de dominar el grupo:

—Esta no, muchachos. ¿No ven que parece *lady* Godiva en la vejez, con el mismo pelo de antes, pero color ceniza?

—«¿Lei di» qué, ha dicho? —tartamudeó uno de los sedientos estirando la mano, aunque sin lograr el acto.

—A mí no me van a asustar con historias de viejas —agregó otro engallándose— venga para acá la anciana, porque en caso de necesidad, viejita y todo puede calentar el cuerpo. No todas en la vida de uno van a ser con dientes de leche. ¡Qué tanto asco por unas canas más o menos…!

—¡Primero mi cadáver, luego esta botella! —gritó entonces Honoribaldo logrando evitar el secuestro, pero ya con una fatiga sensible en su pecho.

Quizás fuese el extremo recurso interpuesto por el homenajeado para defender la pieza lo que hiciera recobrar la memoria conjunta. Nadie, hasta ese minuto, se había vuelto mentalmente ni hacia el episodio inicial ni hacia la causa de los festejos. Y, por lo tanto, nadie tampoco hubiera dado en observar la palidez del hombre, esfumándose casi del mundo, como exprimido hacia su interior por una gracia inminente que, a causa de su volumen, no lograra exteriorizarse. Tal palidez, unida al romántico salvataje, volvió de pronto a centrar la atención colectiva en los famosos silencios a los que Selva tenía acostumbrado al ruedo antes de lanzar algunas de sus sentencias. Aunque esta vez no lograra ser muy noble la cosa, debido al hipo de uno de los individuos y al canto de un gallo tras la ventana. Pero era indudable que el aire estaba cargado de una tensión particular, como si se tocara el borde de una tormenta eléctrica o, lo que era más sencillo y humilde, Honoribaldo hubiera decidido morírseles allí mismo, mirando dulcemente la botella, cuya virginidad había quedado intacta como un botón antiguo sobre la mesa. El invitado continuaba sentado entre ellos, pero muerto. Sin duda, a juzgar por muchos detalles, ya habría salido del hospital con el pasaporte negro, nunca se sabrá hasta qué punto es capaz de durar la misteriosa cuerda, a pesar de todas las apariencias. Pero el hombre acostumbra a llamar muerte solamente a eso, y basta.

Estuvieron contemplando al cadáver largo rato, como idiotizados. Al fin, o bien por iniciativa de alguien ya hecho en tales trances, o para evitarse una mirada tan tenaz como aquella, decidieron colocarlo horizontalmente sobre las escupidas con aserrín, las colillas y los vasos rotos del suelo. Uno le cerró los ojos y la boca, otro le cruzó las manos sobre el pecho. El dueño de la casa, no teniendo más nada que ofrecer, le puso entre los dedos la pieza de la discordia. Le había quedado en el rostro su sonrisita de través: eso no iba a fallarle nunca, sucediera lo que sucediera.

Volvieron últimamente a ocupar la mesa. Y allí, casi sin proponérselo con palabras, se decidió fabricar la caja con lo que se encontrara a mano, desparramándose entonces como taladros nocturnos en busca de materiales. El más activo en la operación, después de utilizar los maderos de una estantería, le echó el ojo a los inquietantes tiradores de bronce de la vitrina y se los ofrendó a Honoribaldo de manijas, atornillándolos como pudo, con lo que el ataúd acabó por adquirir una verdadera dignidad funeraria, ese toque sutil que equivaldría en todos los casos a un «no confundir, lo es realmente».

Parecía todo hecho, pues, cuando uno de los contertulios, tratando de reprimir un sollozo, dio en lanzar un roto grito alcohólico capaz de conmover hasta las entrañas del muerto:

—¡Viva el finado, viva el finado, he dicho!

Aquello fue determinante. Los que se podían mantener en pie levantaron entonces la caja, destapada como se hallaba, y, repitiendo los vivas, se encaminaron a la calle seguidos a duras penas por el resto. Anduvieron en tal estado de frenesí importunando gente dormida con aquel grito que parecía salirles del plexo solar, hasta que descubriendo abierto otro sitio como el que habían saqueado, decidieron completar las honras póstumas, luego de dejar el féretro en la acera.

—Nada más… que entretanto… salga el mugriento sol… viejo… —aclaró uno de los tipos en su trabalenguas de circunstancias—. Si siempre fuera de noche… te llevaríamos adentro… para seguir con los tragos… Pero va a salir el otro, hermano… Y de día todo tiene que ser… como está ordenado, las cosas ariscas… la gente queriéndolo todo en regla… hombre con mujer… zapato derecho y zapato izquierdo… vivos con vivos… muertos con muertos…

Tales palabras, cargadas por igual de absurdo y de sentido común, parecieron despertar la conciencia de otro de los individuos, quien, hipando a los mismos intervalos irregulares del anterior, como si los recibiese bajo cuerdas, logró conectar sus propias ideas:

—¿Y las formalidades relacionadas con el deceso de la persona humana? —dijo—. ¿O se creen, pedazos de brutos, que un muerto es un fardo clandestino que puede pasar sin la estampilla del impuesto? Hay que llevarlo para atrás, yo sé lo que digo, hay que hacer antes otras cosas...

¿Formalidades con un hombre como aquel, que había enterrado sus propios pedazos y era capaz de seguir sonriendo en la caja, y hasta de tener mejor semblante que cualquiera de ellos? Ese debió ser el pensamiento común de la mayoría, pues el muerto tuvo que quedarse donde estaba, aumentando la soledad de la calle como una valija abandonada en un andén ferroviario.

Siempre eructando, más lívidos y con más barba que al entrar, salían horas después, ya en plena mañana, cuando se encontraron con dos novedades: un ruido sordo como de barricadas entre las nubes, haciendo temblar las estructuras de abajo, hasta la del cajón mismo, castigándolas de vibraciones, y el robo de las manijas de bronce, todo el lujo del féretro. Uno de los más tambaleantes, para quien la lluvia próxima no parecía contar, fue el primero en percibir con terror aquello último, tan importante en sí como un corte en el tendón de Aquiles, pero no a causa de esa funcionalidad, sino por el carácter suntuario de las argollas. Con los pies enredados como la lengua lograba agacharse para verificar el desastre, cuando cayó en una cuenta inverosímil, la culpabilidad del muerto en el asunto.

–A mí no me vas a engañar –logró balbucear en tono monocorde y a punto de ir a dar dentro de la caja– has sido tú, por jugarnos una de las pesadas. Pero esta vez te pasaste de muerto, sin manijas no hay entierro. A ver, soltá la prenda, si no querés que te la saquen a la fuerza...

Ya estaba a punto de consumar la profanación, revisar los bolsillos del finado, cuando uno que había podido vomitar junto al árbol próximo consiguió que se evitara, espantando al pasar unas moscas que se habían prendido en las comisuras y la nariz del cadáver. Y decidiendo que se le volviese a cargar para reemprender el camino del día antes.

A todas esas habían empezado a sentirse ya las primeras gotas, gruesas y redondas como caídas de las varillas de un paraguas. Aunque felizmente espaciadas y sin mayor prisa, lo que no dejaba de constituir una ventaja, faltando esta vez para acortar el camino Honoribaldo Selva, remoto y actual al mismo tiempo. Y, a causa de la borrachera colectiva, movedizo en las conciencias como un reflejo en el agua.

Habían hecho así medio trayecto, cuando cierto fatalismo que estaba sucediéndose siempre en partida doble desde la fiesta a la muerte del homenajeado, desde la tormenta al robo en la calle, se hizo presente de nuevo: cierto pajarraco negro que decidió acompañarlos saltando de uno a otro árbol, y una lluvia maciza que parecía unirse también al cortejo. Primeramente por el ave, pues, que empezó a encogerles los hígados, y luego por los elementos, debieron apurar el paso, tanto más cuanto que, a pesar de sus nebulosidades mentales, todos recordaban la existencia de cierto vado y la forma en que solía comportarse en casos como ese. El cuerpo de Honoribaldo, entretanto, se sacudía allá arriba debido a la marcha forzada y en zigzag, pesando cada vez más a causa del agua. Hasta que, de pronto, y al ir a poner el pie en el camino inundado, cayeron en la cuenta de que el paso les había hecho el juego sucio de siempre: no solo presentarse a un nivel capaz de llegar hasta las ingles, sino provocar un furioso arremolinamiento en el punto medio, haciendo bailar allí en redondo todo lo arrastrado por las aguas. Aquello fue un brevísimo y desesperado sálvese quien pueda, con el peligro de ir a dar sobre las alambradas de los flancos, límite teórico de la verdadera corriente, y en ese minuto cubiertas por completo. Manoteando, prendiéndose los unos a los otros, habían logrado zafar del pequeño pero furioso tirabuzón, cuando alcanzaron a descubrir la caja vacía flotando tras ellos, y la que, según pudieron apreciar, les había estado sirviendo de salvavidas. La miraron casi sin reconocerla. Vueltos a una relativa claridad interior por obra del chapuzón, y cuando el motivo del cruce apareció como algo situado más allá de los recuerdos, el madero hubiese podido continuar sobrenadando como una de las tantas cosas a las que cada cual se había agarrado con todas sus uñas, cuando el último en abandonar el cauce fue el elegido por Honoribaldo para presentársele de nuevo a refrescarles la memoria, pero escapando por entre los hilos del alambrado e internándose en la corriente. Boca arriba, con las manos cruzadas sobre el pecho, el cadáver dio tres o cuatro volteretas y siguió la dirección de las aguas, esquivando algún árbol a medio sumergir, dándose a veces de cabezazos en otro, mas siempre determinado por la ansiedad de desembocadura que nadie hubiera podido ya quitarle a su desplazamiento.

Había transcurrido muy poco tiempo desde el comienzo del suceso. Sin embargo, y como es común en este tipo de inundaciones, el volumen del paso estaba ya bajando. Un sol rabiosamente amarillo apareció tras las nubes. Se miraron unos a otros como extraños, una especie de cardumen de ahogados descubierto en la resaca, con arenillas y pequeños restos de conchas en las orejas, el pelo, pero no tan desconocidos entre sí como para ignorar que debían seguir estando juntos por algo, aunque ese algo les reventara en el aire como una burbuja al pasar de uno a otro cerebro. En tal estado de asombro y de pobreza —ni siquiera cigarros secos en los bolsillos, sino una mezcla inmunda de cosas solo desalojables volviendo los forros— iban pasando los minutos sin que alguien fuera capaz de soltar una palabra, al menos la que permitiese a los demás tirar del rollo de cuerda que cada cual sentía movérsele adentro junto con el agua sucia deglutida. Uno de los hombres, tal vez por tentar suerte, se levantó de pronto del cajón que había terminado convirtiéndose en asiento y se puso a examinar una rata muerta que aparecía allí cerca, sin duda tomada de sorpresa por los acontecimientos, pese a sus formidables poderes de emergencia. La dio vuelta con el pie, no convencido de que un animal tan nervioso, tan inaccesible y lleno de mundo hubiera caído en el mismo cepo que ellos.

—Es una rata de campo —dijo tímidamente— se la podría reconocer hasta hallándola sobre el asfalto de una ciudad con rascacielos.

Miró de reojo el grupo, que parecía formar una sola pieza, constató que no valía la pena seguir exhibiendo su dominio del tema y terminó sentándose en el suelo al frente de los otros.

—¿Y? —logró decir aún, lanzando a la suerte la pregunta más lacónica del mundo para todos los casos.

La aventura de la palabra parecía continuar siendo imposible. Hasta que, como si aquella letra, por su misma forma de gancho, se hubiera introducido en las conciencias, el más indigente del grupo, pequeño, flaco, recorrido de tics nerviosos, empezó a soltar un tropel de ideas elementales semejantes a una ración de clavos que estuvieran molestándole por dentro:

—Veníamos a enterrar a nuestro amigo ¿no era eso? Le habíamos acompañado a hacer aquel maldito hoyo, luego a festejar su vuelta, hasta la aparición de la botella mugrienta que él bautizó no sé cómo y se empecinó en defender a muerte. Le hicimos después el cajón con nuestras propias manos, le pusimos las mejores agarraderas del mundo, lo cargamos al hombro hasta la mitad del camino, teniendo que soportar desde la última tripa el chillido de aquel pajarraco negro...

Miró en derredor esperando en vano que alguien quisiera relevarlo del resto.

—... El agua nos estafó, ¿pero qué culpa tiene uno de eso? Siempre ha llovido y siempre el agua se ha llevado lo que anda suelto. Porque Dios es así, no manda la lluvia cuando hay sequía, pero la tira a baldes si uno va con un finado a cuestas, no le saca el ojo al que le ha caído la mala suerte, lo seguiría mirando con uno solo si se quedara tuerto...

Por su voz, cada vez más híbrida y estrangulada, se podía adivinar que estaba por hacer algo a lo que no se hubiera animado nunca, llorar sobre las cosas inexplicables que acogotan al hombre sin culpas, como un castigo por no tenerlas, cuando otro de los componentes, el que había corrido más peligro según lo denunciaba su aspecto, decidió aprovecharse del espacio en blanco de aquella debilidad y, luego de arrojar algunos buches de fango, abandonó el sitio para enfrentarse bruscamente al conjunto. Parecía el espectro de los ahogados, con unas crecidas barbas, la camisa rota en varios sitios, una piel azulada y transparente viéndosele por los agujeros.

–Sí, así es –empezó a articular con esfuerzo– se nos fue de las manos, nos lo quitaron, mejor dicho. Pero íbamos a enterrarlo en un lugar preciso, según recuerdo. Entonces, y si no somos unos miserables, indignos siquiera de haber compartido la saliva que él dejaba en el vaso, lo que tenemos que hacer ahora es no continuar puliendo ese cajón como un asiento de sala de espera, volverlo a poner al hombro y terminar el entierro, llegando hasta donde él dejara su adelanto, para cumplir así con su última voluntad, de la que fuimos todos testigos.

Escupía más y más agua sucia. Y esperaba al mismo tiempo la respuesta. Hasta que uno de los tipos, con una especie de retardo mental de niño mongólico, preguntó mirando hacia ambos lados:

–¿Hacer igualmente el entierro, ha dicho? ¿Pero cómo?

Un entierro, creo yo, es un muerto en angarillas o algo por el estilo, y sin muerto no hay ceremonia...

–¿Qué, cómo? ¡Pues como salga! –gritó el hombre azulado con más fuerzas que las que parecían permitirle sus pulmones llenos de barro–. Él siempre decía –continuó, regulando con gran sacrificio la voz– que las cosas más graves, las que salen mejor, no son las que se piensan mucho, sino las que se producen solas a último momento .Y si él razonaba así era por algo, nunca le escuché pronunciar una palabra sin sentido. ¿O por qué causa creen ustedes que fuimos sus amigos? A ver, diga alguien qué otra explicación pudo tener eso.

–¡Viva el finado, viva el finado!, ya lo decía yo desde un principio –comenzó a gritar el hombrecito de los tics, incorporándose y dando brazadas al aire.

Tuvieron que volverlo por la fuerza al asiento, sujetándole las piernas, colocándole una rodilla en el estómago. Cuando hubo pasado la crisis, el pequeño energúmeno los miró uno a uno y les espetó tranquilamente:

—Pedazos de brutos, no son capaces de entender el alma de la persona humana. Así como han hecho un entierro sin formalidades, también llegan a pensar que uno está chiflado cuando descubre algo en su vida y no encuentra palabras para soltarlo al aire. Yo tengo un crío de tres semanas ¿saben?, y es por eso que me siento con derecho a gritar ¡viva el finado! todas las veces que quiera, porque si no hubiera sido por algo que sucedió una noche, a lo bobo, sin mucho pensar en nada, como él decía, el muchacho no hubiera venido, y yo no sería ahora nada más que lo que soy, el tizne que le sale al mundo cuando la lluvia le lava el traste. ¡Hay que ir a buscarlo —gritó comenzando de nuevo a agitarse— y si a ustedes les sigue metiendo miedo el pajarraco negro iré solo, suelten, maricas, suelten!

Lo tuvieron que amarrar otra vez. Él se dejó hacer, al fin, porque pensándolo bien era preciso saber qué ocurriría en ese último momento de las cosas pronosticado siempre por Selva.

—Está bien, seguimos adelante —opinó a su vez el que hiciera cuestión de que con féretro vacío no hay entierro—. Pero será necesario echar algo adentro, aunque sea esa rata muerta, con tal de que haya peso y nos sigan algunas moscas. Porque primeramente fue un cajón sin manijas, después sin finado, pero moscas tiene que haber ¡qué diablos!

Un tipo de voz grave intentó argumentar que aquello de la rata era un insulto, una ofensa a la calidad humana. Ya se le iban a plegar los sugestionables de siempre, a pesar de haber embebido todos el cautivante inmoralismo de

Honoribaldo Selva. Pero en ese preciso segundo, y como si él mismo lo hubiese empujado a representarlo en aquel torneo, se incorporó uno a la polémica con estas razones:

–¿Insulto a la calidad humana, dicen? No me vengan con eso… Yo fui una vez fogonero de un barco ¿qué les parece? Y vi allí algo peor, y hecho por los americanos, que son gente, porque digan lo que digan, eso no se puede discutir, son gente…

Iba a echar mano a los cigarrillos, pero encontrándose con las entretelas de la chaqueta hacia afuera optó por proseguir en tono de suspenso:

–Un día murió un oficial a bordo, se dio parte a la embajada del país en el puerto más próximo, se reunió en la nave un grupo de altos funcionarios del lugar, formó la tripulación y se rindieron honores ante un ataúd parecido a este, pero cubierto con una bandera. Y todo el mundo satisfecho y hasta la vista. Pero los de abajo sabíamos otra cosa, y era que el fulano estaba ubicado en la cámara frigorífica, y que los honores habían sido hechos ante un cajón de repuestos de maquinaria. Sin embargo, el muerto les quedó tan agradecido de que no le dejaran podrirse, que se hizo el resto del viaje sin gastar ni una broma nocturna, sin salir ni un solo minuto de la nevera para andar por cubierta de madrugada, como lo hubiese hecho de estar ofendido. Porque según me explicó alguien que sabía más que yo, un símbolo es un símbolo y debe merecer todos los respetos.

La anécdota, tan clara para cualquier mentalidad, pareció convencer al conjunto. El que había descubierto antes la rata tomó al animal por la cola y lo arrojó en la caja. Acto seguido, se pusieron en camino de nuevo. Un sol extraño de atardecer tormentoso les estaba dando en las espaldas, y eso hacía salir de las ropas mojadas como un vapor de caldero que, en los momentos en que las nubes tornaban a cubrir el cielo, se les helaba en el cuerpo provocándoles escalofríos. Hasta que alcanzaron, finalmente, el cementerio. El enterrador vio llegar el cortejo con la carga al hombro y, por la indiferencia del oficio, no reparó siquiera en el estado físico de la comitiva. Casualidad o designios misteriosos: volvieron a hacer el mismo camino del día anterior, aunque esta vez hundiéndose en el barro hasta los tobillos. Y quiso de nuevo el azar que la excavación hubiese sido practicada junto al foso de Honoribaldo. Estaba todavía allí la rama, desentendida de todo y fresca como un beso bajo la lluvia. Por una especie de resorte común los ojos del grupo se clavaron en aquello, tan intrascendente para cualquiera, una simple rama con las hojas verdes, y no en el sitio donde iba a descargarse el bulto. Hasta que una significativa mirada del sepulturero les dio a entender que había llegado el momento crítico. Los portadores miraron, a su vez, en derredor, como pidiendo auxilio a los otros. No estaban allí para bromas, eso lo sabían todos. El hombre muerto había tirado con tal rigurosidad una línea divisoria entre el último minuto transcurrido junto a él y las horas vacías y grises que cada uno estaba presintiendo para el futuro inminente que, aun sin tener plena conciencia de ese nuevo estado –una suerte de sentencia a vivir, pero ya sin apelación ante el alma tierna y universal de Honoribaldo Selva– cada espíritu debía estar luchando por mantenerse a flote en su primera soledad, perdido de sí, afantasmándose como un árbol quitado de su tierra.

Los dos que llevaban la caja, reaccionando al fin de su idiotez, decidieron bajarla. Y fue entonces cuando apareció lo que era, un continente vacío. El cadáver de la rata, perdido en un ángulo, ni siquiera serviría para mantener el equívoco.

El enterrador, luego de mirar todo aquello con desconfianza, levantó la vista hacia el cortejo. Después en dirección al cielo, que había vuelto a encapotarse, y por último la posó en cada uno de los hombres, calculando que, así como hay gente dispuesta a todo, estarían aquellos vagabundos preparándole una broma. La de sostener al muerto de pie, por ejemplo, a fin de que se viese obligado a entablar relaciones directas. Fue en ese momento que, al cabo de otra mirada hacia lo alto, pues los truenos estaban ya golpeando el muro, y tras una nueva inspección circular sobre cada uno, se enfrentó con el tipo azuloso, cuyo último vómito de agua con tierra le estaba manchando el mentón, y, agarrándolo del flaco brazo, lo conminó brutalmente:

–Vamos a hacerlo ya, finado fresco. ¿O estás esperando que empiece a llover y vuelvas a ahogarte de nuevo fuera del agujero?

Cuando el hombre, más rígido y azul que nunca, levantó el pie para entrar en la caja, comenzaban a caer los primeros goterones, tan enormes y prometedores como los de la mañana. Había que terminar de una vez por todas el entierro, pensó muriendo por dentro.

Historia en cinco tiempos

La mujer

Nada en el mundo podía compararse a su desgracia de hombre. Nada. En medio de los puñetazos dados sobre la mesa, en la que bailoteaba a cada impacto la lámpara de queroseno, se producía el desparramo intermitente de aquellas palabras obsesivas, rubricadas por las lágrimas que iban cayendo en cada embestida del desahogo. Porque una casilla junto a la vía del ferrocarril, que es la última miseria a que puede llegarse, era algo sin importancia. No poseer más bienes en un mundo atiborrado de objetos posibles como este, que una cama, una mesa, la silla de la palangana y el cajón del primus y, si acaso cupieran en el inventario, ciertos banderines provenientes de un remolcador desguazado con que tuviese que tapar los agujeros de las paredes, tampoco esto daba para desesperar mucho. Pues lo cierto era que hasta hacía unas pocas horas había estado ella, la mujer, siempre cantando y riéndose, nunca se sabría si de estúpida o de feliz, o de las dos cosas al mismo tiempo. Y también llorando de tanto en tanto, para distraerse, según su explicación bastante oscura.

Todo temblaba allí, y hasta lo que estaba suspendido en clavos se desprendía en ocasiones al paso de la máquina. Ella había adoptado un sistema: reírse del escándalo producido por la epilepsia de los utensilios y tratar al mismo tiempo de disminuir sus efectos. Percibía por las plantas de los pies la vibración lejana. Y entonces, al llegar el momento preciso, se abrazaba a los enseres más precariamente situados y les impedía caer, sosteniéndolos por turnos brevísimos como los malabaristas.

–Elena, Elena –dijo de pronto el hombre a media voz, como si ella se hubiese corporeizado en base a los elementos del vacío.

La dibujó en el aire. Tenía naricilla respingona y dientes limpios por la virtud de una saliva milagrosa. Y se conservaba siempre blanca, aun sin cuarto de baño, por la única vía de la palangana que estaba sobre esa silla, y que a veces debían vigilar a causa del suelo desparejo. Fue precisamente aquella serie de pensamientos neutros, desconectados del drama de la fuga, lo que le permitió penetrar con suavidad en cierta zona mal vigilada por la angustia, la misma que suele abrirse a los que están velando a un ser querido, evaporándoles las lágrimas.

En ese lampo vertiginoso entre el dolor y el olvido de la causa, la volvió a revivir en aquellos momentos en que el tren nocturno se les echaba encima de golpe estando ambos en la cama, y ella, por la fuerza de la costumbre, se despertaba abrazándolo para sostenerlo. Entonces, y trasmitidas por la locomotora, él sentía todas las vibraciones que pueden recorrer un cuerpo femenino hecho de pequeñeces agregadas a la talla principal, como esos muñecos que fabrican los chicos por falta de madurez creadora.

Se sonó la nariz, tornó a leer el papelucho: «Me boy, siento que hotro destino me yama. Si es para vien, no me hesperes nunca». De pronto, por obra y gracia del maldito tren que se acercaba, y los ladridos del perro que decidiera quedarse, el hombre dio en mirar las paredes de lata donde se iba a producir el mal de san Vito de los colgados. Maldición. Ella se había llevado como único equipaje los banderines de señales, que desde el primer momento constituyeran su embeleso. No volvería más, pues, nunca más. Estaba todo dicho. La sensación de cosa que ya no tiene remedio le alcanzó un golpecito de condolencias en la espalda, comenzó a serenarlo con fórmulas de circunstancias. Sí, se dijo sin esperar que alguien viniera a contárselo de afuera, una cierta esperanza hubiese sido peor, algo para estirar la pena inútilmente. Vio aquella cosa verde planear por breves instantes de uno a otro rincón y luego desvanecerse en el aire con olor a soledad de la pieza, justo cuando el combustible comenzaba a agotarse y la mecha de la lámpara a saltar como en una sola pata.

Era ya casi de madrugada. Lo supo por el gallo, tan buen marido, tan circunspecto en su dolor cuando ellos íbanle comiendo una a una las gallinas. Que luego se acabaron, junto con el último grano de maíz. Y entonces él quedó picoteando en el pozo que había practicado en busca de lombrices. Que también se fueron terminando, pues. ¿Todo? No. Quedaban aún el perro y el caballo, para los que siempre habrá algún resto aunque el hombre no coma. Haciendo aquel balance, Juan sin mujer cayó en la cuenta que tenía muchas pertenencias en el mundo. Hasta con la evasión del color de los banderines. Pues qué cosa mejor que unos pedazos de diarios para los agujeros. Nunca se supo que eso despertara la codicia de nadie…

El gallo

Iba y venía a su casa de hombre solo con esa filosofía del espacio que comienza a provocar la cama cuando nadie incomoda ya, y uno puede dormir a lo ancho, abriendo brazos y piernas. Porque al fin y al cabo, ¿qué? La mugre que comienza a prenderse de las sartenes en ausencia de la mujer no es tal cosa, sino grasa. Y la grasa curte el metal, mejorando las frituras. Su finada madre siempre le decía: Los ricos no saben lo que son los gustos de las comidas, de tanto limpiar el culo de las ollas…

Aquella mañana, a pesar de cumplirse treinta días del abandono, se levantó más alegre que nunca. El perro y el caballo le dieron ese golpe de luz interior que no proviene de ninguna fuente lumínica, porque puede sentírselo aun en medio de la noche. Miró hacia el sitio donde en general pululaba el gallo ahondando pozos y no lo vio. Rayos, no lo había oído cantar, era cierto. Ni tampoco defenderse de nada. Un bicho de esos es como una nación cuando se conmueve. Por investigar la cosa, ensilló con toda la paciencia con que se puede alargar el placer de hacerlo, montó y salió a recorrer el campo a lo largo de la vía, seguido por el perro. Y allí, a una media legua más o menos, lo vio, caminando quién sabría hacia dónde, como un hombre primitivo en pos de las tierras fértiles, sin importársele ya de los recuerdos de aquellos días de maíz, que luego se hicieron solo migas de mantel, pero que eran algo. Y que después, cuando a nadie se le hubiera ocurrido dejar migajas, se transformaran en largas jornadas de lombrices, de más en más escasas, hasta llegar a cero.

Cada vez se hallaba el hombre a menos distancia del animal, que seguía la línea férrea como un sonámbulo en los pretiles. Iba ya a dos pasos de su cola, cuando de pronto recapacitó. Pero no en simple dueño de un gallo trashumante, sino de sí, de su propio libre albedrío llegado el caso de largarse. Un gallo que se va porque se agotaron los pozos donde buscar lombrices, pensó. Pero si era igual que un hombre hasta para marcharse sin saber adónde, cuando la necesidad aprieta mucho y los días amanecen y se gastan sin soltarnos prenda...

EL PERRO

Y ya no más que temer. Al fin, las propiedades que se pierden solas son las mejores, porque al menos expresaron su deslealtad natural, no anduvieron con rodeos. Así lo estaba razonando todo junto al cerco de la casilla, cuando, no ya por la sensibilidad plantar de la mujer, sino por las orejas del perro, supo que venía el tren. Como siempre el animal empezó a ensayar un avance con las patas de atrás, limándolas contra las piedras, a bien de estar en buenas condiciones para correr junto al convoy algunos metros ladrando a todo volumen. Las cosas habían principiado, pues, como siempre. De pronto, y tal el que asiste a las situaciones fulminantes de los sueños, pareció meterse por los ojos del hombre aquella imagen, el cocinero del tren arrojando ciertos comestibles por la ventanilla. El perro, con el hambre pudorosa que era el orden del día en la casa, dio sin embargo un vuelco moral en el orgullo y agarró por los aires lo que se le venía. Pero el tipo, al cual se le habría echado a perder por alguna razón las provisiones, empezó a tirar más y más cosas por la borda. Y así el animal largó lo que portaba en la boca para ir por las siguientes, sin comerse ninguna y sin abandonar tampoco las otras. A todo lo que alcanzaron sus ojos, el tren seguía descargando su vientre descompuesto y el maldito perro agarra y deja las presas. Luego, ya no se vio más nada.

Aguardó toda la tarde. No, un perro es el último ser viviente que puede esperarse que nos traicione por el vislumbre de una nueva abundancia. Sin embargo fue así, aunque no estuviera escrito. Es que en materia de infidelidad puede sucedernos todo, dijo en la tarde vacía de resonancias, hasta que el perro abandone también el lugar donde ni la mujer ni el gallo se animaron a seguir tirando.

Era un final de jornada con anuncios visibles de tormenta. Y fue agarrándose a aquella pequeñez de orden meteorológico que logró el mismo escape de la primera noche sin mujer, en base a los pensamientos de escasa importancia que revoloteaban en su aire. Cuando caían ya las primeras gotas, y se vio por el color del cielo que aquello iba a ser cosa de agua y viento, ató el caballo a la cerca lo más fuerte que pudo y penetró en la casilla, dispuesto a saborear a plena conciencia su refinada soledad de hombre que ya no tendrá a nadie por quien sacrificar las propias decisiones, aun la de abandonarlo todo para los que se arrojan sobre bienes mostrencos.

—Maldita esclavitud —dijo encendiendo la lámpara—, malditos trastos acumulados. Uno pasa la mitad de la vida junta que junta. Y luego, un día que quiere montar aunque sea en pelo y largarse no puede. A veces solo porque le dará cierto asco pensar que en el colchón donde se ha dormido vaya a instalarse un pueblo de lagartijas.

EL CABALLO

Esa noche el cielo se descolgó. Entre el silbido de las locomotoras y el viento que arrancaba los pegotes de diarios de los agujeros, se protagonizó un dúo salvaje que solo le fue posible dominar echándose algo fuerte en el estómago y metiendo la cabeza bajo las cobijas. Iba ya a soplar la llama cuando un rayo brutal caído en la cantera próxima, y acompañado en su resonancia por un chasquido como de resquebrajamiento, casi arrancó la vivienda. Menos mal que dejara bien amarrado el caballo al cerco, pensó, porque entreabrir nomás la puerta sería para salir por los aires con casilla y todo como en un globo antiguo. Y el olor azufrado del aire lo fue tumbando de a poco en el sueño.

A la mañana siguiente todo había quedado en silencio. Era, cierto, una calma sospechosa de campo de batalla cuando el pelotón yace por tierra. Abrió con ciertas aprensiones de sobreviviente único, miró en redondo. El barro formaba alrededor de la casa una especie de compota negra que ni con cinco días de sol iría a endurecerse. Notó, además, algo raro en su torno. Era como un despertar en la habitación del amigo que ha llevado a dormir a su compañero de beberajes después de una noche violenta. Hasta que de pronto hizo pie en la realidad, viendo que no estaba más la cerca. Y bueno, un chisme así, qué puede interesar después de tanta pérdida... Pero tampoco vio el caballo que la había arrancado en la noche con su fuerza bruta exaltada por el espanto, a la caída del rayo y al no poder reventar el cabestro.

El alambre

Sin el caballo y ni siquiera la cerca para tomarla de trampolín, decidió escapar como pudiese de aquella masa movediza de lodo. De vez en cuando alguna piedra sobresalida le permitía dar el salto y buscar otra que sirviera de próximo apoyo. Hasta que logró advertir los hilos del alambrado que lo separaban de la vía. Solo uno, el de arriba. Los otros colgaban reventados por las tensiones de la noche. Vio también que el alambre era de púas, y lo fue tomando con grandes precauciones. Pero aun así resultaba difícil eludir los pinchos, más juntos que lo que da el ancho de una mano. Además, cada vez que intentaba preocuparse de disminuir el riesgo, o se hundía en el barro o se agarraba con más fuerza del hilo, siempre dispuesto a recordarle el precio del peaje. En uno de esos forcejeos cayó de espaldas. Fue una sensación humillante de cucaracha accidentada, que lo enajenó de sus últimos vestigios de orgullo humano. Incorporándose como pudo, volvió a prenderse con todas las uñas, sin importarle ya las criminales rosetas del hilo. En medio de su dolor, y por breves instantes de recuperación de la memoria, se le aparecían en el aire cosas extrañas (el gallo que gira en la veleta, el perro, la mujer y el caballo en una pista de circo), la mitad en una zona real y la otra en la de las pesadillas. Pero era necesario por encima de todo aquello mantenerse en forma ante las alternativas del barro y el alambre, un barro que seguiría extendiéndose un buen trecho, pero un alambre que en determinado momento pudiera estar cortado.

Fue cuando ya no acertaba si a continuar o caer de una vez, y además su instinto le decía que algún próximo ferrocarril estaba por echarle su aliento en la cara, que le ocurrió alumbrar una idea perdida en un recodo de su existencia, cuando le arrojaran durante noches y noches una extraña imploración contra cierto mal de niño que parecía querer llevárselo. Una mujer cuya cara se hallaba oculta bajo toneladas de tiempo invocaba en aquel entonces a alguien en la misma forma especial con que él lo estaba haciendo respecto a la continuidad del alambre. Era más que extraño eso de haber perdido el final del asunto, como una novela a la que le han arrancado la última página, pero que en tal forma será el espejo de la propia vida que sobren los desenlaces. Un remate como este, por ejemplo, que se acabase ahora el hilo. El cruce de un camino firme lo interrumpía al llegar al poste. Agarrándose a este último sostén, el hombre vio pasar a cierta distancia el mundo desprevenido de vehículos y gente a pie que se desplazaba. Iba ya a enrostrarles a gritos lo que terminaban de hacerle, nada menos que interrumpir su trance evocativo, cuando el misterioso ser aguantador de las arengas de la curandera, que quizás se habría enfundado en el alambre, pareció cambiar de mensaje. Y él lo vio todo de pronto, allí cerca, casi sin creerlo. Su mujer, de regreso de la aventura estéril, venía en su dirección por la carretera, con el gallo flaco bajo el brazo y la actitud de una madre que encuentra jugando junto al río al chico perdido y lo trae a arreglar cuentas en la casa. Detrás, con las orejas gachas y un mundo de experiencias incomunicables en la mirada, trotaba al sesgo el perro. Era cuestión, pensó el hombre aún sin largar el poste, de salir ahora los tres en busca del caballo, para volver a empezar el ciclo.

Rabia (II)

A Graciela Saralegui, a Lorenzo.
Y también a El Lampiño, El Lanudo, y a los ojos de Alejo.

Cuando cayó Lorenzo acribillado a balazos por El Lampiño (como ustedes ya saben Lorenzo era el vagabundo piojoso del Mercado Viejo que acababa de rabiar al ser mordido por El Lanudo, un perrito tan vago como él del que se había hecho protector), el daguerrotipo de aquella tarde metálica de Montevideo tuvo sus primeros cambios. Uno: que los cajones desde donde el perseguido había amenazado con uñas, babas y dientes a sus verdugos quedaron sin el hombre. Y dos: que Lorenzo, minutos antes de pie y en guerra virósica total, luego de dar varias vueltas sobre su eje al ser baleado, vino a caer boca arriba, yaciendo sobre el colchón de bananas podridas y su estela de moscas empalagadas que nadie advirtiera hasta entonces.

Luego de todo eso, y ya en el camión que lo había traído, El Lampiño guardó el arma de reglamento, miró al conductor que se restregaba aún los ojos por lo que acababa de presenciar, y le dijo:

—Caso de legítima defensa para evitar males mayores. Gritó ante todo el mundo que iba a morderme si lo tocaba, y sin asco le tiré con el Código. Así que misión cumplida y a otra cosa.

Misión cumplida... El otro puso en marcha el motor y salió sudando miedo calle sucia abajo.

Unidos por el oficio, los dos corazones mal que mal cubiertos por distintos cuerpos iban latiendo sordamente en una comunión de motivos:

—... Sí, rabia, aniquilar la de los otros para vengar la propia.

—Una rabia de poco sueldo y vida inflada.

—De poco amor y muchos hijos.

—De tantos barcos sin un viaje.

—Pero la del vago del Mercado sí, qué rabia.

—Una rabia capaz de reventar toda junta.

—De darse el gusto de hacerlo de una vez y no de a puchos de mala muerte como la nuestra.

Mas por fortuna todo esto no salió al aire, quedó en la red de las conciencias, en las frenadas de las esquinas, en los despliegues disgráficos de «el parte» próximo. Solamente Lorenzo, integrándose a sus bananas y a sus moscas, era lo real, lo expresado. Y también los estragos de El Lanudo, corriendo a contraflecha de la ciudad como un cartero enloquecido con su posta mortífera en los dientes. Y el desbande en el lugar del hecho. Terminada la cacería del hombre, los vendedores del Mercado y los que se detienen por cualquier cosa que conmueve el aire volvieron a lo suyo. El tiempo andaba irremisiblemente hacia adelante, y sus esclavos debían empujar la rueda.

Fue al lado de Lorenzo tendido boca arriba, y mientras se esperaba que vinieran a levantarlo como a un perro más, que empezó a cuajar esta atmósfera celeste, justamente del color de los ojos de El Lanudo antes de pasarse hacia el lado de la sangre.

–Yo soy Alejo, ¿sabe?, el amigo de Lorenzo…

El único acompañante del muerto desvió la mirada del cadáver y observó al chico menudo, rubio, quizás tirando un poco a raza perseguida, quién lo sabría completamente. Era difícil espantarlo de allí como a otra mosca, mucho más sólida, con un verdadero centro de gravedad en su apoyo terreno. Y, para peor, sin saberse qué puede suceder cuando no hay una sola equivalencia, un solo puente tendido entre un hombre que debe vigilar a un muerto hasta que llegue el furgón y un niño de siete años de voz ronca y ojos azules que viene a entablar diálogo, para largarse siempre solo en las respuestas.

–Soy Alejo, ¿sabe? –repitió–, el amigo de Lorenzo. Mi mamá no quería…

–A causa de los piojos ¿no es así?

–Había navegado en barcos piratas…

–Porque se emborrachaba con aguardiente azul hervido con alpiste ¿no?

–Sabía tocar la armónica…

–Y porque nunca trabajaba en nada el muy holgazán ¿eh?

–Todos los perros del barrio lo querían.

De pronto, y quizás a causa de aquel extraño contrapunto a dos tonos de voz, de coraje para el amor, de compromisos con credos tan distintos, pareció que el labio superior del hombre caído se contrajese en una especie de sonrisa final, dejando ver su dentadura increíblemente blanca entre los dos cercos amoratados. Entonces, y sin que el mismo individuo que custodiaba al cadáver se pudiese explicar por qué lo había pateado con asco para que se guardase aquella sonrisa recién inaugurada de calavera, por qué odiaba a Lorenzo que no había hecho sino morir en su grandiosa gesta por El Lanudo Desconocido, se oyó decir al pequeño Alejo como desde el fondo de las parábolas:

—*Y tenía unos hermosos dientes, tenía...*

La calle del viento norte

EL DESVÍO

Se trata de una historia vulgar. Pero yo la narro a toda esta gente que está tirada conmigo sobre la hierba donde se produjo el desvío y nos dejaron abandonados. En realidad, no parecen oír ni desear nada. Yo insisto, sin embargo, porque no puedo concebir que alguien no se levante y grite lo que yo al caer. A pesar de lo que me preguntaron en lugar de responderme. Algo tan brutalmente definitivo como este aterrizaje sin tiempo.

LO CONOCÍ UNA MAÑANA cualquiera en una estación de ferrocarriles, mientras la muchedumbre se agolpaba como siempre para confirmar su ego. Recuerdo que había un niño de pocos años en el andén, con un montón de globos sostenidos por hilos. Algunos que le habían visto llorar por la falta de viento, soplaban al paso desde abajo a fin de fabricárselo. El que viajó luego en mi cabina y yo nos habíamos sumado a aquel asunto, cuando al levantar ambos la cabeza nos vimos entre los globos y la risa del chico.

Yo no sé si fue a causa de las circunstancias, mirarse a través de tantos colores elevados a fuerza de ilusión, que me pareció tan hermoso, y que quizás él tuviera respecto a mí una sensación más o menos pareja. Lo cierto sería que hasta hace unos segundos no cesamos de mirarnos, y eso es mucho.

El desconocido tomó mi maleta del suelo, se puso al hombro un morral en el que se notaban las formas turgentes de las frutas y me colocó en el asiento, tratando de colmar todos los deseos que uno expresa pataleando a cierta edad y luego defiende con mejor educación al llegar a grande: la ventanilla y el lugar que avanza en el sentido de la máquina.

Había, recuerdo, otra plaza frente a la nuestra, y la ocuparon dos individuos con grandes canastos, tapando con sus cabezotas de palurdos el espejo en que hubiéramos podido mirarnos. Aunque, para decir la verdad, poco tardamos en descubrir las ventajas del método directo.

De pronto mi compañero, tan joven como yo pero mucho más iniciado en ciertas técnicas, tomó mi mano y la retuvo entre las suyas. Su contacto cálido y seco me había sumido de golpe en un vértigo comparativo en el que iban desfilando todas las blandas, húmedas o demasiado asépticas que uno debe soportar con asco o sin ganas, cuando él aprovechó aquella especie de otorgamiento para levantar mis dedos hasta sus labios y besarlos uno por uno, en forma prolija y entregada, sin tomar en cuenta en lo más mínimo a los testigos miopes de enfrente.

A todo esto, el tren había empezado a andar con su famoso chuku-chuku que hace las delicias de todo el mundo. Yo estiré las piernas hasta los cestos de los vecinos, y entorné los ojos en medio de la felicidad máxima. Entonces el hombre joven me preguntó en un tono tierno y cómplice:

–De modo que te gusta a ti también ese ruidito ¿no es cierto?

–Que si me gusta –dije yo al borde del éxtasis– sería capaz de cualquier locura cuando empieza a escucharse.

–¿Hasta de quererme?

Qué pregunta, pensé sin responder. Si le había dejado progresar en tal forma, desde la búsqueda de mi cara por detrás de los globos hasta aquellos besos disparados tan directamente hacia la sangre, era que algún mecanismo frenador se me había descontrolado repentinamente, y entonces sobraban las explicaciones.

El tren iba cobrando velocidad, entrando en el lugar común de los silbidos. Se nos entreveraban ya las cosas a través del vidrio, pájaro con árbol, casa con jardín y gente, cielo con humo y nada. Tuve por breves instantes la impresión de un rapto fuera de lo natural, casi de desprendimiento. Él pareció sorprender mis ideas al trasluz, y como quien saca un caramelo del bolsillo me ofreció una sonrisa también especial, de la marca que usaba para todo. Yo traté de retribuírsela.

–Me gustan mucho tus dientes –me dijo– son del tipo que andaba buscando, esos que brillan cuando chocan con la luz y parecen romperla… Qué difícil es todo, y al mismo tiempo qué sencillo cuando sucede…

Y comenzó a besarme con una impetuosidad como de despedida, pero de esa que suele ponerse, así mismo, cuando uno se convence de que todo el ejercicio anterior del besar ha sido pura chatarra, o un simple desperdicio de calorías.

–¿Qué lleva en ese bolso? –pregunté al fin del aliento que me quedaba, por desviar aquella intimidad demasiado vertiginosa.

–Alguna ropa y los implementos de afeitar –dijo–. Bueno –añadió después con cierta malicia– y manzanas. ¿Comerías?

–¡Manzanas! –exclamé entrando en su sistema– mi segundo capricho después del ruido del tren. Solo que en este caso me gustaría compartir una a mordisco limpio. Más que nada por demostrar que son naturales –agregué exhibiendo mis dos hileras de dientes.

Luego del episodio un tanto brumoso de aquella primera comida, de la que nunca recordaré si habrá sido almuerzo o cena, vi con cierta decepción que él empezaba a mirar su reloj de pulsera.

–Rayos –dijo de pronto– siete días ya, qué infalible matemática en todo esto.

–¿Cómo, qué es eso de siete días si acabamos de subir a este desbocado tren expreso?

Fue en ese momento cuando debí empezar a salir de mi penumbra mental, a causa de sus palabras.

–Mira –aclaró– los tipos del canasto cambiaron de vagón el primer día. Ellos y muchos más, parece que por divergencias con nosotros. Y vino en varias oportunidades el hombre de los billetes que yo iba renovando cada mañana.

–¿Aquel individuo sin cara, vestido de gris, que creo haber visto no sé si sobre el piso o prendido del techo a lo mosca?

Mi compañero inauguró algo que no le conocía, una carcajada que hizo girar todos los cuellos hacia nosotros.

–Sí –contestó al fin– alguien que casi no acusaría más relieve que el de los botones de su chaqueta. Pero que

miró nuestras manos con tan feroz insistencia de campesino casamentero, que tuve que ponerte ese anillo mientras
dormías.

–Voy a echarme esta vez bastante agua sobre la cabeza
–dije al cabo de su última palabra– porque eso de dormir
yo así como así ya no cuela. Parecería un relato con el
personaje equivocado –añadí incorporándome.

–Digamos que primero fue lo de la manzana entre dos,
y que luego te dormiste a mi lado –explicó él como quitándole importancia a los hechos–. Es lo que sucede normalmente cuando ya ha transcurrido cierto tiempo. Y que luego
deberá repetirse hasta tocar fondo –agregó aún, mirando
hacia su misteriosa provisión de manzanas.

Todo aquello me estaba pareciendo algo demasiado
fuera de lo habitual, como un desafío por el enigma. Pero
andaban mezclados al delirio elementos objetivos de tal
validez que eran capaces de obligar a creer en el conjunto
contra cualquier protesta.

Nos hallábamos, entretanto, asimilando de lleno el ritmo del tren. Y hasta la medida de la velocidad, que en un
principio se nos mostraba por las cosas externas huyendo
a contramano, se había hecho moneda corriente. Yo iba
individualizando ya los días de las noches, los pasajeros
molestos del otro asiento y los que eran capaces de cerrar
los ojos aun sin sueño.

Un día mi hombre sacó un pantalón de invierno de su
bolso. Aquello fue como el fin de mi dulce tránsito en la
idiotez, una especie de golpe de gracia que no provenía de
toparse con el nuevo viento frío colado por las rendijas.

–¿Lo has visto? –me dijo en tono de reproche tratando
de estirar la prenda– estaba bien doblado por mi madre y
tú has hecho este lío.

Yo lo miré con cierto aire bobalicón que se quedó colgado en el espejo de enfrente.

—Es que nunca doblé los pantalones de nadie —gemí— pero eso debería ser cualquier cosa menos un motivo para el agravio.

Ya iba a poner en juego el recurso casi olvidado de llorar cuando él, atajándome las lágrimas con la mano, trató de arreglar la cosa.

—Observa —me explicó— un desgraciado pantalón se maneja así, tomándolo por los bajos y haciendo coincidir las costuras. Luego ya podrá doblarse en dos, o en cuantas partes se quiera.

Cielos, qué descubrimiento. Pero yo seguía con la humedad en la nariz, esa pequeña gota que viene de la ofensa por detrás de la línea de los resfríos comunes. El incidente se evaporó saliendo a caminar de la mano por los pasillos, a cenar fuera del camarote mirando la noche estrellada que corría a la inversa del tiempo. Confieso ahora aquella sensación de ir en sentido contrario de algo que se nos llevaba pedazos entre los dientes, pero cuyo dolor no era lo que debía ser de acuerdo con la importancia del despojo.

—¿Preferirías fumar aquí o comer de nuestras manzanas en el compartimiento? —me dijo él de pronto con una voz madura que se le iba asordinando en forma progresiva.

Los dejamos a todos boquiabiertos, agarrados al nombre real de las cosas con la cohesión de un banco de ostras. Comer manzanas era para nosotros la significación total del amor, y nos capitalizábamos en su desgaste como si hubiésemos descubierto las trojes del verano.

Hasta que un día ocurrió, sencillamente como voy a contarlo y tal le habrá sucedido a tantos. Nadie anota el momento, es claro. Luego todo cae de golpe, y los escombros se enseñorean del último rastro.

—Es que voy a decírtelo de una vez por todas —declaró él cierta noche al regreso de una comentada exhibición de cine— a mí solo me entusiasman las documentales, esas en que las gentes y las cosas de verdad envían un mensaje directo. Y las novelas de aventuras, porque en tal caso soy yo quien lo vive todo. Soy desde el primer momento el protagonista y basta de segundos planos.

Bostezó, tiró los zapatos lejos, apagó la luz y quedó aletargado.

Pero la verdad es que uno no va a asistir despierto al sueño de nadie, por más a oscuras que lo dejen. Era, pues, la de aprovechar la lumbre que resta encendida dentro para empezar a revisar las pequeñas diferencias, hacer el inventario con tiempo por si apuraban el balance. Los hombres sucios del asiento de enfrente, recordé, que él elige para conversar porque, según sus paradojas, conservan las manos limpias. Aquello que opinó sobre mi asco a las moscas o a los estornudos de la gente en las panaderías: siempre pequeñas cosas entrando en el juego inicial como saltamontes por la ventana abierta. Pero que al fin desembocaban en planteamientos por colisión, en guerra de principios. Fidelidad eterna de las moscas contra mi repugnancia. Humanidad que se comunica al pan, versus las cargas microbianas del estornudo. Y todos los etcéteras que puede conjugar un etcétera solitario no bien se le deje suelto. «Has dicho se acabó la guerra como si pasaras en limpio una carta de adiós escrita por otro con las entrañas», me reprochó cierta vez en tal temperatura emocional que me valdría para no volver a repetir jamás aquellas cuatro palabras. Sí, pero lo de dormitar sobre mi hombro con un leve ronquido y cierto hilillo de baba desentendida, mientras una película con varios premios había congregado al pasaje, eso era algo más que definitivo.

Cuando el tipo sin rostro vino al día siguiente por la renovación del billete, yo le hablé sin mirarle:

—Espere a que este despierte. Después veremos quién sigue en el tren o quién se baja. No será cuestión de continuar aquí toda la vida.

Al pronunciar aquella última palabra sentí algo sospechoso en el plexo solar, pero la seguí repitiendo sordamente —vida, vida— en cierto plan de sospechas sobre la especie de trampa en que pudiera haber caído. Y eso ya sin control, pues el estrafalario reloj me había embrollado las cuentas con el tiempo.

Comenzó así otro día sin marca conocida, con afeitada matinal y cepillo de dientes. Entonces yo quise anunciar mi decisión quitándome el anillo en forma provocativa. Pero no me salía del dedo. Él dejó de rasurarse y empezó a reír como el niño de los globos cuando los viera subir de nuevo en la lejana estación inicial donde nos habíamos conocido.

—Es que has engordado —dijo al fin— eso que no le pasa a mis moscas, por ejemplo, que viven en el aire prestado y andan siempre en un eterno alerta hasta para sus festines más inocentes.

—Y que hay también filos verbales mejores que el de esa navaja —masculle apretando las mandíbulas—. Pero llega el momento en que uno puede estallar, querer largarse a pensar de por sí, a discutir con su cerebro propio. Sí, ese cerebro que alguna vez habrá funcionado.

—Dramas —comentó él retornando a su menester— nadie vería tanto pecado en que hasta las más caras neurosis gusten también del exquisito café con crema…

–A ver –continué aún, cuerpeando las estocadas– a ver ese reloj infernal. ¿Cuánto tiempo hará que viajamos en este maldito tren, que debe ir por lo menos a Marte, a la Luna, según tus novelas de cabecera?

Él limpió la navaja, la guardó con una paciencia sin límites. Luego consultó el reloj, me miró en los ojos hasta calarme y volvió con la antigua fórmula:

–Siete años ya. El tiempo justo para lo que está ocurriendo. Qué infalible y medida precisión, Dios y sus encantadores acertijos.

Me irritó esta vez su petulancia respecto a los plazos. Tenía ganas de deshacerlo con algo contundente, un juicio ilevantable que nos dejase mano a mano como en un empate a golpes bajos.

–Y bien –le espeté sordamente– no creas que no lo he visto, que me es ajeno. Nuestras manzanas, aquellas que parecían ser solo para nosotros dos cuando lamías el jugo de mis comisuras, yo te he sorprendido dándolas a mis espaldas tras algunas puertas mal cerradas del convoy. Y hasta te he escuchado comentar después en sueños la escapatoria, decir nombres que no eran el mío. Y muchas cosas más que no quiero traer a cuento para que el mundo no comience a husmear en nuestras miserias. De modo que yo arreglo mi maleta y me voy a otro vagón. Eso es lo limpio, creo, ese es el juego honesto, hayan pasado o no los famosos años clave.

Él me dejó hacer. ¿Oyen o no?, eh, ustedes, los desparramados por la hierba. Pero ocurrió que al llegar la noche el ruido del ferrocarril, principalmente ese de la suprema soledad con que salta los puentes, me impidió dormir. Además, empecé a sentir sed y no encontraba el vaso de agua, a tener frío y no hallar ni las mantas ni la llave de la luz.

Porque todo había cambiado de disposición a mi alrededor, como en la primera noche en tierra extraña de un inmigrante. Cuando lo sentí golpear suavemente en la puerta me incorporé dando gracias al cielo, que pasaba como un cepillo negro tras el vidrio. Y que después dejó de existir. Aunque quizás lo habrá seguido haciendo para otros que tendrían solo eso, un pobre y vago cielo para la tan grande eternidad.

—¿Has visto? —me dijo finalmente, ayudando a reemprender la mudanza—. Así uno despilfarre un poco tras una puerta a medio cerrar, las cosas se hallan tan bien dispuestas como para que las frutas del morral alcancen para todo.

Yo aprendí desde entonces a burlarme de mí misma. Además, durante aquellos tiempos de frenesí, inventamos el juego de tirar objetos por la ventana. Habíamos espiado a la gente sobrecargada de cosas. Tenían que dormir arrollando las piernas. Y otros hasta dejaron de abrazarse por falta de sitio. Esa nueva concepción del espacio terminó por reacomodar el caos. Y yo supongo ahora que un día memorable él olvidó también de dar cuerda al reloj a causa de mis aprensiones. «Si vive, su tiempo está en nosotros», me dijo cierta vez en que insinué la idea, calcular cuántos años de hombre tendría ya el chiquillo a través de cuyos globos nos habíamos conocido. Luego del frío que me recorrió la espalda a causa de sus palabras, nunca más se buscaron señales metafísicas al pasar por esquinas peligrosas.

Hasta que llegó esta noche. Qué extraño, jamás había dado en pensarlo, la gran familia de desconocidos entre sí que se descerrajan en el mismo minuto, sea cualquiera el origen del acontecimiento. Yo tenía los pies helados. Me pareció, además, que el tren había empezado a marchar a menor velocidad. Aunque nada de eso pude expresar con una lengua medio rígida. Él me puso una manta sobre las piernas, me tomó la mano, me besó dedo por dedo como la primera vez y quedó dormido.

Entonces fue cuando sucedió. El hombre sin cara se plantó en el asiento contrario, en medio de la oscuridad absoluta a que nos obligaban a esa hora. Percibí, sin embargo, que le iban surgiendo al fin los rasgos desconocidos, o que yo nunca había tenido tiempo de descubrirle. Algunos fogonazos de la máquina me permitían verlo en forma intermitente como a una casa de campo bajo los relámpagos.

–Usted –le dije al fin dando diente contra diente– tanto tiempo alcanzándonos cosas. Gracias por todo. ¿Pero qué quiere?

El individuo me miró con una lástima y una crueldad tan entreveradas que hubiera sido imposible deshacer la mezcla. Parecía tener algo inmenso que comunicarme. Pero sin oportunidad ya, al igual de alguien que recuerda el nombre olvidado de una calle justamente cuando ve, al pasar, que han demolido la casa que venía buscando.

Mantuve todo lo posible ese pensamiento en el cerebro, tratando de que su embarazo poemático y triste me separara del hombre. (El que vivía en la casa habrá llamado alguna vez al otro vaya a saberse con qué secreta urgencia. Su amigo no acudió por tener olvidados la calle, el número). El hombre, entretanto, no había soltado palabra, tironeando quizás de los detalles de un quehacer que parecía inminente. (Entonces –pensé aun– un día, de súbito, lo recuerda todo, número, nombre. Pero solo cuando pasa por allí y ve que han quitado la casa). –Bueno –dijo al fin tal si hubiera asistido al desenlace de la anécdota– nos acercamos al desvío. Y creo que es a usted, no a él aún a quien debo empujar por esa puerta. Trate de no despertarlo, sería un gesto estúpido, una escena vulgar indigna de su parte.

–Pero es que yo no puedo cancelar esto sin aviso, y así, en la noche. Usted ha visto bien lo nuestro, lo conoció desde un principio como nadie.

No me dejó ni agonizar. Percibí claramente el ruido de cerrojo de la aguja al hacerse el desvío, trasmitido de los rieles a mi corazón como un latido distinto. Y luego mi caída violenta sobre la maleza, al empuje del hombre sin cara.

–¡Eh, dónde está la estación, dónde venden los pasajes de regreso! ¡El número, sí, aquí está en mi memoria, el número de aquella casa demolida!

Entonces fue cuando lo oí, a la grupa del convoy que se alejaba sin mí y sin estos otros:

–¿Qué estación, qué regreso, qué casa…?

MUERTE POR ALACRÁN
(1978)

[*Muerte por alacrán* (Buenos Aries, Calicanto Editorial, 1978) incluye los cuentos «Muerte por alacrán», «La calle del viento norte», «Historia en cinco tiempos», «El entierro», «El ángel planeador», «La inmigrante», «La subasta», «La puerta violentada», «Esperando a Polidoro», «El hombre del túnel», «Réquiem por Goyo Ribera» y «El desvío»].

Esperando a Polidoro

A todos nos llamó la atención aquel carro fúnebre pasado de moda, con unos angelitos negros sosteniendo el techo. Y de los de tracción a sangre, por añadidura, de acuerdo a las varas. Estaba algo así como encallado de culata en el zanjón que iba bordeando un largo predio de manzanos florecidos. Y eso último, al menos para los devotos de Bergman (la parte peligrosamente culta del grupo) nos alejaba un poco de la imagen de aquel otro, en una acera y junto a un farol, que jamás se borrará de los ojos.

Nos detuvimos para mirar en detalle. Los ángeles tenían unos nidos instalados entre el hueco de la mano y el techo. Un hornero herético había aprovechado el ángulo de la cruz como cimiento del suyo. Y, para mejor medir el tiempo, una rama de manzano, entrando por el lado de babor y saliendo por el de estribor, le daba al carromato cierta reminiscencia de estampa china.

El hombre que nos venía siguiendo a caballo desde la estación del ferrocarril, por cortesía especial de don Gallardo, se acercó a nuestro coche para explicar el caso en todo su realismo: «Está esperando a Polidoro. Y ya va pa diez años que el muy sotreta del viejo se viene haciendo el distraído...».

Volvimos a emprender la marcha. Los manzanos y el cielo formaban un todo armónico demasiado perfecto. El arte correría delante de todo aquello con nuevos cánones. Pero el paisaje y su carro estaban, al parecer, desentendidos o ciegos. Un purismo de tarjeta postal se había lanzado a mantenerse firme en sus trece, con cierto Polidoro retardando vaya a saber qué cita peligrosa junto a un barranco.

Y uno se queda de pronto estupefacto al pensar de qué contrastes puede nutrirse el humor negro de esta condenada vida. Porque el acto político al que acabábamos de llegar como invitados se suspendió aquel día de primavera a causa de la muerte repentina, por apoplejía, del candidato, a quien no alcanzamos ni a saludar.

Flotaban en el aire inocentón del pueblo unas burbujas de todos colores, no visibles para cualquiera, es claro. Las mentiras multiplicadas por otras mentiras que no habían podido cuajar en las palabras de las arengas, de algún modo tendrían que transformarse en cuanto a energía que no se pierde jamás, según dicen. Y lo mejor que pudieron hacer fue eso, sublimarse en aquellas especies de pompas de jabón que colgaban justamente desde donde se había producido la ruptura de lo festivo a lo mortuorio y viceversa.

No sabiendo en qué atmósfera entrar (bueno, si se le ocurrió morirse a este que se lo coman las moscas y los voraces sindicatos a los que ellas les irán abriendo camino), preguntamos por la casa de cierto don Polidoro. Y entramos al patio abierto, y de allí directamente a su dormitorio. Un hombre viejo, pero no decrépito, nos miró sin ningún asombro desde la cama de dos plazas estilo Luis XV, otro pura sangre que no habría querido saber nada con los funcionales, desde donde uno se viene al suelo en cuanto se descuida.

–¿Don Polidoro?

–Servidor.

Ya iba a comenzar el embarazoso diálogo, saber qué relación podía existir entre él y el carro de los angelitos, cuando una música infernal empezó a saltar de todas las paredes, los muebles, las rinconeras de la pieza. Setenta relojes en la hora de distintas voces. Y de pronto, allá, a la retaguardia, tan tranquilo como un sordo crónico, el reloj setenta y uno dando serenamente su propia noticia atrasada.

–Compadre, mi querido y fiel Compadre –dijo el viejo mirándolo con unos ojos llenos de agua azucarada.

No había dónde sentarse. Las pocas sillas estaban también ocupadas por los monstruos, en cada uno de los cuales latía un corazón distinto, pero tan puesto a punto con los demás como el de un sistema planetario.

–Y bueno –dijo– acomódense por ahí, al borde de la cama o en el suelo. Me acabo de enterar de la muerte de don Gallardo, si es eso lo que se traen.

–Precisamente, veníamos a darle una mano, y mire lo que pasó, qué desgracia…

Nos importaba tanto el tal Gallardo como la nada en que se hallaría flotando su alma a esas horas. Pero el dueño de los relojes administraba el tiempo allí como un Cronos sentado, y habría que esperar sus decisiones.

–Yo le insistía: te presto al Compadre. Estás muy colorado de pescuezo, y cualquier día de estos la vena que se revienta. Pero no hubo caso. Andaba apurado el hombre, quería morir en el minuto preciso.

Enmudecimos con los ojos puestos en el reloj de los poderes sobrenaturales, sin escapar a cierto soplo de terror sagrado, como ante el nacimiento de un mito. Entonces, y solo frente a aquel acto de reverencia, don Polidoro nos consideró de confianza como para largar el rollo, mientras los habitantes del cuarto le hacían fondo.

—Veinte años atrás, al enviudar, yo había necesitado enamorarme de nuevo, qué diablos. Pero la cosa resultó difícil. Todas querían más de la cuenta en relación a lo que a veces se puede. Y fue en uno de esos días de humillación cuando se me ocurrió: comprar relojes. En los remates, en las casas donde se moría alguien o cambiaban de gustos, en las relojerías en quiebra. Y así estaría acompañado yo, y ellos sin más exigencia que la cuerda y algún que otro mecanismo cualquiera. De modo que me pasaba las noches encima de cada uno hasta lograr en el conjunto algo que después vine a saber se llamaba la sincronía, al menos según don Gallardo... Pobre hombre, si me hubiera hecho caso. ¿Cuándo es el entierro?

—Mañana a las cinco.

El viejo se quedó como dudando de algo. Pero la caza al vuelo de su mosca mental no duró mucho tiempo.

—No —dijo de pronto— ni pensarlo, hubiera sido necesario el Compadre en la cabecera.

Las virtudes metafísicas del aparato nos tenían en vilo. Y más aún el peligro de que, a fuerza de tanta dilación, volviese el gallinero metálico a alborotarse. Pero don Polidoro, lenta y regustadamente, prosiguió:

—Hasta que un día de esos, en una lata de basura, ¿se dan cuenta?, lo encontré. Estaba de medio cuerpo afuera, como esperándome. Y entonces yo, que siempre he mantenido mis escrúpulos, no tuve sin embargo asco en rescatarlo de entre la inmundicia. Y me lo traje. Pero cuando fui a abrir la caja, hallé que estaba vacía. La madera bien lustrada, la esfera y las agujas perfectas. Mas como yo, un fracaso por dentro, sin nada de lo que aquellas perras sarnosas andaban buscando cuando se me venían a la cama, para luego colgárseles a don Gallardo y hacerle engordar la sangre de ese modo.

–¿Y después, don Polidoro?

–Ah, que empecé a buscar la máquina por todas partes sin ningún resultado. Hasta que un día me fui a Montevideo. Y allí, cerca de la Universidad, en la mañana de un domingo, camina que camina, y siempre nada. Cuando al llegar a un puente, qué me dicen que de repente veo un reloj igual y casi nuevo. Yo llevaba el mío en un bolso. Lo saqué, comparé. «Se lo vendo, me dijo el tipo, y usted se descuenta del precio esa armazón podrida que trae y me la deja. Aquí todo sirve, hasta el zapato de un solo pie, siempre habrá algún rengo en apuros». «¿Qué me estás proponiendo?», pregunté como ofendido. Y ante los ojos abiertos del palurdo, desarmé el reloj nuevo que me ofrecía, le puse allí mismo su máquina a mi caja vieja y le dejé de regalo a él la suya, vacía como una hembra recién parida.

Se quedó unos minutos ensoñando. Nadie podría conocer jamás el viaje interior que iba a hacerse.

–Y así nació el Compadre –continuó cuando le vino bien–. Lo bauticé con ese nombre en el ferrocarril, al regreso. Pero no tuve suerte al llegar. No quiso, ni por la fuerza, sincronizar con los otros. Es claro, si venía de Montevideo.

Faltaba ya poco para la hora. Se iba a armar de nuevo el bochinche, era necesario que don Polidoro se expidiese antes.

—Vimos un carro fúnebre en un zanjón. ¿Qué tiene que ver con todo esto?

Y de pronto, con más fuerza que la pajarera suelta de los relojes, la risa del viejo empezó a sacudir la cama tal si todas las muchachas del pueblo le hicieran cosquillas en sus primeros tiempos de viudo. Se recompuso, al fin, tosió, acomodó las almohadas, y lo dijo como si se tratara de cualquier cosa:

—¿El que me está esperando? Pues si quieren saberlo, ese no me agarra más ni con el diablo entre las varas. Porque yo me morí ya una vez aquí, en esta cama, con la mujer que me trae ahora la comida como testigo. Y en ese momento empezaron a sonar las siete de la tarde en todos ellos. Y allá, como siempre, a los pocos minutos, el Compadre… Y entonces parece que me pusieron un traje de papel plisado color violeta arriba de mis ropas. Y hasta me embalaron en la caja de madera para llevarme adonde ustedes saben.

La locura del individuo empezaba a hacernos entrar en sospechas. Pero un desequilibrado total no sería capaz de mantener la disciplina de un batallón como aquel, algunas de cuyas unidades serían de veinticuatro horas de cuerda, otras de ocho días, otras de quince. Y fue por eso que le esperamos hasta el final de su nuevo acceso asmático. Y allí, en el recodo, estaba la gracia, nada menos que esa última hija desnuda del cielo sobre la cejijunta tierra. Y con ella bailándole sobre la nariz, don Polidoro nos lo contó todo: el carro se ha detenido en la Iglesia, y bajan el finado para el responso. Y a todas esas el Cura que le pregunta en secreto a la mujer a qué hora exacta había sido. Y la mujer contestándole aquello tan extraño: «Yo no sé, Padre, en todos los relojes eran las siete, mientras en el que él llamaba el compadre todavía no». «Pero es que eso no puede ser, cuchichea el Cura, entrando a rociar con el agua bendita, hay una sola hora para morirse...». Y entonces fue cuando dicen que sucedió, que el carro parado en la puerta empezara a recular en cuesta abajo, arrastrando al propio caballo al que se le quebraron las patas. Y no se detuvo hasta los manzanares. Y de allí nadie más se animó a sacarlo.

Vimos reaparecer en medio de los relojes, como en un diorama en su mejor estilo, el carro florecido por dentro y anidado por fuera. El viejo, entretanto, se había puesto grave por primera vez. Él era uno de los pocos bultos devueltos en semejante estación siniestra, y la cosa no estaba ya para bromas.

—Y yo –dijo de pronto– me les levanté del cajón a medio oficio de difuntos, con aquel vestido de espantapájaros que me habían puesto. Y el viejerío salió disparando como un montón de cohetes sobre el que ha caído un fósforo encendido. Y solo el Cura y mi pobre humanidad para abrazarnos entre uno y otro *Kyrie eleison,* que vamos alternando con nuestros buenos «choteos» recíprocos, a fin de convencerse cada cual de que no era una pesadilla lo que se vivía. Porque únicamente esa mezcla de *Kyrie eleison* y golpes dados allí, eran capaces de volver a la realidad a un muerto que no murió y a alguien que lo estaba recomendando de mala gana para allá arriba. Y aquí estoy. Y ahora sé que nunca podrá sucederme lo que al infeliz de Gallardo. Primero, porque jamás he amontonado tanta plata sobre tanta mentira como él. Después mientras me queden fuerzas para dar las setenta cuerdas. Y, al final, la del Compadre...

Y sucedió. El escándalo de los relojes. Y el retardado. Y el tiempo de don Polidoro solo administrado por él y la gracia de Dios.

TRÍPTICO DARWINIANO
(1982)

[Tríptico darwiniano (Montevideo, Ed. de la Torre, 1982) incluye en su primer tomo una primera sección titulada «Tríptico darwiniano» que agrupa los cuentos «Mi hombre peludo», «El eslabón perdido» y «El pensador de Rodin» y, una titulada «Otros relatos» los cuentos «Historia en cinco tiempos», «El ángel planeador», «La inmigrante» y «La subasta». Cierra el volumen un posfacio que incluye la entrevista «Trece preguntas a Armonía Somers» y que en lector podrá encontrar al final de la presente obra].

Tríptico darwiniano

MI HOMBRE PELUDO
REPORTAJE DE ALTO RIESGO

SE DICE QUE LOS TIEMPOS CAMBIAN. Puede ocurrir y ojalá así sea. Pero hay cosas de siempre. Y eso lo comprobé al entrar a la Sala de Redacción aquel primer día. Humo denso, olor a papel y a café. La nueva reportera, yo, y el Jefe se miran. Rayos Roentgen. Él debió ver hasta lo que yo habría ingerido en el bar de la esquina. Y yo le radioscopié su último fraude, el que aún no había ordenado a sus escribas para la columna sensacionalista del diario.

–Lo malo para nuestro contrato –dije clavándomele en sus pequeños ojos sin pestañas– es que yo no miento a sueldo.

–¿Y cómo o cuándo miente?

El maldito me dejó unos minutos sin habla:

–Podrá ser cuando mi propia mentira me lo exija –contesté al fin– y entonces que no se me acerque nadie, pues sería capaz de transformar una casa en un bote y sacarla a navegar. Pero entiéndalo bien, no es una ficción después que la casa se metió en el río.

—De todos modos yo no le he pedido nada aún, ni verdad ni mentira.

Sirvió un mal café en cierto vaso de papel y pretendió invitarme.

—No, gracias, en eso soy verídica. El café me gusta, fuerte y en un pequeño pocillo.

—¿Y qué ha hecho hasta ahora? —preguntó sorbiendo aquella agua de frijoles.

Quedé perpleja. Se es en cierto modo una enciclopedia de cosas consumadas. Lo difícil para muchos consistirá en ordenar el material. Pero yo había sido formada en unas nuevas técnicas llamadas de documentación. De París a Dijón, de ahí a Ginebra, a Madrid y a muchos otros lugares. Volvía con las maletas llenas de palabras clave. Un día se abrió una y salió esto: Reformulación del dato. Aquello fue algo decisivo en mi instrucción, el dato estaba a merced del versátil yo, eso era una hermosa perspectiva. Es claro que luego llegué de regreso a un pequeño país y nadie me entendió, aunque eso era lo de menos.

—Vea usted —dije al fin—, en mi infancia comía como todo el mundo para alimentarme. Pero mi plato favorito eran las flores. Y por supuesto que aderezadas con clorofila extraída por medios tan rudimentarios como eficaces.

—¿Y en la adolescencia?

Mi Dios, este ya cayó en el juego, quiere continuidad. Le hablé entonces de cómo había ejercido el contraespionaje durante la última gran guerra europea: quemando la casa del espía mientras estaba su amante sola.

—¿Y eso llevada por qué sentimiento?

–Ah, perdón, fueron mis secretos de guerra. Pero igualmente cayó un tal Moon, cierto pez gordo.

El tipo estaba ya arrastrándome hacia su despacho particular. Iba derecho sobre el eje como un palo de bandera. Y arriba, donde hay algo redondo llamado cabeza, yo veía flamear su inquietud.

–Quiero –habló de pronto– un reportaje que mueva el aire, pero sin las monsergas de siempre.

–Ya lo sé. Ni narradores del *boom* que se pronuncian sobre revoluciones como si un guerrillero hablase de novelas. Ni secuestros de aviones, ni orejas enviadas por correo, etcétera. Desde luego que los símbolos pueden estar latentes si se sabe reformular el dato.

Él tomó asiento rígidamente tras su mesa y garrapateó una especie de contrato proforma.

–¿Entendido, pues? –preguntó con evidentes ganas de abreviar.

–Conozco un hombre peludo –dije a pesar de todo– que debe tener alguna razón oculta debajo de los pelos para hacer lo que hizo. Pero es difícil abordarlo a solas.

–Basta ya. El trabajo periodístico y ese «abominable» son suyos. No me venga con dificultades, yo quiero la nota y no sus peripecias. Muera, si es preciso, por ello. Le prometo colocar un sensible acápite.

Salí como en otros tiempos a comprar unas flores para el almuerzo. Pero las actuales eran muy caras. En aquellos lejanos días las encontraba gratuitamente en los campos, y mi botánica oculta para eludir las venenosas me era infalible. Entonces, con las virtudes del pasado ya muertas en el mundo, supe arreglarme con los bolsillos llenos de maníes.

La casa del hombre piloso estaba rodeada de un hermoso parque. Entré allí sin dificultades en pleno atardecer bajo un cielo que ya no se puede pintar, nada menos que color naranja y turquesa, decadencia pura. Y he ahí alguna ventaja de las que van quedando. Nadie dijo alto quién vive, aunque mi héroe estuviese tras una reja. Parecía más bien que hallándose él seguro los demás no infundían sospechas. Quizás por mi neutro rostro el recluso me sonrió con simpatía a través de los hierros y de su propia fealdad.

—Vengo —dije— por orden del diario aunque en realidad soy yo la interesada en su caso.

—Ajá, después de lo que he hecho, es claro. Pero no conviene. ¡Largo de aquí, puede llegar a serte fatal! En otro momento sí, tal vez por la noche.

Di entonces un buen rodeo. Verdaderamente el jardín atraía tanto como su morador, y la noche, propicia, iba cayendo. Extraños ruidos subían y bajaban del mundo al cielo y viceversa. Pasó de pronto alguien haciendo sonar una llave. O más bien dicho ese alguien tenía forma de llave. A fuerza de ejercer su estúpido oficio, cerrar la casa de un hombre peludo, había adquirido tal aspecto. Pero de llave antigua, aquellas grandes, herrumbrosas y terminadas en un aro. Y mientras tanto yo detrás de un arbusto haciendo eso que se llama en la jerga de la delincuencia el trabajo del gato, quedar adentro. ¿Miedo? Están ustedes equivocados. Hambre, eso sí. Saqué los maníes de un bolsillo tratando de dejar los del otro como reserva. Hubiera comido luego unas rosas a modo de postre. Pero la escasa claridad de un primer cuarto lunar no daba para buscarlas, y además las rosas me gustan amarillas, lo que ya era mucho refinamiento en aquella noche que cayó de pronto a plomo sobre el parque. Entonces me fui acercando al pequeño bungalow. Encendí fósforos.

–Uno –dije– para alumbrar tus ojos… Y lástima que ahora no recuerde el poema entero de Jacques Prévert…

–¡Poema, *merde, j'ai faim*! –exclamó el muy materialista.

Saqué los maníes del otro bolsillo y empezamos a compartirlos.

–Entonces –dijo él como si supiera que yo estaba allí por algo determinado– lo hice. Y lo hecho está hecho.

–Pues eso es lo que quiero saber, cómo fue la aventura.

Por un momento seguimos atacando como monos lo nuestro. Y hay que conocer lo que es eso para hablar de solidaridad. Dos seres masticando sus cacahuetes del mismo puñado simbolizan la humanidad ideal, al diablo con tantas teorías sobre la comunicación y sus opuestos. ¡Comed maníes juntos y lo sabréis, eso es ortodoxia integral y no la teórica y relativa!

Extraje acto seguido mi cuaderno y mi bolígrafo. Él sonrió con cierto desdén. Empezaba la parte formal de la entrevista, y conste que odio los grabadores. Pero como pareciendo necesitar de mí, lo pasó todo por alto.

–Voy a llamarte Juan –dije– porque me gusta ese nombre.

–Y sin embargo el de pila es Arriano. Me lo puso un tipo que ya murió y no sé lo que quiere decir.

–Muy difícil y largo de explicar, y menos como de pila, de modo que Juan…

–Juan. Pero el caso es que yo ahora quiero seguir llamándome Arriano.

–Está bien. Por nuestra amistad, Arriano.

Y nos dimos la mano a través de la reja. Su mano era, como todo el hombrecillo, peluda. Y yo sentí de pronto una extraña vergüenza por mi piel, tan lampiña que a él le provocaría asco. Y Arriano siempre con su mano en la mía empezó a cubrir el reportaje nocturno, o mejor a aguantar mis estupideces de rutina.

—¿Edad?

—No lo sé.

—¿Nacionalidad?

—¡Uf!

—¿Ocupación preferida?

—Mira, eso sería mejor dejarlo para el final… Entonces, y para comenzar, yo decidí salir de mi casa, algo que nunca había hecho.

—¿Por qué?

—Sencillamente porque esto no es un jardín de las delicias ni yo soy libre. Estoy preso, amiga mía, preso sin haber delinquido nunca.

—¿Razones de la evasión?

—También para el final. Lo importante es que yo estaba ya harto.

—Algún adelanto, al menos.

—Bueno, fue a causa del bebé. Porque aquí alguien, o más bien dicho dos, hicieron una porquería. Y hasta podría decirte cuándo, a causa de los gritos indecentes que daban.

—Pero un bebé es algo muy importante, Arriano.

—Es que en ese momento no pensaban en el bebé, demonios. Solo querían la otra cosa. Pero resultó que los vieron, como también yo. Y fueron donde el médico. Y el médico dijo: hay que esperar tantos meses…

—Eso no es ninguna novedad.

—¿Que no? El asunto cobró estado público: prensa escrita, radio, TV, y en eso empezó a radicar mi vergüenza. Nada indecente que yo les mostrara tenía importancia. Solo estaban pendientes de ellos dos, algo que no entiendo, ni entenderé nunca.

–¿Y después?

–La mujer, que era ya gorda por naturaleza, empezó a hincharse, y esa monstruosidad los traía tan locos como si el cielo hubiera bajado a sentarse en la tierra con estrellas y todo lo demás. Y yo aquí tal mi anónimo tirado por debajo de una puerta cuando los habitantes de la casa se han ido de viaje o murieron, lo que es ser dos veces anónimo.

–Arriano, tú no podías hincharte como la mujer.

–¡Pero lo cierto es que me hinché, de aire, de rabia!

La indignación del hombrecito había ido creciendo peligrosamente. Traté de calmarlo mordiendo antes cada grano que le diese, de modo que la ración comunitaria se le hiciera más dulce. Él comprendió mi gesto y llegó casi hasta las lágrimas.

–¿Y luego?

–Luego, después de muchos meses, nació la cosa. Era realmente una basura, lo puedo asegurar desde mi objetividad. Sin pelo, con un apéndice como algo que no quiero nombrar porque parecerías persona fina. Y también lo que los padres nunca aceptan como anormales, las orejas.

–Persona fina yo, Arriano, ni lo pienses. He matado, he robado, he codiciado. Y todo lo demás, al menos en la intención, y eso ya pesa como cosa hecha.

–Pero esas son delicadas al lado de lo otro, el apéndice del bebé. Y no creas que el reproductor, que al fin y al cabo no tiene significados impúdicos para mí. El bebé ostentaba una marca de fábrica completamente innecesaria, en la evolución de las especies, como diría un tal Darwin…

Un ave nocturna pasó rondándonos. Yo temblé, pero mi hombre apenas si se rascó una axila, como si el miedo no fuera cosa suya. Eso era lo grande en él, señor Director, venía de vuelta absolutamente de todo.

–¿Y a continuación del alumbramiento?

–Fue cuando se dijo por allí que al bebé no se lo vería por un largo tiempo, puesto que los que habían hecho la porquería inicial pudieran ponerse nerviosos; yo estallé. Pero nadie entendió mi furia. Alaridos, actitudes obscenas, huelgas de hambre, cualquier intento exhibicionista o de protesta fueron inútiles. Cuando alguien no tiene importancia todo se le hace difícil. Yo estaba seguro de que hasta mi propia muerte sería apenas mi número en las estadísticas. Y fue así que un buen día me dije: Calma, Arriano, es necesario elaborar un plan espectacular.

Me miró con inteligencia, y su sonrisa hubiera podido iluminar la redacción del diario de ser él un compañero más allí, se lo dije.

–Tu diario, ese fue el peor. Tenía abierta una sección especial para el bebé. Cierta vez mandó hasta aquí un reportero a las cinco de la madrugada a preguntar por el sueño del recién nacido, y el hombre de la llave tuvo que abrir el portal de acuerdo con órdenes superiores. Venía también un fotógrafo. Y fue entonces, cuando vi relampaguear el *flash* mientras el médico metía las manos en la bocaza del pequeño monstruo y decía algo así como «está perdido de mimos, y esto le estimula las encías, y además él debe saber que es el primero en Latinoamérica nacido en cautiverio», que yo me iluminé.

–¿Y cómo fue eso?

–Esperé el tiempo en que se diera permiso para reanudar las visitas. Día y hora fijados ya, pues. Eran las 14 y 30, y en ese momento la gente o ya ha abandonado sus casas o eructa. Salí de aquí de un modo que no voy a revelar. Tomé una vivienda cualquiera de los alrededores de este parque, la escalé, entré por la banderola de un cuarto de baño. Y mala suerte, casa vacía.

—Mejor, creo yo.

—Bueno, digamos que quizás. Y reflexioné así: ¿De manera que publicidad? Van a saber ahora lo que es eso. Y empecé a romper lo que encontraba a mi paso: refrigeradora, licuadora, vasos, ventanales de vidrio. Una cosa con el nombre de tijeras me enloqueció. La quise usar y lo primero que vi por allí fueron unos billetes de banco. Soy casi analfabeto, pues desde que cometí el delito que no conozco nadie me enseñó a leer, pero igualmente reconocí un número que debía ser algo importante por la cantidad de ceros, y a cortar en tiras se ha dicho. Así fraccionado parecía más, quizás se pudiera comprar un pasaje de avión con todo aquello.

—Eso lo saben los gobiernos cuando devalúan, Arriano.

—Yo no entiendo nada de gobiernos, por suerte. Y arrojaba las sillas contra las paredes, y al deshacerse eran más sillas, y también las mesas se multiplicaban. De pronto sentí un golpe en el muro, el vecino de al lado que querría silencio para su siesta. Vaya tipo quisquilloso, pensé, voy a responder con otros golpes. Y el hombre tuvo la certeza de que allí había guerra sin declarar pero evidente.

—¿Y qué hizo?

—Creo que dio cuenta a las Siglas. Porque parece que el mundo del que se me había privado era así, iba de la paz a la guerra como si nada y las Siglas solo para recibir el aviso y sentarse a discutir sin resultado.

—¿Escéptico, Arriano?

—Lo que sea, eso yo no lo inventé, lo oigo. Y llamaron a los demás del piso. Entonces enarbolé una damajuana llena de un líquido rojo con cierta etiqueta que decía, según deletreé: «Tesoro antiguo, gasolina» y la estrellé. Vieras tú aquello que parecía sangre pero que tenía mal olor, no sé a qué tanta etiqueta de museo. Luego, perdida por allá, otra damajuana conteniendo también algo rojo. Me la empino y eso sí que valía la pena. Se me fue a la cabeza, y me la llenó de la locura de vivir. Así de eufórico fui a la cocina, agarré una cuchilla y, oyendo los golpes y los gritos de afuera, la empecé a blandir por debajo de la puerta, lo que era muy hábil de mi parte, pues el mango no pasaba mientras que la hoja sí. Es pequeño, se les oía decir, se ve su sombra a través del vidrio, quizás un marciano...

El silencio en que quedamos Arriano y yo fue de pronto interferido por unos gritos feroces a dos tonos.

—¿Qué es eso?

—Son la puta y el hijo que están celosos hasta de los mosquitos del estanque de los lotos.

—Qué expresión tan fuera de estilo, Arriano, eso no podría ir en el reportaje.

—Es la única que hay para entenderse en ciertos casos, en cuanto se la quiere refinar sale otra peor.

—Pensándolo bien, sí. Es que las palabras, Arriano, también, suelen jugarnos malas pasadas. Pero esto no te concierne tanto a ti como a mí, vivo esclava de sus poderes, y a veces siento que en lugar de manejarlas yo son ellas las que me subyugan.

—Luego —continuó él como si el tema no lo atrajera— cuando ya había dado bastante de qué hablar, volví a salir por la banderola y me fui al café de la esquina. Me puse una gorra a cuadros que había en un perchero, me senté en una mesa, tomé un resto de cosa roja, de la buena, que había en un vaso, fumé un pucho abandonado de apuro.

Estaba completamente realizado cuando me trajeron de nuevo a esta maldita casa de mis mayores. Los mayores, qué cuento. Ni un recuerdo de sus rebeldías, aquí nacieron y murieron, solo eso.

—¿Y después?

—Tu Jefe debió saberlo. De los 50 000 visitantes que vinieron a ver al bebé en el día señalado, únicamente pudieron entrar 30 000, y la Policía tuvo que proceder. Pero esos 30 000 debieron pasar primeramente por aquí, pues mi pabellón se hallaba en camino y decían cosas y más cosas sobre mí también, a raíz de la fuga, ¿qué te parece esto, después de todo?

Creo haberme dormido allí hasta que viera al hombre de la llave por la mañana. Arriano habría, sin duda, entrado a las habitaciones interiores para despistar. Y ahora un baño, pensé, un buen baño antes de dar forma a la nota. Pasé por un supermercado y llené la clásica bolsa de papel. Iba imaginando los titulares y tachando en mente: «Yo también soy estrella» (No). «Notera, arriesga su vida» (No). «El abominable hombre del parque en el *couch*» (Podría ser). Hago girar la llave en la cerradura de mi departamento. Refrigerador abierto, qué distracción. Botellas vacías por el suelo, qué amigos. Dejo la bolsa en la cocina y voy hacia el bendito cuarto de baño.

—Hola ¿trajiste bananas? —oigo decir a una voz conocida.

Sillas rotas, espejo hecho trizas. Y allí, sentado en el WC, el mono Arriano leyendo un diario del revés con mis anteojos puestos que declara:

—Esto me gusta y aquí me quedo. Espero que no me delatarás ante nadie. Anoche, mientras tú dormías allá, asesiné al elefantito y así se acabó la historia…

Al Director del diario me presento por escrito y digo:

El cálculo de los destrozos consumados por el personaje de mi entrevista asciende a una suma considerable. Estoy, por otra parte, algo así como secuestrada... pues ya que él no quiere salir por miedo a su nueva reclusión se niega a franquearme el paso en la puerta. Usted dirá si puedo ser resarcida económicamente. La nota que le envió en la botella vacía de la leche le podrá sugerir la forma de reintegrarme los adeudos. Para mi sobrevivencia en estas condiciones tan especiales puedo escribir un Parte Diario de Comportamiento más sensacional que el reportaje, es claro que hasta el día en que el mono o yo nos declaremos en estado de franca antropofagia. Y así, el que perdure, seguramente el simio, se parecerá tanto a los demás transeúntes que habrá de lograr pasar inadvertido mundo afuera.

EL ESLABÓN PERDIDO

EL JEEP ARRANCÓ BRUSCAMENTE, con mucha mayor violencia que si lo hubiera hecho un vehículo convencional.

La cara del chofer no aparecía visible. Un sombrero de paja con el ala gacha de la frente a la nuca, los hombros levantados por demás, y quizás los brazos demasiado largos le conferían, tanto para los dos individuos que habían ocupado el asiento trasero como para el que prefiriera acompañarlo adelante, un aire de ser hermético y fuera de lo común al que no parecía conveniente indagar.

Era ya medianoche. El mundo se hallaba de suyo a oscuras, la tormenta se les venía aceleradamente encima, los estómagos de los tres pasajeros estaban ahítos por la cena recién consumida en la hostería de la costa, y la soñera de boa no les permitía inquirir nada en ese tono elemental de quién es este hombre, cómo será su rostro, a dónde nos llevará si no le dijimos hacia qué punto vamos. Si hubiera sido un caballo atado al palenque iríamos montados en él los tres dominando la situación. Vimos el jeep y eso bastó. Solo que el caballo esperaría órdenes, mientras que este sujeto empuñó el volante y salió así disparado, con una especie de terror al trueno que se venía, reptando entre las dunas.

—Dunas y médanos… Esto parece un camino blando solo transitable por un jeep —dijo el primer hombre del asiento posterior a la izquierda.

—¿Pero por qué un miserable jeep y no un taxi o un cómodo coche de alquiler? Dinero sobró para los gastos extras de las vacaciones. No veo el porqué de andar jineteando este camello viejo entre la arena —masculló un segundo hombre de atrás a la derecha, mientras manoteaba el aire a consecuencia de tres o cuatro baches en cadena.

La voz fue interferida por un vaho de vino con resabios de ajo, cebollas y frutos del mar que estaban siendo malamente batidos en la coctelera gástrica. El poeta sentado adelante junto al misterioso conductor protestó entonces con su voz modulada:

—La noche, la tormenta, el próximo mar atlántico. No es cuestión de cuatro ruedas, amigos, sino de naves metafísicas. Y yo os digo —añadió con cierto tono de burla hacia las antiguas formas—: Como ligero esquife con las velas tendidas / me alejo de las playas sonoras de la vida…

La risa de los dos hombres de atrás llenó el ámbito impregnado ahora por el segundo olor reinante, una mezcla vil de gasolina, caucho y encerados del jeep.

—Y sin embargo yo seguiría insistiendo en que es cuestión de ruedas —afirmó el de atrás izquierda—. El jeep tiene transmisión directa en las cuatro, de modo que hay tracción individual en cada una, lo que le permite prenderse en este terreno arenoso.

El segundo derecha quedó sin habla, ante tanto alarde de suficiencia en mecánica automotriz de su amigo abogado, y quién lo hubiera dicho. Para él, que solo estaba en lo suyo, fina artesanía de pieles, un jeep era un jeep, qué diablos. Podría haber hablado de diferente tacto entre un visón y una piel de lobo, pero un vehículo maloliente jamás aceptaría una piel por tapiz, y en ese límite se hallaba la diferencia.

Fue en tal momento que la luz de un relámpago iluminó el desierto que atravesaban, acentuando las formas de las dunas como pequeñas cordilleras brotadas entre los tamarices y los juncos. Y a continuación el retumbar del trueno y luego la recién parida lluvia que se había ido gestando cielo arriba.

El chofer no se inmuta ni vuelve la cara. Es un hombre sin rostro, o quizás con algo tan horrendo como tal que ha preferido la máscara de hierro de la no intervención. Pero en todo caso su asunto parece ser hendir la noche que se les ha licuado encima aumentando con ello el peso del mundo.

Y para ese momento ya no será solo la aplastante lluvia lo que cuente. Vientos arranchados venidos quién sabe desde dónde silban entre las estructuras de la capota del jeep. El acompasado vaivén de las escobillas del limpiaparabrisas únicamente se oye, no sirve para nada más. Allí no existe visibilidad ante la noche que bajó la cortina. Y el objeto móvil es solo una realidad aparente, no funciona sino como un arrorró sobre las conciencias tratando de que no vayan demasiado despiertas.

El hombre de izquierda atrás (en realidad hubieran debido juntarse los tres allí para que el conductor tuviese mayor movilidad y acceso a las palancas de comando afectadas directamente al piso), el hombre de izquierda atrás ha entrado de pronto en la premonición del pánico. Su lengua se endurece, sus conocimientos sobre el jeep han quedado en punto muerto. Fue entonces cuando un rayo cayó del lado suyo y no del otro. Se lo vio iluminar como un disparo desde arriba, se le oyó el chasquido seco e inapelable. Y esa inauguración de la amenaza en su contra lo saca del mutismo para aportar algún argumento en la defensa, y dice sin ton ni son:

—*In dubio pro reo*...

—¿Quién es el reo aquí? —preguntó como para acogerse al beneficio de la duda el hombre de las pieles.

—Somos reos los cuatro, solo que no veo de qué se nos acusa, por qué se nos vino esta tormenta, a qué obedece el juicio colectivo.

Otro rayo igualmente vertical y de sonido restallante, pero esta vez del lado del hombre atrás derecha, iluminó con su luz azulada el rostro de líneas serenas que en una fracción de segundo se contrajeron por el espanto.

—Los que realizamos tareas sedentarias —habló de pronto el dueño de la cara— los relojeros, los peleteros, los camioneros de ruin, tenemos tiempo para pensar. Y en uno de esos largos plazos yo lo he visto.

—¿A quién?

—Al mundo. Muchas veces le quito mentalmente cosas y no sucede nada. Pero un día se me ocurrió sacarle las culpas, y entonces no quedó mucho, apenas si una red vacía, algo formado por los agujeros que antes ocuparan esas culpas.

El jeep seguía andando con su conductor impasible cada vez más encogido de brazos, como un jockey cabeza contra cabeza del caballo. Fue ese el momento en que el poeta del asiento delantero derecha tuvo una inspiración de corte ciclotímico: arrojarse a la tormenta, hacer la experiencia del connubio con el terror para evadirse del terror mismo:

–Corónenme de flores y pónganme mortaja / una mortaja blanca como el cisne encantado / que conduce la barca del paladín sagrado... –dijo, y abriendo sorpresivamente la puerta se arrojó del jeep para zambullirse en las tinieblas chorreantes.

El piloto detuvo la marcha. Para la próxima luz del cielo miraron todos hacia los cuatro horizontes. El poeta no estaba más allí. Su disolución en la lluvia y la oscuridad circundante había acontecido en forma integral tal como debía serlo.

Nuevos latigazos del fuego celeste cruzaron la cara de la noche, tanto que el conductor interpretó la orden de arriba: seguir la marcha sin la poesía. Iban quedando aún allí, según lo había podido colegir, figuras representativas del mundo: un administrador del derecho y defensor de la ley («no deberá saber este quién soy»); y el hombre de las pieles («lo que tengo debajo de las ropas halagaría su tacto y estimularía su vocación homicida, cuidado con él también»).

Entonces el viaje sin rumbo aparente se hizo más monótono y angustiante que nunca. La inundación crecía en todas las dimensiones cuantitativas y la tracción mecánica era ya dificultosa en grado máximo. El tiempo que se mide a clepsidra estaba devorando allí tanta arena mojada que casi no era tiempo, sino más bien el parte de su derrota.

Alguien dijo de pronto «miedo» y, al parecer a causa de ello, quien comandaba las baterías del infinito empezó a arreciar sus descargas, de modo que en adelante la palabra maldita fue suprimida precaucionalmente. Pero tampoco podrían pronunciarse sus antónimos, porque la confianza era un resabio de viejas edades en que se pastaba hierba tierna en los prados felices.

A todas estas, si es que el tiempo no estaba desterrado completamente aun como noción dentro del contexto, habían pasado ya las horas, horas que alguno calculó en el reloj del tablero de instrumentos, justo al nivel del agua que inundaba el vehículo. Momento este en que el hombre sin rostro responsable de la marcha tuvo el accidente. Perdido todo control a causa de algo invisible, fue a estrellar el pequeño coche contra un árbol semisumergido. La puerta trasera se abrió simultáneamente como consecuencia de la conmoción provocada por el impacto y los dos ocupantes, hombre de atrás izquierda y hombre de atrás derecha, fueron arrojados a la masa líquida que los arrastró descortésmente tal como el agua que corre tiende sus trampas.

… Entonces solo yo quedé para contar, dije encaramado en la copa del árbol frente al día recién amanecido, mi bendita y antigua condición arbórea, vuelvo por ella.

Mirado desde allí el mundo aparecía verdaderamente redondo, con cierta reminiscencia de arca. A lo lejos, la parte superior de la capota del jeep emergía como un oscuro continente entre las ya aquietadas aguas. Yo me toqué mi piel pilosa salvada del diluvio y las eventuales curtiembres humanas. Era solo problema de volver a empezar la historia del hombre y el mito del eslabón perdido. Y eso vino a tocarme en desgracia o en suerte justamente a mí…

El pensador de Rodin

Entraron abuelo y nieto al Zoo tal como se los ve siempre según el clásico esquema. Cierto que los abuelos tienden ahora a ser más jóvenes, es decir que aquello de la barba blanca y el bastón quedaría relegado, si acaso, para el bisabuelo. Pero hay moldes que se repetirán siempre, como las rosas de maíz, los maníes, el chocolate, todo para atender el noble metabolismo. Y también la perfidia incluida en ciertos materiales desechables. Esto último ya ha sido captado por los animales, y su reacción es asimismo típica: escupirlos, dice el guanaco, y a veces hasta incluyendo el bolo alimenticio; colocar en fila las dádivas, elegir lo que sirva y arrojar la broma pesada por encima del lomo, según los elefantes; gratificarlos con actos obscenos, dicen los monos practicando las mismas indecencias del hombre, aunque lográndolas con más gracia. O sea y en todos los casos un comportamiento cada vez más liberal y atrevido, como si dieran el ¡basta! cada domingo, como si vieran al trasluz a visitantes, pero siempre tal si la inteligencia, mi querido Charles, hubiese hecho su vuelta redonda hacia la bestia dejando a la criatura humana desubicada en la escala, o más bien volviendo a aquella estupidez que debió ser la de los dinosaurios, tan grandes que no podrían vislumbrar su probable desaparición, aunque eso sí mejor para ellos, porque el fin pensado es el principio del mismo fin, y si mis soldados pensaran me quedaría sin soldados, supo decir alguno que no viene al caso nombrar pues para qué, lo principal y eterno es lo dicho, no el perecedero dicente.

El Chimpancé me pareció ese día más triste que nunca. Estaba sentado sobre un madero a modo de banco, apoyaba la mandíbula en la palma de la mano izquierda, el codo en la parte interior del marco de la reja y tenía los ojos puestos en algo que debería estar muy lejos, o por lo menos no se veía. Hice la prueba de mirar hacia eso, pero no había más que otras jaulas, otros animales, gente grande, chicos como yo aunque tal vez más inteligentes, pues se los oía leer en las placas el nombre de cada huésped. En mi caso el diagnóstico de la psicóloga infantil consultada había sido de disléxico. No sé lo que quiere decir la palabra, o mejor de dónde viene, y si es que está en los libros no lo podré descubrir ya que no leo. Mis compañeros del colegio me llaman el Diccionario Cerrado, pero no lo soy tanto. A veces abro alguno para mirar las rigieras, principalmente las de animales, y veo por dentro unas filas horizontales en blanco y negro, vaya cosa aburrida. Y también el mismo pelmazo en los diarios, las revistas, las leyendas de la TV. Y el asunto, que permanecía oculto, se descubrió en la maldita escuela. Porque de pronto, y luego de tal primeras acusaciones de pereza y hasta de castigos que no dieron resultado, se cayó en sospechas: yo era un fenómeno de esos que no leen, y si acaso copian la letra no saben después lo que escribieron. Y esto que ustedes están viendo no lo escribo tampoco, simplemente lo transmito gracias a algo que aprendí del Pensador del Zoo, un secreto entre él y yo, lo único que puedo revelar por ahora.

Lo cierto fue que se armó un gran alboroto luego del fallo de la psicóloga y también de los médicos, quienes me andaban alrededor como moscas al dulce. Que se haga lo más que se pueda para descubrir las causas, oí decir a madre cierta vez, pero eso de enseñanza especial no, todo el mundo se enteraría, mejor mantenerlo tapado. Me analizaron la sangre, la saliva y otras cosas. Me aplicaron unas pruebas como para imbéciles que ellos llamaban tests, algunos de los que me resultaron divertidos porque al menos podía engañar a todo el mundo diciendo o haciendo lo que no se debía, y también examen nombrado como electroencefalograma, y eso sí que metía miedo, casi escapo del laboratorio. Y otras majaderías conocidas como pruebas de motricidad, y de sílabas, y de palabras, y de sonidos. Mi padre y mi madre tuvieron largas sesiones en la clínica hablando de sus padres, sus abuelos, sus bisabuelos y más allá, dibujando para eso un árbol con raíz, tronco y un gran ramerío terminando en un pequeño gajo seco y sin más retoños, en el que dijeron me encontraba yo. Pero ahí no terminaba todo, ya que debieron ir de nuevo con una lista de las causas de muerte de cada una de aquellas vejeces, consiguieron y llevaron cartas amarillas escritas en años que parecían el principio del mundo, y para eso fue necesario que cada uno demostrara su buena memoria y sobre todo para el dar y recibir los reproches como va y viene la pelota en el fútbol. No, tus padres no fueron tan ilustrados como los míos, oí una vez, y a continuación esto: ni los tuyos tan sanos como me habías hecho creer. Y así se arrojaban todas las noches al acostarse una cantidad de cosas que yo escuchaba desde el cuarto o yendo a poner la oreja tras la cerradura del de ellos. Hasta que en una ocasión me llegó algo tan extraño dicho por mi madre que me pareció sacado de un cuento de terror:

—Me abrí paso entre las telarañas y el polvo del desván y allí he visto uno de los álbumes de daguerrotipos y fotos de familia que por suerte no había quemado como lo pensaba muchas veces.

—¿Y qué has encontrado de particular si se puede saber? —dijo mi padre desde el cuarto de baño donde se cepillaba los dientes.

Ella demoró un poco en responder, parecía querer jugar, o a lo mejor se habría llenado la boca de horquillas como lo hacía siempre. Hasta que al fin soltó la novedad:

—He visto que tu bisabuelo, es decir el tatarabuelo del niño, tenía cara de mono. Sí, era, un verdadero mono con lentes y muy bien vestido sentado en un sillón junto a un árbol, pero pelando una banana con ambas manos.

—Así se pelan las bananas fuera del protocolo, según creo.

—No, tu antepasado no utilizaba una mano delicadamente para sostener y la otra para mondar, la forma como lo hacía era muy rara y tal hombre no debió aprender a leer, de eso estoy segura.

—Él fue… ejem… no sé lo que fue, pero tengo noticias de que hizo mucho dinero, todo lo que poseemos hoy salió en un principio del hombre de la banana, querida señora, y no de tu pobre gente.

Como ella era mujer empezó a llorar, y entre sollozo y sollozo se le oía decir que la dislexia de la criatura, yo, vendría de tan lejos, mi tercer abuelo. Y él, siendo hombre, a echarle en cara su falta de tacto en el hablar de los demás, quizás heredada de algún otro antepasado que ni siquiera se sentaría para comer bananas, piles en una familia tan miserable como la suya las reuniones se harían en cuatro patas antes que el Ramapithecus se pusiera de pie hacía catorce millones de años, y por consiguiente a suelo limpio.

Todo eso empecé a recordarlo mientras llegaba frente al mono con el abuelo, mi hombre tan bueno para mí que a veces hace pensar que los libros estuvieran demás, ya que él lo sabe todo. Y lo extraño es cómo llega a transformarse en un chico de diez años al estar conmigo y yo no puedo hacerme viejo ni por un minuto para meterme en él.

—Ese mono se parece —logré decir encontrando al fin palabras y no más ideas tontas— a aquella estatua que vimos en una plaza, aunque la mano la colocó en forma distinta.

El abuelo miró al chimpancé que seguía en la misma posición, luego se echó a reír y exclamó casi sobresaltando al animal:

—Es claro, cierto pensador, solo que aquel hombre debería estar preocupado por cosas más profundas cuando posó.

—Abuelo —le pregunté como lo que yo era, un pobre disléxico— ¿y si el pensador de la plaza no hubiera aprendido nunca a leer podría igualmente pensar?

Eran mis salidas de siempre. Parecía no sorprenderlo ya con nada, como si el tiempo que no perdía en leer, es decir el tiempo almacenado en mí, quisiera gastarlo en averiguar, y qué cosas, murmuraba el viejo, lindando con la filosofía, y qué podría ser la tal filosofía mascullaba yo, algo de seguro muy enredado cuando solo pronunciar el nombre requería un sacrificio para la lengua volviéndola tartajosa.

Y ahora estoy junto a ellos en la mesa. Comen cada cual a su modo, se pasan la sal, el vino, el pan, los malos pensamientos. Yo, si lo supieran morirían, hace tiempo que salgo de la escuela quince minutos antes de la hora señalada para la estampida de los búfalos. La maestra parece haber considerado que un niño puede ser disléxico pero no mentiroso o hipócrita por añadidura, y eso de ir a ver si su abuelo, que enviudó y está solo, ha recordado tomar su medicamento de antes de las cinco es un buen gesto del chico. Pero yo, que vivo en camino del Zoo, lo que hago es entrar allí para algo que aún no entiendo. Pago con lo que no gasté en merienda, en dulces y hasta en inútiles cuadernos para una escritura de copia que dicen practico al revés. Y el Pensador está siempre en lo mismo, la palma de la mano bajo la mandíbula, el codo ya pelado en la barra, y qué lástima, lo que siento entonces hacia él nunca lo podré ver escrito por nadie, es como un camino que piso yo solo. Se trata de algo que me abriga hacia adentro igual que si me transformara en leche tibia, y a veces hasta parezco derretirme como una vela cuando me le acerco. No, no me duele nada, más bien quisiera seguir sintiéndolo, me baño en miel, en caramelos fundidos, yo no sé cómo se llamará eso en los famosos libros, pero qué libros tan mudos para mí como el buzón de la puerta del Zoo que se traga las cartas sin saber lo que engulle.

El primer día de mi escapatoria él no me dio importancia. Continuaba allí mirando aquello que no se veía, pero la ventaja estaba en que no fuera domingo, y aunque el tiempo resultara corto yo tenía mi plática recordando alguna de esas películas que los grandes llamaban de amor y otras cosas así de aburridas. Pero algo me decía que iba a progresar, que el Pensador un día cualquiera repararía en mí, el pobre lampiño al que habían separado de él cada vez más aunque pareciéndosele tanto.

De ese modo pasó una semana sin mucha suerte, hasta que se me ocurrió una idea brillante: subir al depósito de trastos viejos que mi madre había llamado el desván para echar una mirada a los álbumes. Vi de todo un poco, cunas apolilladas, caballos de madera rotos, osos de felpa despanzurrados, y aquello lo hubiera hecho correr escaleras abajo de no encontrar en un estante lleno de polvo los famosos álbumes. Y allí montones de caras, algunas hermosas como los ángeles de las estampas, otras tan feas como sustos, hasta que llegué a la del tatarabuelo, es claro que distinguido por lo de la banana y una gran cadena que debería ser para el reloj yendo de bolsillo a bolsillo del chaleco. Lo observé en todos los detalles, dándole así cierto tiempo para conocerme y entrar en confianza. Un viejo muerto no se encuentra con su tataranieto sin correr peligro de morir de nuevo, pensé. Pero mi corazón también daba saltos, me zumbaban los oídos y expiraba corto como después de una carrera. De modo que según mamá, le dije al fin entre mis sofocos y las nubes de polvo levantadas al mover las páginas, mi dislexia fue lo que me dejaste por herencia, ¿no es así? Lo miré fijamente esperando una respuesta, pero él estaba hecho de metal, no daba señales de vida, y hasta contando aquel reloj que se habría quedado quieto en la hora y el día de tantos años atrás, todos se burlaban de mí, eran como los libros, cosas cerradas.

Lo seguí persiguiendo y creo que le hablé con maldad. Vas a decirme algo, te voy a hacer confesar aunque sea poniendo tu cara bajo mis zapatos, deshaciéndote esas patillas unidas a la barba, esa cara de mono que tiene a mis padres en guerra, ese chaleco floreado, esos brazos casi tan largos como el cuerpo. Y nada. Así que como mis amenazas no resultaban decidí entonces cambiar de tono: hablarás aunque te duela para tu tataranieto ¿verdad?, no lo dejes solo en medio de estas camas, estos percheros, este caballo manco del tiempo en que mi abuelo era chico... Ya iba a seguir con el recuento de todo el desván cuando de repente sucede, sí, y yo no miento, pues solo los que saben leer y escribir aprenden también a mentir, sucede que el hombre feo se ha puesto a llorar, llorar como la lluvia hasta mojar el cartón del álbum donde se encuentra pegado. Y quién se explicará algo tan extraño yo no lo sé, tal vez esté en los mugrosos libros que parecen pasarse todos los secretos y por eso se ven tan sucios como las manos de la gente. Aunque yo no los necesitaba tampoco, dije para mí, teniendo un posible sabelotodo como el Pensador a un cuarto para las cinco de todas las tardes y también los domingos. Fue así que enjugué las lágrimas del viejo con mi pañuelo, saqué el retrato del álbum, lo guardé entre pecho y camisa y me encaminé a la inservible escuela. No, qué va, aquello no era asistir a ninguna escuela, más bien se trataba de una estación para esperar ciertas cinco menos cuarto donde a la vez se detendría un tren fantasma, el de mis encuentros de verdad con el Pensador del Zoo. Porque también debo decir que yo tardaba en dormirme por las noches desde que lo había conocido, y luego hasta soñaba con él, algo que no me avergüenza ya que mis sueños era todos civilizados: el chimpancé viniendo a mi cumpleaños, el chimpancé bajo las barbas de Papá Noel, el chimpancé saludándome parado en una sola pata sobre el caballo al trote del circo.

Y ahora, como sucede siempre cuando la ocasión es importante, ha empezado a llover, y esos días chorreantes por todos lados nadie va a los paseos públicos. Yo salgo de la escuela a la misma hora adelantada en quince minutos y me convierto con eso en más bueno que nunca, un niño que no olvida el medicamento de su abuelo por ningún capricho del tiempo. Guardo al tatarabuelo entre los papeles de mi mochila, paso de largo con tristeza por la casa del amigo, camino lentamente para compensar, pesco un resfrío, hago fiebre, deliro en voz alta con el Pensador, causo la risa de mi abuelo, cosquillas en la ignorancia de mis padres y hasta en la del médico. Y así, viejo ya como de una semana más, reaparezco una tarde a los ojos del habitante del jardín enrejado.

Esta vez el Pensador pareció reparar en mí, al menos sacando la mirada de aquel punto fijo y clavándomela, al tiempo de observar con cierta curiosidad lo que yo sacaba del pecho, la plancha metálica con la imagen del hombre de la banana. Se la alcancé, él alargó la mano libre, tomó con sencillez y buenos modales la lámina, la observó por su cara ilustrada alejándola un poco de la vista como hacía mi abuelo al leer y luego me miró pareciendo pedirme ayuda. Yo tenía casualmente un pequeño espejo en el bolsillo, se lo acerqué no sé si por bondad u otro sentimiento, porque él tal vez no supiese cómo era, y de ese modo sucedió de nuevo lo increíble desde el episodio del desván. Al igual que mi tatarabuelo del álbum, y después de varias comparaciones, el Pensador comenzó a llorar. Pero en su caso con unos gemidos que daban lástima, mientras, y ya no más como Pensador sino con las dos manos en uso, en una el espejo y en la otra el retrato, se había abierto por fin la brecha entre nosotros. Extendí mi propia mano derecha como indicándole una devolución. El animal sacó esta vez de adentro un corto grito, sonrió como un hombre mostrando sus dientes amarillos bajo unas encías color vino y me devolvió el retrato, aunque no el espejo que parecía pasar a ser su tesoro. Yo entendía mucho eso de los tesoros, ya que tenía guardados bastantes: trocitos de trapos diferentes con los que mi padre había lavado el coche, cerillas apagadas, cuerdas de juguetes mecánicos, caireles de lámparas viejas, botones que nadie podía encontrar a pesar de haberlos visto caer al suelo, y tantas cosas más que la caja ya no cerraba. Y algo me hizo pensar que el pobre animal no conocería esa felicidad, le limpiarían la jaula de vez en cuando y arrojarían al bote de basuras sus riquezas mientras él saltase alrededor como un diablo cojo sin poder salvar nada. Por eso entendí lo que significó esconder el espejo en un hueco de la pared frente a la que estaba sentado, igual que yo con mi caja.

Y esto fue lo que hicimos en adelante: inventar una manera de comunicarnos sin palabras, él un mono afásico, yo un analfabeto crónico con el que había que mantener las apariencias de niño normal. Y así lo escuché, sí, lo escuché decir lo que todavía no entiendo, y que repetí en mi casa al otro día a la hora del almuerzo dejándolos pálidos: «Con solo tres o cuatro verdades en el mundo hubiera alcanzado, todo lo demás sobró».

Pero ellos se limitaron a eso, quedar blancos como papeles. Únicamente que yo me reservé parte del rollo para la cena, que es cuando la gente resiste porque come más tranquila y también puede irse a la cama si le tiemblan las piernas. Entonces, mientras me negaba a probar unas ranas a la provenzal porque me daban tristeza, dije como si nada: «El tal Darwin anduvo tras nuestra verdad, pero se conmovió por amor hacia él, a su mujer, a sus hijos. En realidad la escala zoológica culmina en la inteligencia de los delfines. Luego empieza a descender hasta el hombre. El error de aquellos primates que se abrieron de nosotros los simplemente antropomorfos, fue irse poniendo tan verticales y algo más que se separaron al fin de ellos mismos».

–¡Es un monstruo, un enano caído de otro planeta que nos viene engañando con la edad desde que nació! –vociferó mi padre haciendo saltar la panera de un puñetazo– ¿Dónde habrá leído tales dislates?

–No lee, ahí está lo malo –dijo mi madre– quizás la herencia de la hermosura de tu bisabuelo no fuera solo en dinero…

La cosa ya empezaba a ponerse discutida. Como para desafiar, abrí en dos partes el flequillo que me estaba tapando la vista. Mi abuelo me miró largamente con los anteojos sobre la punta de la nariz, es decir también sin estorbarse con nada, como siempre impidió que los golpes que debería recibir quedaran solo en amenazas. Yo me fui a mi cuarto a hacer conjeturas, seguramente que lo dicho sería importante, aunque para mí nada más que ideas borrosas que el Pensador me habría transmitido a su modo para agradecerme la donación del espejo, y lo que valdría ese espejo para él quién iría a saberlo.

Llegué al otro día a la cita de siempre. Mi amigo se miraba reflejado como una dama que está a punto de salir para una fiesta, y hasta creí entender que esa fiesta era yo, el pobre pájaro de las cinco menos cuarto de la tarde, invariablemente mudo, muerto de hambre por haber gastado el dinero de la merienda en el ticket, y también de miedo, pues me pareció que el vigilante del parque me había seguido y estaba agazapado tras unas plantas. ¿Y por qué no, al fin, un poco de precaución de parte de ellos? Yo había oído contar a mi abuelo que cierto estudiante, furioso por haber sido rechazado en una pregunta sobre hipopótamos, va y arroja un libro de zoología al estanque de esos pobres diablos. Y la bestia inocente que se come el libro, y el libro que se abre en su interior, y el hipopótamo que muere. ¿Pero qué creerían estos ahora, que yo era un asesino así, cuando ni ranas podía comer? Asesino, asesino, iba diciendo. Mi rencor hacia el estudiante que ya habría muerto de vejez me hizo repetir tantas veces la palabra que era posible la hubiese escuchado el mono, porque lo que me comunicó sin hablar como siempre, y que repetí en la mesa esa noche, era algo parecido a esto: «Asesinos, asesinos patológicos. Lo malo es cuando alguno de ellos se pone la idea de matar dentro del cráneo y el mundo bajo el brazo...».

¡Y no, doctor, yo no lo leí ni tampoco puedo decir quién me lo enseñó, a lo mejor fue la herencia de mi hermosura de tatarabuelo como dice mamá! ¡Pero déjeme escapar de este hospital, déjenme, por favor!

Los ruidos, o mejor las voces del jardín zoológico, empezaron a inundar el cuarto. Las oí una por una y en conjunto como en un concierto cuando se cierran los ojos y se piensa que es mejor así, creer que un solo hombre se ha partido en tantos pedazos y que cada pedazo distinto estará pegado al otro y al otro por algo que nunca se podrá palpar con las manos aunque todos los músicos usen las suyas para hacer hablar a las cajas, las cuerdas, los metales, las maderas. Y lo más impresionante fue el alarido final del chimpancé cuando los encargados de la fajina le encontraron el espejo en el hueco de la pared y se lo robaron, y él decidió morírseles de un síncope como un hombre cualquiera, al fin para qué vivir, ya lo había comunicado casi todo. Y luego lo último que supe de mi propia voz durante la inyección mientras se me endurecía la lengua: El Pensador me está esperando para el tercer y cuarto misterio y a lo mejor el mundo se acaba por culpa de los asesinos y él no podrá decírselo a nadie porque solo yo soy su confidente un pobrecito disléxico usted sabe doctor lo que significa alguien que no aprende a leer pero que ya ni siquiera le importa porque en realidad para qué…

LA REBELIÓN DE LA FLOR
(1988)

[*La rebelión de la flor. Antología personal* (Montevideo, Linardi y Risso, 1988) se abre con un prólogo «Del horror y la belleza», de Rómulo Cosse, y un texto de la propia Armonía Somers titulado «Anthos y Legein (donde la autora nos muestra la otra cara de las historias)», que el lector encontrará al final de la presente obra. El libro está dividido en capítulos y cada uno de ellos reúne diferentes cuentos: en «Capítulo I.- El derrumbamiento», «El derrumbamiento», «Réquiem por Goyo Ribera» y «Saliva del paraíso»; en «Capítulo II.- Mis hombres flacos», «El entierro»; en «Capítulo III.- La calle del viento norte», «La calle del viento norte», «El desvío», «Muerte por alacrán» y «El hombre del túnel»; en «Capítulo IV.- Jezabel», «Carta a Juan de los espacios», «El hombre de la plaza», «El ojo del Ciprés» y «Jezabel»].

Jezabel

Carta a Juan de los espacios
Ficha biográfica para proyecto monumental

A Ángel Rama, in memoriam

Carta a Juan

«Mi querido Juan aún nonato: Si tú estás tan bien ahí en esa matriz, para qué gastar tanta fuerza en movimientos vibratorios en búsqueda de quién sabe qué, en pataleos para encontrar qué, en cabezazos contra la noche problemática del qué, del qué, del qué...».

Todo eso él lo oía decir por ciertos dispositivos parlantes colgados del cosmos. Pero el chiquitín de cabeza microscópica se guardaba un almacenamiento de voluntad de los mil demonios, como una semilla (lo era), como un huevo (lo era). Y decidió seguir adelante gestándose: uno más para la estadística universal, aun a riesgo de no caber en el mundo y tener que salir a buscar otros para poblarlos.

La playa negra

Anduvo sus buenos meses, exactamente nueve, fabricándose el equipo para zambullir hacia este lado desconocido desde donde le habían gritado que NO, y precisamente a causa de eso. Tenía ya hasta pelos y uñas en la coraza, cuando se largó rompiendo lo que encontraba por el camino con la ceguera lúcida de un tanque anfibio capaz de todo. No lo conmovió que alguien se doliera ferozmente por su causa, y salió chorreando humores ajenos. Era un proyecto de hombre y estaba bañado en mujer líquida. Tenía el cuerpo pegajoso y bastante maltrecho por el forcejeo. Pero ya se encontraba allí, eso era lo que había andado buscando contra viento y sangre. Y no le importaba que solo se distinguiesen más que formas vagas. Lloró para gastarse un poco. Y también a fin de molestar a los bultos de la playa negra donde había varado. Porque de eso no cabía duda: luego de embicar encalló ruidosamente en algo llamado ESTE MUNDO.

Los depósitos

Empezó a mover la industria. He aquí los depósitos que documentan su pasaje a través de unos diez años. Las cosas fueron arrojadas por alguien con el desgano de la entrada en desuso. Pero como por casualidad el depósito era una habitación de vidrio, las eras geológicas de Juan quedaron armoniosamente determinadas de abajo a arriba. Necesario, pues, mirarlas siguiendo la flecha ascendente. Hay algo que se repite siempre en las capas estratificadas y son los zapatos. Solo el tamaño y los estilos fueron diciendo que

Juan los llevaba locos a todos caminando siempre con las puntas de aquel calzado hacia el futuro.

EL MIRADOR

Atisbó por el agujero de una cerradura y vio cosas. Las cosas eran de tal sugestión que lo dejaron atorado con el caramelo que estaba chupando. Pero cuando las describió como sabidas provocaron la catástrofe. ¿Lo malo era entonces haberlas visto o que alguien las hiciese tras las puertas cerradas? Como para esperar que le dijeran el nombre si eran incapaces de la explicación. Fue a la calle y lo trajo. El nombre de las innombrables venía tan disuelto en su saliva que no se le separaba jamás de la lengua. Un golpe bien dado en la boca le conmovió la raíz de un diente de segunda emisión. Pero las indecibles no aflojaron. Cuando volvió a mirar una noche de nuevo por el ojo de la cerradura, y vio que habían dejado la luz prendida, y les gritó: «Ustedes, madre y padre, están… ¿no es así?», esa vez casi murió en la contienda.

PRUEBA DE FUEGO

Después de recibir la gran punición hizo fiebre. Fueron quince días de horno girando como una partícula ciega en el infrarrojo absoluto.

LA RUPTURA

Salió de allí directamente a la lucha sin cuartel con todo, con todos. Vamos a tender la línea divisoria con los viejos mitos, dijo. Y empezó a romper por turno: puertas porque se cerraban solo para él, sillas por el hecho de que sirvieran para sentarse. Y mesas, y espejos de pared. Estos fueron de lo mejor: con la botella del agua de colonia el estrépito era perfecto. El médico dictaminó crisis de pubertad. Pero Juan sabía mucho más que todo eso tan simplón de las crisis. Lo suyo contra el mundo adulto había desatado una guerra y no hay guerra que no sea a muerte.

Motivo para solo de guitarra

Una mañana salió a la calle cuando no habían llegado aún los recolectores de basura. El tacho de su casa olía mal como todo lo de puertas adentro. Pero había quedado una flor parada sobre su tallo en medio del aquelarre de la inmundicia. Él se topó por primera vez con un símbolo concreto y lo acogió como si tal cosa. Pasaba en ese momento una chica rubia de pelo lacio y senos alimonados. Lo vio con la flor en la mano y extendió la suya. Entonces se sintió obligado en adelante a sacar la flor de cualquier parte. Porque justamente él y la chica se cruzaban todos los días con los mismos libracos bajo el brazo, y ella siempre alargaba la mano para la flor de Juan.

Gran pausa

Un día que a la muchacha casi se le estaba por rasgar el tejido de lana que le oprimía los senos, y cuando él extendía la mojada flor, ya que un jardinero acababa de apuntarle con la manga de riego, ella se paró en jarras y le dijo: Al diablo con tu flor, yo quiero encontrarme contigo porque el pulóver no me da más, y otras prendas tampoco quieren más, y de noche sueño de todo. Él se quedó flojo escuchan-

do. Luego, del fondo de su voz de gallo, sacó la pregunta
más inocua que pudiera haberle salido: ¿Y qué hacías con
la flor? Ella lo miró con unos ojos llenos de agua celeste
como para abrevadero de los ángeles, y luego de mostrar
los dientes de propaganda del dentífrico más conocido le
contestó: La arrojaba al diablo. ¿Qué querías que hiciera?
Mi amiga Caterina tiene celos de todo… Gran Pausa, o el
signo G.P. en música cuando todo enmudece aunque se
sepa que para proseguir.

El tragamonedas

Fue él también en busca de la primera boca del diablo y
arrojó los libros. Corrió luego hacia un salón oscuro lleno
de aparatos, echó su moneda en la ranura y la máquina le
vomitó en la cara algo parecido a música sin G.P., solo que
rota en pedazos. Aquello le zarandeaba la sangre. Luego,
al acabarse el estímulo, la sangre quedaba quieta por unos
minutos y era su primera paz hasta la otra moneda. En una
de esas, entre paz y ruido, fue cuando lo sintió. Estaba en
el centro del cuerpo y era un calor distinto al del sarampión
y otras pestes. Se imaginó apagando el incendio con la
muchacha de la flor. Y de repente la llama empezó a ceder
hasta venirse abajo. Nunca, se oyó decir a sí mismo entre
dientes, nunca esto con una perra que tiraba la flor al caño.
Debe haber miles como ella, pero que no le conozcan a
uno sus historias íntimas.

Las camas

Las camas se acumularon. Pero no en el depósito de
vidrio, porque eran prestadas, alquiladas. Y a veces ni exis-

tían. Quedaba el hueco del cuerpo haciendo el amor en la hierba o en las arenas de la playa, y después también eso se borra. Pero cuánto mejor que andar regalando flores. Los amigos contaban lo suyo y era lo mismo: ellas aparecían por todos lados, estaban a la mano y no necesitaban flor. Le olían a uno en el aire y venían de lejos a buscarle como ciertas mariposas en sus amores ciegos. Lo único bueno que había leído en los libros era esa anécdota sobre lepidópteros. Volvió en procura de unos textos usados. Tenían las huellas del dedo, las leyendas y subrayados de varias generaciones y eso los hacía más humanos. Y así entre cama y cama, y libro y libro, y miedo y miedo, logró al fin llegar a algo.

Es claro, pero (…)

Es claro que también había árboles en parques para el olvido. Y unos hombres fanáticos que leían la Biblia en las ferias dominicales, mientras el de al lado pelaba una gallina y el otro envolvía orejas y patas de cerdo. En cuanto a esta dualidad él nunca supo qué hacer. Y entonces se quedaba en el medio, siempre sería mejor la solución ecléctica. Pero la cosa se venía de noche cuando ya se cerraban los supermercados, las oficinas, los consultorios, los cinemas, y se suspendían los mítines y todo eso. Y Juan se había hecho su hartazgo de mujer, y algunas veces hasta de hombre, y quedaba solo.

La redada

Un día, entre engaño y gloria posible, lo capturaron unos encapuchados y lo llevaron junto con otros a un cuarto que oyó llamar como de entrenamiento espacial. Allí perdió la noción de los colores y las formas del mundo. Cierta vez su cerebro fue sacado de la caja ósea del cráneo y, como un molusco esferiforme, trepó por la pared y pareció meterse en un reloj donde funciona el mecanismo que hace mover el péndulo. Y entonces supo lo que era batirse como si fuesen a transformarlo en manteca. Luego oyó decir que no era eso, sino que lo estaban condicionando para proyectarlo lejos. Lo hacían también marchar siempre en el mismo sitio sobre unos escalones que se fugaban continuamente bajo el pie, de modo que nunca se sabrá si se caminó kilómetros o se estará en el punto cero de la distancia equis. Y así, después de vejarlo de mil modos, incluyendo el no poder ni disfrutar de la música aleatoria que emanaba de todo aquello (palancas, escalones móviles, cremalleras, timbres, martillos sordos) lo metieron en el cigarro infernal de un cohete que iban a fumar hacia el infinito y, al cabo de un breve conteo, le dieron fuego desde la base.

La estrella descastada

En un segundo, por allá tan lejos, algo no quiso responder al programa. Hubo una fracción minúscula de tiempo en que el confinado supiese lo que era estallarle el estómago, la pequeña arteria, la pequeña vena, el pequeño nervio de cada muela y el bulbo diminuto de cada pelo. Y se deshizo el todo-Juan tan prolijamente fabricado en aquellos nueve meses de su prehistoria, transformándose en una estrella que se descuelga. Y entonces su muerte horrenda se equivocó de cementerio. Y en vez de una isla sola suspendida del vacío donde nadie pudiera acertar con el sitio, y la chica de la flor no volviera nunca más a hacerle aquello, la nave en llamas con Juan derretido adentro cayó al mar. O el asunto de nacer de nuevo para que alguien volviese a escribir la misma historia en una enciclopedia ilustrada a todo color.

Amén.

El hombre de la plaza

En la penumbra de la torre iluminada solo con las luces intermitentes de los letreros de afuera, el hombre se dejó caer en el sillón del ángulo. Y al mirarlo entre uno y otro destello podía saberse que venía como al destierro, sin ganas de volverse, presintiendo que allá, donde fuere, la atmósfera estaría irrespirable.

—¿Con qué lavarán el aire aquí?, hay olor a aire —dijo husmeando.

Por cada palabra caían cuajarones de silencio que manchaban el piso de sombras alternadas con las luces filtrantes.

—No tendría otra ambición en la vida que estarme aquí fumando hasta morir, hasta que este aire sucio de tan pulcro empezara a oler mi muerte.

En las ventanas del oeste y el sur había mar con boyas. En las del norte epilepsia de viento, techos negros, barcos encendidos.

… Porque a veces tengo miedo de que suceda allá lo que no quiero.

El barco de las 23 atracado en la dársena empezó a dejarse arrastrar por un remolcador. Entretanto el hombre ha ido cumpliendo su deseo, ensuciar el aire con humo que es su forma de ir muriéndose.

… Podría no suceder, es claro. Uno no quiere la sangre. Pero ellas se la buscan, parecerían no soportarla dentro del cuerpo.

Entre guiño y guiño de los luminosos, la mujer de la torre ha mirado el reloj calculando los minutos del barco para largarse del muro y enfilar al canal de salida del puerto. Al hombre nadie le ha alcanzado un cabo, y sigue allí, anclado en su historia.

… Primeramente salí a emborracharme. Eso es lo único a lo que sigo fiel, lo descubrí y ahora es mío. Y mi padre, que se mató arrojándose bajo un autobús, viene a veces. Y hay también cierta música. La pongo siempre en el taller para agarrarme de algo: es esto que silbo…

Lo hizo como desde el otro mundo durante el tiempo suficiente para que el barco, cubierto por el horrendo edificio de enfrente que había rebasado la altura reglamentaria, reapareciera tras la cúpula del Correo. Y todo siguió en su orden. Era como un preludio: hombre solo, barco solo pero cargado de luces y con el vientre lleno de gusanos viajeros. Por la fracción de un segundo se vio de pronto pasar un suicida cortando el aire del recinto. El hombre deshecho por el autobús colgaba del espíritu ansioso con que esperó aquel día las ruedas. Y desapareció por la ventana del norte, que dejó de golpearse para que el forastero se colase y volvió luego a su forcejeo. El muerto remontó sobre los techos y cayó al fin encima de los barcos.

… Después vinieron las mujeres –continuó el que parecía estar aún vivo–. No lo sé cómo, salen hasta de adentro del vaso, uno no las ve llegar por la puerta. Pero volvía de ellas con asco.

El aire, espeso ya de humo y con los ojos fugaces del suicida prendidos en las cosas, se empezó a llenar con las espaldas, los muslos y los pechos de las mujeres evocadas. El todo se componía difícilmente. Algunos pies resbalaban en la viscosidad del semen caído y no lograban dar con la pierna. Por las ventanas del oeste la calle sobre la que él viniese antes de atravesar la plaza había quedado solitaria, con la espina dorsal del gas de mercurio dividiéndola.

–El barco vira ya a estribor para poner rumbo al oeste.

La voz de la mujer cayó como una pesada compuerta. No había hablado hasta ese momento ni para ofrecer ni para alcanzar nada que no fuese aquella novedad inútil. Entonces el que se desangraba solo en el sillón del ángulo lanzó su noticia propia en este giro insólito: La leche me gusta más que todo. Pero siempre que llego se la han tomado los tres niños.

Nadie se levanta y acude. Nadie saca un pecho del corpiño y lo ofrece en la bandeja del alma. Y debe seguir habiendo mar por donde pasó el barco. Lo perforan algunas luces de boyas sobre un terciopelo siniestro.

… Hasta que una noche le pegué, le pegué casi hasta morirme.

De cada cosa puesta en su sitio de siempre, de cada unidad hecha cuadro, cabeza de yeso, telaraña, libro, polilla, lechuza embalsamada, ángel sobredorado, barómetro, tiempo, cae un harapo de hematomas, pedazos de piel del muerto. Pero las formas vacías del suicida quedan tiesas. Todavía el barco. La nave que sale ahora por detrás de la cúpula es distinta. Tiene una luz en la popa, otra en la proa, y una en forma de estrella en lo alto. Como no se ve nada más parece un triángulo que hubiera perdido los lados, quedando solo en el concepto.

—Por qué durante tanto tiempo los llamarían triángulos, qué hubiera sido de los ángulos sin los lados.

Viéndola tan distante en sus geometrías, el hombre ya no habló más. Pasaba el tiempo del túnel, de la escalera, del río, de todo lo que va hacia una desembocadura. Y de cada capítulo brotaban mujeres-madres, mujeres-cucarachas, mujeres-sanguijuelas, úlceras estomacales y demás horrores de género femenino: copas vacías, botellas sin leche, criaturas viajando hacia una vida con un cartel escrito por detrás con la palabra Destino. El silencio de la plaza tenía color a la una de la madrugada. Y es claro que el barco había caído ya en la curva. Entonces el de la soledad se levantó de entre los escombros como una casa derrumbada que hubiese decidido echarse a andar agarrándose del marco en pie de una puerta. Tomó su chaqueta, su gorra, atravesó un aire, otro aire, bajó los doscientos peldaños, cortó la acera, luego la plaza. Y fue allí, al llegar al final, cuando la plaza decidió seguir detrás suyo como un perro, una puta sin hombre que va para la pieza. Hubieran podido gritarle desde allá arriba que se volviera. Pero ya no. Cuando una plaza sigue a un tipo solo a esa hora nadie le grite ya, para qué, habría pensado él sin detenerse.

Puso la llave en la cerradura, entró al departamento, encendió la luz. Y siempre la plaza con él como un escenario portátil. Había echado a rodar las fuentes, la estatua ecuestre, los bancos, las famosas treinta y tres palmeras, las palomas. Y así de despojada se colocó pidiendo espacio, y de pronto tuvo una nevera en medio, tres camas de niños dormidos a un costado y enfrente otra de gran tamaño con una mujer también dormida. Como si nada hubiese cambiado, el hombre abrió entonces el refrigerador, sacó una botella de leche. Vacía. La arrojó al suelo. Los vidrios rotos comenzaron a brillar como cuchillos en el pavimento acanalado traído por la plaza. En uno de ellos la maldita luz se irisó y empezó a llamarlo por su nombre. Fue ese trozo con su traje de torero el que se puso a incitar para la orgía de la sangre y no hubo forma de eludirlo. El vidrio quería y tuvo todos los cuellos dormidos. Si al menos ella hubiese brotado leche. Pero sus mamas estaban resecas hacía tiempo, eran un camuflaje, un engaño de la breve abundancia sobre el páramo eterno.

Cuando volvió a salir a la calle, no sabiendo qué hacer con aquella sangre colgada de sus dedos (plaza detrás, siempre plaza detrás) la torre de la mujer solitaria estaba desafiándolo. Al pasar por el sitio donde debería haber una plaza, saltó sobre el abismo. Y luego subió como pudo los doscientos escalones negros. Entró por la puerta a la que nadie se había ocupado de echar llave y otra vez al silencio preso, a las ventanas. La plaza no cabía allí, pero se contrajo y lo logró. Y entonces fue cuando él supo que ya era tarde para todo. La leche salía de los grifos, de los senos de la mujer, de la sonrisa tonta del ángel sobredorado. El aire de momentos antes estaba impregnado ahora de olor a alcoba, a camisa de dormir, a pelo suelto, a noche promisoria. Pero él era un hombre con una celosa y hambrienta muerte a cuestas y un trozo de vidrio ensangrentado en la decidida mano.

Antes de hacer lo que consumó en el cuello tenso de la mujer, la plaza había vuelto a ocupar afuera su territorio de apariencia inamovible, la mejor coartada para que nadie viniera a convocarla como testigo de cargo.

EL OJO DEL CIPRÉS

COMO DE QUIEN MENOS UNO CONOCE es de sí mismo, nunca supo él por qué lo llamaban el Ciprés. Pero lo cierto era que ese nombre se le había pegado en tal forma al cuerpo, al alma, que el quitárselo mentalmente y por ejercicio en la vida civil le provocaba la sensación de quedar sin identidad.

De lo que hacía para vivir sí que estaba, sin embargo, seguro. Su negocio funerario se hallaba situado estratégicamente en las inmediaciones del más superpoblado hospital de la ciudad, desde luego que gratuito. Pero aquí la silueta blanca, alta y afantasmada del establecimiento va a desaparecer ante un primer plano del hombre, aun sin quebrar las relaciones de coexistencia más estrecha entre ambos.

De estatura por sobre lo normal, complexión débil, color entre vegetal y pantano, cabeza pequeña y aguzada, el Ciprés presentaba en esta oblonga parte del cuerpo un solo ojo útil, ya que el otro, además de desaparecer, había perdido la movilidad espontánea del párpado durante una operación que terminara en ojo de vidrio.

Cierto que él podría levantar y bajar ese párpado manualmente. Pero dejaba tales extremos, al menos el de ojo artificial descubierto, solo para dormir. En ese caso, si alguien entrase en la funeraria a medianoche a pedir servicio, o quizás para intentar robarlo, el ojo vítreo custodiando su sueño se encargaría de simular una vigilia permanente. Y hasta podría decirse como él que nunca el mundo estará tan bien vigilado que cuando no se lo mira, esa paradoja que solo el que la ha comprobado entiende. Aunque el Ciprés no asociaba el caso personal a ninguna filosofía precisa. Su pragmatismo era lisa y llanamente intuitivo y nada tenía que ver con el de William James, de cuya alma, dicho sea de paso, iba a tener noticias alguna vez en circunstancias metafísicas.

Pero con el ojo solitario, es decir el bueno, cuánta visión reforzada. Miraba hacia las ventanas del nosocomio desde las que se había establecido un sistema de intercomunicación óptica, y el espejuelo colocado a contraluz decía según los casos: Por espichar, o espichó y va mensaje en la caja. Y a continuación, si el informante lo consideraba oportuno, caía a la acera desde alguno de los pisos cierta inofensiva caja de cerillas conteniendo el aviso macabro con más detalles, es decir sala, número de cama, parientes a la vista o dirección si estos no se hallaban presentes.

Claro está que, y el Ciprés lo sabía, muchas veces hubo error humano, como el caso de un cataléptico al que encontraran sentado en la cama y vociferando como un poseído, pues lo de los ojos quemados con un cigarrillo para verificar el rígor mortis había sido un fracaso, la contractilidad voluntaria y la sensibilidad eran nuevamente suyas. En fin, una lección más, pensó el Ciprés, sobre el juego de las apariencias en un mundo en que si hasta sus muertos engañaban qué se podría esperar de los vivos.

Pero hay también en esta variada sociedad de consumo algo que se llama competencia, muy útil según los expertos, ya que en su defecto no se daría la puja por calidades, se acabarían las carreras de autos y de motos con tantas víctimas a la vista, los monopolios cerrados se adueñarían del mundo no dejándolo desarrollar. Y aquí es donde empieza la historia superpuesta del otro, a quien con esa puntería populista que nunca falla habían apodado el Sombra y cuyo *modus operandi* comenzara en forma más indirecta. Aparentemente era un sencillo acopiador de datos, al menos así lo creía su familia al ver dejar los diarios perforados en los rectángulos por donde habían pasado sus tijeras. Pero el caso es que su realismo superaba al del propio Ciprés, ya que lo que recortaba eran los obituarios más expresivos y costosos de la lista, y así entraba en posesión del nombre completo del muerto y el de sus deudos, y en especial la dirección de la casa velatoria. Y allí se presentaba entonces vestido de negro, muy correcto en sus expresiones convencionales, dando el pésame a los más allegados por ser amigo personal del viajero a la eternidad, quien será el que nunca habrá de desmentirnos. Desde luego que dirigida también esta consolación a los dolientes secundarios y los amigos, y hasta refiriéndose al finado por el sobrenombre si este había aparecido entre paréntesis en la nota necrológica, una palabra demás que al aumentar la tarifa daba de ese modo sutil la medida de un buen nivel económico.

Sí, el Sombra estaba en todos esos detalles puesto que lo suyo era un proyecto de largo alcance, especie de aventura espacial en la que él, luego del correspondiente conteo regresivo, se proponía llegar tan arriba como el ánima de sus criaturas en el descerrajamiento.

¿Pero en qué forma, al fin? Nada menos que integrándose a una familia colectivizada de alto rango, el gigantesco árbol genealógico en cuyo tronco se hallaban dibujados a hachazos los dos signos fatales del vivir y el morir como empresas cósmicas, y luego el ramerío también con los mismos trazos pero hechos a simple navaja, vida y muerte individuales, y algunos hasta con agujas, las pequeñas vidas y las muertecitas, mas sin que nadie escapase del grabado.

…Y entonces el hombre que no se perdía la operación de firmar en los más relevantes álbumes, y ahí ya era un señor con nombre y apellido, ni faltaba a entierros, ni dejaba de escuchar solemnemente discursos o responsos engalanados con todas las virtudes de ese alguien que supo cómo arreglárselas para no tener defectos, honesto comerciante, pundonoroso militar, amantísimo padre, fiel esposo, empezó a granjearse la confianza de aquella grey de berlinas de lujo sobre la que, se sobrentiende, seguía recopilando datos de más vasto alcance. Y desde allí dio un día el salto a la rivalidad con el Ciprés: instalar su propio negocio fúnebre, pero de un linaje sanatorial acorde con el poder financiero de los usuarios.

El del nombre de árbol no pudo hacer nada contra eso, aun a pesar de ver con su ojo único cómo el competidor, más táctico, quizá del signo zodiacal de Escorpio, lo había pensado todo mejor. Ello aunque su humilde negocio continuara también viento en popa, pues es de ver cuántos pobres existen y cómo mueren en mayor cantidad, proporción que compensará los precios del bando selecto.

Pero sucedió lo fatal para romper aquel equilibrio de masas, la infaltable contingencia de siempre: que cierta vez una anciana perteneciente por su posición social al territorio capitalista del Sombra fuese arrollada en la calle por un autobús, sencillamente dado que estos monstruos son igualitarios, y trasladada mediante un servicio de urgencia al hospital más próximo, campo de maniobras del Ciprés. Y he ahí que como toda vejez tiende a ser uniforme, ya que la piel del cuello está siempre ultrajada, las manos se cargan de pecas y nudos artrósicos, y del cabello para qué hablar como no sea utilizando lugares comunes, todos aquellos síntomas juntos de la decadencia indujeron al correo del espejo a lanzar la caja de fósforos con la clave completa, ya que la accidentada había fallecido en la ambulancia. Pero acto continuo, y dada la propalación del distinguido nombre por los medios audiovisuales de prensa, el enterrador de cinco estrellas que llega con el servicio de alto costo para hacer el traslado del cuerpo cuando el Ciprés había tomado alguna de sus providencias. Y allí comienza la batalla, algo que podría reducirse a síntesis de escaramuza si no hubiera culminado con tal espectacularidad.

Como todo caso beligerante común, este pareció en un principio reducirse a simples formalidades: que mi canal, que mis aguas jurisdiccionales, que mi plataforma continental, que mi espacio aéreo, que la convocatoria a los árbitros pacifistas. Y el hecho de que no haya casi nunca arreglo sino por la fuerza o más desarreglo por una indigna retirada. El Ciprés dio extrañas muestras de actuar según el último canon. Pero en realidad lo que hizo de so capa fue ir a su casa, cargar la pistola y empezar luego a tragar saliva amarga durante el largo ceremonial velatorio que sobrevino.

A todas estas el Sombra, que no le quitaba la vista de encima a su contrincante, no las tenía todas consigo. La noche real se había extendido sobre la fantasmagórica de la muerte, y muchos cabeceaban ya de sueño aun entre los litros de café consumidos como antídoto. Solo el Ciprés, a quien ese sueño también había bajado el párpado bueno, pero que antes tuviera la precaución de levantar a mano el otro, no quitaba el ojo artificial del enemigo con quien se había sentado frente a frente. Y ese ojo sí que era un perseguidor implacable. El color azul con estrías doradas artísticamente dispuestas, más la fijeza del insomnio aparente, hacían de aquel órgano artificial la virtualidad de la amenaza, algo contra lo que no se puede luchar sencillamente porque esa virtualidad es lo que produce el efecto, aunque sin estar presente el objeto, toda una potencia destructiva como la de las armas de disuasión según el siniestro y nuevo manejo del signo.

El ojo inmóvil y solitario del homo-vegetal era, pues, un constante desafío. Parecía salírsele de la órbita, andar como una abeja de flor en flor ya que las abarcaba todas, de muerto en vivo por traspasarlos igualmente, de luz en oscuridad si ambas para él eran lo mismo. Sí, porque ante la sombra corporeizada en el rival también la luz de los cirios había asumido una personalidad compacta, y allí el Ciprés tenía así mismo su estación visual sin parar mientes en que luz y sombra constituyen los más socorridos antónimos, la esencia de los opuestos.

La noche de aquel diálogo de miradas se hizo larga, tal vez de siglos en la mente del Sombra, quizás menos en la del Ciprés, y no se sabe nada de la nocturnidad de los demás porque ellos configuraban un obsceno mundo aparte, cada cual con su voltaje distinto para iluminar en última instancia al ser inerte, o tironear mentalmente de sus destrozados miembros hacia un zanjón de olvido sobre el que de vez en cuando se oiría en adelante pronunciar cierto porfiado nombre. Los familiares y sus luctuosas obligaciones; quizás presente también allí el primer amor quinceañero de la anciana lamentando la pérdida de una fortuna por haber desestimado el romance; el albacea rumiando recursos interpretativos para que A pudiese impugnar el testamento en lo relativo a B aunque las partes concedidas fueran iguales; el inventado e infaltable hijo ilegítimo saliendo de los desvanes del misterio a poner en tela de juicio una vejez dueña de todas las virtudes. Es decir la segunda muerte del muerto y el por qué habré muerto, debí quedarme inmortal, juego desesperado de palabras con la boca sellada que nadie podrá traducir ya nunca más. Solo una mosca fue lo suficientemente leal al dejar en la nariz de la mujer el huevo de lo que la haría apetecible para otros más tarde. Pero todo lo demás convocando a la farsa. Y la anciana del autobús transitando así como así las millas luz que la separaban de la madrugada y la media mañana sin moverse del sitio, todo un capítulo para Einstein dirigiendo la operación de lo relativo con un solo dedo.

Hasta que llegó la hora y luego el minuto y el segundo preciso de las exequias. Y lo que ocurrió aparentemente fue muy simple: el Sombra y el Ciprés que se enfrentan junto al panteón ya abierto para el caso, y el del mote oscuro que, batido por un disparo, cae sin más dentro de la bóveda antes de ser esta ocupada por su natural destinataria (…).

Es claro que todo eso ha sucedido, como se comprenderá, muy rápidamente y sin que nadie se abalance sobre el actor. Hay para todos, además de sostener ese peso fetal del misterio, un complejo de asuntos prioritarios: quitar al intruso del fondo del panteón, inhumar a la dama, desplegar pañuelos, cubrir de flores las próximas e inenarrables etapas escritas en borrador por aquella mosca. La muerte se acompaña de un ritual que corresponde a su importancia, mas siempre que los que quedan al margen continúen pisando firme en la seguridad de estar vivos. Únicamente en los campos de batalla o en el mar es soledad, algo sin vuelta de hoja que solo el viento lame fuera de todo alarde, más bien con una prolijidad de perro fiel, de caminadora compasiva. Y quizás también en el desierto cuando la caravana fue diezmada, pensó él luego de cometido el crimen y en una dimensión desde donde nadie podría ya testarle sus metáforas. Porque caso extraño el del final de las crónicas que se tejieran a raíz del suceso, o sea que ni a tiempo ni más tarde hallarán al Ciprés, el feroz asesino según el truculento *Extra* que empezó a vocearse en unos minutos, y cuyo domicilio y casa funeraria fueran allanados por la policía, la que alertó a los guardias fronterizos locales, a la Interpol, a los temerosos curas de los confesionarios, a la población, es decir a todos los puertos donde esta nave al garete pudiera embicar accidentalmente.

EPÍLOGO PARA SHERLOCK HOLMES

Y sin embargo él continuaba allí tan a la mano, mimetizado con sus homónimos vegetales del camposanto, un ciprés genérico, del griego cierta belleza impronunciable como no sea en griego, del latín *Cupressus sempervirens*, con hasta veinte metros de altura, forma cónica, fruto resinoso, duras y pequeñas hojas verdinegras, flores amarillentas, madera rojiza e incorruptible, todo ello según la etimología, las descripciones vulgares y la lupa. Y aún símbolo de la muerte en la Botánica Oculta, y con cuya madera se construye nada menos que la mesa triangular para los «responsos al revés» de la brujería. Pero el caso fue que dada su calidad de cuerpo semivolatilizado, aunque *in vivo*, y por su ojo único que correspondía con el apical del árbol, nuestro criminal, mi querido Watson, se instaló allí de por vida sin necesidad de engorrosos procesos, fianzas y fiadores, fiscales del ministerio público, defensores de oficio, heterogéneos jurados, y en un intento de seguir supervisándolo todo desde su segunda etapa metafísica que es la más duradera. El ojo bueno se apagó, secó y cayó. El otro, el de vidrio con estrías doradas, sigue intensamente fijo, nunca hacia abajo, siempre en dirección a la inabordable matemática del infinito. Y transmite que el verdadero espacio no es aquel azul con que el Sombra había querido jugar al toma entierro de lujo y daca el cielo que te prometí, sino, y entre galaxia y galaxia, el negro absoluto. Y que la mentada luna es solo una maldita bruja magnética que provoca mareas, nacimientos, locura, y por algo hace aullar a los perros. Y que las almas que abandonan la envoltura carnal efectivamente están visibles para un ojo sin muerte, y esos soplos ingrávidos en forma de suspiros limitados por un halo individual andan, en realidad, como a la desbandada en busca de cuerpo. Y siempre más almas que cuerpos para volver a enganchar, y a veces los sufrimientos de la desmaterialización llevan siglos sin que nunca más se repita el modelo. Como el caso de un hombre llamado Demóstenes que dice nunca haber encontrado su igual para encarnarse desde el 322 a. C. en que muriera, y sigue declamando con la boca llena de piedrecillas, contrarrestando el ruido de las olas con la voz para aprender a dominar multitudes, corrigiendo su postura frente a la punta de una espada, pero sin que ningún otro par se le aparezca mientras flota como un condenado a la eternidad.

Y todo esto solo yo y ahora usted lo sabremos por elemental, mi querido Watson, elemental, y no así la policía de Scotland Yard que hasta «oye crecer la hierba», pero que tampoco encontró al Ciprés.

JEZABEL

(Reyes, la Sagrada Biblia)

LA ESQUINA

Y ya no más qué hacer en aquella casa. Dio unas cuantas vueltas sobre sí como un perro en persecución de su rabo, ajustó el nudo de la corbata frente al espejo en que se habían ido produciendo sus mutaciones, volvió a aspirar el olor a caldo de coles adueñado del departamento y se lanzó a la calle. Al llegar a la esquina, lugar que siempre resultará peligroso dada la toma de decisiones, cayó en la cuenta de que ni siquiera sabía adónde iba ni quién era él realmente. Un hombre vive tan asediado por su propia mentira, pensó, que cuando aún no ha cambiado de máscara y está por hacerlo, o el retrato terminado y la cara real contemplándose por primera vez, en ese breve lapso de confrontación se siente el tipo anónimo, indiferenciado o sin identidad a la mano. Aunque esto fuera motivo para un diario íntimo, algo que él llevaba desde siempre, no fuera cosa de arrojar pensamientos al paso como fósforos o colillas apagadas.

El, cierto, Leonardo Vivo, acababa de hacer de marido nominal con cierta mujer llamada Rose caída en suerte o por desgracia desde veinte años antes a causa de un contrato guardado no recordaría nunca en qué mueble de la atiborrada casa. Sabía también que la misma mujer, entre conocida y oscura, iba a salir en ese momento por algo, aquello terrorífico en que al parecer habían estado siempre de acuerdo, tanto que ya ni se lo consultan, ni se ven en la necesidad de contagiarse el estado nervioso de otros tiempos. Al contrario, ella ha adquirido aplomo como para dedicarse a terminar pequeños menesteres, el de ese día, por ejemplo, suspender un retrato de su hombre sobre la cabecera de la cama, poniéndose unos pequeños clavos en la boca como un remendón de zapatos y buscando la mejor altura para la exposición. Y no, le dice a la esquina del riesgo, él no había tenido tiempo de sentir más que repugnancia y no descarga de violencia física por ese rito frío en que una mujer que ya no le producía nada en la médula estuviera afirmando de aquel modo ridículo su voluntad posesiva. Claro que por algo habría él llevado su propia imagen a la casa. El hecho de obtener dos copias, una para la amante a la que se la impusiera con cierto narcisismo, y otra no sabía con destino a quién cuando ya ha muerto la madre, estaba indicando que su mujer, además del mismo nivel decadente en materia decorativa de paredes, ocupaba un lugar en el orden establecido de la vida.

Pasa un autobús largando sus desechos, pasa un pájaro chillón que escapó de la tormenta, pasan un viejo y su edad lamentable. Y el pensamiento deriva hacia cosas menudas, y luego retoma el hilo. Porque él no la había estrangulado al verla colgar el cuadro de fino marco áureo, y en ello radicaba su traición a la otra, la completamente viva en su deseo y cultivada en la sombra. Y fue a causa de ese detalle que casi logró recordar algo de sí, un memorial tan adherido al alma como la piel al cuerpo. Pues la reservada a las promesas iría a pedirle una vez más noticias del divorcio. ¿Pero de qué divorcio, al fin? Ah, cierto, un exhaustivo proceso así caratulado con que venía mintiéndose, mintiendo también a su amante y hasta a sus propios abogados para mejor adornar el caso.

Dejó en suspenso la esquina fatal de las preguntas, y echó a andar parejamente con su traje de buen corte, por algo era el jefe de una gran tienda, su ya insinuada madurez en las sienes, sus manos en los bolsillos, las que nunca se sabrá por qué acompañan a un silbido discreto. Lo seguía la aureola imperceptible para los demás pero fiel del caldo de legumbres hervidas, ese olor de los hombres casados tan distinto al de libertad y pólvora de los solteros, y que no lo matan ni recién salidos de la peluquería o del baño turco.

Cuando a continuación del punto y aparte al vaho familiar, entre realidad y próxima máscara posible, Leonardo Vivo cayó en la cuenta de que un hombre está hecho con cierto conjunto mínimo de cosas miserables puestas en columna: el trabajo y el dinero que produce, o el que no alcanza a producir, y entonces la fórmula es trabajo más conflicto menos dinero; la comida y sus emanaciones peculiares; la mujer y sus continuos baños en sangre, los normales y los ocasionales; la amante y sus malditas exigencias para transformarse en objeto legal y ser luego la misma carga molesta. Después, un día o una noche, ya no se trabaja más, no se metaboliza más, no se ve volver a Rose pálida y cejijunta agarrándose de las paredes en la escalera luego de haberse quitado una nueva vida en cierne de las entrañas. Y ya no tendrá uno por qué mesarse los cabellos para que la querida crea que se viene de discutir por ella, ya no se la verá llorar más silenciosamente en los aniversarios del primer encuentro que se olvidan entre tanta hojarasca de calendario. Entonces, en esa fecha cualquiera, el pobre individuo que ha perdido su inestable reino terrestre pasará a unas grandes categorías problemáticas del pensamiento cuyos títulos intimidan a los que están aún vigentes. Pues ¿es o no libre el hombre? ¿Está solo o acompañado el hombre en la multitud? ¿Pervive o desaparece el ejemplar egocéntrico que ha dejado de girar sobre sí? Y en todo caso, según la angustia de los más simples, qué locura morir con tanta vida a mano.

Dejó de pronto el silbido de serpiente para otra ocasión, qué diablos, pues entretanto nadie repara en que él, Leonardo Vivo, un tipo de buena estampa entre los que aún usan la calle, ande en ese acuoso atardecer como una hoja de diario extraviado sorteando esquinas porque no sabe qué título le corresponde a tal hora. Y de paso la mira en su reloj. Y tampoco entiende por qué lo hace.

LOS ZAPATOS

Un mar de zapatos repta en todas las direcciones. Ha llovido y las suelas se despegan de las losas con un cloqueo de besos o gemidos en las butacas del cine erótico. Él no ve más que zapatos. Para un hombre de manos en los bolsillos y mirada perdida en el suelo, la humanidad no es sino una zapatería desenfrenada que ha dejado los escaparates y se lanza a la calle. Los hay de todas las categorías. El individuo es el zapato en que termina la pierna, ese podría ser uno de los más efectivos intentos para definirlo. Y si no se lo cree que se examine su caso. Cierta vez él había visto cambiar el estilo y el precio de su calzado. Desde ese día se modificaron sus relaciones con la vida. O mejor dicho venían ya modificadas, lo que impusiera una organización distinta en dicho orden.

El descalzo

Pero de repente se le desploma a uno el edificio conceptual mal cimentado: acababa de pasar alguien neciamente descalzo, hecho extraño en una ciudad de ciertas características como la suya, sin grandes desniveles sociales. Pero no tan inexplicable si se miraba la realidad por lo íntimo del caso excepcional. Aquellos pies parecían no querer llevar zapatos o no necesitarlos. Iban a pequeños pasos rítmicos y comedidos como los de esas graciosas bailadoras tropicales que abren y cierran una sombrilla de junco por el escenario. Tenían un color aceitunado y eran, a juzgar por el tamaño, casi masculinos.

Los pies que habían rozado antes el pantalón de Leonardo cobraron luego alguna ventaja, y así pudo verse que se trataba en realidad de un caso difícil de resolver mediante esquemas. Cierto analítico callejero va catalogando la humanidad por sus zapatos cuando de repente le falla el elemento principal de juicio, eso es grave. Quiso entonces explorar algo más hacia arriba para salvar el experimento. Pero apenas si logró apoderarse de un trozo deshilachado de pantalón recogido hasta media pierna, y el vértigo humano le cubrió el resto del cuerpo. Los pies, de una perfección absoluta, llegaron entretanto hasta el borde de la acera y se movieron allí largo trecho en riesgoso equilibrio. Varias veces estuvieron por cortar la calle. Pero al fin, dejando adivinar un viraje brusco del pensamiento, volvieron a retomar la acera. Una especie de hábito de danza había elevado al máximo el empeine, y los tobillos, socavados por una curva profunda, se adueñaban de la superficie. Luego, al reiniciarse la marcha en sentido recto, el par de pies cetrinos tomó un ritmo acompasado lento como de espera. Y cuando el seguidor levantó los ojos se encontró con un ejemplar sin duda equívoco, pero terriblemente bello, caminando a su lado. Lo adelantó, volvió su cabeza y pudo así mirarlo de frente. Era de estatura mediana y llevaba una camisa de cuadros desabrochada hasta la mitad del pecho sobre el que brillaba una cadenilla con un dije.

Sin medir ya consecuencias, Leonardo Vivo volvió a observar a su acompañante cara a cara. Y vio que desde allí mismo era el dueño absoluto de aquellos pies como los otros tipos sociales estaban representados desde abajo por la calidad y el estado de sus suelas. Odiaba él a esos antípodas del género, los rechazaba con una fuerza oscura que le salía de todos los pelos del cuerpo erizándoselos a lo cepillo. Y había golpeado a más de uno, desde luego, aunque sin mucha suerte, pues parecían recibir el castigo con cierta complacencia. Pero sentía que aun eso era poco, que su asco no podía ser superado por la violencia, quedando luego como preso del rencor insatisfecho. Aunque debió esta vez ocurrirle un fenómeno imprevisto: bolsillo adentro los puños se le habían puesto como muertos, con blanduras de molusco, desarmados, desasidos del ser.

Un hombre sorprendiéndose sin sus modelos de reacción, eso era todo. Pretendió volver por los fueros, pero la toxina tan parecida a las de la fatiga lo había dominado.

Hasta que el contraveneno no se hizo esperar más. Como si en vez de calles sucias estuviera de pronto atravesando un campo soleado, cierta sensación quemante de inyección endovenosa empezó a poseerlo. Y era algo tremendo aquello de querer quitarse cosas para asimilarlas en estado químicamente puro, más directas, ciegas e inevitables como mandatos del abismo. Rememoró en una bocanada amarga sus épocas de pobre diablo, el que barre la tienda sin soñar siquiera con que un día será el gran jefe, y qué solitario por aquel entonces. Cada persona con dinero se le aparecía como una puerta que él podría tocar por si acaso saliera de allí el famoso genio de la lámpara. Pero estaba visto que el cuento habría obnubilado no más que la mente de algún chico con síndrome de idiotez congenital: ningún genio, ninguna lámpara. Y al final del día uno ya ve al hombre como una casa cerrada, una pared ciega y sorda pintada de negro. No hay nadie, el mundo se deshabitó sin que se sepa hacia dónde ha sido el éxodo. Entonces, cuando ya está todo perdido, se recurre a uno mismo, al propio cuerpo. Y es allí donde cambia el estilo de respuesta. Debajo de las yemas de los dedos, en cada centímetro viviente, salta una. Y en menos área aún, hasta cuando se arranca un pelillo y todas las combinaciones de los cerrojos acaban liberando su secreto. Yo me encuentro, yo estoy abierto para mí, conozco mis galerías y mis pozos, y en último caso me autoabasteceré, me haré un régimen de albúmina hasta reventar de mi propia vitualla. Pero sabré lo que tenga o que no tenga para darme. Viva yo, leía a menudo escrito con tiza en los viejos muros. Y la raíz del viva yo venía a ser eso, un plenario existencial que no encuentra su nombre, pero que arremete contra los otros, los invade, los pisotea. Menos a alguno como el de hoy, el descalzo que quedó implorando algo. Pero a ese se le perdona porque también es un mendigo, aunque lo que pida sea atroz, despierte asco, rabia, necesidad de exterminio.

LA MÁSCARA

El otro, entretanto, estaba acercándosele de hombros aprovechando su aire ensimismado. Y fue al llegar a la profanación del roce físico, tal como lo hacen los cazadores de elefantes, pensó, atraer a las piezas salvajes por medio de las domesticadas, cuando Leonardo pudo saber cuál era la índole verdadera de los sucesos: estaba en el interregno de la máscara, y cuánto tiempo sin eso. Se la colocó allí mismo en plena calle apelando a su bendito material invisible. Un encono feroz empezó entonces a treparsele desde el sexo hasta la fina red sanguínea de los ojos. El tipo que lo había tocado no era solo un bello pie y un deseo asqueroso en cada poro. Aquella vergüenza de la especie estaba atentando contra su hombría, las íntimas peculiaridades de sus hormonas, el prodigioso mecanismo eyaculador que tenía a Rose de susto en susto, a la ilegítima de llanto en llanto cuando lo sabía y a él calculando bien o mal el tiempo que durase la operación para volver a empezar el ciclo. No, no podría sacar las manos de los bolsillos donde aparecían como estaqueadas, pero se enfrentó al pobre infeliz con tal fuerza en la mirada y rechinamiento de dientes que su dulzura de ángel barroco quedó abofeteada, anulada, hecha papilla.

Ahora el analítico profundo baja de nuevo la vista hacia el mar de los zapatos. Los pies desnudos han recobrado para entonces su vértigo entre las oleadas del cuero. Y así se vuelve a quedar uno completamente al cero absoluto, como en aquellas épocas del barrido en la enorme tienda alternado con unos primeros y locos estudios de medicina, unos escondidos versos, y esto lo masculló a pesar de su orgullo, su desmemoria hacia todo lo que no conviene actualizar en la vida normalizada.

LAS MUJERES, LOS HOMBRES

Hay también por lo bajo pies de mujeres que le tocan la sangre con un cosquilleo como de plumas. Pero él sabe que luego viene la pierna y al fin toda la peligrante carga que anda encima, en busca quizás del sacacorchos para vaciar sus entrañas, para hacer lo mismo que Rose tantas veces. Y no quiere, precisamente en tal día de las esquinas, los descalzos, los retornos de adolescencia con el fantasma de su frustrada Facultad, pensar en que a las mujeres les toca eso tan brutalmente solitario de arrancarse pedazos que ya no les pertenecen al cuerpo para arrojarlos lejos de sí como a simples formaciones parasitarias. Y sus pies bien calzados empiezan a huir de los femeninos como de una mala especie de zarza espinosa a ras de suelo. Los de hombre, por supuesto, tampoco lo atraen, no deben atraerlo. ¿Qué cosa es, pues, la humanidad para un preso en la calle?

ROSE

El terror de encontrarse nuevamente sin nada, sin nadie, lo fue empujando hacia adelante. Su odio por el otro se había transformado nuevamente en una rabia desarmada, regida solo por un impulso de convivencia a contrapelo que no había sentido hasta entonces. Pero sin que Rose se le borrara, y tal vez a causa de eso mismo. «Ahora, en este momento preciso, estará ya anestesiada. ¿Ve mi mano, ve mi mano? La mano obstétrica parece que se moviera dentro del agua y al fin se esfuma». Ella le contaba eso las primeras veces cuando volvía tan extraña con los ojos punteados de sangre y los dientes muertos. Aunque a este lo reviento si me toca de nuevo. Aplastar a un pederasta, deshacer a uno por lo menos para quitarme otras rabias que no vienen al caso. ¿Pero por qué siempre lo habré querido sin poderlo hacer hasta el límite de la golpiza que mata?

EL SEGUIMIENTO

Ahora, luego de la pregunta sin respuesta al pasado y quizás a lo que pueda sobrevenir, el pensamiento se encarrila hacia lo objetivo y presente. Y comienza el inicuo seguimiento por todas las vueltas de la parte vieja de la ciudad a cuya punta el otro tendrá atado su tugurio como a un caballo en huesos. Y nada más lejano que lo tan próximo de las ciudades viejas. Corcovean, se enroscan, hacen kilómetros con pequeñas distancias convencionales del plano. Por momentos la pieza perseguida desaparece en los recodos, es absorbida por una ruina, se mimetiza con el gris del aire. Hasta que adviene la señal de vida recobrada. El ser epiceno ha empezado a mover rítmicamente las caderas, a arreglarse el pelo con un dejo peculiar de coqueteo. Mira varias veces hacia atrás para asegurarse de que la telaraña será siempre el lugar común de la mosca, y saca al fin una llave del bolsillo del pantalón demorándose en abrir la puerta. Están ya ambos respirando el ambiente portátil del otro. Uno, el de veinte años, desde su abanico de palmeras, el de seniles cuarenta y tantos desde sus túneles carbónidos. «Y a ella se le hinchan últimamente los tobillos y le crece una especie de mucílago sobre la piel. Quiere vencer la anemia y no lo logra. En cada uno de sus desesperados braceos se desmorona por la montaña blanca. Ya no debe quedar más que sangre del color rosáceo de su nombre, es la venganza de los homúnculos nonatos, su rebelión en masa instalada en la médula. El profesor aquel a quien los de la otra facultad, la de derecho, le habían puesto el mote de *Non numerata pecunia*, pues nos prestaban cosas así a cambio de las nuestras, se trajo uno en cierto frasco hermético. El pigmeo era ínfimo, pero se las arreglaba para columpiarse luego en la conciencia de cada cual como un ahorcado en la plaza mientras *Non numerata pecunia* viviera. Y hasta hoy día después de su anónima muerte. *Non numerata pecunia*, qué querría decir».

La pieza

... Y entonces, fuera ya de la atmósfera de aldehído fórmico del recuerdo envasado, el angelote descalzo se quitó el pantalón, la camisa y quedó tal cual era sobre el camastro mientras su visitante desconocido buscaba la silla única perdida en un ángulo del cuchitril. Retratos de actores forzudos, John Wayne mediante, boxeadores de castigada nariz chata pero qué músculos, un cuadro con cierta marina de mala factura en la que reinaba un fornido pescador. Y todos, no se sabía por qué, torcidos. Y expectativa. Sí, había tiempo allí para perder en cualquier cosa. Podría decirse que tal en una estación donde no se espera ningún tren como no sea el que va dentro de uno mismo.

Luego del operativo sin permisiones en la siniestra clínica, Rose deberá volver en sí, tomar el café traído por la enfermera cómplice, reacomodar su vida al minuto después que es el más lento. Un minuto después de la explosión, un minuto después del puente roto con todo lo que le iba encima, un minuto después del que se ha muerto en vida, porque dejó de entrarle aire a los pulmones, y su brazo cae al costado del cuerpo como un gajo desprendiéndosele al árbol. «Pero y yo, el que enciende ahora el cigarrillo, el que se desmiente, el que ha entrado en la trampa maligna de la claudicación, qué es lo que hago aquí. Porque lo que a alguien que no se debe invocar en vano le interesa no es que esa trampa se cierre y me engulla de una buena vez, sino que me sostenga indefinidamente. Y ese yo ¿qué tiempo espera? Mi tiempo que no es el de Rose, pues lo que aborte de mí seré yo mismo muerto mientras ella seguirá durando simplemente como lo que es, la nada. Mi tiempo que no es tampoco el de ese infeliz, el de todos ellos ni el del que no son como ellos, así se trate también de los de la tienda que abandoné por un día, mi tiempo mío ¿qué espera?».

Grandes colgajos de silencio se van mal que mal uniendo unos a otros como en un *collage* inconsútil. Los suspendidos en la pared no hablan tampoco, caen a un cine mudo que los torna anticuados y en desuso. El pescador de la marina ha quedado con su bote al pairo, el boxeador en la amenaza o en la defensa, John Wayne en su rutina. Todo parece de piedra, tallado, anclado en piedra. Hasta que de pronto, y del sitio adonde había recalado el muchacho, empezó a manar un llanto hiposo, y luego aquello tan oscuro e inconexo que debió oírse saliendo de una lengua trabada.

La voz

–Yo quería contigo… yo solo he querido siempre… pero con un hombre como tú que hoy me elegí entre tantos…

–¿Y qué era lo que querías conmigo, hijo de puta?

Y eso también, por añadidura, poseer una voz para el odio, poder servirse de sus registros, ser uno tan perfecto para dar la muerte sin cuchillos, solo una garganta que reta. La apnea del yacente había crecido, entretanto, como una invasión de pompas jabonosas hasta que al fin estas hicieran el parto de la verdad en un reventón masivo:

–Soy una desgraciada. Yo quería tener un hijo, pero un hijo como los de ellas, a los nueve meses, algo que me doliera a mí, que saliera arrancándome pedazos…

Leonardo Vivo saltó entonces como una pantera desde el rincón en sombras. El bárbaro instrumental de la abortería, su mujer siempre en trance, la amante tan estéril de tan amante, él mismo, todos a un tiempo se habían arremolinado en el sitio estrecho. Y quizás hasta el hijo único en que concibiera la síntesis de los frustrados entrando también al ruedo. Y él, principal de una gran tienda para hombres, jugando a Jefe indio con el niño: «Yo ser Gran Jefe, yo resolver, yo comprar producción entera de fábrica para impedir competencia, yo decidir porcientos en más o menos, altas y bajas de gentuza descolorida, la que sirve y la que no merece ocupar lugar. Y ahora a la lucha, a quién poder más que esos de la pared, tú puños, yo silla para defender o atacar…». Pero el niño prototípico que ha sonreído tristemente como un pobre adulto cualquiera desaparece de pronto en dirección hacia donde vive, el pudridero de las cañerías en su destino de acuanauta eterno.

EL BESO

Y el de la cama ha muerto ya bajo los golpes del hombre armado de su silla como un demente desenchalecado por error. Hasta que todo acabe, porque siempre ocurrirá lo mismo, que el resto sea silencio. Y Gran Jefe inclinarse al fin sobre su víctima y acariciar el estrecho cuerpo desnudo todo a lo largo, prolijamente. Y decir lo que puede con el infinitivo aún enredado en la lengua: «Ser un arcángel perfecto, estar en la categoría intermedia entre angelicalidad y principado. Mirar esto, profesor *Non numerata pecunia*, tras el vidrio sucio del aire, salirle desde adentro belleza multicolor: vena azul, rojo arteria, marfil linfa, verde bilis, sidra piel con tres gotas de menta…». Y al final de aquella ofrenda inédita en su vida que nunca había traspasado el umbral de los grises, gris-tienda, gris-Rose y concubina, gris-calle sucia, gris-nada, empezó a besar el cuerpo hasta el límite del acto. Como cuando de una pequeña chispa surge el primer árbol que se incendia en un bosque. Y queda un minuto él solo parado expresándose en fuego. Hasta que el de al lado se contagie y tenga lo suyo. O cuando el labio encuentra ahora una rodilla todavía tibia y se la ve del color de la tibieza. Y cuando la rigidez cadavérica empieza a instaurarse descendiendo de una tetilla de aureola oscura a un falo que va en viaje hacia adentro del ser, y por entonces ya se lo ve todo color glaciar que baja de la montaña sin parecer moverse. Y qué extraño, era la primera vez y nunca más en su vida se repetiría la locura, dedujo como un santo que ha dejado la virginidad en un minuto mágico, hay esa sola vez, jamás podrá besarse de nuevo así, agotando los colores, lo que pertenece y no es del limitado arcoíris. Unos verán en esa primera vez, o dicen que lo han visto, el mundo dando vueltas. Yo descubrí que nunca había descubierto nada hasta que estas orgías del matiz se me echaran encima.

Y al cabo de la sinfonía churrigueresca que amenazaba, al girar su cabeza, con llevarlo al blanco absoluto del disco de Newton, Leonardo Vivo dejó al fin el habitáculo fatal y se encaminó hacia donde debería haber quedado su casa. Esta vez sin mirar zapatos mundo abajo ni cosas dudosas cielo arriba, ni costados de nadie. Todo era lo mismo ya, la masa indiferenciada que se ve desde un ferrocarril a plena máquina. Y sin embargo qué despacio iría él marchando con su crimen a cuestas que lo alcanzó la noche.

El nexo

Entró a un lugar que conocería de memoria como para andar a ciegas, pasó por la cocina a machacar hielo como siempre lo había hecho y de ahí al maldito dormitorio, pisoteando la alfombra agarrada por la polilla. Y Rose desde la cama le anunció algo raro y al mismo tiempo trivial como que el médico quería verlo. Pues ella no había visitado a su madre durante aquella jornada entera de quince días antes, sino que fuera sometida a cierto examen. Y Leonardo, que llevaba en sus manos la bolsa de hielo y se desplazaba con el andar de pato de un robot, intuyó que en aquel vientre habría anidado el Otro, aquel del que siempre se sospecha sin aceptarlo como posible. Y se sentó entonces en el borde del lecho con olor a mujer devuelta sin abrir como una carta mal despachada, tratando de cubrirse de la luz veladora. Vio, de paso, que su retrato había quedado torcido, pero así lo dejó. Como los de allá, pensó estremeciéndose, y

quién los movería, si Dios o el Diablo. Y dijo ya sin hálito
con la voz más cansada saliéndose del alma que habita en
el estómago:

—Rose, ¿y por qué te parece que querría verme el médico, no bastó con lo que ha hecho una vez más sin pedir
opinión?

Ella se descubrió entonces los ojos que mantenía tapados con un pañuelo. Era el momento de fingir tranquilidad,
hacía años que perfeccionaban el sucio juego.

—Leonardo —comenzó a decir tal si fuera a anunciarle
que habían florecido los geranios de la terraza.

Pero en esa ocasión no lo pudo conseguir y rompió a
llorar. «Como allá en la infecta pocilga, todas iguales, el
llanto por escudo». Y en el lapso de aquel pensamiento
fugaz que cruzaba el ámbito, él juntó entonces fuerzas para
gritar en clave de poseído por la rabia imbécil que lo estaba
tonalizando en ese día:

—¡Hablarás, al fin! He caminado como un beduino por el
desierto de zapatos de esta ciudad, he jugado a los indios y
la lucha con el niño que asesinamos cada vez, he matado a
un homosexual, he besado su cuerpo que era un sueño y ni
el que tuerce los cuadros entendería cómo. Y te he traído
a pesar de todo este hielo. ¡Pero hablarás ahora mismo o
terminaré el maldito divorcio arrojándote por la ventana!

La mujer lo miró con la resignación campesina de una
vaca. Luego el animal se alista en la palabra con tal naturalidad que las demás congéneres ni lo advierten:

—Voy a darte por fin la libertad incondicional, el médico
fue claro, no era un embarazo sangrado esta vez, era, es...

La cosa no dicha quedó primeramente flotando en el
vacío como un globo cautivo de cada cual. Y luego explotó
de por sí llena de miasmas arsenicales, mientras la mentada

libertad no sabía dónde meterse, por qué punto cardinal escapar si toda apertura le estaba vedada.

Hoja interdicta del diario íntimo.

«Y entonces fue cuando, sin sospecharlo mi propia mujer, pudo ella recuperar en un segundo lo que había perdido en años, y aquí hago retoma de mi palabra escrita, día fatal. A su vientre ocupado por el monstruo del nombre impronunciable empezaron a llegar, como a las cavidades negras que dejan en el espacio los soles apagados, las poderosas radiaciones de mi sexo de macho. Y en cada una su promesa de lujuria, un entendimiento, una pulsión sin capacidad de traducirse a ningún lenguaje como no fuera el de hecho. Los dos seres de la antigua colisión estaríamos, mientras jadeábamos como bestias en celo, viendo de distinta forma y color al intruso: una bola naranja venida desde otra galaxia, cierto hongo envuelto en la gelatina de un cocimiento diabólico, la réplica humana de la mandrágora. Pero aquello era el cogollo que iba a unirnos en la ya breve o espantosamente alargada y última estación floral de Rose, hasta que sus pétalos cayeran todos de golpe o de uno en uno. Pegados por los ombligos, siameses que se respiran los alientos en la cohabitación eterna. Eso mismo: perdidos en el túnel donde siempre uno estará frente al otro, retrocediendo, avanzando».

–Mi mujer, mi mitad del para siempre –se alcanzó a oír decir de pronto a una voz secreta, mi voz, Dios mío–. La otra, tu enemiga, acaba de esfumarse para que él exista. Y en cuanto a la libertad, sucia perra sarnosa de los muelles, para qué la querría ahora, mírame cómo escupo sobre su lomo pelado, esta alfombra revieja, una joven ramera de otros tiempos venida a mierda…

Y yo, el hombre que había dado muerte en un solo día a todas las formas del amor, empecé desde entonces a desnudarme incestuosamente para compartir, puntual como un guardavía, la inmensa cama que era también de mi rival».

In nomine pater: Jezabel
A los nueve meses justos debí dar a luz a Jezabel,
aquella impía bíblica arrojada desde una torre
y devorada por los perros.
Lo hice a solas conmigo y el Padre, porque nadie
se acercó al lecho donde Rose ya no estaba, y mi
vientre hinchado como el globo-mundo se me
metía por los ojos.

EL HACEDOR DE GIRASOLES
(1994)

[*El hacedor de girasoles. Tríptico en amarillo para un hombre ciego* (Montevideo, Linardi y Risso, 1995) se abre con una nota del editor Álvaro J. Risso fechada en julio de 1994 e incluye los cuentos «Un cuadro para El Bosco», «Un remoto sabor a cal», «El hacedor de girasoles», «Última entrevista a una mujer que nos ha rechazado» y «La carta de El Cabildo»].

Un cuadro para El Bosco

No hay nada que divierta más a un pintor como estar de incógnito en la exposición de sus cuadros y oír los comentarios de la gente. Y poder hacerlo sin inmutarse, serena y arteramente desde la sombra. Eso lo había dicho cierta vez a un amigo Regis Bonald, cuyas memorias metafísicas se recogieran mediante la conjunción de dos espectros que lo tenían habitado a causa de su nombre: Regis, jesuita francés, Bonald, vizconde, escritor y filósofo monarquista y religioso, que no eran contemporáneos ni siquiera coterráneos de nuestro Regis Bonald. O el misterio de los nombres que nos endilgan y que suelen comprometernos.

Pues bien: en cierta tarde de lluvia, y quizás esto sí se sepa, que muchos entran a los salones solo para guarecerse, una pareja joven, luego de entregar su paraguas chorreante al guardián de puerta, se detuvo frente al cuadro que más llamaba la atención: un hombre sentado como se halla el de *La piedra de la locura,* lo que debió ser hecho a sabiendas por el sucesor, y tan obeso como indefenso el pobre individuo de ambos. Pero la diferencia radicaba en que en este, el de Bonald, no hubiera médico de bonete tipo embudo tratando de extraerle a alguien quizás lo más valioso, aquella piedra en que se creía radicaba la locura, es decir lo más íntimo e intransferible del ser excepcional. Piedra no, pues. Pero sí que por los siete agujeros de entrada de los sentidos y algo más —y cómo ha abusado Dios con tantas puertas para una sola casa— le salía una pequeña rama, es claro que amarilla por algo que se sabrá luego. Y ello convocando a Regis y a Bonald los Viejos por los medios cada vez más idóneos de los espíritus, aunque esto sea otra historia. Y las ramas manteniendo la divina proporción en que se empeñe un buen pintor mientras decida no echarse a perder, o nacer perdido que es algo peor.

Los ojos, por lo tanto, no existían ya, sino las dos ramitas, dado lo cual el hombre o estaba ciego o solo veía el color amarillo. Ambas narinas bloqueadas por la xantofila de los otoños, pero a perpetuidad, y que lástima, pensaba, no más ese perfume de las flores que se abren a medianoche en punto como mujeres del mal o el buen vivir, según se considere el bien y el mal. Los oídos ya sin música, aunque también sin ruidos provocados en su nombre. Y de la boca un follaje sustitutivo de palabras de amor, pero liberando del alivio del retruque al insulto, toda una forma del buen callar ¿verdad, Sancho?

Estuvo, dicen los espectros, por inventar otro orificio, pero en honor a sus antecesores nominales dejó las cosas como habían venido: siete agujeros de auténtico origen, siete ramas de un amarillo encantador. Algún sabelotodo le dijo mientras pintaba que el amarillo era el color de la traición. Y si es así traicionemos, agregó él, ¿qué se gana con tanta lealtad, un destino de perro seguidor?

Es cierto también que Regis Bonald creía vagamente en Algo que no se puede invocar en vano, y del que solo recibía las órdenes: un toque aquí, un toque más allá, todos en armonía. Aunque maldito sea, gritó una vez arrojando los pinceles al diablo, después nos abandonan tan solos con las demás aberturas, ya que por algo han sido hechas, y qué más remedio que usar lo que está puesto para tal o cual fin.

Entonces, desde aquel rincón en sombras de la sala, pensó: voy a contarles la historia del cuadro a estos dos papanatas, entiendan o no, qué más da. Y «Señores», dijo con voz engolada de político o de rematador. Pero nadie lo oyó. Volvió a repetirlo en tono más alto, y otra vez ninguna reacción. Y fue cuando lo supo: quizás él mismo no existiera ya, y solo el cuadro firmado con su nombre tan bien compuesto habría sobrevivido. Alguien lo tendrá comprado y total para qué, sin entenderlo, sin conocer su larga historia contenida solo en las mentes de dos grandes archimuertos, Regis y Bonald. Porque del tramo de suelo adonde cayera del tren ni siquiera su sombra, ni su dibujo, ni el último latido del corazón. Hay una organización de levantar cadáveres sin consultarlos, cuando a lo que a él refería a lo mejor le hubiera gustado estarse allí como un hierbajo desconocido, agarrado a sus pedazos y a sus recuerdos, ya que el cuadro había sido la última obra casi póstuma, y el mirarlo su inconfesa razón de sobrevivir.

Y aquí empieza la historia, porque Regis y Bonald al fin nos pusimos de acuerdo y decidimos contar. Y que no se trate de explicar nada por las vías racionales. Porque él era un hombre que sabía oler narcisos extrayendo el aroma inexistente del mero color. Y en el verano, cuando ya no los hay, husmeaba el rastro de otras flores doradas, por más insignificante que fuese la planta en las clasificaciones del sueco Linneo y de su hijo, paciencia de ambos, válganos Dios.

... Y luego Regis Bonald murió como diremos. Pero se las arreglaría para mirar cierto rayo de sol entrando a través de una fisura de su no ser, que el Hacedor sea loado por esa licencia tan especial. Y vamos a dejar por un momento nuestros hábitos y nuestras togas para decir que él oye también el asedio de mujeres de sexo rubio en el que entrara antes a su placer, porque el sexo oscuro le provocaba pavor hacia la noche sin salida dentro de las pequeñas muertes finales que, para peor, pueden repetirse en cada vez.

... Entonces, y no diremos como fuera en sus detalles del pasado, el amigo de la adolescencia sacó del portafolios un montón de postales y fotografías venidas de todas partes del mundo por obra y gracia de una abuela rica. Iba a quemarlas, le dijo, estos chismes llenan las gavetas que uno necesita para otros fines... De pronto, nuestro muchacho de aquellos tiempos que se detiene en una postal bellísima. *Forêt de* (...) se leía en la parte impresa del envés, donde la escritura temblona de la ancianidad que firmaba Mamama diría cualquier cosa. Su corazón dio un vuelco que nosotros percibimos en el nuestro, que no bombea ya pero siente, mientras las otras postales caían al suelo. Países que hoy ni se llamarán así. Fotografías: la intrépida vieja montada en un camello, y el animal que reía a carcajadas, se lo veía en sus belfos. Pero una postal seguía rutilando en las manos de Regis. Luego los movimientos fueron en el brazo derecho, y al fin en todo el cuerpo. ¿Y ahora qué te ocurre, pescaste el mal de san Vito?, le pregunta el amigo. Y la nada por respuesta. Nuestro homónimo dejó la postal aparte. No tires esta, te lo ruego, me la quedaré. Su semblante daba la impresión de habitar fuera del minuto presente, tal si estuviera entreviendo algo que no pudiese definir, pero que lo involucraba en un futuro provocativo y sin explicación.

… Y pasaron los años. De otro modo no se puede decir que los años han transcurrido, si lo hubiera seríamos más literarios en esta historia, principalmente en la parte a cargo del escritor Bonald, dijo Regis con cierta perfidia monjil. Uno de los muchachos desapareció en el anonimato de las profesiones. Regis Bonald prefirió los pinceles, y hasta ganó dinero, ese dinero ambiguo de los que compran cuadros como inversión, y ya veis que estamos agarrando el léxico de estos tiempos. Olvidó, es claro, el nombre de la *Forêt,* y un día la postal se extravió. ¿Se extravió? Un mal tipo llamado Freud con el cual, quiérase o no, hoy compartimos el diccionario, y que habla de otro agujero denominado subconsciente, dijo que no habría tal cosa, que la postal de la *Forêt* quedó dentro de Regis como en un tarjetero enterrado por un sismo o un alud. Y nosotros sabemos que en medio de la selva de un verde profundo existía un árbol adelantado al otoño reverberando en insólita amarillez. Dios, qué talento el tuyo, encenderías quizás esa lámpara para buscar algún alma que se te cayera del redil.

… Y el caso es que nuestro Regis, con buen dinero en la mochila, su pantalón manchado de todos los tonos del amarillo, y un blusón de los que dicen usaba un poeta ruso llamado Maiakovski, pero sin la cuchara de madera en el bolsillo superior para, según él, espantar a los burgueses, decidió salir del cascarón en que había vivido y hacer mundo. El cuadro, que ya estaba pintado, quedó en manos ajenas. Porque el libro se escribe para que lo lean, dijo Regis un día, y el cuadro se pinta para que lo miren y hasta lo compren. Y con estas verdades de perogrullo en la cabeza donde quedaban aún pelos rubios y entrecanos, tomó los medios de locomoción de su época, la vuestra, esta época insulsa y no la nuestra, vamos a aclararlo, y salió en busca no sabía de qué, quizás lo experimental, una fuerte y secreta pasión. Algo que eluda las reglas, pues por qué han sido hechas sino para transgredir era su más corriente aforismo de tipo sin código moral.

... Y conste, dijo Regis el Viejo, que yo fui un pobre fraile jesuita llevado a la santidad. Y conste, dijo Bonald el Viejo, que yo solo un filósofo cristiano y un escritor. De modo que perdón por las incongruencias, las apneas de todo lo mal que relatamos. Hay gentes con la pluma o la voz que solo son un gran estilo, pero las polillas se alimentan también con eso, de modo que cuidado, por precaución, con el estilo.

... Y hete aquí que nuestro Regis Bonald, ya de mediana edad, tirando a madura pero aún competente, subió a un tren en un lugar muy transitado por la literatura de folletos para viajeros, precisamente en el país donde nosotros nacimos, y este sí que no cambia de nombre. No puso atención en el destino, cualquiera dijo al expendedor de billetes. Esa era también su gracia, salir al azar en pos de imprevistos maravillosos. El Siam de las postales no se llamaría más Siam, la anciana montada en el camello de Arabia se habría convertido en un nombre de lápida, sus millones, en manos de los nietos, en baba del diablo. Pero Regis Bonald estaba vivo y con su sangre aún caliente. Frente a él se había sentado un viejo de buen vestir que escribía en una libreta muy bien encuadernada, esas de toma, abuelo, para tus memorias, y así se deshacen del hombre y sus relatos repetitivos. Quizás garrapateará, pensó Regis: «Se ha ubicado frente a mí un mal encarado sujeto, pero puede decirse que todavía sirva. Yo ya no, qué pena. Ni rubias, ni morenas, aunque me les restriegue de costado como antes, mi forma de prologar el amor, pues con el solo recuerdo de lo que fuimos ninguna mujer se gozará». Y un tren, qué cosa mágica, pensaba de su lado el irreductible artista, y créase o no que queden todavía en este mundo esquilmado restos fósiles así, tan sugestivos. Kilómetros y kilómetros de árboles, casas, postes en sentido contrario, silbos, campanas, insólitos saltos a los puentes. Pero no dormiré ni con todo ese propicio arrullo. El anciano estará probando mi resistencia para anotar en su diario que el tipo se ha aletargado y ronca como cualquiera. En fin, yo siempre pienso mal de los demás, así lo bueno que tengan me parecerá mejor.

... Entonces, muchachos mojados que ahora han empezado a besarse, porque en realidad de pintura no entienden nada, percibimos meditar a Regis Bonald que estaba acurrucado por allí en su invisibilidad. Y el pensamiento era un tren pasando frente a un bosque que parecía no iba a terminar. Árboles y más árboles para su entera felicidad, y que el empecinado memorialista de enfrente ni miraba, atrapado por sus zonceras seniles. ¿Y qué será esto, pensó Regis, la versión adelantada de mi propio e inmenso cuadro celestial? Porque yo no imaginaría un más allá sin árboles, sería una estafa sin parangón (Y cuidado, Regis Bonald, estáis para nosotros involucrando en terrenidades los misterios inefables de la Santísima Trinidad). El ruido, o música del tren seguía siendo, entretanto, para una duermevela, pero él estaba más que despierto. Despierto hasta donde los huesos vibran como cuerdas de un arpa –sí, aunque muy socorrida imagen vizconde Bonald– despierto hasta la enajenación de la vigilia –ahora mejor– y que nadie viniera a quitarle su piedra, despierto hasta rabiar. Cuando de pronto ve la muestra, grande, de contrastante blancura sobre el fondo negro: *FORÊT* DE FONTAINEBLEAU. Rayos y centellas, pensó, era la de la postal de antaño, tenías al fin razón taimado zorro Sigmund. Y allí, sin que nadie quiera creerlo, recordó el árbol lumínimo de la postal perdida que le había inspirado, desde el fondo del gran olvido, el famoso cuadro. Y anota, viejo prostático, masculló en el breve minuto volatinero sin alambre ni cordel, anota que el del blusón amarillo abrió la ventana y saltó en cierto lugar. Y también lo que no sospecharás nunca, que se hizo añicos en su propio holocausto subliminal. Hasta que ya no supo más de sí. Habrían tirado del cordón de alarma, luego los pedazos que se recogen en mejor oportunidad, un tren no puede detenerse, apenas si para enviar por aire la noticia sensacionalista del *Extra* del atardecer. Pero Regis Bonald no era un suicida más como se dijo, sino alguien que había redondeado su vida con su muerte. La muerte que uno mismo se busca en la botella de la alegría no la que viene de mal talante a decidir (perdónanos, Señor) la muerte propia de cada cual.

...Y ese día de lluvia volvió por el cuadro. En realidad era suyo según autoría impresa por su mano. Lo descolgó sin sobresaltos y marchó museo afuera. Y aquellos ignorantes creyendo, al no ver ya el cuadro, que habían descubierto algo vulgar, y convencidos de que con gritar ¡atajen, atajen, al ladrón, al ladrón!, iban a recuperarlo. Y hasta ¡balas! mortales arrojaron. Pero el cuerpo de Regis Bonald, pensaban que por la densa lluvia, no se veía, ni menos aún el cuadro, hecho una unidad inseparable con su ser inmaterial.

… Esa tarde misma, la prensa que por algo que nunca supimos se llama amarillista, distintivo que nos entona muy bien con esta sinfonía del color, dio la noticia en grandes titulares, el mejor cuadro del salón había desaparecido. Lo llamaban *Un Bonald,* y la sinécdoque los hacía aparecer, aun en su ignorancia supina, casi doctos. La verdadera gracia, esa en la que Dios pone la mano, estaba en los niños pregoneros del suceso. Tenían aún la voz inmadura, y su *Un Bonald* los convertía en ángeles mensajeros analfabetos.

El fin

… Regis Bonald, nuestro a veces blasfemo pero indultado Regis, había vuelto ya, sin embargo, el cuadro a su lugar. La puerta estaba cerrada y con guardias. Pero más extraño que esto fue la leyenda que quedó allí. Un día de su vida real él había visto una pared recién enjabelgada en que se leía:

Tengo que escribir algo aquí, según me lo han ordenado, pero no sé qué poner. Regis sí lo supo, porque no obedecía a consignas, sino a razones profundas, y lo hizo, desde luego que con pincel mojado en azafrán: «Pero a mí no me quitarán lo mejor que tengo, mis siete ramas de la locura. Desde mi muerte, con solo tocarme, puedo matar. El que está y no está, Regis Bonald».

… Nosotros sabemos que esto que hemos contado es un hueso duro de roer por la lógica, y también por nuestra religiosa dignidad. Pero más difícil fue la operación metafísica: descerrajarnos desde siglos de olvido a buscar nuestros nombres diferentes encarnados en uno, y volvernos ahora a la solemne eternidad. También nos llegaron ecos del poeta ruso y sus versos heréticos: «como si una mujer esperara un hijo y *el Dios* le tirara un idiota tuerto». El suicidio consciente fue su trágico final. Pero el jubón amarillo-rabia se sigue dirigiendo sin quemarse, como un cometa, hacia el sol. *El Dios,* tal él lo llamaba en forma peyorativa, sabrá hasta el cuándo y el porqué, Señor.

¡SALVE REGINA!
Por esta historia profana, quizás dirán que un documento apócrifo, PERDÓN…

Regis y Bonald los Viejos.

Histórica: Regis, San Francisco, 1597, 1640. Luis de Bonald, Vizconde, 1754, 1840. Conjunción de nombres: una madrina, bibliotecaria de parroquia y lectora de biografías perdidas.

UN REMOTO SABOR A CAL
(DESENCUENTRO EN DOS ACTOS)

A la genial V. W. en algún lugar de Inglaterra.
A la araucaria del Cementerio Británico de Montevideo.

1.

La mujer suspendió lo que hacía, nada menos que repasar fríamente la lectura de su voluntad póstuma sobre algunos detalles. Era algo tan patético como bello, escribir con cierto estilo la novela del *después,* única que no se podrá reeditar. ¿Y para qué el paréntesis? Contar, por extraordinario, un sueño de la noche, o más bien de aquella madrugada de un día de verano de 1932, precisamente su último aniversario en este mundo. Un mundo prestado, un mundo hecho para abandonar, dijo ante nadie, qué insensatez.

Había sido una larga sucesión de pesadillas. De enredos tan terribles que su mundo interior los engullía de nuevo no dejándoselos recordar al despertar sucesivo. Solo que continuaban en los breves entreactos de vigilia, pues los seguía lucubrando algún minuto con palmaria sensación de realidad. Y en seguida olvido, y nuevamente el abismo con la otra ficción del teatro de terror.

Nunca había ella querido –lo decía siempre al plantearse el tema– profundizar en la pesadilla como fenómeno misterioso del orden de la tortura, aunque deberían existir estudios más o menos creíbles, pero que de todos modos no eliminarían su recurrencia. Y no me vengan con problemas digestivos, aclaraba con gracia, mis pesadillas pueden surgir de un simple vaso de agua, o hasta de una gota de rocío bebida sobre una flor. Y a veces se preguntaba si acaso la tendrían también los niños en la última fase intrauterina, y de ahí el «pataleo» que hace las delicias de la ignara maternidad. ¿Pero si el que ya ha nacido y crecido, resultando ser un esquizoide congénito, despertara asesinando a quien encuentre a mano por mantener la secuencia somnidual?

No la investigaba, pues, a fin de no atraer sus iras, pero la veía con todas las dimensiones de una perversa mujer, no de un genio maléfico. Y desconfiaba a tal punto de su propio sexo por haber Eva provocado a la serpiente para que esta la tentase, algo que dijera un día en cierta sesión de humor poniendo el Génesis al revés, para luego, ante su malhadada teoría, sonreír. Publicó el fulmíneo esperpento antifeminista en una traducción inglesa, es claro que ante las primeras dudas del editor, quien al final se inclinaría por lo más redituable, algún pequeño escándalo, así fuera fugaz, y bajo el enigmático título de: *¿Quién dentrambos, (Virginia), ella, él?* Allí no se mencionaba sino un nombre, tal vez la forma más sibilina de incomodar. Agatha, por su parte, no terció. Era reacia a la publicidad, la fotografía, todos esos exhibicionismos, tanto como su escapatoria en aquel automóvil fuera el más grande de sus desafíos a la malsana curiosidad de los demás. Aunque quizás pensara en algún buen título como *En el paraíso con Poirot*. Pero qué podría importarle a ella lo de una manzana más o menos si las consumía escribiendo en el cuarto de baño, quizás porque el fósforo de su corteza le proporcionaría alimento a su materia gris. Y era lástima, dijo la victimada por pesadillas, los siglos interpuestos con Sor Juana Inés de la Cruz. En su buen reír hubiera cabido cualquier cosa, aun en contra de la Nueva España del siglo XVII y de lo que ella llamara «estorbos obligatorios», con tanta liberalidad.

Pero ocurría, decimos hoy más de seis décadas después, que fuese justamente aquel 1929 el año en que la novela *Orlando* hiciera trastrabillar a la pacata gente de entonces[1], que la durmiente moribunda de este relato tuviera la peregrina idea de salir a enjuiciar, ella también, el libro de V. W., más bien en un arranque de travesura literaria que de seriedad crítica. Y para qué, excitar el ánimo de una ferviente admiradora de V. W. que, con toda razón, saliera a la palestra como defensora oficiosa. Y tal cual el editor lo esperara como a la lluvia durante la sequía, envió una carta en un principio inocua, manifestando su extrañeza por la existencia de gentes que gozaran rebasando los límites de la chanza, y nada menos que en cosas tan alineadas en la seriedad como los misterios de la genética, como compilando ejemplos que la hacían irrebatible. Pero en un momento dado la traicionó su condición femenina, la tendencia al estallido espectacular. «Y menos aún, con derechos arrogados nunca se sabrá cómo, una representante de ese remoto Continente mal conquistado por ladrones,

---

1. Orlando, bellísimo duque inglés nombrado embajador en Turquía transformándose en mujer de un día para otro, con todas las connotaciones de asombro de la época isabelina y la próxima Victoriano.

asesinos y violadores de inocentes nativas, cuando estamos tratando, dice V. W., de que la mujer tenga su *cuarto propio,* lo que no consiste solo en una simple habitación, sino en la forma de asumir al fin su propia identidad»[2].

Pero sobre aquello en que habíamos quedado, el caso de la última pesadilla, algo o alguien venció en las primeras horas del día, un sueño, o mejor dicho un ensueño dentro de la gama de lo irreal. ¿Fue la amarga pesadilla quien se lo obsequió? ¿Puede tal halconesa esconder las garras para regalar a la víctima con una caricia luego de retorcer un alma en peripecias comandadas por el tenor?

Lo cierto es que la pieza, no la actual sino la de años antes, se hallaba clausurada no se sabía por qué intento de restauración. Estaban aún vivos los más fieles y amables de los ya muertos, y esto impregnaba la habitación con sus alientos vitales. Algunos brujos, más bien culteranos que otra cosa, lo llaman *perfume,* y a su estudio lo elevan a lo más secreto de la Iniciación.

Y bien: cierto muchacho de unos veinte años, formando parte del equipo que tenía en reparación el hábitat, y vestido solo con una camisa y un pantalón injuriado por manchas de pintura, aceite o aguarrás, lanzó de pronto al aire lleno de partículas de cal esta noticia, podría ser que referente a aquellas cartas: «Señora, leí algo de usted o sobre usted en una revista que recoge toda clase de chismes provenientes de otros lugares, es claro que sintetizados, de lo contrario no cabrían. Y no sé por qué lo recorté y lo pegué en un papel alisándolo con la mano. Y es difícil

---

2. No, no buscar fuentes, se perdieron en la terrible Segunda Guerra Mundial. Y el editor, pobre hombre, fue boicoteado por el público femenino, el mayor consumidor del tiraje.

explicarlo, la mano se me quedaba sobre su nombre más del debido tiempo. Y dígame ¿dictó ya su testamento?».

La persona del sueño, de unos setenta apacibles años, cuando también los pájaros cantan dentro de su cabeza aunque no sea ya la estación, miró en forma significativa al interrogador. Tal vez se encontrase ante un cazafortunas apresurado de los que tanto abundan, y con qué habilidad se las arreglan como modelos de candidez. Pero a decir la verdad, qué voz la suya tal venida de otro mundo donde el metal o el cristal se templarían de distinto modo, qué ojos para una imagen de la ternura mendicante, qué labios para haber exprimido en la época de las fresas, lo que un día, contándolo, llamaríamos mi primera vez, lo hicimos comiendo fresas boca a boca. «¿Y por qué la pregunta?», dijo la felina mujer de antaño ocultándose en un realismo falsamente senil.

«Porque yo colecciono esos documentos de gentes como usted, mejor dicho los copio de sus originales a los que tengo acceso si son abiertos. Y también los pego en papeles, ya que se ven distintos a los corrientes. Imaginativos, preocupados por minucias raras, por ejemplo nombrar el árbol bajo el cual querrán descansar, y oiga que no le llamo descomponer si se trata de ellas o ellos. Elegir también de antemano el material de su monumento, y observe que no llamo tumba, eso es vulgar... No sé, continuó con humildad, digo estas por citar algunas recomendaciones, hay muchas así de extrañas, y a veces amenazantes, como si se fuera a establecer una vigilancia desde el futuro. En cambio los de forma común se quedan sin lengua por hablar del destino de los bienes acumulados, y eso para qué si miles de buitres los esperan, se los ve sobrevolar anticipadamente, algunos mudos, otros chillando, dicen que hay muchas voces registradas, cada una para la ocasión…».

La durmiente quedó alelada: lo que acababa de oír formaba parte de su voluntad *post mortem:* Encontrar ese árbol, había dicho al notario, ya he señalado dónde está, lo amo por sus brazos abiertos y no el siniestro hermetismo del ciprés. Y a veces voy allá y me le abrazo, y siento que le circulo, y qué emoción cuando me lleva hasta la copa y bebo el cielo, porque si es copa esto significa beber.

Cayeron en ese momento las dos puertas de un armario de roble perteneciente a la casa del mar y no del lugar adonde se desarrollaba el diorama del sueño, puertas que ella aborrecía al no poder nunca deslizarlas sobre su riel. Se me resisten en la realidad y ahora han caído de por sí, dijo en forma no audible, sin garganta, sin voz, pero no dando al hecho ningún significado, o entrando ya en el desprecio a la lógica, siempre corriendo tras la razón. Y también sin pensar que pudiese haberse desatado una contienda de roble contra araucaria, araucaria contra ciprés, vaya a saberse qué enredos sobre prioridades habrá entre los árboles con sus raíces anastomosadas en lo invisible, a ocultas de nuestra morbosa curiosidad.

En tanto los individuos sin relieve alguno seguían trabajando en él no se colegiría qué. Y por aquello de que al parecer no se pudiera salir, y todo fuese a puerta cerrada como si al exterior estuviera escrita la gran prohibición, la mujer extendida al costado del lecho, boca arriba, se había complicado en otros descubrimientos. Por ejemplo que un techo viejo y abovedado tiene tantas cosas que nunca se han visto a causa de estar demasiado despiertos, un firmamento nocturno: aquí Las Nubes de Magallanes, la grande, la pequeña, más al norte Canopus, más hacia el

Ecuador la maravilla de Orión, reina de la belleza cósmica. Manchas de humedad, grietas, puntos de destrucción diría un relevador calándose los lentes. No, cosas del cielo que nos mira replica el durmiente poetizando la situación con ánimo avieso de buen vendedor.

Todo eso debió distraerla de las tan vulgares y tan a la mano contingencias próximas. Porque de pronto advirtió que los buenos seres que habían muerto no estaban ya presentes, y unas tres mujeres viejas, pero no de la vejez dulce, sino del tipo urticante de las Furias, conversaban en un ángulo mirando hacia los valores del cuarto como para la inminente partición, quizás inspiradas por la pregunta del muchacho, pero quitándole su inocencia fundamental.

Justamente pareció que él debiera trabajar en la pared donde se recostaba la cabecera de la cama, desde luego que libre del maderamen común, tanto como se rigen los sueños por lo que les conviene, escribirá luego ella en su casi ilegible borrador. Y haciéndolo todo tal si la mujer no existiera se le echó osadamente encima. Raspaba, claveteaba o algo así de ruidoso. Ella parecía no estar allí para nadie. Y sin embargo a él sí se le sentía grávido, materializado por su cuerpo, pues la sostenedora ocasional empezó a percibir el latido de un corazón. Ese latido provocó el suyo propio, y asieran dos toc-toc tan acompasados e intensos que hubiesen podido escucharse desde Bellatrix o Betelgeuse, si en realidad siguiesen encendidas, si no estuviésemos viendo lo que fueron millones de años luz hacia atrás. Y ocurre, dormidos o despiertos, que los contrastes apremiantes nos atropellan. El temor, quizás, a dar comidilla a las Erinnias que ya estaban midiendo muebles, sopesando objetos, le hizo recobrar el habla: «Déjame salir, hermosa criatura, dijo en tono de ruego, quiero zafar de aquí, tú pesas como un hombre, yo soy la hoja apenas sostenida, ten compasión de mí. Y además me quemas, me derrites. ¿Nunca supiste que las mujeres éramos de cera hasta el final?».

No bien empezó a intentarlo, es decir a imponer su real volición para dejar el lecho sin incorporarse, solo deslizándose, el muchacho que se pone a sollozar sobre su cara y dice con voz secreta: «No me dejes solo, no me vuelvas a dejar solo de vida en vida una vez más…».

Y todos saben lo que es el despertar luego de la ficción, somos los mismos y ya no lo somos. Pero el latido intenso persistía, y unas lágrimas que no eran las suyas le mojaban el rostro. Allí cerca, en la pared lateral, había un retrato en óvalo de su juventud, con cierta rosa amarilla en el ahondado escote, y tan distintas las dos mujeres como la mariposa pinchada en la caja de colección y la cazada alevosamente en la virtualidad de su alado vivir. Pero alcanzó a escribirlo todo en un mal papel y dejarlo aprisionado entre las páginas de un diccionario de la lengua. Oh, perdón, Virginia, aclaró en un paréntesis coloquial, yo no quise ofender, amaba a tus Orlandos por la belleza del absurdo, y más aún ahora que alguien me ha dicho cosas al oído mientras dormía. Pues por qué aquello, por qué hablaba de no dejarlo solo otra vez más, qué soledad, qué vez, si él era un muchacho pintor de paredes y ella la versión solemne de la vejez. ¿Porqué, Virginia, Agatha, Sor Juana, la ineludible obligación de envejecer y, hasta como corolario, morir?

INTERLUDIO A PLENO SOL

…Y aquí es, descarguemos esta cosa que ya ni pesa, dijeron los invisibles, ahí está la maldita araucaria de su última recomendación…

Un pájaro increíblemente dulce entonó cierta especie de despedida para el oído aún despierto, lo último que se cancelaría al entrar al agujero del horror. El furor de aquel verano caía a plomo. Habría que abreviar el acto o morir calcinadas por este fuego rabioso del mediodía, comentó una de las Euménides, seguramente antorcha en una mano, puñal en la otra. Esto no se soporta, que se vaya al infierno si quiere más calor. Pero nadie dijo qué pena, no verá ya nunca el último minuto suicida del sol sobre el mar, y ella oyó que se guardaron esa belleza de lugar común con que nos enamora la piedad. Lo que pudiera significar entonces el empezar a no ser. Pero también y nada menos que la solución al Gran Enigma: SILENCIO DESDE LAS FURIAS Y EL RUISEÑOR.

2.

—¿Y quién es usted, y por qué viene tan a menudo aquí? —me preguntó el enterrador alto, llamémosle así, pues había otro que no lo era.

El achaparrado, casi antropoide y solo portador de unas palas al hombro, aparecía como su sombra encogida. De vez en cuando arrancaba alguna hoja de los arbustos circundantes y la llevaba a una masticación sospechable, como si se configurara a su través un retorno ancestral. Siempre esos tipos humanos me han estropeado el hígado. Como a una persona hipersensible que conocí entre tantas, y la cual no podía comer carne roja porque empezaba a ver los cuernos del animal en el plato, tales homínidos se constituyen en mi Gran Pausa musical. No puedo hablar frente a ellos, millones de años se meten en mi sangre, voy haciendo el camino desde sus cuatro patas a la verticalidad. Y eso termina luego en un temblor, que no es precisamente de miedo, sino más bien de respeto, una especie de salutación que ellos ni siquiera presienten. El enterrador alto, en cambio, no tenía importancia para mí, solo que audacia para repetir su pregunta como se hace con los infradotados, y si son niños mejor.

–¿Que quién soy y por qué vengo tan a menudo? Pues no lo sé, digo descaradamente. Pero desde que estuve aquí alguna lejanísima vez, de eso me hallo seguro, aunque no sepa cuándo y para qué. Y además, esa araucaria y yo cómo nos entendemos sin hablar, tal si las losas se levantaran con sus raíces.

–Pamplinas, me espeta el alto con su aire de sabihondez. Debajo de esas losas no hay nada más que huesos. A los noventa y nueve años de cada difunto nos mandan abrir, guardan la lápida como reliquia junto al muro del fondo y adiós, un hoyo para el enfriado nuevo, esa es la historia de verdad. De su araucaria no sé nada, siempre estuvo ahí sin decir esta boca es mía, árbol zonzo que no explica lo que busca con tanto subir, algún día un rayo lo partirá. Por suerte cada vendaval se le lleva una punta.

– Pero es que a causa de ella yo siento que he regresado –insisto–. Y no por ustedes, perdón, malos para todo, incapaces de tomar el mundo por el asa y pasearlo como se debería. O la aventura de salir a vagar no por el mundo, sino en el mundo desplazado que luego volviera a su lugar en la órbita, brillante de experiencias cósmicas, sin que a nadie se le ocurriera arrojarlo al vacío hecho pedazos, según el viejo y siempre renovado plan.

–Bueno –dijo el de las palas luego de un momento de estupor– con locura y todo eso, lo raro es que viene siem-

pre al mismo lugar. Tendrá unos veinte y es precioso como una mujercita (escupe la hoja que ha mascado), pero quién le pondría un dedo encima, aquí no se puede jugar...

Y de pronto ya no estamos solos: un anciano como de setenta años que se nos acerca. Yo, puedo asegurarlo, co-nozco su perfume, *ese de los famosos* Ocultos, *tan divulga-dos ya que no tienen más que esconder. Pero no recuerdo de dónde, ni de cuándo, ni por qué me conmueve. Solo que un remoto sabor a cal se me viene a la boca. Sí, la de las aguas surgentes que atraviesan por lo hondo terrenos con óxido de calcio, la de la recién pintada pared. Y junto con ese insólito sabor, quizás por la cal viva disolviéndose a fuego en mi saliva, el ansia irrefrenable de besar una boca que está proscripta no sé por cuál dudosa ley. Beso mordiente soterrado en los meandros de la frustración. Beso que hubiera sido un escándalo para ciertas furias de un salón que vagamente se me hace visible. Beso que no pudo, quizás, cuajar porque ellas lo vigilan todo, pero que nos persigue hasta los desfiladeros llenos de sombras vagabundas de la nadidad. Y entonces, como siempre que se está al borde de algún descubrimiento que no debería abortar, oigo que el viejo, tan vestido a la antigua como un maniquí de tienda clausurada, me dice con un ceceo de dientes precarios y voz secreta de cuerdas por aflojar:*

—Al fin, hermosa (me trata de mujer vean) al fin. He venido durante medio siglo a traerle la rosa amarilla del retrato en cada aniversario de aquel año treinta y dos. Y la deposito sobre ti, lugar donde vas a sentarte ahora conmigo, ya que como me coloqué entonces en tu cama no puede ser hoy por hoy, estos animales recolectores de despojos no entenderían. Pero te lo imploro, no vuelvas a

dejarme solo otra vez. Me queda poco tiempo, y no creo en las memorias de la eternidad.

—¿Qué soledad, qué vez?

—No puedo explicarlo bien, una lejana y amorosa vez pintando yo, con veinte años, cierta pared...

En ese momento un ave empieza a cantar como enloquecida hasta tocar el límite de la armonía. Y luego un cambio hacia el son melódico triste que no alcanzo a descifrar.

—Cielos —digo entre dientes— me estoy transformando en los otros, el alto y sus iguales en evolución, pero todavía en retardo mental, el bajo y su parentela arbórea, incapaces ambos para traducir el sentido de una variación musical. El pájaro ha cambiado de clave, ¿y por qué?

El viejo pareció escucharme a medias y apantalló la oreja con la mano. Bien se veía que todo él era el querer y no poder, quererlo todo, tal vez, no poder ya nada más que el simple querer.

—Vámonos ya —oigo decir al portapalas— parece que se conocen, estoy cansado de verlo con esa rosa amarilla todos los años desde que en mala hora entré aquí, van a hacer cincuenta.

Y empiezan a adentrarse en el ajedrez de las tumbas, hechos unos pobres peones de juego de tablas que nunca saldrán de ese quehacer. El ave, entretanto, sigue en lo suyo, tan distinto cada vez, como si solo él supiera lo que va a ocurrir allí al son de su acompañamiento. Y todo eso cuando el ejemplar demodé cayó de golpe, con los ojos abiertos, pálido y desvencijado sobre la piedra sin nombre, sin fecha, sin ningún dato revelador.

El sol se estaba ocultando como involucrado en el derrumbe de un ser humano más, pequeñísimo, pero igualmente vigilado desde tan lejos por su amarillo ojo único *delator. Un leve manto áureo, sin nada de falso patetismo, más bien con calidez de ala, empezó a cubrirlo. Me tendí con todo mi cuerpo sobre el amortajado y bajé sus párpados. Y hasta que me sacaron de allí entre las carcajadas burlonas de los dos individuos, no dejé de llorar sobre su cara.*

–¿Y ahora qué haremos?, preguntó el más torpe.

–Dejarlo así –digo– ¿no ven que se ha transformado en su propio monumento funerario? Traje negro, moñón, zapatos acordonados. Y esta rosa amarilla que dejaré en el ojal de su solapa también solidificará.

–¿Oíste eso? Tiene voz de varón y belleza de mujer. Pero aquí hay papeleo, trámite, ceremorias, muchacho. Oh, qué diablos, ya no sé lo que es, tendría que palpar.

–Nada de eso, animales. Solo miren cómo la flor endurece, vean cómo adquiere la solidez de la piedra amarilla llamada topacio. Y si quieren saber si soy hombre o mujer, si no conocen nada de metempsicosis, simples lombrices de tierra de cementerio, quédense con las ganas. No se puede jugar al tanteo con mis testículos.

El sabor a cal de mi lengua era cada vez más intenso. Pero yo no entendía cosa alguna de mí. Virginia, grité, ¿por qué no podemos hacer nada más que aceptar lo que viene?

El pájaro de la araucaria era ya la flauta dulce de los románticos. Vivaldi dejaba su isla flotante y se venía al ruedo. Cierto remolino amarillo me envolvió. No recuerdo otra cosa significativa. Solo que el hombre había caído al oír mi voz cuando dije: «Gracias, viejo», y se entabló este último diálogo terrenal para él: «Y de dónde te ha salido esa puerca voz de varón, inmaduro, por añadidura». «De esto, expliqué». Abrí mi camisa y le mostré mi rubia pelambre masculina. «Dios, es ella, aquella del retrato, y también es él, este mequetrefe anónimo». Yo, lo que soy yo que me creo tan superior al resto, no podía entender nada de aquello, Virginia. ¿Lo tuyo, que había ocurrido de un momento al otro, a mí me habría llevado tantas vidas como caben en cincuenta años?

Vinieron a pretender sacar al muerto, tan tieso, tan simétrico con la losa. «¡No –grité– esperen! ¡Dentro de poco él será su escultura!». Y así fue. Luego de la rosa, sus zapatos se transformaron en piezas de ónix.

–Adiós, anciano –dije cerrando mi camisa. Y empecé a silbar la canción del ave de la araucaria.

Ellos, oh, pobres diablos, se dieron a recular tan rápidamente que uno cayó. Metí mis manos en los bolsillos y me lamenté de no ser escritor.

Esos tipos sí que las saben todas.

Y ya a solas con mi historia, hablé sin reparos. Ha pasado medio siglo de algo, dijo el viejo de la rosa amarilla. ¿Y qué será de ti, Virginia, dónde estará tu dulce esqueleto de marfil? Lo sacaría de su absurdo encierro, tú me llevarías la mano como a un analfabeto, y yo escribiría la extraña novela. Tu Orlando no tenía una rosa de topacio en el ojal ni unos zapatos de obsidiana. Cometió hasta la vulgaridad de alumbrar un hijo, que luego habrá sido un viejo de galerita y paraguas en algún entierro de la época victoriana en que te metiste, luego de dejar al desnudo la isabelina. Vamos, hermosa, salgamos de aquí. El pájaro de la araucaria no cesa de cantar. Tómalo como desagravio de mi estupidez...

EL HACEDOR DE GIRASOLES

I

Carta a Vincent

Todos los lugares del mundo tienen en su historia hechos siniestros. O si no los han sufrido que los esperen como fatales, tanto que la palabra, de adjetival como lo era ha pasado a sustantivarse. El siniestro de aquel huracán que arrasó con todo y demuestra que sí, es cierto que algo o alguien mira hacia un punto y dice: este trompo negro te tocará hoy a ti, islita paradisíaca. El siniestro del volcán, el de la inundación, el del virus que quitará para siempre la espontaneidad del amor. El del avión que se precipita. El de la guerra gestada como el largo embarazo de un monstruo, el de la paz armada hasta los dientes en espera de la parición.

Por desgracia creo que nunca habrá sucedido que los almendros de un lugar sin parangón llamado Mallorca florezcan dos veces en un año, y dímelo tú desde donde estés si ocurrió. O si es cierto que un niño nació hablando o cantando algo tan antiguo y dulce como sacado del repertorio de un juglar medieval. Es decir que la tónica parece estar en el mal suceso y muy por excepción en el bueno, que es como sacar el oso de felpa en el juego del tiro al blanco, aunque después no se sepa qué hacer con él.

Hoy te escribo aquí en este diario, quizás ilegible materialmente por algo que al final esclareceré, lo que ocurrió unos días después de mi enrolamiento como recolector: el siniestro de la basura que quiso retornar a sus fuentes y lo logró. Se hablaba de seis mil toneladas producidas en la pequeña ciudad invadida por el aluvión del desperdicio humano. Habían llamado a aspirantes para aumentar el potencial, y la nómina pasó del millar (¿Qué hace usted?, oí decir. Estudio informática. ¿Y va a ingresar a esto? Pues sí).

Todo eso, ya que fue larga la espera, más la angustia que sobrevino al adoptar aquello para lo que no nacimos, aunque tú bien sabes que lo contrario también enloquece, y, días después, el cansancio proveniente del inmundo menester influyó en conjunto para que este hombre que escribe, mejor que cortarse una oreja, empezara a no dormir.

Pero ocurre que cuando el insomnio agarra a alguien en la forma perversa de un karma (te extrañará este lenguaje, lo sé), el que es mi caso, tampoco quedo completamente despierto. Es decir que mi siniestro es la semivigilia, como si durmiera con un solo ojo, pero cuidado con el otro, que es polifacetado como el de las moscas. Y en esa zona fue que sucedió. Sucedió que los basurales que habían dado en llamar endémicos, pues parece que si les endosas una palabreja rebuscada les concedes la dignidad de una chistera o un bastón, se volvieran de nuevo.

Y ahora viene el cuadro que tú no pintarías. Vestidos con sus harapos de cáscaras de patatas y limón –sin embargo buen contraste de colores– de bichos muertos y ratas vivas, de algodones infectos, de jeringas desechables vaya a saberse con la sangre pútrida de quién, de cosas que preservan de la procreación, pero resulta que también y a pesar nacen o quedan en proyecto esos pobres condenados a terminar allí. Y el allí es así mismo un desposorio con las escobas sin mango, los zapatos que han perdido el don del par, los culos de vasos y de botellas, la comida sobrante de los unos que a los otros les falta, las cabezas de pescado y hasta de gatos, con los ojos abiertos en la sorpresa del morir.

Y por favor, madre, imploré entonces, madre que eras tan imaginativa y enterrabas las flores ya marchitas para que no se vieran en el espejo de la consunción. Y quemabas las cartas y las postales, y luego echabas las cenizas al pie de aquel damasco, y decías estos damascos serán por lo menos malos poetas a causa de su amarillez, pero que ya es algo. No, madre, no me dejes seguir recordando lo que había en las montañas que formamos con lo recogido, cuando un perro color ambarado que aún no estaba muerto del todo nos pedía vanamente clemencia desde su hediondez, e igualmente era arrojado a la moledora infernal del camión.

El nylon, tan frecuentado en vida, era el viajero sin pasaporte que viola fronteras con abundancia de plaga. No podía ser recuperado como el papel y el cartón, había dicho con pena de gran avaro un economista. Y eso para aumentar mi inquietud, porque pensaba en cuánto papel inmundo devuelto al uso escribíamos nuestras cartas de amor, y hasta lo que llamemos con la buena fe de los idiotas papel sanitario, y el de las confiables servilletas del bar.

Madre, padre, me les aferro como a dos áncoras. O mejor concededme el milagro de la levitación, porque el antiguo y limpio mar de un tiempo de leyenda también ha caído en el juego sucio que le han hecho, a él, al río, al cenagal aletargado.

Y entonces, no por ser somnílocuo, sino por indefenso, grito de verdad que la basura ha vuelto, pero humanizada, amenazante como todo lo que ha adquirido conciencia. Y en busca de los que la arrojamos con desprecio viene a darnos guerra, entra de nuevo a nuestras casas, a nuestras oficinas, a nuestros cementerios, ya que los que están muertos también un día contribuyeron a la orgía del residual. Y lo peor cuando alguien muy renombrado escribió su artículo de primera plana, y eso fue a terminar en un festín de moscas analfabetas, porque otro, irreverente, había envuelto el pescado en el papel de diario, que para ese fin es el mejor. Y el que armó una novela y los borradores ingresaron a la montaña gris. Y el que encontró dientes del cerdo en el embutido y dejémoslo así, porque solo pudo advertirlo cuando ya había tragado el bolo. Y el que supo tardíamente cosas de las fábricas de pastas dentales y se deshizo del pomo nuevo que también voló al tembladeral. Y el panadero que puso bien vertical tras el vidrio de su manufactura la cédula de identidad extraviada, tan prostituida por el manoseo que hasta se le notaba al trasluz su cruza de patologías, y el morbo innominado terminó en carne de cañón hospitalaria infantil. Y hasta las flores hermosas que la mujercita vulgar arrojó al diablo porque esperaba un perfume francés, sin saber cuántas se sacrifican para extraer lo esencial.

Pero ya todo eso, como te decía, no estaba en su destino, se había venido de vuelta, se les metía en las bocas a los hasta entonces felices boquiabiertas. Y yo corriendo a atrancar la puerta que siempre quedaba sin llave si acaso llegaba a morir de súbito, pero por debajo la marea penetraba en láminas y era la dueña de la situación.

Y fue entonces cuando acudí al manual de la magia que un día encontrara en buen estado dentro de una de esas bolsas heterogéneas a medio destripar por los intermediarios a los que también se les cambió de nombre. Y decía un tal Jonás Sulfurino cómo había nacido el Libro de san Cipriano. Pero allí nada para detener la invasión. Y peor aún, pues mientras yo leía sobre uno de los talismanes hablando de cómo debe escribirse la palabra ABRACADABRA hasta formar un triángulo que termina por lo bajo en la A, más basura penetrando al verme distraído con los lentes sobre la nariz.

Y fue en tales extremos cuando decidí inventar mi propio talismán. Ya, pensé, es el color amarillo, el único que entreveía un hombre ciego del que también encontré un libro en cierto botapapeles, y desgraciados, dije, tirar un libro así entre las zarandajas para nosotros. Salí entonces al aire, un aire que ya no cabía en sí, desechos vagabundos en barcos con la bandera pirata arriada, camiones fantasmas que con disimulo buscaban dónde vaciar el vientre, pedazos de artefactos que mandaran al cielo y en algún lugar tendrían que caer. Y en ese mundo de almacenaje tan variado —porque también había frutas doradas, flores doradas, mujeres dorándose en la arena— compré, por el encanto sugerente del azufre (símbolo S, decíamos otrora) algo en que se leía.

Pintura amarilla: Liquidación

Y no digo que pinté, Vincent, embadurné el frente de mi casa, y la acera y el pedazo de calle. Y finalmente, como sobraba algo en el pote, me desnudé y utilicé en mi propio cuerpo el color excepcional para el hombre ciego que iba a disfrutar de los tigres del zoológico, los únicos animales que se le hacían vagamente visibles, y qué belleza si estaban al sol.

Y así fue cómo empecé a deambular en mi nuevo estado, y hasta me sentía como el bogavante, orgulloso, pobre hombre, de ser el primer remero de la galera. Y las muchachas de un famoso bulevar, a pesar de mi jerarquía marinera, me rechazaban entre risas y palabrotas de su frondoso diccionario erótico, diciendo todo lo que habían conocido en materia de tamaños, formas y colores respecto a algo hacia lo que apuntaba su antiguo oficio, hasta el que presentaba un hollejo vacío colgándole en la punta, pero nunca uno de mi color. Y la policía que ronda por esos lados no podía echarme mano porque les ensuciaría el flamante coche obtenido en la última donación. Y la mujer que se arranca costras mugrosas sentada en el ventanal de un impecable restaurante ni se distrajo por mí de su operativo, ya que al fin éramos iguales, a ella tampoco se la llevaban por la misma razón. De modo que quien te escribe constituía un ser inabordable hasta por los propios loqueros, que al fin se arriesgaron a tirarme una red en pleno campo adonde yo había llegado en busca de paz. Pero ya estaría agonizando, porque la pintura me habría obturado los poros como a aquel niño sobredorado para una fiesta de monarcas que aún conservarían la cabeza original.

Debe haber sido entonces que se diera el *no más*. Les dejo la basura en toneladas y me voy, al cielo, o al infierno, o adonde estos estén en cuanto al tránsito ordenado del arriba, del abajo o del ningún adverbio de lugar.

Y ustedes mis colegas, alcancé a gritar mientras me arrastraban en la red creyendo que yo solo era eso, un pingajo amarillo, simulen que trabajan, porque hasta les vi cambiar los montones de calle en calle en vez de erradicarlos, otra palabra vistosa de la cartilla oficial. Y a los de más arriba, los traficantes finales con oficinas camufladas desde donde manejan a los miserables de la «clasificación», simulen que el negocio es limpio, porque la división del trabajo fue también un invento de palabras para el buen vestir del código social. ¡Pero, vamos, arre, a la trituración como el perro semivivo, y allí lo más despacio posible para hacerles conocer el buen morir! ¡Y luego, como la cereza sobre el postre, a la cima cochambrosa del tremedal! Y nada de flores en velatorios y entierros de primera clase. El esposo mujeriego y el papá manirrota sencillamente ha desaparecido, quizás ha tenido que hacer viaje en avión de última hora, mientras el alma del perro y yo aspiramos con deleite su hediondez de biogás en las usinas que el mismo clan preconizó.

ILUSTRACIÓN

II

Y ahora, en mi voz grave de circunstancias, te digo que querrás saber dónde embiqué, yo, un tipo nacido de buena madera, y hasta con el aprobado del bachillerato y otras muchas cosas que perdí, ya que así como así no se cae en el cepo. Pero paciencia, Vincent, pues resulta que verdaderamente *NO LO SÉ*. Puedo escribir todo esto, es claro que con tinta amarilla y en papel amarillo, aunque a juzgar por los materiales —la tinta creo que es sangre de retamares— mis textos habrán de tener un dudoso destino de legibles. Y quizás sea mejor así, ante tanto lector despistado que ni al Mesías redactando una nueva proclama con enmiendas sabrían reconocer. Únicamente puedo decir que esto parece el solar de un ser paradojal, sin cuerpo y sin cabeza, solo con manos lumínicas, y tan grandes como paletas de remos. ¿Y qué hacía cuando llegué? Pues en aquel momento fabricaba girasoles, y lo que no sabré nunca por qué en tal cantidad. Yo, el huésped amarillo, le habré pasado inadvertido. O tal vez me aceptó como hijo segundón porque le iba al tono con su artesanía… Dios, murmuré, dónde estarás, aquí no se ve nada más que estas flores que no bien terminadas hacen un giro fatal como si obedecieran a una rígida ley. Y de pronto recuerdo la imagen de un plumero amarillo que había quedado erguido en donde no quiero nombrar. Estaba inmóvil en su soledad como la bandera que clavaran en la violada Luna, una vieja virgen que no se supo o no se quiso defender, porque tantos miles de años cantándole desde abajo la tendrían harta. Y además ese continuo viaje en redondo sin girar sobre sí ni siquiera la mareaba como en una dichosa borrachera. Mi mente, en cambio, da vueltas sobre su eje, un antiguo vicio que no alcanzó aún a sofrenar.

Y pienso que un día habrá suficientes girasoles. El de las Manos empezará, quizás, con la florecilla del amargón, tan parecida a un sol en miniatura. Yo se lo preguntaría, pero Él no dialoga, el diálogo de sordos de la vida también AQUÍ SE ACABÓ.

Vincent:

No, no soy tu hermano Theo. Supe lo de quitarte la oreja y después la vida. Yo, el cazado en la red, llegué, a pesar de todo, a la génesis de tus girasoles. El significado oculto del color de esas flores lo intuiste ¿verdad? Mis libros recolectados en los tachos te lo podrían decir: color oro, etapa final, «la obtención de la piedra». Pero ya no me es posible, racionan la tinta aquí, también las retamas tienen su estación. O el pigmento amarillo lo administrará El de las Manos, eso no lo puedo saber. Son más las cosas que ignoro que las que sé. Por ejemplo qué fecha te enviaría si aquí no existe el tiempo. Y en cuanto a aquello del espacio, qué sé yo, no se lo ve…

Botánica (A Vincent) Girasol: Helianthus, del griego *Helios,* sol y *Antos,* flor. Te ama… mucho más que el mujeriego Gauguin… Oh, perdón, mi nombre, entre tantos avatares, también se me perdió.

ÚLTIMA ENTREVISTA A UNA MUJER QUE NOS HA RECHAZADO

—ARMONÍA SOMERS: usted dijo el 6 de agosto de 1993 en el Cabildo de Montevideo, en ocasión de celebrarse por la Academia Uruguaya de Letras el cuadragésimo año de su libro *El derrumbamiento*, que no concedería más entrevistas, que ya lo había dicho todo. Nosotros, que creemos que nunca está todo dicho ¿podríamos pedirle una excepción?

—Quizás, aunque relativa a un proyecto anterior a mi carta leída en la fecha. Alguien a quien estimé mucho y nombré esa noche integrando una especie de obituario, sacó cierta vez de su bolsillón esotérico esta teoría: venimos al mundo con un determinado número de palabras. El día que, sin saberlo, pronunciamos la última morimos.

—Entonces digamos que conviene experimentar. Si no hay muerte es vida.

—Exacto. Aun a tanto riesgo ¿qué quiere saber?

–¿Por qué el color amarillo dominando este tríptico?

–Sé que esa pregunta se va a repetir, por lo cual la responderé una sola vez. Lo elegí para dedicar algo a un hombre ciego, no cualquier ciego, se entiende, quien decía entrever aún ese color. ¿Pero iba yo, la hormiga, reverenciar al león? Entonces pensé que con unos girasoles de Van Gogh y una mano empuñando un bastón lo diría todo con símbolos desde la cubierta misma. Fue una especie de dedicatoria sin nombre del receptor, a veces las más elocuentes.

–¿Le interesa en especial el mundo de los símbolos?

–Según se lo entienda. En mi caso sin limitaciones. No sé si en forma consciente o inconsciente siempre he creído que el símbolo no es solo cosa de listas de significados a la manera de Cirlot, o estudios científicos a lo Jung, muy respetables ambos en sus campos. Yo pienso, en cambio, que detrás de cada cosa, de cada acto, de cada intención hay un símbolo oculto. Cierto amigo ingeniero de una especialidad proyecta hacer jardines en homenaje a las grandes figuras de la creatividad literaria. Quizás no lo logre por demandas de la infraestructura, pero ya en la intención hay un símbolo: Aquí, en este jardín, florecen Los Cantos… de… y si el asunto quedó solo en proyecto, detrás del mismo campeará siempre lo simbólico en la idea. Y diría que en la persona misma del ideólogo, a quien yo seguiré viendo como un bello ejemplar de iniciático, el loco de aquellos jardines que eran como el metalenguaje de los comunes.

–Y ya dentro del simbolismo cromático estudiado ¿qué significado tiene para usted el color amarillo?

–Se le ha clasificado como el oro, como el sol. A mí me atrae lo del sol más que lo del oro. Amo los narcisos porque aparecen en invierno cuando el sol se debilita. Ya no están en este mundo las personas que me regalaban los primeros. Y yo no salgo a comprarlos, me parecería una traición.

–En vista del *Tríptico Darwiniano* y ahora este ¿confiesa gustar de esa presentación narrativa?
–Según parece, sí. Es como enhebrar collares sin que se anude el hilo o se caigan las cuentas. Como nunca lo pude hacer, mi desquite debe estar en la literatura. El tríptico, que no es una simple trilogía, exige atención al hilo y a las cuentas.

–¿Escribiría otro?
–Tal vez si tuviera coraje, pero con este subtítulo: Los entrevistadores, el diablo y yo.

–Muchas gracias.
–Por nada. Pero tenga sabido que a lo largo de tantos años me han sucedido cosas increíbles. Gente, por ejemplo, que sin haberme leído viene y me dice luego de algún introito lisonjero: «Hablemos, pues, de sus poesías». Entonces uno querría morir o matar, quizás lo primero por menos punible. Porque hay entrevistadores que atentan contra el oficio, no ya solo contra el encuestado.

–¿Y si uno de esos genios le dijese que el tríptico, todo en amarillo, aparece como algo a pie forzado?
–Espere… le pondría una pincelada amarilla en la nariz y lo mandaría de paseo.

–En esos tres cuentos se niega realidad a la muerte. ¿Es una creencia personal o un recurso literario?

–Quizás ambas cosas, yo no me investigo.

–Si pudiera ¿enviaría un mensaje desde la muerte a los ansiosos que quedamos vivos?
–Nunca lo había pensado. Pero ahora que lo pregunta creo que sí, aunque con alguna clave.

–¿Podría adelantar algo de esa clave?
–Vaya que sí estoy ante un ansioso, pero lo comprendo, pues sin clave no hay mensaje. Cae una hoja en este té que estamos bebiendo y algo quiere decir. Y no digamos si es un rollo informe de donde luego sale un hilo. Y porque alguien da en tirar de la punta entonces habrá seda para todo el mundo. En general, pues, es nuestra indiferencia o nuestra ignorancia lo que esquiva el mensaje. Todavía nos falta a los seres comunes un sentido de captación que algunos recibieran excepcionalmente.

–¿Y cómo se entendería su clave simbólica desde la otra dimensión?
–Quizás con alguna de mis obsesiones. Las Furias que ya describí en «Un remoto sabor a cal» y la música. Es decir que si una sombra (las sombras visten de gris, desconocen el amarillo), murmurara algo así como *silencio sobre las furias y el ruiseñor* eso sería equivalente a un «no hay nada». Santa Cecilia, que hubiera podido traernos a Vivaldi desde su cementerio flotante de Venecia se habría fugado con un ángel. Las Furias ya se pudrieron.

–¿Explicaría uno por uno sus tres cuentos?
–¡Jamás! El cuento, y también la novela deben llegar vírgenes al lector. A quien no capte hay que dejarlo en su

penumbra mental. Yo tengo muchos de esos con la candileja a media luz.

Pero perdón, mi amigo, basta por hoy. Entiéndame, quizás estemos cerca de la última palabra, y necesito algunas más para hablar con mis árboles…

La carta de El Cabildo

Queridos Amigos:

Yo sé que dentro de tanta cosa bonita que de vez en vez oigo sobre mí en estos actos, se está celebrando mi final. Y lo digo sin mayor angustia, porque cualquier mente racional sabe que todo lo que empieza termina, es claro que con excepción de la inabordable infinitud.

Durante largos años –esos cuarenta de un cuento y de un libro epónimo, por ejemplo–, elaboramos algo que creíamos era una cosa coherente, aunque en cierto modo ríspida y oscura. Luego ocurre que esa cosa termina en un «collage» formado por una piel ya marchita (la mía), una literatura que mucho no se amansa ni se hace cariciosa para todos. Pero hay leyes que no se pueden detener con la mano abierta porque son fatales. Entonces lo mejor que puede hacerse es rescatar lo que se vivió como bueno. Y yo creo que eso fue el encuentro con gente magnífica de la poca que anda por el mundo. Porque tuve la suerte de conocer más seres valiosos de los que uno imagina cuando, casi inadvertidamente, lanza ese primer cuento que se escribió no se sabe cómo ni por qué.

No voy a nombrarlos a todos, primero porque son cantidades y segundo porque cometería omisiones involuntarias e injustas. Pero sí quisiera reflotar algunos nombres de felizmente vivos o lamentablemente muertos que me ayudaron cuando quizás me hubiese ahogado en mi propio alegato, como así considero a la literatura. Y doy prioridad a José Carlos Álvarez, uno de los directores de aquella legendaria revista *Clima*, a la que hundí económicamente con una novela. Estuvo junto a él para llevar y traer noticias Carlos Brandy, ese hombre que aparece y desaparece como los cometas, pero del que uno sabe que tiene el don de volver siempre con el nuevo mensaje poético bajo el brazo. Estuvo una extraña mujer bohemia con el sugestivo nombre de Mercedes Lloroso, también depositaría del secreto de mi identidad que era mi problema de entonces. Estuvo el pintor don Juan Sarthou y su histórico «polémico», nombre de época anárquica de lo que hoy llamamos mesas redondas. Estuvo Ángel Rama, en continua y apasionada promoción de mis cosas. Estuvo hasta hace muy poco tiempo mi traductora francesa Françoise Campo-Timal, evaporada en una muerte sin sentido. Estuvo el pintor Cristiani, autor de las máscaras sobre verde y rojo de dos tomos de cuentos, hoy ya sin color, como me dijera una lectora argentina hurgadora de libros de viejo, y cuando Cristiani, ya en otra dimensión, no se sabe si colorida o acromática, abandonó también este mundo. Estuvo, y felizmente aún está, siempre con su bonhomía a flor de piel, Beto Oreggioni, consubstanciado con esa legendaria Editorial Arca que hoy remueve sus cimientos. Y estuvo Rodolfo Henestrosa, el que fuera mi esposo durante veintisiete años, sensacional y excepcional criatura del que pudiera decirse que hasta último momento, editándome un pequeño libro, cerrara el ciclo con el primero, y siempre sabiendo sobrellevar, sin sentimientos bajos, el rol de actor en mi vida literaria. Él fue precisamente el impresor de *El derrumbamiento*, bajo el venerable sello de Ediciones Salamanca, que hoy, en cierto modo viene a unirnos con Linardi y Risso por esas circunstancias que unos llaman casualidades y otros destinos cruzados.

Y al mismo tiempo están ustedes, los de aquí y ahora, y también los del extranjero, como la gran investigadora, traductora, divulgadora de la literatura femenina en Latinoamérica, Doctora Evelyn Picón Garfield, y el compatriota Nicasio Perera San Martín en Francia. Los de aquí y ahora, repito, que prometí no nombrar, que dejo en silencio culposo, pero sabiéndolos tan vitales, tan despiertos que han logrado traerme contra corriente, cuando precisamente, quien casi no estoy soy yo. No repito, como lo hago vida adentro, que no escribiré más. Y ello porque nadie, ni uno mismo, sabe de esa compulsión que vuelve a traernos y llevarnos, a veces golpeándonos contra las rocas de la costa del vivir. Un Sabato, un gran Sabato puede hacerlo. Científico, escritor y ahora pintor puede hacerlo. Pero estamos los débiles que volvemos a caer en el cepo, y quizás bien pudiera yo ser uno de ellos.

Eso sí, confieso que estoy cansada. Cansada de las famosas entrevistas que ya no concederé más, pues creo que lo he dicho todo. Y desde luego que fatigada de la continua invención, que implica un ordenamiento de ideas y muchas veces de investigaciones que se imponen para que lo escrito quede medular. Investigaciones que también son sobre uno mismo. Porque escribir es exponerse, dar la propia nota disfrazada del acontecer ajeno.

¿Y dónde queda el vivir? Me olvidé de vivir, dice un cantante melódico muy conocido. ¿Y dónde queda el leer? Es increíble que nos falte aún completar a un Chesterton, a un Conrad, y nada menos que a una Margarite Yourcenar. ¿Y dónde quedan las cosas simples como sentarse en una plaza, o lo que angustia a Fidel Castro, el no poder pararse en una esquina? ¿Y dónde quedan los afectos cuando uno debe decir esperen a que termine esto? ¿Y los problemas del mundo? Y al final nos arrojan del convoy adonde vamos. Es en un terraplén que me permití describir en un cuento. Allí se amontonan todos los que mueren el mismo día. Pero ya no sirven, están fríos. Y el calor, antes de que se apague el sol, hay que aprovecharlo. Ustedes dirán que me lo han ofrecido y me lo siguen ofreciendo como hoy, es cierto. Pero en muchos casos ese calor contiene compromisos. Que el cuento sea inédito, que el librito se pueda editar como una joya. Perdónenme, pues, por un tiempo. Pero tengan la seguridad de que, sino repito el lugar común de gracias, es porque hay sentimientos que deben quedar implícitos. Y que así sea hoy y siempre. Esto, tan poca cosa literaria, es, sin embargo, una breve carta oral que les he escrito. Alguna madrugada me habré levantado –de día imposible– a decirles me voy pero me quedo. No dejen de quererme. Eso es lo que importa.

Montevideo, 6 de agosto de 1993

APÉNDICES

Réquiem por una azucena

Yo creo que un relato es siempre parte o continuación de los demás que hemos hecho, vivido, soñado u oído como bellas mentiras, y por eso suelo superponer algún trazo coloquial o algún nombre afín de no romper la unidad invisible de todo lo narrado. Y también están aquellos sucesos que nos transmitieron como reales, pero se ignora si quien relata ha sido testigo, protagonista o simplemente lector, y en este último caso el suscribirlos sería una apropiación indebida. Entonces el narrador contumaz toma la anécdota y la repite oralmente aquí, allá y quién sabe si de pronto aparezca el que le diga: Pero si eso lo leí en o lo escuché a... De modo que por simple eliminación o por cansancio de que nadie haya acusado hasta hoy el golpe, decidí contar lo de Azucena y Adelaida.

Vita

Azucena era la primera niña que había parido Adelaida, y las dos, hija y madre, se parecieron en algo más que la A inicial de sus nombres: una mancha de color vinoso que la chica heredara en plena mejilla, y que con el tiempo la ya adolescente disimuló mediante una leve caída de cabellera rubia en tal punto crítico. Y ese detalle de coquetería, por estar enamorada en silencio de un muchachuelo del barrio muy parecido en color a un cuadro naif: piel blanca, ojos azules, pelo rojo, pecas herrumbre puro, y al que quizás por tal policromía y brillantez le endilgaran el apodo de El Cometa.

La madre de Azucena, o sea Adelaida, dio a luz siete hijos en su corta vida matrimonial, que habrá durado aproximadamente el producto de esta breve multiplicación, 7 x 9 = 63 meses, con algo de margen para los puerperios, es claro, menos el séptimo, al que no sobreviviera. Y como la dueña de aquella fecundidad estuviese tan ocupada en hacer esos siete chicos en tan poco tiempo, vino a ser la primogénita Azucena quien, desde que tuvo algunas escasas fuerzas, los acogió en sus brazos durante la época indefensa de cada uno. Es como una madre, se acostumbró a oír decir a la gente, viéndola siempre con niño vivo, nunca con muñecas inertes. O mejor dicho, cargando aquellos muñecos que berreaban, comían, ensuciaban el hábitat, dormían y despertaban para volver a hacerlo todo de nuevo en un interminable ciclo.

Pero algo iba a suceder como un fenómeno muy especial no investigado aún por los relatores: que a medida que nacían, como si se fuera agostando el árbol luego de cada remesa frutal, las criaturas eran cada vez más chicas. Quizás por la rapidez de las hornadas, o por lo que la genética quiera explicar, el asunto continuó así en la línea evolutiva, o en la involución, si se mantiene fidelidad a la palabra. Y con el último niño, es decir el séptimo, la mujer murió. Y

Azucena se abrazó a este como a las anteriores, sintiendo cada vez menos el peso de la carga. De pronto, pasados ya siete años del último vástago, a quien se le pusiera el obvio nombre de Septimio, se cayó en la cuenta de que aquel achicamiento progresivo de las crías había ido en serio: el niño era, y así lo confirmaron los médicos, enano, pero de un enanismo muy particular, ya que nunca pasaría de los cincuenta centímetros de estatura.

Azucena siguió con el enano en brazos mientras caían las hojas del almanaque con el color de las estaciones sucesivas. Los demás hermanos se fueron de la casa cada cual a su destino, como ocurre siempre para que este mundo sea un muestrario de diferencias. Y con el ensañamiento del tiempo al que nadie ha descrito en la exacta medida de su ferocidad, los años se abalanzaron sobre la ya mujer que, con el pequeño pigmeo encima, envejeció hasta llegar a los ochenta.

Por una operación matemática simple, fácil es colegir cuántos años tendría entonces Septimio, nacido durante el décimo de Azucena.

Y este vino a ser el final, un final tan humilde y tan anónimo que quedó sin registrar en ningún *The End* cinematográfico, en ningún libro de cuentas rendidas con el cielo, en ningún memorial de la tristeza. Porque lo cierto es que una tarde tibia de sol otoñal, parada Azucena en la puerta de su antigua y semiderruida casa –casa de cien años, mujer de ochenta, enano envuelto en ropas de bebé de setenta–, acertó a pasar un anciano decrépito apoyado en su bastón, la miró, descubrió cierta mancha vinosa de su cara, que también había sido la marca de la madre, y le dijo: Hola, doña Adelaida, ¿se acuerda de mí? Soy aquel muchacho pelirrojo del barrio a quien le decían El Cometa. Sabrá ahora que yo estaba enamorado de su hija Azucena, tan bonita y tan maternal, con su rebelde pelo rubio que le cubría un lado de la cara. Pero un día nos cambiamos de zona, yo me estiré, me casé, tuve hijos y nietos, enviudé, y hoy he venido a despedir a un amigo de la infancia que murió en la otra cuadra. Y no sabe cuántos buenos y bullangueros recuerdos me despertó el obituario a pesar de ser lo que era, un toque de silencio... Su voz de tortuga vieja, que deben tenerla como todos los seres comunicantes, quedó flotando en el aire dorado unos segundos mientras el dicente se alejaba siempre renqueando. Y de pronto el hombre que recapacita, se vuelve y pregunta: Pero dígame, doña Adelaida, ¿hasta cuándo piensa usted seguir teniendo niños?

MORTIS

Sí: Azucena murió allí mismo de un síncope. El homúnculo envuelto en puntillerías antiguas, rodó y se desnucó. Y esto último no lo contaba Gastón, pero hay que ser piadosos aunque a fuerza de la desnuda verdad, pues ¿qué iba a hacer un anciano tan pequeño en este inhóspito mundo?, ¿irse a vivir a una colmena para cuidar a la reina? Gastón sabe lo demás, hasta el nombre de la calle en que ocurrió aquello tan extraño, unos niños que nadan cada vez más pequeños al punto de alcanzar lo absoluto. Yo respondo solo del final, ya que suelo darme a investigar historias truncas, tengo un banco de datos. No, computadora no, las fichas me caen más humanas. Al manejar la de Azucena creí aspirar un vaho sutil de leche coagulada.

Trece preguntas a Armonía Somers

El siguiente reportaje a Armonía Somers fue leído, quizás fuera mejor decir conversado, el 29 de noviembre de 1985 en la Sala Acuña de Figueroa de la Biblioteca Nacional de Montevideo, ante un público desbordante que terminó de pie aplaudiendo a la escritora. Posteriormente, se incluyó en el número 24 de la Revista de la Biblioteca Nacional.

Quisiera explicar brevemente de qué manera se dio esto que será un reportaje hablado. A través de extensas conversaciones prolongadas en el tiempo, tuve la fortuna de ir descubriendo a esa Armonía Somers que se ha ocultado obsesivamente a la mirada indiscreta de los demás. Y fue al trasluz de ese reconocimiento que empecé a admirar a la autora tanto como a su obra. Pero este reportaje estalló una noche lluviosa y amenazante de invierno, en la que Armonía Somers sintió la imperiosa necesidad, empujada por fuerzas que peleaban entre la vida y la muerte, de sistematizar tantas cosas dichas y tantas otras apenas sugeridas.

Allí estábamos, como tantas otras veces, Armonía Somers y yo, en su torre del Palacio Salvo, en esa noche tan tétrica como la tormenta que desde un decimosexto piso parecía dispuesta a terminar con nosotros. Al costado se encontraba lo que ella llama «la mesa de las ficciones», sobre la cual descargaban varios diccionarios de distintas lenguas, porque, según Armonía Somers, «las palabras vienen a veces desde otros idiomas y no puedo rechazarlas», y una lapicera Parker que a 30 años del primer libro «no quiso escribir más y ahí se quedó». Otros objetos, en ese piso repleto de cosas con historias, nos observaban. Así, por ejemplo, dos pisapapeles sobre los que Armonía Somers me dijo: «Acostumbro a colocar sobre las obras presumiblemente acabadas, ya que nunca lo están del todo, estos pisapapeles que llamo mis casualidades: el tronco fue pulido en Chile y allí me lo regalaron como obra de paciencia de un recluso en 1952. El de vidrio es artesanía de un penado de Montevideo. Cuando entran a funcionar con lo que considero la última línea, siento que los dos desconocidos y yo ganamos la Puerta». Al otro lado, la revuelta mesa de la correspondencia. Armonía Somers explica: «Contesto a todo el mundo así sea con cuatro líneas. Una carta me parece siempre la transmisión de un latido. Pero el cansancio de todo lo vivido impedirá después el buen propósito de ordenar». Y los muebles, las bibliotecas con retratos, un barco en una botella, una lechuza, un ángel, los cuadros. «En el segundo anaquel –me dice Armonía Somers– está el retrato de mi padre mientras soñaba con paraísos sociales que nunca llegara a ver; y el barco en la botella que me regalaron. O sea dos versiones de una misma realdad fantástica. El misal diario de mi madre convoca a otros mundos de la fe, aunque todo fuera lo mismo, una fe que no pude heredar, solo el barco y al final de todo la tristeza. La tristeza –terminó diciendo– es el último sorbo en la copa de la alegría…».

Por último, notarán en ciertos pasajes de algunas de las respuestas un evidente tono literario. Esto se debe a que Armonía Somers, pasada aquella noche tomentosa y vuelta a la inestable calma de un mundo interior, quiso reelaborar algunas frases y reformular determinadas afirmaciones. Por momentos, la charla se esfuma y el lenguaje coloquial casi desaparece. No obstante, el resultado se ve enriquecido por el aporte que la autora introdujo a la conversación grabada entre truenos, lluvia y sorbos de café. (…)

Miguel Ángel CAMPODÓNICO

¿Las cosas que la rodean tienen con Ud. una comuni-
cación secreta, encierran una peligrosidad?

Sí, son muchas las cosas que hay aquí, estoy arrinco-
nada por ellas, como tratando de dominarlas para que no
me posean a mí. El caos que somos pretendiendo controlar
al caos que nos rodea, así lo veo todo a veces. Pero las
conservo porque en este lugar vivió quien las juntó y amó
involucrándome en esa insensata posesión. Un día u otro
serán pasto de remate o inicua repartija, eso nunca se sabe
mientras la cosa y su precio de mercado coexistan. Pues si
en realidad la muerte de cada cual es también una subasta en
la que nadie ofrecerá nada, pero que igualmente se anuncia
y congrega público, cómo irían a escapar los objetos que
por lo menos incluyen un valor de tasación. Para entonces
yo pediría que mantuviesen la *memoria* que hoy se les
atribuye a sus moléculas y un no sé qué de diálogo con
nuestro cuerpo. Y mi conformidad con esa teoría quizás
obedezca a la idea de que no inventamos lo inexplicable,
que el misterio nos asedia en mayor medida que en lo que
logramos descifrar a fuerza de coraje. Por ejemplo, ese
retrato a carbón firmado por Gurevich que se ve en lo alto
fue realizado mientras el modelo trabajaba en su mesa.
Pero qué pensaba él entonces, tan ajeno y tan lejos de este
momento del no ser, ahí está la pregunta que jamás nadie
contestará. Las pequeñas acuarelas de Grau Sala las pintó
este en París en 1948 para una historia de amor, el de una
mujer madura por un poeta joven. Ella podía regalar nada
menos que dos Grau Sala originales como ilustraciones de
un libro escrito allá, pero qué sería de aquella feroz confrontación de edades como toda vez que el amor se mete

al medio. Cuando miro esas dos pinceladas parisinas, una en verde, el glorioso París del follaje, otra en sepia, el decantado París otoñal, y las mentalizo como únicos rastros de un amor del que no conocí el desenlace, pienso que la vida arranca pedazos que quedan como los vellones de las ovejas en las alambradas de los campos: el testimonio del pasaje forzoso es el vellón; de nosotros o de esas ovejas nunca más se sabrá. Y es por concebirlo así que no acostumbro a ser cliente activa de casas de compraventa, solo recorro por masoquismo estético los salones, me entristezco y me voy. De manera que está claro, no soy posesiva, más bien veo las cosas por dentro, y creo que aun cuando sean inventariadas y luego sacadas por las garras del Gran Dinero deberá quedar el aura en el lugar que ocuparan, especie de efecto Kirlian, ese descubrimiento impresionante. Y a veces hasta me imagino viviendo así, solo con esa aura, en una habitación despojada de todo vestigio material del pasado que se esfumó: una simple cama y lo que pudiera llamarse la silla del bombero, o sea un equipo de emergencia para la salida de un minuto cualquiera del que quizás no se vuelva. Porque al fin toda posesión es una forma de tenencia precaria que siempre acaba en despojo y soledad.

¿La creación es para Ud. un fenómeno continuo?

No, a mi entender la creación no puede ser considerada un fenómeno continuo como algunas funciones del cuerpo. No se segrega, no se aspira, no se espira creatividad. Esa imagen del escritor siempre doblado sobre la mesa como en aquellas estampas antiguas del tenedor de libros con su buena escoliosis ornamental, es un invento más del propio ego, un cuadro narcisista que él gusta a veces presentar de sí por la pura pulsión de ser mirado como objeto aparte de los demás mortales.

Hay, es cierto, constantes afloramientos de la memoria o la invención contumaces que están siempre llamando a la puerta de la conciencia. Pero quien diga yo estoy creando en forma permanente por imperiosa necesidad interior, o engaña o ha llegado a una profesionalización tan alarmante que lo transforma en un esclavo de sus automatismos, o de su ansiedad de poder. O es un Balzac, y entonces las cosas cambian. Aunque Balzac, que según se comenta trabajara hasta dieciocho horas diarias, dijese que la creación continua es una pretensión de imitar a Dios.

Pero además de la importancia de perder el tiempo en cosas aparentemente extraliterarias –como el punto de cocción en que queremos nos vendan el pan, la policromía del mercado– hay también períodos de sequía interior, unas veces a causa de la severidad del enlomo, otras de las variables del clima propio. Y en ambos casos, por paradoja, el proyecto puede permanecer latente, aunque afuera, es decir respirando a su modo. Narrar es en primera instancia acopiar materiales, sensaciones, situaciones, en un acto a veces involuntario de almacenamiento. Luego adviene una arquitectura que puede resultar estable o venirse abajo según la buena o mala disposición de los elementos. Y en último extremo se trata de formular una invitación a estar juntos con el lector, lo que depende de un soplo vital sin el que aquella forma pura sería solo eso, forma, aunque con minúscula. Forma con grandes letras hubo en un Miguel Ángel, en un san Juan de la Cruz, y en este se acabó. Pero tal complejo armónico se debilita, salvo en casos excepcionales, si no cae de tanto en tanto como la lluvia mansa un tiempo neutro que en tono de Eclesiastés sería el tiempo de callar.

¿Qué comentario le merece la afirmación de que cada uno lleva una novela interior?

Que eso es muy cierto, y esta cuestión toca a cualquiera, todo el mundo viviente lleva una novela adentro, desde el hombre a una hormiga. La mujer que por su edad y a veces otras contingencias languidece en uno de esos terroríficos depósitos de vejez, esa mujer *es,* y pongo énfasis en el verbo, una novela de mucho aliento. Amó y fue amada, creó vidas, lloró muertes, hizo pan, consoló o pidió consuelo, fue fiel, traicionó o fue traicionada, y protagonizó así lo inimaginable. Había en todo ese tránsito un material, un movimiento de desarrollo y un suspenso tales como para una novela de varios tomos. Y también un desenlace tan triste, la soledad, como para un réquiem. Pero la señora que quizás cuente ahí pedazos inconexos de su vida con la que fue hubo una que no fue, algo que se llama, para bien o para mal, creador de ficciones, sea o no la realidad su fuente. La vivió y muere con ella adentro: esto es lo más claro y más terrible que puedo decir bajo el apremio de la pregunta. Y quienquiera se la formule a sí mismo que lo haga con la absoluta seguridad de que va a encontrarse con un verdadero yacimiento dramático. Denme un hombre y os daré una tragedia, dijo Francis Scott Fitzgerald. Pero a sabiendas de que la narrativa es, además, creación, y aquí comienza la diferencia, tanto para la propia vida trágica de Scott Fitzgerald como la de cualquiera. Las trampas del escritor son su potestad, y sin ese artificio el mecanismo narrativo no funciona. También, y por supuesto, cuenta eso que se llama la técnica, palabra que infunde un poco de miedo porque muchas veces ingresa a la petulancia literaria, cuando en tantos esa técnica es intuitiva, al punto de que grandes maestros como Balzac hayan nacido con *La Comedia Humana* adentro, ya estructurada. Pero justamente son ellos los que luego transmiten los resortes secretos del menester en una especie de docencia remota de alto vuelo. De donde se infiere que todo es novela, sí, pero que hay que saberla armar. Esto parecía algo demasiado elemental para exponerlo con destino a un medio literario. Pero si cometo el pecado de hacerlo es porque algunas, o bastantes veces, me ha ocurrido enfrentarme a un fenómeno que yo llamo el desperdicio, la malversación de fondos argumentales por haber caído en manos de cualquiera.

La novela ya está escrita, me dijo cierta vez un buen hombre que contaba hasta los límites de lo repetitivo la historia de un asunto sucesorio de familia: o los avatares de unas grandes posesiones en tierras hasta llegar a su absoluto despojo. En suma quedaba él como sobrino sobreviviente y encargado de un pleito siempre fallido, los letrados que se lo iban pasando de una a otra generación, y una tía soltera a la que ya no le quedaba ni prestigio para enfrentarlos. La busqué y la encontré, por pura curiosidad del oficio, viviendo en medio de unos campos escapados del mapa. Vestida de arpillera sostenida con unos ganchos de alambre, tomaba y ofrecía con un jarro de hojalata el vino que sacaba de un balde puesto en el suelo junto a su asiento, mientras unos cerdos entraban y salían no solo por la puerta del rancho de adobe sino también por los agujeros de las paredes. La mujer, más que un personaje, era un prototipo. Pero su mayor mérito estribaba en el desentendimiento, en el no saberse a sí misma, y principalmente en ignorar que había algo llamado literatura que podría involucrarla. Pero el sobrino del «ya está escrita», al volver a la ciudad sacó de una gran caja de hierro la novela, un mazacote de esos de «él me dijo y yo le dije, él me preguntó y yo le contesté», etcétera, para cuyo sostén hubo que consumir litros de café, desde luego que menos ensoñadores que el vino de la tía. Poco tiempo después el hombre, del que olvidaba decir que era de temperamento apoplético, murió sin rescatar nada de aquellos bienes en cuestión. Yo solo utilicé en mi provecho la unidad narrativa más transparente, una isla con pájaros de colores situada en medio de un arroyo, isla que se perdió con todo lo demás: campos, aspirante a narrador, mujer de arpillera quizás ahogada felizmente en vino o devorada por los cerdos. Pero ya se ha visto, no me dio los legajos que debieron contener un valor documental de primer agua. Porque ciertos infelices poseedores de anécdotas son como minas de oro sin explotar por falta de implementos, y esa novela de cada cual queda para los roedores o el fuego. Y a mí siempre me ha dolido eso, el argumento perdido, una especie de robo al concierto universal de lo narrado, que es un todo indiviso, aunque parezca lo contrario. Claro que podría argumentarse que lo principal ha sido dado, los personajes, el clima, que lo demás correspondería a la creación, y yo acepto desde ya la observación como válida. Pero no sé por qué aberración leguleya a mí me interesaba entonces los tecnicismos legales que pudieran trasladar una inmensa propiedad en tierras de aquellas pocas manos a otras también pocas, es decir una especie de reforma agraria *pro domus sua*, y eso fue lo que me escamotearon. Ese hombre, y muchos como él, parecen el cazador que se come él solo el venado que ultimó y muere indigestado. Pero entretanto el venado quedó inconcluso, su preciosa vida, que salía más que la del hombre, se suspende en el bosque.

Y de la novela de cada cual yo pienso algo así, muchas veces es el pobre y trágico venado el que muere en el anonimato. Podría decirse también, y esto es un abierto caso de prolepsis de mi parte, que lo importante sería el hecho en sí, la peripecia, se haya o no escrito la novela. Y yo doy también asentimiento. Pero igualmente vengo por mis fueros. Para mí organizar la narración y echarla a andar acabada es como llevar la armonía al caos con que comienza el Génesis. No sé si un plástico sentirá lo mismo, pero puedo imaginarlo en la música, porque esa armonía le pertenece por antonomasia.

¿Cuál puede ser la misteriosa atracción que encierra para los demás el lugar donde Ud. fragua la ficción?

Desvanezco ese misterio así:

La torre del Palacio Salvo es la especie de trampolín de donde saltan las ideas y no sé por qué. Pero mi casa del balneario, pomposamente llamada *Somersville* por el buen humor de un hombre excepcional que dejó allí esa huella, es mi lugar geométrico de la invención posterior. En ese sitio hay de todo lo que se precisa para concentrarse o desconcentrarse, según venga: la soledad, el silencio circundante, los ruidos propios, la bendita cama, la buena agua incontaminada de la napa. Y sobre todas las cosas, a medida que la vida y la muerte se superponen en nuestra biografía, hay también fantasmas, y a ellos me debo. Yo no voy a intentar legalizar al pintoresco fantasma inglés que abre o cierra ventanas, que sube o baja escaleras, aunque admita el doble etérico en algún rincón privado del sí y el no de mis creencias. Pero si de algo estoy segura es de que los recuerdos habitan las casas cuando alguien se constituye en su conservador natural o por encargo, y no permite que el hálito muera. Pueden, y eso es el carácter cíclico de la vida, entrar nuevos cuerpos y sus almas por las puertas abiertas. Yo sigo creyendo en la convivencia con los espíritus, una familiaridad irracional, quizás, pero que a mí me ayuda para seguir adelantando todos los días un tramo más no se sabe bien hacia dónde. Y así es como esa casa se sigue construyendo, los muertos ponen su piedra cada día, los vivos las acomodan, los que enmudecieron alcanzan silencio para las siestas y las noches, los que aún estamos hablando o escribimos a veces en voz alta. De modo que crear en esas casas tan vividas es seguir transformando en el sentido biológico más cabal. Y la casa es así el vehículo en que caben todos, aun los nuevos que entran y perciben el nosequé, según dicen. Mientras tanto, protagonizan ellos también un agrandamiento extraño sin trascender el plano arquitectónico inicial, más bien hacia lo profundo, hacia la conciencia sumergida bajo el piso. Y esto lo digo porque lo experimento, en cuanto escribir o guardar manuscritos ya *éditos* en un lugar especial sea como cortejar en el amor, un trabajo delicadamente estratégico para obtener más amor.

Pero en realidad todo ello es de veinte años para acá, la edad cronológica de la vivienda. Antes no fue así. Con excepción de mi primer cuento «El derrumbamiento», cuyo borrador primario nació sobre una roca de Pocitos nuevo, luchando con el viento que quería llevarse los papeles y el diablo que pugnaba por mi alma, los demás relatos del volumen y *La mujer desnuda*, fueron de mesa de café después de una larga jornada de trabajo extraliterario. Quizás algún buen catador logre percibir todavía el aroma primigenio, se dé cuenta de que no eran producto del escritorio sofisticado de aquella señorita de buenas maneras que tanto engañó al mundo con su luego comentada doble personalidad. Porque el olor a café no muere aunque sea típicamente del reino de este mundo.

¿Existe una mitología del silencio en Armonía Somers?

Sí, existe, y yo he contribuido a crear esa imagen silenciosa, pero no lo he hecho en forma premeditada a través de estos treinta y cinco años de literatura, sino porque me hieren las vibraciones de la publicidad, las entrevistas, las mesas redondas. Y no en una postura crítica respecto a las mismas como formas que son de la comunicación, sino a causa de mi propia sensibilidad hiperacústica, o algo así.

Vi hace un tiempo, durante un homenaje nocturno con salvas de cañón, unos murciélagos arrojándose en vuelo ciego a contraflecha del ruido, y solo en eso podría encontrar un símil para mi caso temperamental. Pero existe también, y aunque yo no me lo haya tampoco propuesto, una especie de reverencia ante el lector. Porque lo cierto es que cada uno se forma su imagen del autor, y esa imagen no debería destruirse con la exhibición excesiva. Graham Greene dijo una vez en cierta entrevista muy parca pero muy contundente en las respuestas: «Un escritor debería tener una especie de sobre protector que le impidiera ser reconocido». Y daba sus razones. Las mías son diferentes: no por miedo a transformarse en *vedettes* como él decía respecto a los amigos que salían en TV, sino por lo que ya he dicho, dejar libertad a la imagen de cada cual que es de su propiedad absoluta.

Y, ya que estamos en tren de confidencias, voy a ejemplificar: un pintor brasileño que decía haber sido discípulo de Portinari me envió cierta vez, por supuesto que sin conocerme, un retrato inventado en el que yo aparecía como autora de *La mujer desnuda*, y no como una realidad más, sino como la realidad imaginaria del lector. Todavía conservo aquella fantasía delirante en la que me enajenaron de mí trasladándome a la protagonista de la novela, pero aún con más riqueza de la que yo había empleado en la descripción, pues nunca pensé en una cabellera multicolor y esa era la concepción surrealista de mi pelo.

Por razones así, pues, que seguirán siendo siempre las de la sinrazón, poco dejo mi cubil por los foros literarios. Alguna vez, si acaso, admitiría la excepción que confirmase la regla, pero qué cerca de morir estaría entonces. Lo hice en 1968, cursos de verano de la Facultad de Arquitectura, en una invitación a Punta del Este, Centro de Artes y Letras, y en 1969 por la del Centro Horacio Quiroga de Salto. En el 70 le vi la cara a la muerte. No, no me convendrían más experimentos.

Según María Luisa Torreas, con Solari en pintura y Armonía Somers en literatura queda revelado un rostro desconocido del Uruguay. ¿Qué opina de esta afirmación?

Sí, con interés y sorpresa leí yo también ese juicio al visitar una exposición y mirar el catálogo. Creo recordar que estaba seguido de un comentario sobre esas máscaras de Solari debajo de las cuales la sagaz estudiosa de arte veía esconderse al habitante de nuestras tierras con todos sus defectos, aunque yo agregaría que también su gracia. Muchos años después, en 1982, el crítico francés Jean Andreu de la Universidad de Toulouse al prologar el *Tríptico darwiniano*, lo que entonces vendría a ser una especie de Solari tomando el camino de los simios, habla de una narrativa poblada de monstruos. Y hace asimismo referencia a las máscaras de nuestro pintor Cristiano en las cubiertas de Editorial Arca para *Todos los cuentos*. Tales coincidencias me afianzan en la idea de una materia creativa como algo integrado que luego nosotros despedazamos malamente y rotulamos, aquí la literatura, allí la plástica, allá una escuela, acá otra. Y si alguna vez creo haber dicho que escribir es actuar en un escenario que no cesa, también el teatro pertenecería ese todo. O lo que se llamara el «dislocamiento de fronteras entre las artes». Pero lo más subyugante para mí es aquello a lo que se ingresa a través del ojo polifacetado de los otros. Pues de pronto, por más solitario que uno se sienta y hasta se cultive neuróticamente, empieza a saber que pertenece a cierta fascinante familia humana sujeta a una especial consanguinidad.

¿Puede decirse que el sexo es un tema recurrente en su literatura?

Para responder a esa interrogante, con cierta caída a la acusación por lo tan usada que es respecto a mis productos, habría que analizarlos cuantitativamente, operación que nadie ha hecho hasta ahora. Yo, sin haberlo intentado tampoco, creo más bien que el componente sexual se ajusta a la medida que le corresponde también a otros, y que corre parejo con la vida misma. Sé que hay sexo en mis ficciones, pero también hay muerte, locura, angustia metafísica en los personajes y situaciones que, más que crearlos yo, me asedian a mí.

Y si no voy a extenderme mayormente en este punto es porque acabo de ser materialmente saqueada por el cuestionario exhaustivo de un crítico de fuera del país. Desde luego que él tampoco cuantificó los demás elementos repetitivos, de modo que quedó sin aclarar la cuestión de la medida. Como si estuvieran en la otra cara de la luna, los demás ingredientes se sumieron en la sombra. Pero se me sacaron a la luz todas las violaciones, reales o presuntivas, las también verdaderas o supuestas aberraciones, y hasta las autocomplacencias de adolescentes como si fueran, al barrer, cosas de adultos reprimidos o degenerados. Pienso que al fin, después de un largo juicio sin defensor, solo con acusador público, todo quedó, sin embargo, en claro gracias a mis autojustificaciones minuciosas. Yo no era el maníaco sexual que había dejado unos manuscritos en la Biblioteca Nacional, bajo un título y un seudónimo allá por los años cincuenta, sino lo que quizás deba ser, alguien que no tiene miedo de presentar a sus criaturas todas enteras, y eso es todo.

Porque aparte del juzgamiento del sexo en sí dentro o fuera de los parámetros de la moral, hay algo más, la propia operatividad de la narración. Una novela o un cuento no son solo expresiones pasivas de una invención. Tienen que funcionar. Y así como el gran arquitecto Le Corbusier dijera que una casa es una máquina para habitar, la narración es también cierta suerte de máquina, pero para crear sensación de vida. Y si la plenitud del amor incluye el sexo, y la entrada en juego del desamor su declinación, la novela no puede despreciarlo sin caer en riesgo de congelamiento, de pérdida de su dinámica. «Es una gran novela», me decía un muy buen lector y crítico refiriéndose a cierto producto de la generación del cuarenta y cinco. «Pero le faltó sexo. Habiendo adolescentes en la trama no se lo podía suprimir».

Y tenía razón: aquí por la adolescencia como despertar del potencial sexual, allá por otras exigencias de la realidad tantas veces normales, tantas aberrantes, lo sexual es tan importante en el desarrollo de la narración como lo propiamente digestivo. Yo acabo de agregar dos páginas a una novela porque en la última corrección me di cuenta de que en la casa donde se desarrollaba la acción consecutivamente no se comía. Era una estancia y la gente trabajaba, dormía, bailaba, se moría, pero no había ninguna mención de cómo se generaban las energías vitales para todo eso. Introduje entonces un almuerzo en el circunspecto comedor presidido por cierta dictatorial capataza, desde luego que un guiso de carnero, y hasta el ruido de los cubiertos me fue útil. Porque entró a jugar también la conversación, los misterios de las omisiones que se revelarán en una segunda parte del libro, el sonido de un reloj de cuclillo, los cuadros convencionales del entorno, etcétera. Lo mismo, aunque parezca no imbricar con el ejemplo ocurre con el componente sexual, pero siendo la consigna que intervenga naturalmente. Y cuando digo esto debo aclarar también lo que expresé para la nota: que el sexo se degrada en el regodeo a que es sometido por la pornografía como gran sector de la sociedad de consumo, y también en el escenario de la literatura meramente descriptiva. Razón por la cual es un arma de dos filos. Y yo creo que hasta ahora la he manejado con tino. Si acaso, ustedes dirán la última palabra algún día.

¿A qué podrá atribuirse la expresión por la cual se afirmó que su obra muestra una difícil lucha con la palabra?

Sí, me dijeron muchas veces, y principalmente en mis comienzos, aunque ahora ya no tanto, que se detectaba en mi literatura un clima de lucha con las palabras, y hasta me endilgaron lo que nunca tomé como ofensa, sino más bien como un anticipo «pop» de elogio, aquello de literatura despeinada. Debo aclarar que por razones especiales conozco muy bien las reglas de la sintaxis y por lo tanto me puedo tomar la licencia de violarla. Pero opino que no solamente en mi caso, lo que se percibe a veces es el olor de la refriega que trasciende de la literatura cuando por fortuna no es una inocua subliteratura cualquiera. Y creo que la relación entre la palabra y la escritura es como una constante escena de golpiza mutua. Si acaso vencieran las palabras solo habría eso, palabras, una literatura sin consistencia, fardos de papel que solo ocupan lugar, porque el valor nace de la persona parlante, de su eficacia para elevar las palabras al nivel significativo. Pero si por el contrario vence el hacedor o manipulador de formas con materiales endebles, la palabra puede llegar incluso a ofenderse, y su retirada supondrá también un peligro de impotencia de comunicación que lo desmorona todo, la propia forma y hasta el concepto. Esto, lo sé, es algo difícil de explicar si no se lo vive en la propia forja, desde luego que rompiendo papeles hasta llenar el cesto. Pero llevado siempre el asunto al terreno del encuentro violento, se podría decir que cuando ambos contendores han quedado en el suelo, o sea que han mostrado ser de la misma laya agresiva, y se levantan cada cual para cumplir su finalismo, entonces las relaciones se hacen posibles en un clima de conciliación y perdurabilidad.

Aquel ángel de las tinieblas, como llamaran en su tiempo a Góngora, y a quien los mismos Quevedo y Lope rindieran pleitesía luego de haberlo escarnecido, remite a ese panorama de lucha entre la palabra y su arquitecto dándose de golpes en la noche oscura del estilo para concederse esa simultánea victoria que atraviese los siglos. Pero de todos modos cabe destacar que esta es una lucha anónima en un campo de honor sin padrinos y con armas desiguales.

Y por lo dicho admiro a la lingüística quizás tanto como a la literatura. Los lingüistas ya no juegan a componer, sino más bien a descomponer, a hurgar en la palabra a solas con ella, casi con el cadáver sobre la mesa en su aspecto formal, pero intentando que la vida de ese cuerpo se mantenga en estado latente. Y si bien ahí ya no hay agresión de puño como en la literatura, sino caricia de significantes, significados, ello conforma un juego amoroso quizás más íntimo que el de la literatura, que al fin es una operación abierta. Pues por más soledad que exista en el acto de crear, también concurre una entrega tácita de lo creado, un dar hijos y esparcirlos. Y al mundo, aunque pretendan deshacerlo, todavía, y excepto algún lugar por donde pasar petróleo, no lo han podido cerrar.

¿Su literatura es hermética o abierta? ¿Qué hay de cierto en esta controversia?

Sí, concedo eso también, que mi literatura pueda juzgarse a veces como poco iluminada, y para algunos de difícil acceso. Confieso que a veces no comprendo que lo parezca, ya que por haber salido de mí tengo confianza de mano a mano con ella. Pero si alguna vez yo misma quedo atrapada en el cuarto oscuro de lo que he creado, un personaje, una situación, un desenlace, me doy a pensar que lo hice para salvar, para rescatar, para no inmolar a alguien o a algo en la excesiva luz del signo, y en la espantosa claridad que encierran todas las convenciones.

Recuerdo, por ejemplo, mis problemas cuando escribí un relato titulado «El entierro». ¿Qué iban a hacer aquellos borrachos con el muerto? La simple actitud de enterrarlo proclamaba dos desastres para el personaje llamado Honoribaldo Selva: lo que la palabra enterrar tiene de siniestro, y lo que el acto en sí conllevaba de manido para un hombre tan liberado como aquel. Entonces fue cuando el vado crecido vino a salvar la situación: el muerto escapó de la caja perdiéndose en el arroyo… Y es claro que yo sé que está mal, que no es lícito clarificar estos resortes íntimos de la invención. Pero alguna vez hay también necesidad de demostrar cuánto puede un autor amar lo que ha amasado para protegerlo hasta de la luz. Mis personajes morirían en esa claridad, e inevitablemente me iría con ellos. Esto es lo más que puedo decir: el día que logre la luminosidad meridiana, quizás como demostración de que sabía hacerlo, yo entraré en mi túnel sombrío para ajustar cuentas conmigo. Yo eso no creo que nadie me lo desee, al menos quisiera reservarlo en exclusividad para mí. Porque toda vez que yo hablo de un túnel estoy convocando a mi imagen de la muerte, no puedo concebirla de otro modo.

¿Y en cuanto al alineamiento de su obra en la llamada literatura de la crueldad?

A propósito de la literatura de la crueldad, vi cierta vez un titular que me llenó a mí misma de inquietud: «La insólita literatura de Somers, la fascinación del horror». Tocada en la curiosidad sobre mí misma, y dada la fuente, Ángel Rama, me di, luego de leído el artículo, a la tarea de investigarme como objeto, lo que casi nunca se hace, creo. Y encontré algunos arquetipos de relatos que merecían aquel juicio, digamos «Muerte por alacrán», «El ángel planeador». Entonces, y por pura inclinación expiatoria, intenté concebirlos bajo una forma menos ríspida. Por ejemplo: el alacrán punzaba a uno de los verdaderos culpables, el dueño de la gran mansión de las chimeneas, eso era la justicia, un castigo a su perversión moral, a su pasión acumulativa de bienes. ¿Y qué terminaba siendo el relato? Ni más ni menos que uno de aquellos cuentitos de Calleja que hicieran época feliz y luego pasaran de largo. ¿Pues existe, verdaderamente, la justicia o solo nos pavoneamos con el símbolo? Y en «El ángel planeador» igual fracaso. No era posible que la madre de aquellos pobres mellizos condenados, esclavizados por un ser de ultratumba, se arrojase sobre ellos a cubrirlos de besos, mientras en la claridad lunar de la azotea planificaban el exterminio del enemigo metafísico. Cierto que una madre normal lo resolvería todo así, y yo hubiera quedado en mi versión angélica más pura como relatora. Pero se trataba de una madre atípica, que las hay tantas como hijos, y era preciso validarla como tal, aun a riesgo de modificar o alterar el patrón de maternidad que nos asiste. Así podría defender en un juicio público todos mis supuestos horrores, aunque deba decir que Rama no me condenaba, al contrario, más bien me catapultaba literariamente con su página a cuatro columnas y su temperamento pasional de crítico sin medida.

Los franceses de la masa media tienen, y hay que oírselo decir en su propia lengua, esta expresión absolutoria: «No soy yo quien lo inventó». Y en mi favor, diría que yo no inventé ese horror del título de Rama, solo parecería ser que el horror me eligiera a mí para representarlo, para darle, si acaso, funcionalidad hablante. Y no sé si debo pedir perdón o no por esta toma de lugar, pues el hecho se da sin mi participación, o como alguien lo dijera anónimamente al anunciar *Todos los cuentos* en una revista argentina: «Cómo columpiarse sobre el abismo sin perder la inocencia».

No sé si tanto, pues qué sabemos nosotros de la inocencia, se preguntó el mejor biógrafo de Wilde. Pero lo cierto es que yo me siento a escribir –y digo me siento porque otros lo han hecho curiosamente de pie, como Nabokov–, empiezo mansamente a manejar mis datos primarios, y todo parece deslizarse sin sustos para nadie, ni siquiera para mí. De repente, por lo general en los finales, salta el resorte provocativo, una especie de posesión diabólica, y ya no puedo escribir para los santos, sino para los torturados hombres. Por lo cual he pensado que la aventura literaria debe constituir también una forma de heroísmo, toda vez que pueda sobrevivirse a lo inventado.

Pero no se crea tampoco que siempre me ha de vencer el demonio. Cuando se tiene la paciencia de leerme, hay algunas sorpresas que tampoco me propongo, que juegan solas, como en la pelea de una madre negra, drogadicta, y una prostituta, por un negrito de brazos. El cuento, titulado obviamente, «Salomón», y perdido en una de esas ediciones agotadas, me llevó a un conformismo sobre la eterna cuestión del mejor derecho, así sea en un juzgado como en la puerta de un bar de última clase tal allí se daba el caso.

Y con todo esto, que nunca acostumbro a ventilar, porque hablar en primera persona se me hace duro, no quiero o no pretendo imponer la literatura que molesta, sino y solo sacarla del banquillo. Como los cuadros que no son para ser colgados en la pared porque no adornan, pienso que puede escribirse para compartir cosas que no levantan el ánimo, pero que igualmente funcionan como cartas a quienes no conocemos, y que en alguna medida son nuestros hermanos de sangre.

Públicamente se conoce como su último opus, Tríptico darwiniano. *¿Existen otras obras acabadas o en plasmación?*

Este pormenor, más bien de infraestructura, se divide en dos capítulos. Primero las obras ya plasmadas y fondeadas en editoriales irresponsables, aunque formalización contractual mediante, de las que valdría más no hablar. Un libro, amén de lo bueno o lo malo que pueda contener, representa una entrega física, horas de vida que se fueron en un pretérito absoluto y allí quedaron. No quisiera dar ni títulos ni nombres, por tratarse de un compromiso incumplido con el lector, pero yo declaro en mi descargo.

Luego está siempre esa última de la que tampoco deberíamos hablar, a riesgo de que ocurra lo mismo, crear la expectativa, pero de la que quizás se pudiera dar un adelanto. Si aquella, la sepulta o insepulta, era de trescientas páginas, especie de testamento literario con que pensé despedirme, aunque está visto que los testamentos serán siempre cosas de mal agüero, esta, por ahora llamada *Viaje al corazón del día*, cierta elegía por un secreto amor, según subtítulo, solo tiene cien, y en ella hice el vuelco de mi narrativa. La *nouvelle* podría servir para un teleteatro, lo reconozco, pero no sin trabajo cuidé el no caer en lo cursi como un peligro inmanente, lo que creo haber logrado. Y como detalle pintoresco debo agregar que mientras todos los días a las tres de la tarde subía hasta mis altas ventanas un «se va a acabar, se va a acabar», los dos personajes centrales de mi peripecia redondeaban su delirio amoroso solo interrumpido por la muerte, tal como debía ser, y el que nunca me parecía lo suficientemente bien descripto. De modo que de haberse puesto en una probeta ambas cosas, la consigna popular y el amor de mi pareja, quién sabría lo que saliera, quizás un niño de dos cabezas. Pero qué lejos estoy ya de mi propio nacimiento, y cuánto ignoro si quisiera volver a nacer de la maravillosa madre que tuve, de las probetas de hoy día, de los experimentos de mañana. El oficio de arrancarse pedazos es una especie de autodemolición que solo se percibe tardíamente.

Esa distancia entre los personajes centrales de su nouvelle *y el «se va a acabar; se va a acabar», ¿significa encierro en la torre de marfil o una indefinición?*

En esta última novela parecería que sí por su ambientación fuera de siglo, el pasado, y por su anécdota que hoy no colaría. Pero yo diría que más que evasiva pudiera considerarse defensiva, y más que torre común una torre almenada. Como admiro al hombre, y en eso coincido con un anarquismo individualista, aunque utópico por lo no beligerante, rechazo las muchedumbres que cobran no solo un cerebro colectivo sino, y además, un pensamiento inducido. Podrá decirse entonces que en la hora de crear ficciones se sea un esquizofrénico, al extremo de que no uno, sino toda la población de un manicomio tomara la pluma para integrar una novela en la que me enrolaría pasionalmente. Pero en la instancia de decidir la posición que va a involucrar a muchos más en un resultado yo me vuelvo cuerda y estoy sola conmigo, pues creo que el ser pensante debe liberarse en cierto momento de todo lo que le pusieron adentro, y asumirse en absoluta libertad de juicio. Recuerdo al respecto que el pedagogo americano John

Dewey dijo que en una verdadera democracia no habría que adoctrinar ni siquiera en eso, la democracia. Y esta forma tan delicada de concebir la democracia como quien toma a una libélula por las alas abre un abismo de diferencias con lo que está ocurriendo hoy y lo que ha ocurrido siempre. Desatado el frenesí de la competencia, yo me doy a pensar que con solo la buena salud del candidato, los antecedentes, o mejor dicho el baremo, el memorial de cuentas ajustadas, y la divulgación de un programa sin arpegios delirantes debería bastarnos. Todo lo demás, a través de personalidades por fortuna de parejo coeficiente intelectual con que nos avasallan cada día, configura una especie de trance hipnótico, corriéndose así el peligro de quedar a merced del mejor médium, bajo el denominador común de la ansiedad. Por lo cual yo creo que una pequeña novela romántica nacida al borde del ruido no fue un divorcio con la realidad, ya que mi aparato conceptual no cesó de funcionar, más bien hubo un desdoblamiento que en nada va a influir sobre mi conducta ciudadana ni el juicio que elaboro sobre los demás.

Pero a fin de no caer en la modalidad tan uruguaya, empezar hablando de literatura y como quien no quiere la cosa terminar en política, desearía agregar algo sobre la novela que va a publicar ARCA próximamente: *Viaje al corazón del día*. Este libro me tiene, sí, intrigada, y yo misma me hago preguntas:

¿Por qué una ambientación de fines del siglo pasado cuando pisamos los umbrales del XXI? ¿Será la necesidad de atajar la guerra de las galaxias con la mano?

¿Por qué una protagonista hija de madre cristiana y padre musulmán si, dada la época de entonces, el conflicto bélico que hoy se vive no tenía siquiera preanuncio?

¿Por qué la guerra franco-prusiana de 1870 a que me llevó otro personaje como si me arrastrara por los cabellos? Ella, alemana, llega a París cinco años después, ve los destrozos y dice: Nunca más esto, Dios mío, nunca más.

Y también, con destino a aquellos del «se va a acabar», gracias por el hálito conjunto que subía hasta mi ventana del entonces piso dieciséis. Era como la campanilla de Pávlov y sus reflejos condicionados. El estómago del perro alimentado a horas fijas empezó a segregar sus jugos cuando do no hubo sino sonido. Yo segregué una pequeña novela. Quizás se me condene por eso. Pero cada uno ofrece lo que puede dar.

En el libro Diez relatos y un epílogo, *en el que Ud. aborda una investigación de la generación del setenta, cita una frase de Malraux: «Cada generación aporta una imagen del mundo creada por su sufrimiento, por la necesidad de vencer su sufrimiento». ¿Sigue creyendo en esta aseveración?*

Cada vez más en tanto vivo más. El sufrimiento de ustedes fue el silencio. Se escondieron tras los símbolos para expresar. Algunos prefirieron mimetizarse con el agua. En aquellos cuentos yo vi peces transparentes. Y lo que alguien llamó «un bello ramo de flores artificiales» no era tal cosa, sino una necesidad a ultranza de existir en la literatura. Hoy día ha quedado demostrado que las flores no eran artificiales por cuanto no perdieron el color como en aquel cuento de los viejos libros escolares «La primavera del zar». Y curiosamente subsistieron bajo la lluvia.

Empieza en el 85 –aunque el rigor taxativo sea exagerado– una nueva promoción generacional. Quisiera terminar este encuentro con un vaticinio. Esta generación va a ser la que más sufra. Y su sufrimiento se llamará lucidez. Los idiotas no sufren, son los felices del mundo. Pero nadie aspira a ser idiota para conquistar la felicidad.

ANTHOS ~~████~~ y LEGEIN

Mis preferencias han dictado este libro,dice Borges en la primera
línea de su Antología personal(*)con lo cual él sí responde a lo de
anthos (flor) y legein (escoger),según su leal saber y entender.
Tomo dichas palabras por ser la primera vez que haya leído titular
así una selección.Pero aunque comparto el sentido,ya que los editores me dejaran en completa libertad selectiva,no así lo del anthos
en su etimología esencial. Debía,por razones obvias,ceñirme a u-
nos doce cuentos.¿Los que yo creyera la flor?Pues sí y no.Confieso
haber relegado al silencio ciertos relatos que sí yo hubiera queri
do reflotar desde viejas ediciones agotadas,porque me remontaban a
a su momento de concepción y el ánimo se me incendiaba con el recuerdo de su minuto creativo.Siempre pienso y digo que no inventamos la ficción en su sentido absoluto,sino que esa faena delirante depende algo así como del Demiurgo de los platónicos o neoplatónicos,y que nosotros apenas si somos sus obedientes escribas.Pe-
ro "levanté" ,por una u otra razón más bien anecdótica,este puñado
de cuentos.El derrumbamiento ,el primero que escribí en mi vida,
por lo que sería esperado.Llamo mis "derrumbistas" a sus cultores,
apologistas,traductores y hasta desvelados(un joven escritor me di
jo que no había dormido durante varias noches luego de su lectura)
Y también,por qué no,para renovar la querella entre sus detractores y
defensores,más religiosos los segundos que los primeros,caso extra
ño que nunca pude descifrar.En Muerte por alacrán otra historia.
"Allá por mi juventud en los campos,me contó una persona amiga,ca-
yó en mis manos ese cuento.Desde entonces pensé que hubiera dado
una falange por escribir otro igual..."Oh Demiurgos:insomnios,fa-
langes y yo sin saberlo.Saliva del paraíso:nadie le ha dado mayor
importancia.Sin embargo,un crítico que demolió,allá por los años
cincuenta y tres,el libro que lo contenía,dijo entonces que ese
cuento era lo único rescatable.Y bien:se lo dedico hoy sin dar el
nobre,desde luego,pues tengo la memoria de lo elefantes,pero no e
rencor de las hormigas,que allí donde se ha matado a una vienen
cien a devorarse el limonero.De modo que ya se lo está viendo,cas
todo en aras de los demás,tal como debe ser¿pues para quién se es
cribe?.-

(*) Jorge Luis Borges, Antología personal, Sur, Buenos Aires, 1964

Réquiem por Goyo Ribera gusta a los hombres,se sienten,dicen,comprendidos.En cuanto a El desvío,saco a relucir su prehistoria:perdió un concurso de inéditos de un Diario,allá por los años 64,para una famosa revista internacional,pero con jurado local.Y según se dijo en el pequeño Montevideo,hasta Onetti corrió la misma mala suerte.Pero en mi caso los mató la curiosidad:¿de quién podría ser el raro cuento?. Abrieron el sobre y luego concedieron una mención que lo hacía publicable en el diario.Y esa vez sí que el elefante enfureció.Yo estaba entonces en París y alguien me envió el recorte:hasta hoy veo volar los pedazos de papel por la ventana de un pintoresco séptimo piso donde,para mejor decorar el caso,se veía la Torre Eiffel.Tuve,por la apertura del sobre,la sensación de haber sido violada,y eso nadie lo querrá recordar cuando le sucede.

Pero que no haya inquietud,no voy a contarlo todo,sólo algo más y de naturaleza metafísica:dedico hoy a Angel Rama Carta a Juan de los espacios,que no llevaba ese título cuando me lo pidió,sino lo que es actualmente el subtítulo.Y recuerdo su silencio después de la lectura en aquellas alturas del piso 16 del Palacio Salvo donde yo vivía entonces.Con terror pienso ahora lo que puede suceder al margen de nuestras premoniciones:el estar tan acabadamente hechos,y en su caso tan brillantemente,para que un destino de desintegración nos aceche,ni más ni menos que la filosofía del cuento.

Por Jezabel mil perdones.Durmió más de tres décadas en un baúl.A una persona amiga le dolió el estómago cuando se lo leí."No lo publiques nunca",me rogó.Hoy la persona,una mujer,está muerta.Y aunque yo crea que el alma habita en el estómago ,por lo que repercuten en ese tan desestimado órgano los golpes duros,su estómago,por lo menos,se extinguió.Y la fiera alma,si es que persiste en ese sistema de ruedas dentadas que algunos esotéricos dicen es la muerte,debe constituir un "inmaterial " muy resistente.

De modo que esta docena de cuentos son más bien una ofrenda anecdótica que una selección personal.Amo a mis lectores por su fidelidad,y a algunos por su forma amable de ser infieles perdonándome la vida.El personaje involucrado en El hombre de la plaza derramó lágrimas mientras leía lo que yo había hecho con la reelaboración de sus desdichas.Luego se lanzó a la felicidad ,pues parece que algunos "encuentran la mandrágora",y no lo vi más.Pero lo per-

sigo con el cuento,y no por maldad,sino porque nadie llora en va-
mo.Donde las lágrimas mojan la tierra nacen homúnculos que nada
puede destruir.

Y ~~todo~~ esto que he dicho de la _anthos_ sin la flor no lo es t
todo,sino un poco de historia,la tal sí personal.-

Arturo Souto
1987

ANTHOS Y LEGEIN

*(Donde la autora nos muestra la
otra cara de las historias)*

Mis preferencias han dictado este libro, dice Borges en
la primera línea de su *Antología personal*[1], con lo cual él
sí responde a lo de *anthos* (flor) y *legein* (escoger), según
su leal saber y entender. Tomo dichas palabras por ser la
primera vez que haya leído titular así una selección. Pero
aunque comparto el sentido, ya que los editores me dejaron en completa libertad selectiva, no así lo del *anthos*
en su etimología esencial. Debía, por razones obvias, ce-
ñirme a unos doce cuentos. ¿Los que yo creyera la flor?
Pues sí y no. Confieso haber relegado al silencio ciertos
relatos que sí yo hubiera querido reflotar desde viejas edi-

---

1. Jorge Luis Borges, *Antología personal*, Buenos Aires, Sur, 1964.

ciones agotadas, porque me remontaban a su momento de concepción y el ánimo se me incendiaba con el recuerdo de su minuto creativo. Siempre pienso y digo que no inventamos la ficción en su sentido absoluto, sino que esa faena delirante depende algo así como del Demiurgo de los platónicos o neoplatónicos, y que nosotros apenas si somos sus obedientes escribas. Pero «levanté», por una u otra razón más bien anecdótica, este puñado de cuentos. «El derrumbamiento», el primero que escribí en mi vida, por lo que sería esperado. Llamo mis «derrumbistas» a sus cultores, apologistas, traductores y hasta desvelados (un joven escritor me dijo que no había dormido durante varias noches luego de su lectura). Y también, por qué no, para renovar la querella entre sus detractores y defensores, más religiosos los segundos que los primeros, caso extraño que nunca pude descifrar. En «Muerte por alacrán» otra historia. «Allá por mi juventud en los campos, me contó una persona amiga, cayó en mis manos ese cuento. Desde entonces pensé que hubiera dado una falange por escribir otro igual…». Oh Demiurgos: insomnios, falanges y yo sin saberlo. «Saliva del paraíso»: nadie le ha dado mayor importancia. Sin embargo, un crítico que demolió, allá por los años cincuenta y tres, el libro que lo contenía, dijo realmente que ese cuento era lo único rescatable. Y bien: se lo dedico hoy sin dar el nombre, desde luego, pues tengo la memoria de los elefantes, pero no el rencor de las hormigas, que allí donde se ha matado a una vienen cien a devorarse el limonero. De modo que ya se lo está viendo, casi todo en aras de los demás, tal como debe ser ¿pues para quién se escribe? «Réquiem por Goyo Ribera» gusta a los hombres, se sienten, dicen, comprendidos. En cuanto a «El desvío», saco a relucir su prehistoria: perdió un concurso de inéditos de un Diario, allá por los años sesenta y cuatro, para una famosa revista internacional, pero con jurado local. Y según se dijo en este pequeño Montevideo, hasta Onetti corrió la misma mala suerte. Pero en mi caso los mató la curiosidad: ¿de quién podría ser el raro cuento? Abrieron el sobre y luego concedieron una mención que lo hacía publicable en el diario. Y esa vez sí que el elefante enfureció. Yo estaba entonces en París y alguien me envió el recorte: hasta hoy veo volar los pedazos de papel por la ventana de un pintoresco séptimo piso donde, para mejor decorar el caso, se veía la Torre Eiffel. Tuve, por la apertura del sobre, la sensación de haber sido violada, y eso nadie lo querrá recordar cuando le sucede.

Pero que no haya inquietud, no voy a contarlo todo, solo algo más y de naturaleza metafísica: dedico hoy a Ángel Rama «Carta a Juan de los espacios», que no llevaba ese título cuando me lo pidió, sino lo que es actualmente el subtítulo. Y recuerdo su silencio después de la lectura en aquellas alturas del piso dieciséis del Palacio Salvo donde yo vivía entonces. Con terror pienso ahora lo que puede suceder al margen de nuestras premoniciones: el estar tan acabadamente hechos, y en su caso tan brillantemente, para que un destino de desintegración nos aceche, ni más ni menos que la filosofía del cuento.

Por «Jezabel» mil perdones. Durmió más de tres décadas en un baúl. A una persona amiga le dolió el estómago cuando se lo leí. «No lo publiques nunca», me rogó. Hoy la persona, una mujer, está muerta. Y aunque yo crea que el alma habita en el estómago, por lo que repercuten en ese tan desestimado órgano los golpes duros, su estómago, por lo menos, se extinguió. Y la fiera alma, si es que persiste en ese sistema de ruedas dentadas que algunos esotéricos dicen es la muerte, debe constituir un «inmaterial» muy resistente.

De modo que esta docena de cuentos son más bien una ofrenda anecdótica que una selección personal. Amo a mis lectores por su fidelidad, y a algunos por su forma amable de ser infieles perdonándome la vida. El personaje involucrado en «El hombre de la plaza» derramó lágrimas mientras leía lo que yo había hecho con la reelaboración de sus desdichas. Luego se lanzó a la felicidad, pues parece que algunos «encuentran la mandrágora», y no lo vi más. Pero lo persigo con el cuento, y no por maldad, sino porque nadie llora en vano. Donde las lágrimas mojan la tierra nacen homúnculos que nada puede destruir.

Y esto que he dicho de la *anthos* sin la flor no lo es todo, sino un poco de historia, la tal sí personal.

Armonía Somers 1988

DIEZ RELATOS A LA LUZ DE SUS PROBABLES VIVENCIALES

Los hombres reinyectan sin cesar en el relato todo lo que han conocido, todo lo que han vivido....

Roland BARTHES

0.1. Antiliterario me hubiera parecido un prólogo a este libro de habérsemelo solicitado o simplemente sugerido. La entera libertad, no solo en materia de enfoques sino también en cuanto a su ubicación en el armado, hizo preferible el posfacio.

Creo que los principales destinatarios de las palabras agregadas al *opus* original –siempre los lectores– no quedarán entonces menoscabados al pretender abrirles camino en una tarea que es de su legítima y obligatoria propiedad de juicio, así como tampoco lesionados los autores al descubrirse a destiempo, o sea antes de ponerse en riesgo de lectura, algo que, al rozar el misterio creativo, lo invalide como tal.

0.2. Pero sí habría cabida en cualquier lugar del antes o el después para la siguiente puntualización: por contra la tendencia a ver en los integrantes de cada generación literaria –al menos cuando estos no han ventilado su expreso manifiesto de ruptura– los herederos de las anteriores, parecería no haberse dado aquí tal fenómeno.

Diez autores, pues, representativos de un nivel generacional de rotación, se los ve pisar los umbrales de cierta escisión, aunque tampoco con ningún aparente intento parricida, al menos en el plano consciente. De tal modo que, o bien con esa paternidad de aluvión que confiere la cultura, o con alguna tan desconocida como honrosa, o en ciertos casos sin ninguna, se lanzan estos en una casi completa diversidad temática y formal a la aventura del relato, en la que ya se han probado, por otra parte, como autores *éditos* que son en su totalidad.

Quizás quien vea más allá pueda descubrir en ellos los vínculos sutiles que los hagan aparecer o como eslabones de aquella cadena, o como pertenecientes a grupos nominados de categorización crítica para su ubicación en el universo literario de la orilla uruguaya del Plata.

Pero tal vez solo porque yo lo considere a mi exclusivo modo de ver, o porque los embretamientos generacionales por países vayan siendo más difíciles de establecer en la medida en que el mundo como límite geográfico se desconoce cada vez más a sí mismo, lo cierto es que por el momento esta promoción literaria, salvo alguna excepción, se presenta libre aún de clasificaciones convencionales o formulación serial.

En todo caso apelaríamos más bien a la incaducable definición de Malraux: «Cada generación aporta una imagen del mundo creada por su sufrimiento, por la necesidad de vencer su sufrimiento[1]. Y así como dicho sufrimiento es de universal, dejaríamos también a esta generación sin más nombre que el de tal tronco evadido de las nomenclaturas. Y entonces, para quienes hayan podido rastrear en los cuentos que han acabado de leer una especie de contumaz disgregación –en el sentido cabal del término: separar, desunir el rebaño– con una displicente postura estética, les es aconsejable ver más bien en ello la forma de vencer un sufrimiento universalizado, por las causas mismas que lo provocaran, aunque más mediante canales aparentemente despistados o contiguos que por denuncias o agresiones. Pero siempre sin mengua de aquella Verdad colocada por Poe en la relación cuento y poesía, o sea que belleza es a poema como verdad es a cuento.

Una verdad, en suma, de dos caras: la que se advierte en todo relato como proceso de esclarecimiento, y otra que los sometería a la búsqueda de sus raíces psicológicas enterradas en el inconsciente.

0.3. Opina Todorov que «El estudio propiamente literario que nosotros llamamos hoy día estructural, se caracteriza por el punto de vista que elige el observador» (…). Y añade que la fórmula de Jakobson: el objeto de la ciencia literaria no es la literatura, mas sí la literariedad *(literaturnost)*, es decir lo que hace de una obra dada una obra literaria, «debe ser interpretada a nivel de la investigación, no del objeto…[2]».

La propuesta de esta breve investigación, pues, podría sintetizarse en una pregunta al parecer indiscreta en su te-

1. André Malraux, *La tentation de l'Occident* (en *Les Nouvelles Littéraires, Hebdomadaire de l'actualiteé culturelle* du 25 novembre au 1.er décember 1976).

2. Tzvetan Todorov, *Poétique de la prose*, Paris, aux Éditions du Seuil, 1971.

rreno específico: ¿Qué vivencia rectora anima a cada uno de los relatos subyaciendo a la propia invención? O sea que, ya tomados de acuerdo a los grandes grupos en que parecen nuclearse naturalmente (lo fantástico, lo poético, lo mítico, lo denotativo), ya en cada unidad-cuento ¿qué *posible vivencial* se vislumbra? Vivencial que se plantea como investigación de la literariedad y no de aquellos objetos fantástico, mítico, poético, denotativo. Lo que subsume a esta investigación y a la propuesta de aquel sufrimiento sería entonces la crítica de la ahistoricidad que podría argüirse en este caso generacional en particular, ahistoricidad no imputable a la producción en sí, sino a una ausencia de fundamentación crítica paralela. ¿Falló una generación determinada, o le falló a esa generación la crítica misma pasándola por alto? Tal la pregunta que quedaría esbozada para un futuro indagatorio. Pero que en todo caso excede a este trabajo puramente orientado en una única y visceral dirección.

Quizás el anticipo de una generación lúdicra, diría Carlos Real de Azúa poco tiempo antes de morir refiriéndose a esta, y sin englobar lógicamente las ostensibles excepciones. Por lo cual, y como se ve, aunque la generación no se haya dado aún nominalmente, su existencia virtual parece convocar al signo. La cita de tales palabras riesgosamente enunciadas en versión oral, por ser susceptibles de pérdida, tiene aquí una doble intención: atraparlas mediante la mayor fidelidad de lo escrito; enlazarlas al pensamiento de Malraux en la última parte de aquella su definición generacional relativa a la necesidad de vencer un sufrimiento, a estas alturas cada vez más universalizado.

Juego literario de defensa, pues, en la antesala o ya en el propio trance apocalíptico, estos relatos caminan hacia una suerte que no puede predecirse, por cuanto cada uno es producto de una personalidad, y, la suma, parte de un momento también inconjeturable respecto a desenlace.

Faltarían aún, por cierto, dos precisiones insoslayables: dar como existente el hecho de las ausencias –en el libro, no en la literatura nacional en sí misma– de algunos representantes de la generación que se ha focalizado aquí en el sector narrativo; mostrar conciencia del restringido ángulo de análisis en este trabajo, al haberse eludido precisamente las diversas fórmulas axiológicas de acceso propias de la crítica, en especial la estilística, para poner el acento en una muy particular consideración de los posibles vivenciales arrastrados por el complejo narrativo individual, si ello es realmente lícito dentro de un campo secreto como es el de la creatividad literaria.

1.1. Digamos que cuando los alemanes lanzaron la palabra vivencia como *Erlebnis,* Dilthey la aplicó casi todo a lo largo de su interpretación del mundo histórico, de sus estudios sobre poética, y luego Ortega y Gasset la vertió al español como este lo permite (vendría del latín *vivens-entis,* y es por su definición un «hecho de experiencia que, con participación consciente o inconsciente del sujeto, se incorpora a su personalidad»), la vivencia no solo será algo deslumbrante como acierto semántico, sino también el fenómeno de mayor tangencialidad con el hecho de hallarnos vivos. Y está dado por algo acontecido tan en lo hondo de nuestra capacidad receptiva que no puede ser equiparado a la mera y fugaz sensación sino a un para siempre, concientizado o no, pero marcado a fuego.

¿En qué provincia del aparato psíquico? Si nos atenemos al esquema freudiano, no parecerían las vivencias pertenecer al «ello», o sea a todo lo que, por su carácter de heredado o innato, constituye lo somático. Tampoco al «superyó» con resabios de la influencia parental, de las incidencias institucionales —principalmente educativas— tradicionales y demás a que se encuentra sometido el ser. Las vivencias se dan, por el contrario, pura y exclusivamente en el yo individual: son su patrimonio privado. De ahí la puntería del signo, el *vivens-entis* etimológico. De ahí también su prestigio en la psicología profunda. De ahí, al fin, su poder inmanente cuando entran en contacto con la atmósfera creativa.

1.2. Desde luego, pues, que el solo hecho de existir implicará el bombardeo de las vivencias, que se instalan, luego del impacto, más que como huéspedes como partes integrantes de la persona que han ido configurando en aquel yo individual. Y alguien que no desea la recurrencia de un determinado episodio vivencial o la propia vivencia de un sentimiento negativo (fracaso, disgregación, incomunicación, etcétera), o se bloquea, o enloquece, o se aventura al suicidio como máxima esperanza de clausura. En otros casos simplemente lo transfiere, buscando un objeto para colocarlo y dominarlo desde afuera. En este último, si se actúa bajo un imperativo vocacional como lo literario, el convidado de piedra de la vivencia recurrente, o la propia vivencia nueva, pueden llegar a compartir cortésmente la cotidianidad del creador que las manipula aun mientras ellas mastiquen sus entrañas.

Vale decir que quien intente relaciones de conocimiento con estas extrañas furias —el psicoanálisis al desenmascarar el subconsciente llegó a su apostadero– hallará en primer término tal dimensión de profundidad en el fenómeno que lo hará inconfundible, apartándolo de las contingencias de superficie mediante una función de raíces que buscan los abismos existenciales para instalar sus siniestros o fabulosos reinos.

Si nos quemamos en tercer grado y nos practican un injerto, quizás lleguemos a disimular el accidente. Pero nadie olvida que se quemó, porque aquello, además del dolor físico, incluía un quedaré desfigurado, un ningún espejo sabrá ya quién soy, un nadie me amará: soledad, en suma, que únicamente el que se quemó conoce, y *que no puede transferir aunque sí comunicar* según la mayor o menor suerte expresiva como vectora del suceso dentro de la infinita gama de signos del intercambio[3].

De ahí que muchas veces se dé en el campo de la narrativa propiamente dicha la *vivencia desencadenante,* de la que el relato puede luego apartarse tomando rumbos desconocidos. Y diríamos que el riesgo de la transcripción de las vivencias en su estado químicamente puro es la autobiografía novelada. Pero este punto, desarrollado como corresponde en su parte criticable y sus grandes excepciones justiciables, nos alejaría del presente esquema, consignar simplemente la estirpe y las variaciones metamórficas del fenómeno vivencial en lo literario, así como el hecho de haber nacido para que el mismo fructifique a su tiempo. Porque eso es lo característico de la vivencia en el arte: un

---

3. La psicopediatría experimental postula que un recién nacido puede reconocer, entre grabaciones de diversos latidos de corazón, el de su propia madre percibido durante los meses de gestación, llegando a calmar esto entonces su inquietud. Ello demuestra que la vida intrauterina, por el hecho de ser vida, instaura ya vivencias, y que al ser más inmaduro le es posible comunicarlas mediante señales descifrables.

porvenir, un futuro tantas veces distinto como que el árbol no es necesariamente el espejo morfológico de la semilla.

1.3. Lo que cabría agregar aún es que en ese futuro será imprescindible estar conformado para dos grandes aventuras del espíritu: primero, que los recuerdos o sentimientos de categoría vivencial, integrados por lo tanto a la trama y urdimbre del yo íntimo, desarrollen su poder de explotar armónicamente estructurados (arquitectura del relato), mientras que en los demás actores o testigos de los mismos hechos quedarán configurando ese anecdotario que constituye el patrimonio oral de las generaciones o el material de registro exclusivo para las fichas clínicas; segundo, la creación simultánea o la invención en sí, verdadero acceso secreto al misterio narrativo.

Es decir que un narrador toma aquellas vivencias propias, las viste o las desnuda según el caso, las entrelaza con supuestos y vivencias ajenas, que si bien intransferibles como experiencia son, sí, accesibles por vías comunicantes subrepticias o francas en su metódico inventario de materiales (en realidad así como es un ladrón de su propia alma lo es también de otras sometidas al saqueo), las complementa aun con la invención pura y construye el esquema del relato en su sector anecdótico. Y lo diferencia en tal forma de la biografía, de la historia, del memorialismo, de la versión periodística y de la crónica porque todos esos ítems en tono de relato serían valores adulterados por los ingredientes «impuros» que se agregan a los fines del hecho estético, en cuyos lagares vive la realidad de lo imaginario sin que nadie se atreva a condenar sus ilícitos. Pero fundamentalmente ha jugado su rol la vivencia de unos pocos: tantos mirarían la estrella de la Osa, y solo

Leopardi iba a transformarla en *Le Ricordanze*, con todo lo que dicho poema tiene de relato implícito en tono mayor de añoranza.

No siempre, sin embargo, la vivencia surgirá como un pasado reactivado. Y eso lo aclarará Jung cuando diga: «Pero es un hecho que, además de los recuerdos de un pasado consciente muy lejano, también pueden surgir por sí mismos del inconsciente pensamientos nuevos e ideas creativas, pensamientos e ideas que anteriormente jamás fueron conscientes.

Se desarrollan desde las oscuras profundidades de la mente al igual que un loto y forman una parte importantísima de la psique subliminal»[4].

1.4. Lo expuesto parecería señalar por qué el narrador se debe a la vivencia, aunque su posterior reelaboración la distorsione transformándola en fantasma de sí misma. Porque así como en la tan desechada visión real del pintor abstracto su ojo existirá siempre sobre la taza de café a fin de no errar el borde con sus labios, también por debajo de la elaboración literaria, aun la más proclive a la abstracción, correrán los ríos vivenciales insobornables. Y ello podrá explicar cómo el paisaje, la ambientación, el clima y tantos otros elementos que constituyen lo accesorio del relato, cobrarán más relieve cuanto mayor fuerza transmitan los aportes experienciales, muchas veces ni siquiera narrados, pues están allí catapultando más que interviniendo mediante signos. Pero liberada siempre la vivencia de su falsa condición de recurso mágico, será necesario enfatizar aún que esta no desarrollará su integralidad de contenidos sino cuando, al pasar a través de la mente, se haya reelaborado,

---

4. Cari G. Jung, *El hombre y sus símbolos*.

y es en ese proceso donde entra en juego la imaginación creadora en laboratorios tan ocultos que ni el mismo hacedor de historias podría decir cómo están equipados ni en qué momento cobran funcionalidad sus instrumentos.

1.5. De ahí que, más allá del concepto de vivencia superpuesto al de experiencia directa (Julio Verne no salió de su *bureau*, su globo terráqueo y sus materiales de información para urdir la más grande aventura imaginativa), se dé en este linaje algo al parecer bastardo, pero quizás lo más característico de la angustia creadora: el hecho de que el autor *viva* sus creaturas o sus situaciones de invención con todos los avatares de la propia entrañabilidad. Podríamos llamar a este fenómeno la *vivencia refleja*, y a tal nivel cobrarían sentido aquellos tan divulgados casos de Flaubert y Dickens, el gusto a arsénico en la boca percibido por el primero al «envenenar» a Emma Bovary, y la hinchazón de la cara al doble del volumen de Dickens por las penalidades del *Cuento de Navidad*.

Pero quedaría aún otro ángulo por analizar dentro del polifacético campo vivencial: la correspondencia que podríamos llamar amorosa entre la agonía de haber creado con sangre (el gusto a arsénico de Flaubert) y el propio sufrimiento de otros por ese sufrimiento, o un traspaso de la vivencia que solo podrá producirse en una enrarecida atmósfera de «iguales». Y no simplemente dentro del cuadro de los gustadores, sino entre aquellos que, como de Baudelaire a Poe, se dé esa familiaridad de fantasma a fantasma, un nexo no recogido en ningún árbol genealógico existente, aunque este se haya dado, como en toda cosa imaginable, en la prefiguración del caos.

¡Los personajes!, ha dicho Ernesto Sabato en esta encrucijada. En un día de otoño de 1962, con la ansiedad de un adolescente, fui en busca del rincón en que había «vivido» Madame Bovary. Que un chico busque los lugares en que padeció un personaje de novela es ya asombroso; pero que lo haga un novelista, alguien que sabe hasta qué punto esos seres no han existido nunca sino en el alma de su creador, demuestra que el arte es más poderoso que la reputada realidad» (E. S., *Carta a un joven escritor*). Frente a estas sugestivas frases seguidas de una mayor exposición del fenómeno vivencial, ya que al parecer también Flaubert visitara el mismo pueblo y estuviera en la farmacia donde Emma «comprase» el veneno, diríamos simplemente: lo vivido con la fuerza del espíritu empujando a ser revivido por la empatía natural de los predestinados.

Tales episodios de transmigración de personalidad –en realidad el creador es un médium tan versátil como fatalizado, y no hay duda de que el personaje es quien domina– o unión críptica entre protagonista y autor, parecerían corresponder a una especie maligna de castigo cayendo sobre el propio narrador por la venta fáustica de su alma, o sea la forma de quedar él intervenido por el sujeto del relato así como este ha arrastrado sus más íntimas vivencias, aunque no las documente como tales.

Dicha integración con el «otro» en su acepción de actante parecería constituir en verdad la irremediable consecuencia de un pacto diabólico: tú me darás todo de ti, yo te daré mucho de mí, pero al punto de formar uno. Y en general el «otro» es mejor para la funcionalidad del hecho narrativo. «Quien pretenda relatar su vida, dice Roa Bastos, se pierde en lo inmediato. Únicamente se puede hablar del «otro»[5].

---

5. Augusto Roa Bastos, *Yo el Supremo*, Buenos Aires, Siglo XXI, 1975.

Al tomar conciencia de esta afirmación se descubren por lo menos dos verdades: una mayor operatividad del habitante externo del yo para contar; una cortina de humo que ese «otro» nos extiende en la terrible operación de vaciarnos de contenidos relatando.

1.6. A tales alturas, y a modo de prolepsis, cabría quizás una pregunta que bien pudiera condenar nuestra investigación al cuestionamiento, y que Roland Barthes sintetizara en estos términos: «¿Quién es el dador del relato?»[6], acudiendo con las tres respuestas clásicas: el autor como persona con nombre propio; el autor como conciencia impersonal que emite una historia desde un punto de vista superior (Dios); y la de Henry James y Sartre, según la cual el dador es el personaje mismo como emisor del relato, no pudiendo nadie saber más que él. Repasados dichos puntos de vista, que Roland Barthes calificará de «molestos» por la tendencia aberrante que encierran, vale decir la de ver a autor y personaje como reales, llegaríamos así a su propia concepción: equivocados aquellos rumbos, por cuanto «narrador y personajes son especialmente "seres de papel"»; «el autor (material) de un relato no se puede confundir para nada con el narrador de ese relato». Y, para culminar, estas palabras subrayadas: «quien habla (en el relato) no es quien escribe (en la vida) y *quien escribe* no es *quien existe*».

Formulado por Jorge Luis Borges a su modo especial e inconfundible, el problema se reduciría a términos más diáfanos: «Al otro... es a quien le ocurren las cosas... yo vivo, yo me dejo vivir para que Borges pueda tramar su literatura».

---

6. Roland Barthes *et alt.*, *Análisis estructural del relato*, Buenos Aires, Editorial Tiempo Contemporáneo, Colección Comunicaciones, 1970.

I

Promisorio en elementos aptos para un diagnóstico vivencial, aparecerá el primer cuento de este volumen, «El silencio de mi voz», en el que Miguel Ángel Campodónico, al situarse en primera persona dentro de la perspectiva de un hombre privado de su voz, vivirá no solo la peripecia de aquella mudez –en la que se abre un intermedio de esperanza, cierta mujer recolectora de mudos– sino también el castigo finalmente aplicado por los amos de la palabra, o la condena a hablar, la más cruel contrafiguración de aquel silencio filosófico que alguien se ha impuesto frente a la contingencia de niveles diferentes de comunicación.

Antes de abordar los mayores vivenciales probables (sin duda esa incomunicación misma, y en todo caso el medio donde normalmente alienta la mediocridad, el llamado Sector Cuarto de una gran oficina de ficción), rastréense los indudables vivenciales menores, que no por serlo dejarán de incidir en la existencia.

Un niño de escasos años, y aquí la vivencia podría ser refleja, descubre al padre en la tierna e imperdonable tarea de sustituir a los personajes de un mito tradicional por su burda realidad de cuerpo presente. La caída de ese mito, que se produce casi siempre en pleno connubio entre el niño y su ciega fabulación, será quizás otro de los más generalizados accidentes que podría recoger la estadística del trauma psíquico. Y esa esfumación de los agentes del ensueño, con la suplantación simultánea por una grotesca y conocida sombra en la pared, la del rey que ya no es rey, es decir la pérdida de la numinosidad original de la leyenda en una vertical caída a plomo, no hubiera podido recibir aquí otra respuesta: afirmarse en la mudez rebasando sus formas incipientes.

Podrá decirse que en general la realidad no asume un tipo tan visible y riguroso de rechazo. Recibido el golpe de la verdad en el plexo solar, el homúnculo prosigue su camino, se instala en la vida convencional y sigue compartiendo el parloteo incesante en el mundo que ha regimentado la masa media adulta. Pero el hecho de que el escritor recree el episodio como al pasar, aunque con la fuerza intrínseca de algo hundido en un pretérito que vuelve a entrar en erupción, significa que tal recurrencia no será meramente incidental como pudiera parecer, sino que la vivencia sumida en el inconsciente, individual o pluripersonal pugna por liberarse, y así es cómo sin llegar al sueño y su lenguaje mediante símbolos, el soñante despierto que es el creador practica un exorcismo.

Otros pequeños accidentes jalonan el relato con carácter aparentemente inocuo, hasta la irrupción célica de la mujer que junta mudos, y que el personaje confundirá con el amor, quizás este sí uno de los grandes vivenciales del relato antes de abordarse los de mayor envergadura, o sea aquellos que definen el drama en toda la extensión y profundidad del contexto. Ese amor de «cuando tú te vas yo de varias maneras me voy contigo»; (…) o el de «alcanza con que alargues el brazo para agarrar el picaporte de la puerta, sin que haya necesidad de que empieces a abrirla, para que me sienta empujado a saltar sobre tus hombros o a prenderme de tus tobillos»; (…) «y no me entiendes que cuando lo intentes, antes de cerrar la puerta, estaré duramente aferrado a tu pescuezo, decidido a salir contigo vayas donde vayas»: ese amor no puede haber constituido un elemento ornamental más en las secuencias de la invención pura y simple. Incluye, por el contrario, una tónica teúrgica o de comunicación directa con la divinidad torturante del eros, y el personaje queda así armado de una fuerza de convicción que solo la vivencia puede conferirle.

Pero quizás la mayor probabilidad, lindante ya con la filosofía del cuento (¿vamos a callar para oír lo que el silencio dice, o vamos a protestar con el silencio para decir lo que nadie entendería?), se encuentre en la vivencia lacerante de la incomunicación misma.

Podría darse aquí también el caso de una vivencia del «otro» magistralmente registrada por el narrador como transmisor de mensajes. Pero hay detalles del tratamiento descriptivo un tanto indiscretos, por la intensidad de la ironía y el carácter autista del personaje, que revelan más la experiencia que la mera transcripción. En este caso el silencio impuesto por el dotado no parlante, algo muy especial, sin duda, desde el punto de vista de la actual semiología de los lingüistas, ese silencio podrá incluso coexistir con el habla en su sola dimensión de charla, o más bien de ruido, mientras el otro lenguaje, el interior, permanece en los abismos de la mudez contumacial elaborando sus productos intimistas.

Desde luego que para una más aproximada etiología de esta mudez dentro de la conjetura vivencial, sería de suyo importante someter a estudio el diario del mudo, documento este en el que se encuentra el mayor número de datos significativos. Pero aun sin llevar a cabo la operación, por lo que la misma abundancia de tales datos nos entregaría, reiteraríamos que dichas anotaciones, que finalmente le valdrán a su autor la condena por el Sector Disciplinario, son los elementos de mayor validez de diagnosis, puesto que se los ve arrancar directamente de un alma atormentada que se refugia en su literatura balbuceante, balbuceo artificiado por el narrador, sin duda, para liberar la angustia.

Lo restante, o el escenario, o más propiamente una oficina cualquiera llevada por el relator a la categoría de gran ficción bradburyana, será algo más que claro como ambiente específico del anticlímax. Pero que el escritor elusivo, evadiendo la manida imagen de recinto administrativo común, ha levantado como fantasía de allende el año 2000, donde el ser perseguido, condenado por el engranaje burocrático, se defiende de la unidimensionalidad mediante la fabulación de su caso clínico. Y así alguien irá a permanecer levitando sobre este relato como la silueta de aquel hombre que quedara fijada en el muro durante el estallido de la primera bomba atómica: vida porque recordaba a un ser humano, muerte porque solo era la sombra de una desgracia que es casi tan grande como la vida en sí. Y por debajo de la levitación, aquel ladrido conjunto que era lo último percibido por Flammarión desde la barquilla de su globo cuando hacía en cierto modo la misma intentona de este relato: sobrevolar las estridencias terrestres mediante la búsqueda de los silencios espaciales.

Pero sería al fin un lapsus metafísico interpretar la vivencia de incomunicación que informa el relato como el efecto de un «no estar», un desprecio a la condición de hombre-mundo por el hecho de que en ello se desintegra la persona. Antes bien: quizás se trate aquí, ontológicamente considerado el problema, de una ambición desmedida de «estar», provocándose la ruptura cuando *los desniveles en las escalas del valor no lo permiten*. De tal modo que como el que ha forzado la puerta de su casa para entrar, incluso lesionándose en las embestidas, no lo ha hecho por odio o menosprecio hacia la puerta sino porque la casa del hombre es también el hombre proyectado hacia adentro, así la desventaja que se produce desde el mismo *start* o punto de arranque implicará un estado de furor que puede resolverse de muchos modos, uno de ellos, el más normal en una carrera, tratando de ganar ventaja. Solo que en este caso la ventaja, al buscarse en la resistencia pasiva de quedar atrás con la mudez, asumiría una forma tan autocompasiva que el propio Dios innombrado en el Juicio Final del desenlace tomará por el lado de la punición en una memorable catástasis.

No a menudo, por otra parte, en nuestra literatura vernácula, un conglomerado simbólico de tal equilibrio de masas ha logrado darse en una actitud creativa, máxime si, tras las huellas de Jung, nadie se propone el símbolo, antes bien este surge por propia gravitación tal si el arquetipo estuviese prefigurado. Pero en lo que atañe a la vivencia, si es que su exteriorización ha incluido aquí intentos liberadores, nada más dramático que esta fórmula de extraer la espina hundiéndola aún más de lo que estaba para su mayor vigencia, y extrayéndola luego no como alivio sino para nuevas formas de la angustia. Y ello como clarividencia o interpretación de un designio: vivir incómodamente era en realidad esa espina y va a continuar siéndolo. Porque no bien se explore en la psicología de la creación, el someter a juicio público la vivencia obsesiva no instituye la magia del confesionario ni aún la del diván de los analistas, es más agravante que calmante, más una sobrecarga de toxinas que un remedio. Y si ello no fuese así no encontraríamos en el mismo autor un relato de superposición en que otro hombre distinto, él sí parlante, va a realizar una tan análoga maniobra de sumergimiento que la inoperancia de relatar para deshacerse del espíritu maligno se pone en evidencia[7]. Pero quizás se dé entonces un segundo de exultación para el creador, el de violar la propia entrañabilidad mediante el salvoconducto más procedente: los otros actores estaban en escena, yo simplemente en *off* y los espectadores en busca de significados.

No precisamente como versión tautológica de «El silencio de mi voz», la trilogía de Tarik Carson –*El resorte eterno*, *El hombre que flota*, *La tentación insondable*– parecería esta, sin embargo, denunciar análogos vivenciales, aunque las máscaras del *vivens-entis* puedan resultar distintas. Y hasta debiera decirse, si se buscase un encadenamiento subrepticio de las situaciones, que ese mismo hombre partido en tres –el que salta sobre el resorte, el que flota y el que se hunde– fuera el protagonista de Campodónico luego de haber sido condenado al parloteo eterno, como aquí a saltar también *in perpetuum* en el resorte del sistema.

Pero indudablemente no habría en este campo otro recurso que el del psicoanálisis para desentrañar símbolos. Vale decir que, al variar la estrategia de cada narrador, uno ha mostrado la vulnerabilidad del yo inmerso en una realidad de apariencia cotidiana, mientras que el otro, en una hermética postura creadora, esquiva toda señal, toma las precauciones del caso para lanzarse quizás a la misma aventura: lo verosímil de la vivencia por lo inverosímil de la situación.

Geométrico de acuerdo a la disposición triédrica de los planos, metafísico por el proyecto, mecánico por la resolución, el relato fantástico de Carson, validado si acaso por

---

7. Miguel Ángel Campodónico, *Blanco, Inevitable Rincón*, Montevideo, Ediciones Géminis, 1974. Cuento del mismo título.

esas moscas que desovando en los ojos, reproduciéndose en los oídos del personaje acatan en cierto modo las leyes y los límites de la ficción, parece protegerse de tal modo con sus tres escudos formales que solo en el famoso *couch* del analista se sacaría la verdad, entera o relativizada. Ello si, a juzgar por las posibilidades actuales del psicoanálisis a través de la moderna interdisciplina psicolingüística, todo lo que se analice pasará primero por el filtro del lenguaje –estructuralismo saussureano mediante– ese lenguaje con que el escritor puede dominar la situación haciendo de su última verdad un laberinto.

Pero no por cerrado para quien carezca de absoluta competencia será inconjeturable. Aquellas mismas moscas que el poeta Machado asociaba a la terrenidad humana como elementos inseparables, ese mar que es y será siempre conciencia de purificación, van delineando sin duda una figura reconocible, o más bien legalizando aquella desmesurada ficción sin escenario en que se mueve en tres momentos el actante. Y entonces vuelve a repetirse la pregunta: ¿No se dará aquí también el mismo asedio al hombre de «El silencio de mi voz»? ¿Por qué otra suerte de engranaje kafkiano, por qué computadoras hambrientas de privacidad, por qué compromiso de cualquier laya este hombre del resorte, este hombre que flota y este hombre que se hunde están saltando, flotando, hundiéndose?

Pero si ello, como dijéramos antes, solo podría saberse en el famoso diván, es más que probable la vivencia de un acorralamiento. Sin un Dios, al menos invocado, que aguante o que sostenga a quien parece perder vida describiendo la triple peripecia, y no por el hecho de la primera persona del relato, que bien hubiera podido ser tercera, sino por su sola fórmula descriptiva, sin aquella divinidad oficiando de piedra angular como en los sufrimientos de los místicos, no resta sino atenerse a la agonía de un ser real aferrado al relato como a una escala en el vacío.

La narralogía enfrentará entonces estos sucesos inquietantes, pero perdiéndose más en el dédalo de la literariedad que en las cavas sombrías del hombre. De ahí que, aparte del análisis estructural del relato, que es y será siempre una tarea magna, el subjetivismo de un narrador que parece saber tanto de un personaje sin rostro, estará planteando la posibilidad de una vivencia personal casi como la de una colectiva.

Y es desde estos puestos de escucha donde parecería quedar en pie un desafío, aun sin que tal palabra se pronuncie: la elucidación de quien, con el aire distraído de un hacedor de historias para los demás, se halla en trance de una experiencia intransferible. Algo que podría remitir a las fuentes de *El ser y el tiempo* de Heidegger en su versión de «la caída» y el «estado de yecto»[8]: una caída que no deberá ser tomada como desde lo más alto y puro, así como en ninguna otra acepción negativa. Pero en la que de tal modo la trabazón casual entre el filósofo y el narrador ha quedado inserta en la coincidencia, que hasta el propio mecanismo de esta trilogía pareciera reproducir la *machina tortura* del tremedal heideggeriano: «*(...) abren al "ser ahí"*[9] *el compresor ser relativamente a su mundo, a otros, a sí mismo, pero de tal manera que este ser relativamente a (...) tiene el modo de un flotar sin base...*».

Ese «estado de caída» no es, sin embargo, de inmovilidad, sino de incrementación, de más caída, y de extrañamiento. Extrañamiento, por otra parte, que no significará

---

8. Martín Heidegger, *El ser y el tiempo*, Visto en capítulo V, § 38.

9. El «ser ahí», el ser en el mundo para Heidegger.

ser arrebatado de sí, sino que el «ser ahí» caerá en el autoanálisis más cerrado a las posibilidades, incluso a la del fracaso, enredándose en la maraña de sí mismo.

Inenarrable experiencia esta que el filósofo llamara de derrumbamiento, por falta de base, pero que en general no es vista, y ello a causa de ser interpretada como exaltación y vida, siendo, pues, el estado de interpretado su mayor desgracia, proveniente, en suma, de su «estado de abierto».

Pocas veces, pues, el esbozo de un perfil ontológico paralelo a una muestra creativa conferiría más derechos a la conjetura vivencial. Porque sería tan difícil a un «ser de la caída y el yecto» manifestar o describir un estado propio de placidez como a un lago de plomo unirse a las partículas de un torbellino. Pero aunque igualmente pudiera hacerse hincapié en la facultad intuitiva del creador sobre el registro de fastos y agonías del «otro», mucho se desemboza aquí para un diagnóstico de la vastación anterior de una existencia. Aunque, como en el caso de aquel estepario de Hesse, el hombre cotidiano que entrando por primera vez a la casa cuya habitación iba a alquilar dijera tan apaciblemente «aquí huele bien», «cuando él estaba ocupado en el fondo en cosas por completo diferentes»[10], se diga en la trilogía de Carson como si nada: «Yo estaba tan sucio por dentro que temí acabar carcomido». «Por eso fui al mar y me entregué a él».

Extrañamiento, por otra parte, que no significará ser arrebatado de sí, sino que el «ser ahí» caerá en el autoanálisis más cerrado a las posibilidades, incluso a la del fracaso, enredándose en la maraña de sí mismo.

Inenarrable experiencia esta que el filósofo llamara de derrumbamiento, por falta de base, pero que en general no

---

10. Visto en Hermann Hesse, *El lobo estepario* (Introducción).

es vista, y ello a causa de ser interpretada como exaltación y vida, siendo, pues, el estado de interpretado su mayor desgracia, proveniente, en suma, de su «estado de abierto».

Pocas veces, pues, el esbozo de un perfil ontológico paralelo a una muestra creativa conferiría más derechos a la conjetura vivencial. Porque sería tan difícil a un «ser de la caída y el yecto» manifestar o describir un estado propio de placidez como a un lago de plomo unirse a las partículas de un torbellino. Pero aunque igualmente pudiera hacerse hincapié en la facultad intuitiva del creador sobre el registro de fastos y agonías del «otro», mucho se desemboza aquí para un diagnóstico de la vastación interior de una existencia. Aunque, como en el caso de aquel estepario de Hesse, el hombre cotidiano que entrando por primera vez a la casa cuya habitación iba a alquilar dijera tan apaciblemente «aquí huele bien», «cuando él estaba ocupado en el fondo en cosas por completo diferentes»[11], se diga en la trilogía de Carson como si nada: «Yo estaba tan sucio por dentro que temí acabar carcomido». «Por eso fui al mar y me entregué a él».

II

Una serie de implicantes nada ríspidos, por cierto, se detecta en «Ruedas de tren con sueño», de Enrique Estrázulas. Una estación de ferrocarril abandonada transformándose en teatro: ¿semejante a la que Barrault realizara junto al Sena utilizando aquella desde donde habían partido los soldados de París hacia Orleans? Una mujer de cierta edad que escribe la carta-confesión de su vida a la luz de

---

11. Visto en Hermann Hesse, *El lobo estepario* (Introducción).

una vela hallada entre los escombros de la infancia: ¿síntesis de tantos cabos sueltos de la aventura que quedan en el mundo?

Parecería entonces que en este cuento de marcado ritmo cinematográfico y clima esencialmente poético, las vivencias como entidades profundas no se hicieran visibles. Que tal modelo de estación transfigurada pueda existir; que tal paradigma de soledad al fin de la gran aventura femenina pueda darse también como el original de un calco, evidenciarían quizás las fuentes en que el narrador suele detenerse para abrevar datos con destino a la fabulación consuetudinaria que es su oficio. Si acaso, por lo tanto, serían hechos vividos o simplemente confrontados para un mayor relieve de la ficción, y a los efectos de dar apoyaturas reales al ejercicio del relato. Y entonces sí los habitantes precarios de aquella estación se nos harán más tangibles, la carta de la mujer, presumiblemente modelo vivo, más dramática. Pero aquí la probabilidad vivencial no encuentra asidero. Y la anécdota aparecerá de ese modo limpia, independiente, como nacida de sí misma.

Ese giro poético que no pretende la profundidad parecería convocar a aquellas palabras de Gaëtan Picón cuando expresara con rigor de axioma: «Existen obras que nos ofrecen espectáculos y otras que nos proponen respuestas a los problemas que vivimos. Aquellas que se dejan encerrar en el dominio de la literatura y no pretenden ser otra cosa que un objeto de contemplación, y es natural que ellas no llamen a nada más profundo en nosotros que la emoción y el juicio estético»[12].

Y será precisamente en tal terreno donde la vivencia refleja pueda ser la del lector, esa, por ejemplo, de atravesar a

---

12. Visto en Gaëtan Picón, *André Malraux,* Paris, Gallimard, 1945.

toda velocidad los campos en una máquina que reinaugura vías muertas, llevando de costado a un hombre barbudo y sucio, pero lleno del inefable misterio que enajena el destino previsto –uno de los pasajes más fascinantes del cuento.

De modo que si bien la napa profunda de la vivencia no parecería haber sido violada en este caso o como recurso operativo o como catarsis, al menos en la dimensión abismal con que aquella se define, la particular manera de encarar el suceso arranca sí evidentemente de un vivencial de intimidad poética, tropismo ingobernable por el cual cada poeta dice lo suyo como algo diferente aunque parezca expresar lo mismo: «Chaque poète dit le même, ce n'est pourtant pas le même, c'est l'unique, nous le sentons»[13].

El más o menos vivencial de la creación, por otra parte, así como el más o el menos poético de la prosa, no establecerán criterios de valor, como tampoco la longitud o la brevedad los impondrían desde un punto de vista técnico. Pero como creador de sistemas metafóricos que es, la atracción ejercida por el poeta tiende a provocar tal complicidad en el hechizo que sus mundos inventados ingresan a los nuestros, crean presencia. Y no porque lo poético esté ofrecido siempre con la intencionalidad de tal, sino porque se desprende aún de lo sórdido y desechable de los componentes de la anécdota. Y así es como cierto oscuro mundo de vagos sobrevivientes de una lejana huelga ferroviaria, uno de los cuales, ex ingeniero de vías, deberá arrojar por las ventanas de un hotel sus barbas rasuradas a fin de no obturar las cañerías del lavabo, dará la medida del aserto. Puesto que de ese pantano parece subir un vaho, y el vaho llegará hasta donde se forme a sus expensas el arco iris.

---

13. Blanchot, hablando de Artaud. Visto en. T. Todorov, obra citada *Poétique de la prose.*

Lejos de los dominios de lo escrito, quedarán la estación del ferrocarril geográficamente ubicable, los hombres que la habitan, la mujer que, más que enviar la carta, dirá embarcarse en un tren al infinito viendo el derrumbe de su mundo de muñecas viejas, velas de cumpleaños, loros, direcciones de diarios pasados de fecha. Lo que reste de ese naufragio para configurar la realidad de lo imaginario será, por cierto, el artista transmigrado.

Pero por encima de toda valoración poética prioritaria, se hace necesario agregar que si bien en «Ruedas de tren con sueño» podría no exteriorizarse la vivencia anecdótica, como tampoco la de ningún sentimiento frustrante, el relator ha «mostrado», quizás sin proponérselo, un mundo interior donde existe una temperatura de fusión de las artes, y eso es a nuestro parecer su más definitoria vivencia. Y al hablar de fusión lo hacemos adhiriendo a aquellas ideas de Theodor W. Adorno en uno de los Encuentros Internacionales de Ginebra cuando, en su conferencia *L'Art et les Arts*[14], se refiriese a la «dislocación de las fronteras en las artes», ofreciendo ejemplos como el de la escultura y la arquitectura, la música y las formas gráficas autónomas en su notación, la introducción del movimiento mismo en Calder y no su mera imitación en la pintura impresionista. Y todo ello, o el principio de dislocamiento de fronteras, no como algo consistente en una buena vecindad de las artes, sino entendiéndose como una integración interior. De modo que cuando se ha hablado aquí de ritmo cinematográfico en el relato ello no ha incluido solo algo relacionado con la velocidad de la acción, sino y en primer término la «pro-

---

14. *L'art. dans la société d'aujourd'hui*. Ginebra, Neuchâtel, Les Éditions de la Baconnière, 1967 (Con la participación de Jean Leymarie, James Sweeney, Theodor W. Adorno, Yves Bonnefoy, Alejo Carpentier y Valmont, Gaëtan Picón, René Clair).

yección» de las imágenes de tal relato ante nuestra vista
como en una pantalla panorámica, asociando también la
banda sonora que las acompaña desde cincuenta años hacia
acá. Y si el título del cuento «Ruedas de tren con sueño»
podría ser además el nombre de un cuadro, estos efectos
audiovisuales y plásticos no habrían podido producirse tan
intencionalmente como quien dijera voy a integrar las artes,
voy a hacer arte total, sino que la vivencia de tal integración
es no solo interior sino también y al parecer, desligada del
propósito. Es decir una situación en que aquellas fronteras
de que hablara T. W. Adorno cayesen fastuosamente por
sí solas, fenómeno que muchas veces ni el propio creador
conoce para una más espontánea y leal relación con el arte.

(…) «Entonces, ante mi propio vértigo, estuvieron todos
los datos a la vista, nombre de la esposa, dirección y espectros». Con esta frase de Teresa Porzecanski en «Fantasmas
en tu coronación» se tira la línea divisoria principal entre
las series anecdóticas de un relato semifantástico, validado
en el sector real por la cotidianidad de un trabajo de mucama de hotel, y el comienzo del fantasma, que puede ser
la guarida siniestra del «yo en el fantasma o del fantasma
en el yo».

Pero esta vez un relato singularmente signado por la
vivencia, y exponiendo a una nueva luz aquellas palabras
de Gaëtan Picón antes citadas: «obras que nos ofrecen espectáculos y otras que nos proponen respuestas a los problemas que vivimos».

Un viajante ha muerto. Desde esa nueva muerte de un
viajante ya transitada en literatura, hecho sin consecuencias en la vida real, si como al parecer ha sido la suya
una muerte naturalmente sobrevenida, la autora –y nunca

mejor oportunidad para ver al cuento como producto de una cohabitación entre relator y cosa relatada– empieza, sin ayuda de catarsis como purificación ritual, sin analista como administrador en mayéutica, es decir a solas consigo, a hacer su parto vivencial en una aparente escala en el sinsentido. Pero a la vez tan apoyada en las leyes, modos y formas de conocimiento de la lógica que el fraude intelectual de situarse en la mentalidad de una mucama de hotel (molicie contumacial, pieza propia como recinto fortificado, lectura de fotonovelas) llegará por un momento a confundir al lector, situándolo en el plano de una realidad unívoca: gente de servicio.

Mas he ahí que desde el punto de vista de aquella indisoluble pareja, el relator y lo relatado, algo va a desencadenarse. Y ello es nada menos que un intento de liberación respecto a esa especie de esponja, siempre ávida de los otros, tratando de sorber nuestros entrañables jugos.

¿No hubiera podido la mucama, dueña del feudo de su pieza, haberse olvidado de aquella muerte? Sacarían al hombre rígidamente estabilizado hacia la mansión provisoria de la morgue, se ventilaría y arreglaría la habitación para el nuevo huésped a quien un pasado tan próximo no se le revela jamás, y fin de la historia, al menos que, como en los cuentos de Conan Doyle, comenzaran en este punto a entrar en acción Holmes y Watson para retomar el hilo. Ese hubiera podido ser uno de los planteamientos de la situación mientras desde los seres de superficie a los del submundo del hotel fueran accediendo a la inimputabilidad absoluta. Pero no podría suceder algo así de simple en tanto la angustia de agonizar por los demás atenaceara a uno de los protagonistas, la mucama. Angustia no solo acusada a través del vaciamiento de los bolsillos del viajante en busca de datos, sino mientras el gran bolsillo humano que se da vuelta de continuo siga obsediéndonos.

Las cosas de los demás, las historias de los demás: he ahí el principio de desgaste del ser sensible. No por la ya eliminada piedad, sino porque habrá algo inevitable en la melopea individual o colectiva que nos tiene cercados para que nuestros oídos no conozcan reposo. ¿Cómo se podría no escuchar, entonces, no revisar esos bolsillos que hablan? ¿Cómo continuar leyendo en paz la novela gótica en el desván paradisíaco?

Con la carga de este hombre, que a su vez cargará a la propia mujer –y eso lo sabe la mucama cuando va a encontrarse con su espectro, o su ectoplasma, en aquel pueblo perdido, sabe que la mujer también estará muerta en algún rincón aún no explorado del cuarto del hotel– se habrá dado el primer paso: asumir a los demás como un gran acontecimiento a término, con días fijados por el calendario. Y entonces, cuando ese fruto esté en sazón, vendrá el desprendimiento. Se harán las valijas, se huirá hacia una desconocida cita de trenes. Y así quizás pueda recibirse el cetro del yo, «Fantasmas en tu coronación», poseído al fin en un desesperado divorcio con los otros que quedan en el andén universal o en el hotel del mundo.

Difícilmente desentrañable de entre la maleza de los símbolos, el dato íntimo de agobiamiento por la no pertenencia del yo muestra aquí todos aquellos caracteres con que se definiese el fenómeno vivencia en la parte expositiva: marcar a fuego al sujeto, es decir integrar su personalidad hasta confundírsele; ser intransferible como experiencia, aunque sí comunicable según la mejor suerte de los signos; dar frutos insospechados a través del tiempo, en este caso un relato de tipo hermético en algunos de sus niveles, por ejemplo el de las acciones (rebusca en los bolsillos del muerto, cita espectral con la mujer y encuentro real con su cadáver), pero perfectamente liberador para el narrante. Y por si el carácter ambiguo limitase el acceso *prima facie*, una segunda lectura mostraría la existencia de estas series ordenatrices a modo, según podría pretenderse, de Jacques Lacan, quien sometiera a la ya famosa serialización un cuento de Poe[15]. Primera: El hombre de la pieza doce que llama mediante el timbre. La mucama que encuentra al hombre muerto. La muerte del hombre que incide en el ánimo de la mucama llevándola a revisarle las ropas en busca de datos filiatorios y demás, incluyendo la existencia de una esposa. Segunda: El viaje y la entrevista con la esposa (¿metapsíquica?). El regreso al hotel y el hallazgo del cadáver presentido allí mismo donde se había clausurado ya el asunto del viajante. La huida hacia un punto x del mundo, luego de la pretendida liberación del acecho de los otros, y llevando en su ordinaria maleta de cartón el yo sin el lastre compulsivo. Elemento irreductible a las series, que Lacan situaría en la propia carta robada: el fantasma.

Frente a este verdadero *tour de forcé* de quien lucubra una historia para liberarse de una obsesión recurrente («Lo que aparece en el fantasma es el movimiento por el cual el yo se abre a la superficie y libera las singularidades cósmicas impersonales y preindividuales que aprisionaba»)[16] levantándola al área ventilada de la creación, plantearía aún una pregunta: qué del destino de quien abordará aquel

15. Jacques Lacan en *Seminaire sur «La lettre volée»*, Poe, incluido en *Ecrits*, Paris, aux Éditions du Seuil, 1966.

16. Visto en Gilles Deleuze, *Lógica del sentido* (Serie del fantasma), Barcelona, Barral Editores, 1971.

convoy elusivo, o sea si realmente los demás dejarán de interferir, si no habrá un próximo hotel, un próximo viajante, ya que el sensitivo sujeto de la peripecia será siempre el mismo aunque cambie, con apariencias de libre determinación, su nicho ecológico. Al menos hasta el día de aquella muerte que Teresa Porzecanski ha descripto con especial manejo de los tropos: (…) «y hay necesidad más que necesidad de una hierba verde y cándida y olorosos gusanos que repten entre raíces y plantas monstruosas por las piernas: después de todo para buscar lo puro hay que morir primero. Porque llega el tiempo de descalzarse y con los pies desnudos tocar la ingenuidad y esa es la silueta disímil de la perfección». O lo que sería ya la más absurda vivencia, o pre vivencia, la de la muerte, cuando los propios términos se hallan en el más riguroso de los opuestos. Antinomia esta que el poeta derriba apuntando desde sus almenas metafóricas. Pero entendiéndose que si la recta subtendida entre los extremos de la línea quebrada de este relato pudiera reducir el panorama abrupto a una cierta planicie visualizable en mayor extensión, ello daría esta breve e intensa suma de vivencias: un plan existenciario personal entrópico traspasado al mensaje emitido; una coloración poética tendiendo el puente hacia el receptor. Sujeto este que, como es lo elemental en la semiología de la comunicación, ha de ser apto para interpretar al «otro» mediante señales[17].

Pero de todos modos, interpretado o no según la mayor o menor suerte del mensaje en su travesía, lo importante en un relato de esta índole intimista ha sido la irradiación

---

17. J. L. Prieto, *Messages et signaux*: «que el receptor se dé cuenta del propósito que tiene el emisor de transmitirle un mensaje». Visto en Georges Mounin, *Introducción a la semiología*, Editorial Anagrama, Barcelona, 1972, p. 17.

misma, puesto que al salir al aire la vivencia de una asfixia ontológica, el ser ha quedado, al menos en esta zona crítica, liberado temporariamente.

Análoga combinación de elementos parapoéticos engarzados en una realidad poco iluminada como la anterior, pero esta vez a mayor escala de misterios órficos, el relato de Héctor Galmés «Suite para solista» se superpone al de Teresa Porzecanski en cierta medida relativa a lo fantasmal alegórico trasladado a lo real absoluto.

Un teatro montevideano en otros tiempos llamado Urquiza, y entonces –el cuento no lo dice– entonado en verdenilo y oro; el que cierto artista italiano –también se omite– llevase luego al estilo churrigueresco hasta romper los ojos; y el mismo al que un día, años después de remodelado, se lo devoraran las llamas. Un verdadero incendio alimentado por terciopelos, maderas y espíritus líricos: en la cresta de ese fuego debió ser donde apareciera entonces la bailarina loca de este relato. Danzó allí como en otros tiempos y luego fue bajando hasta las cenizas acumuladas en el foso de la orquesta. Y en esa tumba parece que quedó, pero no muerta, sino rediviva en cada día para un espectador único, el hombre que saca de entre los harapos de vagabundo el aguardiente ordinario y la mira danzar desde un palco fantasmal inexistente donde él se refugia con sus antiguas imágenes.

Todos los elementos de este brevísimo e intenso *raconto* vistos como en una experiencia de telequinesis (en realidad el observador es el actante y la mujer levita por la fuerza mental de su viejo amador) impelen hacia una casi absoluta certeza de vivencias del pasado reactivadas mediante fantasías que la realidad de un teatro en ruinas ha convocado. Tanto que si la psicología pudiera concatenar el cuerpo de la definición o estructura teórica del fenómeno vivencial con el de la materialización en el llamado «efecto Kirlian», o la fotografía de las imágenes que dejan las cosas luego de desaparecidas, los restos del teatro y la figura en movimiento de la bailarina supérstite quedarían habilitados para alcanzar una categoría ejemplificante.

El teatro hecho cenizas, el público habitual, la orquesta y las luces desaparecidos: vale decir la ausencia de todos los sostenes o columnas que la realidad conlleva para ser lo que es, lo concreto insobornable. Pero faltaría aún lo real inmarcesible de la imagen sumergida tal la catedral de Debussy, y con ello la temporalidad descronolizada de la mente creadora. Y por esa doble vía de insensatez, el inconsciente eyectando un lampo paradisíaco, el tiempo del padre y el descubrimiento de la mujer, o esa mitad mal que mal sepulta de toda vida de hombre.

Especie de visitación con la luz infusa propia de las apariciones («uno comprende que para lograr un efecto conmovedor apenas sea necesaria esa luz crepuscular, dice el relator-actor, aunque por momentos gritaría pidiendo reflectores»), viene esta a confirmar que el trance visionario se ha dado a la perfección en el teatro mal iluminado pero altamente perceptivo de la conciencia donde dichos fenómenos campean. Y si realmente es una forma incorpórea de la verdad todo aquello que José María Arguedas convocara a título de libro en *Los ríos profundos*, solo faltaría en el relevo de pruebas de «Suite para solista» una sencilla confesión de parte sobre la hundida vivencia, tan aflorada de pronto que casi ni iría a necesitar de dicho operativo.

Pero si bien no pueden existir aquí dudas mayores sobre la genealogía vivencial del personaje danzante en el cosmos del relator que ha recapturado la imagen precisamente porque es suya en propiedad inalienable de ojo y conciencia, así como tampoco en cuanto a la reformulación lógica del tiempo que el relato –todo relato– plantea de un pasado activo al concedérsele un presente absoluto de narración, cabría sí analizar la figura central de la danzarina en su condición esencial de «aparecida», tal como el fenómeno que, más allá del efecto óptico, está configurando una verdadera presencia para el visionario, generalmente de cepa religiosa.

Y las características comunes, como también las diferenciales, estarían dadas aquí en forma clara. Primeramente la incorruptibilidad del objeto: Así como la Inmaculada de las apariciones, con dos mil años cronológicos, es y será siempre la joven, bella y bien ataviada mujer iconográfica –Fray Angélico mediante– también la danzarina no ha envejecido; solo ha degradado el espectador de carne y hueso, habiendo caído de rodillas sobre sus cenizas el teatro mismo. O sea que la reaparición vivencial incluirá aquí elementos ornamentales muy semejantes a los del fenómeno sacro. Pero agregando, por ser el caso de la creatividad literaria desentendida de la presión confesional, perfiles no convencionales de la imagen, es decir sin las repeticiones de la visión religiosa propiamente dicha. Y así se darán la bailarina que pasa de Cisne moribundo a Psiqué, y de ahí a la propia Muerte, que tampoco es la muerte absoluta, porque «muerto está lo que no danza», dice el espectador. Y finalmente el Amor, ese paso del diminuto pie que lo ha hecho tocar la zona crítica como algo invulnerable al fuego. En otras palabras una aparición sin la placidez ni la rigidez reservada a las visiones inocentes. Más bien aquí la apocalíptica de Juan («y entre vos y ella esa tiniebla como de cielo desplomado»), porque el sujeto de la vivencia recurrente sabe, como F. S. Fitzgerald en *The crack-up* que vivir es demolerse día a día, y que él está allí salvando restos de ese derrumbe tan patético como el del techo del teatro cuando fallaran las columnas durante el incendio.

Mucho ofrecería aún el área psicológica de «Suite para solista» dentro de su sintética expresión formal, quizás con más posibilidades exploratorias que lo abarcable en un conteo del sintagma. Pero si la brevedad del relato, o mejor dicho la consciente reducción de sus límites, ha sido el indiscutible mérito de la pieza para concentrar la catástasis dramática, ello debe inducir a una también armónica proporción inquisitiva, toda vez que el cuento en sí no termina, pues la perspectiva de la aparición ha quedado abierta, tal como tenía que serlo en una evaporada indeterminación de finales.

III

Si como se habrá podido advertir Miguel Ángel Campodónico y Tarik Carson han tendido a integrar un haz de vivencias paralelas de acoso, y Teresa Porzecanski, en similar contingencia, ha sido trasladada al ámbito de Enrique Estrázulas y Héctor Galmés por su estrategia metafórica, de otros dos narradores, Mario Levrero y Carlos Pellegrino, podría decirse que han cerebrado un probable vivencial que los acercaría en cierto modo, aunque siempre manteniendo la independencia desde el ángulo creativo que se concediera a los anteriores. En ambos casos un arquetipo o representación onírica –la planta monstruosa de Levrero, la superficie profunda de Pellegrino– darían, pues, materia para una exploración dentro del mismo campo.

La pequeñez relativa en que se sumen los personajes reales –adolescentes que habitan en promiscuidad una cabaña costera– ante el crecimiento hipertrófico de cierta planta nacida de una semilla –los huevos rojos– rescatada de una isla ginecocrática por un «extranjero rubio» el que llega moribundo a la playa hasta donde es perseguido y descuartizado por las bravas isleñas, contraponen en el cuento «Capítulo xxx» de Mario Levrero dos potencias: lo real y lo fantástico. Y lo fantástico superpuesto a lo simbólico, que conferirá al relato su aura inconfundible dentro de los géneros.

«Ningún genio –ha expresado Jung– se puso jamás con la pluma o el pincel en la mano diciendo: Ahora voy a crear un símbolo»[18]. Y sin embargo los símbolos existen, y no solo para integrar diccionarios como el de Cirlot, sino por la propia función de ese inconsciente que el mismo psicólogo viese como un yacimiento simbólico hablante por los sueños, y que el escritor de determinada cepa produce en su sistema de signos de vigilia.

Ateniéndose, pues, a la aparición de aquel monstruo vegetal, cuyo ciclo biológico se ha iniciado dentro de coordenadas normales a partir de la vida latente de la semilla, la planta que surge un día tímidamente armada de dos hojas en el suelo de la cabaña, invitaría a esperar entonces la apertura del suceso unidimensional de carácter realista. Pero el malabarismo creador será tentado por las «furias del sueño». Y los síntomas de lo diferente comenzarán a aparecer, inquietantes, peligrosos, hasta asumir la forma de la Amenaza, llegándose casi hasta la omnipresencia, como si el ambiente miserabilista del hábitat fuese incubando sus poderes. Algo, no obstante, como también ocurriera en la

---

18. Carl G. Jung, Obra citada.

trilogía de Tarik Carson respecto a aquellas moscas que desovan en ojos y oídos reales de un hombre problemáticamente corpóreo, se encarga de establecer en el relato de Levrero aquel límite en que parecería sancionarse el estatuto de lo fantástico: también moscas, y unas hormigas de trabajo desconocido, mas cuya genealogía terrícola es evidente. Pero sin que deje de invadir los territorios de los perceptivo la planta, indudablemente el arquetipo o representación de algo que la realidad ha segregado, aunque la supere hasta una cabal disociación. Y finalmente el terror con que lo fantástico especula: la planta no solo ha crecido hasta el gigantismo, sino que es una especie de humanoide vegetal, puede desplazarse, e incluso hasta poseer sexualmente a las criaturas humanas. Y algo más, acelerar el tiempo en la contemporaneidad del actor llevando a ambos –actor y tiempo– a la remotez de un futuro de suyo activo, pero mineralizando de camino piel y huesos del ser humano.

Pese, sin embargo, a la riqueza de elementos interpretativos, nada sería más cuestionable dentro del sentido impuesto a esta investigación que pretender adentrarse en los oscuros dominios del monstruo en cuanto a significados contradictorios con todas las leyes del orden vegetal, tratando de desentrañarlo como símbolo. Puesto que si bien una planta tendrá siempre en simbología la definición más transparente[19], y en Botánica Oculta las diversas y alucinantes teorías sobre el advenimiento de lo vegetal en el planeta, no lo sería así cuando la misma se hubiese desviado, casi tanto como la raíz de la mandrágora y su

---

19. «Las plantas, dice Aeppli, constituyen un símbolo de aquello que de modo tranquilo y natural crece fiel a la ley interior reguladora de la equilibrada armonía de la figura (…)». Visto en A. J. Pérez Rioja, *Diccionario de Símbolos y Mitos*, Madrid, Editorial Tecnos, 1988.

forma humana, desertando así de la significación unívoca y de las prolijas clasificaciones de Linneo, para instalarse en la soledad de ejemplar maldito, adoptando en todas sus señales un lenguaje cifrado.

Pero la planta, reiteramos, es aquí una creación arquetípica, privativa de una psique individual como campo de maniobras. Y aunque las fronteras convencionales entre literariedad y ciencia se hayan, por fortuna, desmoronado, y el carácter multi-interdisciplinario de la investigación nos lance tantas veces a la búsqueda de recursos instrumentales, preciso es puntualizar que el monstruo va a quedar aquí inexplorado, sumido en su misterio tal como se lo dejara al salvarle la vida cambiándolo de sitio ante el riesgo de destrucción de la cabaña.

Aquellos sobre quienes se podrá proyectar la luz simplista del silogismo serán, sin duda, protagonista y creador, los que, por un fenómeno de pasaje osmótico, han quedado confundidos en el plano visible. Es que Levrero parece saber demasiado de Jorg y a la inversa. Y será en este punto de confluencia donde, ya sin los rodeos con que el analista pudiera acercarse a la representación materializada de la planta, el probable vivencial humano queda bajo riesgo inmediato de captación.

De ese modo, y contrariamente a lo que podría surgir a través de un elemental método deductivo partiendo de la presentación grupal del suceso en el ámbito de la cabaña, no parecería que la conciencia gregaria se diera aquí como vivencia. La forma en que el conglomerado social se disuelve finalmente, dejando libre lugar para la vejez y muerte de Jorg, ya transfigurado en aquello hacia lo que el relato se encaminara, indica que la fórmula pandillesca ha obedecido solo a una necesidad operativa, no a la mentalización de lo social. En realidad Jorg está solo, tanto como la planta. Y con la diferencia en su contra de que la planta es un ente representativo, mientras que Jorg implica una vivisección en su óntico trance, lo que ultrapasa lo descriptivo para constituir la ablación misma del ser. Esto, sí, algo en lo cual la compacta personalidad del monstruo ya no habrá de acompañarlo, siendo si acaso su contrafiguración metafísica, puesto que en ella (la planta) no existe disgregación, mientras que en el personaje, y posiblemente su creador, sí.

El planteo de tal disgregación de personalidad se detecta ya a partir del destrozo del extranjero rubio –siete pedazos que incluyen un indudable signo cabalístico– pudiendo el rescate de las semillas por el adolescente constituir una primera y dramática tentativa de juntar fragmentos de una individualidad que ya desde entonces transita desintegrada.

¿Quiénes serían, pues, esos seres diversos que componen el presente absoluto del relato? Para una diagnosis vivencial no habría tal pluralidad, sino personalidades de Jorg en la peripecia de una dislocación existencial que desborda la anécdota. Y el hecho de que uno solo, el nominado Jorg, envejezca mientras los demás continúan en su tiempo y las contingencias concomitantes (destrucción de la cabaña por los varones, embarazo de las jóvenes que cohabitaron con la planta), ello no tendrá sino una significación respecto a Jorg: él ha cargado todas las edades sobre sus espaldas, que son así como estratos geológicos. Y cuando ya no se lo pueda soportar, sobrevendrá la última disgregación que el creador parecería denotar, así como en el *Autorretrato* de Van Gogh se verá a todo Van Gogh dramáticamente reflejado.

Si acaso el viejo F., siempre igual a sí mismo y enterrando a sus muertos, sería el Dios que Levrero no ha querido nombrar sino con aquella imprecación final de Jorg, especie peculiar de blasfemia, insistiendo en que no lo sepulte, que está vivo aún, que sus pedazos –huesos largos de un lado, cráneo del otro– tienen conciencia de la última y desesperada *Spaltung*. No del todo definitiva esta, por cierto, ya que el renacimiento en las formas vegetales de la naturaleza implicará, a la vez que una última forma de personalidad disgregante, no completa, la confesión de un patético regreso a Paracelso y su *Archeus*, o «corazón de los elementos»[20], en su cosmovisión de todo lo que crece.

Concebido en dos niveles semiológicos –el referencial de las notas y el contextual o narrativo propiamente dicho– lo que llevara al autor de «Niños de Daje» a una composición gráfica de especial diseño, nada parecería más improbable de vivenciales que este relato de Carlos Pellegrino. Sin embargo, y paradójicamente, nada más propicio a su esclarecimiento.

Ocupando actualmente el relato mítico un territorio de particular enclave dentro de otro de mayor extensión y leyes propias, la semántica, en especial por los aportes de Claude Lévi-Strauss, sería quizás algo digno de laboreo previo delimitar aquí los componentes estructurales del mito (armazón, código, mensaje), analizados por A. J. Greimas en homenaje de admiración al propio Lévi-Strauss[21]. Pero ello nos alejaría de la línea y el volumen asignados a estas

---

20. Felipe Aureolo Teofrasto Bombasto de Hohenheim (Paracelso), *Tres principios*. Basilea, 1563.

21. A. J. Greimas, «Elementos para una teoría de la interpretación del relato mítico», en Roland Barthes, *et alt.*, *Análisis estructural del relato*, Buenos Aires, Editorial Tiempo Contemporáneo, Colección Comunicaciones, 1970.

búsquedas, las que parecerían aquí ser más bien atraídas magnéticamente no por el soñador de vigilia que alimentara el cuento de Mario

Levrero, sino por el soñante en el sentido lato de hombre-dormido-que-sueña con quien nos enfrenta a datos de onirismo puro Carlos Pellegrino.

Resbalaba sobre una superficie ilimitada y
elástica indiferente al roce de la piel, que recordaba
el contacto con un animal marino. Me ayudaba
de la pendiente que combaba el lugar hacia
las riberas desde donde había llegado hasta allí,
tratando de avanzar sobre las estrías de material
más denso y jabonoso; aunque no debo haber
 recorrido una vara en muchas horas ya que las
vestiduras me impedían la elasticidad y frenaban los
impulsos. Me ayudaba de las rodillas y aferrándome
a los antebrazos, empujaba el cuerpo que
despegaba brevemente para volver a caer unos
palmos más adelante. El viento barría un mucílago
erizado de burbujas, y el resplandor que encendía
el espacio hacía que la temperatura pareciese más
alta que la que entibiaba la yema de los dedos.

Vencidas las dificultades de enfrentamiento a un lenguaje ex profeso arcaizante (varas, vestiduras, etcétera) acorde con el estilo que se recibe del relator primario Fray Cartosio, el lugar geométrico de la experiencia salta a la vista. No perteneciendo ni a la realidad ni a la ficción, estaría relacionado, sin lugar a dudas, con aquel «devenir del sentido» de que hablara Gilles Deleuze en su primera serie de paradojas respecto a *Alicia* de Lewis Carroll[22].

Pero ya que todas las palabras encuentran en aquel sueño una parte del sentido, aunque sin hallarlo totalmente, el dejarse ir, el abandonarse en un proceso de extrañamiento y seguir adelante para que ello resultase a nivel de «texto invariante o armazón» ¿no produciría luego «a nivel de recepción del lector variable» una sensación de vacío, aumentando las dificultades de este cuento sin personajes, más bien una expresión del anticuento? Incuestionablemente, sí. Y de ahí que la operatividad del relato se asumiese, o bien por canales técnicos como el descubrimiento, quizás a posteriori, y el aprovechamiento consecutivo del libro *Antropofagia Ritual Americana*, según la parte referencial del cuento, como también por lectura en el túnel de la conciencia de aquello que alguien parecería ir escribiendo delante, en tanto crear sea considerado un hecho de receptividad misteriosa, ajeno a la voluntad que vigila.

Y entonces la vivencia íntima empezará a elaborarse intelectualmente con la paciencia de los corales: muertos sobre muertos para crear la isla, dándose así el producto, también insular, de ese extraño relato. Pero todo sin perderse de vista aquella *superficie* («resbalaba sobre una superficie ilimitada y elástica indiferente al roce de la piel»), esa palabra de la transcripción del sueño que tiene que ver, más que ninguna otra, con la experiencia de vacío, revistiendo asimismo caracteres de clave.

Y ello será en primer término por provenir del sueño que, aunque soterrado en parte en lo desconocido, es también una comunicación con las cosas antes de ser designadas. Y luego por su definición de «profundas». (El mismo

---

22. Gilles Deleuze, Obra citada.

Gilles Deleuze hablará así de cuando la profundidad se vuelve superficie según los estoicos que oponían a la teoría de la causalidad artistotélica, o relación de causa a efecto, las relaciones de los efectos y las causas entre sí). ¿Pues dónde estaba el actante-autor en el sueño? Precisamente en una superficie que se volvía profunda, molesta como una pesadilla alienante, que no era definible como un planeta tal los más frecuentados escenarios de la ciencia-ficción, sencillamente porque todo en lo planetario debería tener una profundidad verdadera, y esta era una profundidad virtual.

Desde luego que el relato seguido en dicho plano vivencialmente onírico no hubiera, repetimos, narrado. Al no contar con anécdota sería una visión tan estática como la señalización carretera que, si bien llegará a ser considerada una comunicación, no establece secuencias de relato. O lo que supondría una relación entre elementos verticales, así como en la visión esquizofrénica puede tocarse el piano cuando las manos están lejos. Transmitir, pues, el hecho vivido de que la superficie devenía profunda y la profundidad superficial, no era relato para aquel a «quien se quiere influenciar», según Buyssens[23], existiendo además dificultades para hallar la forma, y de ahí las combinaciones que hicieran un todo coherente, «pues hay un abismo entre lo aleatorio más completo y la combinatoria más simple, y nadie puede combinar (producir) un relato sin referirse a un sistema implícito de unidades y reglas», dirá Roland Barthes, entendiendo por unidades o funciones, o unidades funcionales –uno de los tres niveles de descripción– aquellos elementos integrados por detalles que vayan a tener importancia en el relato[24].

---

23. Cita de Georges Mounin, Obra citada.

24. Roland Barthes, Obra citada.

Pero aparte del análisis estructural, en cierta medida imprescindible para mejor aislar la vivencia desencadenante de aquel sueño, una sensación de ritmo musical se hará presente más allá de la creación misma que la experiencia onírica convocara. Algo refrendado, si se quiere, por Julia Kristeva cuando afirma de modo tajante: «La literatura nueva disuelve la narración, y, después de Mallarmé, y con Joyce y Artaud, pone en tela de juicio al signo y a su identidad para acercarse al funcionamiento de una música –dispositivo rítmico, acústico, directamente acodado a la pulsión: «chiffration mélodique tue qui compose une logique avec nos fibres» (Mallarmé). Este ritmo musical –continúa– se echa a reír del sentido y desmitifica no solamente toda ideología, sino también todo lo que se quiere idéntico a sí mismo»[25].

Diríamos, pues, que en forma simultánea a este proceso de juego o «divertissement» a expensas del maleable signo, Carlos Pellegrino ha levantado sobre su sueño de superficie profunda una verdadera armonización del rito sanguinario, la melodía de ritmo indignante y machacador de aquellos niños que hubieran sido un manjar para el paladar de Lovecraft en su terrorífica cosmogonía.

IV

De más trabajosa aproximación a las subyacencias vivenciales, y he ahí la paradoja, pudieran resultar aquellos relatos que, dentro de los parámetros de la literatura tradicional, parecerían acercarse al lector en relaciones coloquiales. Vale decir, autores denotativos que muestran las intenciones desde un principio, pero que en cierto modo

---

25. Julia Kristeva, «Pratique signifiante et mode de production» en *La traversée des signes*, Paris, aux Éditions du Seuil, Collection «Tel Quel», 1975.

están tornando más difícil la búsqueda por el alarde de juego limpio que encierra tal maniobra. Puesto que de pronto la suerte se torna adversa en materia explorativa, y para dicho caso la literatura abierta puede volverse hermética en cuanto a indagaciones psicológicas. Y ello se explica porque es siempre el narrador el que cuenta en este tipo de investigación, mientras el relato sigue su proceso de «sucesión de acontecimientos de interés humano» sin lo cual, sucesión e interés, no habrá relato según Claude Bremond[26] en su básica definición del hecho narrativo.

Parecería entonces que buscar las probables napas de vivencias en esta zona franca de la creatividad, fuera como extraviarse en un bosque sumergido donde la calidad transparente del agua no se comunicase a la masa sólida que la interfiere. Y en Milton Fornaro, *Los imprecisos límites del infierno*, se ha dado bien que visiblemente este fenómeno dicotómico: complejidad o más bien indicios de tortuosidad de la autoría junto a claridad y linealidad expositivas. Y para confirmarlo bastarían solo dos ejemplos tomados al azar: Uno, la trampa de valerse de una expresión de estilo u origen borgesiano, «los hechos –dijo el ciego Borges– son meros puntos de partida para la invención y el razonamiento», y el interpolado en la narración de un personaje también llamado Borges y ciego, pero que como detalle está acompañado de un perro y cumple en el relato una especial funcionalidad. Dos, el adelantar en la mitad del cuento, burlando a los consumidores distraídos de anécdotas, un «Susana Quintana, que aún vive», algo que en la última instancia constituiría el espectacular desenlace,

---

26. Claude Bremond *et alt.*, «La lógica de los posibles narrativos» en Roland Barthes *et alt.*, *Análisis estructural del relato*, Buenos Aires, Editorial Tiempo Contemporáneo, Colección Comunicaciones, 1970.

puesto que quién irá a reparar en los nombres vulgares de dos niñas cuando la peripecia asume cuerpo gustativo. Tales rodeos probatorios de nuestra capacidad de hilar fino están hablando, pues, de un componedor de historias que mientras intenta dar una visión del mundo y de las cosas aparentemente inocuas que lo conforman, con tanto de terrorífico en su trasfondo –visión marcada quizás por Louis-Ferdinand Céline o en casual coincidencia– descree de nosotros en tanto nos frecuenta como amable vecino en la literatura directa. Y de ahí que el tratar de descubrir sus vivenciales deba hacerse en forma metódica, por sucesivos descartes, dejando planteos de dudas por el camino y hasta recurriendo al mismo póker del que alardean autor y personajes por cuanto si aquel nos resultara un fanático de estos naipes franceses sabrá muy bien que debe disimular las cartas que tiene no permitiendo que nadie las calcule en este juego personal, no de pareja, en el que incluso puede pedir algo que no posee, «hacer farol», ya que está demostrando una gran habilidad para la simulación mediante algo que irá a transformarse en un alto ejercicio de la picardía. Asimismo, y volviendo al cuento, sin perder de vista aquí los niveles sistemáticamente ordenados en esta pieza narrativa, el de las funciones o «acontecimientos que agrupados en secuencias engendrarán un relato», según Propp y Bremond; el nivel constituido por las acciones o personajes como actantes, de Greimas y el que en Todorov será el «nivel de la narración»[27], estarán ocurriendo aquellos mismos fenómenos de «pedidos» en este póker imaginario que alcanzará también ahora al intérprete.

---

27. Vladimir Propp, *Morphologie du conte*; Claude Bremond, *Logique du récit,* Paris, aux Éditlons du Seuil, 1970.

Escasa suerte deductiva podrá lograrse en punto a acontecimientos. Siendo lo principal el suceso detonante, accidente de una de las niñas que por un momento fugaz vistieran de gracia cierto paisaje pueblerino, luego el enclaustramiento de la madre en la casa, madre extranjera y casa de piedra, dos unidades narrativas de gran significado oculto, mientras una de las criaturas alargue su existencia vegetal, la mujer adquiera junto a ella una monolítica talla de sacrificio, el *pater familia* se hunda cada vez más en la infidelidad conyugal que ya venía de lejos: y, finalmente, la clausura del drama con autoeliminación de la mujer previo y horrendo filicidio en la niña sana, esa reacción en cadena del infortunio, si bien impactante en caso de haber sido un hecho de extracción real, no parecería contener el tuétano del *vivens-entis* que se viene indagando. Para serlo, solo el propio padre de la niña supérstite portaría el collarín de fuego de la vivencia. O sea que por simple brote del caso en la conciencia de elaboración, o el legítimo derecho de creación pura del narrador, o aun por simple versión oral del episodio, solo se trataría de una de aquellas vivencias reflejas que se anotaran en el caso de Flaubert, más bien excepcionales que generalizadas.

Con tal eliminación, pues, retomaríamos el hilo para detectar en *Imprecisos límites del infierno* una verdadera convivencia de autor y personajes dentro del fenómeno Pueblo, y no precisamente en su acepción socializante de amor a como en la novela tolstoyana, sino más bien por la vía de conocimiento *de*, algo que no tendría nunca otro vector más infalible que el de las propias raíces. De fácil diagnosis por su exposición abierta, esa vivencia quedará a la vista no ya en el nivel de las funciones o acontecimientos que podrían ser también de gran ciudad e incluso de campo, sino en el de las acciones o el actuar de los personajes solo y únicamente como de pueblo, del que el narrador ha percibido perfiles nítidos como en una galería para llevarlos luego a profundidad de conciencia. No los hará desfilar a todos, se entiende, sino a condición de pocos y arquetípicos: el médico, por ejemplo, que muestra su cara presente y esconde quién sabrá qué pasado frustrante; el ciego, que como elemento catalizador provocará las reacciones; el escribano o el intelectual del grupo, cuyo pasado, si bien tan desconocido como el del médico, no parecería involucrar problemas de intrincada enunciativa. Pero todos ellos identificados con los demás mediante el común denominador de lo que el pueblo es como aldea crecida por su jurisdicción propia, aunque sin alcanzar los niveles que desembocan en el anonimato y la soledad del ser en la multitud de la urbe. Anonimato y soledad, por otra parte, que si bien lo corroen por la reductibilidad de uno en el millón, defienden su identidad al hacerlo invisible.

Es, pues, en tal dimensión donde el relator de los otros se ha hecho delator de sí mismo como un producto humano fuertemente signado. Le será posible en sucesivos vuelcos del vivir crearse una segunda envoltura de metrópoli y hasta gozar de ella sensualmente. La gran ciudad donde viva, ame y se reproduzca en adelante, así como la exótica que visite y utilice en lo futuro como emporio evocativo, será entonces en él tal el París de Hemingway, una fiesta. Pero siempre cual simple elección, frente a lo que lo otro ha quedado en rasgos indelebles de sacramento. Indudablemente este mismo trasplante puede llegar a borrar en algunos ejemplares las huellas del origen. Y la casi aclimatación suele producirse al punto de que omitir la historia personal no sea ya una mentira sino cierto lapsus provocado por la adopción perfecta del nuevo medio. Pero es dudoso que en el caso de un creador contumaz eso ocurra totalmente y hasta el fin de sus días. Y ello porque desde sus más lejanos contactos con el mundo tales relaciones fueron de aprehensión desmesurada respecto a las superficiales y caedizas de la masa media que habitara allí mismo. De donde el caldo de cultivo lugareño no será tal si la sensibilidad del captor no acompaña y sus medios para transmitir el mensaje no alcanzan. Y muchos otros que relatan experiencias de dicha génesis solo recuerdan, en tanto que en los menos esos recuerdos se ofrecen como frutos al sol, precisamente en sazón porque la mitad vital del árbol se halla enterrada. En suma: que frente a un portador de tales vivencias bajo caución –controlado, sin desmesura y a prudente distancia del costumbrismo– restaría aún predecir en qué medida ese caudal puede ir amenguando debido a naturales defensas contra la melancolía y hasta por la obligación de universalizar sus esquemas que la madurez le vaya exigiendo. Pero una literatura de laboratorio se las arreglará siempre con sus propios métodos para detectar, como en el caso de este infierno de imprecisos límites, la *cognitio-onis* de hombre pueblo más allá de una comunicación expresa para diccionarios o biografías. La anécdota, entonces, escalofriante en sí, atestiguada o simplemente fraguada en los lagares imaginativos, parecería descartar la vivencia por razones obvias. Pero allí ha quedado algo más acorde con un sonido de balitadera, el lugar donde supuestamente se ha colocado la casa de piedra del horror, con una niña muerta en vida que comunique su eterno ronquido, ni más ni menos que lo que es un pueblo mientras, en apariencia dormido por las noches o las calladas siestas de verano, se amortaja en sus historias secretas.

Mundos tangenciales pero diferentes. O quizás mundos paralelos donde reside la diversidad: tal lo que podría constatarse si entre ventanas opuestas al mismo nivel de una calle se tendieran puentes de acceso para cierta indagatoria, la forma de llenar cada uno de los habitantes de atrás del cristal el minuto –y no más– que durase este esclarecimiento frente por frente. En cada caso, y sin ningún falseamiento, una manera distinta de vivir la misma contingencia del tiempo breve: por las personales actitudes del cuerpo físico, pero principalmente por el aura individual del prototipo, o aquello que no pesa, aunque sí determina la gravidez del sentido en cada vida.

Diríamos que esa fórmula personal de los universos paralelos y distintos se da también en la literatura aparentemente de coincidencia. O sea que podrá abrevarse en las mismas fuentes, apropiar idénticos alimentos considerados como estructurales, pero con una fundamental diferencia de metabolismo.

Así el relato de Rubén Loza Aguerrebere, «Miriam» (no por azar aquí la forma hebrea de María), que se habrá percibido ambientado en escenarios de tierra adentro como el que más, podría, sin embargo, para una probabilidad de reelaboración de los mismos datos en otros de su categoría, apartarse de los copartícipes del género mediante improntas diferentes. Pues si bien lo narrado es generalmente la máscara y el escritor el dueño del verdadero rostro –como tantas otras veces ni siquiera eso, ya que lo escrito ha salido de él tal el agua evaporada sin que sea el río el que se levante– hay sí un arrastre del sello, o más bien del misterio que ese sello encierra.

Dicho signo hermético parecería darse aquí bajo la forma de un nostálgico rescate del pasado, o la brisa del Mississippi de Mark Twain repitiéndose en un análogo desposorio creativo por palabras de presente o a distancia.

La anécdota del relato aparecerá en un principio como todo lo sencilla y posible que pueda concebirse: cierta joven que atrapa a un también joven compañero de viaje de autobús mediante el viejo recurso del parecido físico con otro, el que a la postre viene a saberse está metido entrambos bajo la forma de una fotografía en el bolso. Ese inocente juego de captación por medio de la música de las palabras, con todos los caracteres de una emboscada sexual en el mundo de los insectos filarmónicos es, sin embargo, algo preparatorio, y no precisamente del romance que se vislumbra, y que se da luego por las propias condicionantes, una recíproca necesidad de amor, sino del drama secreto. Drama este que el relato mantendrá en absoluto suspenso cubierto por el follaje del devaneo, hasta la instancia del histórico desenlace: la mujer necesitaba una columna más para sostener las ruinas de su oculto reino amoroso personal, y no bajo la forma del vulgar triángulo, sino como fuerza adicional para llamar a la última puerta, la del irracional milagro.

La soledad de estos dos seres del arranque narrativo hubiera entonces justificado la esfumación del resto viviente, el pueblo mismo que los alumbrara de uno en uno para luego juntarlos en un haz de destinos. Y ese pueblo —con sus mentes, sus casas, sus menudas y alguna vez terrible historias— al quedar fuera de foco permitiría el agrandamiento observable en las primeras unidades narrativas. Y hasta diríase que, salvo aquel café que se hubiera tendido a imaginar como el de Carson McCullers, en la *Balada del café triste* (a no ser por la música-ruido que solía invadirlo), y salvo también la plaza y su propicia penumbra nocturna que vendrían a ser como los rudimentos escenográficos de un teatro experimental, el mundo circundante habría desaparecido, o tal vez relativizado, si por el mismo se entenderá siempre el cuerpo social completo y, en relación a la escena, el sector expectante.

Pero va a darse de pronto un singular fenómeno colectivo que el escritor extrae notoriamente de su saco de vivencias personales: la peregrinación misma que en forma periódica ese pueblo y sus adyacencias realizan hacia el sitial de una Virgen supuestamente milagrosa entronizada en la cumbre de un cerro.

Vale decir que el conglomerado social, en masa o en pequeño grupo, inexistente en tanto los enamorados solo transcurrían en el tiempo de sus citas, va a establecerse de súbito. Y entonces sí ya será pueblo el que surja a la vista, pero no la grey flotante de viajeros curiosos que se lanzan hasta Lourdes o Fátima para registrar en sus cuadernos o en sus cámaras el espectáculo de la lacerada caravana, sino aquello que constituye la caravana en sí hacia esas imágenes que se han erigido luego del enigma de las apariciones: el fluctuar de interminables corrientes de devoción, tanto local como de las zonas de influencia, adonde la misteriosa mujer inmóvil ha llegado con su fama.

Y la peregrinación, en este caso a la Virgen vernácula del Verdún, confiere una vida adicional a cierto núcleo de suyo aletargado por un sopor de aldea. Simultáneamente los protagonistas del relato dejarán entonces de pertenecerse en forma individual, son ya parte de un clima lugareño que los arrastra al remolino tal como a aquellas interpoladas mariposas del tracto narrativo: «El ómnibus avanzaba tan lentamente que por las ventanillas entraban y salían las mariposas».

De ahí, pues, que, aparte del efecto culminatorio, que quizá pueda ser tan real como surgido de los recodos de la pura creatividad, lo que contará aquí vivencialmente será más que nada esa extendida lámina donde ha quedado grabada como en una gigantesca estereotipia la manifestación masiva de una fe. Esa fe que desde las profundas vertientes de los Evangelios a los humildes cauces de la catequesis será el mitigativo de las llagas del hombre en tanto una picadura de agnosticismo no lo lance a la rebeldía. Y es precisamente la nostalgia del lugar lo que ha hecho posible la recreación a través del relato. Nostalgia que castizamente hablando es la del pago como «tierras o heredades de viñas u olivares», abarcando luego la región geográfica que se nos apareja hasta el final como una sombra, quizás porque allí quedaron los fantasmas cuando los cuerpos ya no existen. O aquel «Padre, madre, ¿dónde están ahora?» de *Las Elegías* de Hölderlin.

Pero lo singular de la creación nostálgica radica en el hecho de que tal vez el dador no sepa que ese paisaje que ha adosado —en este caso una peregrinación religiosa por un equívoco entre dos actores— es desde cierto punto de vista una terapia que habrá de permitir abarcar en adelante otros mundos que le irán alejando de más en más de lo entrañable, al transpolar algún día el pueblo para invadir lo universalmente válido. Ello no significará, desde luego, que el posible desarraigo creativo del futuro se confunda con el vivencial. También donde «estuvieron» las vivencias liberadas queda una marca, y esa es, sin duda, parte de su naturaleza irreversible.

Mas lo principal para el arte –el arte como monstruo siempre insatisfecho de alimentos terrestres– es que un par de ojos hayan captado lo que otros solamente vieran: la majestad de un espectáculo. «Usted escucha con los ojos, por eso le contaré esta historia»[28], dijo un día Wilde a Gide en una de sus entrevistas en París. Y le relató algo que verdaderamente era para acústica visual.

La rápida visión del cortejo hacia el Cerro coronado por la Virgen frente a la que «fuimos los tres cada cual con su sonrisa» (¿qué clase de sonrisa en lo individual del drama tripartito?), conferirá, pues, a este relato, desde el punto de vista de lo que se rastrea, la valoración testimonial de una de esas estampas religiosas dejadas nunca se sabrá por quién en ciertos libros antiguos que se adquieren en sus yacimientos naturales. Tal estampa no dirá nada de por sí, sino en relación a las manos que la colocaron allí tan motivadas por algo, un pensamiento quizás inadvertido de futuro rescate, una voluntad de testamento: que esto no se pierda, que se halle aquí intacto cuando yo haya muerto. Y lo cual en otros seres de mayor ambición será o la elegía, o el cuadro, o, como en este caso, el pasaje aparentemente ornamental de un relato donde la anécdota en sí ha sido sobreactuada por la vivencia subyacente.

V

En un viraje sensible de la rosa náutica, y frente al despliegue de la invención asumida por los narradores itine-

---

28. André Gide, *Oscar Wilde. In Memoriam (souvenirs). Le «De Profundis», avec un portrait.*

rantes de lo creativo, Tomás de Mattos ha abierto la Biblia marcando un capítulo para su glosa.

Y el profeta Elías tesbita (Reyes I, 18. 19.) resurgirá con todas las condicionantes para el gran relato dramático: sus vestimentas en base a escasos harapos ceñidos por un cinturón de cuero, sus cabellos largos e hirsutos, su comida traída por los cuervos y eventualmente por una viuda a cuyo hijo moribundo salva. Como escenario, el de aquella gran sequía; y como final de carrera el ser arrebatado por un torbellino.

Para un inerrantismo absoluto, en lo que este dice a la teoría de la inspiración integral de la Biblia sin discusión permisible[29], Elías es sin duda una figura de primera magnitud. En épocas de la mayor apostasía ha recibido la voz de Yahvé para combatir a los adoradores de la divinidad fenicia de Baal y lo logra mediante un descenso de fuego del cielo para consumir los holocaustos; provoca la lluvia generalizando la tormenta desde una nube del tamaño de un palmo, y lo que es su más grande condición sabe encontrarse con Yahvé en la soledad del monte Horeb, tal como si esta soledad fuese consustancial a Dios y su profeta para una identidad de este con los designios del Tetragrámaton inefable, o las cuatro consonantes (JHVH) del nombre impronunciable.

No constituyendo, sin embargo, este un capítulo de teología, lo que interese para investigarse será aquí el mero contenido psicológico de una elección: por qué Elías y no otro profeta en la conciencia del narrador. O sea la convivencia de autor y personaje por obra de una empatía singular cuya aclaración será necesario encarar.

---

29. O su indiscutibilidad como palabra de Dios, descartando, por lo tanto, que no se haya dado tal originalidad de textos, y que los siete mil años del relato bíblico tengan, si acaso, como mérito mayor, esa milenaria resistencia a la erosión, cuando las correcciones, modificaciones, interpolaciones, falsificaciones, han sido su peculiar destino histórico como documento.

Cerrando, pues, el Libro de Reyes, orientaríamos entonces la pesquisa rumbo a otras fuentes, y el Nuevo Testamento será el llamado a abrir un acceso secreto. Sabido es que el Evangelio según san Mateo constituye, en el orden cronológico, el primeramente escrito. De tal modo que cuando Cristo, al hablar en este Evangelio, diga refiriéndose al Bautista: «Y si queréis saber entenderlo él mismo es aquel Elías que debía venir» (Mat. V, 11. 14.) no solo será la primera vez que el profeta engarce en el Nuevo Testamento, sino que su figura reasumirá entonces la antigua jerarquía de anticipación en la mente de los discípulos, encendiendo en ellos una misteriosa luz de conjeturas: ¿Juan Bautista era entonces el Elías de la tradición judía?

Durante el episodio de la Transfiguración (Mat. VII, 17.) Moisés, y también Elías, se aparecen ante Cristo y hablan con él. Pedro sugiere entonces al Maestro la idea de levantar allí tres tiendas: «una para Ti, una para Moisés y otra para Elías». Pero con su última palabra viene a cubrirlos una nube luminosa, diríamos hoy de otra dimensión, que atemoriza a los discípulos, y finalmente Cristo queda solo de nuevo. Luego, y al bajar de la montaña, aquellos que preguntan: «¿Por qué, pues, los escribas dicen que Elías debe venir primero?». Él les respondió y dijo: «Ciertamente Elías vendrá y restaurará todo. Os declaro, empero, que Elías ya vino, pero no lo conocieron, sino que hicieron con él cuanto quisieron».

La segunda alusión a Elías en la persona del decapitado Juan Bautista ha agregado esta palabra: Restauración. Y tal palabra, o adherida al discurso o fuera de él y colgando en el vacío, tendrá siempre un mismo sentido: juntar pedazos, ya sean materiales o no, recomponer lo deshecho, volver la imagen destruida de algo a su versión primitiva y perfecta.

Tal apocatástasis divina o restauración atribuida a Elías en san Mateo, nos podría aproximar a las claves de la elección del profeta para la glosa. Pues he ahí un hombre históricamente ubicado entre dos épocas y sus dos libros, el Antiguo y el Nuevo Testamento, por consecuencia entre dos religiones –judaísmo y cristianismo– y cuya estatura debe ser entonces calculada en medidas de patrón gigantesco que exceden a las simples descripciones legendarias, en que la profusión de personajes hace perder tantas veces el tamaño absoluto.

Pero resultará también que aquel Elías de los harapos y los cuervos, la lluvia sobre la tierra seca de tres años, los diálogos con Yahvé en el monte Horeb y la presencia en la Transfiguración, ha ejecutado en masa a cuatrocientos cincuenta adoradores de Baal, pasándolos a cuchillo junto al telón de fondo del torrente Cisón, luego del episodio del fuego celeste y los dos novillos del holocausto. Y fácil resultará entonces imaginar con qué terror habrán mirado los hombres de Baal encenderse el fuego de Elías mientras su propia leña permanecía inerte. Y también cómo habrá sido su retirada de la escena. Pero lo que la mente no puede concebir sino por una operación de traslado al teatro de nuestros propios horrores epocales, es aquella degollación colectiva junto al torrente, especie de paredón líquido cerca del cual, dado el entorno, cantarían quizás los pájaros.

Violento y sanguinario como fuera, pues («lamerán un día los perros tu sangre», ha dicho) a Elías o se le acepta como un inspirado de máxima talla por el pensamiento inerrante, o se le rechaza como a un fanático por la mente racionalista. Y entonces se hará necesario volver a la palabra clave del Evangelio según san Mateo, restauración, el que vendrá a restaurarlo todo, desde luego que con un silencio sobre los medios –violencia o no violencia– que llamaría a engaño si, a través de sus acciones teándricas, en la acepción de humanas, Jesucristo no hubiese también practicado como Elías ciertas fórmulas drásticas de apercibimiento.

«Toda religión –dice Kristeva– discurre sobre el acontecimiento único, el solo, el thético, poniendo fin a la violencia por un acto violento, que crea un sistema o una estructura de comunicación por lo tanto significante, y la antropología, reflexionando sobre el sacrificio, parece poder mostrarlo»[30].

En todo caso, la figura de Elías se ha proyectado como un símbolo, siendo recogido en el relato «La gran sequía» mediante un lenguaje que no parecería discernir en términos casuales, sino como una cosmovisión intelectual del signo violento de la época.

¿Vivencialmente o solo creativamente? Estas preguntas, si pudieran ser hechas más allá del papel a un escritor auténtico como de Mattos, macizo, rico en detalles como un cuadro de El Bosco, y al mismo tiempo parsimonioso, económico y frugal como dueño absoluto de una literatura potenciada por el arremetimiento, arrojarían tal vez la luz que siempre faltará cuando se ha escamoteado lo coloquial sustituyéndolo por la mera conjetura a distancia. De todos modos, Elías tesbita debió quitar el sueño de alguien con algo más que la intención estética. A menos que, al estilo de Jacques Lacan, ese insomne haya escrito en el marcador del Libro de Reyes: «Pienso donde no soy, soy donde no pienso».

---

30. Julia Kristeva, Obra citada, donde se remite a un trabajo de H. Hubert y M. Maus, *Essai sur la nature et la fonction du sacrifice* (1889), reimpreso en Paris, Les Éditions de Minuit, 1968.

MUERTE POR ALACRÁN

Reflexiones al margen de un intento de escenificación.

Fue a Alexandre Astruc -nacido en 1923 y cuya primera película se originara a los 30 años- a quien le cupiese desarrollar en el Ensayo LA CAMÉRA STYLO la teoría de la adaptación cinematográfica de un
texto literario dentro de la ajustada disciplina del creador que no "des
crea", no destroza, no metaliza, diríamos, en nombre de una distinta
forma expresiva el producto que tiene entre manos para su filmación.
Otros recursos, sí (imagen, movimiento, sonido, trucos, luces),
pero idéntico proceso interior en el espectador -íntimo, subjetivo- que
el que se lograra por medio de la lectura de la pieza. "El cine no tiene porvenir, dice ya en el año 1948 arremetiendo con su teoría, a menos
que la cámara termine por reemplazar a la estilográfica", o sea que cual
quier cosa salida de esa estilográfica -ensayo, poesía, etcétera- pueda
pasar a la pantalla como si aquel adminículo de escribir estuviese realizando el traslado con su punta.
Y así es como de un viejo libro de relatos, LAS DIABÓLICAS,
(1874), de Barbey D'Aurevilly, extrae uno, quizás el que más podría ejem
plificar su ideario, LE RIDEAU CRAMOISI, dejándolo prácticamente entero,
mientras una voz en off cuenta lo que ocurre. Y le confiere de ese modo otra dimensión, cierto, al ilustrarlo con imágenes, pero sin quitar
ni agregar nada en nombre de ninguna exigencia convencional del arte al
que ha sido trasladado, y el que tantas veces invade forma y fondo de una
obra haciéndola irreconocible, puede ser que más rica o fastuosa, pero
diferente.
"He construído mi película, dice aún al respecto, basándome en
el comentario visual de un texto del cual he intentado conservar el tono
propio del cuento, las imágenes y las palabras comunes paralelamente sin
hacer un doble empleo, buscando sobre todo recrear la atmósfera y resti
tuir el movimiento de esa marcha a la muerte que hace del relato de Barbey una cosa muy diferente de una extraña historia de amor, casi una tragedia. He querido conservar su estilo "indirecto" a mitad del
camino entre el recuerdo y el sueño, la confesión y el relato (...)"
Ante esta respetuosa, honrada y lúcida declaración de fidelidad
de un creador que se planta frente a otro prometiéndole llevar a imagen
un pensamiento, transcribirlo, según el título mismo del ensayo, me es
preciso confesar mis propias dudas expresando:
1.o- Que fui consciente de la deformación que introducía en el relato
MUERTE POR ALACRÁN al llevarlo a la forma de libreto, se entiende que
rudimentario, pues sólo esbocé, técnicamente hablando, un guión al independizar imágenes y sonidos.
2.o- Que en cierta medida esa conciencia me exime de culpa frente a mi
propio relato primigenio.
3.o- Pero que se me había propuesto introducir diálogo, no el solo recurso de voces en off, y entonces esos mismos parlamentos adventicios me a-
rrastraron a una nueva versión del cuento que hubiera tal vez criticado
de habérsemela ofrecido de otra mano.
Y luego de este numeral que contiene un principio de absolución
de posiciones, entro a pormenorizar mis reservas, pues pienso que la auto-

crítica es un deber ~~que debiera~~ primordial hacia uno mismo, de lo contrario ¿cómo sería posible discutir con quienes nos desmenuzan a veces aviesamente?. Y me enfrenté así, practicando una lectura paralela, a estos descubrimientos:

A)- El cuento había ganado relieve en lo que refiere al diseño de las criaturas que integraban su armazón ósea y moral. El discurrir de los personajes es siempre un banco de claves. Parecería que la palabra salida de las propias bocas fuera una línea también de estilográfica -basándose en Astruc- que autodibujase figuras un tanto vagas en cuanto a que el autor, que está fuera de ellas, las había creado más en base a pensamiento que a signos. Y consecuentemente esa condición parlante les confirió una mayor operatividad no sólo en materia de posibilidades de un filme, sino en sus relaciones humanas o de comunicación.

B)- Al interferir las nuevas escenas parlantes con la propia búsqueda del alacrán por el aterrado mucamo, pues este menester no se interrumpe, antes bien es como la corriente de un río donde la presión y los recuerdos del entorno reaparecieran sin molestar su vocación de desembocadura en alguna parte, el relato no fue tampoco adulterado desde el punto de vista estructural, sino ampliado. La propia casa dada vuelta de repente por un mayordomo enloquecido, los mismos descubrimientos en la intimidad de cada habitante de la mansión, el mismo carácter apacible de la cocinera que habita el subsuelo, la misma inconsciente perversidad de los camioneros que, creyéndose a salvo de un destino mortal, han dejado la carga de leña "marcada" para otros: pero todo cobrando un mayor relieve como visto a través de un cristal de aumento.

C)- Pero y esto es y será siempre el riesgo que se corra en tales casos de adaptación de una obra a otros fines- ocurrió algo sólo quizás perceptible para quien, por haber manejado arquetipos, dejase implantada la metáfora al administrarse dentro de un régimen económico en materia de detalles. Y el autor se encuentra de este modo con que los personajes, devoradores ya de por sí, en su inclemencia, en su sensualidad, en su pasión acumulativa, se han, a la postre, "fagocitado" también el ascético simbolismo del relato.

D)- Porque el alacrán era, sin duda alguna para un sector adiestrado en el desentrañamiento, la Amenaza, configuraba una especie de representante de un pleito metafísico, un laisser passer sin explicación racional negado a los inocentes y reservado a los desentendidos de la piedad en un mundo donde la ley de causa a efecto parecería atenuar los rigores cuando los causantes exhiben o guardan algún misterio o salvoconducto contra la punición que deberían reservarle aquellos mismos efectos.

Y entonces, al desembozarse demasiado mediante parlamentos banales, el de cierta cena, por ejemplo, ¿no se habrá ablandado el cuento con literatura?

Pues si algo campeaba en el relato era un cierto desprecio a la literariedad, un señalado, sí, respeto por el animal ponzoñoso que va a hacer algo, no se sabrá qué hasta el momento final, cuando ese designio sea ni más ni menos que castigar a los no culpables.

E)- Pero a los fines dramatizables -cine, teatro- o lo que sea- ¿qué otro remedio que la adulteración? Pues no siempre la Caméra Stylo de Astruc y las voces en off serán el camino. La cámara estilográfica puede también escribir lo inexpresado en el opus original, ya que si estaba en las mentes de los protagonistas también pugnaría por estar en la palabra no dicha antes. Hay una especie de poder germinativo latente en la palabra que quizás Astruc no viese en aquella primera época, cuando el pelo de

MUERTE POR ALACRÁN
REFLEXIONES AL MARGEN DE UN INTENTO DE ESCENIFICACIÓN

Fue a Alexandre Astruc –nacido en 1923 y cuya primera película se originara a los treinta años– a quien le cupiese desarrollar en el ensayo *La caméra sytlo* la teoría de la adaptación cinematográfica de un texto literario dentro de la ajustada disciplina del creador que no «descrea», no destroza, no metaboliza, diríamos, en nombre de una distinta forma expresiva el producto que tiene entre manos para su filmación.

Otros recursos, sí (imagen, movimiento, sonido, trucos, luces), pero idéntico proceso interior en el espectador –íntimo, subjetivo– que el que se lograra por medio de la lectura de la pieza. «El cine no tiene porvenir, dice ya en el año 1948 arremetiendo con su teoría, a menos que la cámara termine por reemplazar a la estilográfica», o sea que cualquier cosa salida de esa estilográfica ensayo, poesía, etcétera, pueda pasar a la pantalla como si aquel adminículo de escribir estuviese realizando el traslado con su punta.

Y así es como de un viejo libro de relatos, *Las diabólicas* (1874), de Barbey D'Aurevilly, extrae uno, quizás el que más podría ejemplificar su ideario, «Le rideau cramoisi», dejándolo prácticamente entero, mientras una voz en *off* cuenta lo que ocurre. Y le confiere de ese modo otra dimensión, cierto, al ilustrarlo con imágenes, pero sin quitar ni agregar nada en nombre de ninguna exigencia convencional del arte al que ha sido trasladado, y el que tantas veces invade forma y fondo de una obra haciéndola irreconocible, puede ser más rica o fastuosa, pero diferente.

«He construido [sic] mi película, dice aún al respecto, basándome en el comentario visual de un texto del cual he intentado conservar el tono propio del cuento, las imágenes y las palabras comunes paralelamente sin hacer un doble empleo, buscando sobre todo recrear la atmósfera y restituir el movimiento de esa marcha a la muerte que hace del relato de Barbey una cosa muy diferente de una extraña historia de amor, casi una tragedia. He [palabra tachada ilegible] querido conservar su estilo «indirecto» a mitad del camino entre el recuerdo y el sueño, la confesión y el relato [...]».

Ante esta respetuosa, honrada y lúcida declaración de fidelidad de un creador que se planta frente a otro prometiéndole llevar a imagen un pensamiento, transcribirlo, según el título mismo del ensayo, me es preciso confesar mis propias dudas expresando:

1.0. Que fui consciente de la deformación que introducía en el relato «Muerte por alacrán» al llevarlo a la forma de libreto, se entiende que rudimentario, pues solo esbocé, técnicamente hablando, un guion al independizar imágenes y sonidos.

2.0. Que en cierta medida esa conciencia me exime de culpa frente a mi propio relato primigenio.

3.0. Pero que *se me había* propuesto introducir diálogo, no solo recurso de voces en *off*, y entonces esos mismos parlamentos adventicios *me arrastraron a una nueva versión* de cuento que hubiera tal vez criticado de habérsemela ofrecido de otra mano.

Y luego de este numeral que contiene un principio de absolución de posiciones, entro a pormenorizar mis reservas, pues pienso que la autocrítica es un deber primordial hacia uno mismo, de lo contrario ¿cómo sería posible discutir con quienes nos desmenuzan a veces aviesamente? Y me enfrenté así, practicando una lectura paralela, a estos descubrimientos:

A) El cuento había ganado relieve en lo que se refiere al diseño de las criaturas que integraban su armazón ósea y moral. El discurrir de los personajes es siempre un banco de claves. Parecería que la palabra salida de las propias bocas fuera una línea también de estilográfica –basándose en Astruc– que autodibujase figuras un tanto vagas en cuanto a que el autor, que está fuera de ellas, las había creado más en base a pensamiento que a signos. Y consecuentemente esa condición parlante les confirió una mayor operatividad, no solo en materia de posibilidad de un filme, sino en sus relaciones humanas o de comunicación.

B) Al interferir las nuevas escenas parlantes con la propia búsqueda del alacrán por el aterrado mucamo, pues este menester no se interrumpe, antes bien es como la corriente de un río donde la presión y los recuerdos del entorno reaparecieran sin molestar su vocación de desembocadura en alguna parte, el relato no fue tampoco adulterado desde el punto de vista estructural, sino ampliado. La propia casa dada vuelta de repente por un mayordomo enloquecido, los mismos descubrimientos en la intimidad de cada habitante de la mansión, el mismo carácter apacible de la cocinera que habita el subsuelo, la misma inconsciente perversidad de los camioneros que, creyéndose a salvo de un destino mortal, han dejado la carga de leña «marcada» para otros: pero todo cobrando un mayor relieve como visto a través de un cristal de aumento.

C) Pero –y esto es y será siempre el riesgo que se corra en tales casos de adaptación de una obra a otros fines– ocurrió algo solo quizás perceptible para quien, por haber manejado arquetipos, dejase implantada la metáfora al administrarse dentro de un régimen económico en materia de detalles. Y el autor se encuentra de este modo con que los personajes, devoradores ya de por sí, en su inclemencia, en su sensualidad, en su pasión acumulativa, se han, a la postre, «fagocitado» también el [palabra tachada ilegible] ascético simbolismo del relato.

D) Porque el alacrán era, sin duda alguna para un sector adiestrado en el desentrañamiento, la Amenaza, configuraba una especie de representante de un pleito metafísico, un *laisser passer* sin explicación racional negado a los inocentes y reservado a los desentendidos de la piedad en un mundo donde la ley de causa efecto parecería atenuar los rigores cuando los causantes exhiben o guardan algún misterio o salvoconducto contra la punición que deberían reservarle aquellos mismos efectos.

Y entonces, al desembozarse demasiado mediante parlamentos banales, el de cierta cena, por ejemplo ¿no se habrá ablandado el cuento con literatura?

Pues si algo campeaba en el relato era un cierto desprecio a la literariedad, un señalado, sí, respeto por el animal ponzoñoso que va a hacer algo, no se sabrá qué hasta el momento final, cuando ese designio sea ni más ni menos que castigar a los no culpables.

E) Pero a los fines dramatizables –cine, teatro o lo que sea– ¿qué otro remedio que la adulteración? Pues no siempre la Caméra Sytlo de Astruc y las voces en *off* serán el camino. La cámara estilográfica puede también escribir lo inexpresado en el opus original, que si *estaba* en las mentes de los protagonistas también pugnaría por *estar* en la palabra no dicha antes. Hay una especie de poder germinativo latente en la palabra que quizás no viese en aquella época, cuando el pelo de la mujer se enganchaba en una puerta pareciendo oficiar un Réquiem. Y entonces, aun a riesgo de una ablación o extirpación del meollo filosófico, este puede retomar vida propia en la expresiva fuerza de la imagen parlante de por sí. Algo que nunca se supo, por otra parte, en el relato «Muerte por alacrán», haciendo obvias las discusiones meramente técnicas y/o subjetivas que se han planteado.

Armonía Somers

M U E R T E   P O R   A L A C R Á N
A r m o n í a   S o m e r s

Apuntes para ~~~~~ un Guión Cinematográfico.

-I-

CAMIONEROS EN LA CARRETERA.
El viaje de dos camioneros en
la carretera se desarrolla en un
tren monótono, con alguna que otra
de las incidencias ruteras de siem
pre. Los hombres transpiran, deta
lle muy importante, en primer término porque el verano está presente a lo largo de toda la acción, y,
en un plano subjetivo, por el papel
que juegan lo que podríamos llamar
la Amenaza de ese mismo trozo de
verano, que es la carga de leña ha
bitada por "alguien" que transportan los individuos. De pronto, la
voz de uno de ellos rompe el silencio.

CAMIONERO 1
-Me lo vengo preguntando y no encuentro respuesta: ¿A qué tanto combustible
bajo un sol que ablanda los sesos?

CAMIONERO 2
-Porque los ricos son así, no te calientes por tan poco, que ya tenemos de sobra con los cuarenta y nueve del termómetro, viejo...

Y ya no hablaron más por un
rato, salvo los dichos brutales
lanzados a los conductores de
pequeños vehículos que no se a-
rredran ante la primacía del
gran transporte, o sobre el tamaño de la víbora atravesada en
el camino que seguirá viviendo
si no se le pisó la cabeza. Se
cuidan mutuamente del sueño que
produce la raya. Sacan la bote
lla de algo fuerte y beben por

AMBOS CAMIONEROS
Camionero1, a un Wolwagen:
-Andá a hacerte hervir, cabeza de ropero!
Camionero 2, a un Jeep:
-¿Por qué no vas a manejar autitos al
   parque de diversiones!...

turno, contravienen, entretanto,
las advertencias camineras como
si hubiese que hacer al revés lo
aconsejado. De repente, surge a
lo lejos una casa de varias chimeneas de imponente aspecto. Los
techos de la gran mansión, en dis
tintos planos inclinados, dan la
impresión de quebrar el aire. La
profusión de chimeneas es capital
en el juego de los acontecimientos. Indica no sólo opulencia si
no previsión: también puede servir
como refugio de invierno una casa de veraneo.

                    CAMIONERO 2
    -Ya te lo decía, son ricos y no se les
escapa nada. Vendrán también en el invierno y desde ya se están atiborrando de leña
seca para las estufas, no sea cosa de dejarse madrugar por nadie, ni siquiera las
primeras lluvias del otoño...

                    CAMIONERO 1
(Sacándose el sudor entre los dedos) -Y a
mí no ha dejado de punzarme el hijo de perra durante todo el viaje. Con cada sacudida en los malditos baches, me ha dado la
mala espina de que el alacrán aquel que se
metió entre las astillas al cargar me elegía como candidato...

                    CAMIONERO 2
(Brutalmente) -¿Acabrás con el asunto? Para
tanto como eso hubiera sido mejor renunciar
al viaje cuando lo vimos esconderse entre
la leña... Como un trencito de juguete (señala en el aire la marcha sinuosa de un convoy), y capaz de meterse en el túnel del espinazo...

El Camionero 1 se restrega con terror contra el respaldo. Todo su ser
parece invadido ████████████, contra el falso aire desaprensivo del o-
tro.

CAMIONERO 1

-Hubiéramos largado todo al diablo en ese
momento.

CAMIONERO 2

-Pero agarramos el trabajo ¿no? Entonces,
con alacrán y todo, tendremos que descargar. Y si el bicho nos encaja su podrido veneno, paciencia. Se revienta de eso
y no de otra peste cualquiera; costumbre
zonza la de andar eligiendo la forma de
estirar las de matar hormigas.

CAMIONEROS EN LA MANSION

El conductor aminora la marcha
al llegar al cartel indicador con
una flecha: VILLA LAS THERESES.EN
TRADA. Pone el motor en segunda y
empieza a subir la rampa de acceso
al edificio, metiéndose como una
oruga entre dos extensiones   de
césped tan rapado, tan sin sexo
que parece más bien un afiche de
turismo. Dos perros enormes salen
al aire.

Ladridos insistentes.

Nueva flecha indicadora: SERVI-
CIO. Más césped sofisticado como
de tapicería. Hasta que surge el
Mayordomo, seco, elegante y duro
con expresión hermética de candado como para un arcón de estilo.

MAYORDOMO

(Señalando como lo haría un director de orquesta hacia los violines) -Por aquí. Voy
a traer los canastos.

Los camioneros se miran con toda la inteligencia de sus quilómetros

de vida. Uno de los perros ha
descubierto algo en la rueda del
camión, huele minuciosamente y
levantando la pata, orina. Justo
cuando el segundo perro deja también su pequeña arroyo, que el
sol y la tierra se disputan como
estados limítrofes, los hombres
saltan cada cual por su puerta,
encaminándose a la parte posterior del vehículo. Nueva entrada en escena del Mayordomo. Los
Camioneros vuelven a entenderse
con una mirada. La mirada parece de pronto adquirir la intensidad emocional de una despedida.
Pero eso durará poco. Cuando el
Mayordomo entrega los dos grandes cestos, aquellos individuos
que han sufrido el uno por el o-
tro ya no están a la vista. Son
el par de camioneros vulgares que
arrebatan al hombre los cestos de
las manos, enviándole miradas
irónicas a sus zapatos lustrados,
a su pechera blanca. Luego uno
de ellos maniobra con la volcadora y el río de troncos empieza
a deslizarse, siempre bajo un clima de terror. Alacranes subjetivos
se confunden con la visión de las
astillas que caen.

MUCAMA Y CAMIONEROS
   Escalera de caracol que conduce
al subsuelo de la mansión.   (Voz de la mucama canturreando)...se me
                                              esaparon las vacas/ y a cualquiera le a-
                                              contece...

   Comienza el descenso lento de los
Camioneros cargados con sendos cestos
tos de leña al hombro.   (un reloj de carrillón (invisble) da las
                                              tres de la tarde.

   Aparición de la Mucama en la cocina del subsuelo. Es una mujer que
abarca todos los atributos del campo
y la humanidad. Su ser profundamente

CAMIONEROS EN LA CARRETERA

El viaje de dos camioneros en la carretera se desarrolla en un tren monótono, con alguna que otra de las incidencias ruteras de siempre. Los hombres transpiran, detalle muy importante, en primer término porque el verano está presente a lo largo de toda la acción, y, en un plano subjetivo, por el papel que juega lo que podríamos llamar la Amenaza de ese mismo trozo de verano, que es la carga de leña habitada por «alguien» que transportan los individuos. De pronto, la voz de uno de ellos rompe el silencio.

> CAMIONERO 1
> –¿Me lo vengo preguntando y no encuentro respuesta: ¿A qué tanto combustible bajo un sol que ablanda los sesos?

CAMIONERO 2
–Porque los ricos son así, no te calientes por tan poco, que ya tenemos de sobra, con los cuarenta y nueve del termómetro, viejo…

AMBOS CAMIONEROS

CAMIONERO 1, *a un Volkswagen*:
–¡Andá a hacerte hervir, cabeza de ropero!

CAMIONERO 2, *a un Jeep:*
–¿Por qué no vas a manejar autitos al parque de diversiones?…

– Y ya no hablaron más por un rato, salvo los dichos brutales lanzados a los conductores de pequeños vehículos que no se arredran ante la primacía del gran transporte, o sobre el tamaño de la víbora atravesada en el camino que seguirá viviendo si no se le pisó la cabeza. Se cuida mutuamente del sueño que produce la raya. Sacan la botella de algo fuerte y beben por turno, contravienen, entretanto, las advertencias camineras como si hubiese que hacer al revés lo aconsejado. De repente, surge a lo lejos una casa de varias chimeneas de imponente aspecto. Los techos de la gran mansión, en distintos planos inclinados, dan la impresión de quebrar el aire, la profusión de chimeneas es capital en el juego de los acontecimientos. Indica no solo opulencia sino previsión: también puede servir como refugio de invierno una casa de veraneo.

CAMIONERO 2

–Ya te lo decía, son ricos y no se les escapa nada. Vendrán también en el invierno y desde ya se están atiborrando de leña seca para las estufas, no sea cosa de dejarse madrugar por nadie, ni siquiera las primeras lluvias del otoño…

CAMIONERO 1

(Sacándose el sudor entre los dedos) –Y a mí no ha dejado de punzarme el hijo de perra durante todo el viaje. Con cada sacudida en los malditos baches, me ha dado la mala espina de que el alacrán aquel que se metió entre las astillas al cargar me elegía como candidato…

CAMIONERO 2

(Brutalmente) –¿Acabarás con el asunto? Para tanto como eso hubiera sido mejor renunciar al viaje cuando lo vimos esconderse entre la leña… Como un trencito de juguete *(señala en el aire la marcha sinuosa de un convoy)*, y capaz de meterse en el túnel del espinazo…

El Camionero 1 se restriega con terror contra el respaldo. Todo su ser parece invadido contra el falso aire desaprensivo del otro.

CAMIONERO 1

–Hubiéramos largado todo al diablo en ese momento.

CAMIONERO 2

–Pero agarramos el trabajo ¿no? Entonces, con alacrán y todo, tendremos que descargar. Y si el bicho nos encaja su podrido veneno, paciencia. Se revienta de eso y no de otra peste cualquiera; costumbre zonza la de andar eligiendo la forma de estirar la de matar hormigas.

CAMIONEROS EN LA MANSIÓN

El conductor aminora la marcha al llegar al cartel indicador con una flecha: VILLA LAS THERESES. ENTRADA. Pone el motor en segunda y empieza a subir la rampa de acceso al edificio, metiéndose como una oruga entre dos extensiones de césped tan rapado, tan sin sexo que parece más bien un afiche de turismo. Dos perros enormes salen al aire.

Ladridos insistentes.

Nueva flecha indicadora: SERVICIO. Más césped sofisticado como de tapicería. Hasta que surge el Mayordomo, seco, elegante y duro con expresión hermética de candado como paro, un arcén de estilo.

MAYORDOMO

(Señalando como lo haría un director de orquesta hacia los violines) –Por aquí. Voy a traer los canastos.

Los camioneros se miran con toda la inteligencia de sus kilómetros de vida. Uno de los perros ha descubierto algo en la rueda del camión, huele minuciosamente y levantando la pata orina. Justo cuando el segundo perro deja también su pequeño arroyo, que el sol y la tierra se disputan como estados limítrofes, los hombres saltan cada cual por su puerta, encaminándose a la parte posterior del vehículo. Nueva entrada en escena del Mayordomo. Los Camioneros vuelven a entenderse con una mirada. La mirada parece de pronto adquirir la inmensidad emocional de una despedida. Pero eso durará poco. Cuando el Mayordomo entrega los dos grandes cestos, aquellos individuos que han sufrido el uno por el otro ya no están a la vista. Son el par de camioneros vulgares que arrebatan al hombre los cestos de las manos, enviándole miradas irónicas a sus zapatos lustrados, a su pechera blanca. Luego uno de ellos maniobra con la volcadora y el río de troncos empieza a deslizarse, siempre bajo un clima de terror. Alacranes subjetivos se confunden con la visión de las astillas que caen.

MUCAMA Y CAMIONEROS

Escalera de caracol que conduce al subsuelo de la mansión.

(Voz de la Mucama canturreando)… se me escaparon las vacas/ y a cualquiera le acontece…

Comienza el descenso lento de los Camioneros cargados con sendos canastos de leña al hombro.

[Un reloj de carrillón (invisble) da las tres de la tarde].

Aparición de la Mucama en la cocina del subsuelo. Es una mujer que abarca todos los atributos del campo y la humanidad. Su ser profundamente vital se reparte entre oprimir la masa que elabora y mirar la temperatura del horno. El uniforme luce impoluto. La cocina del subsuelo se ve grande y clásica. Tiene en su costado un gran depósito para la leña embutido en la pared.

> MUCAMA
> *(Viendo llegar a los hombres cargados)*
> –¿Con qué leña otra vez y en pleno verano
> todavía? Más y más leña, vamos a morir
> bajo la madera *(ríe en forma desbordante)*.
> Bajen y descarguen. Buenas tardes nos dé
> Dios, muchachos.

El Camionero 1 descarga a todo volumen su canasto de leña, se sacude la ropa con aprensión manifiesta. Luego se enfrenta a la mujer con desparpajo, mirándola desde todos los ángulos.

> CAMIONERO 1
> –Buenas y podridas tardes de verano, que-
> rrá decir. ¿Hay dónde lavarse y tomar algo
> fresco por aquí?

> MUCAMA
> *(Siempre riendo con estrépito)* –Buenas
> y podridas… Si lo hubiera sabido decir

así esta mañana cuando me vendieron las manzanas para el pastel…

CAMIONERO 1
—¿Por qué?

MUCAMA
—El cielo nos asista, eran tan lindas por fuera y tan inmundas adentro… Pasen a lavarse, voy a buscar entretanto algo fresco…

La Mucama se encamina, hacia otro ángulo. El Camionero 2 deja caer la leña de su propio canasto en la leñera, revisa sus ropas, se da vuelta los bolsillos.

CAMIONERO 2
—Pero sin manzanas ¿eh?

Vuelve a primer plano la Mucama con una jarra de licuado de frutas en la mano.

MUCAMA
—Más bien con naranjas y limones, entonces, como esto. *(Hesita)*. Qué raro, nunca se dice de una muchacha que es linda como una naranja o linda como un limón, y sí como una manzana. Para que después suceda lo de mis manzanas de hoy. Y a veces algo peor, se deshacen como polvo en la boca y no bajan por la garganta. *(Vuelve a reír jocundamente)*.

Camioneros 1 y 2 en cuadro y en un aparte se peinan el cabello recién mojado.

CAMIONERO 1 AL 2
(A soto voce) –Este loro de cocina se parece a mi abuela: a todas las cosas les encontraba un por ejemplo.

CAMIONERO 2
(Ídem) –Pero que tiene razón en lo que dice de las manzanas, la tiene.

Los individuos se golpean entre sí como retozando. Luego entran en cuadro los tres personajes, mientras la mujer ofrece vasos con el licuado.

CAMIONERO 1
–Mi abuela también tenía siempre razón, y se murió lo mismo en un día de verano como este.

Beben ambos hombres con avidez, se limpian con la mano el jugo que cae por sus comisuras. La Mucama los mira embelesados desde su humanismo elemental.

MUCAMA
–Eso es, la buena. Samaritana, como repite siempre el señor Günter, y así será, aunque no sé lo que quiere decir.

CAMIONERO 1
—Es que así están mejor las cosas, doña Samaritana, o como se llame. Veníamos sudando miedo por la carretera.

MUCAMA
—Mi nombre es Marta. ¿Y sudando miedo por qué?

CAMIONERO 2
—Sí, así fue, Marta. Es que a la leña le pueden pasar cosas peores que a las manzanas y a las muchachas. Pero más vale no hablar.

Los dos hombres miran hacia la leñera. Uno de ellos hace cuernos con la mano estirando el índice y el meñique, escupe tres veces, se aprieta los testículos. Entra en cuadro la Mucama que, al ver todo eso, se persigna.

CAMIONERO 1
—Y ahora vamos por más y jodida leña. ¿Pero por qué se hace esas cruces?

MUCAMA
—Diablo ha de haber si hay conjuro… Así lo decía también mi abuela. Mejor eso que echar sal por encima del hombro izquierdo. El Diablo tiene más miedo a la cruz *(ríe como siempre)*.

CAMIONERO 2
–Ufa, se levantaron hoy todas las abuelas
de la tumba.

Los hombres salen silbando con los canastos vacíos al
hombro. La mujer vuelve a persignarse, revisa la temperatura del horno y comienza a arreglar los leños con una
horquilla de jardín. A continuación, secuencia de leños que
caen llenan la siguiente escena con estrépito. Ello sustituye
las nuevas remesas al subsuelo. En un momento dado la
mujer vuelve a entrar en cuadro, se limpia las manos enharinadas en el delantal, coloca más leños dispersos en su
sitio. La cocina, retorna a su aspecto pulcro de un principio.
Escalera de caracol.

VOZ DE LA MUCAMA CANTURREANDO;
… Se me escaparon las vacas/ y a cualquiera le acontece/ mi novio me abando-
nó/ y todo en un martes trece…

CAMIONEROS Y MAYORDOMO

La escena se desarrolla ahora nuevamente en el jardín
frontal de la casa. El Mayordomo entrega billetes a los
Camioneros, adoptando aires de gran señor.

Perros que ladran.

Los individuos cierran a continuación la volcadora y
entran al camión que es puesto en marcha. Dan una vuelta
en redondo.

Ruido de cierre de volcadora, puesta en marcha y rechinamiento de frenos.

Uno de ellos saca la cabeza y grita:

Camionero 1
−¡Eh, don Samaritano, dígale a la familia cuando vuelva que pongan todos con cuidado el traste en las sillas o en la cama! ¡Hay algo de contrabando en la casa, ha venido un alacrán así de grande metido entre la leña! *(Ademán de tamaño desmesurado).*

Camionero 2 al 1
−Eso no es un alacrán, compañero, es un cocodrilo. *(Risas).*

El Camión abandona el jardín y se lanza al camino seguido de los perros por cierto trecho. En la cabina del vehículo vuelve a crearse la atmósfera de connivencia de dos seres que lo comparten todo. Uno de los hombres saca una botella de una gaveta.

Camionero 1
(Bebiendo de la botella) −La casa que se tenían para ellos solos... Pude ver el salón, qué muebles, qué alfombras, si parecía uno estar soñando. Ojalá se las partiera un rayo un día de estos...

Camionero 2

–¿Y por qué un rayo? Mejor si nos tocara toda entera en algún reparto de esos, con Samaritana y todo. Tu abuela también pensaría así ¿no?

Camionero 1

–Mi abuela está muerta y solo la nombro yo. El que lo haga que se enjuague primero la boca con esto *(pasa la botella)*.

Camionero 2

(Luego de beber) –Lo dejamos en escombros al tipo de la pechera almidonada… En realidad tenías razón, la casa que se guardaban para de vez en cuando. Merecen que un alacrán les meta la púa, que revienten de una buena vez, hijos de perra…

El Camión se va achicando en la perspectiva de la carretera. La casa aparece de nuevo en toda su magnificencia, pero con un aire hermético de cofre cerrado.

LA BÚSQUEDA DEL ALACRÁN

Comienzo brusco de la escena con algo especial que interfiera la banda de sonido, como LA CREACIÓN DEL MUNDO de Stravinsky, 1.ª Parte.

El cambio de escena está ambientado en el salón donde el Mayordomo, rompiendo la tesitura inicial, llena el cuadro con su recién nacido terror. En evidente búsqueda del huésped que le han anunciado, da vuelta almohadones y los arroja al suelo, quita cuadros del lugar sin volverlos a colocar, abre cajones de lujosas cómodas de estilo y los deja, sin cerrar, revisa cortinas hasta arrancarlas. En un momento, la cacería del alacrán debe romper la armonía de un ambiente de lujo estático y solemne, llevándolo al caos como en una revolución de origen plebeyo. La descomposición progresiva del rostro del hombre es evidente. A continuación desaparece de la escena, quedando esta en primeros planos pormenorizados del desorden. El Mayordomo reaparecerá en la escalera de caracol que conduce al subsuelo. Baja, está ya en el subsuelo, la Mucama lo ve llegar con asombro, y ese asombro aumenta cuando el hombre empieza, a tirar abajo con la misma herramienta de jardín ya usada anteriormente por la mujer, los depósitos de leña, que ella ha estibado con paciencia. La mujer llena ese tiempo limpiándose las manos enharinadas en el delantal.

MUCAMA
–¿Ocurre algo, Felipe, se ha perdido alguna alhaja como aquella, vez? Yo acabo de ordenarlo todo y no he visto nada brillante por aquí.

El Mayordomo se esfuerza por recobrar mal que mal su aire digno.

MAYORDOMO
–No, Marta, ninguna alhaja se ha perdido esta vez. Aunque quizás sea, sí, una alhaja… Dame un poco de jugo de naranjas.

La mujer va por la jarra donde ha quedado el licuado, sirve un vaso y le entrega al hombre. Antes de beber, este la mira a través del vaso, por partes, de la cabeza a los pies. El juego de las transparencias da una especie de estudio anatómico descriptivo.

> MAYORDOMO
> *(Como para sí mismo)* –Una Marta distinta, color naranja… Si uno pudiera, cambiar todas las cosas así *(mira hacia los leños)* como a través de un vaso de jugos.

Caen leños y alacranes en su campo subjetivo. Entonces el hombre, luego de beber unos sorbos, deja el vaso en cualquier lugar y se encamina de nuevo hacia arriba ante la mirada atónita de la mujer. Recorre toda la escalera de caracol poniendo con cuidado sus manos en la baranda. Luego se le ve recorriendo parte de un largo pasillo alfombrado y con cuadros en los paños de pared entre puerta y puerta, cuadros estos que también quita de su sitio como los del salón, revisa por detrás y deja en el suelo. Penetra ahora en un cuarto de hombre, lujoso y sobrio al mismo tiempo, donde hay un traje masculino en una percha de pie.

> *(Voz en* off *de hombre, que es la de* GÜNTER, *con acento extranjero)* –Gracias, Felipe, por todo a la medida de mis gustos: el desayuno bien caliente, los cigarros, las píldoras. Y el diario donde figuran las cotizaciones que yo mismo he impuesto el día, antes…

El Mayordomo tira de la colcha tensa de la cama y la arroja al suelo, luego de las sábanas (ídem), da vuelta el colchón. Pasa finalmente al cuarto de baño contiguo.

MAYORDOMO
(Para sí mismo) –¿A cuánto por hora, podrá caminar un bicho de estos? ¿Y subirán las escaleras por los pasamanos o preferirán las paredes?

Hay un botiquín entreabierto. El hombre termina de abrirlo, mira en su interior donde se alinean frascos de remedios.

MAYORDOMO
(Siempre en monólogo) –He aquí el arsenal desconocido por los demás de mi señor; pastillas para dormir, pastillas para adelgazar, pastillas vasodilatadoras, pastillas para la estrechez urinaria, pastillas para restituir el poder al no poder... ¿Dónde puede haberse metido el maldito alacrán?

El Mayordomo, luego de revisar hasta en el w.c., vuelve al dormitorio, sigue buscando bajo la alfombra, tras los cuadros. Al llegar a uno de estos permanece inmóvil. Luego lo quita del sitio. Debajo aparece la puerta de la caja fuerte embutida en la pared. Se queda frente a ella como hipnotizando.

> MAYORDOMO
> *(Siempre hablando a solas)* –Quizás, si
> es que el maldito bicho me ha elegido ya
> para inocularme su porquería, se pudiera
> encontrar aquí el contraveneno de un le-
> gado, no sea cosa de largarse antes para
> el otro mundo sin saberlo…

El Mayordomo manipula con absoluto dominio la combinación, abre la gaveta, busca allí dentro. Fajos de billetes de banco parecen no interesarle y los arroja al suelo.
Algunos papeles que ojea también son desechados. Luego
toma una serie de atados cuyas carátulas parecen ostentan
títulos y subtítulos, estos últimos entre paréntesis, según
la inflexión de voz del lector, que va leyendo y lanzando
por los aires.

> MAYORDOMO
> –Balances (apócrifos). Bienes propios (ocul-
> tación). Impuestos (evadidos). Inflación (ar-
> tificios). Bienes ajenos (utilizados como
> propios).

El Mayordomo mira al suelo con asco. Los papeles han
quedado allí en confusa mezcolanza.

> MAYORDOMO
> –Y pensar que cuando niño yo le llamaba
> novelas de terror a aquellas que compraba
> o canjeaba en los quioscos o librerías de
> viejo…

Luego vuelve e hurgar en el mismo sitio, encuentra un bibliorato que al parecer llama su atención.

> MAYORDOMO
> *(Leyendo)* –Proceso, bancarrota y suicidio de M.H. Entierro, gastos del sepelio, factura de la corona fúnebre.

Desde este momento la acción pasa bruscamente al plano evocativo, en imágenes. Gran comedor en la residencia de GÜNTER a la hora de una cena íntima con amigos. Mesa larga, sillas tipo sitial. Candelabros y platería profusa. En la pared, del lado de la cabecera de la mesa, un trofeo de caza con cuernos de ciervo. Ubicación de los comensales: cabecera de los cuernos: GÜNTER. En la opuesta: la Gran THERESE, esposa de Günter, de unos 35 años, muy bella, vestida en blanco y negro. A su izquierda, el amigo de la familia, M.H. Su mano con un anillo de sello luce sus iniciales en un rápido primer plano. En otra parte de la mesa, Míster L y Mistress L. Los demás son personajes de número. El Mayordomo, uniformado y con guantes blancos, trae el vino en una cestilla y lo sirve siguiendo un orden preconcebido.

> GÜNTER.
> *(Iniciando el brindis)* –Y bien, por la prosperidad.

> TODOS
> *(Levantando copas)* –Por la prosperidad.

GÜNTER
–Principalmente por la de mi querido contrincante en el mundo de los negocios
bursátiles, M.H., ese mundo donde ambos
peleamos por el cetro.

Primer plano de M.H. Es un hombre de unos 40 años,
de gran apostura, contrastante con el aspecto descentrado
que ha adquirido GÜNTER en el juego enervante de la Bolsa, que es también el juego de devorarse a M.H. por algún
motivo muy oculto.

M.H.
(Con bien timbrada voz) –Y yo porque esa
pelea continúe sin vencedor ostensible. Y
por Therese, la bella, *sparring partener*...

El Mayordomo va ya sirviendo entretanto los entremeses.

GÜNTER
–Y porque estos *hors d'oeuvres* sean dig-
nos de este magnífico Chateau Margaux...
Vamos a perdonarles alguna vez a los
franceses el ser franceses...

Mirada irónica de GÜNTER en dirección a su mujer. Ella
la sostiene sin abandonar el aire convencional de la reunión. Beben todos y comienzan a atacar los entremeses. Se
sucede, de pronto, un episodio insólito: M.H. ha pinchado
una rebelde cebollita encurtida en vinagre que salta al aire y

cae al suelo. M.H. queda cohibido, pero la hilaridad cordial del clan parece suavizar la situación embarazosa.

(Risas y comentarios banales sobre la trayectoria de la cebollita)

El Mayordomo se agacha servilmente a recoger la cebollita con una pinza. Y allí, en el lugar preciso de la cabecera, encuentra las piernas entrelazadas y restregándose de M.H. y la gran THERESE, que pasan a un primer plano respecto a las demás, quedando de repente inmóviles pero siempre juntas. El sirviente se incorpora con la cebollita presa en la pinza y el aire de un dentista que ha extraído una pieza, y la coloca fuera de la mesa.

GÜNTER
—Y aún habría que brindar por las exquisitas combinaciones que se dan en un entremés, la cebolla con el vinagre, por ejemplo. *(Risas generales)*.

M.H. se adapta a la situación obsecuente y vuelve a levantar su copa.

M.H.
—Por las combinaciones, entonces.

UNO DE LOS PERSONAJES DE NÚMERO
—Preferiblemente la del café a la crema…

OTRO
—La del pan tostado y el caviar…

THERESE
—Me inclinaría por una no comestible; el blanco y negro de Courréges.

MISTRESS L.
—O aquel rosa y gris de la Garbo.

GÜNTER
—Y en cuanto a la combinación de mi querido amigo Míster L.?.

Míster L. queda sorprendido. Luego, con calma y acento propio, suelta su preferencia.

MÍSTER L.
—Oh, a decir verdad, todas las combinaciones sexuales, endogámicas y exogámicas, según ser su finalismo.

(Risas generales llenan el ambiente cada vez más picante de la cena).

El Mayordomo vuelve a llenar la copa del amo. Este lo mira como al trasluz y luego habla con voz discursiva.

GÜNTER
—He aquí a Felipe. En vuestro nombre, señoras y señores, pido y exijo la combinación de Felipe, luego de la más antigua, la de amos y servidores.

MAYORDOMO
(Sorprendido) –¿Yo, señor? Bueno, yo creo que nunca he tenido otra combinación que esa, aparte de lo del plumero y las pelusas, que más bien me persiguen…

THERESE
–Imposible, Felipe. Viniste aquí al nacer la pequeña Therese, hace ya quince años. Habías vivido tus historias antes ¿no? Luego están tus días libres de siempre, y un día libre no se llena con plumeros y pelusas.

M.H.
–¡Bravo, bien dicho, y adelante, Felipe!

GÜNTER
–Él, y solo él en esta casa, conoce con honradez otra combinación, la de mi caja fuerte.

MAYORDOMO
–Sí, señor, con honradez, eso es muy cierto.

Vuelven a aparecer en primer plano las piernas que se frotan cual rodillos, juego reiniciado por la esposa de Günter y M.H. como al fondo de un pozo mientras en la superficie sobrenadan solo reflejos. De pronto, y mediante un acercamiento de la cámara, los cuernos del trofeo de caza quedan tras Günter pareciendo coronar su cabeza.

THERESE
—Y la realidad y la apariencia, siempre tan juntas, otra combinación que no se deshace…

MISTRESS L.
—O el amor y el odio.

M.H.
—Pero las de Therese y las suyas, mi querida señora, no son combinaciones, son opuestos que se despedazan.

GÜNTER
—Y que tampoco pueden existir el uno sin el otro, y por lo tanto se complementan, se necesitan, vaya… como el capital y el socialismo.

(Silencio un tanto pesado)

El Mayordomo quita los platos para renovarlos. En transición brusca, aparecen sus manos luego de vaciar la caja fuerte del dormitorio en la instancia de la carpeta siniestra, las manos dan vuelta a las páginas. Con el tiempo suficiente para ser estas leídas, van cayendo al suelo.

VOZ DE GÜNTER EN *OFF*
—Pagarés… Vales renovados… Conformes vencidos…

(La misma vos parece llenar el dormitorio)

–15 de marzo. Hoy, según mis informantes, entró con mi mujer en una iglesia, solo cinco minutos para ponerse de acuerdo, de donde salieron rumbo a una vulgar casa de citas. Tiempo de la sesión, una hora y treinta. Ya debió él vender su lujoso departamento frente al mar. Queda aún, y esto es mi voluntad, queda aún el coche para la agonía de este amor desposeído. Y ya pronto no habrá ni eso. Therese lame el dinero como las vacas la piedra de sal. Para el último gramo que quede bajo su lengua, he concebido la maniobra final de los pizarrones sometidos a mi decisión. Se acabarán en adelante los pagarés firmados. Esto será ahora la lucha cuerpo a cuerpo. Escenario: el nuestro común, la Bolsa de Valores, la Mesa de Cotizaciones.

(Imágenes rápidas de la Bolsa con todos sus ruidos)

MAYORDOMO
–… y líbranos, Señor, del mal…

GÜNTER
(Siempre en off*)* –Día 13 de abril, entre lluvioso y amarillo. Yo lo sabía desde siempre. Hoy, con la noticia de la caída de sus últimas acciones, apuntó a su propia sien. Nadie sabrá jamás quién lo asesinó sin tocarle y a la distancia prudencial. Romper

estos papeles justo a los treinta días, como en el plazo de un pagaré condonado, o quizás dejarlos vivir hasta el próximo verano para regustar su sabor a venganza. Precio de la corona fúnebre enviada por Günter Negocios Bursátiles, letras doradas sobre fondo violeta: tantos pesos de placer, mi placer indiviso…

Transición de imágenes. Carroza (M.H.) y séquito fúnebre bajo la lluvia.

(ADAGIO DE ALBINONI)
Mayordomo en coche de duelo junto al chofer. En el asiento de atrás, GÜNTER y la gran THERESE. En un momento preciso del ADAGIO, la mujer se estremece. El hombre la abriga solícitamente.

> GÜNTER
> *(Con voz de circunstancias)* —Se marchan los buenos amigos, querida mía, se estrecha el círculo íntimo… Voy a decir algunas palabras allá, aun debajo de esta molesta lluvia.

El Mayordomo abandona el dormitorio y sale al pasillo, con evidentes signos de descomposición de todo el ser. Entra ahora a un cuarto femenino, el de la Gran THERESE. Es una alcoba sensual, con algo de cabellera revuelta. El hombre comienza a meter manos, narices y ojos en los símbolos sexuales de la mujer: peinador de gasa en blanco y negro sobre una silla. Frascos de perfume que huele con avidez. Foulares franceses. Ropas íntimas en los cajones que son desplegadas como nubes. De pronto aparece el escorzo de una espalda en el aire (imagen subjetiva). Las manos de M.H., con anillo de sello, se deslizan a su largo. Luego es el propio Mayordomo quien acaricia, mientras sigue aspirando el perfume. Una agenda con fechas periódicas lunares sobre la mesa de noche. Cepillos y más frascos en el tocador. Ahora es una cabellera suelta en el aire, el hombre mete las manos en ella. Algo le ha quemado de pronto para que se desentienda de objetos e imágenes: el recuerdo vivo del alacrán (los ve por millares) vuelve a obsesionarlo. Toca sus propias piernas, las flexiona para cerciorarse de que aún no le ha punzado, que los dolores y la parálisis no existen todavía en su cuerpo. Y así, entre normal y rígidamente, franquea la puerta del pasillo que lleva a la habitación de la pequeña Therese.

(Música *beat* atronadora)

Posters con melenudos en las paredes. Pasadiscos de mesa. En un plano evocativo aparece la pequeña Therese en las distintas edades. En la cuna (el Mayordomo la mira embelesado). Sobre la mesa de desvestir (el hombre sale de la habitación cuando la niña queda desnuda). Con el uniforme del colegio (la criatura se le abraza inocentemente al cuello). Luego, con el último verano, con quince años y sus senos que se le insinúan cuando lo abraza en ese principio de temporada. Tiene el pelo largo y luce una solera, de moda (o pantalón y blusa).

Nueva vuelta a la habitación de la hija de Günter en su etapa actualizada. Se repite aquí la operación de destender la cama, volver el colchón, revisar cortinas.

El hombre abre una cómoda, tira de pequeñas ropas íntimas que caben en un puño. Y allí, al fondo de un cajón se horroriza. Ilusión completa de haber visto al alacrán. Toma unas tijeras que encuentra a mano para quitarlo del sitio. Pero lo que viene en su punta es una pequeña agenda en cuya cubierta se lee: GÜNTER NEGOCIOS BURSÁTILES, la abre y allí surge algo inquietante. Es el diario diminuto de la hija de Günter. El Mayordomo retiene un momento con emoción aquella especie de amuleto infantil, luego lee.

> VOZ EN *OFF*, INMADURA,
> DE LA PEQUEÑA THERESE
> —Hoy, maldición, de nuevo en la finca de las chimeneas para comenzar el verano. En esta inmunda, cueva tan alejada de la península, y que fue uno de los negocios redondos de papá, el sol me pudre, la arena que se viene de tan lejos me revienta, el cielo tan grande y tan redondo me aburre como un hongo. Todavía no llegaron los muchachos. Menos mal si nos juntamos nuevamente los siete del año pasado. El cóctel de Siete Elementos que habíamos inventado era más sexy y mortal que el bikini en blanco y negro de mamá. ¿Pero cómo se hacía el maldito menjurje? Ah, ya lo recuerdo. Cada uno de nosotros, con Iván a la cabeza, hicimos el entrevero. Iván puso el nombre; Cóctel de los Siete con siete ingredientes para siete adultos, nuestros queridos padres… y verlos morir.

Grupo de los siete jóvenes en una *Boîte* ruidosa y con baile, creando la bomba del cóctel, la pequeña Therese refulge perversamente bajo las miradas de Iván. Cada uno dicta un elemento.

JOVEN THERESE
—En una bacinica antigua de porcelana floreada, echar siete pedazos del iceberg contra el que naufragó el navío «Titanic». Agregarle luego estos elementos alternados con movimientos sísmicos *(risas y aplausos)*:

MUCHACHO 1
—Gin.

MUCHACHO 2
—Vodka

MUCHACHO 3
—Acquavit

MUCHACHO 4
—Ginebra

MUCHACHO 5
—Ron

MUCHACHO 6
—Cognac

JOVEN THERESE
—Colorear hasta alcanzar una tonalidad de rubor de niña en su primera vez con Bitter Rojo.

Reaparece la imagen del Mucamo en un primer plano con la agenda en la mano.

> Voz en *off* de la joven Therese
> —Las proporciones de este cóctel irán de acuerdo con el talante y el coraje de los camellos viejos cuando bajen a beber...

> Mayordomo
> —Y no nos dejes caer en tentación, mas líbranos del mal...

Las manos del Mayordomo han comenzado a temblar por lo que lee a continuación.

> Mayordomo
> *(Con voz trémula)* —Pero no niegues, Therese, que has sentido este año algo distinto al abrazar a Felipe. Probar de noche en la cama, con la luz apagada, a renovar la sensación recordando el asunto. Puede servir el disco para ahogar los suspiros. En todo caso, no gastar pila pensando en el desgraciado Mayordomo, mejor recordar el pelo largo y los ojos azules de Iván.

El Mayordomo deja caer al suelo el pequeño Diario. Y los alacranes que vuelven en profusión parecen, ahora sí, endurecerle las piernas. Se revuelve el cabello buscándolos como si fueran piojos. Luego camina agarrándose de las paredes, se desabrocha la librea, se quita la pechera y la revisa como alucinado. Toma ahora el pasillo en dirección a la escalera de caracol que conduce al subsuelo.

> MAYORDOMO
> (*A solas*) –El *curare*, eso quería recordar de las novelas de terror de mi infancia. Efectos parecidos al del famoso veneno indio para emponzoñar las flechas...

El Mayordomo llega a la escalera de caracol, desciende como un fantasma. Ha perdido por completo la dignidad del oficio. Lleva el pelo revuelto, la librea abierta, la pechera a la rastra. Ingresa ahora a la cocina. La Mucama, que está en ese momento contemplando sobre la mesa su obra de arte, el pastel, ve al hombre en aquel estado, y ya va a recibirlo en sus brazos abiertos cuando parece recapacitar desde su fondo de aldeana pacata.

> MUCAMA
> (*Con asombro*) –Felipe, santo cielo ¿de dónde viene en ese estado?

El Mayordomo cae en una silla.

> MAYORDOMO
> –Del infierno, Marta, del mismo infierno.

> MUCAMA
> (*Con inocencia*) –¿Y dónde estaba el infierno, al fin?

> MAYORDOMO
> (*Con infinito cansancio*) –Nadie debe saberlo. Los que vuelven de ahí no tienen que

contarlo. Solo te pido que me revises, yo
voy a quitarme todo lo que llevo encima.
En las ropas, en el cuerpo, debajo de las
uñas, en el alma, en algún lugar de esos
debe haberse escondido ¿qué horas son?,
Marta.

La Mucama adquiere la verdadera dimensión asexuadamente maternal que la caracteriza.

(Van a empezar a sonar cinco campanadas lentas de una
especie de reloj desmesurado. Cada una irá a marcar un
tiempo de acción en el silencio absoluto).

Salta a escena la joven Therese que grita desde el jardín:

CAMPANADA PRIMERA (y su eco)

BOCINA insistente de auto y ladridos afuera.

JOVEN THERESE
–¿Felipe, amor mío, qué hay preparado
para el té? ¡Traigo un hambre caníbal que
no la cambio por nada del mundo!
(Se mueve y canturrea, en su jerga moderna).

La joven entra ahora al ambiente del salón y parece no
inquietarse por el revoltijo que allí reina. Antes bien, salta
sobre los sillones sin almohadones, baja, recoge estos, los
arroja en todas las direcciones, ve con alegría salírseles las
plumas, se envuelve en un cortinado que se halla arrancado
de su sitio.

(Música *beat* atronadora y luego silencio)

CAMPANADA SEGUNDA (y su eco)

Los amos ingresan al ambiente revuelto del salón y miran en redondo su mundo deshecho como por un terremoto. Salen del salón. Recorren ahora el pasillo hasta la habitación de Günter, penetran en la misma y encuentran idéntico panorama. Günter se abalanza al cofre vacío, metiendo sus manos dentro. La Gran Therese recoge del suelo el Diario de muerte escrito por su marido y con M.H. como víctima, lo ojea laxamente y vuelve a dejarlo caer. *(Imágenes rápidas del amor)*. Salen de nuevo al pasillo y se encaminan hacia la escalera de caracol.

CAMAPANADA TERCERA (y su eco)

El Mayordomo, hecho un espantajo, va subiendo desde el subsuelo por la escalera y se enfrenta a sus amos.

CAMPANADA CUARTA (y su eco)

El Camión en la carretera con los dos hombres vistos de espalda. Reiteración de imágenes con el primer plano de espaldas.

CAMPANADA QUINTA (y un largo eco
que parece partir de un cielo quebrado
como de vidrio)

El Alacrán real sube por el respaldo del asiento en la cabina del camión, hace un movimiento como de elección de espaldas. Ya decidió cuál será su cuello. Y esto en un primer plano de alacrán y cuello.

Y se desbarranca la música de Stravinsky mezclada con rechinamiento de frenos y ruidos de desastre para el fin de la acción.

Nubes de polvo, humo y llamas, en que interfieren imágenes de la casa, resquebrajándose o siempre entera en su apariencia de solidez.

FIN

Reaparece la imagen del Mucamo en
un primer plano con la agenda en la
mano.

VOZ EN OFF DE LA JOVEN THERESE
-Las proporciones de este cóctel irán de
acuerdo con el talante y el coraje de los
camellos viejos cuando bajen a beber...

MAYORDOMO
-Y no nos dejes caer en tentación, mas líbranos del mal...

Las manos del Mayordomo han comenzado a temblar por lo que lee a
continuación.

MAYORDOMO
(Con voz trémula) -Pero no niegues, Therese,
que has sentido este año algo distinto al
abrazar a Felipe. Probar de noche en la cama, con la luz apagada, a renovar la sensación recordando el asunto. Puede servir
el disco de
para ahogar los suspiros. En todo caso, no
gastar pila pensando en el desgraciado Mayordomo, mejor recordar el pelo largo y los
ojos azules de Iván.

El Mayordomo deja caer al suelo
el pequeño Diario. Y los alacranes que vuelven en profusión parecen, ahora sí, endurecerle las
piernas. Se revuelve el cabello
buscándolos como si fueran piojos.
Luego camina agarrándose de las
paredes, se desabrocha la librea,
se quita la pechera y la revisa como alucinado. Toma ahora el pasillo en dirección a la escalera de
caracol que conduce al subsuelo.

MAYORDOMO (a solas)
-El "curare", eso quería recordar de las novelas de terror de mi infancia. Efectos pa-

recidos al del famoso veneno indio para em-
ponzoñar las flechas...

El Mayordomo llega a la escalera
de caracol, desciende como un fan
tasma. Ha perdido por completo la
dignidad del oficio. Lleva el pe
lo revuelto, la librea abierta, la
pechera a la rastra. Ingresa ahora a la cocina. La Mucama, que
está en ese momento contemplando
sobre la mesa su obra de arte, el
pastel, ve al hombre en aquel estado,
y ya va a recibirlo en sus brazos
abiertos cuando parece recapacitar
desde su fondo de aldeana pacata.

                    MUCAMA
          (Con asombro) -Felipe, santo cielo ¿de dón-
          de viene en ese estado?

El Mayordomo cae en una silla.

                    MAYORDOMO
          -Del infierno, Marta, del mismo infierno.

                    MUCAMA
          (Con inocencia) -¿Y dónde estaba el infierno,
          al fin?

                    MAYORDOMO
          (Con infinito cansancio) -Nadie debe saberlo.
          Los que vuelven de ahí no tienen que contar-
          lo. Sólo te pido que me revises, yo voy a
          quitarme todo lo que llevo encima. En las
          ropas, en el cuerpo, debajo de las uñas, en
          el alma, en algún lugar de esos debe haberse
          escondido ¿qué horas son?, Marta.

    La Mucama adquiere la verda-
dera dimensión asexuadamente maternal
que la caracteriza.

          (Van a empezar a sonar cinco campanadas

lentas de una especie de reloj desmesurado.
Cada una irá a marcar un tiempo de acción en
el silencio absoluto.)

Salta a escena la joven
Therese que grita desde el
jardín:

CAMPANADA PRIMERA (y su eco)
BOCINA insistente de auto y ladridos afuera.

JOVEN THERESE
-¡Felipe, amor mío, qué hay preparado para el
té?   Traigo un hambre caníbal que no la cambio por nada del mundo!

(se mueve y canturrea en su jerga moderna.)

La joven entra ahora al ambiente del salón y parece no inquietarse por el revoltijo que allí reina. Antes bien, salta sobre los
sillones sin almohadones, baja,
recoge éstos, los arroja en todas
las direcciones, y con alegría
salírseles las plumas, se envuelve en un cortinado que se halla arrancado de su sitio.

(Música beat atronadora y luego silencio)

CAMPANADA SEGUNDA (y su eco)

Los amos ingresan al ambiente revuelto del salón y miran en redondo
su mundo deshecho como por un terremoto. Salen del salón. Recorren aho
ra el pasillo hasta la habitación de
Günter, penetran en la misma y encuentran idéntico panorama. Günter
se abalanza al cofre vacío, metiendo sus manos dentro. La Gran Therese
recoge del suelo el Diario de muerte
escrito por su marido y con M.H. como víctima. Lo ojea laxamente y vuelve a dejarlo caer. Salen de nuevo al
pasillo y se encaminan hacia la escalera de caracol.

(Imágenes rápidas del amor).-

CAMAPANADA TERCERA (y su eco)

El Mayordomo, hecho un espantajo, va
subiendo desde el subsuelo por la escalera y se enfrenta a sus amos.

El Camión en la carretera con los dos hombres vistos de espalda. Reiteración de imágenes con el primer plano de espaldas.

El Alacrán real ▬▬▬▬▬▬, sube por el respaldo del asiento en la cabina del camión, hace un movimiento como de elección de es paldas. Ya decidió cuál será su cuello. Y esto en un primer plano de a lacrán y cuello.

Nubes de polvo, humo y llamas, en que interfieren imágenes de la casa, resquebrajándose o siempre entera en su apariencia de solidez.   F I N

CAMPANADA CUARTA (y su eco)

CAMPANADA QUINTA (y un largo eco que parece partir de un cielo quebrado como de vidrio)

Y se desbarranca la música de Stravinsky mezclada con rechinamiento de frenos y ruidos de desastre para el fin de la acción.